COLLECTION FOLIO

Éric Reinhardt

Comédies françaises

Gallimard

Né en 1965, Éric Reinhardt est l'auteur de huit romans, parmi lesquels *Le moral des ménages* (2002), *Cendrillon* (2007), *L'amour et les forêts* (Éditions Gallimard, prix du Roman des étudiants France Culture-*Télérama* 2015, prix Renaudot des Lycéens, prix roman France Télévisions 2014, nominé pour le prix Goncourt) et enfin *Comédies françaises* (2020, Éditions Gallimard, prix *Les Inrockuptibles*). Il a aussi signé le livret d'un ballet d'Angelin Preljocaj pour l'Opéra Bastille, *Siddharta* (2010), ainsi qu'une pièce de théâtre, *Élisabeth ou l'Équité* (2013), créée au théâtre du Rond-Point. Adepte des croisements artistiques, il a participé à des lectures-spectacles avec le groupe Feu ! Chatterton (lors du 69e festival d'Avignon), le chanteur Bertrand Belin, la musicienne électro Maud Geffray ou la danseuse étoile Marie-Agnès Gillot. En 2015, il a filmé celle-ci dans *Je vous emmène*, court-métrage réalisé pour la 3e Scène, espace numérique de l'Opéra de Paris. En 2018, Éric Reinhardt a signé pour l'Opéra Comique le livret et l'architecture musicale de l'opéra *Et in Arcadia Ego*, mis en scène par Phia Ménard.

Aux rêveurs

Aux railleurs

À toi, Marion

1

Patricia et Thierry Marguerite, ses parents,
Alexandre, son frère,
Claude et Nadine Marguerite,
Jean-Paul et Michèle Augustine,
ses grands-parents,
Alexandra Agatstein, sa meilleure amie,
Pauline Bourgeois, sa compagne,

ont la tristesse de vous faire part du décès de

DIMITRI MARGUERITE

survenu accidentellement le 16 juillet 2016
dans sa vingt-septième année.

L'inhumation aura lieu
au cimetière de Maison-Maugis
(61110) le jeudi 21 juillet à 11 h 30.

Que sa curiosité insatiable, son humour, sa colère
et son idéalisme nous servent d'exemple à jamais.

Patricia et Thierry Marguerite
6, impasse Junot – 94410 Saint-Maurice

2

Nouveau drame de la route samedi 16 juillet sur la D788, entre Trégastel et Lannion (commune de Saint-Quay-Perros).

Samedi 16 juillet, aux alentours de 18 heures, un accident mortel mettant en cause un véhicule de tourisme de marque BMW s'est produit sur la D788, en direction de Lannion, sur la commune de Saint-Quay-Perros.

Pour une raison indéterminée, la conductrice (âgée de 26 ans) a perdu le contrôle de son véhicule. Selon des témoins, celui-ci aurait effectué un tête-à-queue avant de sortir de la route en vol plané et de s'écraser dans un champ. Le véhicule a alors pris feu, après que la conductrice fut parvenue à s'en extraire, laissant son passager (âgé de 27 ans) emprisonné dans l'habitacle en flammes. Un conducteur qui suivait la BMW n'est pas parvenu à secourir la victime, ni à éteindre le feu avec son extincteur. Il a fallu l'intervention, dix minutes après les faits, des sapeurs-pompiers de Lannion et de Perros-Guirec pour maîtriser l'incendie. Sept pompiers étaient sur les lieux.

Pierrick Rousselot, maire de Saint-Quay-Perros,

s'est rendu sur place dès 18 h 30 : « *La voiture a atterri dans un champ, à cinquante mètres de la route, après s'être envolée. Elle a dû prendre feu très vite. Un homme, témoin de l'accident, a tenté de s'approcher des portières. Mais il a dû y renoncer quand le feu s'est déclaré. La conductrice était immobile au milieu du champ et regardait fixement l'épave en feu.* »

Le jeune homme décédé était originaire de la région parisienne (Saint-Maurice, Val-de-Marne) et venait de passer le week-end du 14 juillet, avec sa compagne, à Perros-Guirec. La conductrice du véhicule est miraculeusement sortie indemne de l'accident. Dans un état second, elle a été prise en charge par les pompiers qui l'ont transportée à l'hôpital de Lannion pour un suivi psychologique. La circulation sur la D788 a été interrompue dans les deux sens durant les opérations de secours des pompiers et les constatations des gendarmes.

Une enquête a été ouverte pour établir les circonstances exactes de l'accident.

3

La première fois que Dimitri la vit, un instant il pensa qu'elle était un garçon.

C'était à Madrid, dans la rue, une nuit très chaude de fin de printemps, juin 2015, un mercredi.

Il venait tout juste de dîner, seul, seul à une petite table, en compagnie d'un livre qu'il transportait partout où il allait depuis des semaines malgré son poids et son volume, les *Essais* de Montaigne, mille huit cents pages.

Le restaurant occupait un vaste appartement au premier étage d'un immeuble élégant du début du vingtième siècle. Interrogée sur les endroits où il pourrait aller dîner, une consœur d'*El País* avec qui Dimitri avait parlé le matin même lui avait recommandé ce lieu qui venait à peine d'ouvrir, où tout le monde voulait aller, et Dimitri, à qui la journaliste plaisait beaucoup, une brune hyper brillante, spirituelle, pas très jolie, avait eu l'audace de lui demander si elle souhaitait l'y accompagner, et celle-ci lui ayant répondu, un brin déçue, qu'elle avait déjà un engagement, il s'y était rendu seul.

Il avait été placé à proximité d'une fenêtre grande ouverte sur la rue : ainsi aurait-il de la lumière sur les pages de son livre (écrit petit), un peu d'air du dehors viendrait-il le rafraîchir (il avait fait toute la journée une chaleur exténuante) et pour finir disposerait-il (s'il s'ennuyait) d'une vue panoramique, donc distrayante, sur la salle principale (celle du milieu, la plus spacieuse), c'est ce que Dimitri s'était dit quand le jeune homme qui l'avait reçu lui avait indiqué la petite table qu'on lui destinait, carrée, ornée d'une fleur et d'une bougie, *Perfect, gracias, thank you* – et sur ces mots de Dimitri le jeune homme l'y avait escorté en se munissant du menu, et de la carte des vins.

Il avait retiré avec componction de la nappe blanche le deuxième jeu de couverts, comme si Dimitri était devenu veuf entre le moment où il était entré dans la salle et celui où il s'était assis, et qu'il ne voulût pas aviver sa douleur en emportant trop brutalement les effets du défunt, quel tact.

Quand Dimitri dînait seul, l'arrière-pensée ne le quittait jamais qu'il ferait peut-être ce soir-là une rencontre qui changerait sa vie (c'est réellement ainsi qu'il se le formulait, ce n'est pas là une exagération), ou tout du moins le déroulement de sa soirée, ce serait déjà pas mal et l'un passait forcément par l'autre.

Même, cette diffuse arrière-pensée l'entraînait à dîner seul comme d'autres vont seuls au cinéma, attisés par un désir de fiction.

Ce que nous faisons d'ordinaire, c'est suivre les variations de notre désir, à gauche, à droite, vers le haut, vers le bas, là où le vent des circonstances nous emporte. Nous ne pensons à ce que nous voulons qu'à l'instant où nous le voulons, et nous changeons, comme cet animal qui prend la couleur de l'endroit où on le pose. Ce que nous nous sommes proposé de faire à l'instant, nous le changeons aussitôt, et aussitôt encore, nous revenons sur nos pas. Tout cela n'est qu'agitation et inconstance, avait-il lu dans son gros livre, heureusement souple et malléable, disposé grand ouvert sur le lutrin de sa main gauche.

L'air de la rue glissait très agréablement sur ses épaules. Par la fenêtre lui parvenaient pleurs de bébé, klaxons, chansons à la radio, pétarades de scooters, conversations réverbérées par les façades. Un cri ! Il aimait cette clameur extérieure, composite, espagnole, qui agissait sur son humeur comme le fait dans un film un son d'ambiance.

De temps en temps, vibrant encore des phrases qu'il avait lues, Dimitri levait la tête pour regarder les gens qui entraient dans la salle. Les *Essais* dans une main, son verre de vin dans l'autre, il en buvait une brève gorgée – un blanc fruité et délicieux, à la robe presque verte, amande, verveine. Ce que nous nous sommes proposé de faire à l'instant, nous le changeons aussitôt, et aussitôt encore, nous revenons sur nos pas. Il se sentait léger, heureux. La daurade arrosée d'un filet d'huile d'olive avait été délicieuse elle aussi. Une petite table à sa gauche était restée inoccupée assez longtemps, il s'était dit que deux personnes qui lui plairaient viendraient peut-être s'y installer, avec lesquelles il pourrait bavarder, et ensuite se promener, et ensuite boire un verre, et ensuite regarder les étoiles, et ensuite faire encore quelques pas, et ensuite, et ensuite…

Dimitri : un rêveur.

Un railleur, aussi.

Rien n'est plus doux que cette attente informulée et immanente de la rencontre exacte et décisive (appelons-la ainsi faute de mieux, chacun comprend ce que cela peut vouloir dire), quand bien même la réalité nous aura accoutumés au soupçon qu'il n'est pas tellement raisonnable de s'en croire écouté. Dans ce qu'elle a d'immédiat, d'hasardeux, d'impromptu, d'instantané, les motifs de se réjouir de la réalité restent rares : la réalité n'est pas tellement généreuse avec ceux qui réclament d'être enchantés, ou bien d'être exaucés dans leurs attentes les plus candides – par exemple s'asseoir au cinéma à côté d'une personne qui se serait dit, l'après-midi même, que cela serait formidable si le soir au cinéma elle pouvait se trouver assise à côté d'une personne qui se serait dit, l'après-midi même, que cela serait formidable si le soir au cinéma elle pouvait s'asseoir à côté d'une personne qui se serait dit, l'après-midi même, etc., surtout s'il se révèle que cette personne vous plaît, et réciproquement. Ce genre de pétrifiantes coïncidences n'arrive que très rarement. Pour ne pas dire jamais. Néanmoins, poussé par son amour du hasard prodigieux, un amour indéfectible et presque de principe, Dimitri continuait de dîner seul de temps en temps, et d'aimer les soirées rêveuses qui en résultaient.

Cette attente qui n'est pas une attente, cette joie qui n'est pas encore une joie, sans cesse au bord d'elle-même, d'éclore, c'est une présence au monde particulière – il se l'était toujours connue, il avait toujours senti sinuer dans ses pensées ce ruisseau ténu et mélodieux (il passe aussi par l'œsophage).

Le restaurant était plein, la grande salle où il dînait mais aussi sans doute les deux salons adjacents, où des clients transitant par la grande salle s'éclipsaient à peine apparus, que parfois Dimitri aurait aimé voir demeurer plus longtemps dans son champ de vision. Des femmes bien sûr mais aussi des hommes, parce que ces femmes mais aussi ces hommes avaient quelque chose de précis qui lui plaisait, une manière d'être ou de sourire, un geste ou une allure, leur style, un vêtement, une dent désorientée. Dimitri était de nature à se laisser capturer par un détail, et ce détail était alors susceptible de l'emporter sur le reste de la personne, sur l'ensemble (ou d'orienter grandement la perception que Dimitri pouvait avoir de l'ensemble), et d'entraîner très loin dans une passion momentanée son imaginaire captivé, le temps d'un trajet en train, le temps d'un échange de regards dans la queue d'une boulangerie, le temps d'un déjeuner à observer une inconnue à la table d'à côté, au restaurant. Ainsi une femme relativement quelconque pour un œil inattentif pouvait-elle devenir pour Dimitri la reine irrécusable de toute une ville, pour cela seul que son pied aperçu dans la rue présentait une cambrure exceptionnelle, ou parce que son oreille était un cercle absolument parfait. Ou que son nez était busqué. Et soudain cette oreille circulaire, ou encore ce nez busqué, était le signe ésotérique que cette jeune femme et Dimitri devaient absolument se rencontrer, pour cette raison précise que Dimitri était sensible comme aucun autre sur cette planète aux pieds crûment cambrés, aux oreilles circulaires, ainsi qu'aux nez busqués. Comme aucun autre. Et d'avoir laissé s'éloigner cette apparition sans avoir osé l'aborder pouvait le rendre inconsolable pendant des semaines, comme si ce pied cambré, cette oreille circulaire, la plastique de cet appendice nasal orgueilleux, avait été l'indice d'une richesse humaine intérieure aussi miraculeusement appropriée à ses goûts que l'était la ronde oreille elle-même, ou bien le pied accentué...

Il avait un sens aigu du merveilleux, Dimitri.

Et aussi un sens aigu du sacré.

Il était donc essentiellement anachronique, même si ses goûts, l'intransigeant désir de vérité et de justice avec lequel il s'efforçait de lire le monde ou d'exercer sa profession de reporter (il travaillait à l'AFP), son ironie et la colère sans trêve qui l'habitaient le rendaient aussi tout à fait affûté comme garçon spécifique d'aujourd'hui, violenté par l'époque, dans la plaie, éruptif, menaçant.

Un jeune couple un peu emprunté avait pris place à la gauche de Dimitri, qu'il avait salué d'un sourire. Mais ils s'étaient méfiés de son aisance, ils ignoraient combien il était timide lui aussi et de quelle candeur essentielle, amplifiée par son désir de ne pas déplaire, procédait ce qu'ils prenaient à tort pour de l'aisance – une aisance virtuellement invasive, devaient-ils s'être dit – et ils avaient baissé les yeux, surtout l'homme, de gêne, au lieu de lui sourire à leur tour.

Après avoir terminé son repas, Dimitri avait lu les *Essais* du penseur bordelais pendant encore une trentaine de minutes, dans les caresses du précieux courant d'air, buvant un expresso et un alcool offert par la maison. Puis il était parti parce que sa table – on le lui avait fait sentir à plusieurs reprises – était très attendue. De fait, au bar, en quittant le restaurant, il avait constaté que des clients patientaient sur de hauts tabourets, devant un verre, en bavardant, et parmi eux une femme et un homme d'une grande beauté, mystérieux, habillés tout en noir. Le regard de la femme, dans le vague duquel un bref échange fit apparaître une *étincelle,* fut l'idéal prologue à la promenade qu'il s'était promis de faire, portail qu'alors il emprunta sourire aux lèvres pour s'introduire dans l'aventure nocturne, le cœur soulevé…

Dehors, la nuit, à peine.

Autant dire qu'il faisait encore jour, à peine, mais l'obscurité ne tarderait pas à ensevelir cette longue et belle soirée de juin, il allait s'en falloir sans doute d'une dizaine de minutes.

Quelle chaleur, l'air des rues stagnait dans une immuable impression de lourdeur, d'étouffement.

Dimitri avait marché jusqu'à Tirso de Molina.

Son intention avait été d'aller flâner du côté de plaza de Santa Ana, qu'il aimait beaucoup, en se laissant conduire par le hasard, dans un désir d'osmose avec la ville et son énergie profonde, comme il aimait à le faire quand il était seul et qu'il n'avait pas envie de le rester. Certains, en pareil cas, vont dans des bars, c'est à la mode chez les jeunes gens de sa génération (il est né en 1989) de se rendre dans des bars où pratiquement tout le monde parle à tout le monde, mais plutôt qu'attendre captif à un comptoir que ne s'amorce la conversation adéquate, un verre à la main, Dimitri préférait la rue et son brassage incessant, les élégies des lentes dérives pensives sur les trottoirs. S'oublier, soumettre à ses intuitions les défis des bifurcations, identifier dans l'atmosphère – mais aussi bien dans son esprit, c'est la même chose – des courants susceptibles de le conduire jusqu'au lieu où adviendrait ce qui se révélerait être le moment décisif, c'est de cette façon-là que Dimitri pensait que se produisent les belles rencontres. Et quand la belle rencontre finit par se produire, le cheminement fantomatique qui y aura mené apparaîtra comme un miracle d'inspiration et de grâce innocente, comme si ce cheminement avait été déterminé intégralement par la nécessité de son lumineux dénouement. Ainsi, chaque décision que le marcheur aura prise, prendre à gauche plutôt qu'à droite, aller ici plutôt que là, se laisser guider par l'appel incertain de telle ou telle façade vêtue de lierre aperçue au loin au bout d'une rue sera perçu après coup comme résultant d'un principe supérieur ayant tout transcendé (jusqu'à la volonté, la conscience du promeneur, jouet de la fatalité et du destin) et la rencontre finale s'en trouvera sacralisée, oui, sacralisée, du seul fait qu'il était éminemment improbable qu'elle se produise, et qu'elle s'était finalement produite.

(Souvenons-nous bien de cette phrase. Relisons-la. C'est précisément ce qui rendra fou Dimitri dans les mois qui suivront.) Mais de tout cela il faut être inconscient, ou alors à peine conscient, vaguement, entre deux eaux, sinon la grâce ne s'enclenche pas, la réalité reste aussi inerte et avaricieuse qu'à son triste ordinaire. La volonté raidit tout, c'est bien connu – il ne faut rien vouloir nettement, mais se mettre en situation de tout obtenir, presque en fermant les yeux. S'abandonner. Se faire confiance. Les choses les plus belles se produisent toujours naturellement, sans qu'on y ait songé.

Dimitri avait longé vers l'est la partie supérieure de Tirso de Molina, où assise sur des bancs, par terre, aux terrasses des cafés, une foule nombreuse et animée buvait des coups et discutait, en bandes, par petits groupes, en couples, dans la touffeur à peine atténuée du soir. Des cris, des rires. Le bruit grêle d'une bouteille de bière qui roule inégalement sur le sol en pente douce, bêlement bref, aux pieds de Dimitri. Certains jouent de la musique, chantent, dansent. Un baiser sur un banc. Quelle insouciance que la rue espagnole... Puis Dimitri avait pris la calle del Dr Cortezo qui remonte vers le nord. Et le temps qu'il parcoure cette rue déserte pour déboucher calle de Atocha, la nuit était tombée : le peu de jour qui subsistait quand il était sorti du restaurant s'était éteint tout à fait. Et c'est alors qu'il l'avait vue, en bordure de la calle de Atocha, au seuil d'un passage piéton, en compagnie d'une fille et d'un garçon d'à peu près le même âge que lui, attendant que le feu passe au rouge.

Celui qui aime aime au premier regard.

Ce ne fut pas ce qu'il sentit, ce ne fut pas ce qui se passa, ce ne fut pas ce qu'il se dit dans les heures ni les jours qui suivirent.

D'ailleurs, il ne connaissait pas encore ce soir-là

la fameuse phrase de Shakespeare, il la découvrirait quelques semaines plus tard, lors de leur deuxième rencontre fortuite, se persuadant alors que tout s'était joué à l'instant même où son apparition calle de Atocha l'avait saisi, comme rarement saisissent dans la rue une présence, l'allure, l'aura et les émanations inexplicables d'un être humain qui vous fascine.

Un court instant Dimitri avait cru qu'elle était un garçon, mais elle était une fille – cette fulguration en deux temps rapprochés n'avait sans doute pas été étrangère, d'ailleurs, à la puissance de la secousse qu'avaient reçue ses sens, et son imaginaire.

Est-ce qu'il faut essayer de décomposer ce qui s'était passé en lui à l'instant où il avait été saisi par la présence de ce jeune homme, puis presque immédiatement de cette jeune femme ?

Elle avait été comme une alarme, ou la stridente prémonition d'une imminence.

Elle lui était apparue moins comme un corps attirant – qu'au demeurant il était – que comme un paysage. Et comme tout paysage qui vous séduit celui-ci était bien sûr beau et frappant, mais aussi partiellement indiscernable, enfoui lui-même dans ses propres lointains.

Ce qui émanait de ce paysage – de cet être intérieur – se répercutait chez Dimitri comme l'aurait fait un somptueux souvenir, mais un souvenir que sa mémoire était incapable d'identifier, auquel ne s'associait aucune image, aucune date, aucun lieu, nulle anecdote ou situation : uniquement une sensation d'indicible et de voluptueuse *familiarité*. Du futur refluant dans son présent à la manière d'une réminiscence qui n'aurait aucun souvenir d'elle-même, frappée de cécité.

Et en même temps on pourrait dire tout aussi bien

que Dimitri se consumait du seul désir d'embrasser sur la bouche cette belle et mince jeune femme. La peau marbrée, les oreilles, arracher joyeusement ses vêtements, les seins petits. Ah, les seins petits ! Voir et lécher son sexe. Lui faire l'amour, se réveiller dans le même lit qu'elle.

Bien sûr.

Dimitri l'observait, elle ne l'avait pas encore remarqué, elle paraissait ne pas être tellement attentive à ce qui se passait alentour. Ils se parlaient en espagnol, une conversation à bâtons rompus, la circulation était dense, personne ne pouvait traverser.

Le feu passa au rouge.

Ils traversèrent la calle de Atocha, Dimitri derrière eux, avant de s'engager dans la calle de Carretas, vers le nord. Dimitri les suivait, défié par les réminiscences frappées de cécité que répandait dans son sillage l'énigmatique silhouette de la jeune femme.

Grande et mince, longiligne, androgyne ; les cheveux bruns coupés très court, presque ras ; des oreilles parfaitement circulaires ; le visage d'une pâleur extraordinaire, étroit, intelligent ; des yeux bleu clair ; de minuscules taches de rousseur autour des yeux ; un nez busqué, volumineux, presque trop, décidé ; les yeux brillants ; vêtue avec recherche mais dans une esthétique miséreuse, rapiécée, qui pouvait faire songer aux mises miteuses, glorieuses et compliquées des vagabonds de Samuel Beckett ; look contredit par une splendide et volumineuse gibecière en cuir noir et des bijoux en argent, bague, sautoir, bracelet, lesquels introduisaient dans son allure arrachée des notes moins épineuses, qui entraient en résonance avec l'élégance de sa démarche ; car sa démarche surtout était belle, d'une qualité plastique indiscutable ; Dimitri n'aurait pas su comment la décrire ; un sortilège activé par son corps, dès qu'il se déplaçait ; hauteur et rectitude du port de tête ; rigueur et amplitude du mouvement des jambes ; le pied en pointe porté loin en avant, la jambe tendue ; cadence ; angle idéal formé par les pieds ; l'assise du buste ; le tombé naturel de l'être, comme on le dirait d'une étoffe ; c'est difficile de définir ce qu'est une belle démarche, ce qui distingue d'emblée d'une démarche ordinaire une démarche hors du commun, harmonieuse, pleine de rêverie ; mais naturelle, non affectée ; pensivement mécanique ; on n'accorde pas à la façon dont les corps se déplacent dans l'espace toute l'attention qu'il le faudrait ; personne ne parle jamais d'une autre personne en décrivant la façon dont son corps se déplace dans l'espace ; il y a longtemps, Dimitri était tombé amoureux d'une femme d'une cinquantaine d'années qu'il voyait passer tous les jours en bas de chez lui ; parce que sa démarche était parfaite, profonde et mélodieuse ; la façon dont elle marchait faisait rêver l'espace ; comme si les engrenages de sa démarche meulaient en elle les grains de quelque songe gorgé d'ailleurs dont Dimitri recueillait la poudre fine ou le parfum, dans son sillage ; il suffisait à Dimitri de la regarder marcher pour qu'il s'emplisse d'une émotion comparable à celle que propageait en lui à l'époque la lecture de Verlaine.

Dimitri redoutait de donner aux trois jeunes gens le sentiment qu'il les suivait. C'est ce qui finirait pourtant par se produire s'il continuait de demeurer derrière eux. Alors il décida de leur adresser la parole, prenant prétexte qu'il était perdu, et qu'il voulait aller Puerta del Sol.

Dimitri dépassa le trio par sa droite, car la jeune femme qui lui plaisait se trouvait à la droite du trio, et il se retourna pour leur parler. En cet instant, il se produisit sur le trottoir une sorte de grand remous, soudain et si imprévisible qu'il ne fut pas capable, après coup, de reconstituer la scène, et de visualiser les mouvements par lesquels, à l'instar d'une molécule percutée par un atome, le trio avait bien pu se disloquer. Toujours est-il que Dimitri se retrouva à devoir adresser la parole à la copine de la jeune femme qui lui plaisait, parce que c'est elle, au moment où de sa bouche sortait sa première phrase, qui surgit en face de lui comme seule interlocutrice possible. Sans doute le trio s'était-il défait pour laisser passer un groupe qui remontait la rue en sens inverse. Dimitri pensa qu'il serait d'une maladresse insigne de se détourner d'elle à peine sa phrase amorcée pour aller se choisir un peu plus loin une autre interlocutrice, et a fortiori pour obtenir un renseignement que quiconque dans cette rue aurait été capable de lui fournir : la direction de la Puerta del Sol (même Dimitri savait où se trouvait la Puerta del Sol, c'est dire).

Putain, quel con, comment avait-il fait pour si mal se débrouiller ?!

Il demanda, en anglais, après s'être excusé, où se trouvait la Puerta del Sol, car il était perdu, il ne savait plus où il était. Dimitri fit une phrase articulée avec lenteur, trouée d'hésitations, pour laisser à cette circonstance par nature éphémère le temps de se stabiliser. De devenir un lieu où s'attarder, où se sourire, clairière où la jeune femme qui lui plaisait pourrait peut-être les rejoindre, qui sait, si elle s'impatientait… Dimitri la chercha du regard et constata que ne s'étant pas aperçue, pas plus que le garçon d'ailleurs, que leur copine avait été interceptée par un touriste égaré, ils avaient poursuivi leur chemin quelques mètres, avant de s'arrêter pour l'attendre, en la regardant distraitement. Mais de quoi parlaient-ils ? Leur conversation semblait les passionner. Et Dimitri comprit la situation : soit la jeune femme qui lui plaisait continuait de ne pas le voir, soit soudain elle le voyait mais elle le percevrait alors comme une importunité, parce qu'il serait devenu lourd, intrusif, insistant : voilà l'impasse où il venait de s'enfermer. Aïe aïe aïe. Tout ça il le sentit, ce fut une déconvenue cuisante. Entre-temps, ayant obtenu le renseignement qu'il simulait de convoiter, et son interlocutrice s'étant remise à marcher, Dimitri lui avait posé une nouvelle question sur la géographie madrilène, afin qu'il ne fût plus possible pour elle d'aborder ses deux amis sans être toujours en conversation avec lui. Bon. Pardonnons à Dimitri cette candeur pré-estivale. Il lui avait demandé si selon elle il pouvait être d'un quelconque intérêt de visiter la plaza Mayor. On voit par là à quel point il fut peu inspiré : mettons cette indigence sur le compte de la panique, ou de la déception (déjà). La jeune femme qui lui plaisait continuait de n'accorder qu'une attention discontinue au duo constitué par sa copine et ce touriste à l'abyssal anonymat, et quand les deux arrivèrent devant elle, et que Dimitri, après s'être vu confirmer qu'effectivement la plaza Mayor pouvait être considérée comme une étape obligée de tout séjour touristique à Madrid, fut congédié par un good night à peine poli, le regard bleu de la jeune femme qui lui plaisait zooma soudain sur le visage de sa copine, ignorant ce qui n'était visiblement pour elle qu'un parasite momentané, nous parlons là bien sûr de Dimitri.

Était-il concevable d'être plus indifférent à un être humain que ne l'était vis-à-vis de lui cette jeune femme qui lui plaisait tellement ?

Le trio se remit en route et Dimitri les devança, il s'éloigna, c'était cuit.

Une grande tristesse s'écoula dans son corps,

exactement comme une baignoire qui se remplit après qu'on a ouvert en grand les robinets, mais d'une eau noire, mauvaise, envahissante.

Il se sentait tellement quelconque !

Il était resté invisible, aussi insignifiant que les zébrures d'un passage piéton. Et encore ! Les zébrures, même si on ne les regarde pas, on les voit ! Cette fille l'avait-elle même vu ? Dimitri n'en était pas certain.

C'est peut-être la chose la plus humiliante que l'on puisse se voir infliger, non seulement ne pas être regardé, mais ne pas même être *vu*.

Parvenu sur la Puerta del Sol, il s'approcha d'un attroupement qui encerclait des acrobates et resta plusieurs minutes à regarder les numéros qu'ils enchaînaient, rhinocéros. Jongler avec des quilles, cracher du feu, accomplir des pirouettes, s'escalader les uns les autres. Il se sentait comme un rhinocéros.

À un moment, il s'aperçut que les trois jeunes gens s'étaient avancés sur sa droite, admirant eux aussi la périlleuse pyramide corporelle. Ils s'étaient tus.

Après leur avoir jeté quelques coups d'œil enjoués, il se persuada qu'il n'obtiendrait de leurs visages aucun signe de connivence. La copine de la jeune femme qui lui plaisait lui avait pourtant indiqué, dix minutes plus tôt, la direction de la Puerta del Sol, où ils se trouvaient à présent réunis, ce qui leur eût fourni une entrée en matière idéale s'ils avaient dû échanger des amabilités, ou un simple sourire. Mais rien du tout : pas même un regard. Que la réalité est dure, butée, indifférente ! Là même où peu de mois auparavant, ironie suprême, était implantée l'ardente congrégation des Indignés ! Comme quoi la tendresse, l'empathie, la générosité, le goût des connexions sensibles et fraternelles sont toujours ce qui reste le moins naturel à l'être humain, quoi que peuvent parfois nous laisser croire les épisodiques crises de bonté – ou de culpabilité – qui comme des rages de dents saisissent de loin en loin et toujours très brièvement la conscience du monde, laquelle conscience du monde, une fois la carie tue, n'aime rien tant que se réfugier le soir sous sa couette pour s'abîmer dans de distrayantes séries américaines, sans sentir dans ses chairs les assauts du brûlant paradoxe. Que leur eût coûté un sourire, à ces trois connards ? Alors il se remit en chemin après que la pyramide humaine se fut écroulée.

La Puerta del Sol est comme un éventail déployé vers le nord : sur un arc de cent quatre-vingts degrés, sept rues rayonnent de l'esplanade qui permettent de s'en échapper (si l'on exclut les rues qui auraient fait redescendre Dimitri vers Tirso de Molina). Alors, résolu à se laisser dériver sans réfléchir, il poursuivit la calle de Carretas et emprunta d'instinct la calle del Carmen qui la prolonge. Une dizaine de mètres plus loin, parvenu à un embranchement, il décida de prendre sur sa droite la calle de Tetuán, qui l'inspirait davantage. Quelques minutes plus tard, s'étant immobilisé devant la vitrine d'un antiquaire (pour admirer un tableau daté de 1897 qui représentait un doux paysage rocheux de bord de mer, breton sans doute, breton bizarrement), il vit réapparaître les trois jeunes gens, à la hauteur desquels il évolua pendant un certain temps, sans davantage attirer leur attention. Alors il décida d'accélérer le pas, pour qu'ils n'aillent pas s'imaginer qu'il les suivait, ah ça non, surtout pas ! et c'est ainsi que Dimitri s'éloigna d'eux résolument.

Mais la pensée n'avait pas manqué de poindre en lui que leurs trajectoires avaient été identiques depuis Tirso de Molina jusqu'à la calle de Tetuán, et qu'il avait fallu l'intervention d'une instance supérieure singulièrement favorable à sa cause, dans le grand désordre de la ville, pour qu'il en aille ainsi, évidemment. Alors une idée étrange se fit jour : il allait continuer à suivre ces trois personnes, mais en les devançant.

Et s'il était écrit qu'il devait se passer quelque chose entre lui et la jeune femme qui lui plaisait, ce serait parce que la ville en aurait décidé ainsi, en inspirant à Dimitri le chemin qu'allaient suivre les trois jeunes gens – jusqu'au terme fatidique de leur promenade conjointe, leur réunion providentielle, le lumineux baiser.

Dimitri déboucha sur la plaza del Carmen, qu'il longea en tournant à gauche. Il sentait que les trois jeunes gens étaient toujours dans son sillage, ils se déplaçaient sensiblement à la même vitesse que lui. À l'extrémité de la place, trois possibilités s'offraient à Dimitri et il marcha tout droit, empruntant la calle de la Abada.

Il continuait d'avancer dans la nuit sans céder à la tentation de vérifier si les trois jeunes gens le suivaient toujours.

Contrairement à Orphée, Dimitri s'obéissait.

Une petite rue partait sur la droite, parfaitement perpendiculaire, calle de Chinchilla, qu'il ne prit pas.

Un peu plus loin, la calle de la Abada se déportait vers la gauche tandis qu'une autre artère poussait orientalement, plus étroite, tel un surgeon, calle de Mesonero Romanos, dans laquelle il s'engagea. Il se laissait glisser dans la nuit. Il remonta la rue sans sentir derrière lui aucune présence humaine, et parvint au bord de la calle Gran Vía.

Il attendait au bord de la calle Gran Vía que le feu passe au vert, pour pouvoir la franchir.

Et c'est alors que les trois jeunes gens réapparurent sur sa droite, au ralenti, presque irréels, tels une vision que la rue lui aurait révélée, un développement photographique.

Dimitri éprouva un fort sentiment de plénitude, d'être ainsi entendu par la ville.

Le feu passa au rouge, les trois jeunes gens traversèrent et Dimitri les dépassa, s'orientant vers la gauche pour rattraper la calle de Mesonero Romanos qui se poursuivait par-delà la calle Gran Vía.

Il se sentait inspiré, il lui semblait savoir où il allait, d'instinct, avec confiance, de la même façon qu'un écrivain s'oriente avec ses phrases vers la lumière d'une ardente sensation intérieure, jusqu'au moment où la lumière est atteinte et qu'il fusionne avec elle, percutant au loin son futur lecteur – en qui renaîtra un jour, telle qu'en elle-même, cette sensation particulière.

Il tourna à droite sur la calle del Desengaño, qu'il traversa, et quelques mètres plus loin il refusa d'emprunter la rectiligne et fastidieuse calle de la Ballesta, poursuivant sa progression vers l'est.

Ses pas étaient réguliers, calmes, comme la respiration d'un dormeur.

Dimitri cheminait dans une vision, dans une vision produite par son désir, il n'avait plus de corps.

Il guidait les trois jeunes gens par la seule puissance de son esprit, son esprit projetait l'image où il évoluait et dans laquelle, sans le savoir, les trois jeunes gens évoluaient eux aussi, à son entière merci.

Et au carrefour suivant, se demandant si le moment n'était pas venu, à une telle distance de Tirso de Molina, car enfin Dimitri n'allait pas déambuler de la sorte toute la nuit, d'attirer l'attention des trois jeunes gens sur le caractère pour le moins surnaturel de leur présence simultanée à ce croisement, eux qui avaient suivi le même itinéraire que lui, et lui le même itinéraire qu'eux, pendant près de trois quarts d'heure, sans se concerter, il se retourna brusquement : la rue était déserte, sans une silhouette à l'horizon. Alors Dimitri revint tristement sur ses pas et accablé par le tour très amer qu'avait fini par prendre cette désastreuse soirée, il rentra à son hôtel, prit un Xanax et s'endormit.

Pendant la nuit, se demandant si le moment n'était pas venu, à une telle distance de Tirso de Molina, car enfin Dimitri n'allait pas déambuler de la sorte indéfiniment, d'attirer l'attention des trois jeunes gens sur le caractère pour le moins surnaturel de leur présence simultanée à ce croisement, eux qui avaient suivi le même itinéraire que lui, et lui le même itinéraire qu'eux, pendant près de trois quarts d'heure, sans se concerter, il se retourna brusquement : ils traversaient la rue sous ses yeux, de profil, au passage clouté, tels les Beatles moins un, pour emprunter la perpendiculaire calle de Valverde.

— Hey, you, what a coincidence ! Here you are, that's incredible !

C'est la phrase par laquelle Dimitri les intercepta tandis qu'ils s'apprêtaient à franchir son champ de vision.

On le regarda avec étonnement, sans presque ralentir.

— You don't remember ? I've asked you where Puerta del Sol was, half an hour ago ! précisa Dimitri. You don't remember ? We walked exactly the same way since Tirso de Molina !

— That's not the right way, lui répondit la copine. The Puerta del Sol is that way, you got lost, ajouta-t-elle en pointant son doigt en direction du sud.

Le trio s'était déjà remis en mouvement au moment où la copine achevait sa phrase d'un good night à peine moins négligent que le précédent, obligeant un Dimitri suicidaire à trottiner lamentablement auprès d'eux pour se justifier.

— Yes, I know, I was at the Puerta del Sol and now I'm walking here, in this charming area, and I was looking for a bar, a nice place, do you know a nice place in this area ?

La copine jeta sur Dimitri un œil un peu plus velouté qu'il ne l'avait été jusqu'à présent et lui répondit que oui, elle connaissait un endroit sympathique, un peu plus haut sur le trottoir de gauche, à mi-rue, dont elle lui donna le nom.

— Thank you very much, lui répondit Dimitri en continuant de marcher à ses côtés.

Il n'était pas sans percevoir leur contenance réfractaire, mais c'est le propre de ce genre de situation mal engagée, pourrie, donc insoluble : s'il s'obstine au lieu d'opter pour la judicieuse alternative de l'effacement, la seule possible dans ce genre de circonstances, celui qui tente de s'imposer aggrave son cas et alourdit les charges qui pèsent sur sa présence inopportune, même s'il s'efforce d'être printanier (c'est une sorte d'inéluctable sable mouvant) – et c'est précisément ce qu'était en train de faire Dimitri, en toute connaissance de cause.

— That's the place where you go yourselves ? eut-il l'intrépidité de demander, ajoutant : Maybe we could have a drink together, to celebrate the incredible coincidence of this magical summer night ? et il sentit qu'un décalage irréductible accusait sa phrase d'être inappropriée, et qu'il eût fallu domestiquer ces trois jeunes gens par des considérations qui ne fussent pas à ce point inquiétantes, baroques, alambiquées.

La copine éclata d'un rire sonore et lui demanda avec désinvolture de quelle fucking coincidence Dimitri voulait parler.

— What fucking coincidence are you talking about, guy ?! hurla-t-elle à l'orée d'un nouvel éclat de rire, entraînant ses deux amis dans sa gaieté.

Ils riaient ! La jeune femme qui lui plaisait s'était mise à rire elle aussi ! Qu'il était beau, son rire ! Que ses dents étaient belles, blanches, brillantes, régulières ! Des canines minuscules, d'écureuil ! Et c'est à cet instant que Dimitri stupéfait les vit se mettre à courir pour échapper à sa gluante et lamentable emprise – ils couraient, riaient et pivotaient vers lui pour savourer son piteux désarroi, un sprint moqueur et réjouissant, critique, festif, dont la beauté humiliante convainquit Dimitri qu'il ne s'était pas trompé, eux aussi avaient le sens de la morsure, laquelle morsure à même les chairs de son cerveau lui procura une vive douleur mentale, il cria et se réveilla assis dans son lit, en sueur, haletant, et dans un pire état qu'il ne l'avait été en se couchant.

Jamais plus il ne refoutrait les pieds en Espagne, ça c'est certain – pays où cette nuit-là il ne fut guère étonné qu'on eût inventé la corrida.

4

La deuxième fois que Dimitri la rencontra, ou plutôt l'aperçut, c'est à Paris, deux semaines plus tard, au théâtre de la Ville, place du Châtelet, où il était allé voir avec Alexandra la dernière pièce de la chorégraphe flamande Anne Teresa De Keersmaeker.

Alexandra était la meilleure amie de Dimitri.

Anne Teresa De Keersmaeker était la chorégraphe préférée de Dimitri et Alexandra.

Tandis que le public s'installait, et qu'assis au rang M ils discutaient de choses et d'autres, la jeune femme qui à Madrid avait tant plu à Dimitri apparut à droite du bord de scène par l'entrée opposée à celle qu'eux-mêmes avaient empruntée.

Stupéfaction.

Précisons qu'au théâtre de la Ville on accède à la salle par le bas, à proximité du plateau, pour gravir ensuite jusqu'à son siège la pente très prononcée des gradins – à l'œil, une pente aussi abrupte qu'au ski une piste noire. Cette configuration laisse à chacun le loisir d'observer, une fois installé, les personnes qui à leur tour font leur entrée par l'un des deux corridors latéraux, avant d'escalader les regards du public.

En dépit du grand nombre de spectateurs qui

entouraient son inconnue au moment où elle était entrée dans la salle, non seulement Dimitri l'avait vue mais il l'avait identifiée, malgré lui pour ainsi dire, sans saisir dans un premier temps ce qu'avait voulu lui signifier la sensation de déchirure qui venait de fuser dans son corps. D'ailleurs, n'avait-il pas fallu que l'inconscient de Dimitri fût aux aguets, d'une vigilance presque animale, pour que son œil distrait – il était en train de bavarder avec Alexandra d'un dossier qu'elle allait bientôt plaider, un atroce féminicide – allât ainsi distinguer au milieu d'autres visages le visage inattendu en ces lieux de sa lointaine passante espagnole ? Lointaine dans tous les sens qu'on peut prêter à ce mot : lointaine dans cette salle, lointaine dans son souvenir, lointaine par son pays de résidence, lointaine dans l'ordre des probabilités, lointaine par la totale indifférence qu'elle lui avait opposée lors de leur première rencontre. Et l'espoir de la revoir un jour n'avait-il pas été plus vivace qu'il ne l'avait lui-même imaginé, et cet espoir insensé ne s'était-il pas comporté à son insu comme une vigie au sommet d'un mât, en prévision de cette circonstance justement, afin que la jeune femme ne pût lui échapper si leurs chemins devaient de nouveau se croiser ?

Elle s'avançait dans l'allée, ticket et feuille de salle à la main, cherchant des yeux les lettres des rangs inscrits sur les marches, et s'installa dans l'un des tout premiers, genre le rang D, à son extrémité, le long de la travée.

Elle était seule.

— Qu'est-ce qui va pas ? lui demanda Alexandra en le dévisageant. Tu es tout pâle. Pourquoi tu dis plus rien ?

— Promets-moi un truc Alexandra. Si tout à l'heure je te laisse en plan sans explication, et que tu doives rentrer chez toi sans qu'on ait pu aller dîner, il ne faudra pas m'en vouloir, lui répondit Dimitri sans quitter la jeune femme des yeux. C'est inouï ce qui m'arrive. Je te raconterai plus tard.

Les lumières s'éteignirent, le spectacle commença.

Il s'agissait d'une chorégraphie reposant sur la chanson de Brian Eno *Golden Hours*, mais surtout sur la pièce de Shakespeare *As You Like It,* dont des extraits étaient projetés en fond de scène pour permettre à la narration de cheminer. Les danseurs interprétaient chacun un personnage, chaque phrase était dansée, au mot près, en silence, et c'était cristallin. Dimitri voyait se refléter dans cette chorégraphie ce qu'il vivait lui-même au treizième rang de cette forêt nocturne, réincarné en Orlando, avec, en contrebas, entraperçue parmi les têtes dont elle était environnée, sa passante madrilène, sa Rosalinde. À ceci près que sa passante madrilène n'était pas tombée amoureuse de Dimitri quand Dimitri s'était présenté devant elle dans la rue, mais c'était sans doute parce qu'elle ne l'avait pas regardé. Ce ne serait pas le cas quand il l'aborderait dans le hall après le spectacle, se disait-il. Au corps anxieux et bouleversé de Dimitri faisaient écho, sur scène, les corps pensants des danseurs silencieux d'Anne Teresa De Keersmaeker, qui s'adressaient directement au sien, à ses entrailles agonisantes de trac, de joie, de peur et d'impatience. Dans l'état où il était, il aurait été incapable d'accéder à aucun texte autrement qu'avec son ventre.

Celui qui aime aime au premier regard.

C'est ce soir-là que Dimitri découvrit cette phrase, à laquelle il repenserait souvent quand quelques mois plus tard il tomberait amoureux.

Mais y a-t-il quelqu'un d'autre ici qui se réjouisse de voir la musique concassée de ses côtes ? demandait le corps de la danseuse qui incarnait Rosalinde. *Irons-nous voir cette lutte, cousine ?*

Je vous en supplie, répondait en dansant le corps heurté d'Orlando, *ne me punissez pas de vos dures pensées, par quoi je m'avoue bien coupable de refuser quoi que ce soit à des dames si belles et si excellentes,* achevait-il en ramenant son pied gauche vers le droit, circulairement, sa semelle raclant le sol. *Mais que vos beaux yeux et vos vœux favorables m'accompagnent dans cette épreuve,* ajoutaient les bras du danseur, projetés vers le bas à l'équerre, doigts écartés.

À la fin du spectacle, quand le public commença à applaudir, une main se mit à compresser son ventre comme une éponge que l'on essore, férocement, jusqu'à la douleur.

Comment allait-il s'y prendre ?

Et s'il ratait son coup, et que sa passante espagnole le rembarrait une deuxième fois ?

Les danseurs revinrent sur scène pour saluer, Dimitri applaudissait, son ventre lui faisait mal, Alexandra tourna la tête vers Dimitri avec un grand sourire et déclara à son oreille, mais qu'est-ce que c'était beau ! j'ai adoré ! avant de reporter ses yeux sur le plateau en acclamant les danseurs, elle exultait.

Dimitri regardait sa passante espagnole applaudir, elle applaudissait avec la même singulière séduction qu'il avait perçue dans sa démarche sur les trottoirs de Madrid. Ses mains formaient un angle inhabituel et surtout elles suivaient une cadence beaucoup plus lente que celle des autres spectateurs : pendant qu'Alexandra frappait trois fois des mains en saccades, elle écartait lentement les siennes à la hauteur de son visage, d'avant en arrière, et elles revenaient se percuter en figurant un X très aplati, l'extrémité des doigts presque aux veines des poignets, dans un pesant et hiératique mouvement de balancier.

Ah la la mon Dieu que c'est beau ! ah que cette femme lui plaît !

Mais comment Dimitri allait-il donc s'y prendre, maintenant, pour l'intercepter ?

Elle était assise beaucoup plus bas que lui, elle sortirait par conséquent beaucoup plus vite qu'il ne pourrait le faire lui-même et de surcroît par le couloir latéral opposé au sien.

Ce qui signifiait que Dimitri devait la devancer, et aller l'attendre dans le hall au pied de l'escalier dévolu aux places paires.

Mais au préalable il devait s'extraire de son rang, et s'en extraire dès à présent, avant que les lumières ne se rallument, en priant ses voisins de bien vouloir se lever pour le laisser passer.

— Alex, je dois sortir, on se retrouve dans le hall. À tout de suite.

Et c'est alors que sa passante espagnole, se soulevant soudain de son siège, se faufila vers la sortie avec célérité (*ah mais non, pas ça, non !*), et franchissant la brève distance d'obscurité qui la séparait du bord de scène (*pitié, non, pas ça !*), elle s'éclipsa par l'orifice enténébré du couloir latéral, irrévocablement, comme avalée par le monde extérieur, une anguille scintillante.

Non, pas ça ! Mon Dieu, pas ça, non, non !

Les lumières se rallumèrent.

Dimitri effaré se réveilla scellé au milieu de la salle par le ciment des spectateurs qui l'entouraient, et qui s'étaient levés eux aussi, souhaitant comme lui regagner les issues dans les plus brefs délais, nulle dérogation spécifique – sentimentale – ne lui serait bien sûr accordée.

Exactement comme les images et les utopiques radiations d'un rêve se soustraient à toute capture dans les premiers instants du réveil, et se dissolvent à tout jamais, rétives, dans l'ailleurs révolu du sommeil, la jeune femme s'était éclipsée à l'instant même où le sortilège de cette sublime soirée rêveuse se concluait, chassée du champ de vision de Dimitri par le retour décevant du réel, de la foule encombrante.

Comme il se haïssait !

Comme il aurait voulu pleurer, hurler !

En présence d'un tel enjeu, pourquoi avait-il tenu à assister au spectacle ? Pourquoi n'avait-il pas abandonné son siège tout de suite pour aller l'attendre au débouché du couloir latéral, dans l'obscurité, en compagnie des ouvreuses, savourant comme une aubaine inespérée cette situation providentielle ?

Mais qu'est-ce qu'il était con ! Qu'est-ce qu'il pouvait être con, parfois !

Quelle insulte au destin ! Il venait de cracher à la face du hasard en estimant qu'il pouvait rester peinard sur son siège à attendre la suite des festivités *– alors même que le hasard avait pris la peine de lui renvoyer son inconnue sur un plateau !* Qu'est-ce qu'il s'était imaginé ?! Que le hasard, *en plus,* allait faire en sorte que la meuf aille l'attendre au bas de l'escalier, et vienne à sa rencontre ??!! Hey, salut Dimitri, c'est moi, ta passante madrilène, c'est le hasard qui m'envoie, tu vas bien ?

Dimitri remonta la travée quatre à quatre pour sortir de la salle par le haut (trajet moins encombré), dévala à toute vitesse la grande cage d'escalier et regagna le hall, qu'il fouilla du regard à la hâte. Il scruta par acquit de conscience, sans trop y croire, la foule clopeuse et commentante qui s'attardait sur le trottoir, inspecta les deux cafés disposés de part et d'autre du théâtre, le Mistral et le Sarah Bernhardt, retourna à l'intérieur pour vérifier si son inconnue n'était pas en train de sortir des toilettes – mais non, aucune trace d'elle nulle part.

Alors Dimitri finit par se laisser entraîner au restaurant par son amie Alexandra.

— Putain c'est pas possible, quel con, tu peux pas savoir à quel point je m'en veux...
— Mais Dimitri, tu la connais pas, cette fille !...
— ...
— Tu l'as vue qu'une seule fois – et dans la rue en plus ! Et elle t'a même pas calculé tu m'as dit !
— Moi je te le dis, je vais avoir beaucoup, beaucoup, beaucoup de mal à m'en remettre. Tu verras.
— ...
— Un truc pareil, c'est même pas sûr qu'on puisse s'en remettre un jour.
— ...
— ...
— Je veux bien te consoler Dimitri. Je peux comprendre que tu sois – on est d'accord, la meuf, elle était là ce soir, elle t'a filé entre les doigts...
— Et déjà tu trouves pas ça énorme toi ???!!!
— Si. Si, c'est vrai, c'est assez dingue... mais...
— Assez *dingue* ??!! Mais c'est complètement délirant tu veux dire !!!!
— Laisse-moi parler, *please*... Donc, d'accord, si tu veux...
— C'est monstrueux comme erreur. Tu veux que je te dise ? Toute ma vie je serai poursuivi par la question de savoir ce qui se serait passé avec cette fille si j'avais été assez...
— ...
— ...
— Oui ? Ben rien du tout si ça se trouve ?... Dis-toi ça plutôt, non ?
— Je serais en face d'elle là maintenant. Dans

une autre dimension du réel il y a une situation en train de se dérouler, c'est ça qui me rend malade, imagine la scène, elle et moi à cette table en train de parler... et toi t'es dans le métro. Cette situation virtuelle est en train de se dérouler. *Elle existe*. Je suis vraiment trop con. Et il en aurait découlé une vie toute différente de celle qui va être la mienne. C'est pas vertigineux ça ?

— ...

— Non mais franchement, c'est pas vertigineux ?

— Elle t'aurait peut-être humilié en public. Et dans la situation qui se déroule en ce moment même dans ton autre dimension du réel Alex elle est pas du tout dans le métro, tu vois, ma caille : elle console son Dimitri blessé. Imagine la scène, on est là à cette même table, tu pleures, elle t'a baffé en public – et ton Alex elle ramasse les morceaux, parce que t'es en rage de t'être abaissé à aborder cette petite pute puante d'orgueil dans le hall du théâtre de la Ville. C'est mal insonorisé entre les différentes dimensions du réel, je t'entends crier d'ici, *Ah la salope ! Ah putain merde la salope !*

— ...

— Y avait aucune raison qu'elle soit plus cool avec toi ce soir qu'elle l'a été à Madrid il y a trois semaines.

— Si. Le fait qu'on se recroise.

— Mouais... Si tant est qu'elle se soit souvenue que vous vous étiez déjà croisés une première fois à Madrid... et là-dessus, pardon, mais j'ai des doutes, de sérieux doutes.

— Ça fait des années que j'attends ça, tu le sais très bien.

— ...

— Non ?

— Rien ne prouve que c'était la bonne personne.

— Et ça s'est passé ce soir. Et j'ai pas été à la hauteur. Tu ne peux pas dire le contraire. Que cette fille ait été ou pas la bonne personne, peu importe, j'ai pas été à la hauteur, c'est incontestable.

— Tu m'énerves.

— Reconnais-le au moins putain ! C'est ça aussi être une amie non ? Fais-moi plaisir Alex, dis-moi juste ça – qu'on s'entende au moins sur l'essentiel et après on parle d'autre chose si tu veux : oui Dimitri, ce soir, j'avoue, t'as pas été à la hauteur de la situation, t'as été nul. Voilà. C'est factuel ça – t'aimes les trucs factuels toi Alex. Je déteste me décevoir. Dis-moi que tu comprends ça.

— Si tu veux. Mais je sais aussi… C'est rien que du hasard cette histoire, ça n'a aucun sens, il n'y a rien d'intéressant là-dedans.

— Tu as tort…

— Sois un peu rationnel Dimitri.

— Tu peux laisser passer ton destin sans t'en apercevoir. Ton destin il s'arrête sous tes yeux deux minutes comme un train – et comme un con tu regardes ton avenir sans comprendre qu'il faut vite monter dedans avant qu'il ne reparte.

— Cliché. J'ai l'impression d'avoir déjà…

— Et quand ton avenir il se barre sans toi, accroche-toi pour le rattraper ! Va rattraper un train en courant !

— J'ai l'impression d'avoir déjà entendu ça cent fois.

— Il y a ceux qui ont la faculté de discerner la chance qui passe, et ils la saisissent, et ils repartent dedans. Et il y a les autres. Ceux qui ne savent pas la discerner, ou qui, s'ils la discernent, comme moi ce soir, ne savent pas la saisir. Ou ne sont pas assez rapides. Ou n'ont pas le courage. Ou peut-être ont peur. De réussir leur vie, d'être heureux. Courir vers son bonheur, comme j'aurais pu le faire ce soir en allant la voir dès que je l'ai remarquée, c'est dans le fond la chose la moins naturelle à l'être humain.

— Va pas t'enfermer là-dedans Dimitri ! Je te connais, t'en serais capable ! La seule fois que tu as essayé d'adresser la parole à cette fille, elle t'a même pas regardé putain !

— Mais elle est réapparue. *Elle est réapparue Alex.* Et je crois pas avoir jamais croisé une fille qui me plaise autant.

— Quoi ?! Qu'est-ce que j'entends ?! *Tu crois pas avoir jamais croisé une fille qui te plaise autant ?* Tu veux que je te rafraîchisse la mémoire mon coco ?

— …

— Rien que cette année, et je compte pas les filles avec qui tu as seulement…

— OK OK OK. C'est vrai : OK, arrête – tais-toi, tu as raison.

— Je préfère ça.

— Mais…

— Non Dimitri : y a pas de mais. Tous les quatre matins tu m'appelles pour me dire que tu as vu, ou rencontré, ou aperçu, la nana sidérante, la nana subjuguante, la nana terrassante, la nana culminante…

— Je t'arrête tout de suite. Déjà, et d'une : je dis jamais nana. Et de deux…

— La fille. D'accord. La *fille*.

— Et de deux…

— La fille terrassante. La fille idéale. L'enchantement suprême…

— Et de deux…

— Tous ces mots surannés que tu utilises… *Idéale* ! *Subjuguante* ! Y a plus que toi pour encore oser prononcer ces mots, je sais pas si t'es au courant ! Le mot *suprême* !!!

— Enfin moi au moins j'ai envie de vivre des trucs

qui sortent un peu de l'ordinaire. Des trucs de grande ampleur quoi tu vois.

— Des trucs de grande ampleur… Dimitri, mon cœur, je t'adore !

— Toi t'as seulement besoin d'être excitée. C'est tout, juste ça, attirée, excitée. Tu as seulement besoin de jouer. Les gens se contentent de peu. Désirer petitement, espérer petitement. Attends, je termine – maintenant que tu m'as lancé là-dessus… Rêver petitement, penser petitement, sentir petitement… et donc au bout du compte aimer petitement, exister petitement, sans aucune folie, sans aucune démesure. Je ne veux pas. Je ne veux pas, ttt ttt, attends, laisse-moi finir cette phrase. Je ne veux pas espérer petitement, une copine petitement désirable, ou petitement estimable, ou petitement impressionnante, ou petitement intelligente, ou petitement tout ce que tu veux. Petitement ne m'intéresse pas. Je milite pour les ambitions délirantes. Je défends les termes emphatiques. Petitement : très peu pour moi. Pas mal : pareil. Raisonnable : pire encore. Vas-y, tu peux parler.

— Je vois que tes propres phrases te font marrer toi-même, c'est ça qui te sauve du ridicule. À la tienne mon Dimitri.

— Tchin…

— En attendant… et jusqu'à preuve du contraire… tes engouements *de grande ampleur,* à l'opposé du *petitement*, n'en sont pas moins des feux de paille, toujours et seulement des feux de paille, si je puis me permettre, ma caille.

— Parce que c'est compliqué. Voilà. Je te l'accorde. Oui, les choses ne sont jamais ce qu'elles ont l'air d'être, tu le sais très bien. Il faut toujours aller y voir de plus près. Ça demande cinq minutes supplémentaires, au-delà de l'éblouissement. Et quand on s'approche de plus près, pour aller voir ce qui se passe dans la personne, par-delà les prodiges de la séduction et de l'attirance physique, il manque toujours quelque chose, y a toujours un truc qui déconne, un truc rédhibitoire. Les gens sont décevants, qu'est-ce que tu veux que j'y fasse.

— Ah ça tu peux le dire ! Quand tu vas chez les mecs, deux fois sur trois, ta libido s'écroule dans les trois secondes. Les mecs, ils ont des piaules ! Tu te fais baiser sur des imprimés bowling...

— Y a des mecs, ils ont des couettes avec des quilles et des boules de bowling ?

— Un jour, je suis tombée sur un gars, sa couette : des zèbres.

— Des quoi ?

— Des zèbres.

— ...

— OK. Why not. Une fois déshabillé : micro bite. Micro bite / motifs zèbres ! Le gars, ça lui avait jamais traversé l'esprit... Comment on dit déjà. Merde...

— De quoi ?

— Le mot... Aide-moi Dimitri... Pas raccourcis...

— ???

— *Analogie !* Le gars il s'était jamais dit que par analogie, recevoir des filles sur des zèbres, ça pouvait être dévaluant pour lui ! Je me suis barrée tout de suite.

— Tu t'es cassée ?

— Au-dessus de mes forces.

— Tu t'es cassée... comme ça ? T'as vu sa bite – tu t'es cassée...

— J'allais me gêner. J'ai vu sa bite, j'ai ramassé mes affaires, je me suis cassée.

— Et qu'est-ce que tu lui as dit ?

— Ben rien... qu'est-ce que tu voulais que je lui dise ? Je me suis cassée, c'est tout !

— Ah ben tu vois, j'ai jamais osé. Ça m'est déjà arrivé plusieurs fois d'avoir envie de me barrer à peine arrivé chez une fille – et j'ai jamais osé. Je prends sur moi.

— C'est pas pareil. Les mecs, vu ce qu'ils nous font subir, à nous les meufs, depuis des millénaires, j'estime qu'on peut, en 2015, se barrer de chez eux sans explication. On leur doit rien. Ils méritent bien quelques vexations. Ça c'est l'avantage d'être une femme. En tant que mec, dans le même genre de situations, à moins d'être un atroce goujat, t'es obligé de rester un minimum effectivement.

— Je trouve ça cool. J'adore ce que tu dis.

— De quoi ?

— Que les mecs, après des millénaires de domination, ils méritent bien d'être traités sans précaution, si le cœur vous en dit. En effet, barre-toi sans ménagement quand quelque chose te plaît pas. J'adore !

— Tu sais pas ce qui m'est arrivé la semaine dernière ? Je t'ai pas raconté…

— Je crois pas.

— Non, ça y est… c'est à David. Je suis allée baiser chez un mec, je l'avais rencontré au Bubar deux jours avant – on s'était juste embrassés sur le trottoir, après avoir parlé une heure au bar. Un assez beau mec. Un feuj. Superbe bite. Gros cerveau, prof en prépa. Et surtout un torse hyper poilu. Vraiment j'avais rarement vu un torse aussi poilu, c'était cool, j'adore ça…

— De quoi ?

— Les poils. Les mecs poilus.

— Tiens, moi aussi…

— Toi aussi ? C'est cool. Mais chez les mecs, ou aussi chez les filles ?

— Aussi chez les filles.

— Ah bon, *même chez les filles* ?! Les poils aux pattes, les aisselles, tout ça ?

— Absolument. Mais on va pas parler de ça maintenant Alex, continue…

— Bref. Après avoir baisé, je me précipite dans la salle de bains, comme toujours, pour aller faire pipi…

— Pourquoi ?

— Pourquoi quoi ?

— Ben pourquoi tu te précipites *toujours* dans la salle de bains pour aller faire pipi…

— Pour éviter les infections urinaires.

— Les *infections urinaires* ?

— Après avoir baisé, faut pisser tout de suite. Me demande pas pourquoi, c'est ce que recommandent les gynécos. Pour éviter les infections urinaires.

— Ah bon. Je savais pas…

— Et dans le miroir, qu'est-ce que…

— Mais même moi, même les mecs ?

— Dis Dimitri, t'es pénible ce soir, tu veux pas me laisser raconter mon histoire jusqu'au bout ?…

— Si, pardon, bien sûr. Mais juste ça, dis-moi, même les mecs ?

— De quoi ?

— Les infections urinaires.

— Mais j'en sais rien moi ! Laisse-moi terminer s'il te plaît.

— OK, pardon… Vas-y, je t'écoute.

— Et dans le miroir de la salle de bains, qu'est-ce que je vois ? Mon torse était couvert de poils.

— Hein ?

— Ma poitrine, mon ventre, couverts de poils, une vraie guenon !

— Mais qu'est-ce que tu racontes… Des poils ? *Sur ton torse* ?

— Le gars, en me baisant, il avait perdu ses poils ! Et comme on avait transpiré comme des bêtes ils s'étaient collés sur ma peau, j'en avais des centaines !

Le con ! Ahhrr, quelle horreur ! Je me voyais dans le miroir avec tous ces poils sur mes seins... Je peux te dire que lui, je ne l'ai plus jamais revu !

— Tu me fais rire.

— Alors que c'était plutôt pas mal niveau baise...

— Il t'arrive toujours des trucs invraisemblables.

— Au moins ça t'a redonné le sourire mon Dimitri.

— Elle, je suis sûr qu'elle m'aurait pas déçu.

— Tu veux parler de la meuf du théâtre de la Ville j'imagine. Tu me gaves là franchement Dimitri.

— Elle m'aurait pas déçu Alex.

— Comme par hasard. Là, justement, comme par hasard, parce qu'elle a disparu, et qu'il t'est impossible de vérifier si elle était oui ou non aussi décevante que les précédentes, tu postules que c'était celle qui t'aurait pas déçu, *pour la première et la dernière fois de toute ton existence*. C'est ça ?!

— ...

— Oui, c'est ça ? Ce serait pas parce que t'es incapable d'aimer une meuf plus que tu ne t'aimes toi-même ? Et que la seule façon d'aimer, pour toi, est d'aimer quelqu'un qui n'existe pas, et qui reste à l'état d'éther, de théorie, d'hypothèse pure ?

— Alors ça c'est facile. Alex, ça c'est facile, c'est bas, surtout ce soir. Putain... si t'as rien d'autre à me dire, je rentre chez moi.

— C'est jamais le bon moment pour te dire des trucs de toute façon (j'ai remarqué).

— Ah ça, le couplet sur mon supposé narcissisme, c'est vraiment bas. Putain, je suis dégoûté.

— Mon pauvre Dimitri, elle t'en fait des misères ton Alex.

— Si je suis certain d'une chose, et je crois pas avoir jamais été aussi certain d'une chose de toute ma vie...

— Allons bon...

— … c'est qu'avec cette fille, rien n'aurait déconné, tout aurait été conforme à ce que j'ai vu d'elle à Madrid et tout à l'heure au théâtre de la Ville…

— Tiens, au fait, tu m'as jamais raconté, Podemos, ton entretien avec Podemos, comment c'était ? Il est comment machin chose ?

— Qui, Iglesias ? Super. Mais une autre fois. Pas ce soir Alex.

— Comme tu veux.

— Je préfère.

— …

— Mais comment tu peux en être aussi certain Dimitri ? Qu'elle t'aurait pas déçu, elle. Non mais franchement, dis-moi, sérieux, regarde-moi : comment tu peux en être aussi certaine. Pardon, certain.

— …

— Je t'écoute.

— Je sais pas. C'est difficile à expliquer… Elle a un axe. Ça crève les yeux. Une *droiture*…

— Un *axe*… Une *droiture*…

— C'est pas la peine de prendre cet air Alex. Oui. Un axe. Une droiture.

— …

— Elle n'est pas inconsistante. Elle n'est pas inconséquente. Elle n'est pas fluctuante. Elle n'est pas floue. Elle n'est pas flottante. Elle n'est pas aléatoire. Elle n'est pas conditionnelle. Elle n'est pas inconstante. Enfin tu vois quoi, elle a une colonne vertébrale, un axe. Elle est verticale, reliée au sol. Par un axe intérieur essentiel, une droiture.

— Ben dis donc. Là. Tu vois.

— Chez elle, je sais pas comment dire… Je réfléchis tout en parlant…

— Ce serait mieux si tu parlais en réfléchissant.

— ?!…

— Pardon, excuse-moi, c'était facile, je t'écoute.

— Tu fais chier Alex.

— Non mais pardon Dimitri, vas-y, c'était super ce que tu disais… je t'écoute ! C'était nul comme blague, j'ai pas pu m'en empêcher ! Vas-y, je me tais.

— …

— Vas-y je te dis.

— Tout est tenu chez elle, ça ne part pas dans tous les sens. Elle n'est pas dans la compromission. Elle n'est pas *sympa*. Elle n'est pas arrangeante. Elle ne transige pas. Elle sait qui elle est. Elle sait ce qu'elle veut. Elle sait ce qu'elle aime. Elle sait pourquoi. Elle est secrète. Elle est pudique. Moi j'aime les filles secrètes. Entières. Qui n'ouvrent pas en grand leur monde intérieur. Je suis sûr qu'elle n'est pas sur Facebook.

— Attends, je te coupe. Regarde le mec là-bas, derrière toi, discrètement. *Discrètement je te dis putain*. Merde, fais gaffe quoi, sois discret Dimitri !

— C'est bon, il m'a pas vu.

— Le brun, de face.

— Oui, j'avais compris.

— Je me le taperais bien.

— Il est pas mal.

— Il est pas mal ??!! Il est canon tu veux dire ! Il est avec un pote, c'est peut-être jouable. Bon. Tu disais.

— Je sais plus.

— Facebook… Ces filles…

— Oui… La plupart des meufs, il me suffit d'aller sur leur profil Facebook pour que tout s'écroule dans les deux secondes, et qu'il n'en reste plus rien. Idem avec les mecs d'ailleurs. Cet étalage d'intimité, cette absence de mystère, toutes ces photos d'anniversaire, de vacances, de teufs, de voyages, de plage, de grimaces, de blagues, de randonnées, d'orteils, de déconnade, c'est atroce. J'ai l'impression de tout comprendre, de tout voir, que tout est exposé, qu'il n'y a plus rien de caché. Plus aucun mystère. La fille, elle n'est plus unique, elle est comme tout le monde. Elle n'est plus qu'un reflet de son époque. Et un reflet conforme à la norme en plus, identique à tous les autres, poinçonné millésime 2015 ! Plus aucune spécificité personnelle : rien.

— …

— Elle s'exhibe pas sur les réseaux sociaux, elle like pas toute la journée des trucs débiles, elle se répand pas en commentaires sur tout et n'importe quoi, j'en suis certain.

— En l'ayant vue seulement deux fois, sans lui parler, et ce soir de loin, de dos, dans le noir… Quelle perspicacité ! Une vraie gitane ce soir mon Dimitri, boule de cristal et tout !

— Alex.

— Quoi ?

— T'es avec moi ou t'es pas avec moi ?

— De quoi tu parles ?

— Le type là. T'arrêtes pas de le mater quand je te parle. C'est très désagréable. Soit tu es avec moi, soit tu n'es pas avec moi. Je suis là. On dîne ensemble. On parle. Je suis dans la merde.

— OK. Très bien. Je le regardais juste comme ça – je peux faire deux choses en même temps tu sais ?… Mais si tu veux j'arrête. J'arrête. Je le mate plus.

— …

— Je le mate plus je te dis. Regarde. Je suis tout à toi.

— …

— C'est tellement con ce que tu racontes sur les réseaux sociaux en plus, mais tellement con… (Tu vois que je t'écoute !…)

— Pas du tout.

— Si c'est con. Tout le monde est sur Facebook, sur Instagram, sur Twitter. Si tu te mets à...

— Moi tu vois je pourrais jamais tomber amoureux d'une fille qui projette sur Facebook, ou sur Instagram, ou sur Twitter, une quelconque image d'elle-même. Rien que le fait de vouloir exister sur Facebook... L'image de soi qu'on projette sur Facebook ou sur Instagram, d'une manière ou d'une autre, quoi qu'on fasse, quoi qu'on en dise, quoi qu'on en pense, quelles que soient les précautions qu'on prend, je sais pas... cette image-là qu'on fabrique est toujours dégradante, avilissante. Surtout chez ceux qui ont une *intention*. Alors ça c'est le pire. Ceux qui s'en foutent, ou qui se contentent de donner une information, passe encore. Mais ceux qui ont une *intention*, qui veulent façonner sur les réseaux sociaux une image qu'ils pensent conforme à ce qu'ils voudraient être, et que l'on perçoive d'eux, ça c'est atroce. Du coup on ne voit plus que l'*intention*, on ne voit plus que ce à quoi la personne aimerait être identifiée – et qui n'est toujours qu'un symptôme de l'époque, un cliché. Je ne vois plus que la faiblesse et le petit calcul dérisoire de la personne, fille ou garçon, qui a peur de ne pas être perçue pour ce qu'elle voudrait être. Le petit calcul narcissique.

— Je comprends rien de ce que tu racontes.

— Un peu de mystère, quoi, merde !

— ...

— J'aime les gens intraçables. Qui préfèrent rester cachés. Les grands solitaires. Ceux qui peuvent rester cloîtrés deux mois dans une pièce pour écrire.

— ...

— Je connais plein de gens de notre âge qui ne sont pas sur les réseaux sociaux, ça existe, contrairement à ce qu'on dit, et en plus grand nombre qu'on ne le croit. Des personnes hyper contemporaines mais qui ne sont pas sur les réseaux sociaux, ou pas tellement, ou discrètement, parce qu'elles sont attachées, comment dire, à leur intégrité, et qu'elles ont compris l'horreur que c'est de superposer à sa personne tout ce merdier de narcissisme, d'esprit, d'humour, de confidences, de complicité, de fausse modestie, de... d'émotions, de sincérité. La sincérité. Mon Dieu, *la sincérité* Alex ! L'émotion et la sincérité ! C'est peut-être ça le plus obscène, la sincérité sur les réseaux sociaux. Et puis l'esprit. *L'esprit Alex !* En décalage perpétuel ! Une étincelante lueur d'esprit à chaque minute, sur tous les sujets ! Et l'autodérision. Ah, l'autodérision sur les réseaux sociaux !!! Alex !!! L'obscénité que c'est, la soi-disant autodérision !!! Simuler qu'on ne se prend pas – jamais ! – au sérieux, qu'on n'est pas narcissique et bêtement premier degré, alors qu'on passe son temps à vouloir se faire acclamer pour son autodérision, à vouloir prouver qu'on est le meilleur dans l'autodérision, qu'on est imbattable et irrésistible dans l'autodérision, sans s'apercevoir que c'est du narcissisme au carré !... Tout ça me dégoûte, ça me donne envie de gerber.

— Bon.

— ...

— Super.

— Tu fais pas ça toi.

— Non non.

— Non. Tu fais pas ça. Je te le dis. Alors fais pas cette tête putain, t'as aucune raison de te sentir visée.

— Je me sentais pas visée. Mais alors pas du tout visée. Et en plus je fais ce que je veux. Et je t'emmerde.

— En plus, je suis vraiment mal placé pour te jeter la pierre, je passe mon temps sur les réseaux sociaux.

Je ne poste rien (je n'ai qu'une seule photo sur mon compte Instagram, la même depuis que je me suis inscrit, d'un spectacle de Castellucci), mais je passe mon temps à m'y promener, c'est un fléau. Quand je suis fatigué, impossible de me concentrer et d'écrire, toutes les trois phrases je bascule sur Facebook ou sur Insta quelques minutes, toute la journée. En fait il faut croire que j'adore ça. J'ai regardé l'autre jour, je passe en moyenne une heure et demie par jour sur Instagram. Si tu rajoutes Facebook, ça doit faire trois heures.

— C'est beaucoup trop mon Dimi.

— Je le sais bien que c'est beaucoup trop. Ça me pollue. Ça m'envahit. Et pendant d'autres périodes qui peuvent être assez longues, je n'y vais plus, ou presque plus.

— …

— Et toi ? Tu le sais ? Tu as déjà regardé, sur ton compte Insta, combien tu passes de temps ?…

— Non. Jamais. Je m'en tape. Et en plus j'y vais peu. Raisonnablement en tout cas.

— …

— …

— Rencontrer la bonne personne, ça tient du miracle. Tu le sais ça non ? Alex… tu le sais ?

— Oui, peut-être bien, je sais pas, tu me fatigues… où tu veux en venir ? (Je te jure, il me mate comme une bête le gars. Je crois que c'est dans la poche, je suis trop contente.)

— C'est toujours miraculeux. Rencontrer la personne avec qui tu puisses projeter quelque chose.

— Une bonne baise tu veux dire ?

— Alex…

— Quoi alors ? Quelque chose, quelque chose… *Quelque chose comme quoi ?…*

— Ben une histoire d'amour quoi ! Enfin Alex…

— Une histoire d'amour… Mon Dieu Dimitri, une histoire d'amour, arrête…

— …

— Tu me fatigues. Tu veux pas qu'on parle d'autre chose ? On a plus rien à boire en plus.

— …

— On commande une autre bouteille, ou seulement deux verres ?

— Seulement deux verres.

— Si tu vois le serveur, appelle-le.

— OK.

— Je sais plus quoi te dire Dimitri. T'es désespérant. Dis-moi seulement que t'es furieux parce que ce soir t'aurais voulu lui lécher la chatte – et on continue cette conversation. On peut parler de sa chatte si tu veux. Sinon on change de sujet. Pitié. La femme de ta vie. Arrête Dimitri. J'ai l'impression de passer ma soirée avec Werther…

— Tu veux que je te dise ?

— Je t'interdis d'idéaliser cette fille sous prétexte que tu pourras jamais vérifier qu'elle n'était pas la femme de ta vie, pas plus que toutes celles dont tu m'as dit, aussi certain que tu l'es ce soir, qu'elles étaient les filles que tu attendais, que cette fois-ci tu y croyais, etc., etc., etc.

— Euuuuh… s'il te plaît Alex, respecte au moins la réalité des faits, et accorde-moi qu'en général je me désillusionne assez vite, et que jamais je ne t'ai dit que j'avais rencontré la femme de ma vie, pour te dire deux jours plus tard qu'en fait c'était une quiche. Je ne suis pas comme Camille moi attention… À t'écouter, j'ai l'impression…

— OK, je te l'accorde. Tu n'es pas comme Camille, c'est vrai. Tu aimes aimer, tu t'enflammes vite…

— Mais brièvement. *Mais brièvement*. Ce qui revient à ne pas m'enflammer. Je ne suis pas comme

Camille qui trois fois dans l'année t'annonce qu'elle a rencontré l'homme de sa vie. Pitié, je suis pas comme ça, ça c'est vraiment horrible. La fille qui est dans un tel affolement de vouloir fonder une famille qu'elle est prête à déceler, trois fois dans l'année, chez trois gars différents, avec chaque fois la même sincérité, l'homme qui pourrait lui donner des enfants. Ça c'est n'importe quoi, ça m'angoisse. Les gens sont prêts à faire leur vie avec n'importe qui. De fait la plupart des gens font leur vie et des enfants avec n'importe qui, c'est l'arbitraire total, c'est pour ça que ça tient jamais longtemps. C'est pour ça que le monde fait n'importe quoi, qu'il court à sa perte. Parce que les gens globalement font n'importe quoi, à toutes les échelles, dans leur intimité jusqu'aux plus hautes sphères du pouvoir – sans discontinuité dans l'arbitraire, l'improvisation, le court terme, la précipitation, le profit immédiat, le mensonge à soi-même et aux autres, l'absence de connaissance de soi. Camille, le jour où elle se mariera, ce sera avec le quinzième homme dont elle aura pensé qu'il pourrait être le père de ses enfants, en seulement trois ans. Or, tu le sais aussi bien que moi, quinze hommes rencontrés par hasard ne peuvent pas être pour une même femme, tour à tour, et indifféremment, des hommes avec lesquels il était réaliste qu'elle puisse faire sa vie et des enfants. C'est la panique qui peut te faire croire ça. On ne choisit pas le gars avec qui on va faire sa vie comme on choisit un film, une robe, un plat au restaurant. C'est pour cette raison qu'on a besoin de signes, en dehors de l'attirance qu'on peut éprouver pour la personne. On a besoin de signes pour se voir confirmer qu'en effet, au-delà du physique, des affinités sexuelles, de la culture, de l'intelligence, c'est la bonne personne. Qu'il y a une forme de nécessité, que ça a du sens. Que... Que c'était écrit. Que tu n'as pas choisi cette personne par hasard, elle plutôt qu'une autre. Moi j'ai besoin de ça. De pas être dans l'arbitraire pur. Un soupçon de sacré. Sinon ça m'angoisse. Face à la multitude des choix et des rencontres possibles, les gens ont besoin de se dire, moi en tout cas, que quelque chose était déterminé. Or, ce soir, le fait que cette fille réapparaisse…

— On est dans l'ésotérisme le plus total là, les bras m'en tombent. Moi qui croyais qu'en tant que reporter à l'AFP tu avais une approche un tout petit peu rationnelle du réel…

— Le hasard, il se retourne comme un gant, brusquement, en une fraction de seconde. Il se retourne en chance, en signe, une fois de temps en temps.

— En sens ?

— Non, en chance, En *chance* ! Quoiqu'il se retourne aussi en sens, tu as raison.

— …

— Toi tu ne crois pas au fait que les gens sont appelés ou pas à se rencontrer… Tu penses que rien n'a de sens. Que tout n'est qu'arbitraire.

— Ben oui. Comme tous les gens sensés non ? Tu m'inquiètes Dimitri tout à coup. Un gars moderne comme toi.

— Il faut en finir avec le hasard Alex. Crois-moi. Il faut en finir avec le hasard.

— Le libre arbitre, c'est grisant, moi ça me plaît.

— Pas quand on rêve de rencontrer… Toi tu t'en moques, tu préfères te taper des mecs. Il faut en finir avec le hasard. Tu ne pourras jamais me comprendre.

— En finir avec le hasard…

— C'est une phrase d'André Breton.

— Tiens, y avait longtemps…

— Relis André Breton.

— J'ai autre chose à foutre que relire ce con. Je déteste André Breton. Il a été ignoble avec Nadja. Un phallocrate à l'égotisme hypertrophié, sectaire et misogyne. Un mufle. J'ai jamais compris ta passion pour ce type.

— La réalité est habitée. Il y a des forces qui la traversent, qui l'agissent. C'est ce que pensaient les surréalistes et c'est ce que je pense aussi. Ces forces peuvent te sourire, sourire à tes désirs profonds, les exaucer, parce que tes désirs sont connectés, de par leur profondeur, et leur sincérité, aux profondeurs du réel, à sa sincérité. La sincérité du réel. Il faut croire à la sincérité du réel. Il n'y a pas de coïncidences. Il y a une sincérité du réel. On est souvent récompensés de sa sincérité par la sincérité du réel.

— …

— …

— Tu es naïf Dimitri.

— Je devrais refuser d'avoir cette conversation avec une fille qui ne tombe jamais amoureuse.

— Je le revendique.

— Il faudrait plutôt t'en attrister.

— Je ne m'en vante pas, c'est juste un fait. Et je ne vois pas pourquoi je m'en… Je vais de mec en mec – et c'est très bien comme ça. Quand j'en ai marre : je largue. Si j'ai envie de plusieurs mecs en même temps : j'ai plusieurs mecs en même temps. Je suis une chasseuse. Le pire qu'il pourrait m'arriver, ce serait d'être enchaînée à un homme par des sentiments.

— Donc tu avoues que si tu ne tombes jamais amoureuse, c'est que l'idée de dépendance affective te déplaît. En fait, tu fais barrage à l'amour. Pour une question de principe. Quasi pour une question politique.

— Pas du tout.

— …

— Ben c'est quoi alors.

— Si j'en crois les grands amoureux dans ton genre, quand l'amour nous tombe dessus, on ne peut pas lutter, c'est comme une maladie qui t'emporte, *right* ?

— Pfff…

— Alors le jour où l'amour fondra sur moi, je ferai comme tout le monde : j'y succomberai je suppose ?

— Cette ironie.

— Je ne suis pas ironique. Ce que je préfère, c'est les bites, et la diversité des bites. Sinon, je me fais chier. La vie m'emmerde sans mouvement.

— Les bites et la diversité des bites… Alex…

— Les bites et la diversité des bites. Et me casser quand elles sont pas à mon goût ! Au moins, je te fais rire ! Bon, où est-ce qu'il est ce serveur ? Et qu'est-ce qu'il attend, le gars, là-bas, pour nous inviter à boire un verre ? Tu vas voir que ça va être encore à moi de le faire.

— Ah, le serveur arrive. Qu'est-ce qu'on prend ? Deux autres verres ou une bouteille ?

— Une bouteille. Et on va la partager avec ces deux bouffons.

5

En 1989, il était encore possible de naître à Nogent-le-Rotrou, avait dit Dimitri à Pauline : aujourd'hui les femmes sont invitées à aller accoucher cinquante ou quatre-vingts kilomètres plus loin, à Chartres, à Alençon ou bien encore au Mans, ce qui veut dire que Dimitri aura appartenu à la dernière génération de ceux qui pouvaient avoir le nom de cette petite ville du Perche inscrit sur leur passeport. Sa famille était originaire de cette région depuis la nuit des temps, ils ne se connaissaient aucune autre origine géographique en tout cas, ses grands-parents, les quatre, y vivaient toujours, dans un rayon d'une trentaine de kilomètres.

Sa mère, Patricia, avait été institutrice dans diverses localités de l'Eure et de l'Orne jusqu'en 1998, date à laquelle elle était devenue directrice d'une école maternelle à Saint-Maurice, une petite commune du Val-de-Marne située aux portes de Paris, le long de l'orée sud du bois de Vincennes.

Saint-Maurice n'était pas seulement une ville très peu connue, dont généralement personne n'avait même jamais entendu parler, elle possédait deux caractéristiques morphologiques frappantes qui la rendaient très singulière. D'abord elle avait un peu la forme d'un haltère : deux petites sphères urbaines éloignées l'une de l'autre par un curieux rétrécissement territorial dû au rapprochement du bois de Vincennes et de la Marne longée elle-même par l'autoroute A4. Et ensuite y étaient implantés plusieurs grands hôpitaux historiques, autour desquels toute la commune semblait vivre et s'être organisée : en premier lieu l'Hôpital national de Saint-Maurice, à l'origine Asile impérial de Vincennes, inauguré en 1857 et qui avait été édifié pour accueillir, en convalescence, les blessés des chantiers parisiens du baron Haussmann ; en second lieu l'hôpital Esquirol, classé, dénommé autrefois asile de Charenton et destiné pendant longtemps, comme en témoigne une célèbre expression populaire (si tu continues ma vieille tu vas finir à Charenton), à accueillir les seuls malades mentaux, maintenant c'est un peu plus varié ; ces deux établissements ont fusionné en 2011 sous l'appellation générique Hôpitaux de Saint-Maurice, spécialisés en soins de suite et de réadaptation (manière contemporaine de dire convalescence), en psychiatrie et en traitement des insuffisances rénales, on y trouve aussi une maternité. Ce qui veut dire qu'à l'inverse de Nogent-le-Rotrou, le nom de Saint-Maurice peut apparaître sur un passeport dans la rubrique lieu de naissance, toute méconnue soit cette localité.

Le père de Dimitri, Thierry, très bricoleur, sans formation particulière, avait, avant la naissance des enfants, exercé divers métiers (régisseur pour une compagnie théâtrale, élagueur, électricien au black, ambulancier), avant d'être embauché à l'hôpital de Nogent-le-Rotrou, où il s'était occupé de l'entretien des équipements. Son père avait adoré l'activité de régisseur de théâtre, mais il avait dû y renoncer, la mort dans l'âme, après avoir rencontré Patricia, parce qu'il ne parvenait pas à en vivre correctement. Quand sa femme avait été nommée directrice de l'école maternelle du Plateau, il n'avait pas été bien difficile pour lui de faire transférer son contrat de travail à l'hôpital national de Saint-Maurice, où il avait fini par s'occuper de la maintenance du réseau d'oxygène.

Dimitri avait un frère plus jeune que lui de trois ans, Alexandre, né en 1992.

Ils habitaient un logement de fonction dans l'enceinte même de l'école maternelle, un appartement des plus agréables, avec une grande terrasse, les enfants avaient chacun leur chambre. De la fenêtre de celle où il dormait, Dimitri pouvait apercevoir le bois de Vincennes, ils iraient y passer une nuit si elle voulait, et si ça ne la dérangeait pas de faire la connaissance de ses parents, avait dit Dimitri à Pauline.

Son père allait au travail à pied tandis que sa mère, plus chanceuse encore, n'avait que deux étages à descendre pour atteindre son bureau, et un étage supplémentaire pour rejoindre la cour de récréation, où chaque matin elle se postait pour accueillir ses élèves, présence sévère et inflexible qui effrayait certains enfants. Avant de se rendre à l'hôpital, son père déposait les deux garçons à l'école élémentaire du Centre, à sept minutes à pied de chez eux. Quand, plus tard, ils étaient allés au collège, Dimitri et Alexandre s'y étaient rendus avec le bus 111, treize minutes de trajet.

Sa mère était née en 1965, et son père en 1962.

Ses grands-parents paternels avaient été des inconditionnels de Valéry Giscard d'Estaing, y compris quand celui-ci avait été battu par François Mitterrand, et humilié par la promenade que celui-ci avait faite, solennelle, en tête à tête avec l'Histoire, une rose à la main, au Panthéon, sous l'œil ému des caméras. Quinze ans après la défaite de VGE, sa grand-mère continuait de préconiser, comme remède aux maux du pays, son retour à la tête de l'État, ce qui faisait marrer tout le monde lors des repas de famille. Ses grands-parents maternels avaient été, à la même époque, de fervents soutiens de François Mitterrand, dont ils avaient fini, après sa mort, comme à peu près tout le monde d'ailleurs, par se dire très déçus, comme s'ils n'avaient découvert qu'après coup à quel point l'homme à la rose les avait cruellement trahis, durant deux septennats, avait dit Dimitri à Pauline.

Son enquête sur le datagramme de Louis Pouzin, autrement dit sur la création d'Internet, plongeait Dimitri au cœur des années 1970 et il adorait ça : cette période avait été celle de la prime jeunesse de ses parents (en 1974, sa mère n'avait que neuf ans et son père douze), tandis qu'elle avait correspondu à la plénitude de ses quatre grands-parents (qui avaient alors entre trente-cinq et quarante-deux ans), et pour deux d'entre eux à l'apogée de leur expérience civique et citoyenne (les deux giscardiens).

Les années 1973, 1974 et 1975 avaient été des années charnières, cinq ans après Mai 68 et au sortir de ce qu'on avait appelé les Trente Glorieuses. L'année 1973, celle du premier choc pétrolier, avait marqué le basculement de la société française dans une crise économique qui en dehors d'une brève parenthèse enchantée au milieu des années 1980 n'avait plus cessé d'être continuelle. Dimitri, depuis qu'il était en âge de comprendre les conversations des adultes, n'avait jamais entendu parler que de crise économique, de hausse du chômage, de récession, de licenciements, de fermetures de sites, de délocalisations, de déficit budgétaire, de désindustrialisation, de déséquilibre de la balance extérieure, de restrictions budgétaires, de précarité, de repli du pouvoir d'achat, et tout ceci, ce cortège de calamités, datait, semble-t-il, de l'année 1973. Autrement dit, seuls ceux qui avaient connu la société française avant l'année 1973 se souvenaient d'avoir vécu dans l'insouciance d'une relative prospérité (y compris les moins privilégiés), les autres n'avaient plus été confrontés qu'à la peur du lendemain, à la hantise du déclassement. Quant à ceux nés dans les années 2000, ils n'avaient plus comme horizon que la certitude de l'apocalypse, aucun millénial ne pensait plus que les choses pussent aller en s'améliorant et qu'il fût encore possible d'éviter la catastrophe, de quelque nature qu'elle fût, sociale, boursière, économique, politique, géopolitique, écologique, sanitaire, migratoire, à plus ou moins brève échéance.

Une puissante nostalgie attachait Dimitri à ce qui lui apparaissait comme un paradis perdu : une nostalgie pour une période à laquelle il se sentait relié par ses parents et grands-parents, la proximité des années 1970 était irrécusable, sanguine, troublante, un peu magique, elles le hantaient comme peuvent le faire au réveil les souvenirs d'un rêve érotique que l'on a fait, c'était curieux comme sensation.

Dimitri avait été un excellent élève. Il avait confié à Pauline n'avoir eu aucun mérite, chez eux l'ambiance avait toujours été studieuse, leur mère exigeait qu'ils fussent les meilleurs, elle les faisait travailler chaque soir et réviser le week-end ou durant les vacances, on ne plaisantait pas avec la scolarité. Il y avait une grande bibliothèque dans leur appartement et le week-end ils allaient au musée ou au théâtre.

Toutes les conditions étaient réunies pour que les deux frères fissent de très belles études.

Il s'était passé en CM2 un événement décisif dans son parcours et sa formation intellectuelle. Il était allé visiter, avec l'école, dans le XIIIe arrondissement de Paris, la bibliothèque François-Mitterrand, et il s'était senti écrasé par les livres accumulés dans les quatre tours vitrées. Lui qui nourrissait l'ambition de tout savoir sur tout s'était dit merde, comment je vais faire pour apprendre tout ça, il y a donc tout ça à lire ! Il avait compris ce jour-là que son cerveau ne serait jamais, tout au long de sa vie, qu'une insondable cuve à lacunes : ce seraient ses lacunes qui le définiraient, et non pas ses connaissances. Quelle angoisse... Alors il s'était dit que s'il voulait conserver sur ses camarades l'avantage d'une érudition qu'ils ne possédaient pas (et qu'ils ne posséderaient sans doute jamais), il fallait qu'il se constitue une culture dans un domaine que ne couvraient pas les milliards de livres amassés dans les quatre tours vitrées, et c'est ainsi qu'il avait décidé, en CM2, que le domaine dans lequel il entreprendrait d'acquérir la connaissance la plus systématique et exhaustive possible, c'était celui du spectacle vivant et du théâtre, où ses parents les emmenaient depuis leur plus tendre enfance. Le caractère éphémère du spectacle vivant allait faire que s'il s'y mettait sans tarder, à vingt ans il aurait vu et mémorisé des spectacles que personne de son âge ne pourrait avoir vus, et qui, pour certains d'entre eux, seraient peut-être devenus entre-temps légendaires, ce qui conférerait à sa culture une indéniable aura. Ainsi Dimitri s'était-il mis, dès l'âge de onze ans, à aller voir beaucoup de spectacles, en cinquième il allait au théâtre trois fois par semaine, c'était devenu obsessionnel, il suivait en priorité le travail des vieux metteurs en scène tels que Patrice

Chéreau, Roger Planchon ou Georgio Strehler, parce qu'il savait qu'ils allaient mourir. Il avait convaincu une fille de sa classe de quatrième de l'accompagner, elle aussi s'était prise de passion pour le théâtre et la danse, elle habitait une jolie villa dans un quartier résidentiel de Saint-Maurice : Alexandra Agatstein.

Il avait vu les spectacles de Romeo Castellucci. Il avait vu les spectacles de Krystian Lupa. Il avait vu les spectacles de Christoph Marthaler. Il avait vu les spectacles de Krzysztof Warlikowski. Il avait vu les spectacles de Pina Bausch. Il avait vu les spectacles d'Anne Teresa De Keersmaeker. Il avait vu les spectacles de Merce Cunningham. Il avait vu les spectacles de Lucinda Childs. Il avait vu les spectacles de Trisha Brown. Il avait vu les spectacles d'Angelin Preljocaj. Il avait vu les spectacles de Claude Régy. Il avait vu les spectacles de Luc Bondy. Il avait vu les spectacles d'Ariane Mnouchkine. Il avait vu les spectacles de Philippe Decouflé. Il avait vu les spectacles de Peter Brook. Il avait vu les spectacles de Matthias Langhoff. Il avait vu les spectacles de Heiner Goebbels. Il avait vu les spectacles de Bob Wilson. Il avait vu les spectacles d'Alain Françon. Il avait vu les spectacles de Jan Fabre. Il avait vu les spectacles de Frank Castorf. Il avait vu les spectacles de René Pollesch. Il avait vu les spectacles de Deborah Warner. Il avait vu les spectacles de William Forsythe. Il avait vu les spectacles de Josef Nadj. Il avait vu les spectacles de Meg Stuart. Il avait vu les spectacles de Christian Rizzo. Il avait vu les spectacles de Jérôme Bel. Il avait vu les spectacles de Sasha Waltz. Il avait vu les spectacles de Thomas Ostermeier. Il avait vu les spectacles de Sidi Larbi Cherkaoui. Il avait vu les spectacles de Wim Vandekeybus. Il avait vu les spectacles de Jan Lauwers. Il avait vu les spectacles d'Édouard Lock. Il avait vu les spectacles de Pippo

Delbono. Il avait vu les spectacles d'Angélica Liddell. Il avait vu les spectacles de Rodrigo García. Il avait vu les spectacles de Pascal Rambert. Il avait vu les spectacles de Boris Charmatz. Il avait vu les spectacles d'Olivier Py. Il avait vu les spectacles de Stanislas Nordey. Il avait vu les spectacles d'Arthur Nauzyciel. Il avait vu les spectacles de Frédéric Fisbach. Il avait vu les spectacles d'Hubert Colas. Il avait vu les spectacles de Daniel Jeanneteau. Il avait vu les spectacles de Mohamed El Khatib. Il avait vu les spectacles de Ludovic Lagarde. Il avait vu les spectacles de Maguy Marin. Il avait vu les spectacles de Mathilde Monnier. Il avait vu les spectacles de James Thierrée. Il avait vu les spectacles de Valère Novarina. Il avait vu les spectacles d'Anatoli Vassiliev. Il avait vu les spectacles de Mats Ek. Il avait vu les spectacles de La Ribot. Il avait vu les spectacles de Grand Magasin. Il avait vu les spectacles d'Alain Platel. Il avait vu les spectacles de DV8. Il avait vu les spectacles de Joël Pommerat. Il avait vu les spectacles de Rachid Ouramdane. Il avait vu les spectacles d'Aurélien Bory. Il avait vu les spectacles de Guy Cassiers. Il avait vu les spectacles de François Chaignaud. Il avait vu les spectacles d'Oriza Hirata. Il avait vu les spectacles de Toshiki Okada. Il avait vu les spectacles de Hofesh Shechter. Il avait vu les spectacles de Peeping Tom. Il avait vu les spectacles de Katie Mitchell. Il avait vu les spectacles de Christophe Honoré. Il avait vu les spectacles de Guillaume Vincent. Il avait vu les spectacles de Cyril Teste. Il avait vu les spectacles de Raimund Hoghe. Il avait vu les spectacles de Philippe Quesne. Il avait vu les spectacles de Gisèle Vienne. Il avait vu les spectacles de Milo Rau. Il avait vu les spectacles de Séverine Chavrier. Il avait vu les spectacles de Jeanne Candel. Il avait vu les spectacles d'Émilie Rousset. Il avait vu les spectacles de Faustin Linyekula. Il avait vu les spectacles de Yoann Bourgeois. Il avait vu les spectacles de Phia Ménard. Il avait vu les spectacles de Laurent Bazin. Il avait vu les spectacles de Julien Gosselin. Il avait vu les spectacles de Wajdi Mouawad. Il avait vu les spectacles de Nicolas Stemann. Il avait vu les spectacles de Thomas Jolly. Il avait vu les spectacles de Vincent Macaigne. Il avait vu les spectacles d'Ivo Van Hove. Il avait vu les spectacles de Tiago Rodrigues. Il avait vu les spectacles de Célie Pauthe. Il avait vu les spectacles de Benjamin Lazar.

Il avait passé énormément de temps dans les salles de spectacle.

Dimitri ayant été un brillant collégien, sa mère avait tenu à ce qu'il aille faire son lycée à Louis-le-Grand, où il avait été admis haut la main.

Comme tout le monde là-bas, il cartonnait dans toutes les matières mais plus encore en mathématiques, moins par goût et inclination personnelle, du reste, que pour se conformer aux exigences du système d'excellence où ses parents l'avaient élevé, avait dit Dimitri à Pauline. À Louis-le-Grand, c'était en maths qu'il fallait obtenir les meilleurs résultats, et c'était à des études scientifiques qu'il fallait aspirer, Polytechnique, Centrale, Mines, Ponts, faute de quoi l'on n'avait aucune existence aux yeux des autres. Personne dans sa classe de terminale n'envisageait de faire des études littéraires, d'ailleurs Dimitri n'avait même jamais entendu parler de khâgne, d'hypokhâgne et de l'École normale supérieure durant ses années de lycée, y compris par sa mère plutôt littéraire pourtant et fascinée par les grands écrivains. Elle avait sans doute considéré elle aussi que la voie scientifique était la plus souhaitable pour son fils puisque c'était la plus prestigieuse de toutes et qu'il en avait les capacités. Par ailleurs, même s'il était dans le fond un homme très poétique, son père était plutôt versé dans la technique, il poussait son fils à faire une école d'ingénieurs afin qu'il puisse briller là où lui-même n'était qu'un subalterne. D'ailleurs, les deux garçons avaient été élevés dans le culte de l'École polytechnique.

Louis-le-Grand s'inscrivait dans la logique de l'élitisme républicain défendu par sa mère communiste-et-directrice-d'école-maternelle (un concept à part entière), c'est-à-dire la conviction que le système éducatif public, laïc, gratuit et en principe égalitaire autorisait en France l'ascension sociale des moins privilégiés. Sa mère, chaque fois qu'une polémique sur le système éducatif français lui en fournissait l'opportunité, se disait fière d'être parvenue à démontrer que l'idéal républicain n'était pas caduc – n'en déplaise à ses détracteurs – et qu'on pouvait être admis à Louis-le-Grand tout en appartenant à la classe moyenne inférieure (par les revenus), et transcender les clivages sociaux par le travail. Dimitri avait constaté qu'on dénombrait à Louis-le-Grand pas mal d'enfants de profs, de sorte qu'il était possible d'affirmer qu'aujourd'hui les élèves qui réussissaient le mieux dans le système scolaire français étaient soit des enfants issus des classes supérieures de la société (voire souvent des couches très supérieures), soit des enfants d'enseignants, ce qui était tout de même révélateur d'un colossal problème.

C'est à Louis-le-Grand que Dimitri a acquis sa culture politique d'extrême gauche, la bataille contre le CPE a éclaté l'année de ses dix-sept ans – au printemps 2006 – et c'est lui qui là-bas a organisé la mobilisation. C'était bien sûr compliqué d'entraîner les élèves de ce lycée d'élite à combattre une mesure défendue par le flamboyant Dominique de Villepin, ce n'était pas le terreau idéal, politiquement parlant, pour fomenter une révolte étudiante, avait dit Dimitri à Pauline. C'était lui le leader, ils se vivaient comme des conspirateurs, ils organisaient des réunions clandestines le soir après les cours (on se serait cru dans un film de Jacques Rivette des années 1970), ils étaient convaincus d'être sur écoute, ça le faisait sourire quand il y repensait aujourd'hui. Ils étaient fiers d'avoir bloqué Louis-le-Grand quand à l'inverse il ne s'était rien passé à Henri-IV. Quel fabuleux fait d'armes ! Certes ils avaient été favorisés par le fait qu'on accédait à leur lycée par une seule porte, une porte étroite qu'un corps d'adolescent pouvait aisément obstruer, tandis qu'à Henri-IV les accès étaient multiples et difficiles à défendre de surcroît, de sorte qu'il eût fallu une mobilisation conséquente pour espérer paralyser Henri-IV, quand de leur côté ils étaient parvenus à organiser le blocus de Louis-le-Grand à seulement sept ou huit. Mais tout de même, l'étroitesse de la porte d'entrée n'était pas la seule explication, une autre explication était que Dimitri et quelques-uns de ses camarades s'étaient puissamment investis dans la mobilisation.

Cette année-là, il était tombé amoureux de Marie-Aurore, une brune de sa classe à la peau transparente, elle habitait boulevard Saint-Germain un appartement de trois cent cinquante mètres carrés. Un majordome en livrée lui ouvrait la porte lorsqu'il venait travailler chez elle (je vais prévenir mademoiselle Marie-Aurore de votre arrivée, lui disait-il en le débarrassant de son manteau), il leur servait le thé en gants blancs. Non seulement Marie-Aurore n'avait pas l'air de partager les sentiments de Dimitri à son égard, mais elle semblait ne pas même être prête à examiner l'hypothèse d'une éventuelle réciprocité. Il n'était pas exclu qu'elle en eût fait une question de principe, elle était visiblement de droite ou du moins ses parents l'étaient-ils et la jeune fille pas encore disposée, si jeune, à braver la plus que probable désapprobation paternelle en s'affichant avec un jeune prolétaire révolté, communiste de surcroît – si encore il avait été seulement socialiste, passe encore, mais communiste !... Dimitri consentira à se laisser consoler, le printemps venu, par une fille d'une autre classe de première éperdument amoureuse de lui, Lena, mais leur histoire ne résistera pas à l'arrivée de l'été, elle était comme lui fille de profs (profs en lycée) et venait elle aussi de proche banlieue (d'Alfortville), c'est dire si elle était bonne en maths (elle aura 20 au bac). Pour Dimitri elle manquait de magie, de mystère, de transcendance, ils étaient trop pareils. C'est avec Lena que Dimitri aura ses premières relations sexuelles, si on peut appeler ça des relations sexuelles (c'était plutôt de la trigonométrie, triangle, ligne droite, etc.).

L'année suivante, en 2007, un événement inattendu s'était produit dont il ne saisira le sens que bien plus tard, avait dit Dimitri à Pauline. Il y avait dans sa classe de terminale un garçon très intelligent, secret, très à gauche, un peu rond, étonnamment baba cool (l'un des rares babas cool de Louis-le-Grand), avec qui Dimitri s'entendait bien depuis l'année précédente, il était l'un de ceux avec qui il avait organisé le blocus lors de la mobilisation contre le CPE (il suffisait qu'il se postât dans l'encadrement de la porte pour empêcher quiconque de la franchir durant des heures). Il jouait de la guitare, chantait, composait des chansons, aimait polémiquer. Il s'exprimait à la perfection. Mais ce garçon (prénommé Sébastien) était aussi très mystérieux. Personne ne savait où il habitait, ni de quel milieu il venait, ni s'il vivait avec ses parents, ni si même il avait des parents, tout laissait croire qu'il était absolument seul dans l'existence (difficile d'étayer cette intuition, mais elle était très prégnante dans la perception qu'on pouvait avoir de lui). Il semblait cacher aux autres (à tous les autres) quelque chose d'essentiel (de profond, peut-être de grave). Dimitri se sentait beaucoup d'affection pour lui, et était très impressionné par la puissance des métaphores foudroyantes qui fleurissaient dans ses phrases toutes les fois qu'il se donnait la peine de prendre la parole (ces métaphores illuminaient l'intelligence de Sébastien comme un éclair fait apparaître un instant un monument somptueux dans la nuit, à l'orée d'une forêt), mais pour autant il ne pouvait se dire son intime, ni peut-être même son ami.

Il eût aimé pouvoir se dire son ami.

L'année de la terminale, le lycée a organisé une semaine de classe de neige dans les Alpes. Dimitri n'avait jamais skié, et comme Sébastien n'était jamais monté sur des skis lui non plus, ils ont passé pas mal de temps ensemble sur les pistes à galérer, à se soutenir, à boire des coups dans les cafés d'altitude. Quelque chose d'inédit est apparu entre eux deux, une forme de tendresse, de bien-être, de douceur équivoque, d'attirance indéfinissable. Ils aimaient passer du temps l'un avec l'autre, et parfois sans se parler, c'était physique.

Le jour de leur départ, une fête a eu lieu pendant laquelle Dimitri a embrassé une fille – Manon – autour de laquelle il tournait depuis le début de la classe de neige. Ils rentraient le soir même à Paris, trajet nocturne en car couchettes, comme à l'aller. Dimitri avait imaginé qu'il pourrait voyager en compagnie de Manon, ce serait certainement très agréable de s'endormir dans les bras l'un de l'autre, il ne l'avait encore jamais fait (passer une nuit entière avec une fille). Mais à peine s'était-il assis, supposant qu'elle le rejoindrait (elle était un peu en arrière dans la file des lycéens qui se hissaient à l'intérieur du car, après avoir jeté leur valise ou leur sac dans la soute), que Sébastien avait pris l'initiative, accompagnée d'un regard droit, et d'un sourire assuré, de s'asseoir à ses côtés. Dimitri en avait été indiciblement flatté. Et il avait été surpris de la sensation qui s'était propagée dans son corps par la seule grâce de ce sourire autoritaire et doux, comme si une veine à l'intérieur de lui avait été pincée comme une corde de guitare par l'œil aigu de Sébastien. Une fois montée, Manon s'est aperçue que la place à côté de Dimitri était occupée. Dimitri s'est efforcé de ne pas croiser son regard, elle s'est plantée devant eux, Dimitri s'est obstiné, par lâcheté, à regarder dehors, et c'est Sébastien qui l'a fixée dans les yeux, jusqu'à la faire capituler et poursuivre sa remontée du petit couloir central. T'es qu'un pédé, lui a-t-elle dit quelques heures plus tard, en pleine nuit, quand Dimitri est allé aux toilettes et qu'il a croisé Manon qui par coïncidence s'était levée au même moment que lui pour aller faire pipi elle aussi. Depuis que les couchettes avaient été installées, Dimitri et Sébastien s'étaient allongés l'un contre l'autre, le bus avançait dans la nuit, on entendait le monotone vrombissement du moteur, cela bougeait pas mal dans les virages. Sébastien s'était endormi sans tarder, il avait passé un bras autour de Dimitri, sa main était posée sur son ventre, il en avait été bouleversé, il entendait Sébastien respirer dans son sommeil immense et montagneux, son cœur avait fondu, il s'était senti choisi.

L'une des plus belles nuits de sa vie, avait dit Dimitri à Pauline.

Ils ne s'étaient pas embrassés, il n'y avait rien eu de sexuel, ce n'avait été que de la tendresse, certes une tendresse charnelle et affolante (le cœur avait battu plus vite à certains moments de la nuit), mais délicate, chaste, presque enfantine et régressive – juste le besoin de s'endormir dans les bras l'un de l'autre, et de se serrer fort, sans rien fixer par aucune phrase imprudente. Dimitri et Sébastien ont repris leurs relations parisiennes comme si rien ne s'était passé, il y avait eu de la pudeur, dans leurs yeux, le lendemain matin, quand ils s'étaient réveillés. Ils s'étaient souri. Dimitri était trop jeune et immature pour s'avouer quoi que ce soit d'autre que l'émotion d'avoir été choisi par le plus populaire des garçons de sa classe pour se tenir allongé contre son corps généreux lors de ce long trajet nocturne en car couchettes, trajet durant lequel il croyait avoir seulement découvert que le sommeil de Sébastien – cet orphelin ? – réclamait la nuit davantage de tendresse que quiconque n'eût pu le soupçonner (on le voyait comme un être ironique et méfiant), c'était comme un secret précieux qu'il s'était vu confier et c'était précisément le type de gratification dont il était friand.

C'est difficile, à dix-huit ans, quand on a toujours été porté aux nues dans des aspirations qui ne sont pas toujours les siennes (mais en l'occurrence celles de sa mère), d'avoir la liberté de renoncer à ce qui est le plus difficile à obtenir (et que l'on a obtenu), pour se choisir une voie plus personnelle (que sa mère aurait forcément réprouvée), avait dit Dimitri à Pauline. Il lui a manqué le recul nécessaire, en terminale, pour entrevoir que le chemin qu'on l'invitait à emprunter l'éloignerait inexorablement de la vie qui pourrait le rendre heureux, s'il le suivait jusqu'à son terme.

Car après le bac, obtenu avec mention très bien, Dimitri est allé, comme le lui avaient prescrit ses profs et ses parents, en classe préparatoire MPSI (maths, physique, sciences de l'ingénieur), toujours à Louis-le-Grand, et sa vie est devenue un cauchemar. Il devait faire des maths toute la journée, des maths toute la journée, des maths toute la journée. Le théâtre avait été pour lui une drogue dure depuis l'âge de onze ans et il voyait passer maintenant dans les journaux des spectacles qu'il ne pouvait pas aller voir parce qu'il faisait des maths chaque soir jusqu'à minuit ou une heure du matin. Pire encore, il avait compris dès les vacances de la Toussaint qu'il n'aurait jamais le niveau suffisant pour être admis, ni à Polytechnique, ni à l'ENS – certes il se situait dans les dix premiers, mais ce sont les cinq premiers qui peuvent espérer décrocher l'une ou l'autre de ces deux écoles. Essayer de se hisser parmi les cinq premiers eût exigé de lui un effort démesuré pour un résultat aléatoire, or à quoi bon continuer cette classe préparatoire harassante si ce n'était pour décrocher l'école française la plus prestigieuse de toutes, l'École polytechnique, en deuxième choix l'ENS ? En dehors de ces deux destinations ensoleillées, qui l'attiraient par leur seule aura prodigieuse en dehors de toute considération de débouché professionnel, il n'existait aux yeux de Dimitri que de lugubres impasses, il ne savait pas du tout ce qu'il avait envie de faire plus tard mais certainement pas ingénieur, il ne se voyait pas salarié chez Vinci ou chez Bouygues à construire des tunnels ou des échangeurs routiers. Il voulait décrocher Polytechnique ou l'ENS, point barre, et il savait qu'il n'y parviendrait pas. C'est le frère de Dimitri, quatre ans plus tard, qui finalement réalisera le rêve de leurs parents, il arrivera premier à Polytechnique – et il en sortira premier. Aujourd'hui il fait une thèse en maths, il existe un théorème qui porte leur nom : le théorème Marguerite. Si ça se trouve il aura un jour la médaille Fields, il le lui souhaite de tout son cœur, avait dit Dimitri à Pauline.

Aussi, en janvier 2008, en deuxième année de classe préparatoire, à deux mois des concours, Dimitri a-t-il eu la magnifique idée de tout arrêter – et pour faire quoi ? devine ?... du théâtre !

Chez lui les assiettes ont volé, sa mère était anéantie, elle exigeait qu'il tînt jusqu'aux concours, elle le menaçait de lui couper les vivres s'il s'obstinait à décevoir, par ce caprice idiot, des années de travail et d'investissement. Il faisait sa crise d'adolescence à vingt ans ! se lamentait sa mère. Il ne manquait plus que ça ! Foutre sa vie en l'air sur un coup de tête ! Ils s'engueulaient tous les soirs, cette décision était l'échec de son éducation, tout s'écroulait, c'était une catastrophe. Mais Dimitri n'a pas cédé, il a arrêté la classe préparatoire scientifique à Louis-le-Grand et il a suivi des cours de théâtre. Il s'est inscrit au concours du Conservatoire national de Paris, sans tenir compte du fait que de toute façon il n'aurait jamais été admis – eût-il réussi les épreuves – car il faut pouvoir établir qu'on a suivi pendant un an des cours de théâtre pour être autorisé à y entrer, quelle délicieuse insouciance, avait dit Dimitri à Pauline. Il a beaucoup travaillé pour préparer les épreuves du concours, l'amie qui lui donnait la réplique dans *Bérénice* est devenue depuis une actrice porno mondialement connue (on peut voir des vidéos d'elle sur Youporn, il lui montrerait si elle voulait), il avait fait sa connaissance au collège, dans son collège de Saint-Maurice les meilleurs élèves pouvaient donner des cours de soutien à ceux qui en avaient besoin, Ana était russe, elle parlait mal français, Dimitri lui avait donné des cours de français pendant trois ans et ils étaient devenus amis. Ils ont pas mal répété, Ana et lui, mais il n'a pas été reçu, sa prestation dans *Bérénice* avait été calamiteuse. Il l'avait bien senti, sur scène, qu'il n'avait aucun talent, et que son amour du théâtre était et devrait rester pour toujours une prédilection de spectateur, et uniquement de spectateur.

Il n'était pas le seul de sa génération – loin de là – à être attiré par les chemins de traverse, quelques-uns de ses amis les plus brillants, une fois diplômés, et hautement diplômés, avaient dévié eux aussi pour se choisir une autre vie que celle à laquelle les avaient finalement menés les longues études qu'ils avaient faites, avait dit Dimitri à Pauline. C'était là une tendance alarmante du moment, qui disait bien la répulsion qu'inspirait aux jeunes intelligences d'aujourd'hui un monde du travail de plus en plus asservi aux exigences sommaires et simplificatrices de la globalisation. L'entreprise était devenue un milieu irrespirable pour beaucoup de jeunes diplômés, l'entreprise ne parvenait plus à s'attacher aussi facilement qu'avant la soumission de cette population spécifique en échange d'une vie normée et confortable, sécurisée, correctement rémunérée. L'époque se heurtait à un drôle de paradoxe, paradoxe qui semblable à un récif acéré affleurant à la surface des eaux modernes menaçait d'éventration la coque des belles embarcations emplies d'intelligence que sont les jeunes personnes qui ont beaucoup étudié. Ce paradoxe est le suivant : plus on étudie, plus on acquiert de savoir, plus on est affamé de pensée, et moins paraissent appropriés à notre exigence intellectuelle les métiers (tels qu'ils sont envisagés aujourd'hui) auxquels on peut avoir accès, au débouché de ces études. On passe sept ou huit ans à apprendre à penser – et du jour au lendemain, parce qu'il faut bien se résoudre à entrer dans la vie active, ne serait-ce que pour délivrer ses parents de la charge qu'on représente pour eux, et payer soi-même sa nourriture et son loyer, on se retrouve dans une entreprise à accomplir des tâches idiotes. Il faut même aller jusqu'à réduire son intelligence au silence, car peu encline à la résignation elle ne cesse de clamer haut et fort au cerveau du primo salarié hyper évolué que ce que l'on est en train de réclamer de lui est non seulement absurde mais dégradant (le primo salarié essaie de ne pas trop entendre sa propre pensée qui le lui hurle à longueur de journée), on lui demande de faire du reporting, on lui demande de faire du chiffre, on lui demande de faire du résultat, on lui demande de faire du reporting, on lui demande d'aller en réunion, on lui demande de remplir des objectifs, on lui demande de faire des statistiques, on lui demande de faire du chiffre, on lui demande de monter une réunion, on lui demande de faire du reporting, on lui demande de s'expliquer sur ses chiffres, sur ses statistiques, sur ses résultats, sur ses prévisions, sur ses coûts, sur ses reportings. On lui demande de ne plus réfléchir. On le prie de bien vouloir laisser son intelligence à la maison, avec ses raquettes de tennis. Alors il finit par dépérir, il finit par se dire qu'il se trahit lui-même et qu'il crache à la gueule du citoyen évolué qu'il est – il se dit qu'il n'a pas fait toutes ces études pour tolérer de relayer, sans pouvoir s'y opposer, un tel aveuglement face aux enjeux primordiaux du moment (principalement écologiques, mais aussi humanitaires, démographiques, éthiques, politiques, etc.), au motif qu'il faut pouvoir payer son loyer, fonder une famille, s'acheter une maison, voyager, dîner au restaurant, faire des enfants et les élever dans les meilleures conditions possible. Tout ça n'a aucun sens. Le primo salarié hyper sophistiqué se réveille dans une existence qui ne lui offre aucune autre perspective qu'une servitude inconditionnelle à des principes radicalement opposés à ses idéaux (sans compter que son intelligence ne lui sert plus à rien, de même que sa culture, ses connaissances, Foucault et compagnie). Alors il n'attend pas le moment où il basculera soit dans la capitulation, soit dans la résignation, soit dans la dépression, donc toujours dans l'amertume : il donne sa démission et change radicalement de vie, par exemple il se fait embaucher par une ONG et part en Afrique creuser des puits.

En plus de celui du Conservatoire, il s'était aussi inscrit au concours d'admission à Sciences Po Paris, pour y entrer en master. Trois matières à l'écrit (histoire, anglais et culture générale) puis un oral de motivation pour exposer les raisons pour lesquelles il désirait faire Sciences Po. Dimitri a expliqué au jury qu'il voulait être directeur de théâtre – il en avait eu l'idée deux semaines auparavant, il trouvait ça tout à fait logique dans le fond, il était incollable sur le théâtre contemporain et de fait aucun membre du jury n'y connaissait rien, il aurait pu leur raconter n'importe quoi, avait dit Dimitri à Pauline. On sentait bien, à l'écouter parler, que le spectacle vivant lui procurait depuis longtemps un bonheur ineffable, aussi n'a-t-il pas été bien difficile pour lui d'éblouir ses interlocuteurs et il a été reçu.

C'est à Sciences Po qu'il a trouvé un endroit où enfin s'épanouir un peu, amicalement, intellectuellement parlant. Il a rencontré des gens qui lui ressemblaient, parce que en classe préparatoire scientifique la plupart de ceux qu'il avait côtoyés durant presque deux ans étaient vraiment spéciaux (il n'était d'ailleurs resté en contact avec aucun d'entre eux). Par exemple ? Eh bien par exemple trois garçons de sa classe préparatoire à Louis-le-Grand (pas un, pas deux : *trois* !) ne savaient pas qui était le président de la République du moment, ça ne les intéressait pas, ils pensaient que c'était toujours Jacques Chirac (alors que c'était Nicolas Sarkozy). C'étaient des geeks. Quand ils ne faisaient pas de maths ils faisaient des jeux vidéo, et quand ils arrêtaient de faire des jeux vidéo c'était soit pour dormir, soit pour aller au McDo, soit pour se branler devant Youporn, soit plus sûrement pour faire des maths, encore des maths, toujours des maths.

Après des années à ce régime (maths, McDo, Youporn), il n'est pas étonnant que diplômés d'une grande école d'ingénieurs prestigieuse, devenus cadres de haut niveau, par exemple chez Servier, ces mêmes individus en viennent à escamoter des expertises alarmistes sur les effets nocifs du Mediator (au lieu de se dire merde, attention, retirons immédiatement ce médicament du marché), ou chez Renault, à truquer les essais des moteurs diesel, ou chez Lafarge, à payer Daech, en Syrie, pour pouvoir continuer à faire passer des camions, choses qui, de l'extérieur, nous paraissent à tous parfaitement atterrantes, avait dit Dimitri à Pauline. Chacun se dit qu'à la place de ces cadres il aurait agi autrement, qu'il n'aurait pas, recevant un mail d'un collègue lui annonçant que le Mediator était peut-être dangereux, répondu zut, il faut absolument que ce rapport ne soit pas rendu public, ou s'il finit par l'être il faudra mandater d'urgence des experts qui nous sont dévoués pour faire savoir que non, le Mediator ne fait courir aucun risque à ses utilisateurs – chacun espère pour lui-même que recevant un tel mail, son premier réflexe serait de tirer la sonnette d'alarme dans l'entreprise, pour vérifier de toute urgence si effectivement le Mediator ne serait pas nocif, pour, le cas échéant, en interrompre immédiatement la commercialisation, afin de protéger la vie et la santé de ses utilisateurs, donnée imprescriptiblement plus importante que les parts de marché, le cours de l'action en Bourse et le chiffre d'affaires du groupe pharmaceutique. Ou que sa prime de fin d'année. Mais non. Et c'est complètement dingue. Dimitri avait montré à Pauline sur son téléphone des captures d'écran qu'il avait faites d'un article récent du *Monde* révélant des échanges de mails entre différents cadres de Monsanto pour tenter d'étouffer une expertise accablante sur la toxicité du glyphosate. « "Nous avons enfin pu présenter au jury les documents internes tenus secrets par Monsanto prouvant que la société savait depuis des décennies que le glyphosate, et en particulier le Roundup, pouvait être cause de cancer", a déclaré Brent Wisner, l'un des avocats de M. Johnson à l'audience, lui lisait Dimitri, son iPhone à la main. On a trouvé chez Monsanto un rapport interne indiquant que les cadres de la firme anticipaient un classement cancérogène possible ou probable. Le plan précise qu'il faudra "orchestrer un tollé" à l'issue de la décision du CIRC, en publiant des communiqués de presse conjointement avec les autres sociétés agrochimiques commercialisant du glyphosate, en "produisant du contenu pour les réseaux sociaux, en publiant ou en faisant publier des billets de blog / Twitter réitérant que le glyphosate n'est pas cancérogène". En février 2001, lui lisait Dimitri, qui venait d'avaler une gorgée de Gallia, un toxicologue maison écrit : "Si quelqu'un venait me dire qu'il veut tester le Roundup, je sais comment je réagirais : avec une sérieuse inquiétude." » Attends, écoute encore ça, avait dit Dimitri à Pauline, c'est ouf : « Les études menées sur les substances mélangées au glyphosate se font avec grande prudence. En mars 2002, l'un des cadres explique à ce sujet : "Nous devons faire attention à ne pas générer de données qui pourraient compromettre les autorisations européennes." On comprend pourquoi, quelques mois plus tard, l'une des scientifiques de Monsanto explique par mail à l'un de ses collègues communicants : "Vous ne pouvez pas écrire que le Roundup n'est pas cancérogène, car nous n'avons pas fait les tests nécessaires pour le dire." »

Une fois à Sciences Po Paris, Dimitri est allé au spectacle comme jamais auparavant, quasiment tous les soirs.

Il aurait aimé pouvoir expliquer à Pauline ce que c'était exactement que cette passion pour les arts de la scène qu'il se connaissait depuis l'âge de onze ans, mais elle était difficile à faire comprendre à tous ceux – et ils étaient nombreux – pour qui s'enfermer le soir dans une salle de spectacle pour regarder des comédiens ou des danseurs gesticuler sur un plateau (ou déclamer des textes interminables) restait la chose la plus désuète et ennuyeuse qui puisse s'imaginer (surtout maintenant que le cinéma existait). Cette passion s'était déclarée chez Dimitri comme se déclare une maladie, laquelle consistait à lui rendre la réalité insupportable – c'est-à-dire fade, aride, constamment décevante – si elle n'était pas compensée par des injections compulsives de spectacles, presque chaque soir en fait. Il adorait la nuit lourde et hantée des plateaux et des arrière-scènes, une nuit opaque, ancienne, datant de l'Antiquité, où se trouvait entreposée pour lui toute la mémoire du monde. C'est cette nuit noire et mystérieuse qui l'aimantait, d'où semblaient exsuder les spectacles qu'il voyait, tels des songes, des pensées, des réminiscences du monde lui-même. Le plateau est le lieu du corps, de la mort, du désir, du temps, du sexe, de la nuit, du sacré. C'est le lieu de la transcendance. C'est le lieu liturgique par excellence pour tous ceux qui à l'instar de Dimitri ne vouent aucun autre culte que celui de l'instant présent, de l'incarnation, de la sensation, du verbe, de la grâce. Ce qui rend le théâtre essentiellement métaphysique est que ses ingrédients fondamentaux, à savoir le corps, le verbe, le temps présent, l'espace, le son et la lumière, sont ceux-là mêmes avec lesquels nous composons, chaque jour, pour vivre – quand les autres arts se contentent de manipuler des succédanés : bronze, marbre, pigments, pellicule, encre et papier ou instruments de musique. C'est la réalité sensible elle-même que pétrit et modèle le théâtre : le corps, le verbe, le temps présent, l'espace, le son et la lumière. Aucun autre lieu que la salle de spectacle, à part peut-être le lit, le lit où l'on rêve, le lit où l'on fait l'amour, le lit où l'on accouche, le lit où l'on est malade et le lit où l'on meurt (mais dans le lit il n'y a pas d'art, juste de l'humain), aucun autre lieu que la salle de spectacle nous fait mieux saisir ce que c'est que la vie, ce que c'est que d'être en vie, que d'être un être humain, que d'être ensemble au monde, avait dit Dimitri à Pauline. C'est par les arts de la scène que l'on éprouve le plus profondément les prodiges de l'épiphanie, et du moment parfait. C'est avant tout pour cette raison qu'il allait au théâtre, pour recevoir des shoots d'épiphanies – et plus spécifiquement d'épiphanies existentielles, par opposition aux épiphanies strictement esthétiques comme on peut en connaître dans les musées ou les salles de concert (et qui peuvent parfois aller jusqu'au syndrome de Stendhal) – et de moments parfaits. Ce qu'il entendait par moment parfait ? C'est le moment où ce que l'on voit sur scène se dissout dans sa beauté, dans sa justesse et dans son évidence, même si la situation figurée est atroce, sordide ou révoltante : la salle de spectacle disparaît, le temps s'arrête et tout s'immobilise, ce qui se passe sur scène devient vision, devient image mentale immémoriale. C'est à l'essence même de la chose et non plus à sa représentation que l'on est confronté, il n'y a plus de frontière entre la scène et le monde, la scène est un morceau du monde qui transcende le monde et s'y substitue, on fusionne avec la réalité, là, dans l'instant présent, et c'est magique. L'instant présent : c'est la prérogative des seuls arts de la scène, et Dimitri allait au théâtre afin de s'exposer à des phénomènes sensibles et à des sortilèges élaborés par des metteurs en scène pour transmettre au public des sensations, du trouble, de la pensée, de la beauté, frontalement, de la scène à la salle, du corps des comédiens à ceux des spectateurs, dans la vérité infalsifiable du moment présent. Dans le danger et la vérité infalsifiable du moment présent (c'est important d'insister sur ce point) : ici et nulle part ailleurs, maintenant et à aucun autre moment. Se voir injecter des sensations, du trouble, des intuitions, de la pensée, c'était très précisément ce que Dimitri attendait que lui procurât la réalité toutes les fois qu'il sortait de chez lui et qu'il s'enfonçait dans les rues de la ville, au milieu des passants. C'était une forme d'idéalisme dont il ne souhaitait pas se départir, il ne lâcherait rien, il lui fallait ressentir chaque jour le plus de sensations possible, les plus puissantes possible, les plus variées possible : on ne pense juste et d'une façon singulière que si l'on *sent*, et que l'on se laisse pénétrer par le monde. Eh bien, ce qui fait que l'on attend beaucoup du réel, et donc de sa vie intérieure, est précisément ce qui nous commande d'aller beaucoup au théâtre, pour assouvir ce besoin impérieux de sens, de vérité et de perfection dans l'agencement des données du monde sensible : *le corps, le verbe, l'espace, le temps présent, le son et la lumière*. Dimitri espérait que Pauline comprenait ce qu'il essayait de lui expliquer, c'était très important. De même qu'il existe des forcenés de l'abstraction, des gens qui ne voient rien, qui ne sentent rien et que cela indiffère, les banquiers par exemple, il existe des forcenés du monde sensible, des forcenés du monde visible, des forcenés de la sensation, des forcenés de la lumière, des forcenés du corps et de l'humain, des forcenés de la grâce, du frisson, du mouvement, et eux sont faits pour le théâtre. Ne va-t-on pas au théâtre pour voir des corps ? Dimitri le pensait, il savait qu'il allait au théâtre pour s'abreuver de corps et de visages, pour se laisser transmettre un savoir, une émotion, par des corps, par des visages. Exactement comme on voudrait pouvoir le faire dans la vie, mais dans la vie, c'est extrêmement rare. En disant cela, Dimitri pensait moins au désir sexuel (évidemment) qu'à celui d'atteindre à une forme de vertige de l'autre par la seule confrontation sensible et visuelle à son corps, à sa peau, à ses attitudes, à sa présence, à son visage. On se cache d'une part, on n'ose pas regarder de l'autre, alors on reste chacun dissimulé aux regards d'autrui et on va au théâtre pour regarder des corps et des visages qui acceptent de se montrer dans toute leur vérité, comme en sacrifice, afin d'aider les autres à comprendre ce qu'est un être humain, authentiquement, sans tricher ni mentir, sans rien dissimuler, comme avaient pour fonction de le faire autrefois en médecine, vis-à-vis du fonctionnement de l'organisme humain, gravures ou mannequins de cire équipés d'yeux et nantis de regards, d'expressions, de cheveux, de dents et d'épiderme rosé, mais écorchés, éventrés, les viscères exposés.

6

Pendant un stage qu'il avait fait auprès de l'adjoint à la Culture à la mairie de Paris, Dimitri était tombé amoureux d'un garçon, Jules, avec qui il avait eu une histoire qui avait duré un an, jusqu'à la fin de son cursus à Sciences Po. Eh oui, il avait eu une expérience homosexuelle, longue en plus, une vie de couple ! Jules l'avait dragué pendant des mois et Dimitri avait fini par lui céder, subjugué par son intelligence, par son visage angélique et par ses positions politiques radicales. Jules était d'extrême gauche, quoique énarque et gagnant sa vie dans un poste administratif qu'il trouvait ennuyeux. Ses ambitions souffraient de son dilettantisme, la muscu étant encore l'activité à laquelle il s'adonnait avec le plus d'assiduité – il surveillait sur son torse les retombées de ces séances au club de sport avec une minutie qui lui faisait cruellement défaut dans l'exercice de son métier (certes fastidieux) à la mairie de Paris, il passait aux yeux de ses collègues pour un poète musclé, sa musculature était poétique, il ressemblait à un fantasme de Jean Genet. Jules se rêvait paresseusement un destin plus conforme à ses idéaux, mais sans rien entreprendre qui pût réorienter son existence (il avait pourtant le projet de créer une revue de débats d'idées). C'était un homme sensible et raffiné, en plus d'être d'une intelligence hors norme. Il adorait la poésie, il lui récitait de longs poèmes au petit déjeuner, torse nu. Dimitri était tombé amoureux de Jules comme en terminale il aurait pu tomber amoureux de Sébastien – c'est alors qu'il a compris ce qui s'était passé sur la couchette étroite de ce car de nuit, et quels avaient été en réalité ses sentiments d'alors, quoique inavoués, à l'égard du secret lycéen.

Jules n'était pas aussi amoureux de Dimitri que Dimitri l'était de Jules, pour Jules ce n'était qu'une aventure parmi d'autres, Dimitri avait mis du temps à s'en rendre compte, Jules couchait avec d'autres garçons, Dimitri faisait comme s'il s'en fichait mais dans le fond ça le blessait, il commençait à en souffrir.

Un soir qu'ils avaient rendez-vous dans un bar gay du Marais, le Duplex (fréquenté par pas mal de personnalités des milieux politique, médiatique, économique et culturel), Jules avait tardé à faire son apparition, il ne répondait pas aux SMS que Dimitri lui envoyait, il l'attendait à l'intérieur, il commençait à s'impatienter, le bar était bondé, il ne parlait à personne. Jules finit tout de même par arriver, avec trois heures de retard, indifférent, complètement saoul. Ils vont dehors pour prendre l'air, Jules s'assoit dans le caniveau, nauséeux, incapable de dire un mot. Dimitri était furieux : il l'avait attendu pendant trois heures pour pouvoir passer la soirée et le week-end avec lui, il devait être deux heures du matin, c'était la nuit du samedi au dimanche, et voilà que son amant débarquait à moitié malade, parce qu'il avait préféré s'enivrer avec des inconnus – c'est ce que Dimitri apprendrait plus tard – avant de le rejoindre. Alors Dimitri lui dit OK, si c'est comme ça je me retourne et la première personne que je vois, tu m'entends ? je l'embrasse et je passe la nuit avec. Il voulait forcer Jules à enfin s'intéresser à lui : depuis qu'il avait débarqué au Duplex, il avait semblé ne pas même s'apercevoir que le visage de Dimitri était apparu devant ses yeux. Hein, quoi ? Mais vas-y putain, fais ce que tu veux, je m'en branle… lui répond Jules, avait dit Dimitri à Pauline. Alors Dimitri se retourne, il voit devant lui un homme d'une cinquantaine d'années, il l'embrasse sans préambule et il part avec lui, il ne savait pas qui c'était.

Le lendemain matin, en se réveillant, Dimitri se dit ouh la la, où est-ce que je suis ? Appartement immense et somptueux, vue sur le Centre Pompidou, piano à queue, salle de cinéma, baignoire en marbre, elle voyait le genre. Mais sur qui je suis tombé ? Ils n'avaient, durant la nuit, échangé que trois phrases, et les voilà en train de prendre leur petit déjeuner. L'homme, pieds nus et vêtu d'un peignoir bleu (Dimitri avait trouvé plus judicieux de se rhabiller, après avoir repris ses esprits dans la baignoire en marbre), était le P-DG d'un groupe agroalimentaire considérable : même les enfants de quatre ans connaissent le nom de ce groupe alimentaire inscrit dans une typographie atroce sur l'emballage de l'une de leurs friandises favorites. L'homme lui demande ce qu'il fait dans la vie, et Dimitri, après lui avoir dit quel a été son parcours, et quels sont ses diplômes, ajoute qu'il cherche du travail. Tu n'aurais pas un travail à me donner par hasard ? lui dit Dimitri en portant le bol de café à ses lèvres. Alors l'homme réfléchit quelques secondes et lui répond, Dans la politique ? (et Dimitri acquiesce), Alors si, oui, absolument, tu fais bien de m'en parler tu vois, j'ai un ami qui cherche à recruter quelqu'un justement, c'est un truc qui pourrait t'intéresser… et là-dessus il sort son iPhone de la poche de son peignoir Armani et envoie par texto à cet ami le numéro de Dimitri, en le priant de bien vouloir l'appeler d'urgence pour lui parler du poste qu'il cherchait à pourvoir. Dimitri n'y a pas cru, il n'a pas demandé de quoi il s'agissait, ni qui était cet ami auprès de qui l'industriel le recommandait si chaleureusement. Et le lendemain, le lundi donc, il reçoit un coup de téléphone d'un homme qui lui dit l'appeler de la part de son ami Christophe (l'industriel), il paraît que vous cherchez du travail, moi j'ai un cabinet qui s'appelle Tallineau, Carpentier & Associés, je cherche à recruter quelqu'un comme vous, quand est-ce qu'on peut se voir ? Je vous passe mon assistante, elle va vous donner un rendez-vous cette semaine, c'est urgent – il lui laissait à peine le temps de répondre, si bien que Dimitri s'était retrouvé à parler avec l'assistante pour décider d'un jour de rendez-vous, ils choisissent ensemble le mercredi à quinze heures, elle lui donne l'adresse, le nom du type et elle raccroche. Dimitri hallucinait. Cela avait duré deux minutes : le téléphone avait sonné, il avait décroché, un inconnu avait prononcé quelques phrases, une assistante avait enchaîné et une minute plus tard il avait un rendez-vous, pour un entretien d'embauche, avec un homme dont il ne savait rien, directeur d'un cabinet dont il ignorait quelle était même l'activité, tout ça parce que le samedi soir, sur le trottoir devant le Duplex, il avait eu l'audace de se venger de Jules en jetant impulsivement son dévolu sur un parfait inconnu et il avait passé la nuit avec – une nuit relativement chaste, du reste, car la bravade l'avait bien sûr très amplement emporté sur le désir, et qu'ils étaient l'un et l'autre assez amochés par l'alcool qu'ils avaient bu en abondance pour pouvoir aller bien au-delà des premiers attouchements de rigueur, une fois couchés. C'est pour ça que le lendemain matin, Dimitri avait été très reconnaissant à Christophe de ne pas insister pour obtenir ce que manifestement il n'était pas disposé à lui accorder – une petite séance de sexe dominicale. Dimitri avait décliné, et l'homme n'avait pas insisté, très délicat, et ils s'étaient contentés de petit-déjeuner dans la lumineuse cuisine de l'industriel, avec vue sur le chef-d'œuvre de Piano et Rogers. L'endroit était sublime, même le miel était incomparable, Dimitri l'étalait sur une brioche artisanale de première qualité – pas une brioche industrielle, non, alors même que le groupe agroalimentaire que Christophe dirigeait en fabriquait, comme quoi, avait dit Dimitri à Pauline…

Après que l'assistante avait raccroché, Dimitri s'était précipité sur Internet et avait tapé le patronyme de l'homme avec qui il avait rendez-vous, Calinot. Mais comme il l'avait mal orthographié, et qu'il avait tenté, à tâtons, d'autres hypothèses orthographiques tout aussi erronées (Callinot, Callineau, Calinneau, Callinnot, etc.), et qu'il n'avait pas retenu son prénom, il avait beau entrer sur Google tous les patronymes possibles et imaginables se rapprochant de celui qu'il avait gardé en mémoire, assorti du mot cabinet, rien ne sortait qui l'éclairât sur la nature de son rendez-vous le mercredi suivant à quinze heures dans le VIIIe arrondissement de Paris. Il lui avait fallu partir de l'adresse pour identifier le cabinet en question, Tallineau, Carpentier & Associés, ainsi que son activité de prédilection : les relations institutionnelles, et les affaires publiques.

C'était écrit en gros caractères sur la page d'accueil de leur site Internet : Tallineau, Carpentier & Associés, Relations institutionnelles – Affaires publiques.

Qu'est-ce que c'est que ça, les relations institutionnelles, et les affaires publiques ?

Il avait beau avoir fait Sciences Po, il ignorait ce que c'était.

Une brève recherche sur Internet lui apprend que « relations institutionnelles – affaires publiques » est l'autre nom du lobbying. Du lobbying ? Il existe des cabinets de lobbying ? s'était-il écrié.

Le mercredi à quinze heures, il se pointe là-bas en tee-shirt et en jean, exactement comme il était sapé aujourd'hui, avait dit Dimitri à Pauline, et il se retrouve avec trois hommes en face de lui vêtus chacun d'un costume sombre, d'une chemise blanche, d'une cravate noire. C'était un cabinet qui employait une centaine de consultants, tous austères et tirés à quatre épingles, comme il avait pu le constater, un peu honteux, lorsqu'il avait marché dans les couloirs jusqu'à la salle de réunion. Lors de ce premier entretien, Jean-Michel Tallineau n'était pas présent.

Ils l'assaillent de questions sur son parcours, sur ses expériences, sur ses envies, sur ses ambitions. Louis-le-Grand + Sciences Po Paris + stage à la mairie de Paris : le tableau de chasse dimitriesque paraissait idéal à leurs yeux.

Dimitri leur assène, assez ingénument, avec une sorte de périlleuse et flamboyante désinvolture, qu'il a passé des heures sur Internet, téléphoné à des relations, épluché des articles qui disaient tout et son contraire, pour essayer d'élucider ce que des gens comme eux pouvaient bien faire de leur journée – et il n'avait toujours pas compris. Et franchement ceux qui vous disent, sans avoir travaillé dans le lobbying, qu'ils sont au courant de ce que c'est, ce sont des menteurs, parce qu'on ne peut pas savoir, de l'extérieur, en quoi ça consiste, donc vous pouvez m'expliquer ? Cette entrée en matière audacieuse les a fait sourire (un point pour lui, même s'il ne l'avait pas fait dans ce but), après quoi ils ont continué à parler, sans pour autant l'éclaircir sur la nature exacte de leur activité : les gens du lobbying préfèrent ne pas trop en dire, pour justifier les sommes exorbitantes que se voient facturer leurs clients, avait dit Dimitri à Pauline. Plus c'est mystérieux, plus c'est rémunérateur, car ils peuvent vendre l'idée que ce qu'ils vont faire ils sont les seuls à pouvoir le faire, ayant la possibilité de s'introduire dans des arcanes complexes, politiquement sensibles, discrètement, grâce à des accointances aussi précieuses qu'anciennes, pour infléchir les politiques publiques et par là même servir les intérêts de leurs clients, et qu'un doigté pareil mérite bien une copieuse rémunération.

Dimitri, après ce premier entretien, pensait que sa désinvolture lui vaudrait d'être éliminé, or non seulement il a été rappelé mais quatre autres entretiens ont suivi, de plus en plus approfondis, et les deux derniers en présence des deux associés, Jean-Michel Tallineau et Damien Carpentier, afin d'examiner si oui ou non il convenait d'embaucher ce jeune homme au poste de consultant junior en affaires publiques. Dimitri, au départ, l'avait pris comme un jeu. Et dès lors qu'il s'était prêté à ce jeu, et que l'exercice consistait à convaincre ses interlocuteurs qu'il était la personne sur qui leur choix méticuleux devait tomber, il s'était donné cet objectif en dehors de toute autre considération, et notamment il avait évité de se demander si réellement ce métier, si réellement cet environnement, si réellement ces problématiques et ces personnes cyniques tirées à quatre épingles étaient faits pour lui ou lui ressemblaient un tant soit peu. Bizarrement, le problème ne s'était pas posé en ces termes, c'était allé très vite (moins de quatorze jours), de sorte que Dimitri n'avait pas eu le loisir de s'interroger sur le réel bien-fondé de ces entretiens, et surtout de leur issue possible, voire probable, s'il continuait à être aussi performant : devenir du jour au lendemain consultant en affaires publiques. Or Dimitri sentait bien qu'il était excellent : il commençait à comprendre ce que ses interlocuteurs attendaient qu'il leur dise (c'était assez enfantin) et il le leur disait avec une malice intérieure indétectable, et d'une manière qui pût aussi les étonner : il avait saisi qu'il devait être tout à la fois au cœur de leurs attentes et incarner une forme d'ailleurs, les faire rêver, les surprendre, être un peu différent, un peu insaisissable. Pas scolaire, ni appliqué, ni complètement adéquat, ni affamé. Injecter un peu d'altérité dans ses phrases, des phrases conformes à leur doctrine. C'est amusant de jouer avec les données d'une situation, il abordait ces entretiens comme un pur exercice d'habileté intellectuelle face à des esprits exercés à analyser, à évaluer, à argumenter, et cela seul, triompher de leur intelligence en se faisant passer pour ce qu'il n'était pas (ou pas vraiment, ou disons pas entièrement), était de nature à inciter Dimitri à aller jusqu'au bout, pour découvrir jusqu'à quel point il pouvait les abuser. Mais peut-être ne les abusait-il pas en définitive, peut-être avait-il sans le savoir les qualités d'un excellent lobbyiste ? N'était-il pas en train d'en faire, à son insu, l'indiscutable démonstration, en prenant plaisir à se dédoubler ? Alors que bien évidemment, *bien évidemment*, il n'était pas possible de concevoir activité plus opposée à ses opinions politiques que le lobbying, sauf si Pauline se souvenait que Dimitri, qui n'en était pas, comme elle le savait, à une contradiction près (mais encore faut-il avoir le courage de l'admettre), n'était pas insensible à l'idée de pouvoir et de rayonnement social, ainsi qu'à une certaine séduction insidieuse des belles choses. Il avait beau être d'extrême gauche, il aimait les beaux hôtels et les grands restaurants, il aimait dormir sur des oreillers en plumes, boire de grands vins et d'excellents champagnes, même s'il pouvait très bien s'en passer et qu'il n'avait jamais rien entrepris, par le passé, pour se garantir ces agréments. Et il aimait bien sûr être courtisé, être désiré, être regardé, être recherché, être honoré, être distingué, se sentir victorieux.

Dimitri a été embauché en octobre 2012 comme consultant junior chez Tallineau, Carpentier & Associés, avec un salaire mensuel de 4 200 euros net sur treize mois plus les primes, ce qui était bien sûr une très très jolie somme pour un premier emploi.

Il ne s'est jamais dit : Du lobbying, Dimitri ! Réalise mon vieux ! *Tu vas faire du lobbying !* C'est pas possible ça ! *Tu peux pas faire du lobbying !* Il n'en a pas eu le temps. En dehors d'Alexandra, il n'avait interrogé aucun de ses amis, pour la bonne et simple raison qu'il ne voulait révéler à personne de quelle façon incongrue voire inconséquente il avait rencontré, à deux heures du matin, à la sortie d'un bar gay du Marais, dans la rue, l'industriel qui l'avait rencardé sur ce travail inespéré, après avoir passé la nuit dans son lit, un parfait inconnu. Il n'avait pas non plus parlé de cette embauche déshonorante à sa mère, qui en bonne communiste qu'elle était l'eût immédiatement dissuadé de ruiner son honneur dans une activité qui à ses yeux, supposait-il, devait être à peine moins condamnable que celle de marchand d'armes – elle aurait mis son affection maternelle dans la balance c'était certain. Il ne s'en était donc ouvert qu'à Alexandra, laquelle était suffisamment rigolote, libre, spontanée, rapide, risquée, curieuse, espiègle et expérimentale pour ne rien trouver à redire à la perspective d'être miraculeusement embauché, à vingt-trois ans, à 4 200 euros net par mois plus les primes, avant même d'avoir seulement commencé à chercher du travail, dans une activité aussi romanesque, aussi mystérieuse, aussi opaque et sulfureuse que le lobbying, dans l'un des cabinets parisiens les plus réputés.

Tout était absurde dans cette histoire, mais c'est tout de même devenu sa vie pendant un an et demi.

Alors, maintenant, Pauline, en effet, excellente question, le lobbying, en quoi cela consiste-t-il ?

On a des clients, plus ou moins honnêtes, qui te demandent, d'abord, de faire de la veille. Ils te donnent de l'argent chaque mois pour que tu vérifies si ce que fait le gouvernement, si ce que fait l'Assemblée nationale, si ce que fait le Sénat n'est pas contraire à leurs intérêts. Par exemple les laboratoires pharmaceutiques, dans le secteur des médicaments. Ça déjà c'est pas mal de travail, c'est ça le fond de l'activité. Sauf que parfois il leur arrive d'avoir des envies spécifiques, urgentes, voire impérieuses (parce qu'il y a souvent des millions d'euros de chiffre d'affaires à la clé), et c'est à partir de là que cela devient du lobbying comme on peut le voir dans les films. Ils te disent : Voilà, telle norme, on ne l'aime pas trop, on aimerait bien la changer. Si c'est dans une loi, il faut nécessairement que ça passe par l'Assemblée nationale, alors tu rédiges un amendement à la loi que ton client souhaite voir modifier, à la suite de quoi tu cherches les députés qui vont pouvoir porter cet amendement. Autrement dit, tu toques à toutes les portes en disant voilà, j'ai un amendement hyper intéressant, tu n'es pas obligé de donner le nom de ton client, enfin si, la loi t'oblige à dire pour qui tu travailles, mais si ce sont tes amis, si tu connais les députés à qui tu proposes cet amendement tu peux ne pas le leur dire, à l'époque ils s'en foutaient mais maintenant c'est plus encadré, la législation s'est rigidifiée, tu es obligé de dire que tu travailles pour Sanofi (par exemple) et que tu as un amendement avantageux à leur proposer. Est-ce que ça vous intéresse ? Est-ce que vous voulez bien le faire passer, cet amendement ? C'est ce que tu demandes aux députés que tu vas voir. Là, deux cas de figure possibles. Soit tu attends une fenêtre de tir favorable, autrement dit un ordre du jour qui corresponde, par sa thématique, à l'amendement que tu souhaites faire passer, mais là tu peux attendre longtemps. Soit tu fais ce qu'on appelle un cavalier législatif, c'est-à-dire que tu glisses ton amendement dans n'importe quelle loi – aussi incroyable que cela puisse paraître, c'est possible. Par exemple lors du vote du budget, car à ce moment-là il y a énormément de lois (Dimitri avait figuré une grosse épaisseur de paperasse avec son pouce et son index amplement écartés l'un de l'autre) et là, autant te dire, il y a un nombre colossal de cavaliers que tu peux obtenir de glisser. Car souvent ce sont des choses que tu ne vois pas vraiment, ce sont parfois de simples modifications de mots, tu modifies un *ou* en *et* – et hop, tout change, et c'est ce que veut Sanofi (par exemple). Juste modifier un *ou* en *et*. Donc ça tu peux le faire passer très facilement au milieu d'un flux de trois mille amendements, et six mois plus tard Sanofi brandit l'amendement en disant regardez, il y a eu une modification de la loi, maintenant je peux faire ceci qui jusqu'alors était interdit. Juste parce qu'un *ou* a été changé en *et*. Glisser un amendement, il faut que ce soit un député qui le fasse, et un député de la majorité de surcroît. Si tu ne prends pas un député de la majorité, il y a très peu de chances que ça passe. Ce que faisait Dimitri, c'est qu'il allait voir les assistants parlementaires, il en connaissait certains, des anciens de Sciences Po, il passait par eux au début pour atteindre les députés, mais il avait fini par faire la connaissance de quelques-uns qu'il pouvait contacter directement pour leur confier des amendements. Tallineau, Carpentier & Associés, chaque semaine, organise deux ou trois déjeuners parlementaires, chacun autour d'un thème, chaque fois dans un restaurant réputé, en compagnie d'un invité en lien avec le thème, un invité célèbre et prestigieux. C'est l'occasion de réunir les députés, de faire leur connaissance, de les choyer, d'entretenir le lien, car les consultants sont présents à ces déjeuners, Dimitri participait à la plupart. Tu mélanges, surtout. Par exemple tu vas placer Pesquet, le cosmonaute, à côté de la directrice des affaires publiques de Total, et toi tu n'es pas loin et tu te mêles à la conversation. Alors maintenant, question, quel intérêt peuvent avoir les députés de glisser des cavaliers ? Eh bien parce que c'est Sanofi (par exemple). Et du point de vue du député de droite, et même du député de la gauche libérale (socialiste), l'intérêt de l'entreprise prime, c'est-à-dire l'intérêt économique, car ce sont, potentiellement, des emplois, et si ces emplois peuvent être créés dans la circonscription du député, il va défendre Sanofi (par exemple) quelle que soit la raison pour laquelle on veut faire passer l'amendement destiné à modifier la loi. On va jouer sur la fibre sociale du député, en effet il est souvent possible de corréler la modification de la loi avec l'intérêt économique de l'entreprise, donc avec la capacité de celle-ci à ouvrir des usines, ou à créer des emplois, et peut-être bien (pourquoi pas) dans la circonscription du député que tu essaies d'embarquer (ce serait chouette !). L'intérêt de l'entreprise, c'est un sésame phénoménal auprès des députés. Le député qui peut inaugurer une usine dans sa circonscription, c'est bingo, il a l'impression d'avoir gagné au loto – c'est ce qui rend possible l'introduction de cavaliers. François Hollande est convaincu qu'être ouvertement pro-business va faire que les Français iront mieux. Dimitri ne le croyait pas, ce qu'il racontait aux députés était rigoureusement le contraire de ce qu'il pensait, mais il voyait bien que quand il disait aux députés que Sanofi (par exemple), grâce à eux, allait augmenter ses profits, et qu'il était dans l'intérêt national que ce très beau fleuron de l'industrie française acquière le plus de poids possible sur le marché mondial, il était facile d'entraîner les députés à glisser des cavaliers en faveur de Sanofi, sur la base de ce seul argument. Sanofi, dans le monde, représente la France ! leur disait Dimitri. Et si l'entreprise dégage plus de profits, elle peut consacrer davantage de budget à la recherche, et donc contribuer à faire reculer les maladies !

C'est ce qu'il leur disait.

Oui, ils le croyaient, avait dit Dimitri à Pauline.

Un jour, Jean-Michel Tallineau vient voir Dimitri dans son bureau et lui déclare qu'il a un nouveau client pour lui. Un Russe, la troisième fortune de Russie, qui veut acheter la tour Eiffel. Donc il faut lui faire une propal, tu consignes par écrit ce que tu peux lui proposer et tu chiffres cette prestation.

Lors de son enquête, Dimitri découvre que la tour Eiffel est gérée par la Société d'Exploitation de la tour Eiffel, détenue pour un tiers par l'État, par la mairie de Paris pour un autre tiers et par de grandes entreprises françaises pour le tiers restant, et quelques jours de recherches supplémentaires lui permettent d'établir que certaines de ces entreprises seraient disposées à se débarrasser de leurs parts. S'il semblait difficile de procurer au Russe le moyen d'acquérir la tour Eiffel, puisqu'elle n'était pas à vendre, il s'est dit qu'il pourrait essayer de le faire entrer au capital de la société qui l'exploitait, ce qui le rendrait propriétaire du monument à titre disons symbolique et lui permettrait sans doute de le privatiser de temps en temps pour y organiser des fêtes, par exemple pour l'anniversaire de sa fille (dont Dimitri avait vu des photos sur le smartphone de l'un des gardes du corps, une blonde ultra pulpeuse, ultra bronzée, adepte de ski nautique et de bains de soleil sur des yachts). Dimitri est allé voir Orange et Bouygues pour les convaincre de vendre leurs parts au Russe à prix d'or (ils ont dit oui bien sûr), après quoi il a sollicité un rendez-vous auprès d'Anne Hidalgo, qui était celle par qui son imminente embauche à la mairie de Paris, à la toute fin de son stage, avait été annulée in extremis l'année précédente, pour des raisons de restriction budgétaire apparemment. Bien sûr, pour une affaire aussi fantaisiste, il ne l'avait pas rencontrée en personne, mais seulement son directeur de cabinet – et de toute façon la réponse d'Anne Hidalgo avait été un non catégorique : Non, il n'était pas question qu'un milliardaire russe entre au capital de la Société d'Exploitation de la tour Eiffel, fût-ce avec un infime pourcentage. Quand le milliardaire russe venait au bureau, il était accompagné de trois gorilles, Dimitri ne l'avait jamais rencontré, Jean-Michel Tallineau traitait seul avec lui – Dimitri patientait dans son bureau en compagnie des gorilles, ils lui montraient des photos de son yacht, de sa fille, de ses nombreuses voitures de sport. Le jour où il a fallu annoncer au Russe que non, il ne serait pas possible d'acquérir la tour Eiffel, car ils s'étaient heurtés au refus chromé d'Anne Hidalgo, femme orgueilleuse et dogmatique réputée pour la vigueur des non d'acier qu'elle crachait comme des noyaux d'olive au visage de ses nombreux détracteurs (vous ne serez pas le premier qu'elle aura énervé, vous venez de rejoindre une cohorte assez surpeuplée, qui compte déjà des millions d'individus ! avait dit ironiquement au Russe Jean-Michel Tallineau), le Russe a fait une drôle de tête, une tête de Russe soucieux et contrarié, de sorte que Jean-Michel Tallineau est repassé le soir par le bureau de Dimitri pour lui confier qu'il regrettait ses propos désinvoltes à l'égard d'Anne Hidalgo, il était assez ennuyé car il pensait avoir vu scintiller dans l'œil vicieux de l'oligarque la lueur d'une éventuelle solution à cette navrante impasse où son rêve avait échoué : l'idée, peut-être, qu'il pourrait régler son problème de tour Eiffel par l'emploi d'une substance astucieuse (insoupçonnable) qui avait fait ses preuves par le passé (Vladimir lui filerait la recette), de sorte que Jean-Michel Tallineau ne savait pas s'il fallait laisser les choses suivre tranquillement leur cours (c'eût été son grand chef-d'œuvre de lobbyiste, du billard à trois bandes, une opération qui à elle seule – un *strike* ! – eût donné satisfaction, en toute discrétion, ni vu ni connu, à des dizaines de ses clients), ou s'il ne convenait pas de faire savoir au Russe que la responsabilité d'Anne Hidalgo se devait d'être légèrement minimisée. C'est ce qu'il avait fini par faire, mettant tout sur le dos d'Orange, et à cette occasion le Russe lui avait demandé s'il ne pouvait pas l'aider à acquérir la statue de la Liberté.

Dimitri avait souvent l'impression de faire de la figuration dans un film satirique dénonçant la bêtise de l'entreprise et le puant remugle de l'entre-soi politico-économique. Il n'était entouré que de consultants qui se caricaturaient eux-mêmes à longueur de journée : avides, vulgaires, cyniques et dénués de tout scrupule, leur seule motivation semblait être de gagner le plus d'argent possible, ils se mettaient constamment des bâtons dans les roues. Parce que Dimitri avait eu le malheur de récupérer le bureau juste à côté de celui de Jean-Michel Tallineau, des soupçons de favoritisme ont commencé à déferler sur lui, les consultants se sont mis à médire sur son compte. On le jalousait, on le supposait aussi incompétent que joli garçon, il devait être un excellent suceur de bites pour avoir hérité de ce bureau si convoité. Jean-Michel Tallineau, qui était gay, pensait que Dimitri l'était aussi, forcément puisqu'il lui avait été recommandé un dimanche matin à l'heure du petit déjeuner par un texto urgent de son ami Christophe. Et le fait qu'ils ne fussent que quatre gays dans la boîte avait sans doute joué en faveur de son embauche, et Dimitri jouissait pour cette raison, de la part de son patron, il le sentait, d'une forme de solidarité communautaire. D'ailleurs Dimitri n'avait jamais essayé de le détromper sur ses supposées préférences sexuelles, et quand il avait eu une petite amie, Amélie, après avoir rompu avec Jules, il avait toujours évité qu'elle vienne le chercher à la sortie du bureau, de peur d'être surpris par son patron dans sa banale et décevante intimité hétéro. (En le voyant, la plupart des personnes pensaient que Dimitri était gay, depuis toujours.) Ainsi cela avait-il irrité ses collègues que Dimitri se vît d'emblée attribuer le bureau jouxtant celui du P-DG, comme si une vie secrète les liait qui allait faire que Dimitri bénéficierait de traitements de faveur. Du reste, ceux-ci n'avaient pas tardé à éclater au grand jour,

Dimitri ayant obtenu de Jean-Michel Tallineau qu'il pût venir travailler sans cravate – son N + 1 avait vertement reproché à Dimitri de ne pas mettre de cravate, Dimitri lui avait rétorqué qu'il n'en avait pas envie, qu'il pouvait très bien faire fonctionner son cerveau sans cravate et qu'à sa connaissance c'est ce pourquoi il avait été embauché, alors son N + 1 était allé voir Jean-Michel Tallineau pour se plaindre de ce que Dimitri refusait le port de la cravate, à quoi Jean-Michel Tallineau avait rétorqué, contre toute attente, que si Dimitri refusait de porter une cravate, il ne porterait pas de cravate, de sorte que Dimitri était le seul homme du cabinet, le seul, à venir travailler sans cravate, ce qui non seulement aggravera les soupçons de favoritisme qui pesaient déjà sur lui, mais donnera lieu chaque jour pendant un an et demi à des commentaires sarcastiques à la machine à café, genre ah oui, c'est vrai, j'avais oublié, toi tu as le droit de venir sans cravate, par dérogation spéciale de la direction, avait dit Dimitri à Pauline. De sorte que Jean-Michel Tallineau s'était senti obligé, un peu plus tard, de demander à Dimitri de se choisir des souliers plus appropriés au métier de consultant en affaires publiques que ne l'étaient les boots noirs à gros talons carrés qu'il avait l'habitude de porter et qui, du point de vue de la plupart des consultants, et en particulier de son N + 1 (chez qui la dispense de cravate était restée en travers du gosier, si l'on peut dire), était du plus mauvais effet à l'égard de leur clientèle institutionnelle. Jean-Michel Tallineau avait appelé Dimitri : Tu peux venir dans mon bureau s'il te plaît ? Et une fois l'apprenti lobbyiste devant lui : Montre-moi tes chaussures, alors Dimitri les lui avait montrées, levant le pied à la hauteur de son regard, et Jean-Michel Tallineau lui avait dit : Dimitri, tu ne peux pas venir travailler avec des chaussures comme ça, c'est pas possible, j'ai reçu des plaintes, on me demande d'intervenir... Fais un effort quoi merde ! Le directeur de l'événementiel et le directeur conseil, en plus de son N + 1, s'étaient plaints auprès du P-DG non seulement du look efféminé que ces boots de dandy gay lui donnaient, mais aussi du bruit que faisaient dans les couloirs les gros talons carrés. Dimitri s'était énervé, lui rétorquant que déjà il consentait à porter un costume, on n'allait pas, en plus, lui imposer des chaussures de travail, mais Jean-Michel Tallineau n'avait pas cédé et Dimitri était sorti du bureau quasi en claquant la porte. Et le soir il était allé à Barbès, où il avait acheté, pour la somme de neuf euros, des souliers noirs tout ce qu'il y avait de plus bas de gamme, en plastique noir, des écrase-merde avachis qu'il rangeait dans un tiroir de son bureau et enfilait le matin en arrivant, sans même faire les lacets. Il se baladait dans la boîte et il allait en rendez-vous à l'extérieur avec ses tatanes informes et toutes molles, en traînant les pieds, comme s'il faisait la manche dans le métro après avoir joué un air d'accordéon, si bien qu'un jour Jean-Michel Tallineau l'avait convoqué dans son bureau pour lui dire : Putain Dimitri tu fais chier, t'es vraiment insupportable, remets tes boots de pédé et on n'en parle plus, alors Dimitri avait fait « Yeah ! » en descendant ses deux poings vers le bas, et ils avaient ri tous les deux (clin d'œil malicieux de Jean-Michel Tallineau, genre quels gros cons franchement ces hétéros).

Comme par hasard, les deux seules personnes de la boîte avec qui Dimitri s'entendait bien étaient les deux gays. Et parmi ces deux hommes, il s'était lié d'amitié avec Bruno, notamment parce que Bruno venait de la politique et que la politique était ce qui passionnait le plus Dimitri dans la vie avec la danse et le théâtre. Ce garçon avait failli être élu député sous l'étiquette Europe Écologie les Verts (pas à Paris, en région), sur le papier cette élection était pliée dans la mesure où les autres partis de gauche (socialistes et communistes) avaient consenti à ne présenter aucun candidat contre lui. Mais c'était sans compter les coups bas de son adversaire de droite, lequel avait révélé, entre les deux tours, que Bruno avait joué, à vingt-deux ans, une quinzaine d'années auparavant, dans des films pornos gay. Une virulente polémique était née dans la région au sujet de ce pédé acteur porno qui osait se soumettre au scrutin législatif avec l'ambition éhontée de représenter sa circonscription sur les bancs de l'Assemblée nationale, tant et si bien que le candidat UMP l'avait emporté haut la main, à rebours des prédictions initiales des instituts de sondage. Devant dès lors renoncer à toute carrière politique, Bruno, vraiment très bien membré (la vidéo avait pas mal circulé dans les mondes politique et médiatique, Dimitri avait fini par la dénicher sur Internet après qu'on lui avait confié un soir le pseudonyme sous lequel Bruno s'était rendu célèbre comme acteur porno gay et par la regarder lui aussi, quelle belle bite il avait ce con ; non, Pauline ne devait pas en douter, bien plus belle que la sienne), Bruno, donc, avait trouvé refuge chez Tallineau, Carpentier & Associés, son embauche ayant sans doute été facilitée, comme ce sera le cas plus tard pour Dimitri, par le fait non seulement qu'il était gay, mais aussi qu'il s'était illustré jadis dans l'entertainment pornographique, ce qui en soi constituait une croustillante singularité (qui pourrait être exploitée un jour, qui sait).

Bruno et Dimitri avaient à peu de chose près la même sensibilité politique, Bruno à tendance écologiste et Dimitri à tendance communiste, mais tous deux très à gauche et à ce titre les deux seuls consultants de cet acabit chez Tallineau, Carpentier & Associés, les rares autres étiquetés à gauche étant dans le meilleur des cas des socialistes adeptes de la doctrine libérale de François Hollande (ils soutenaient à mort le CIPC, le crédit d'impôt alloué aux entreprises). Bruno quittera le cabinet quelques semaines avant Dimitri et à peu près pour les mêmes raisons, liquidant sur un coup de tête la même poisseuse sensation de compromission. On eût juré, dans les deux cas, que Jean-Michel Tallineau, par perversité, mais plus sûrement par pragmatisme managérial, avait voulu mettre à l'épreuve l'embarrassante conscience morale de ces deux jeunes idéalistes, soit pour les faire renoncer à temps à ce métier rectiligne, soit pour leur faire passer un cap définitif vers le cynisme, comme on jette les bébés dans les piscines pour leur apprendre à nager. Un jour qu'ils étaient à Marseille pour une réunion avec un client, Jean-Michel Tallineau avait dit à Bruno qu'ayant un peu de temps devant eux ils allaient pouvoir passer par Gardanne, où il souhaitait lui présenter le directeur d'une entreprise avec laquelle ils étaient sur le point de conclure un contrat, et il voulait que ce soit lui, Bruno, qui prenne en charge ce dossier, en raison de son passé de militant écologiste. Car il s'agissait, avait poursuivi Jean-Michel Tallineau dans le taxi, d'une entreprise accusée de répandre des boues rouges dans la mer, et voilà que le taxi s'était immobilisé devant l'usine, mettant Bruno au pied du mur. Bruno avait dit à son patron qu'il était hors de question qu'il prenne en charge un tel dossier, on pouvait facilement concevoir qu'il ne le pouvait pas, en raison de son passé d'écologiste. Et Jean-Michel Tallineau lui avait rétorqué que c'était précisément en raison de son passé d'écologiste, et de sa connaissance approfondie du dossier, qu'il était le mieux placé, dans la boîte, pour défendre les intérêts de l'entreprise auprès du législateur, des associations et des pouvoirs publics, en minimisant les nuisances supposées de cette industrie. On le croirait plus volontiers si c'était lui qui disait cela. Bruno avait été contraint d'accepter, acculé, mais il n'avait tenu qu'une dizaine de jours et un lundi matin il avait présenté sa démission.

Son patron s'appuyait sur les accointances de Dimitri avec les députés et les assistants parlementaires socialistes, communistes, écologistes, pour faire avancer leurs dossiers. Par exemple, avait dit Dimitri à Pauline, il comptait dans son portefeuille de clients une fameuse entreprise de microcrédit, dont il était chargé de restaurer l'image aux yeux des députés : les députés devaient comprendre le rôle social qu'elle jouait auprès des populations défavorisées. C'est grâce au microcrédit que les plus nécessiteux peuvent s'acheter, à la naissance d'un enfant, une poussette – c'est le type de storytelling émouvant qu'il fallait fourguer aux parlementaires afin de corriger leur conviction tenace que les entreprises de microcrédit étaient surtout coupables de l'expansion de ce fléau dévastateur qu'est le surendettement. Il accompagnait des délégations de députés dans les centres d'appels en région pour qu'ils pussent constater par eux-mêmes l'extrême détresse des personnes qui téléphonaient aux opératrices pour obtenir un minuscule crédit, et ce pour des dépenses, souvent, de première nécessité, c'était poignant.

Plus les mois passaient, plus il se dégoûtait de relayer cette détestable démagogie. Car en effet si ces appels fendaient le cœur des députés les plus endurcis, et si on ne pouvait reprocher à l'entreprise en question d'octroyer ces petits prêts urgents (sans aucune vérification sur la solvabilité des contractants), il n'en était pas moins indiscutable qu'elle prospérait sur le désespoir des plus indigents, et que l'octroi de ces prêts à répétition constituait pour ces derniers une espèce de fatal nœud coulant.

Dimitri arrivait au bureau vers huit heures et demie, et il en repartait rarement avant vingt-trois heures, et le week-end, souvent, il se rendait à l'Assemblée nationale. Il n'allait plus tellement au théâtre, plus le temps, plus l'énergie. Il était tout de même parvenu à « tomber malade » (grâce à sa généraliste de Saint-Maurice, qui le suivait depuis l'âge de neuf ans), pendant dix jours, en juillet 2013, afin d'aller au festival d'Avignon, où il avait vu *Les particules élémentaires* de Julien Gosselin, *Cour d'honneur* de Jérôme Bel, *Partita 2* d'Anne Teresa De Keersmaeker et Boris Charmatz, *Faust I + II* de Nicolas Stemann, *Tout le ciel au-dessus de la tête, le Syndrome de Wendy*, d'Angélica Liddell, *Cabaret Varsovie* de Krzysztof Warlikowski, *D'après une histoire vraie* de Christian Rizzo, *Voyage à travers la nuit* de Katie Mitchell, et enfin *Ivresse* de Falk Richter.

Il n'a jamais pensé qu'il pût exercer ce métier de lobbyiste indéfiniment, c'était comme un jeu, il vivait au jour le jour, il recevait chaque mission confiée par son patron comme un défi : il se disait qu'il arrêterait quand le moment serait venu d'arrêter. Du reste, il ne pense pas qu'il aura jamais envie de faire le même métier jusqu'à la fin de ses jours, de quelque métier qu'il s'agisse, et aujourd'hui qu'il est reporter à l'AFP, et qu'il dispose d'un contrat à durée indéterminée, il ne parvient pas à imaginer qu'il sera encore journaliste lorsqu'il aura soixante-cinq ans, avait dit Dimitri à Pauline. C'est sans doute une caractéristique des gens de leur génération, nés au moment de la chute du mur de Berlin, à la charnière entre deux temps, entre deux mondes. Ceux de leur génération étaient les premiers à être entrés sur le marché du travail sans plus y croire vraiment ni se faire aucune illusion sur le fait qu'ils pussent avoir, eux, contrairement à leurs parents et plus encore à leurs grands-parents, la même stabilité, les mêmes assurances de continuité. Pauline n'était pas d'accord ? Non seulement la continuité ne semblait plus possible à ceux de leur génération (avoir toute sa vie le même métier, dans la même ville ou dans le même pays, avec les mêmes revenus, le même entourage amical et professionnel), mais ce qu'ils entrevoyaient ou connaissaient du monde du travail, par les témoignages de leurs aînés et leurs stages à répétition, leur en avait fait passer le goût. Ils s'étaient découvert le désir d'une vie professionnelle discontinue, libre, variée et hasardeuse. Puisque le pire était à prévoir, et que les gens de leur génération, à Pauline et à lui, et plus encore de la génération suivante, n'avaient plus rien à perdre, il était devenu absurde d'avoir peur. Dimitri pensait que la peur (de l'échec, du chômage, du déclassement, ou seulement la peur de ne pas être aussi performant qu'on l'aurait voulu) avait été le régime ordinaire de leurs aînés (ce par quoi on les avait aussi menés à la baguette, et tenus par les couilles) et que c'était fini désormais, il ne rimait plus à rien aujourd'hui d'avoir peur puisque cette peur était devenue sans objet, ce que leurs aînés avaient tant redouté était bel et bien advenu : il n'y avait plus suffisamment de travail et le travail était de moins en moins rémunéré, stable, et protégé. Il fallait donc envisager la chose sous un autre angle, et d'une certaine façon on était exonéré de la peur de l'échec par le fait que la situation de pénurie concernait absolument tout le monde, c'était un régime général, tout le monde galérait plus ou moins ou savait qu'il serait amené, à un moment ou à un autre, à galérer aussi, inéluctablement. En tout état de cause, on peut se dire que l'espèce humaine mute assez bien (comme les virus face aux vaccins, et les insectes aux pesticides), car la contrainte de discontinuité apparue et imposée par la globalisation et l'avènement généralisé du capitalisme financier s'était accompagnée, au début des années 2010, chez le jeune travailleur occidental, du désir que sa vie fût constituée de plusieurs vies successives, avec toute la variété d'expériences, de rencontres, d'émotions et d'environnements qu'on est en droit d'attendre d'une réalité aussi rapide, complexe et contrastée que la nôtre, avait dit Dimitri à Pauline. Le jeune individu occidental avait répondu à la contrainte de discontinuité par un désir de discontinuité, n'était-ce pas magnifique ? Dimitri n'aura peut-être plus le même point de vue à quarante ans, surtout s'il fait des enfants et qu'il souhaite pouvoir les élever sans trop de flou, d'ulcères – mais il ne croyait pas qu'il aurait un jour des enfants, précisément parce qu'il avait envie de vivre plusieurs vies consécutives et que de toute façon, l'aurait-il refusé, la réalité le lui aurait imposé, et c'est pour cette raison que rien ne lui paraissait plus absurde et en flagrante contradiction avec l'époque que de vouloir procréer. Il faut se sentir libre, savoir courir vite, vivre de peu et voyager léger. C'est aussi la raison pour laquelle il n'a pas eu envie de domicile fixe jusqu'alors et qu'il vit depuis des années entre chez ses parents à Saint-Maurice, des chambres et des appartements qu'il squatte ou qu'il sous-loue au gré des opportunités (il lui arrive aussi d'aller dormir à l'hôtel), il y tient, cette impression d'être en mouvement lui plaît, comme s'il était en voyage.

La plupart de ses amis sont soit dans le spectacle vivant, soit dans la politique, soit dans des ONG ou des associations humanitaires, ou bien ils sont profs ou journalistes, médecins dans l'hôpital public ou dans des dispensaires en Afrique subsaharienne ou dans le Kurdistan irakien, ou encore, du côté de Saint-Maurice, garagiste, serveur de restaurant ou réparateur en électroménager, tous très à gauche, tous très engagés, tous très idéalistes, et aucun, à part peut-être les assistants parlementaires, qui avaient une approche plus pragmatique de son activité, ne comprenait ce que Dimitri était allé foutre dans le lobbying. On le lui reprochait avec dureté, et les plus radicaux violemment. En général il bottait en touche, mais quand il n'était plus possible d'éluder l'offensive, il ne savait quoi répondre de convaincant qui pût le disculper, en dehors du fait qu'il trouvait ça *rigolo* et *exotique* et qu'on ne pouvait sérieusement le réduire au métier qu'il exerçait – il fallait bien vivre.

Pour la plupart de ses amis, qu'il fût lobbyiste était inacceptable.

La plus virulente était sa grande amie Cécile, rencontrée au collège et qui l'avait suivi à Louis-le-Grand quand sa mère l'avait envoyé là-bas – comme il avait peur d'y aller seul (ce lycée l'intimidait), il l'avait convaincue de l'y accompagner. Elle avait été admise haut la main elle aussi et ils avaient passé ensemble leurs années de lycée, c'est avec elle et Sébastien que Dimitri avait organisé le blocus de Louis-le-Grand quand ils s'étaient battus contre le CPE. Cécile avait fait Centrale Paris, elle était devenue hydrologue, mais après quelques mois comme salariée dans une entreprise du CAC 40 basée à La Défense elle avait filé sa démission, horrifiée que cette vie-là pût devenir un jour sa vie, et elle était partie pour le compte d'une ONG creuser des puits en Afrique. Et toutes les fois qu'entre deux missions Cécile rentrait en France la première personne qu'elle allait voir était Dimitri, et invariablement leurs disputes au sujet de la carrière honteuse de son meilleur ami étaient houleuses. Quand Cécile l'entreprenait (en lui hurlant dessus) sur son métier de lobbyiste junior à 4 200 euros net sur treize mois plus les primes, en le sommant de s'expliquer sur les raisons pour lesquelles il ne mettait pas un terme immédiat à ce contrat choquant, Dimitri, au bout de trois minutes, à court d'arguments, éclatait en sanglots, il n'y avait rien d'autre qu'il pût faire que pleurer, à part dire : Nous sommes amis, pardonne-moi, parlons d'autre chose, je préfère. Ou encore : Prends-moi en entier, prends-moi avec mes défauts, et considère que le métier que je fais, c'est mon plus mauvais défaut – et en plus ce défaut est provisoire car je ne le ferai pas toute ma vie ce métier. Mais si tu m'aimes, prends-moi avec ça, lui disait-il – et Cécile envoyait un autre verre contre le mur, scandalisée. J'ai trouvé aucun autre travail que celui-là, il faut bien que je bosse non ? C'est quand même pas mes parents qui vont m'entretenir à mon âge ! lui disait-il pour se justifier, mais Cécile lui répliquait, cinglante, qu'il savait pertinemment que ce truc lui était tombé sur le coin de la gueule par hasard, et qu'il n'avait même jamais commencé à chercher le moindre taf, alors qu'il ne vienne pas lui dire qu'il n'avait rien trouvé d'autre, et que ce Tallineau était le seul à avoir consenti à lui proposer du travail ! Cherche, au moins ! lui disait-elle, cherche autre chose, bouge-toi ! Tu vas pas moisir dans cet abject merdier toute ta jeunesse ! Tu vas finir par t'empoisonner ! Par devenir comme eux ! Mais j'ai pas le temps ! J'ai pas le temps de chercher ! lui répliquait Dimitri, en pleurs. Je commence le matin à huit heures et demie et je termine à minuit tous les jours même le week-end ! Ah parce que en plus, non content de vendre ton âme au diable, tu la vends en faisant du zèle, tu t'appliques, tu fais des heures sup, tu y passes toute ta vie, j'hallucine ! lui répondait Cécile.

Le soir, quand Dimitri s'endormait, et qu'il repensait à l'hostilité de ses amis à l'égard de son métier, et qu'il se demandait si le lendemain, leur obéissant, il n'allait pas donner sa démission, il devait admettre qu'il n'était pas insensible au confort que cette activité de lobbyiste junior lui procurait. Chaque matin un taxi l'attendait en bas de chez lui pour l'emmener au bureau, idem pour rentrer chez lui le soir, et il déjeunait trois fois par semaine, le mardi, le mercredi et le jeudi, avec des clients, dans des restaurants étoilés, chez Laurent ou au Pavillon Ledoyen, ses deux cantines, où il avait sa table attitrée, à vingt-quatre ans.

Ce mode de vie grisant fournit à celui qui en bénéficie – il ne le niait pas – un indéniable sentiment de supériorité et de pouvoir auquel il n'est pas si facile de renoncer quand on a commencé à y prendre goût, avait dit Dimitri à Pauline.

Et un matin une circonstance précise a déclenché sa décision, et précipité son départ.

Il avait rendez-vous ce jour-là avec un député socialiste. Et au moment où il s'apprêtait à sortir de son bureau pour se rendre à l'Assemblée nationale, Jean-Michel Tallineau est venu le voir en lui donnant une valise : Tiens, tu peux lui amener ça s'te plaît ? Il est au courant, fais bien attention, l'oublie pas dans le taxi, c'est très confidentiel – et Jean-Michel Tallineau est reparti avant que Dimitri ne puisse l'interroger sur le contenu de cette étrange valise.

Ce n'était pas exactement une valise, plutôt une grosse sacoche d'ordinateur, molletonnée, fermée par un cadenas chromé dont Jean-Michel Tallineau avait gardé la clé, ce qui supposait que le député et le lobbyiste eussent chacun une clé du minuscule verrou. Dans l'ascenseur, Dimitri, en palpant la sacoche, avait essayé d'identifier ce qu'elle pouvait renfermer, mais c'était impossible, au toucher on ne sentait que des papiers, ce qui ne voulait pas dire qu'il n'y eût pas, enfoui dans les dossiers, autre chose que des rapports d'expertise.

Une fois dans le taxi, Dimitri a commencé à avoir peur, et à se laisser envahir par une glaçante angoisse. Il avait la sacoche sur ses genoux, il la serrait contre lui en tapotant nerveusement la poignée avec ses doigts, il était sûr qu'il transportait de l'argent. On avait dû le choisir lui parce qu'il était jeune et qu'il avait l'air idéaliste et innocent : personne ne pourrait le soupçonner, aux portiques de l'Assemblée nationale, de convoyer du liquide. En plus tout le monde là-bas le connaissait, les agents de sécurité et les flics à l'entrée l'avaient à la bonne, ils se souriaient toujours, il passerait sans difficulté. Néanmoins, il s'est mis à paniquer. C'est justement parce qu'il transportait une sacoche compromettante qu'aujourd'hui et pour la première fois il éveillerait les soupçons des vigiles – pour la toute première fois – et qu'on le prierait de bien vouloir l'ouvrir. N'ayant pas la clé pour la déverrouiller, il se la verrait confisquer afin qu'elle pût passer aux rayons X, révélant les billets de banque dissimulés à l'intérieur.

Dans le taxi, tandis qu'il regardait défiler les façades des immeubles avec déjà une forme de nostalgie (comme s'il était déjà à la Santé) en serrant la sacoche compromettante contre son ventre, lui revenaient en mémoire (érudition sciences-posienne) plusieurs affaires scandaleuses du passé : Urba et Pechiney, Roger-Patrice Pelat, les frégates de Taïwan, Christine Deviers-Joncour et Roland Dumas, Elf, Alfred Sirven, Loïk Le Floch-Prigent, Patrick Balkany, l'affaire Schuller-Maréchal – le beau-père du juge d'instruction Éric Halphen (chargé du dossier des fausses factures du RPR) arrêté par des policiers à l'aéroport de Roissy alors que le conseiller général RPR de Clichy Didier Schuller vient de lui remettre un sac contenant un million de francs... Et son patronyme à lui, Dimitri Marguerite, apparaîtrait bientôt sur les bandeaux défilants de BFM TV comme celui d'un intermédiaire corrompu. Un jeune lobbyiste diplômé de Sciences Po Paris intercepté aux portiques de l'Assemblée nationale avec une sacoche contenant plusieurs centaines de milliers d'euros en liquide, quelle savoureuse friandise pour les chaînes d'information en continu ! Et Dimitri, à l'instar de ses prédécesseurs, clamerait son innocence, prétendrait avoir ignoré le contenu de cette sacoche et personne, bien entendu, ne le croirait, de même que lui eût préféré crever plutôt que de prêter le plus petit crédit aux révoltants mensonges de Roland Dumas et consorts quand ils s'obstinaient à vouloir convaincre l'opinion publique, à la télévision, qu'ils ne voyaient pas du tout de quoi voulaient leur parler les juges d'instruction quand ils leur demandaient d'où provenaient les dépôts réguliers qu'ils faisaient – en petites coupures – dans telle ou telle agence bancaire de quartier.

Dimitri est arrivé à l'Assemblée nationale dans un état d'agitation indescriptible. La culpabilité devait suinter de sa personne aussi sûrement que l'eût fait sa sueur ou une puissante odeur de transpiration s'il avait couru durant deux heures dans son étroit costume d'apprenti lobbyiste. Il empestait la faute et le délit, il devait en luire, il avait perdu tout naturel, il ne savait quel air adopter, son visage égaré l'encombrait, le mensonge hurlait dans ses gestes et dans cette fausse contenance qu'il se donnait, laissant s'entendre la tromperie haïssable (une vraie trompette). Il grelottait, sa chemise était trempée, il était à deux doigts d'abandonner la sacoche au pied du portique électronique et de s'enfuir en courant.

Parvenu dans le bureau du député socialiste, Dimitri lui a remis la sacoche : Ah, merci, très bien, parfait – et l'élu s'est dépêché de la mettre à l'abri dans une armoire métallique fermée à clé, alors qu'il aurait pu la laisser traîner sur une chaise si elle avait seulement renfermé des documents.

Une fois rentré chez Tallineau, Carpentier & Associés, il s'est jeté sur son patron pour lui hurler dessus. C'est scandaleux ! Tu profites de ta position de P-DG de merde ! pour me faire faire des choses abominables ! Tu sais très bien que je ne suis pas en situation de refuser ! C'est ignoble ! Tu ne te rends pas compte de ce que tu viens de me faire faire ! Tu as osé ! c'est une honte ! Tu ne m'as même pas laissé le choix ! Moi je ne sais pas quoi faire quand tu me demandes des trucs comme ça ! Tu utilises ton pouvoir de merde pour me faire enfreindre mes principes ! La prochaine fois ! La prochaine fois que tu ! Je te préviens ! tu m'entends ? Je te dénonce, je vais chez les flics et je balance tout aux flics ! Putain de merde ! Faire entrer des liasses de billets de banque à l'Assemblée nationale ! Non mais tu ne te rends pas compte ou quoi ?!

Comme les bureaux étaient vitrés, les consultants – avides de ragots, ravis de la disgrâce du protégé présidentiel – voyaient Dimitri gesticuler, on ne pouvait pas saisir distinctement ce qu'il disait mais ses hurlements se laissaient percevoir à travers les parois.

Si tu recommences, je te préviens, je te dénonce ! a hurlé Dimitri en claquant la porte du bureau de son patron – silence de mort dans la boîte – avant de se cloîtrer dans le sien en refermant la porte plus violemment encore.

Curieusement, à ce moment-là, avait dit Dimitri à Pauline, il n'avait encore pris aucune décision : sans doute escomptait-il que son patron vînt s'excuser, ou vînt lui dire que la sacoche ne renfermait que des dossiers.

De fait, quelques minutes plus tard, Jean-Michel Tallineau a téléphoné à Dimitri pour le prier de revenir dans son bureau et il s'est mis, non pas à s'excuser, comme Dimitri l'aurait souhaité et s'y était attendu, mais à le réprimander sévèrement. Alors Dimitri lui a dit que si c'était sur ce ton-là qu'il le prenait, il se cassait de cette boîte de voyous, il ne le reverrait plus, il ne reviendrait tout simplement plus au bureau. Et Dimitri a pris ses affaires avant de quitter l'immeuble de l'avenue Marceau.

Il n'a pas même envoyé de lettre de démission, ni téléphoné à quiconque le lendemain pour confirmer qu'il ne fallait pas s'attendre à le voir jamais réapparaître.

Silence radio de la part de la boîte, aucun message de personne.

Il a été payé pendant encore un mois.

Le mois suivant, il a reçu un appel de la comptable lui annonçant que pour son solde de tout compte et dans le cadre légal de leur rupture conventionnelle (ils avaient eu la clémence, pour qu'il pût s'inscrire à Pôle Emploi, de lui octroyer une rupture conventionnelle, mais c'était plus sûrement, s'était-il dit plus tard, pour acheter sa discrétion sur la fameuse sacoche législative) il allait recevoir 30 000 euros, je te verse cette somme à la fin du mois sur ton compte, je t'envoie des papiers, il faudra que tu me les renvoies signés, lui a dit la comptable le plus naturellement du monde.

Comme Dimitri habitait toujours chez ses parents, ou qu'il sous-louait des chambres dans des colocations, et qu'il déjeunait trois fois par semaine dans des étoilés, et que le soir, soit il n'avait plus faim, soit il travaillait tard et passait ses dîners en notes de frais, il dépensait très peu d'argent – de sorte qu'après versement des 30 000 euros, il s'est retrouvé avec 70 000 euros sur son compte courant, avait dit Dimitri à Pauline.

Alors il a fait une chose dont il n'a parlé à personne (à part à Cécile et à Alexandra), il a tapé sur Google Emmaüs, il a localisé une antenne d'Emmaüs près de chez ses parents et il s'y est rendu avec un carnet de chèques.

Une fois là-bas, il a dit qu'il voulait faire un don. La dame à l'entrée lui a indiqué la marche à suivre, alors il l'a interrompue : Et pour un don de 70 000 euros ? Elle est immédiatement allée chercher le directeur de l'antenne Emmaüs de Charenton-le-Pont, à qui Dimitri a dit : Bonjour monsieur, je voudrais faire un don de 70 000 euros, je peux vous faire un chèque ?

Le type n'en croyait pas ses oreilles. Euh, oui, un chèque, c'est parfait, asseyez-vous, vous voulez un café ?

Qu'il s'était senti soulagé de s'être débarrassé de cet argent ! Pauline ne pouvait pas imaginer.

Mais s'il faut dire toute la vérité – car il faut se montrer sous son vrai visage, au début d'une relation, *right* ? Eh bien il se rappelait qu'en sortant de chez Emmaüs, il se disait : Putain Dimitri c'est trop la classe, c'est sublime ce que t'as fait là mon gars ! Il avait envie de le dire à tout le monde, et que tout le monde le trouve grandiose, l'acclame comme un héros. Ce n'était pas pour ça qu'il *devait le faire*, ni même pour ça qu'il *l'avait fait*, mais c'était néanmoins ce qu'il avait éprouvé en sortant de chez Emmaüs, il l'admettait. Alors il a appelé Cécile en Afrique, pour qu'elle l'en félicite. Il lui a dit : Devine ce que j'ai fait, Cochonnerie ? J'ai filé ma dém' le mois dernier. Et tu sais quoi ? L'argent qu'il y avait sur mon compte, 70 000 euros, j'en ai fait don à une association. Qu'est-ce que tu dis de ça ma vieille, c'est pas la classe ?!

Et Cécile lui a rétorqué : Mais heureusement que tu l'as fait Dimitri ! Il n'aurait plus manqué que tu ne l'aies pas fait ! Et que tu aies gardé pour toi cet argent pestilentiel !

S'il s'attendait à cette réaction...

Elle était même à peine aimable, Cécile, ce jour-là, avait dit Dimitri à Pauline. Alors, il n'en a plus jamais reparlé à personne. On était en juin 2014.

Comme un con, il n'avait rien gardé – pas même cinquante euros – sur son compte courant, il l'avait entièrement éclusé, de sorte qu'il avait dû recourir à la générosité de ses parents pour ses dépenses quotidiennes, certes plutôt basses, en attendant de retrouver du travail (il avait décidé de ne pas s'inscrire à Pôle Emploi, pour n'avoir pas à toucher de l'État des sommes qu'il eût considérées comme indues, compte tenu de l'activité qui lui ouvrait ces droits au chômage), heureusement qu'il avait caché à sa mère ce don intempestif et parfaitement prétentieux, très narcissique dans le fond, d'un montant qui leur eût permis d'entreprendre des travaux dans leur vieille grange à la campagne, celle-là même où son père n'allait pas tarder à se réfugier pour y perdre plus ou moins la tête (c'était le point de vue de sa mère). Un soir, dans un bar de Ménilmontant, une copine à qui il confiait ses incertitudes professionnelles, ne sachant pas en vérité vers quel métier il allait bien pouvoir se tourner, lui avait parlé du concours qu'organisait chaque année l'AFP pour recruter de jeunes reporters. Alors Dimitri s'est dit que le métier de journaliste – de reporter – pourrait fort bien lui convenir, il s'est inscrit au concours, il a passé les épreuves et il a été reçu.

7

La troisième fois que Dimitri la rencontra, début octobre, trois mois après l'avoir aperçue au théâtre de la Ville, et cette fois-ci ils se parlèrent, ce fut dans une brasserie place de la Bastille, le Café Français.

Dimitri devait y retrouver, pour un café, un scientifique à qui il voulait proposer de faire un livre d'entretiens, Louis Pouzin, l'inventeur du datagramme, c'est-à-dire d'Internet. L'inventeur d'Internet *himself*, à Paris, dans un café place de la Bastille ! Il l'avait sollicité, par mail, vainement, pendant plusieurs semaines, mais le vieil homme avait fini par lui répondre (il était parti randonner dans les Pyrénées, d'où son silence) et un rendez-vous avait été pris pour faire connaissance.

Arrivé une quinzaine de minutes en avance, Dimitri avait choisi la salle de droite, celle qui donne sur la rue Saint-Antoine, et à peine s'était-il assis sur la banquette de velours rose le long des vitres que son regard était tombé sur le visage de son inconnue : elle déjeunait juste devant lui, à une table au milieu de la salle, avec une jeune et jolie blonde et une rousse corpulente d'une cinquantaine d'années.

Il en avait été comme électrocuté.

Comment une telle coïncidence était-elle même concevable ?

La jeune femme écoutait ses interlocutrices davantage qu'elle ne parlait elle-même, mais lorsqu'elle s'exprimait, c'était, Dimitri l'entendait distinctement, en français et sans le moindre accent – elle était donc française, cela ne faisait aucun doute.

Dimitri écoutait, tentait d'entendre et de comprendre ce qu'elles se racontaient. La joie affluait dans sa gorge, et jusque dans sa bouche, en provenance de son plexus solaire embrasé, et imprégnait son haleine d'un arrière-goût de fraise, de fer brûlé et de noisettes – le trac créait toujours chez Dimitri cet effet secondaire insolite.

Difficile de déterminer la nature de leurs relations. Amicales, professionnelles ? Anciennes, récentes ? Certains des gestes, certaines des attitudes que Dimitri les voyait faire ou emprunter indiquaient semble-t-il l'existence d'intérêts bien compris. À la déférence que témoignait à l'égard des deux autres la plus jeune des trois femmes, il se demanda si un lien hiérarchique ne la subordonnait pas à la grande rousse assise de dos – elle était peut-être son assistante – et si son inconnue ne constituait pas pour cette dernière un enjeu professionnel d'une certaine importance.

Il consulta son téléphone : 13 h 52. Il fallait agir vite. Louis Pouzin arriverait dans une dizaine de minutes tout au plus. Mais comment faire ?

Dimitri les observait sans pouvoir en détacher les yeux.

Elles étaient toutes trois tellement différentes qu'il devait bien y avoir à leur déjeuner une autre raison que le seul plaisir de partager un poisson. La première était une femme apparemment prospère, bruyante, sûre d'elle ; ses chevilles étaient épaisses ; on l'imaginait rouler en 4 × 4 ; elle avait suspendu son sac à main au montant de son fauteuil, afin qu'il ne fût pas posé sur le sol. La deuxième était une toute jeune femme qui démarrait dans la vie ; elle devait avoir vingt-deux ans ; elle souriait tout le temps ; vêtue à la dernière mode, elle arborait quelques-uns des signes de ralliement les plus répandus du moment. Enfin son inconnue, à la fois chic et déchiquetée, nocturne, métaphysique, était bien plus sophistiquée et venimeuse encore que les deux fois précédentes : elle arborait déchirures, cuir noir, rayures tennis, laine bouillie bleue, paupières obscures, laissant imaginer à Dimitri qu'elle était peut-être une artiste, et la femme rousse de dos sa galeriste, ou son attachée de presse, ou son agent, ou son manager, ou sa productrice, ou sa directrice artistique, ou bien encore une journaliste.

Une première serveuse était déjà venue voir Dimitri pour passer commande – et Dimitri lui avait répondu qu'il attendait quelqu'un. Mais une seconde s'étant présentée, il se ravisa et lui demanda un double expresso.

Son inconnue paraissait ne pas s'être aperçue qu'un consommateur s'était assis dans son champ de vision sur la banquette de velours rose le long des vitres. Pourtant, son regard était passé plusieurs fois sur le visage de Dimitri (quand elle parlait et qu'elle cherchait à affûter ses phrases, il lui arrivait de sonder la façade de l'immeuble d'en face, qui se trouvait abriter la Banque de France), mais jamais elle n'avait semblé en avoir conscience, ni voir qu'il y avait là un être humain qui l'observait fixement, exactement comme à Madrid.

Dimitri admirait ses doigts, des doigts longs aux phalanges presque imperceptibles. Il adorait les doigts fuselés, il n'était pas sans apprécier non plus un certain arrondi de l'ongle, un arrondi dérivant vers l'ovale, comme un menhir en miniature, nacré, étroit, et tel était le cas avec elle.

Quand chez la plupart des gens on ne voit qu'une main (ce qui veut dire qu'on ne la voit pas), chez cette jeune femme ce qui sautait tout de suite aux yeux c'étaient ses doigts, leur vie bruissante et mélodieuse – un animal continuel. Le sortilège d'une main, ce que la main qui a du charme raconte à celle ou à celui qui la regarde, tout cela échappe au langage ainsi qu'à toute possibilité de nomenclature. Parfois, toutes les conditions paraissent réunies pour qu'une main puisse être considérée comme belle et étrangement il ne viendrait à l'idée de personne d'ainsi la qualifier, elle ne l'est pas, il y manque la magie. Dimitri avait beaucoup réfléchi à cette question et il pensait ceci : c'est toujours quand les doigts éclipsent la main par leur vie propre et singulière que la main est visible et qu'elle est perçue comme belle – autrement on ne la voit pas, la main en tant que telle n'existe pas d'un point de vue esthétique, il s'agit toujours des doigts et surtout de ce qui circule entre eux de musical, toujours. Le rapport harmonique entre les doigts, la posture différenciée, la courbure spécifique et suspendue et comme pensive et subtilement évolutive de chaque doigt vis-à-vis de ce que font les quatre autres, voilà ce qui détermine la beauté – ou pas – d'une main. Quand une main est belle de cette manière, c'est aussi indéniable que si elle était mouillée : la main ruisselle de grâce, ruisselle d'elle-même, de sensorialité. D'inexplicabilité. Quoi qu'il en soit, alors qu'il regardait son inconnue manipuler couteau, fourchette et verre à pied, Dimitri était aussi attiré par la vie de ses doigts – donc par ses mains – qu'il avait été sensible à la beauté de sa démarche quand il avait suivi sa silhouette dans les rues de Madrid.

La pensée que Louis Pouzin puisse surgir dans la brasserie avant même que Dimitri n'ait été en mesure d'entreprendre quoi que ce soit de décisif vis-à-vis d'elle commençait à l'inquiéter – or Louis Pouzin allait apparaître d'une minute à l'autre puisque à présent l'heure de leur rendez-vous n'était rien moins qu'advenue. Alors il déchira une page de son carnet et écrivit, d'une écriture appliquée, *Dimitri Marguerite, dimitri.marguerite@orange.fr*, il plia la feuille en quatre pour obtenir ce que les romans du siècle des Lumières dénommaient un *billet* et il glissa ledit *billet* dans la poche arrière droite de son pantalon. En tout dernier recours, se disait Dimitri, ledit billet pourrait lui être remis accompagné d'une phrase discrète et appuyée qui lui ferait sentir l'urgence de la situation : Écrivez-moi, envoyez-moi un mail, je ne peux pas vous parler maintenant, je suis en rendez-vous professionnel, mais mon adresse est sur cette feuille, écrivez-moi, je vous expliquerai tout. Car il ne voyait pas, assis sur cette banquette de velours rose le long des vitres, ses yeux posés sur le visage de la jeune femme, de quelle façon il pourrait l'aborder sans commettre ce que celle-ci ne manquerait pas de considérer, en s'en offusquant, comme une effraction.

Louis Pouzin apparut dans la brasserie d'une démarche élastique d'adolescent et Dimitri se leva en lui adressant un signe de la main, avec un grand sourire.

C'était un homme en constante effervescence, pétillant et malicieux, dont la fraîcheur, plus qu'à n'importe qui d'autre dans cette salle de restaurant, l'apparentait à la jeune fille de profil – appelons-la désormais l'assistante. Il y avait chez ces deux-là la même énergie précipitée des commencements, la même viscérale impatience d'exister, une identique ingénuité de l'apparence et du comportement.

Tout avait l'air pour lui de commencer, exactement comme s'il venait de se lancer dans l'existence et qu'il s'apprêtait à faire la démonstration de ce qu'il sentait en lui d'éruptif, de révolutionnaire. L'espace où il vivait ne semblait pas derrière lui – il avait pourtant quatre-vingt-quatre ans – mais devant lui, devant lui à perte de vue, de la même manière que Dimitri ne pouvait s'abstenir d'entrevoir son avenir dans la présence de cette jeune femme assise dans l'axe exact de son regard, à trois mètres de distance, le laissant espérer que ces trois mètres seraient les tout premiers des nombreuses années qui allaient leur succéder, quand la rencontre qui n'allait pas tarder à se produire convertirait puis prolongerait cette brève distance en durée, en espace temporel, en vie commune, en vie entière. Et Louis Pouzin était précisément comme ça, on voyait s'ouvrir dans ses yeux un espace qui transcendait son corps vieilli et le soupçon grinçant que celui-ci n'avait plus les moyens des épopées projetées dans le futur par les lueurs entrevues dans son regard, lequel était aussi illimité que ce que son génial propriétaire avait contribué à inventer : Internet.

— Je suis très heureux de faire votre connaissance, monsieur Pouzin.

— Louis, l'interrompit Louis Pouzin.

— Louis. Merci. Vraiment. Merci d'avoir accepté de me rencontrer.

— Il n'y a pas de quoi. Qu'attendez-vous de moi, au juste ?

C'est alors que l'addition fut apportée par la serveuse à la femme rousse assise de dos, qui décrocha son sac à main du fauteuil.

Merde.

Le moment où l'addition avait été réclamée avait échappé à Dimitri.

On avait dû préciser à la serveuse qu'on était pressé car elle attendit, boîtier en main, pour procéder immédiatement au règlement, que la femme rousse lui remette sa carte de crédit. Son doigt conclu de rouge tapotait nerveusement sur le boîtier. Pendant ce temps, obéissant aux usages en vigueur dans sa profession, la serveuse se sentit obligée de demander à la jeune femme qui plaisait à Dimitri si tout s'était bien passé. Celle-ci ne lui répondit pas, comme si cette question creuse de pure convenance n'avait pas à lui être posée, qu'elle n'était pas venue ici pour manger, qu'elle s'en foutait – et résignée la serveuse laissa aller son regard dans la salle et sourit à Dimitri. C'est tout juste si elle ne lui fit pas un clin d'œil amusé. La femme rousse entra son code sur le boîtier tendu par la serveuse, dans quelques instants elles sortiraient du restaurant, Dimitri essayait de converser avec Louis Pouzin mais son attention était presque entièrement requise par ce qui se passait à la table des trois femmes. À présent la serveuse remettait sa facturette à la femme rousse en lui disant merci bonne journée à bientôt tandis que son inconnue, qui s'était levée, enfilait un imperméable couleur mastic, cintré, assez court, dont elle noua la large ceinture d'un geste rapide et machinal.

— Eh bien c'est simple, si je voulais vous rencontrer, d'ailleurs, pour commencer, cher Louis, je dois vous remercier d'avoir bien voulu, c'est sympathique comme endroit, il y avait longtemps... Vous vous souvenez comment c'était, avant les travaux ?

— Je n'étais jamais venu auparavant, répondit Louis Pouzin avec étonnement.

— Ah, j'avais cru, je ne sais pas pourquoi. Mais comme c'est vous qui m'avez proposé qu'on se rencontre à Bastille, il me semblait que c'était vous qui m'aviez suggéré le Café Français, c'était moi, pardon.

Il concoctait des phrases factices interrompues par de brusques absences – involontaires, comme des suffocations – pour différer le moment où devrait être exposé à son interlocuteur le projet qu'il souhaitait lui soumettre. Chaque chose en son temps, pour l'instant la priorité était d'empêcher son inconnue de lui échapper, mais comment faire, comment s'y prendre ?

— Cette brasserie est un lieu très agréable pour dîner après l'opéra. Une fois de temps en temps j'accompagne ma meilleure amie à l'opéra, j'aime bien ça l'opéra, vous n'allez pas à l'opéra, vous, Louis ? La semaine dernière j'ai vu un truc vraiment pas mal à l'Opéra Garnier, pas mal du tout, pas mal du tout, comment ça s'appelait déjà, mince, j'ai un trou.

Dimitri multipliait les coups d'œil sur son inconnue tout en s'adressant à Louis Pouzin. Il sentit que ce dernier était de plus en plus dubitatif, qu'il commençait à s'absenter.

— Je ne suis pas allé à l'opéra depuis longtemps, répondit-il froidement à Dimitri.

— Et à l'Opéra-Comique ? demanda soudain Dimitri. Vous y allez, Louis, à l'Opéra-Comique ? Ou bien pas davantage qu'à l'Opéra Garnier, qu'à l'Opéra Bastille ?

Curieux comme il l'était, car on n'invente pas le datagramme sans un minimum de curiosité, Louis Pouzin pivota sur sa chaise pour découvrir ce qui pouvait aimanter derrière lui l'attention de son insaisissable interlocuteur – et son regard tomba sur la silhouette de la serveuse. La serveuse, après avoir remercié les trois femmes, était en train de s'avancer vers eux pour savoir ce que le vieil homme désirait boire, laissant supposer à celui-ci que le regard instable de Dimitri ne cessait de vagabonder dans cette direction parce qu'il souhaitait passer commande, tout simplement. Les trois femmes continuaient de bavarder tout en se préparant à sortir, obligeant Dimitri scindé en trois à avoir un œil sur elles, un œil sur la serveuse et un œil sur Louis Pouzin – cette fragmentation de son être intérieur en trois tronçons distincts posés les uns à côté des autres comme des rondins d'hébétude devait produire une drôle d'impression.

— Un Perrier tranche, dit Louis Pouzin.

— Un Terrier pranche moi aussi, un Perrier tranche, dit Dimitri. Et aussi un café, ajouta-t-il en la rappelant. Mais un petit cette fois, un expresso normal, merci beaucoup, dit-il à la serveuse en espérant gagner quelques précieuses secondes.

À partir de cet instant, plus rien n'eut d'importance pour Dimitri que de pouvoir parler coûte que coûte à son inconnue. L'hypothèse qu'elle soit de nouveau sur le point de lui échapper l'anéantissait – et réduisait à néant l'intérêt que revêtaient à ses yeux ses entretiens avec le vieux scientifique. Car que pourrait représenter pour lui l'écriture d'un livre ou d'un article quelconque dès lors qu'il aurait perdu goût à la vie (tout simplement), si par exemple il devait passer les prochains mois à se torturer à l'idée qu'il avait laissé filer là, dans cette brasserie, bêtement, impardonnablement, à cause de son cerveau aride, une occasion inespérée ? Ou s'il devait passer les prochains mois à se consumer dans le regret d'une phrase éblouissante qu'il aurait dû prononcer (et qu'il n'avait pas prononcée), ou à l'inverse dans l'incessant remords d'une phrase malencontreuse qu'il aurait fini par lui lancer (aux conséquences immédiatement fatales, dévastatrices) ? Que faire ? Un flot puissant d'interrogations affolées déferlait dans les pensées de Dimitri sous le regard de plus en plus perplexe de Louis Pouzin. En tant que membre de la communauté scientifique, il était bien placé pour savoir que des abords bizarres peuvent quelquefois abriter des cerveaux passionnants, et que, sur ce chapitre particulier des apparences, il faut savoir se dispenser de tirer des conclusions hâtives, c'est certainement ce qui sauva Dimitri d'une catastrophe instantanée.

— Vous ne souhaitiez pas me rencontrer pour me parler d'opéra, je suppose, lui dit Louis Pouzin avec une certaine impatience.

— En effet, ah ah ah ! lui répondit Dimitri. En effet, vous avez raison. Je vais vous expliquer, c'est assez simple en réalité. Ce que j'aurais souhaité, mais peut-être convient-il de vous dire de quelle façon. J'aimerais revenir au tout début, au point de départ de mon intérêt. Les canaris.

La rousse prospère et l'assistante étaient sorties de la brasserie, mais curieusement son inconnue était restée à l'intérieur et s'entretenait avec la chef de salle. *Mais qu'est-ce qu'elle fout putain ??!! Pourquoi elle ne sort pas avec les autres ??!!* (Les canaris ? lui demandait Louis Pouzin.) La chef de salle se glissa derrière son pupitre et absorbée par ce qu'y fabriquaient ses mains fouilla dans un tiroir avant de relever la tête avec une expression désolée. (Euh, non, pas les canaris. J'ai dit canari ? Le datagramme, voulais-je dire, lui répondait Dimitri en fixant des yeux la silhouette de son inconnue.) L'inconnue de Dimitri prononça une ou deux phrases, la chef de salle lui répondit, l'inconnue de Dimitri lui répliqua, la chef de salle lui répondit, l'inconnue de Dimitri prononça encore une phrase et sur cette phrase la chef de salle s'évada de derrière son pupitre avec un grand sourire et s'avançant vers la sortie ouvrit la porte vitrée à l'inconnue de Dimitri qui franchit le seuil de la brasserie en lui souriant à son tour.

— Oui, le datagramme ? demanda impatiemment Louis Pouzin, au terme d'un long silence.

— Excusez-moi. Oui, pardon, où en étais-je… répondit Dimitri.

— *Mais qu'est-ce qui se passe enfin ?! Vous avez un problème ?!*

Louis Pouzin, c'était incontestable, venait de se mettre en colère, une colère brève et éruptive qui avait tenu en deux phrases. C'est ce qui s'appelle avoir le courroux concis. Des fumerolles continuaient de s'échapper de sa peau brune, parcheminée.

— Euh… En effet, lui répondit Dimitri. Je. Qu'est-ce qu'on disait déjà. Je ne me sens pas très bien. En fait, je dois, j'ai oublié, je reviens dans un instant. Pardonnez-moi, je dois régler maintenant un problème urgent. J'ai, j'ai oublié quelque chose d'important. D'éteindre le gaz. En partant de chez moi. La gazinière. Voilà. Je reviens dans une minute.

Et sur cette phrase improvisée Dimitri attrapa son téléphone, se leva de la banquette et s'orienta vers la sortie. Au moment même où il prenait la fuite, le regard de Louis Pouzin, secoué d'un accès de mécontentement, fut une puissante et douloureuse morsure.

Parvenu à l'entrée du restaurant, il aperçut à travers la porte vitrée les trois femmes qui bavardaient dans la rue. En quittant Louis Pouzin, il avait espéré qu'elles se seraient déjà séparées, et qu'il pourrait poursuivre sur le trottoir sa seule passante madrilène. Mais peut-être ne faudrait-il attendre qu'un court instant ? N'allaient-elles pas bientôt se saluer, pour partir chacune dans une direction différente ? Elles riaient. Une sourde angoisse envahit Dimitri. La morsure du regard courroucé de Louis Pouzin le harcelait, la douleur de leur rupture inéluctable se mélangeait à la tristesse de voir son inconnue, une fois de plus, lui échapper – les goûts mêlés du sang et des larmes imprégnaient sa salive, se substituant au triple parfum de fraises, de fer brûlé et de noisettes que le trac enchanté y avait d'abord propagé. Il plaqua son iPhone contre son oreille et simula d'être au téléphone, pour justifier sa présence incongrue devant la porte vitrée.

Un œil jeté sur Louis Pouzin le lui montra en train de retranscrire sur le clavier d'un antique Nokia, d'un doigt précautionneux, appuyant bien sur les touches, chaque chiffre d'un numéro griffonné sur une feuille de papier dépliée sur la table. Après quoi il porta l'appareil à son oreille et regarda la rue Saint-Antoine. Tous deux avaient leur téléphone à l'oreille et ne parlaient pas, le regard perdu dans le vide à travers la surface d'une vitre. Quel curieux rendez-vous… Alors Dimitri se décida, il poussa la porte de la brasserie et se précipita sur les trois femmes.

— Excusez-moi, dit-il à son inconnue.

Réagissant avec la même nervosité épidermique que si Dimitri avait été le dixième homme de la journée à l'importuner, elle déclina excédée toute éventualité d'échange verbal, se détournant avec mépris comme on chasse un moustique de la main.

Mais Dimitri refusa de se résigner à une défaite aussi rapide, aussi cinglante.

— Excusez-moi, ce n'est pas ce que vous croyez, j'ai quelque chose à vous dire, dit-il.

— *C'est bon là. Ça va. C'est bon je vous dis. Laissez-moi tranquille maintenant*, répliqua, agressive, sa passante madrilène, appuyant ces mots d'un regard fixe, hostile. Mais Dimitri s'enhardit et lui tendit le billet qu'il venait de sortir de sa poche.

— On s'est croisés à Madrid en juin. Et ensuite au théâtre de la Ville. Vous vous souvenez ? J'ai une question à vous poser, juste une question. Tenez, prenez, je ne peux pas vous parler maintenant, je suis en rendez-vous. Un rendez-vous très important.

Avec l'inventeur de... Mais mon adresse est sur cette feuille, envoyez-moi un message, je vous expliquerai tout.

Sa voix tremblait. Il était au bord des larmes. Il remarqua que l'assistante n'était pas aussi inamicale que les deux autres.

Dimitri tendait toujours le billet à son inconnue : celle-ci baissa le regard et considéra le petit rectangle blanc sans dire un mot.

Que Dimitri ait évoqué Madrid et le théâtre de la Ville paraissait l'avoir déstabilisée.

On eût dit qu'elle avait envie de se saisir du billet, par curiosité, ou bien par courtoisie, ou encore pour se débarrasser de Dimitri, mais que son orgueil l'en empêchait – l'orgueil de ne pas perdre la face, de n'être jamais complaisante, de demeurer rigoureusement souveraine, toujours, toujours, quelles que soient les circonstances.

— Tenez, prenez, c'est juste mon adresse mail. Qu'est-ce que vous risquez ? J'ai une question à vous poser, c'est tout.

— Viens, laisse tomber, t'emmerde pas avec ça, lui lança la femme rousse en regardant au loin.

— Tenez, prenez, s'il vous plaît.

Son inconnue s'apprêtait à se soustraire avec brutalité à l'insistante emprise de Dimitri, mais face à l'éclatante sincérité de ce dernier (qui crevait les yeux) elle comprit qu'il serait injurieux de le faire sans un minimum d'égards, alors elle se contenta de détourner doucement le regard, lui opposant la fin de non-recevoir la plus infime et indolore qu'il fût possible pour elle de lui administrer (il perçut cette clémence), mais une fin de non-recevoir malgré tout, suffisamment glaçante pour qu'il en conçoive une immédiate tristesse. Elles s'étaient remises à bavarder, reprenant leur conversation où elles l'avaient interrompue quand Dimitri avait fait irruption.

Seule l'assistante avait toujours ses yeux posés sur Dimitri et Dimitri y détecta une nuance apaisante de douceur, d'intime compréhension. Elle lui sourit, l'air discrètement navré.

— Je dois y aller, dit-il à l'assistante en lui tendant le billet. Faites-en ce que vous voulez, j'avais juste une question à lui poser. On est dans un pays civilisé, entre personnes de bonne compagnie, il devrait être permis de se poser des questions les uns les autres non ? Non ? Ça non plus ce n'est déjà plus possible ? (Dimitri savait que son inconnue pouvait l'entendre, qu'elle l'écoutait. Et là il crut qu'il allait fondre en larmes. C'est alors que l'assistante lui prit le billet des mains, pour empêcher ses pleurs de déferler.) Il faut que j'y aille, au revoir, bonne journée.

Son inconnue, ne sachant quoi penser, mais supposant sans doute que Dimitri était l'un de ces fous qu'on croise en nombre dans les rues des grandes villes, lui jeta un coup d'œil de défiance par-dessus son épaule tandis qu'il s'éloignait en reculant. L'assistante lui sourit en levant le billet à la hauteur de ses yeux, Dimitri pensa y apercevoir un éclair de complicité (qui pouvait signifier faites-moi confiance, je m'en occupe, elle va vous écrire), et il poussa la porte de la brasserie les jambes tremblantes.

Il essaya de reprendre ses esprits à l'abri des regards. Au bout de quelques secondes, il s'avança dans la salle de droite, où il vit Louis Pouzin parler au téléphone en circulant entre les tables, volubile, animé. Il avait peut-être inventé quelque chose, dans l'intervalle ?

Il se réinstalla sur la banquette et le vieil homme, l'ayant aperçu, ne tarda pas à raccrocher pour le rejoindre.

— Pardon, je suis vraiment désolé... lui dit Dimitri. Pour une première rencontre, c'est un peu... Mais j'ai dû appeler ma voisine pour qu'elle aille vérifier si je n'avais pas... Et comme elle n'était pas chez elle, mais au café en bas, j'ai dû attendre qu'elle...

Il s'arrêta. Il était essoufflé.

— Et donc, vous aviez réellement oublié d'éteindre le gaz ?... demanda Louis Pouzin avec une désarmante simplicité.

Dimitri, devant cette interrogation presque enfantine du vieux scientifique, se demanda si selon ses critères personnels il valait mieux appartenir à la catégorie de ceux qui oublient d'éteindre le gaz, ou bien à celle de ces anxieux obsessionnels qui craignent seulement de l'avoir oublié – et il considéra d'un œil inquisiteur son œil perçant d'alligator.

— Oui ? Je vous écoute...

— Eh bien, pour tout vous dire. Pour tout vous dire je n'ai pas attendu qu'elle monte les six étages jusque chez moi, j'ai raccroché avant, pour vous rejoindre.

— Bon, vous me direz la prochaine fois, alors ! Ça m'intéresse !

Désarmé, Dimitri regarda Louis Pouzin.

— Oui, promis. La prochaine fois ! lui répondit-il joyeusement, ému, les larmes aux yeux.

Quand il sortit du Café Français, une heure plus tard, Dimitri ralluma son téléphone : il avait, entre autres notifications, quatre appels en absence de sa mère (complétés par deux textos qui abusaient du point d'exclamation) : elle était de toute évidence paniquée. Depuis que son père avait fait un burn-out (à cause d'une situation de harcèlement moral particulièrement virulente de la part de son supérieur hiérarchique direct), et qu'il s'était mis en arrêt maladie, il n'habitait plus à Saint-Maurice, au domicile conjugal, mais chez ses propres parents, à Maison-Maugis, dans le Perche, où lui et sa femme disposaient d'un appartement aménagé dans une grange jouxtant la maison, ils avaient passé là-bas de nombreuses vacances en famille, Dimitri aimait beaucoup cet endroit.

La mère de Dimitri supportait mal que son mari eût déserté leur domicile. Il avait essayé d'en parler plusieurs fois avec elle, lui expliquant qu'il reprendrait plus facilement des forces à la campagne, au calme, dans le silence et dans la solitude, plutôt qu'en ville, à Saint-Maurice, avec les clameurs de la cour de récréation sous les fenêtres de leur chambre à coucher. En plus, elle pouvait aller le voir tous les week-ends.

— Tu ne vas pas remettre ça maman s'il te plaît, lui dit Dimitri après qu'elle eut commencé de se plaindre.

— Mais c'est pas ça le problème, ce n'est pas qu'il vive tout seul là-bas ! Si ce n'était que ça...

— Mais alors... Je ne comprends rien.

— Il n'en fait qu'à sa tête, voilà le problème. C'est n'importe quoi.

— Quoi, qu'est-ce qu'il fait ?

— Il dilapide l'argent du ménage.

— Il dilapide l'argent du ménage... Mais qu'est-ce que tu racontes. Comment ça il dilapide l'argent du ménage ?

— Il n'arrête pas d'acheter des trucs sur eBay, il les retape et puis il les revend.

— Tu m'en as déjà parlé. C'est très bien ça, ça l'occupe ! Qu'est-ce que ça peut te faire du moment qu'il rentre dans ses fonds ! Je te l'ai déjà dit...

— Pfffff.

— Il rentre dans ses fonds, ou il ne rentre pas dans ses fonds ?

— Pfffff.

— Je t'écoute…

— Il rentre dans ses fonds.

— Voilà. Alors. Où est le problème ?

— Pour le moment ! Il achète de plus en plus de choses ! Le préau en est rempli, et la grange à bois ! Il passe ses nuits et ses journées à retaper de vieilles motos, des lave-vaisselle, des scooters, des scies circulaires, des tondeuses, des gazinières, que sais-je encore !

— Depuis quelque temps, quand je l'ai au téléphone, je trouve qu'il va mieux, il a meilleure voix. Tu ne trouves pas ?

— Si ! si !

— Eh bien alors ? Que demander de plus ? Il est en convalescence jusqu'à preuve du contraire. L'idée de la convalescence, c'est qu'il aille mieux n'est-ce pas ? Et qu'il aille mieux en reprenant le dessus sur sa vie, non ? C'est-à-dire d'une façon plus naturelle qu'en avalant des antidépresseurs, on est d'accord ? Alors ! Ce n'est pas ce qu'il fait ?! Et s'il devait créer à Maison-Maugis une multinationale de récupération, de restauration et de revente de vieilles mobylettes, mais parfait, qu'il le fasse !

— Tu trouves toujours le moyen de le défendre, tu as toujours été comme ça. Téléphone à ta grand-mère et tu verras, elle te dira les proportions que ça prend. Je ne sais pas comment il fait. Il en a eu pour 10 000 euros d'achats le mois dernier. Sur eBay, sur le Bon Coin, j'ai épluché les relevés, il n'y a jamais eu autant de mouvements sur notre compte que depuis qu'il cuve son burn-out à la campagne ! Et ce mois-ci il a rentré pour 18 000 euros de recettes.

Il a vendu sur eBay, sur le Bon Coin, le mois dernier, pour 18 000 euros de matériel ! Je ne sais pas si tu te rends compte, des fois. C'est un vrai trafic ! Je n'en dors plus ! Je n'en dors plus tu m'entends ! Et depuis qu'il s'est pris de passion pour ça, il n'y a rien d'autre qui l'intéresse, on ne se parle plus !

— Bon, écoute, ça va s'arranger, t'inquiète pas. Il est en burn-out, je te le rappelle. Ne l'oublie pas ! C'est normal qu'il ne soit pas dans son état habituel.

— Je sais, justement. Justement ! Imagine le risque qu'il nous fait prendre ! Dans l'état où il est, est-ce qu'on peut lui faire confiance ? Il est devenu autiste, il ne parle plus à personne. Il passe ses journées une clé à molette à la main. Le truc s'emballe là, le truc s'emballe ! Le premier mois, c'était 300 euros ! Puis 1 000 ! Tiens, je me suis dit, ça grimpe ! Puis 1 200 ! Puis 3 000 ! et de fil en aiguille on en est à 10 000 ! Je suis à deux doigts de le mettre sous curatelle !

— Ah non, ne fais pas ça. S'il te plaît maman, ne fais pas ça. Il est heureux là, il s'éclate, il en a bavé ces dernières années, laisse-le un peu s'amuser.

— S'amuser, s'amuser. Pffff. Tu en as de bonnes. Est-ce que je m'amuse, moi ?

— Eh bien justement.

— Justement quoi ? Qu'est-ce que tu sous-entends ?

— Rien. Justement, tu devrais t'amuser un peu toi aussi non ?

— Tu m'énerves, je vais raccrocher.

— Écoute, je lui parlerai. Promis, j'irai le voir, ou je l'appellerai. Pour qu'il fasse un peu attention. Et qu'il n'aille pas trop loin, d'accord ? Ça te va ?

— Bon, allez, je te laisse, je suis déprimée, j'aurais espéré un peu plus de compréhension de ta part, salut.

— Salut.

8

À l'âge de dix-huit ans, Dimitri avait vu, une nuit, à la télévision, un documentaire qui l'avait profondément marqué. Il l'avait regardé dans un état de demi-sommeil, à quatre heures du matin, allongé sur le canapé familial (parce qu'il faisait une insomnie), de sorte que ce documentaire avait laissé en lui – tout imparfait qu'il eût été – des impressions comparables à celles que peuvent parfois déposer dans notre imaginaire des rêves puissants et beaux que l'on a faits, et dont l'on reste inconsolables : il s'était réveillé vers midi avec en tête et dans son corps la sensation de quelque chose de troublant et d'étrangement intime et persistant. Parce que cette histoire lui avait été inoculée de cette façon-là, comme en intraveineuse, par la seringue nocturne et onirique, elle avait acquis dans sa vie une certaine importance, il en était pour ainsi dire nostalgique, exactement comme si l'ayant vécue lui-même il pouvait se la remémorer comme on se remémore son passé. Elle lui appartenait. Elle le hantait. Elle éclairait son avenir d'une lumière de désir et d'espoir. Avaient été cousus à son cerveau un nouveau morceau de mémoire, un nouveau savoir sensible. Il se sentait en relation étroite, ésotérique, autorisée, avec l'homme auquel ledit documentaire était consacré, Max Ernst.

Des phrases dites par Max Ernst dans ce documentaire l'avaient frappé comme des vérités à lui seul destinées. Il semblait que Max Ernst les eût prononcées cette nuit-là pour l'orienter dans sa vie.

« Mes vagabondages, mes inquiétudes, mes impatiences, mes doutes, mes croyances, mes hallucinations, mes amours, mes rages, mes révoltes, mes contradictions, mes refus de me soumettre à une quelconque discipline, fût-elle la mienne, les visites sporadiques de perturbations n'ont pu créer un climat favorable à l'élaboration d'une œuvre calme et sereine. Comme emportement, elle n'est pas harmonieuse, dans le sens des compositeurs classiques, et même dans le sens des révolutionnaires classiques. Séditieuse, inégale, contradictoire, elle déplaît aux spécialistes de l'art, de la culture, du comportement, de la logique, de la morale. Elle a en revanche le don d'enchanter mes complices, les poètes, les pataphysiciens, et quelques analphabètes. »

« Je suis né avec le sentiment très fort d'avoir besoin de liberté. Ce qui veut dire aussi un sentiment très fort de révolte. Révolte et révolution ne sont pas la même chose. Mais, si vous avez ce sentiment violent, ce besoin de révolte, ce besoin de liberté, et que vous êtes né dans une période où les événements vous incitent à vous révolter, et à refuser ce qui se passe dans le monde, et à en être dégoûté, il est tout à fait naturel que le travail que vous produisiez soit révolutionnaire. »

« La seule raison de la création du mouvement Dada en 1919 à Cologne est donnée par la prodigieuse explosion du désir de vivre, de s'affirmer, de toute une jeunesse furieuse, à peine sortie, comme d'un cauchemar, d'une ridicule et cruelle canonnade. Que pourrions-nous faire, nous, ces jeunes gens en colère, sinon essayer de démolir par la force tous les fondements de la civilisation occidentale, à commencer par le culte de la raison, de la logique, de la morale chrétienne, du langage conventionnel, de la beauté conventionnelle, de la poésie conventionnelle. En un mot, de la conventionnelle stupidité. »

Mais aussi, la vie de Max Ernst lui paraissait être une projection idéale de ce qui le constituait de la façon la plus essentielle, en particulier dans son rapport aux lieux, aux maisons, au temps, à la liberté, au hasard, aux rêves, aux paysages, à la création, à l'époque, à la solitude, aux rencontres et bien sûr et surtout à l'amour, aux femmes.

Ce qui l'avait d'abord rendu envieux et attiré, attiré comme seuls attirent les grands exemples, de sorte qu'une étoile nouvelle était apparue cette nuit-là dans le ciel de son existence, c'était d'apprendre que Max Ernst avait bâti, restauré, aménagé et décoré de ses propres mains les maisons où il avait vécu deux des grandes histoires d'amour de sa vie, l'une avec Leonora Carrington, à Saint-Martin-d'Ardèche, de 1937 à 1939, l'autre avec Dorothea Tanning, à Sedona, dans l'Arizona, à partir de 1946 : de patientes utopies, loin des villes, dans des paysages.

À Saint-Martin-d'Ardèche, aidé d'artisans locaux, Max Ernst avait passé un an à restaurer une maison en ruine. Une fois la bâtisse retapée, il avait orné les murs de fresques, de sculptures et de bas-reliefs en ciment modelé à la main avec un allant extraordinaire s'agissant d'un homme de quarante-sept ans. Dimitri l'avait adorée cette idée d'œuvrer douze mois durant à la confection d'un lieu dévolu à leur amour et à la création (Leonora Carrington écrivait, ses textes étaient admirés par André Breton, il inclura d'ailleurs l'un de ses contes à son *Anthologie de l'humour noir*), à la fois temple et offrande, palais et cachette, manifeste artistique et existentiel, rempart tangible et ironique contre le monde extérieur. C'était d'une telle sincérité, c'était d'une telle insolence... Avec ses doigts joyeux qui façonnaient les effusions du bâti (ces mêmes doigts qui la nuit caressaient le corps blanc de Leonora Carrington, d'ailleurs Max Ernst n'avait-il pas déclaré un jour que la sculpture se faisait à deux mains, comme l'amour ?), il offrait à leur amour une visibilité monumentale (la maison ne passait pas inaperçue, cette éclatante proclamation de leur plénitude déliait les langues et suscitait la jalousie des villageois, mais peut-être aussi de l'admiration, des vocations), il y avait dans ces saillies en ciment et dans ces tatouages picturaux innombrables quelque chose de tendre et de spectaculaire qui à la fois sanctifiait cet amour et en attisait la ferveur, le protégeait des mauvais démons et le projetait avec foi vers l'avenir. C'était quelque chose de cet ordre qui s'était passé dans cette maison ardéchoise et Dimitri en avait instantanément conçu une poignante émotion : ce qu'il avait eu sous les yeux cette nuit-là, c'était cela même qu'il voulait vivre un jour lui aussi.

Il n'y a rien de plus beau que de choisir à deux la maison où l'on va vivre, en rupture orgueilleuse avec le monde. Que de la préparer. Que de s'y installer, de l'investir, de s'y enfouir. Que de l'orner de fétiches à soi seul destinés. Que de façonner ce lieu jaloux à l'image de ce que l'on est l'un avec l'autre et l'un pour l'autre, ensemble, pour en faire une coquille, une citadelle de poésie, un repaire de contrebandiers, une forteresse amoureuse. Rien de plus fondamental, rien de plus immémorial, rien de plus primitif en somme, rien de plus archaïque.

Les photos étaient irrésistibles, on avait envie de vivre un jour la même chose qu'eux, mais l'époque actuelle autorisait-elle ce type de lente expérience, dans la solitude, la solitude à deux ? On voyait Max Ernst juché sur une échelle modeler à la truelle le buste de la créature humaine à tête d'oiseau qui allait dominer de sa haute taille l'imposant bas-relief de la façade. On voyait Leonora Carrington assise dehors contre un mur avec Max Ernst un bras autour de ses épaules, elle a l'air d'un frêle animal incrédule, ils sourient tous les deux, Max Ernst regarde l'objectif avec une grande douceur tandis que Leonora Carrington envisage pensivement le hors-champ, son visage est habité, elle est belle et tendrement confiante, elle se consume d'intelligence, elle a de massifs cheveux noirs, ses sourcils sont épais, son front est très dégagé, elle est dense et pleine de pensées étonnées cela se sent, cette photo s'était ancrée dans l'esprit de Dimitri comme l'image même du bonheur amoureux qu'il poursuivait de ses rêves.

« Pourquoi les artistes restent-ils dans les grandes villes ? disait plus tard dans le documentaire Dorothea Tanning. Doivent-ils fréquenter les collectionneurs, se rendre aux vernissages, écouter les bavardages de Upper East ou West Side, pour réaliser de bonnes peintures, de bons objets, quelque chose de bien ? Non. Nous avons agi autrement. En 1946, Max et moi avons fait un second grand voyage. Cette fois, nous avons emporté les toiles, les cadres, les couleurs et le totem, les poupées kachinas, les peintures. Nous voulions retourner à Sedona, Arizona, où nous avions déjà passé l'été. Ce paysage était resté inoubliable, même après l'été. Nous voulions y rester, et construire une maison. »

À l'écran, on voyait la vieille Ford noire de Max Ernst traîner derrière elle sur des routes poussiéreuses environnées de hautes cathédrales rousses et spongieuses (telles des répercussions, dans la réalité, de son propre imaginaire pictural) une remorque brinquebalante chargée de leurs peintures (en pleine nuit, en lisière du sommeil, cette pathétique reconstitution d'époque tentée par le réalisateur avait fonctionné au-delà de toute espérance sur l'esprit crédule et romantique de Dimitri, comme si Max Ernst les lui avait adressées d'outre-tombe comme étant ses propres souvenirs visuels de leur installation à Sedona en 1946) : toute leur vie rassemblée dans ces deux véhicules, pour aller l'implanter au milieu d'un paysage qu'ils s'étaient choisi. Résolus, Max Ernst et Dorothea Tanning prennent les devants plutôt que de laisser au réel la moindre chance de les astreindre un jour à abdiquer devant leurs idéaux, devant leurs ambitions existentielles.

« Sedona, des années inoubliables, poursuit Dorothea Tanning. Nous faisions la cuisine en plein air, sur des pierres, sur un feu de bois. Nous avons construit la maison en bois, car il n'y avait pas d'eau. »

« À la scierie, Max allait choisir du bois. Il achetait des planches noueuses et vertes, beaucoup trop fraîches ! »

« Nous jouions à fabriquer notre maison. »

Dimitri avait vu Max Ernst accroupi planter des clous dans un plancher, torse nu, en bermuda blanc, chaussé de fines sandalettes noires. La position du corps du peintre est celle d'un danseur, il est gracieux, c'est un oiseau, on croirait une sculpture de

Max Ernst cette posture de Max Ernst recourbé délicat vers le sol, son marteau est semblable à un bec.

Dimitri avait été brûlé cette nuit-là par le spectacle du bonheur simple et valeureux de ceux qui ont l'audace d'aller construire leur maison là où c'est le plus beau, face à une vaste image immémoriale, parce qu'ils ont compris qu'ils n'avaient besoin de rien d'autre que d'eux-mêmes et du vertige de vivre leur vie.

Il en avait eu le cœur serré.

Allongé sur le canapé familial, Dimitri espérait qu'il pourrait connaître un jour lui aussi quelque chose de cette nature. Il pensait qu'il n'y avait rien de plus beau que ce qu'il avait là sous les yeux, Max Ernst et Dorothea Tanning construisant leur maison au milieu du désert, avant de se remettre à créer.

Mais ce qui l'avait le plus marqué, dans ce film, davantage encore que ces histoires d'amour et de maisons construites et décorées pour s'y aimer, à tel point qu'une idée de roman lui en était venue cette nuit-là qu'il avait toujours le désir, huit ans plus tard, de mettre un jour à exécution (quand il aurait trouvé l'amour, et qu'elle et lui se seraient choisi le lieu où s'aimer et créer, façonné à leur image ?), c'était ce qu'avait déclaré Max Ernst en personne, vêtu d'un pull bleu ciel à la pâleur attendrissante, joufflu, l'œil clair, au sujet de ses relations avec les peintres américains au début des années quarante, quand il vivait encore à New York :

« J'ai dû recommencer au début. [*Quand il est arrivé à New York en juillet 1941, après avoir dû fuir sa maison de Saint-Martin-d'Ardèche et la guerre.*] Mais j'ai retrouvé là-bas mes anciens amis. Et j'ai aussi rencontré de jeunes peintres qui promettaient beaucoup, Motherwell, Baziotes, Pollock, et d'autres. À l'époque, j'ai même donné une petite leçon à l'un de ces artistes. Je lui ai montré comment produire des peintures de manière très simple. En remplissant un pot de peinture, un récipient en métal dont on perce le fond, et qu'on accroche avec des fils, trois fils, pot qu'ensuite on laisse se balancer pour faire apparaître sur la toile des lignes surprenantes. Ce n'était pas seulement une lubie de ma part. Cela correspondait à une certaine idée du dessin que j'avais en général. Je savais qu'au Japon par exemple on apprenait aux étudiants des Beaux-Arts à dessiner d'abord avec la main uniquement. Puis avec le coude. Ils font alors tout avec la main, et le coude. Plus tard, c'est le coude, et l'épaule. Tant que je sache, les Japonais n'ont jamais dépassé ce stade. Mais ce que j'ai montré à cet artiste à cette époque allait beaucoup plus loin. Autrement dit, tout le corps était impliqué. On pouvait s'abandonner à ses émotions. Et on peut dire, je crois être en droit de dire, que de l'enseignement que j'ai donné à ce jeune homme est né un certain style artistique, que l'on nomme maintenant : Action Painting. »

Max Ernst se croyait en droit d'affirmer que d'une leçon donnée un jour à un jeune peintre américain allait naître l'Action Painting.

Ce n'est pas rien de dire ça.

À l'époque où il avait prodigué cette leçon selon lui capitale à ce jeune peintre américain dont il tait habilement le nom (mais l'on devine qu'il s'agit de Jackson Pollock), le gratin de la scène artistique parisienne s'était retrouvé en exil à New York, comme en témoignent de légendaires photographies où figurent Marcel Duchamp, André Breton, Max Ernst, Yves Tanguy, Fernand Léger, André Masson, Piet

Mondrian, Zadkine, Lipchitz, Seligmann, Matta, Marc Chagall, Amédée Ozenfant. Se trouvent également aux États-Unis, au même moment, Man Ray, Roland Penrose, Lee Miller, Salvador Dalí et Gala.

À New York, les milieux culturels et intellectuels ne jurent que par les artistes européens, et en particulier français : il n'y a qu'en Europe qu'on peut être une gloire vivante (fût-on un artiste maudit) en étant peintre ou sculpteur. Se trouve là par conséquent pour les artistes américains un territoire à inventer – le statut même de *grand peintre américain* reste à créer.

On rendait visite à Max Ernst comme à un grand maître, ce qui, selon ce qu'en rapporte Peggy Guggenheim dans ses Mémoires, n'était pas pour lui déplaire.

Les musées, les galeries et les collectionneurs américains n'achètent que des artistes européens. Alfred Barr lui-même, le puissant directeur du MoMA, ancien de Princeton et de Harvard, n'accorde qu'un intérêt sceptique et modéré aux travaux de ses compatriotes : ses goûts s'enracinaient dans le modernisme européen, il se vouait à l'exclusive mission de diffuser la culture européenne dans une Amérique conçue comme une salle de classe peuplée d'ignorants, et l'idée même que des peintres abstraits locaux, en particulier des marginaux tels que Pollock, puissent mériter une place dans ce temple du modernisme qu'était le MoMA aurait presque suffi à faire perdre son calme à cet homme d'ordinaire si patricien, peut-on lire dans l'excellente biographie que consacrèrent à Jackson Pollock Steven Naifeh et Gregory White Smith, tandis que l'influent galeriste Julien Levy (autre exemple éloquent) n'avait jamais suivi que les directives esthétiques d'André Breton et de Marcel Duchamp. De sorte que selon un mot resté fameux de Motherwell, les seules œuvres d'eux que possédaient à l'époque les musées américains étaient celles qu'ils leur avaient offertes !

Les artistes français, tout pénétrés de leur supériorité, semblaient considérer que cette supériorité non seulement était indiscutable, mais qu'elle était irréversible. André Breton, où qu'il allât, refusait de prononcer la moindre phrase en anglais, considérant la langue française comme seule habilitée à traduire les nuances de sa pensée raffinée – André Breton n'allait tout de même pas condescendre à parler américain avec ces gens stupides qui avaient tout à apprendre de lui, et non l'inverse, il ne faut pas exagérer ! Il ne voulait pas non plus « polluer » son français, dit-on aussi. On sait combien André Breton était doux et modeste, tendre, ouvert d'esprit. Il suffit d'imaginer ce qu'une telle personnalité naturellement affectueuse et indulgente pouvait produire comme impression sur les individus soi-disant arriérés qu'il était amené à croiser à New York pour se faire une idée du désir légitime de revanche que le passage des surréalistes aura laissé dans son sillage ! Si ces individus ne faisaient pas allégeance au maître, à l'art et à l'esprit français de la façon la plus révérencieuse, nul doute qu'André Breton ne manifestât à leur égard un insultant mépris.

Jimmy Ernst racontait, dans le documentaire, au sujet d'une mémorable séance de prise de vue des exilés européens à New York en 1942, séance qui avait duré plusieurs heures et qui devait aboutir à un portrait de groupe des maîtres du XXe siècle resté fameux, que l'ambiance ce jour-là avait été tendue. « Les visages étaient sombres et orgueilleux »... il suffit de prendre une loupe et d'examiner celui d'André Breton pour comprendre à qui il songeait en écrivant cette phrase..., « à part celui de mon père, le pitre de la classe, assis au centre au premier rang avec un sourire ironique, comme s'il se moquait de toute la bande ». Marcel Duchamp était présent mais comme observateur, « parce que j'ai arrêté d'être artiste et ne joue plus qu'aux échecs », avait-il dit ce jour-là avec sa malice habituelle à Jimmy Ernst. Jimmy Ernst avait été assez navré de voir ces grands artistes européens (pour ne pas dire français) se conduire comme des starlettes d'Hollywood, disait dans le documentaire la voix qui l'incarnait.

À part Léger et Mondrian, qui appréciaient sincèrement la scène artistique new-yorkaise, et Salvador Dalí, très populaire là-bas, qui parlait l'anglais et se livrait à de spectaculaires pitreries qui amusaient beaucoup l'opinion publique américaine tout acquise à sa cause (méprisé par Breton, il faisait bande à part), les surréalistes ne se fréquentaient guère qu'entre eux. Ils se rendaient dans les mêmes cafés, le Larré et la Free French Canteen, se plaignaient de la cuisine américaine, du climat, du rythme exténuant de la ville, et regrettaient amèrement les bistrots parisiens, selon ce qu'avait pu lire Dimitri dans le livre de Steven Naifeh et Gregory White Smith. Ils assistaient à des soirées dans les demeures des rares Américains qui, tels Bernard et Becky Reis, avaient assez d'argent pour subventionner leur mode de vie coûteux, et trop peu de confiance en eux pour s'offusquer de leur condescendance, *ibid*. L'été, ils passaient leurs vacances ensemble dans des enclaves comme les Hamptons, où ils étaient nourris et choyés par les très riches Sara et Gerald Murphy, ardents francophiles, *ibid*. Au souvenir de l'historien d'art Clement Greenberg (*The Nation*) : « C'étaient d'abominables snobs. Les Américains n'étaient que des crasseux. » May Rosenberg (l'épouse aiguë de l'influent critique d'art Harold Rosenberg) : « Les surréalistes arrivèrent comme des monarques en visite, porteurs de visions sacrées face aux païens ; des excursionnistes au milieu des sucettes. »

Le plus hautain et arrogant était sans conteste André Breton, dont Max Ernst disait qu'il jugeait idiot tout ce qui n'était pas français. Becky Reis : « Il était étonnant de voir quel respect tous ces adultes lui témoignaient. Ils avaient tous la conviction qu'il leur était supérieur. » David Hare, rédacteur en chef de la revue *VVV* : « Il était plein de préjugés. » Il usait de son énorme pouvoir pour infliger aux autres en public de menues vexations. May Rosenberg : « Languissants et passionnés, ils semblaient se donner du bon temps », *ibid.*, tandis que la guerre faisait rage en Europe : obscène. Comme l'écrivent si bien Steven Naifeh et Gregory White Smith dans leur biographie de Jackson Pollock, le lyrisme, l'hédonisme et le caractère fantasque de leur art et de leur poésie paraissaient presque calculés pour offenser la sensibilité plus pragmatique, masculine et puritaine de leurs hôtes. Leur évident dédain de l'Amérique paraissait au mieux ingrat, au pire proche de la trahison, alors qu'au même moment les États-Unis combattaient pour libérer l'Europe.

Les Français étaient alors au sommet du monde, et rien n'indiquait qu'ils pussent en être jamais délogés.

Les artistes américains avaient été mortifiés que Peggy Guggenheim, dans l'exposition inaugurale de sa galerie Art of This Century, ne montrât les œuvres d'aucun d'entre eux (à l'exception d'une œuvre d'Alexander Calder, qui depuis des années lui créait des boucles d'oreilles), alors même que cette exposition était censée présenter « un échantillon aussi complet que possible des maîtres modernes », sa galerie ambitionnant de devenir un « laboratoire de recherche des idées nouvelles » qui « servirait l'avenir sans se contenter d'enregistrer le passé ». Cette représentation américaine réduite à portion congrue signifiait-elle que du point de vue de Peggy Guggenheim, certes conseillée par Max Ernst et André Breton, aucun artiste américain, en l'état de leurs tentatives, n'était susceptible d'annoncer l'art du futur ?

Ils étaient à cran les artistes américains, ils voulaient en découdre, ils n'allaient pas se laisser faire. Ils sortiraient bientôt l'artillerie lourde.

Ainsi Jackson Pollock déclara-t-il, en 1943, dans une interview à Howard Putzel que Dimitri avait trouvée dans un livre rare qu'il s'était fait offrir à Noël par sa grand-mère paternelle, *L'atelier de Jackson Pollock* : « Je ne vois pas pourquoi les problèmes de la peinture moderne ne pourraient être résolus aussi bien ici [*en Amérique*] qu'ailleurs », tandis que Willem De Kooning, qui avait partagé un temps l'atelier de Fernand Léger et de Jean Hélion, confiera plus tard à l'écrivain Lionel Abel : « Un jour, j'ai regardé ce que je faisais, et je me suis dit que c'était aussi intéressant que ce qu'ils faisaient eux. Et j'avais raison. »

Il faudra le désenchantement de Peggy Guggenheim à l'égard des surréalistes – elle avait été coup sur coup quittée par Max Ernst, déçue par André Breton (qui s'était rendu coupable vis-à-vis d'elle d'une pathétique mesquinerie) et éconduite par Marcel Duchamp qu'elle avait voulu entraîner dans son lit – pour qu'elle décidât de leur tourner le dos, et de pousser sur le marché de jeunes artistes américains.

À quoi ça peut tenir, l'Histoire…

Robert Coates dans le *New Yorker*, au printemps 1945 : « Une nouvelle école de peinture se développe dans ce pays. Elle est encore petite, pas plus grosse qu'un poing de bébé, mais vous la repérerez en visitant assidûment les galeries. »

Ainsi, la nuit où allongé sur le canapé familial Dimitri avait entendu Max Ernst revendiquer le droit de se dire l'inventeur de l'Action Painting américain, l'idée lui était-elle venue d'écrire un roman qui raconterait minutieusement cette fatale journée de 1942 où Max Ernst avait enseigné le dripping au jeune Jackson Pollock, celui-là même qui par l'exploitation systématique de cette technique a fait entrer la peinture américaine dans la modernité, c'est l'opinion de la plupart des historiens de l'art.

Une frontière historique passait par l'après-midi de cette journée de 1942 où Max Ernst avait rendu visite au jeune Jackson Pollock dans son atelier de la 8e rue Est pour lui offrir cette ouverture inespérée vers le futur – au-delà de cette après-midi, rien ne serait plus comme avant.

En réalité, les choses avaient été un peu plus compliquées que ne le prétendait Max Ernst dans le documentaire, car il avait fallu attendre 1947 avant de voir apparaître les premiers drippings de Pollock en tant qu'œuvres. Il n'en demeure pas moins exact que Max Ernst pratiquait le dripping depuis 1942, comme en témoignent les tableaux *Jeune homme intrigué par le vol d'une mouche non euclidienne*, *La planète affolée* et surtout *L'année 1939*, tous trois datés de 1942, et qu'il avait dû en effet en détailler la technique et les ressources potentielles à Pollock après que celui-ci eut vu l'une de ses expositions à New York cette même année (on sait qu'il les avait beaucoup appréciées), de sorte que cette leçon de peinture pouvait être considérée, eu égard aux évolutions stylistiques à venir, et sur un plan symbolique tout du moins, comme le moment précis, parfaitement situable, matérialisé par une conversation, où Max Ernst avait transmis le flambeau de l'avant-garde artistique à Pollock (qui s'en était saisi, qu'on le veuille ou non), avant de rentrer chez lui retrouver Peggy Guggenheim.

Les connaissances que Dimitri avait acquises entre-temps, si elles l'obligeaient à nuancer l'assertion lapidaire de Max Ernst, n'en ruinaient pas l'esprit pour autant et il n'en démordait pas : il allait descendre par la fiction dans la réalité de cet instant décisif où un pot de peinture perforé de petits trous avait été agité par Max Ernst en surplomb d'une des toiles vierges de Jackson Pollock au moyen de trois ficelles réunies dans sa main, entraînant par cette action magique et visionnaire le déplacement inéluctable de l'épicentre artistique mondial de Paris à New York.

N'oublions pas que Max Ernst collectionnait les poupées kachinas, et qu'il savait ce qu'était une action magique, un rituel de passage, une cérémonie initiatique, et qu'il s'y entendait en cycle, en sorcellerie.

Quand on examinait les œuvres produites par l'École de Paris – et par ses descendants immédiats – au lendemain de la Seconde Guerre mondiale, on voyait bien que quelque chose s'était perdu : la flamme et l'inventivité de ces artistes s'étaient éteintes, ils avaient été désertés par les esprits de la fortune artistique. Leurs peintures étaient devenues ternes, plates, fades, statiques, terreuses, vieillottes, dominicales et appliquées (à quelques exceptions près, Dubuffet, Fautrier, De Staël, Picasso naturellement, qui restait le plus grand peintre au monde), quand à l'inverse l'École de New York manifestait la fougue, l'élan et l'inventivité d'un flamboyant début de cycle et d'aventure.

Mais force était de constater qu'à l'époque où Max Ernst prétendait avoir donné à Pollock cette décisive leçon d'avenir, les toiles de ce dernier étaient encore loin d'être abouties, quand à l'inverse celles de Max Ernst attestaient sa pleine maturité et avaient déjà, elles, un pied dans l'avenir (il n'y a qu'à voir *Day and Night*, 1941, ou *Vox Angelica*, 1943, qui sont d'une clairvoyance irréfutable, et très largement supérieures à tout ce qui pouvait se peindre à New York à l'époque). Dans les années qui suivraient, Pollock allait jouir de brefs moments de déchaînement pulsionnel extraordinaire pendant lesquels il produirait des tableaux d'une grande puissance (même s'ils restaient embourbés dans la manière européenne, sous l'emprise de Picasso principalement, sans identité spécifique), suivis par des périodes qui le verraient piétiner pathétiquement (il buvait alors beaucoup). Le dripping, de ce point de vue, quand Pollock eut enfin compris que c'était la voie qu'il devait emprunter (la voie de l'automatisation entière de son art, loin de toute préoccupation de représentation ou de traduction d'un état émotionnel ou psychologique, la peinture devant devenir son propre sujet), fut pour lui une véritable libération – et de fait il n'est pas contestable que Max Ernst l'avait enjoint, en 1942, lors de cette fameuse leçon, à pratiquer le dripping, et ce n'est quand même pas la faute de Max Ernst s'il avait fallu au jeune artiste américain presque cinq ans pour en assimiler la foudroyante justesse ! En 1942, l'hégémonie artistique était à ce point européenne que les intuitions de ce que pourrait devenir la peinture dans le futur advenaient encore dans les cerveaux européens, en l'occurrence celui de Max Ernst, même s'il était déjà trop vieux à l'époque pour les réaliser pleinement.

Même, à bien y regarder, son stupéfiant tableau *Le*

surréalisme et la peinture, montré à l'exposition « First Papers of Surrealism » à la Whitelaw Reid Mansion du 14 octobre au 7 novembre 1942 (exposition légendaire scénographiée par Marcel Duchamp qui avait tendu dans l'espace de ce lieu quelque deux mille cinq cents mètres de ficelle blanche), semblait ne s'être choisi d'autre sujet que cette évolution à venir (inconsciemment sans doute), il suffit d'en examiner une reproduction sur Internet pour s'en convaincre immédiatement. L'œuvre montre un être-oiseau à trois têtes (censé représenter, selon l'artiste, la collectivité surréaliste), dont le bras semblable à un long cou de cygne ampoulé prolongé d'une main humaine elle-même semblable à une tête d'oiseau avisé est en train d'achever un tableau posé sur un chevalet, et ce tableau dans le tableau n'est rien d'autre que la préfiguration visionnaire, c'est incontestable, de l'Action Painting sur le point d'éclore : on y voit à la fois une toile de Sam Francis, une toile de Clyfford Still, une toile d'Arshile Gorky, une toile de Joan Mitchell et bien sûr une toile de Jackson Pollock telles que ces artistes encore jeunes à l'époque allaient en proposer au monde quelques années plus tard. Et il n'est pas indifférent de noter que l'être-oiseau à trois têtes qui est en train de peindre (de rêver) ces tableaux du futur est également en train de s'assoupir sur lui-même. Il semble tout encombré de sa propre gloire et enivré de sa félicité interminable, dans le confort lénifiant et les vapeurs capiteuses d'un très ancien sentiment de supériorité. Seul le bras de cet être-oiseau semble échapper à cette torpeur narcissique et aller peindre comme en dehors de lui et du moment présent – et de fait ce bras pensant paraît libre et en mouvement, c'est l'esprit de Max Ernst en réalité, Dimitri voyait cette main créative et éveillée comme l'esprit insatiable de Max Ernst.

Certes, ce qu'allait devenir Pollock quand il aurait acquis sa stature définitive n'aurait plus rien à voir avec ce qu'était et avait jamais été Max Ernst, resté jusqu'à la fin très littéraire, très attaché aux sujets, quand à l'inverse Jackson Pollock ne serait plus que dans la seule corporalité affranchie de toute signification objective. Lee Krasner, sa femme, rapporte qu'un jour où un peintre de leurs amis conseillait à Pollock de « peindre d'après nature », il lui avait rétorqué : « Mais je *suis* la nature ! » (réplique géniale restée dans sa légende). Force est d'admettre que Max Ernst n'aura jamais abordé une toile aussi physiquement que le fera Pollock quand il aura atteint la pleine maturité de son langage pictural, affirmant une pratique artistique qui deviendrait la marque, selon ce qu'en dira plus tard Motherwell, d'un art spécifiquement américain, inédit et autonome, incarnant la liberté, la clarté, la modernité et l'énergie de la Nouvelle Amérique d'après-guerre, faisant de l'expressionnisme abstrait certes un mouvement artistique à part entière, mais aussi une construction idéologique qui visait à répondre aux besoins culturels de la nouvelle nation américaine victorieuse, comme le remarque Emmanuelle Loyer dans son livre *Paris à New York*. Mais peu importe en définitive, le flambeau avait été transmis – d'une manière ou d'une autre – et ce flambeau Pollock l'emmènerait dans sa cachette pour le faire fructifier à sa manière toute personnelle, et une page serait tournée. Le peintre et collectionneur d'art William Nelson Copley avait écrit : « Les surréalistes étaient là. Rien ne serait plus comme avant », tandis que Susy Hare, une New-Yorkaise proche des artistes français en exil et qui avait eu le privilège d'aider Marcel Duchamp à tendre les deux mille cinq cents mètres de ficelle blanche dans les salles de la

Whitelaw Reid Mansion pour l'exposition « First Papers of Surrealism », estimait quant à elle que les surréalistes avaient été « à 95 % responsables de l'apparition de l'École de New York ».

Rothko écrira en 1945 : « Je me querelle avec l'art abstrait et surréaliste comme on ne peut se quereller qu'avec une mère ou un père. »

On ne peut mieux dire, pensa Dimitri quand il tomba sur cette phrase, immédiatement recopiée dans le carnet Clairefontaine qu'il consacrait à ce projet de roman, bleu à motifs écossais, à spirales et à petits carreaux, qu'il transportait sur lui en permanence en même temps que celui, rose clair, où s'accumulaient ses notes sur le datagramme, Louis Pouzin et la création d'Internet.

L'exposition où avait été montré le tableau qui avait tant ébloui les jeunes artistes américains, *Jeune homme intrigué par le vol d'une mouche non euclidienne*, par lequel Max Ernst avait expérimenté pour la première fois la technique du dripping, s'était tenue quelque part dans New York lors de l'année 1942.

Dimitri imaginerait que le soir du vernissage les deux hommes avaient décidé de se revoir, et qu'un rendez-vous avait été pris pour que Max Ernst pût découvrir dans l'atelier de Jackson Pollock les toiles que celui-ci voulait faire découvrir à celui-là, afin d'obtenir un avis, voire un appui auprès de Peggy Guggenheim.

Quel jour serait-on ?

Déterminer la date exacte de cette journée virtuellement historique où Max Ernst avait enseigné la technique du dripping à Pollock était crucial, mais y parvenir n'était pas une mince affaire dans la mesure où les informations sur les expositions auxquelles l'artiste avait participé cette année-là étaient contradictoires d'une source à l'autre. Dimitri avait lu dans un livre qui faisait autorité – publié par le Metropolitan Museum of Art de New York – que son tableau *Jeune homme intrigué par le vol d'une mouche non euclidienne* avait été exposé du 2 mars au 11 avril à la Curt Valentin Gallery (autrement dénommée Valentine Gallery, ou encore Buchholz Gallery dans d'autres ouvrages, les historiens de l'art, décidément très approximatifs, n'étaient pas d'accord entre eux), où l'on pouvait supposer que Jackson Pollock avait pu l'admirer – car Dimitri avait lu partout que les diverses expositions de Max Ernst en cette année 1942, si elles avaient été des échecs commerciaux (et selon certains historiens de l'art de relatifs échecs critiques), lui avaient valu en revanche l'acclamation des jeunes artistes américains, au premier rang desquels Pollock bien sûr, mais pouvait-on affirmer avec certitude que c'était lors de cette exposition printanière que les deux hommes s'étaient parlé ? Nul livre ne le disait (à sa connaissance), à commencer par la massive et admirable biographie que lui avaient consacrée Steven Naifeh et Gregory White Smith. Il fallait donc que Dimitri le postulât – et après de longues recherches infructueuses, il avait arbitrairement décrété que cette première rencontre avait eu lieu lors du vernissage de cette exposition organisée par le galeriste allemand Curt Valentin en mars 1942, vernissage auquel Joseph Cornell avait lui aussi assisté, mais très anxieux le méticuleux créateur de boîtes ne s'y était pas attardé ni n'avait même osé adresser la parole au maître, indisposé qu'il était par le bruit environnant (les gens autour de lui buvaient du mauvais scotch en parlant français, de sorte qu'il ne s'entendait plus penser lui-même, avait-il écrit dans une lettre assez plaintive à son ami le collectionneur et critique d'art Thrall Soby), ce qui pouvait vouloir dire qu'un autre artiste américain moins délicat, tel Pollock, réputé pour sa rudesse, voire pour sa grossièreté, et qui sans doute ce soir-là avait abusé du mauvais scotch mis à la disposition des convives, avait été susceptible, lui par contre, de s'y sentir à son aise et d'aller voir le peintre allemand pour lui causer technique. Nous sommes donc le 2 mars 1942. Le lendemain soir serait inaugurée l'exposition collective « Artists in Exile » (restée fameuse) à la galerie Pierre Matisse, Max Ernst avait donc eu une semaine assez chargée (à moins que nos amis historiens de l'art ne se fussent de nouveau gourés dans les dates). Ces mêmes soirs, les 3 et 4 mars 1942, tandis qu'à New York on se préoccupait de questions artistiques (et où certains se plaignaient de l'affreux brouhaha des cocktails), il y avait eu un raid aérien britannique sur les usines Renault de Boulogne-Billancourt : 623 morts. Mais quelque temps plus tard, dans une source qu'il avait jugée plus fiable que celle du MET, Dimitri avait lu que cette exposition à la Valentine Gallery (chez Curt Valentin ? à la Buchholz Gallery ?) s'était ouverte non le 2 mars, mais le 23, ce qui semblait plus réaliste, tandis que le catalogue raisonné de l'œuvre de Max Ernst (daté de 1975, en cinq volumes) consulté le même jour à la bibliothèque de l'Institut national de l'histoire de l'art rue Richelieu indiquait que *Jeune homme intrigué par le vol d'une mouche non euclidienne* avait été exposé pour la première fois à la Wakefield Gallery and Bookshop en juin 1942. Ces nombreuses divergences signifiaient que cette rencontre entre les deux artistes était environnée de brumes impénétrables, personne en somme ne savait où et quand elle avait eu lieu, personne ne savait quelles avaient été les trente et une œuvres de Max Ernst exposées à la Valentine Gallery du 23 mars au 11 avril, ce qui signifiait que personne n'était en mesure d'affirmer avec certitude si ce fameux tableau de Max Ernst y figurait. Cette incertitude historique irréductible, si propice à la fiction, donc si propice au mythe et à la fable qu'il se proposait d'écrire, enchantait Dimitri : il pouvait tout imaginer, rien ne serait vraiment faux.

Ce roman allait être fabuleux...

Poursuivant ses recherches, il était tombé, dans les archives du *New York Times*, sur quelques lignes du critique d'art Howard Devree consacrées à cette exposition collective à la Wakefield Gallery and Bookshop (organisée par Betty Parsons), où étaient notamment présentés, indiquait le critique, « *the seemingly dissociated soup bones which make up a disconcerting composition by Max Ernst* », phrase sibylline sur laquelle se fondaient un certain nombre de spécialistes pour supposer que *Jeune homme intrigué par le vol d'une mouche non euclidienne* avait bien été présenté au public new-yorkais pour la première fois à la Wakefield Gallery and Bookshop en juin 1942, c'était ténu comme indice mais suffisant pour que Dimitri décidât de se rallier lui aussi à cette thèse. Il renifla, il était enrhumé. La notule était parue dans l'édition du *New York Times* datée du dimanche 28 juin 1942, mais la même rubrique « The Reviewer's Notebook » du même critique d'art Howard Devree le dimanche précédent se concluait sur cette indication : « *A summer group show has opened at the Wakefield Gallery and remains current through August* », ce qui voulait dire que le vernissage avait eu lieu dans la semaine du 15 juin, disons le jeudi 18 juin 1942, deux ans jour pour jour après l'Appel du 18 juin du général de Gaulle (« Dans l'univers libre, des forces immenses n'ont pas encore donné », avait-il déclaré ce jour-là depuis Londres et on jurerait qu'il parle là de Pollock, Dimitri adorait ce genre de signes), il reposa sa tasse de thé sur son bureau et se moucha.

Le soir de ce jeudi 18 juin 1942, après avoir sympathisé, parlé un peu des tableaux exposés et bu peut-être un certain nombre de verres (Max Ernst buvait-il de l'alcool ? s'était interrogé Dimitri dans son carnet Clairefontaine de couleur bleue), Max Ernst et Pollock avaient décidé de se revoir, sans doute la semaine d'après, disons le mardi ? Je pourrais vous rendre visite mardi prochain, le 23 ? aurait demandé Max Ernst à Pollock, qui acquiesçant à cette proposition de date aurait alors écrit son adresse sur un morceau de papier : 46 East 8th Str.

Ainsi le roman de Dimitri s'ouvrirait-il sur le réveil de Max Ernst le matin de ce mardi 23 juin 1942.

Le premier paragraphe en serait (qu'il avait écrit, puis abondamment raturé, dans son carnet Clairefontaine de couleur bleue, avant de le recopier, pour le sanctifier, sur la troisième de couverture) :

Max Ernst ouvrit un œil. Sa première sensation, comme chaque matin depuis plusieurs semaines, fut celle d'une tarentule se jetant sur sa conscience pour la piquer, mais Dieu merci – *Gott sei Dank* – cette impression de vive morsure ne durait qu'un instant, après quoi Max Ernst pouvait entrer dans sa journée comme si de rien n'était, en l'occurrence, ce matin-là, celle du 23 juin 1942. Une fois encore, il évita de se demander ce que pouvait vouloir lui signifier son subconscient en lui envoyant chaque matin, inlassablement, cette sympathique araignée.

Petites précisions qui ont leur importance, avant que de poursuivre. Dimitri avait lu dans une biographie de Max Ernst que celui-ci restait chaque jour dans son lit *jusqu'à* ce que Peggy Guggenheim quittât leur triplex de Beekman Place, le plus souvent vers midi, ce qu'il avait trouvé surprenant. Pour quelle raison mystérieuse ne quittait-il le lit *qu'une fois* Peggy sortie ? Fallait-il absolument exclure qu'il pût savourer le plaisir de la grasse matinée en tant que telle sans se soucier de savoir si sa récente épouse (il l'avait épousée début 1942, il s'en séparerait en décembre après être allé taper à la porte de Dorothea Tanning un soir où il neigeait) avait quitté ou pas leur domicile ? Par ailleurs, Peggy Guggenheim s'enorgueillissait de ses furieux et lancinants besoins sexuels : elle se vantait d'avoir couché avec la quasi-totalité des hommes qu'elle avait rencontrés, et de pouvoir faire l'amour avec n'importe qui, n'importe où, n'importe quand, « même sous les yeux du laveur de carreaux », écrivait-elle dans ses Mémoires. D'où découlait l'hypothèse qu'avait faite Dimitri – et c'est ainsi qu'il ferait commencer son roman – selon laquelle chaque matin Max Ernst faisait semblant de dormir *jusqu'au moment précis* où de son lit il entendait claquer la porte d'entrée, afin d'éviter que son épouse ne se jetât sur lui à leur réveil en exigeant qu'il lui fît de nouveau l'amour.

Ainsi le lecteur verrait-il le héros immobile sous les draps, les bras le long du corps, statufié tel un gisant au côté de Peggy Guggenheim (elle ronflait légèrement), projetant sur le velours mousseux et écarlate de ses paupières fermées de fabuleuses visions mentales, liquides, lentement évolutives, qui sans doute deviendraient plus tard des tableaux.

Mais ce matin-là, une inopportune envie d'uriner l'obligerait à interrompre ce fructueux simulacre de sommeil, alors il écarterait les couvertures le plus délicatement qu'il le pourrait, sortirait de leur lit avec des gestes précautionneux, marcherait sur la pointe des pieds vers la salle de bains attenante à leur chambre, le lecteur apercevrait les orteils et les ongles un peu longs (tels des becs) de l'artiste d'origine allemande sur les veines du parquet ciré si ernstien (comme Dimitri avait hâte d'écrire ces pages !), quand soudain il entendrait appeler derrière lui :

— Maxy, *darling* ! Où est-ce que tu vas, qu'est-ce que tu fais ? Reviens chéri ! Reviens voir ta Peggy, *sweet heart* !

Ah, putain, merde, se dirait Max en pénétrant dans la salle de bains, avant de lui répondre, sur un ton conciliant et doucereux :

— J'arrive chérie, j'en ai pour une minute ! Rendors-toi surtout, ne fais pas attention à moi !

(Il faut entendre ces dialogues avec les intonations surannées d'un doublage en français des années 1950.)

Alors Max Ernst concevrait une théorie de tableaux du futur en promenant le jet pensif sur la paroi d'émail et dans l'ovale liquide de la cuvette ventrue, créant volutes, coulures, gouttes, traînées, bulles, mousse et émulsion, avant de secouer sa verge une dernière fois, de la rentrer dans son pyjama à rayures, puis de tirer la chasse.

Putain, merde, fais chier. Maudite prostate !

De retour dans la chambre, Max verrait Peggy allongée nue sur le lit, les jambes écartées, une main dans la chatte.

Elle avait une belle touffe brune, on ne s'épilait pas à l'époque, quelles délices que ces temps reculés... Les lèvres de Peggy, fabuleusement charnues (comme souvent chez les Anglo-Saxonnes, Dimitri ignorait pour quelle raison), entre lesquelles se faufilaient ses doigts humidifiés par d'abondantes sécrétions vaginales, ressemblaient à s'y méprendre à un morceau de cervelle. Ou à un escargot de Bourgogne, les deux fonctionnent. Dimitri projetait bien sûr ses propres fantasmes dans la situation (pourquoi se refuser ce plaisir ?), car avouons-le sans ambages, il adorait les vulves profuses à texture nervurée et espérait que Max aussi, là encore c'était invérifiable, on pouvait tout écrire, rien ne serait mensonger.

— Maxy, my love, viens voir ta Peggy... susurrerait-elle tandis que Max entreprendrait de s'habiller, prélevant son pantalon de costume sur un valet de nuit en acajou. *Mais Maxou qu'est-ce que tu fais, tu te lèves déjà ?*

Max enfilerait sa chemise devant la grande fenêtre, il regarderait un bateau descendre lentement l'East River, on l'entendrait corner trois fois, tel un paquebot.

— J'ai une journée chargée. Je vois Jackson Pollock cette après-midi, tu sais, ce jeune peintre américain déchaîné, je t'en ai déjà... Mais avant ça je voudrais peindre un peu. *Scheiße*, qu'est-ce que j'ai fait de ma deuxième chaussette ?...

— Mais attends, non, pas déjà ! Reviens, il est tôt ! Juste une minute, please...

— Non Peggy. Je t'assure, j'ai à faire aujourd'hui.

— Mais il y a des siècles que tu ne m'as plus fait l'amour !

Max se détournerait de la rivière et regarderait Peggy ulcéré :

— Quoi, qu'est-ce que j'entends, des siècles ? Mais on a fait l'amour hier matin, et deux fois hier soir en rentrant, et une fois au milieu de la nuit...

Le bateau cornerait une nouvelle fois.

— Mais le milieu de la nuit Max, ça fait une éternité le milieu de la nuit, il est déjà dix heures !

Allez... viens... j'en ai trop envie, je ne vais pas pouvoir tenir toute cette journée si tu ne viens pas en moi, je t'en supplie Max, dirait Peggy en se tortillant sur les draps.

Max tiendrait bon, enfilant son pantalon de costume comme si de rien n'était (à l'époque, on s'habillait sans prendre de douche, même aux États-Unis ; en même temps, Max était allemand, les Allemands sont réputés moins méticuleux sur l'hygiène, mais passons) : Dimitri voulait absolument que la seule scène de sexe de son roman prît place à la toute fin de cette journée majeure, afin que le dripping de l'éjaculation ernstienne sur le ventre de la célèbre collectionneuse fût comme une amusante résurgence de la décisive leçon de peinture qu'on l'aurait vu administrer à l'artiste américain dans son atelier de la 8e rue Est quelques dizaines de pages plus haut – l'effet serait génial, il en était certain.

— Eh bien si c'est comme ça, je couche avec Marcel Duchamp.

— Marcel Duchamp ?

— Il est très sensible à mes charmes figure-toi.

Max éclaterait de rire.

— Eh bien bon courage ! Si t'arrives à déréfrigérer Marcel Duchamp, je t'offre ma plus belle poupée kachina !

— Et je coupe les vivres à Breton. J'en ai assez de l'entretenir celui-là ! Moi je veux bien choyer tous ces précieux volatiles, mais si j'ai une contrepartie ! Si tu arrêtes de me faire l'amour, cette petite pute de Breton peut se trouver un autre souteneur, c'est moi qui te le dis Max.

Sur ce Peggy quitterait leur lit et en passant derrière son époux lui enfoncerait furax dans les narines ses doigts crémeux et odorants (Voilà ce que tu rates, pauvre imbécile, lui dirait-elle) avant de s'enfermer dans la salle de bains pour se rincer la chatte (peut-être se branlerait-elle dans la baignoire), après quoi Max Ernst s'essuierait le bout du nez (où elle avait laissé une brillance de mouillé) et irait se réfugier dans son atelier.

Putain, quelle vie... se dirait-il en s'approchant du chevalet, où se trouvait son stupéfiant tableau *Le surréalisme et la peinture*, en cours de réalisation.

Une fois Peggy sortie de leur appartement (Max, assis devant sa toile, pinceau à la main, avait attendu que la porte d'entrée claquât avec fracas (il avait sursauté) pour oser s'aventurer hors de la pièce qui lui tenait lieu d'atelier), on le verrait apparaître dans la cuisine afin de se sustenter. Il se ferait du café. Il y aurait sur la table le *New York Times* du jour, Peggy Guggenheim l'aurait feuilleté durant son petit déjeuner (elle avait griffonné au stylo plume de frénétiques dessins d'explosion nucléaire, sans doute avait-elle parlé au téléphone ; Duchamp ? déjà ?). En une du *New York Times,* un titre énorme et noir s'étalant sur huit colonnes et sur trois lignes, en italiques, l'heure mondiale était grave :

ROOSEVELT, CHURCHILL MAP MASSING OF POWER ;
HOPKINS FORECASTS 'THIRD AND FOURTH FRONTS' ;
SEVASTOPOL'S PERIL GRAVE, FOE'S LOSSES RISE

On verrait Max Ernst lire le journal du 23 juin 1942 en buvant un gros bol de café au lait.

Faire des recherches pour savoir ce que mangeait Max Ernst à son petit déjeuner et d'une manière générale aux repas, avait noté Dimitri dans son carnet Clairefontaine de couleur bleue.

Le moment venu, Max Ernst quitterait l'immeuble pour se rendre à son rendez-vous.

Comme le luxueux triplex sur Beekman Place où ils résidaient (la plus belle maison de New York, selon ce qu'écrira Peggy Guggenheim dans ses Mémoires) était situé à l'angle de la 51e rue, on le suivrait jusqu'au croisement de Lexington Avenue, à trois blocs de chez lui, pour emprunter la ligne 6 jusqu'à Astor Place, au niveau de la 8e rue justement, à seulement trois blocs de chez Jackson Pollock là encore, ce qui plaçait les deux artistes, grâce au métro, à une portée de dripping, à condition bien sûr qu'en 1942 cette ligne-là, la longue liane verte, eût déjà existé, il faudrait vérifier.

Il y avait, tout au long de cette 51e rue, Dimitri était allé le constater sur place, tout un tas de détails frappants susceptibles d'avoir attiré l'œil de notre artiste européen, notamment, au-dessus de la porte du numéro 328, un bas-relief charmant figurant deux jeunes garçons gracieux tenant dans leurs bras un animal, probablement un agneau.

On verrait Max Ernst assis sur une banquette du métro regarder pensivement les barbes et les souliers des passagers, les doigts des voyageuses, l'incarnat des joues, le bleuté des paupières, les ongles peints et les bijoux brillants.

Il ferait quelques croquis discrets durant le trajet en métro, ligne 6, entre la 51e rue et Astor Place.

Essayer de savoir si Max Ernst avait l'habitude de faire des dessins sur le vif ou de croquer les visages de ses contemporains, avait noté Dimitri dans son carnet Clairefontaine de couleur bleue.

Max Ernst se déplaçait maintenant entre Astor Place et l'atelier de Jackson Pollock en ignorant qu'il était en train d'incarner une charnière, un moment particulier de l'Histoire. Il marchait cette après-midi-là dans une réalité américaine qui était encore celle, à peu de chose près, qu'il avait trouvée en arrivant à New York en juillet 1941, mais qui allait devenir tout autre à partir de 1945 : le monde allait changer, les rapports de force internationaux se modifier, l'épicentre du monde artistique se déplacer. Il l'ignorait bien sûr, il ignorait aussi que cette mutation civilisationnelle non seulement allait passer par son propre corps, mais qu'elle était d'ailleurs déjà en train de s'opérer, à son insu, tandis qu'il se rendait chez Jackson Pollock pour lui parler de la technique du dripping (il y avait du soleil, il marchait à l'ombre, une dame relativement âgée, qui promenait son caniche, le regarda avec insistance, comme fascinée par la clarté surnaturelle de ses yeux bleus) – oui, il ignorait qu'il était en train de se rendre chez celui qui allait devenir l'un des plus grands peintres au monde, celui-là même qui pour la première fois de leur histoire ferait exister pleinement l'art des États-Unis. Max Ernst marchait dans la rue en tant que prince européen de la peinture, un prince à la suprématie irréfutable, évoluant dans une réalité américaine certes stimulante mais encore balbutiante, immature, qui se cherchait, sincère et attendrissante par certains côtés (un peu scolaire même), et trois heures plus tard il reprendrait cette même 8e rue Est dans l'autre sens, vers le métro, mais en tant que prince déchu et détrôné, mais sans le savoir encore, et rien ne serait plus comme avant.

Peut-être cette modification, tout indétectable eût-elle été sur le moment, pourrait-elle se traduire dans le roman par l'éclosion d'une noirceur nuageuse dans l'humeur de Max Ernst tandis qu'il cheminerait vers le métro, au retour ? Une noirceur provoquée par un mot, une attitude, une expression quelconque sur le visage de Pollock lors de leur entrevue dans l'atelier de la 8e rue Est et qui aurait créé en lui un vague pressentiment – qu'il ne parviendrait pas à analyser – dont l'objet serait en réalité le cataclysme près de s'abattre sur le théâtre où rayonnaient la notoriété artistique de Max Ernst et celle de ses nombreux amis artistes européens, un théâtre virtuellement révolu, appartenant au passé et à l'Histoire – il s'en faudrait désormais de quelques années. Max Ernst marcherait vers le métro heureux de ce moment gratifiant en compagnie de ce jeune artiste américain admiratif et tourmenté, mais quelque chose de ténébreux flottant dans ses pensées essaierait de lui expliquer qu'il s'était agi en fait d'un moment funèbre : pendant cette entrevue le monde avait tremblé sur son axe, une très lente et grinçante rotation de la réalité avait commencé d'orienter l'Amérique du Nord vers la lumière des divinités artistiques, plongeant l'Europe dans un début de pénombre.

Quelque chose comme ça quoi.

Dimitri, c'est sûr, serait intimidé quand il ferait gravir à Max Ernst les cinq étages de l'escalier vétuste qui conduisait à l'atelier de Jackson Pollock.

Max Ernst frapperait à la porte.

La porte s'ouvrirait et Pollock apparaîtrait, impressionnant, magnifique et concentré, dense, étrangement longiligne (on s'imagine toujours Pollock comme une armoire à glace, il était plutôt comme un étroit menhir), sous les yeux de l'aérienne brindille allemande. Max Ernst serait alors introduit dans un obscur cagibi, l'antichambre malodorante et encombrée de l'atelier.

Pollock, sombre, préoccupé, était vêtu d'une salopette maculée de taches de peinture et d'un tee-shirt. Il portait des tee-shirts, ce qui n'était pas si fréquent à l'époque et lui avait d'ailleurs valu le dédain immédiat du huppé Motherwell le jour de leur première rencontre, avait lu Dimitri dans l'ouvrage de

Steven Naifeh et Gregory White Smith. De surcroît, Motherwell s'était dit horrifié par la violence avec laquelle Pollock peignait, lui faisant redouter le surgissement d'il ne savait trop quoi de destructeur. Son impression avait été celle d'un homme « profondément déprimé » qui possédait une indéniable intensité. « Il était à ce point en proie à ses névroses et démons incontrôlables que je le voyais parfois comme Marlon Brando dans certaines scènes d'*Un tramway nommé désir* – à ceci près que Marlon Brando se contrôlait mieux que Pollock », avait écrit non sans humour l'éduqué Motherwell, remarque dont Dimitri tenterait de se souvenir quand il mettrait en scène Pollock recevant le frêle artiste européen.

De même que cette sentence dédaigneuse de Peggy Guggenheim résumant Pollock à un « animal piégé qui n'aurait jamais dû quitter le Wyoming », sympa. Elle confessait avoir hésité à lui consacrer une exposition personnelle, en raison même de sa personnalité : « Pollock était plutôt difficile ; il buvait beaucoup trop et devenait alors désagréable et, pourrait-on dire, diabolique, en ces circonstances », peut-on lire dans ses Mémoires, ce dont Dimitri essaierait également de se souvenir.

Lorsqu'il buvait, Pollock pouvait devenir violent et excessif, à tel point qu'au printemps 1942, la veille de l'arrivée à New York de sa mère, Stella, qui s'était annoncée à l'improviste et avec qui il entretenait depuis l'enfance des relations pour le moins compliquées (il estimait qu'elles le détruisaient et l'empêchaient d'exister), il s'était à ce point enivré qu'on l'avait retrouvé en pleine nuit dans la rue, inconscient, puis envoyé à l'hôpital Bellevue où sa compagne et future femme l'artiste Lee Krasner (dont Dimitri adorait la peinture), prévenue au petit matin, était venue le voir et l'avait trouvé « atroce à voir » : « Tu n'as pas pu trouver de meilleur hôtel ? » lui avait-elle lancé – et à partir de ce jour-là il s'en était remis à elle, dit-on.

Ce qui signifait qu'en ce mardi 23 juin 1942, d'après ce que Dimitri avait pu lire dans l'ouvrage de Steven Naifeh et Gregory White Smith, Stella résidait en alternance chez Pollock et chez Lee Krasner dans l'appartement de cette dernière sur la 9e rue, et qu'il ne peignait pas. Donc Pollock ne serait pas dans la plus grande sécurité, ni affective ni artistique, quand il recevrait Max Ernst ce jour-là, il n'avait que peu de peintures à lui montrer et des peintures relativement anciennes de surcroît, comme *Masked Image, The Magic Mirror* ou *Bird*, certes intéressantes et non dénuées de qualités mais encore encombrées de doutes, d'influences, de questionnements et d'aveux attristés d'impuissance (elles en étaient comme scarifiées), et où il était encore assez difficile de détecter ce qui serait plus tard l'art pollockien affranchi de tout référent extérieur.

C'est ce que penserait Max Ernst en regardant longuement les trois tableaux, ils semblaient emprisonnés dans une écriture étrangère à leur puissante énergie intrinsèque – tandis qu'à l'opposé les dernières peintures de Max Ernst, tels des voiliers voguant dans une lumière limpide et somptueuse, s'imposaient par leur clarté, leur évidence, leur nette et silencieuse vitesse, loin de Cézanne, Matisse et Picasso auxquels Pollock semblait plutôt se référer ici, bien lui en prit d'ailleurs.

L'atelier de Pollock était dans un désordre indescriptible. Des centaines de boîtes de café Martinson emplies de peinture y étaient empilées, les toiles s'accumulaient contre les murs, il y avait des fauteuils en rotin défoncés, le sol était crasseux. Au milieu de la pièce, posée sur un haut tabouret, la palette de Pollock, où boues durcies et colorées, reliefs matiérés, laves solidifiées, croûtes nervurées par le crin dru des brosses et des pinceaux témoignaient d'un combat acharné.

— Bien, très bien ça ! dirait Max Ernst devant *Bird*.

— Mais elle n'est pas encore terminée. Je n'en suis pas satisfait. Je dois la reprendre, lui répondrait Pollock.

— Et celle-là, elle est finie ? lui dirait Max Ernst en lui montrant *The Magic Mirror*.

— Non plus. Encore moins je dirais. Elle est à peine commencée.

— Je ne le crois pas.

— Si, je vous assure, on est encore loin de ce que je vise. Il faudrait la refaire entièrement. Je verrai ça plus tard, lui répondrait Pollock en détournant les yeux du tableau.

Il semblerait soudain comme englouti par le découragement. Il ne sentait que trop la distance qu'il lui restait à franchir pour atteindre à la peinture qu'il sentait remuer entre son ventre et sa poitrine – mais qu'il ne *voyait* pas encore. Sa peinture, il le savait, était contenue dans son corps comme une force intérieure prodigieuse – très impatiente – qu'il lui fallait absolument évacuer, mais évacuer en donnant lieu à une peinture entièrement nouvelle et révolutionnaire, c'était à cette seule condition que l'animal faramineux qui se débattait dans son être intérieur serait enfin libéré, il le savait. Mais, pour le moment, aucune image ne s'y associait, cette sensation du tableau définitif était sans cesse réduite à néant par cela même qui sortait de ses pinceaux toutes les fois qu'il les voyait glisser sur sa toile et qui n'était rien d'autre que des Matisse, des Cézanne, des Masson, des Picasso : son regard en débordait, il ne parvenait pas à s'affranchir de leur emprise et c'était ça qui violentait Pollock.

Pollock se sentait sans cesse au bord de l'inouï, mais cet inouï n'advenait jamais dans le sillage de ses brosses et cette impuissance le mettait dans des états de rage phénoménale. C'était un peu comme si le plus grand peintre au monde – lui-même – se tenait sous ses propres yeux derrière une vitre contre laquelle venait buter sa main chaque fois qu'il approchait le pinceau de la toile et qu'il voulait donner lieu par ce geste à cette imminente possibilité de lui-même.

— Bah, n'en parlons plus, ça me déprime de voir ça, dirait Pollock en remettant contre le mur les deux tableaux qu'ils venaient, Max Ernst et lui, d'évoquer.

— Mais vous avez tort, c'est pas mal, c'est pas mal du tout, il faut continuer !

En disant cela, Max Ernst ne se rendrait pas compte que le futur plus grand peintre au monde n'aspirait pas à accéder seulement à un niveau juste honorable, mais à *déplacer* la peinture, et qu'il y avait quelque chose d'insultant à espérer consoler Pollock avec des phrases de cette nature.

— Si vous saviez ce que je sens se mouvoir en moi de poussée tellurique, de violence, d'accomplissement parfait et absolu, on est loin du compte, très loin du compte, très très loin du compte, dirait d'ailleurs Pollock sur le ton de l'accablement.

Il ne le dirait peut-être pas en ces termes, mais c'est du moins ce qu'exprimeraient son silence, son regard dense comme de la pierre et son visage têtu et orgueilleux. Et c'est peut-être cette phrase-là, tue ou réellement prononcée, assénée par son corps impérieux, implicitement menaçante, qui créerait un discret nuage noir dans l'humeur céruléenne de

Max Ernst quand il réemprunterait la 8e rue vers le métro, deux heures plus tard.

— Je comprends, je comprends très bien ce que vous voulez dire, dirait Max Ernst (qui, pour le moment, ne se sentait nullement menacé par l'artiste en perdition qui vacillait en face de lui, il avait toujours une bonne longueur d'avance sur lui). Cette insatisfaction vous honore. Il faut chercher, il faut chercher jusqu'au moment où l'on trouve. Je sens que vous allez trouver, je le vois à votre regard, dirait Max Ernst en s'étonnant lui-même de dire ça, comme si une voix venait de se faire entendre, à son insu, dans ses pensées, puis dans sa bouche, puis dans l'espace de l'atelier, parlant à travers lui.

— Vous avez une toile vierge ? dirait d'ailleurs Max Ernst.

— Je dois avoir ça quelque part. Pourquoi cette question ?

— Donnez-moi une toile vierge. D'assez grande dimension.

Pollock chercherait dans son fouillis une toile vierge, qu'il tendrait à Max Ernst.

— Je vous la mets sur le chevalet ?

— Non. Au sol.

— Au sol ?

— Couchez-la ici.

Grimace de Pollock :

— Comme vous voudrez. Mais quelle drôle d'idée de mettre la toile au sol.

Max Ernst prendrait une boîte de café Martinson.

— Je peux ?

— Allez-y.

— Vous pouvez me faire un peu de place sur le sol ? demanderait-il à Pollock tout en cherchant des yeux un outil. Et trouvez-moi aussi un peu de ficelle. Je voudrais vous montrer quelque chose.

Tandis que Pollock se mettrait en quête de ficelle dans l'invraisemblable désordre de son atelier, Max Ernst entreprendrait de perforer la boîte de café Martinson avec un tournevis. Après quoi il attacherait la boîte à trois longs brins, la remplirait de peinture sous l'œil mécontent de l'artiste américain.

— Bon sang Max, qu'est-ce que vous foutez nom de Dieu ? Partons d'ici, allons boire un coup en bas. Je ne suis pas un enfant !

— Non. Attendez. Je voudrais vous montrer quelque chose.

— J'aurais pas dû vous faire venir ici, c'était une très mauvaise idée. Je n'ai rien à vous montrer, c'est rien que des vieilles croûtes, elles tiennent pas la route une minute je le vois bien. Ah putain merde c'est vraiment la merde, se lamenterait-il en tombant de tout son poids dans l'un des vieux fauteuils en rotin, et en se prenant la tête dans ses vastes mains.

— Vous vous trompez Jackson. Il y a quelque chose de fort dans vos tableaux. Mais il faut les dépasser, aller plus loin. Laissez-moi juste vous montrer un truc, je ne sais pas trop pourquoi, une intuition, vous en ferez ce que vous voulez.

Et c'est alors que Max Ernst se mettrait à agiter le pot de peinture au-dessus de la toile vierge de Pollock, en le tenant par les trois ficelles réunies dans sa main.

Dimitri consacrerait un paragraphe entier, bien entendu, à la toute première goutte s'écrasant au ralenti (cataclysme historique, l'une des secondes les plus cruciales du XXe siècle, fantasmait-il à longueur de pages dans son carnet Clairefontaine de couleur bleue), à la première goutte s'écrasant au ralenti, déflagration, sur la toile vierge de Jackson Pollock – ploc, impact, éclat noir sur la toile.

— Mais qu'est-ce que vous foutez bon sang Max ? Arrêtez ces enfantillages ! Vous me prenez pour qui ?!

— Mais si, regardez, c'est très bien ! dirait Max Ernst en continuant d'imprimer au pot de peinture des mouvements rotatifs, ovoïdes, en zigzag, entraînant l'apparition d'éclaboussures, de gouttes, de traînées, de volutes virevoltantes.

— Si vous pensez me tranquilliser de cette manière, vous vous fourrez le doigt dans l'œil Max.

— Je ne me moque pas de vous.

— Vous voulez du whisky ?

— Non merci, pas pour le moment, répondrait Max Ernst en continuant de danser, tel un oiseau, autour de la toile vierge de Pollock.

— Je peux ? demanderait Pollock en lui montrant une bouteille de whisky. Ça vous dérange pas de me voir me suicider à l'alcool pendant que vous gigotez comme une jeune fille autour de cette foutue toile vierge ?

— Pas du tout. Mais évitez d'aller jusqu'à la mort Jackson, les jeunes filles de mon genre détestent les cadavres.

Alors Pollock prendrait la bouteille de whisky, porterait le goulot à ses lèvres, l'achèverait d'un trait avant de la jeter, de rage, à l'autre extrémité de l'atelier, où elle atterrirait dans des chiffons imbibés d'essence de térébenthine.

— Vous avez pas bientôt fini vos conneries Max ? On a déjà essayé ça avec Baziotes et Kamrowski en 39 et ça a rien donné, on avait balancé de la laque sur des toiles, on a fait ça pendant trois jours et j'ai tout brûlé, c'était que de la merde, c'est des conneries tout ça Max, c'est pas là qu'il faut aller chercher. Putain, putain c'est vraiment la merde. J'ai plus de whisky, allons-y, partons, je vous emmène au bar du coin, venez Max.

— Regardez, c'est pas mal ! Vous avez tort Jackson. Je suis sûr qu'il y a un truc à trouver dans cette voie. C'est pas encore ça, c'est un point de départ, il faut chercher maintenant.

— Votre toile là l'autre soir, comment elle s'appelle déjà ? Avec les oscillations…

— *Jeune homme intrigué par le vol d'une mouche non euclidienne.*

— Voilà. Elle est très intéressante cette toile, elle m'a frappé. Mais je vais pas vous suivre sur cette voie Max, il faut que je trouve un truc à moi. Désolé. Merci d'être passé.

— Mais ce n'est qu'un début Jackson. Cette voie, je l'ai peut-être ouverte, mais il faut s'y engager. Elle vous appartient désormais. Ce n'est qu'un début.

Max Ernst, s'immobilisant, regarderait ce qu'il avait produit : un tableau qui évidemment était encore loin d'en être un (au regard de leurs exigences respectives, démesurées), mais s'offrait plutôt comme une passerelle – certes incertaine – entre ses oscillations presque trop sages (à fâcheuse tendance géométrique) et le sauvage dripping pollockien toujours contenu dans les entrailles aveugles et tourmentées du peintre américain, lequel venait de se lever de son fauteuil en rotin défoncé et s'approchant de Max, sans même jeter un œil sur ce qu'il venait de produire :

— En attendant, si vous me le permettez, on va aller chercher à boire, ça c'est du concret. Moi vous savez Max, je suis qu'un pauvre Américain primaire qui sort tout droit de sa campagne du Wyoming, ce qui m'intéresse c'est l'immédiat, c'est le concret tangible des choses. Et là, ce que je vois, c'est que 1 / j'ai plus de whisky, 2 / j'ai soudain un terrifiant besoin de m'en jeter un derrière le gosier, 3 / vous m'infantilisez, oui, parfaitement, vous m'infantilisez, vous me montrez des trucs comme si nous autres les peintres d'ici on n'arriverait jamais à vous égaler vous les Européens, et qu'on ne serait jamais autre chose que des gamins de l'école maternelle par rapport à vous, et 4 / ça, mon vieux, sachez-le, ça m'est extrêmement désagréable, 5 / ça m'angoisse terriblement de vous voir gesticuler comme ça autour d'une toile couchée sur le sol en agitant ce pot de peinture au bout de trois ficelles, et enfin, 6 / c'est vraiment la merde, putain merde c'est vraiment la merde Max, j'aurais jamais dû vous faire venir, vous allez repartir d'ici avec une bien piètre opinion de ma personne, un p'tit peintre américain avec ses trois tableaux merdiques inspirés de Picasso et de Masson.

— ...

— Et aussi un peu de vous Max, faites pas cette tête ! Mais vous êtes susceptible comme une vierge de l'Alabama ma parole ! Vous savez bien que je vous admire ! Bon allez, laissons ça et descendons au bar du coin, merci encore d'avoir essayé de me divertir, vous êtes un chic type Max.

*

Le 22 octobre 1995 est paru en Angleterre, dans *The Independant*, signé Frances Stonor Saunders, un article qui fit date et connut un grand retentissement, en cela qu'il authentifiait ce qui n'avait été jusque-là qu'une rumeur et une plaisanterie approximative : la CIA a bien utilisé l'art contemporain américain – à savoir les œuvres d'artistes tels que Jackson Pollock, Robert Motherwell, Willem De Kooning et Mark Rothko, cités dans cet ordre par *The Independant* – comme une arme de propagande durant la guerre froide. À la manière d'un prince de la Renaissance, la CIA a encouragé et promu la peinture expressionniste abstraite américaine dans le monde entier pendant plus de vingt ans, à cette différence près que la CIA agissait secrètement, elle, avait noté Dimitri dans son carnet Clairefontaine de couleur bleue (mais il eût pu tout aussi bien, d'une certaine façon, le reporter dans son carnet de couleur rose, celui consacré au datagramme et à l'invention d'Internet, d'ailleurs il avait hésité à le faire).

Les États-Unis entendaient infliger à l'URSS la leçon d'un mouvement artistique perçu partout dans le monde comme une démonstration de créativité, de liberté intellectuelle et de pouvoir culturel, face à l'asphyxiante camisole idéologique des communistes.

L'existence de cette politique de soutien, jusque-là controversée, écrit Frances Stonor Saunders, a été attestée pour la première fois par d'anciens cadres de la CIA. Cette politique confidentielle, dont n'avaient pas connaissance les artistes concernés, avait pour nom de code « Long Leash », longue laisse.

La décision, toujours selon Frances Stonor Saunders, d'inclure l'art et la culture dans l'arsenal américain a été prise dès la fondation de la CIA en 1947. Inquiets de l'attraction qu'exerçait le communisme sur de nombreux artistes et intellectuels de par le monde, la CIA créera une division, la Propaganda Assets Inventory, qui, à son apogée, sera en mesure d'influencer quelque huit cents journaux, magazines et organisations d'information publiques. À la CIA, l'une de leurs blagues favorites était que la Propaganda Assets Inventory était comme un juke-box Wurlitzer, écrit Frances Stonor Saunders dans son article (dont nous reprenons ici la trame) : il suffisait qu'ils appuient sur un bouton précis pour que se fasse entendre, partout où ils le désiraient dans le monde, la mélodie souhaitée.

L'étape suivante est survenue en 1950, lorsque

l'International Organizations Division a été créée sous la direction de Thomas W. Braden, écrit Frances Stonor Saunders. C'est ce bureau qui a subventionné la version animée de *La ferme des animaux* de George Orwell, qui a parrainé des musiciens de jazz américains, des récitals d'opéra, le programme de tournées internationales du Boston Symphony Orchestra. Ses agents ont été placés dans l'industrie cinématographique, dans des maisons d'édition, voire comme écrivains de voyage pour les célèbres guides Fodor. Et, poursuit Frances Stonor Saunders, nous le savons maintenant, l'International Organizations Division a promu l'expressionnisme abstrait, le mouvement avant-gardiste anarchiste américain.

Initialement, des initiatives plus ouvertes avaient été tentées pour soutenir le nouvel art américain. En 1947, le State Department avait financé et organisé une exposition itinérante intitulée « Advancing American Art », dans le but de réfuter les idées soviétiques selon lesquelles l'Amérique était un désert culturel, écrit Frances Stonor Saunders. Mais cette exposition avait causé une grande indignation dans le pays, poussant le président Truman à déclarer : « Si ça c'est de l'art, alors je suis un Hottentot », tandis qu'un membre du Congrès avait amèrement ironisé : « Je ne suis qu'un abruti d'Américain qui paie ses impôts pour ce genre de merde », de sorte que la tournée internationale avait dû être annulée, confrontant le gouvernement américain à un sérieux dilemme : ce philistinisme, conjugué aux attaques hystériques de Joseph McCarthy vis-à-vis de tout ce qui pouvait être considéré comme d'avant-garde, non seulement discréditait l'idée que l'Amérique était une démocratie sophistiquée et riche sur le plan culturel, mais entravait le glissement de la suprématie culturelle de Paris à New York, écrit Frances Stonor Saunders.

Pour résoudre ce dilemme, la CIA fut convoquée. Cette idée n'est pas aussi étrange qu'elle y paraît, la nouvelle agence, à l'époque, étant principalement composée de diplômés de Yale et de Harvard, dont beaucoup collectionnaient des œuvres d'art et écrivaient des romans à leurs moments perdus, à mille lieues de l'univers réactionnaire de McCarthy ou du FBI de J. Edgar Hoover. Si une institution officielle était en mesure de célébrer le ramassis de léninistes, de trotskistes et d'alcooliques qui composaient l'École de New York, c'était bien la CIA, écrit Frances Stonor Saunders.

Jusqu'à présent, aucune preuve de première main n'avait pu établir formellement l'existence de ce lien entre la CIA et l'expressionnisme abstrait, mais pour la première fois, un ancien officier de l'agence gouvernementale, Donald Jameson, a brisé le silence, écrit Frances Stonor Saunders. Oui, confirme-t-il, la CIA a considéré l'expressionnisme abstrait comme une opportunité, et, oui, cela a fonctionné.

« En ce qui concerne l'expressionnisme abstrait, j'aimerais pouvoir dire que la CIA l'a inventé juste pour voir ce qui allait finalement se passer à New York et dans le quartier de SoHo dans les années qui suivraient ! » a-t-il plaisanté, écrit Frances Stonor Saunders dans *The Independant*. « Mais je pense que ce que nous avons réellement fait, c'est détecter que l'expressionnisme abstrait était le genre d'art qui donnait au réalisme socialiste un aspect encore plus dogmatique, figé, rigide et confiné. »

Pour pouvoir soutenir l'avant-garde américaine, notoirement de gauche, la CIA devait agir secrètement et s'assurer que ce patronage ne soit jamais rendu public ni découvert, écrit Frances Stonor Saunders. « C'est le genre de choses qui ne pouvaient se faire qu'à une certaine distance des intéressés, de manière à n'avoir pas à être confronté à Pollock ni à devoir s'expliquer avec lui sur nos intentions, de manière, aussi, à n'impliquer aucun de ces artistes dans le processus, explique M. Jameson. De toute façon, nous n'aurions pas pu nous rapprocher d'eux, ou agir de façon plus directe avec eux, parce que la plupart de ces artistes avaient peu de respect pour le gouvernement, et vraisemblablement aucun respect pour la CIA. Comme notre plan était d'utiliser des personnes qui d'une certaine façon se considéraient comme plus proches de Moscou que de Washington, encore valait-il mieux qu'elles ne le sachent pas ! »

C'était ça, la « longue laisse », écrit Frances Stonor Saunders.

C'est absolument fascinant : les Américains sont de purs génies, avait pensé Dimitri quand il avait lu cet article.

La pièce maîtresse de la campagne de la CIA est devenue le Congress For Cultural Freedom, un vaste rassemblement d'intellectuels, d'écrivains, d'historiens, de poètes et d'artistes créé avec le financement de la CIA en 1950 et dirigé par un agent de la CIA. Le Congress For Cultural Freedom était la tête de pont à partir de laquelle la culture américaine pouvait être défendue contre les attaques de Moscou et de ses « compagnons de voyage » en Occident. À son apogée, cette organisation avait des bureaux dans trente-cinq pays et publiait plus de deux douzaines de magazines, parmi lesquels le magazine littéraire anglo-américain *Encounter* basé à Londres et animé par le poète Stephen Spender, proche de la gauche antistalinienne.

Le Congress For Cultural Freedom a également fourni à la CIA le front idéal pour promouvoir secrètement l'expressionnisme abstrait, écrit Frances

Stonor Saunders. Ce sera le sponsor officiel de ses expositions itinérantes, ses magazines fournissant des plateformes aux critiques favorables à la nouvelle peinture américaine, à l'insu de tous, y compris des artistes.

Cette organisation a monté plusieurs expositions sur l'expressionnisme abstrait dans les années 1950. L'une des plus importantes, « La nouvelle peinture américaine », a été accueillie par la plupart des grandes villes européennes en 1958 et 1959. Parmi les autres manifestations influentes figurent « Chefs-d'œuvre du XXe siècle » (1952) et « Art moderne aux États-Unis » (1955).

Parce que l'expressionnisme abstrait était coûteux à déplacer et à exposer, des millionnaires et des musées ont été enrôlés. Parmi eux, Nelson Rockefeller, dont la mère avait cofondé le Museum of Modern Art de New York. En tant que président de ce qu'il a appelé « le musée de maman », Rockefeller a été l'un des plus grands partisans de l'expressionnisme abstrait, qu'il a appelé la « peinture de la libre entreprise », écrit Frances Stonor Saunders. Le MoMA a été engagé par le Congress For Cultural Freedom pour penser, concevoir et organiser la plupart des expositions voulues par la CIA.

Le MoMA était relié à la CIA par plusieurs autres ponts. William S. Paley, président de CBS Broadcasting et père fondateur de la CIA, a siégé au conseil du Programme international du musée. John Hay Whitney, qui, pendant la guerre, avait servi la CIA sous sa forme antérieure, l'OSS, en était le président. Et Tom Braden, premier chef de l'International Organizations Division, a été secrétaire exécutif du musée en 1949.

Aujourd'hui âgé de quatre-vingts ans, M. Braden vit à Woodbridge, en Virginie, dans une maison remplie d'œuvres expressionnistes abstraites et gardée par d'énormes bergers allemands, écrit Frances Stonor Saunders. « Nous voulions unir tous les écrivains, les musiciens et les artistes pour démontrer que l'Occident et les États-Unis étaient dévoués à la liberté d'expression et à la réalisation intellectuelle, sans aucune barrière d'aucune sorte concernant ce que vous devez dire et écrire, ce que vous devez faire, ce que vous devez peindre, contrairement à ce qui se passait en Union soviétique. Je pense que c'était la division la plus importante de la CIA, et je pense qu'elle a joué un rôle énorme dans la guerre froide. »

M. Braden a confirmé que sa division avait agi secrètement en raison de l'hostilité du public à l'égard de l'avant-garde : « Il était très difficile de convaincre le Congrès de faire ce que nous voulions faire : envoyer de l'art à l'étranger, envoyer des symphonies à l'étranger, publier des magazines. C'est l'une des raisons pour lesquelles cela a dû se faire de façon dissimulée. Ce devait être un secret. Pour encourager avec succès la propagation de l'art américain, nous devions garder le secret. »

En 1958, l'exposition itinérante « The New American Painting », comprenant des œuvres de Pollock, De Kooning, Motherwell et autres, s'arrêtait à Paris. La Tate Gallery souhaitait l'avoir ensuite, mais n'avait pas les moyens financiers de la faire venir, écrit Frances Stonor Saunders. Finalement, un millionnaire et amateur d'art américain, Julius Fleischmann, est intervenu avec une somme d'argent conséquente et l'exposition a pu venir à Londres.

L'argent fourni par Fleischmann n'était cependant pas le sien mais celui de la CIA. La CIA passait par l'intermédiaire d'un organisme appelé la fondation Farfield, dont Fleischmann était le président. Loin d'être le bras charitable d'un millionnaire, la fondation était un moyen secret de transférer les fonds de la CIA, écrit Frances Stonor Saunders.

Julius Fleischmann était bien placé pour un tel rôle. Il avait siégé au conseil d'administration du programme international du Museum of Modern Art de New York, de même que plusieurs personnalités influentes proches de la CIA.

Ainsi, à l'insu de la Tate, du public et des artistes, l'exposition a été transférée à Londres aux frais des contribuables américains à des fins de propagande subtile dans le cadre de la guerre froide, écrit Frances Stonor Saunders. Tom Braden décrit la manière dont des canaux tels que la fondation Farfield ont été mis en place : « Nous allions voir quelqu'un de très riche à New York et nous lui disions que nous voulions créer une fondation. Nous lui expliquions ce que nous voulions faire, en lui faisant promettre de garder le secret. Et ensuite nous éditions un papier à en-tête sur lequel son nom apparaissait, de sorte qu'il y eût une base depuis laquelle agir. C'était vraiment très simple. »

L'expressionnisme abstrait aurait-il été le mouvement dominant de l'après-guerre sans le patronage de la CIA ? La réponse est probablement oui, écrit Frances Stonor Saunders – et Dimitri était tout à fait en accord avec ce point de vue : la question n'était pas là évidemment. De la même façon, écrit Frances Stonor Saunders, il serait faux de suggérer que lorsque vous regardez une peinture de l'École de New York, vous vous faites duper par la CIA.

En effet.

Mais regardez où cet art a fini, poursuit Frances Stonor Saunders : dans les couloirs en marbre des banques, dans les aéroports, dans les mairies, les salles de réunion et les grandes galeries. Pour les combattants de la guerre froide qui les promouvaient, ces peintures étaient un logo, une signature de leur culture et du système qu'elles voulaient imposer. Ils ont réussi, conclut-elle.

9

Sachant qu'elle possédait son adresse électronique, Dimitri attendit pendant des semaines que son inconnue se manifestât.

Cela devint obsessionnel.

Il essayait sans cesse de s'en défendre – de ne pas trop y penser – mais rien à faire : il se laissait submerger plusieurs fois par jour par le pressentiment joyeux qu'elle s'était enfin décidée à lui écrire, *cette fois c'était absolument certain,* alors il se précipitait sur son iPhone le cœur battant, quelle qu'ait pu être son activité au moment où cette certitude l'avait saisi, et chaque fois sa déception était cuisante, et intensifiait encore un peu plus la tristesse où il s'enfonçait.

Pour quelle raison n'avait-elle pas la charité d'abréger, par un message même sans espoir, l'attente où il se consumait ? Cette attente était aussi amère et lancinante que sont perpétuelles les vagues qui se succèdent sur le rivage : chaque nouvelle vague était l'espoir soulevé d'ivresse qu'elle lui avait enfin écrit, et son fracas le constat mortifère qu'elle ne l'avait pas fait.

Pouvait-elle ignorer cela ?

Comment s'expliquer que nos contemporains

fussent à ce point dépourvus de commisération ? Et pourquoi l'assistante avait-elle trahi la promesse que son furtif clin d'œil complice lui avait faite quand Dimitri avait reculé vers la porte de la brasserie, les larmes aux yeux ?

Toutes les fois qu'il réussissait à se ressaisir, se persuadant qu'était absurde la situation où il s'emmurait, et qu'il devait s'efforcer par tous les moyens d'oublier cette jeune femme, il ne lui fallait pas trois jours pour rechuter, se précipitant sur son iPhone un matin au réveil avec la certitude toujours aussi joyeuse qu'elle lui avait écrit durant la nuit, afin d'entendre la question qu'il avait à lui poser.

Pourtant, ce n'était pas que cette jeune femme fût à ce point son genre, unique ou inouïe. Mais il l'avait croisée trois fois, trois fois déjà et dans des lieux très éloignés les uns des autres, où Dimitri n'allait pas si souvent, et dans cette circonstance surnaturelle il ne pouvait s'abstenir d'identifier l'immixtion d'une instance supérieure insistante, nommons-la *hasard objectif*, *merveilleux*, *destinée*, *providence*, à laquelle il pensait qu'il est impératif de toujours prêter la plus grande attention, on ne rigole pas avec ce genre de choses.

Vous comprenez ?

Il se disait qu'on ne croise pas trois fois la même personne par hasard. Qui le croirait, d'ailleurs ? Qui croirait à sa place qu'il avait croisé trois fois par hasard cette jeune femme ? Vous ? Personne.

Cette instance avait ouvert un chemin dans sa vie, il en était certain. Où menait-il, ce chemin ? Impossible à entrevoir. Se pouvait-il qu'une défaillance quelconque de Dimitri fasse que ce chemin s'évanouisse à jamais (comme un sentier forestier non entretenu), avant qu'il n'ait pu l'explorer plus avant ?

C'était cela qui rendait Dimitri intranquille,

continuellement préoccupé et tiraillé, indécis. Il ne voulait commettre aucune erreur. La suite de ce chemin dépendait peut-être de sa capacité à écouter et à comprendre, ou pas, les voix du hasard.

Dimitri aimait les livres d'André Breton. « La causalité ne peut être comprise qu'en liaison avec le hasard objectif, forme de manifestation de la nécessité », écrivait André Breton. Le mot *nécessité* accolé au mot *hasard* lui-même articulé au mot *causalité*, cette étonnante association créée par l'écrivain fascinait Dimitri. Il a tellement raison ! « Fil conducteur entre les mondes par trop dissociés de la veille et du sommeil, de la réalité extérieure et intérieure, de la raison et de la folie, du calme de la connaissance et de l'amour, de la vie pour la vie et de la révolution », l'attitude qu'en écho à ces mots d'André Breton Dimitri avait choisi d'adopter vis-à-vis du réel n'avait jamais dévié (il avait fait depuis longtemps de ces mots de l'écrivain un mini-manifeste existentiel), et trouvait même dans les coïncidences advenues récemment – Breton les aurait qualifiées de *pétrifiantes* – la justification de son bien-fondé. Il allait même jusqu'à penser que ces coïncidences le récompensaient de sa ferveur infatigable à l'égard du réel, Dimitri ayant toujours escompté de celui-ci qu'il le fasse bénéficier de ses pouvoirs miraculeux, réservés à ceux-là seuls qui y croient, continuent d'y croire, ne cessent jamais d'y croire, en dépit de tout, à l'opposé du cynisme actuel.

Quel sens cela aurait-il d'avoir croisé trois fois cette jeune femme – et de ne plus jamais la revoir ? Que faire de ce début d'histoire si ce début devait péricliter et l'histoire s'interrompre ? L'oublier ? L'enterrer ? Attendre qu'elle redémarre ? Et cette instance, allait-il lui faire l'affront de réfuter sèchement son existence, et de mettre ses fabuleux prodiges sur le compte exclusif du fortuit (si par exemple il adoptait vis-à-vis d'elle une posture cartésienne, pour se protéger) ? Non. Car si lui-même n'y croyait pas, il y avait peu de chances que sa passante réapparaisse ! – cette instance pourrait même se venger de son ingratitude en s'absentant des espaces de sa vie, et à jamais peut-être. Mais à l'inverse, cette instance supposée, était-il raisonnable de s'asservir à la croyance de son existence effective, *agissante*, et de s'en remettre à l'espoir d'un retour rapide de ses sortilèges, faisant glisser doucement l'esprit de Dimitri sous l'insidieuse emprise de l'ésotérique, de l'irrationnel ? Alors Dimitri pourrait devenir fou. N'allait-il pas se mettre à détecter partout des signes, des oracles ? Oui, n'allait-il pas se laisser subjuguer toutes les cinq minutes par ce qu'il croirait être chaque fois des intuitions prémonitoires ? Ne devait-il pas aller à gauche, plutôt que prendre à droite ? Ne devait-il pas se rendre au théâtre de la Ville, là, tout de suite, immédiatement ? N'était-il pas en train de commettre une erreur en n'allant pas à cette fête à laquelle pourtant il s'était annoncé ? – alors changeant d'avis, torturé par le remords, s'habillant en catastrophe à une heure du matin, il sautait dans un taxi et se précipitait à cette soirée, où évidemment son inconnue n'était pas. Ces dernières semaines, Dimitri s'était rendu une douzaine de fois au théâtre de la Ville dans l'unique but de surveiller le hall et les abords de l'édifice (il n'avait pas de billet ces soirs-là, il n'allait pas voir les spectacles, il n'était qu'un spectateur des spectateurs du théâtre de la Ville), il scrutait les visages, la foule et les silhouettes, avec l'espoir insensé, incandescent, d'y reconnaître son inconnue. Chaque décision minime que Dimitri devait prendre (pour des détails de sa vie quotidienne) était hantée par la pensée que le choix sur lequel il se fixerait allait peut-être lui faire croiser son inconnue – et presque immédiatement, non moins glissante et arbitraire, survenait la conviction que ce serait une décision mieux inspirée, sensiblement différente de celle qu'il s'apprêtait à prendre, qui la lui ferait apparaître au contraire, au détour d'une rue, dans un métro, au fond d'une épicerie, ou dans l'obscurité d'une salle de cinéma. Alors que faire ? Changer d'idée ? Conserver son intention initiale ? Comment savoir ? À quelles intuitions se fier ? Oui, comment savoir quoi faire, de quelle façon et par quelle voie ? Tout tournoyait, il était en train de devenir fou, de devenir fou. Et toutes les fois que Dimitri, qui initialement devait prendre à droite, se laissait infléchir par une subite certitude impérieuse et décidait de prendre à gauche, convaincu qu'il était guidé par le destin, il ne tardait pas à se morfondre dans l'idée que s'il n'avait pas changé d'avis à la dernière seconde, l'idiot, il serait peut-être en cet instant en train de regarder son inconnue dans les yeux.

De devenir fou, il était en train de devenir fou.

Les insomnies se multipliaient.

La tristesse suintait de son visage absent, de son regard abattu, de la lenteur de ses gestes, il le sentait.

Lui d'ordinaire maniaquement ponctuel arrivait en retard au bureau un matin sur trois et s'attirait des commentaires désobligeants de son chef de service.

Toutes les fois qu'il se regardait dans la glace : face dégradée et terne, des creux bleus sous les yeux.

Répondant aux rares personnes, parmi lesquelles Alexandra, qui l'avaient interrogé sur ce qui semblait être un profond désarroi, Dimitri avait admis qu'il était peut-être en dépression. Une dépression légère, certes, et certainement très passagère, car il pouvait leur assurer qu'il n'était pas d'un tempérament à se laisser submerger par le désenchantement, quoiqu'il fût d'une nature irréductiblement mélancolique, ceci nécessitant depuis toujours l'intervention continuelle d'un contrepoids volontariste de joie vorace et de croyance ardente en son destin, contrepoids bricolé par son esprit frondeur et excessif (sans aucun renfort chimique ou psychanalytique) pour continuer à avancer dans la vie malgré le vent contraire et contrariant (sa vie était un vent contraire et contrariant, vivre consistait avant tout selon lui à remonter le vent contraire et une matière mentale adverse et contrariante), comme un navire qui fend les vagues répétitives, les vagues répétitives, les vagues répétitives – mais une dépression malgré tout, oui, incontestablement, avait-il dit à Alexandra un soir où il lui avait laissé entrevoir son accablant tableau clinique, juste entrevoir car il craignait qu'elle ne le fît hospitaliser sur-le-champ à Sainte-Anne...

— Tu ne penses pas que tu devrais aller voir un médecin ? Ne serait-ce que pour te prescrire un anxiolytique, tu ne peux pas...

— Ça va passer, c'est l'affaire de quelques semaines. Déjà je suis conscient du problème, tu ne peux pas le nier, c'est toujours ça. Je ne sais pas pourquoi, mais je n'arrive pas à surmonter cette situation, j'y suis resté bloqué et ça s'est envenimé (quelle situation ? avait tenté de l'interrompre Alexandra), c'est devenu obsessionnel. Je sais, c'est complètement absurde.

— De quelle situation tu parles ? Que la meuf du Café Français t'ait pas écrit ? Pas ça quand même...

— À partir de cette petite frustration, qui a dégénéré, qui s'est comme infectée, le vide et l'insatisfaction se sont engouffrés dans ma vie. Je ne sais pas comment dire... Ma vie est devenue à l'image de cette attente insatisfaite, tu comprends ? Je ne crois plus à rien, tout désir pour quoi que ce soit s'est envolé. Il faut croire que ça n'allait pas bien fort, pour qu'un détail comme ça, si dérisoire, dérègle tout. Après tout, je la connais pas, cette fille...

— Je suis heureuse que tu l'admettes. Sombrer parce qu'une fille que tu ne connais pas n'utilise pas ton adresse mail pour t'écrire c'est complètement absurde.

— Mais je viens de te le dire, je... Tu vois bien que je suis lucide ! Qu'est-ce que pourrait m'apporter un médecin ?

— C'est pour ça que tu réponds plus à mes messages ?

— Quand je vais mal, je préfère rester caché. J'ai toujours été comme ça. Je déteste donner de moi une image lamentable.

— Tu ne donnes pas de toi une image lamentable Dimitri.

— Je me donne à moi-même une image lamentable de moi-même. Je suis dans la haine de moi-même en ce moment, tu ne peux pas savoir à quel point. Par moments j'ai envie de me détruire, de me faire mal. Au moins une fois par jour, je traverse la rue sans regarder, j'avance sur le passage piéton le regard droit comme quelqu'un qui n'a plus rien à perdre et tant pis si une voiture arrive. Parfois j'ai envie qu'une voiture arrive. J'ai envie d'avoir mal. Que quelque chose se fracasse. Que tout explose. Pour... pour accuser la réalité de mon malheur.

— Non mais là faut vraiment que tu ailles voir quelqu'un mon Dimi, tu peux pas rester dans cet état.

— Ça m'est déjà arrivé plusieurs fois, ça passe vite généralement. J'ai des attentes tellement élevées... je parle de l'amour là...

— J'avais compris...

— ... Que quand je me prends une claque, et que

je suis ramené par la vie au ras du sol, et que je comprends que ça va être ça ma vie en fait, cet ordinaire décevant, à hauteur de goudron, et que mes idéaux ne sont en vérité que des illusions fallacieuses, j'ai envie de me buter. Jusqu'à ce que je retrouve l'énergie d'y croire de nouveau. C'est un peu comme si, je ne sais pas comment dire. C'est un peu comme si, pour supporter le réel, j'avais besoin de créer des rêves – et de vivre dans ces rêves, de regarder le monde à travers eux. Et quand je ne crois plus à ces rêves, quand quelqu'un comme cette meuf du Café Français, avec une aiguille, fait exploser le ballon d'hélium de ces fictions où je me réfugie, je suis comme nu, je m'effondre. Je ne sais pas comment font les gens qui ne se droguent pas pour endurer le réel. Non ? Le réel est insoutenable si on n'en atténue pas la dureté par des filtres, par des drogues. Que cette drogue soit la cocaïne, soit l'héroïne, la vraie ou la mienne, l'héroïne de mes rêves... Ou bien l'argent, le pouvoir, le risque, la nuit, l'excès, la fête, le jeu, le sexe, je ne sais pas.

Comment font les gens, c'est ça ta question ? Eh bien ils vivent, contrairement à toi. Ils se droguent à la vitesse, dans la vraie vie, comme je le fais moi-même, lui avait dit Alexandra ce jour-là, mais ces phrases ne l'avaient pas remis à flot, il était comme anesthésié, le réel ne suscitait plus chez lui aucun désir, la moindre joie, l'espoir le plus ténu. Quand il se réveillait le matin, sa première pensée était de se dire qu'il n'avait pas envie de vivre la journée qui s'annonçait : il se levait de son lit pour aller pisser et il se disait à lui-même : je n'ai pas envie de vivre cette journée, j'ai envie d'en avoir envie mais en réalité je n'ai pas envie de vivre cette journée, et il partait se recoucher une demi-heure supplémentaire, réfugié sous sa couette les yeux clos. Son travail et la vie de bureau l'ennuyaient, il disait trouver vaines les enquêtes qu'il écrivait pour l'AFP, que presque personne selon lui ne lisait ou ne mettait à profit pour tenter de faire changer le monde, alors même que c'était sa principale motivation lorsqu'il les écrivait, à quoi bon sinon. Il n'était plus dupe, son désenchantement lui avait ouvert les yeux, les textes qu'il écrivait ainsi que ceux des intellectuels dits engagés n'étaient que du bavardage pour se donner bonne conscience. Les méchants jouaient le rôle des méchants et les gentils le rôle des gentils et tout le monde faisait ce qu'il avait à faire du mieux qu'il le pouvait, cela donnait un sens à la vie de chacun dans l'un et l'autre de ces deux camps rivaux mais la situation n'évoluait pas. On pourrait presque dire, même, paradoxalement, que les lignes adverses non seulement ne reculaient pas (contrairement à ce que l'on serait tenté de croire, car la contestation se montrait de plus en plus organisée, inventive, éloquente et efficace, en particulier grâce aux réseaux sociaux) mais avançaient sensiblement, inexorablement, millimètre par millimètre, comme si les forces abstraites que Dimitri et ses comparses leur opposaient n'étaient qu'une mascarade qui profitait avant tout à l'ennemi, qui avait besoin de la contestation démocratique pour se légitimer et ainsi avancer. Qui peut prétendre que le capitalisme financier, la dérégulation des marchés, l'enrichissement toujours plus délirant d'une minuscule minorité ou l'émission des gaz à effets de serre aient ces dernières années été un tant soit peu entravés, malgré les milliards et les milliards de mots organisés chaque jour en phrases, en pensées, en analyses et en brillantes démonstrations par les comparses de Dimitri et injectés sur Internet d'un bout à l'autre de la planète ? Certains matins depuis qu'il s'engluait dans cette mélancolie mortifère il se disait qu'il faudrait avoir recours à la violence, que c'était la seule solution, loger de temps en temps une balle de calibre 42 dans la cervelle d'un financier, un par semaine pendant douze mois, s'organiser, il était volontaire. Leur faire peur c'était la seule solution, sinon ces cyniques se foutaient tout simplement de leur gueule, il fallait leur faire comprendre qu'on ne rigolait pas, que nos mots pouvaient se métamorphoser en arme, la preuve : une balle dans la tête, il était volontaire. Tout lui paraissait vain depuis qu'il tournait en rond dans cette étroite prison mentale apparue à la faveur de ce *billet* resté sans réponse, comme si l'absence de réponse – de réaction – avait été révélatrice d'un vice de forme fondamental de sa vie et de la réalité alentour, tout était donc construit sur du vide, il n'y avait rien, lui-même était creux, cette liberté farouche au nom de laquelle il avait toujours refusé de se laisser enfermer dans aucun engagement à long terme n'avait été dans le fond qu'une fuite en avant doublée du refus absurde de se regarder en face, de scruter ses envies véritables. Cette absence de réponse avait tout déréglé, l'obstination de ce silence avait révélé à Dimitri l'inanité voire la violence aveugle et impitoyable de toute chose. Ce silence imposé était pour Dimitri un vide intergalactique, depuis qu'il vivait dans le silence de son inconnue c'est un peu comme s'il dérivait dans le cosmos à bord d'une navette spatiale en perdition, sachant qu'il ne retournerait plus à la vie terrestre. Le vide et le silence, la solitude et l'abandon. La solitude.

De la même façon, tout désir pour qui que ce fût du monde réel avait entièrement disparu, comme si sa libido lui avait été confisquée par l'évaporation de son inconnue, et par l'attente désormais illusoire de sa réapparition. Ou bien c'était son regard en berne (le désir et l'amour sont dans le regard, il le savait depuis toujours) qui faisait qu'il ne croisait plus, dans la rue, dans les cafés, au théâtre, dans l'autobus, des filles ou des garçons qui lui plaisaient, susceptibles d'éveiller chez lui un quelconque désir sexuel : regard mort.

En revanche, durant ses insomnies de plus en plus fréquentes, il se mit à s'avilir dans des errances obscènes sur Internet, où il prenait un plaisir radical transpercé d'éclairs de honte et de culpabilité. Assis la nuit devant son ordinateur, il se jetait de sa propre personne au cœur des territoires les plus sulfureux d'Internet, où il ciblait froidement ses proies sur des critères exclusivement fantasmatiques. C'était cela qui l'excitait, la crudité instantanée, l'extrême précision méthodique avec laquelle il se procurait les délices des particularités corporelles les plus exactement conformes à ses goûts les plus inavouables. Mais avec le sentiment, toujours, d'être en perdition, de saccager ou de trahir en lui quelque chose de précieux et de tendre – soupçon entrevu à la faveur de brusques flashs, au cours de ces longues nuits d'errance.

Quand il était angoissé, et qu'il se sentait seul, insupportablement seul et misérable, et qu'il ne dormait pas, il lui fallait combler le vide à tout prix et la seule voie qui pût atténuer son angoisse, certes superficiellement, calmer son sentiment de solitude et le lui faire oublier, c'était la compulsion sexuelle, sinon il tournait en rond en lui-même comme une bête fauve dans une cage, menaçant de se meurtrir contre les murs ou les barreaux, de se tuer de rage et d'impatience, une impatience tournant à vide, affolée, affolante. Il avait une amie qui résolvait de semblables angoisses, la nuit, par une frénétique compulsion d'acquisitions sur Internet, elle passait des heures et des heures à la recherche de luminaires, de souliers, de foulards, de chaises, de tailleurs, de corsages, de bijoux, de tables basses, de plafonniers et de chapeaux. Et le lendemain, après deux ou trois heures d'un sommeil fastidieux, lorsqu'elle se réveillait, et qu'elle se rappelait les sommes déraisonnables englouties dans ces achats superflus, dictés seulement par l'anxiété nocturne du vide et de sa solitude intolérable, elle se sentait aussi honteuse et pathétique que Dimitri quand remontaient à sa mémoire, certains matins, ses errances pornographiques sur le réseau.

Comment mieux se haïr, mieux se punir d'être soi, mieux s'oublier soi-même et oublier cette fille pleine de mépris pour sa personne qu'en se compromettant de la sorte dans des jouissances par lesquelles il se mortifiait, et une partie de lui se suicidait ? Tout se passait comme si Dimitri voulait forcer les yeux de sa passante, dont le souvenir était toujours prégnant dans les siens, à regarder ce qu'il était en train de faire d'indigne à cause d'elle, parce qu'il voulait injurier ce regard, cracher dedans, pour en finir avec la fille en qui étaient ces yeux blessants.

Connaître un plaisir dingue à ne plus être éduqué, mesuré, raffiné, respectueux.

Comme Dimitri avait perdu la faculté de faire naître en lui le désir domestiqué que l'on éprouve dans nos sociétés normatives entre personnes du même milieu, il retrouvait la nuit la sauvagerie du désir sexuel primitif, où la pondération et les hypocrisies du politiquement correct n'existaient plus. On ne voulait pas de lui dans la réalité, on refusait de lui envoyer un mail, on le traitait par le mépris ? Eh bien soit. Tout était net, bestial et explicite dans les dérives nocturnes de Dimitri. C'était de la révolte. C'était du sacrifice. C'était de l'autodestruction, de la scarification psychique. Si tel soir il avait envie d'une fille comme ci, ou bien d'une fille comme ça, ou d'un garçon, ou d'un trans, ou d'un couple ou d'une femme mûre, il ne lui fallait pas une demi-heure pour exhumer la créature exauçant strictement ses critères, quelque précis ou dissonants fussent-ils. Ces turpitudes désespérées n'étaient pas seulement virtuelles, car dans l'excitation des images live par lesquelles l'émulsion de ces échanges fantasmatiques s'accélérait, l'urgence irrépressible d'une rencontre immédiate pouvait surgir – se voir maintenant, tout de suite, en pleine nuit, quelque part dans Paris et quelquefois dans des endroits sordides, où Dimitri se précipitait en éprouvant le sentiment de se détacher de lui-même, et en se régalant de l'infamie poisseuse de ce dédoublement. Ainsi, une nuit de décembre, sur un site consacré au pluralisme, avait-il poursuivi une longue conversation (par messages et photos) avec deux couples en parallèle : le premier constitué d'une jeune fille soi-disant sexy d'une vingtaine d'années (blonde et bronzée, étroite de hanches, sportive) affublée d'un opticien athlétique d'une vulgarité consternante ; le second, nettement moins attirant, âgé d'environ soixante ans, qui suppliait Dimitri de le rejoindre à Juvisy-sur-Orge. Mais Dimitri différait sans cesse sa réponse dans l'attente d'une invitation émanant plutôt du couple jeune, qui résidait près du Trocadéro. Selon toute apparence, il excitait l'opticien d'imaginer que sa copine, qui prétendait trouver Dimitri très à son goût, se fît prendre par celui-ci – ça avait l'air d'être lui le leader du délire trioliste. Ils étaient allés très loin, tous trois, dans l'intensification du désir de se rencontrer, mais soudain, vers deux heures du matin, contre toute attente, ils avaient disparu, de sorte que pour évacuer – et il fallait impérativement l'évacuer, de quelque façon que ce fût – le désir de baise hors norme qui s'était accumulé en lui durant les dernières heures, Dimitri n'avait eu d'autre choix que d'accéder à l'invitation du vieux couple. La bite épaisse de l'homme, au gland fabuleusement charnu, ornée d'une veine qui telle une liane turquoise s'enroulait autour de son gros pied de bolet l'attirait terriblement. Il s'y était rendu ventre à terre tellement il avait envie de ces deux-là, leur pavillon de Juvisy-sur-Orge était sordide, ça puait le renfermé, les draps étaient sales, dans la cuisine s'entassaient des sacs-poubelle et des ordures, le salon était dévasté par un désordre de plusieurs mois. Plus insoutenable encore, ils écoutaient Mariah Carey et Céline Dion à plein volume. Mais Dimitri n'avait peut-être jamais pris autant de plaisir, un plaisir sacrément épicé, dilaté de l'intérieur par un grand nombre de sensations paradoxales, qu'en suçant le sexe de cet homme tandis qu'il labourait avec le sien la chatte non épilée, visqueuse, de sa vilaine épouse enrobée. Inutile de décrire les remords et l'état d'angoisse insondable où il se débattait quand à cinq heures et demie du matin Dimitri s'était retrouvé devant le pavillon de Juvisy-sur-Orge à attendre un taxi, mais il avait recommencé le surlendemain et ce type de dérives se reproduirait de nombreuses fois durant cette assez longue période. Ainsi répudiait-il, en émeutier, le principe de relations sexuelles amoureuses, tout ça parce qu'il avait perdu tout désir dit normal – il abattait la statuaire de ses anciens et radieux idéaux, à coups furieux de nuits suantes et sales. Dimitri avait toujours adoré se faire jouir mais là c'était devenu homérique, il se branlait une nuit sur deux pendant des heures en s'exhibant sur Internet, dur, sa verge impudente au cœur d'écrans lointains, entre ses doigts luisants d'audace. Il se rendait sur des sites pornographiques, sur des sites de rencontres, sur des sites gays et sur des sites d'escorts, pour s'enivrer de la dévoration d'apparences pures dépourvues de tout affect. Dévoration, dépravation, prédation visuelle – manger des corps par le regard, jusqu'au dégoût du corps des autres et de soi-même.

Un délateur eût divulgué les intitulés de ses requêtes méticuleuses sur les moteurs de recherche que Dimitri n'eût plus jamais osé réapparaître devant aucun de ses proches. Notre époque est tellement puritaine que pour ne pas lui nuire nous garderons secrètes les inclinations physiques et disons-le physiologiques de Dimitri, la suite de ce récit en révèle une, c'est bien suffisant.

*

Décembre 2015.

Dimitri et Alexandra boivent un verre dans un café de Ménilmontant.

— J'ai compris un truc incroyable, avant-hier, avec ma psy. Tu as vu comme j'étais effondrée, après le Bataclan. L'état d'angoisse et de perdition dans lequel ça m'a mise.

— Comme nous tous, non ?

— Oui, comme tout le monde bien sûr, à Paris en tout cas. La sensation que ça aurait pu être nous. Mais un peu plus que de raison, je crois, pour ce qui me concerne. C'était horriblement violent. Comme si ça m'atteignait dans mon intimité. Au plus profond de moi.

— C'est vrai, tu es l'une des personnes que j'ai trouvées le plus affectées.

— Alors que je n'ai perdu personne. Au cabinet, il y a une fille, elle a enterré sa cousine. Il y en a, ils ont perdu leur fille ou leur conjoint, moi je n'étais pas dans ce cas-là. Et pourtant je me sentais aussi mal que cette fille au boulot. Je ne comprenais pas pourquoi. Je me disais il se joue autre chose que la blessure nationale, ce n'est pas seulement le fait de se sentir attaqué parce qu'on est soi qui me touche – en tant que Juive, je ne peux être qu'hyper sensible au fait qu'on te tue pour ce que tu es, en l'occurrence des jeunes Occidentaux qui aiment sortir le soir et écouter de la musique. Non, il y avait autre chose. Et c'est alors que je tombe, sur un site d'information culturelle, sur un article intitulé : « Ces morts qui nous ressemblent ». Ces morts qui nous ressemblent.

— C'est beau, ces morts qui nous ressemblent.

— Oui. C'est très beau. Mais surtout, avec cette formulation, la journaliste avait mis le doigt sur ce qui me minait. Ces morts ne me ressemblaient pas uniquement dans le sens « ils ont la même vie que moi, le même âge, ils habitent le même quartier, ils aiment la même musique, ils sortent, ils sont étudiants, graphistes, avocats ou journalistes ». Ils me ressemblaient au sens propre, dans le sens où on a les mêmes traits, parce qu'on est frères et sœurs. Je l'ai compris parce qu'en séance, avec ma psy, j'ai balancé : je ne sais pas, ça aurait pu être moi, ça aurait pu être ma sœur ou mon frère ! C'est ce que j'ai balancé à ma psy. Or je suis fille unique. Et ma mère a fait cinq fausses couches avant que je naisse. Et c'est là que j'ai eu un déclic. J'ai compris. J'ai compris que j'avais grandi, en tant que fœtus, dans un utérus qui avait déjà porté la mort cinq fois. En poussant dans le ventre de ma mère, j'étais entourée de morts qui n'avaient pas été enterrés. Et ces morts qui te ressemblent, c'étaient ces frères et sœurs qui n'étaient pas nés, morts avant d'être nés. Tu as grandi dans l'utérus de ta mère entouré de cadavres, comme les victimes au Bataclan étaient elles-mêmes entourées de cadavres. Et pourquoi j'étais si mal, dans les jours qui ont suivi la tuerie ? C'est qu'on n'enterrait pas ces morts. Pour les besoins de l'enquête, on ne pouvait pas les enterrer. D'abord, pour la Juive que je suis, ne pas enterrer un mort immédiatement, c'est déjà… Mais là, vivre en sachant que ces morts qui nous ressemblent n'étaient pas enterrés, ça me remettait dans la situation de culpabilité intra-utérine, où j'étais entourée, en tant que fœtus, de cinq frères et sœurs qui n'étaient pas enterrés eux non plus, qui étaient restés, morts, dans le ventre de ma mère.

— C'est très beau ce que tu dis mon Alex.

— Je n'aurais jamais découvert ça sans parler avec ma psy. Tu devrais aller voir une psy, je n'arrête pas de te le dire, tu as tort d'essayer de te débrouiller tout seul.

— On verra, on verra.

— En même temps, la psychanalyse a ses limites. Je t'ai déjà raconté l'histoire de ma phobie des chiens ?

— Non. Je ne crois pas.

— J'étais terrifiée par les chiens. Mais vraiment terrifiée, avec une peur panique toutes les fois que je voyais apparaître un chien, gros ou petit. Une peur irraisonnée. À l'adolescence, j'ai compris que ma peur des gros chiens était liée aux nazis. Et en le comprenant, je n'ai plus eu peur des gros chiens, mais seulement des petits.

— Mais comment tu as compris que ta peur des gros chiens était liée aux nazis ?

— En regardant à la télé un documentaire sur le procès de Klaus Barbie. Il y avait une survivante qui racontait comment Klaus Barbie l'avait fait violer par un chien. À partir de là j'ai compris que la peur des chiens-loups, bon, tu vois, tu as compris. Et du coup je pouvais passer devant un doberman ou un berger allemand sans m'évanouir, ce qui n'était pas le cas avant cette prise de conscience. En revanche, les petits chiens, ce n'était toujours pas ça…

— Tu avais peur des caniches ? Des chihuahuas ?

— Exactement. Et des teckels. Quelques années plus tard, je me promène sur le Vieux-Port avec mes parents. Et là on croise un vieux monsieur assez mal en point, limite handicapé, et mon père me dit : ah mais c'est lui le chien en peluche. Et quand mon père me dit cette phrase : ah mais c'est lui le chien en peluche, je comprends immédiatement qu'il y a là quelque chose d'essentiel.

— Pourquoi ?

— Ce monsieur était né à Marseille pendant la guerre. Et les services de la Gestapo, pour lesquels son père était médecin officiel, lui ont offert, en guise de cadeau de naissance, une petite peluche chien, avec une carte siglée de la croix gammée. Rien que ça. En fait, l'appartement dans lequel on vivait était l'ancien appartement du médecin de la Kommandantur, mon père avait repris son cabinet médical une fois qu'il était parti à la retraite. Ce jour-là, sur le Vieux-Port, j'ai commencé à lui poser des questions. Comment ça le chien en peluche ? De quel chien en peluche tu parles ? C'est là qu'il m'a raconté qu'il avait mis un cadeau de nazi dans mon lit de bébé.

— C'est dingue… Mais pourquoi il a fait ça ?

— Je ne me souviens pas du chien. Je sais que ma mère l'a toujours, je ne veux pas le voir, je ne sais même plus de quelle couleur il est.

— Ta mère l'a toujours ?

— Oui. Je sais qu'il est à la cave. Elle ne l'a pas jeté.

— C'est une peluche que tu as eue longtemps ?

— Mais je la traînais partout ! C'était ma peluche entre zéro et quatre ans ! Ma peluche préférée !

— Et tu ne t'en souvenais plus ?

— Non. Je me souviens juste que je traînais partout un truc, mais est-ce qu'il était noir, ou gris, est-ce que c'était un chien ou un lapin, je ne me le rappelais pas, j'avais oublié.

— Mais Alex, cette peluche, elle était où entre le moment où elle avait été offerte par les nazis à ce bébé et celui...

— C'était un appartement immense. Et il y avait une pièce, une espèce de buanderie, où ce médecin avait laissé plein de trucs. Des meubles, des choses d'anatomie, du matériel pour des expériences, des instruments de mesure, un vieux machin pour faire des radios, des bouts de corps et des organes dans des bocaux, le mec était un peu un savant fou.

— Marseillais ?

— Je ne sais pas, un Français en tout cas. Un collabo. Un vrai de vrai. Il soignait les nazis ! Et mon père le savait quand il a repris son cabinet. Dans son esprit, c'était comme une réparation. Il s'est dit : moi, Juif, je vais venir ici, je vais reprendre ce cabinet. Volontairement.

— C'est-à-dire que le médecin qui soignait les nazis a pu continuer à exercer après la guerre ?

— Oui ! Et il y avait, dans la buanderie, un meuble en métal, qui était un beau meuble, que mes parents ont récupéré d'ailleurs et que ma mère a repeint, et dans ce meuble, quand ils l'ont ouvert, ils ont trouvé le chien en peluche avec la carte signée par les nazis, siglée de la croix gammée. Et mon père l'avait rangé dans un tiroir, se disant sans doute : on ne sait jamais, ça peut servir. Et quand je suis née, ce dingue, il s'est dit tiens, je vais l'offrir à ma fille ! Et il me l'a collé dans mon berceau. Le chien que les nazis avaient offert au fils de son prédécesseur ! Putain... Et après, niveau trauma, ça donne : des voyages à Auschwitz, une thèse sur la Shoah, une peur phobique des chiens.

— J'adore cette histoire. Elle est géniale.

— Maintenant c'est fini, je passe sans problème au milieu des punks à chiens ! Et c'est là que je voulais en venir. C'est que la psychanalyse a ses limites : parce que si je n'avais pas eu la clé, je n'aurais jamais pu comprendre pourquoi les chiens me terrorisaient. J'avais une porte à demi ouverte, j'avais compris le rapport aux nazis, mais je n'avais pas tout compris parce qu'il me manquait une information décisive. Et j'ai dit à mon père : mais quand tu *regardais* mon lit tu pensais à quoi, tu pensais à te *venger* ? Il m'a dit ben je pensais que c'était un objet que les nazis n'auraient pas. Je lui ai dit mais vous êtes fous, vous êtes vraiment des grands malades ! On fait pas ça avec des enfants ! Vous êtes tarés ! Jeter dans un berceau une peluche de chien avec une carte siglée de la croix gammée !

Alexandra éclate de rire.

— Ton père t'a dit : c'est un objet que les nazis n'auront pas ?

— Oui. C'était la deuxième génération, toute sa famille avait été déportée, ses propres parents n'avaient pas été déportés mais cachés, alors il était vengeur quoi. Mais tu sais, ma peur des chiens, elle était terrible ! Je pouvais risquer ma vie, marcher au milieu d'une route, si j'apercevais un chien ! Même un chihuahua ! Une peur panique ! Comme si on allait venir pour me déporter.

*

Le lendemain de cette conversation avec Alexandra, à la demande expresse et insistante de sa mère, Dimitri était allé voir son père à Maison-Maugis.

De fait, la grange à bois, ainsi que le hangar, débordait de vieilles baignoires à pattes de lion, de carcasses de scooters ou de mobylettes, il y avait un side-car, des frigos, une citerne, un antique tracteur Massey Ferguson qui faisait penser aux *Raisins de la colère*.

— Il faudrait un peu se calmer, Thierry Marguerite, sur la récup, tu ne crois pas ?

— Ah mais tu ne vas pas t'y mettre toi non plus ! Si c'est pour ça que tu es venu, je te raccompagne à la gare.

— Ce n'est pas pour ça que je suis venu. Mais tout de même, quand je vois ce qui s'accumule ici depuis quelques semaines… Tu es bien sûr que…

— Certain.

— Vraiment. Je peux te faire confiance, tu maîtrises la situation, tu es bien certain que tu ne fais pas n'importe quoi…

— …

— Il y en a pour combien de cash là ?

Le père de Dimitri balaya la question d'un revers de la main.

— Je te sers quelque chose ?

— Un verre de blanc, je veux bien. Tu as bonne mine en tout cas. Je ne t'avais jamais vu avec ce visage.

— Il y avait longtemps que je ne m'étais pas senti aussi bien, c'est vrai. J'avais perdu le sens. Il faut sans cesse se réajuster, dans la vie, c'est ce que j'ai compris ces derniers mois. Il faut se déplacer. Retrouver d'autres enjeux. Sinon tu crèves. Comme quand on déplace sa chaise longue, pour être toujours au soleil. Parce que si tu déplaces pas ta chaise longue, à un moment tu es à l'ombre et tu y restes. Et là t'es mort. C'est ce que ne comprend pas ta mère. Elle voudrait que je reste à l'ombre, l'ombre m'a rejoint et ta mère m'empêche de déplacer ma chaise longue pour être de nouveau au soleil.

— J'aime bien ce que tu dis. Tu as toujours eu du talent pour les métaphores.

— …

— Tu disais, tu avais perdu le sens…

— Oui. Depuis quelques années. D'où mon burn-out. Lié aussi au fait qu'à l'hôpital, c'était devenu… Bon, je ne vais pas te faire un dessin, tu n'as qu'à allumer ta télé, ils ne parlent que de ça, des moyens qui manquent, ce qui fait que tu dois réparer les installations médicales avec du scotch et du fil de pêche. Sans compter que j'avais un chef de service complètement facho. Alors…

— Celui-là, si je pouvais lui faire la peau… Je ne sais pas ce qui me retient parfois.

— Si la Marine un jour elle passe, avec des types comme ça dans la nature qui se sentiront justifiés dans leur mentalité par le suffrage universel, je ne sais pas ce que ça donnera, une catastrophe je suppose.

— M'en parle pas. Ma copine Alexandra envisage déjà de partir vivre à Los Angeles. Je connais plein de gens qui commencent à se demander…

— Je comprends.

— Mais cette perte de sens dont tu parlais tout à l'heure, si elle n'est pas liée à l'hôpital…

— Je te ressers ?

— Oui, je veux bien, merci. Il est très bon.

— Un petit vin de Loire.

— …

— C'est difficile à expliquer. Surtout à son fils.

— Dans ce cas, je ne préfère pas.

— Non mais c'est. Tu sais, j'ai toujours beaucoup rêvé, et beaucoup vécu dans ma tête. Je fais partie de ceux qui pensent que bien souvent, il vaut mieux rêver les choses, et les rêver à fond, que les vivre. On est souvent déçus par ce qui se produit. J'étais pas mal de ma personne, et j'ai vécu pendant des années en établissant avec le réel, comment dire ça... une relation de séduction. Mon métier, il n'était pas réellement passionnant, je ne suis jamais parvenu à me hisser dans la hiérarchie, je ne sais pas trop pourquoi, enfin si, je le sais, mais c'est une autre histoire. Et d'une certaine façon je me rétribuais de ce métier idiot, ça va te paraître con, je ne sais pas si tu pourras le comprendre, en établissant à l'hôpital des connexions sensibles. Je pense que le terme est juste. Je n'en vois pas de meilleurs. Des connexions sensibles.

— Je ne suis pas sûr de comprendre ce que tu veux dire.

— Ah ben tu vois, c'est bien ce que je pensais, c'est pas clair.

— Non, mais non, vas-y, continue... Des connexions sensibles, comme quoi par exemple ?...

— Eh bien je ne sais pas, un échange de regard, avec une femme, dans un couloir, à l'hôpital... Ça n'a l'air de rien, mais j'ai vécu de ça pendant des années. Une petite phrase gentille qu'on me disait, une attention délicate, sentir qu'une femme super jolie n'était pas insensible à mes charmes. J'aimais bien que des gens s'étonnent, après avoir parlé avec moi dans un couloir, devant la chambre d'un malade, que je ne sois que le responsable de la maintenance du réseau d'oxygène. Il est arrivé que des femmes viennent à l'hôpital, chaque jour à heure fixe, pendant des mois, pour visiter un parent malade, et que se créent avec ces femmes des relations puissantes, belles, platoniques, enfin, presque toujours... si je puis me permettre cette petite incartade d'indiscrétion devant mon fils.

— Je suis grand maintenant. Et je me suis toujours douté que tu…

— Pas autant que ça en avait l'air, je t'assure. C'était très rare que ça m'arrive. Et surtout ça ne durait que le temps d'un rêve. C'est comme ça que je voyais les choses, s'octroyer quelque chose comme un moment de rêve, un moment suspendu. Pas des histoires de cul, pas des histoires d'adultère. Seulement du rêve, de la poésie. Des sensations. Une qualité de regard. Des phrases. Des gestes. De la délicatesse. Bref.

— Et ?

— Et ça a été ça, ma vie, pendant des années et des années. Il y a la vie sociale, professionnelle et familiale, autrement dit ce à quoi la plupart des gens réduisent l'essentiel de ce qu'est la vie, mais au-delà de ce gros bloc bien identifié se trouvait pour moi l'essentiel. C'est impalpable, inquantifiable, informulable. C'est d'ailleurs dingue de s'avouer que ce à quoi, dans le fond, on a, sa vie durant, accordé le plus d'importance, une importance quasi sacrée, est ce qui reste le plus indescriptible, le plus immatériel : la poésie de la vie, et le prix déraisonnable que l'on accorde aux regards que peuvent poser sur soi les femmes, des inconnues. Juste ça. Sentir que l'on existe pour elles. Sans rien en attendre ni rien réclamer d'autre que ces marques d'intérêt, juste se délecter de l'ivresse de plaire, juste sentir dans son ventre des sensations tourbillonnantes, juste se sentir pousser des ailes. J'étais une sorte d'aristocrate déchu, sans château ni fortune, avec, à la place de la particule, à la place des armoiries, ce fait que rien ni personne ne pouvait me retirer : il arrivait que j'allume chez les femmes une lueur de curiosité, d'estime, de tendresse, d'attirance. Tu ne peux pas savoir le prix que ça a. C'est inestimable. Je me suis nourri de ça pendant trente ans. Alors que je n'étais qu'un simple technicien subalterne.

— Si. Je sais le prix que ça a. Je suis exactement comme toi. Tu m'as refilé ce truc avec tes gènes !

— Te voilà bien. Et figure-toi qu'à partir de cinquante ans, cinquante-quatre ans, par là, tout a changé. Les derniers temps, avant que je ne m'écroule, et que je vienne ici, il pouvait se passer des semaines entières sans qu'un regard vienne se poser sur moi. Tu te rends compte. Je passais dans les couloirs pour m'occuper du réseau d'oxygène, comme je le fais depuis vingt-cinq ans, et je devais me rendre à l'évidence : je me heurtais à l'indifférence générale. Le réel a détourné son regard de ma personne. Ma vie est devenue désertique. Le sortilège s'est dissipé. Tu me diras que j'en suis rendu maintenant à ce qu'est la vie de la majorité des gens, et qu'il n'y a aucune raison que je ne m'y acclimate pas moi non plus. La majorité des gens, ils n'accordent pas la plus petite attention au fait de savoir si on les regarde, s'ils allument une lueur de désir ou de curiosité chez les personnes qu'ils croisent. Les gens s'en foutent. Ils ont appris à se nourrir d'autre chose. Ils tiennent autrement. Ils regardent la télé. Ils jouent au Loto. La poésie des connexions sensibles, ça les indiffère. Les gens ont appris à être heureux, enfin, plus ou moins heureux, sans se sentir gratifiés par des regards gentils, des gestes touchants, des égards, de l'estime, des compliments. Des baisers volés, quelques caresses furtives, une après-midi à l'hôtel. Parfois je me demande si c'est l'époque qui veut ça, si quelque chose s'est refroidi, ou bien si c'est lié à mon âge. Je crois que c'est lié à mon âge. Mon visage a changé. Je pense que c'est pour ça. Même si je crois que les réseaux sociaux, Instagram, tout ça, le fait que les gens soient absorbés par leurs écrans de téléphone en permanence, dans le métro, dans les salles d'attente à l'hôpital, ça joue : avant, les regards traînaient davantage, on était plus tournés vers l'extérieur, on voyait ce qui se passait autour de soi, il pouvait y avoir des échanges de connivence, comme ça, en passant. Les gens je crois se rendaient plus disponibles aux hasards de la vie, à ce qui se déroulait sous leurs yeux. Le réel il était avant tout – et dans une certaine mesure il était *seulement* – dans le périmètre immédiat de leur corps, de leur présence dans le *ici* et *maintenant*. C'est fini ça. Pour les gens le réel il est dans leur téléphone. Ils se connectent avec leurs contemporains via leur téléphone. Ils n'ont peut-être même jamais été aussi connectés à leurs contemporains qu'en ce moment, mais pas à ceux qui sont sous leurs yeux, qui les entourent dans la salle d'attente de l'hôpital, mais ceux avec qui ils dialoguent dans leur téléphone. Ce qui fait que pour des gens comme moi, le réel, le vrai réel, le réel visible, est devenu aride. Vide. Froid. Distant. Mort. Les gens sont derrière des murailles. Je sais que c'est parce que j'ai vieilli, et que mon visage n'éveille plus les mêmes sentiments qu'avant, mais c'est aussi à cause des réseaux sociaux, des téléphones.

— Je ne suis pas loin de partager ton avis.

— Tu attires les regards dans la rue, toi.

— Oui. J'attire les regards dans la rue. D'ailleurs, c'est important pour moi. Je me nourris moi aussi de tout ce dont tu viens de parler. Ma vie est en grande partie constituée de ça. Tu en parles très bien d'ailleurs.

— C'est mauvais de vieillir. On bande moins dur, je bande moins dur, profites-en de ta queue.

— Papa, arrête, non. Pas ça, non ! Je t'en prie !

— Ma pisse sent la sardine depuis quelque temps. Je ne sais pas pourquoi.

— Thierry Marguerite, écoute, changeons de sujet, tu ne peux pas dire des choses pareilles à ton propre fils !

— Et pourquoi pas ? Hein ?

— De telles choses ne se font pas enfin ! Et les convenances ?

— On s'en fout des convenances. Franchement, Dimitri, entre nous, les convenances. Un père doit partager ses connaissances avec son fils. Pour l'aguerrir. Les leçons de la vie, de l'âge.

— ...

— Mon sperme est devenu jaunâtre. Voilà. Il faut le dire : je te le dis, il est de mon devoir de père de te prévenir qu'à l'approche de la soixantaine, le sperme commence à se corrompre, sa blancheur translucide se trouble, brunit. Le sperme se raréfie, il devient glauque. On entre dans une grande solitude. Quand on est jeune, les connexions sensibles dont je te parlais tout à l'heure sont comme les feuilles des arbres dans une forêt que l'on traverse : je traversais le réel et ma vie avec partout autour de moi les feuillages des connexions sensibles qui bruissaient, qui s'agitaient. Maintenant, toutes les feuilles sont tombées. Quand je marche dans la rue, les branches sont nues, plus aucune connexion sensible ne s'allume dans les regards, c'est l'hiver. Alors c'est encore ici que je suis le mieux, à réparer des mobylettes. J'ai échangé les prunelles féminines contre les écrous des machines, évidemment c'est moins bien mais c'est encore ce qui me rend le plus heureux.

10

Quelque temps plus tard, en avril 2016, six mois et des poussières après l'incident du Café Français, Dimitri était allé passer trois jours et deux nuits à Bordeaux, pour y rencontrer la cousine d'un voisin de ses parents qui cherchait un journaliste à qui raconter son histoire – une histoire assez fascinante, dont il serait peut-être envisageable de faire un livre, lui avaient tour à tour laissé entendre, au téléphone, le voisin et sa cousine germaine.

Dimitri allait mieux, il vivait la queue de comète de sa glaçante déréliction des derniers mois (il se sentait en convalescence en quelque sorte) et ce n'est pas sans déplaisir qu'il voyait poindre enfin les promesses du printemps, saison qu'il se surprit cette année-là à acclamer de tout son être. D'habitude il détestait le printemps : l'automne était sa saison préférée et du plus loin qu'il se souvînt, le printemps n'avait jamais cessé de l'engluer dans l'angoisse. Mais cette année, à l'égal des branches nues, il se sentait sur le point de renaître à la vie – et c'était la seule chose dont il avait besoin.

Deux semaines avant ce séjour à Bordeaux, une de ces nuits putrides d'excitation séditieuse dont les quelques mois qu'il venait de traverser l'avaient rendu coutumier (même s'il s'en déprenait peu à peu, et qu'elles devenaient relativement rares et de plus en plus fades et lassantes), Dimitri tapa sur Google : Bordeaux escort naturelle.

Au commencement c'était juste par désœuvrement, parce qu'il se sentait seul, pour regarder des images qui l'enchanteraient reliées à une perspective réelle : son séjour à Bordeaux.

Le moteur de recherche l'orienta sur le site de rencontres tarifées ladyxena.com, où il tomba sur la page d'une dénommée Anaïs.

Anaïs se présentait comme une authentique étudiante bordelaise, elle offrait à sa clientèle, selon ses propres termes, une prestation de type GFE, *girlfriend experience*, comme à la maison. C'est cela même qui piégea l'imaginaire de Dimitri. Précisons que de toute sa vie, il n'avait jamais eu recours à une prostituée.

Amie-amante tendre et spontanée, 23 ans, je propose des rencontres complices sur Bordeaux. Tatouée, les cheveux courts et colorés, j'ai des courbes généreuses et garde ma pilosité entièrement naturelle. N'hésitez pas à visiter mon site si cette description vous correspond.

Le visage d'Anaïs avait été pixellisé, on ne le voyait pas. En revanche, son corps exposé sous divers angles et dans des positions timides et maladroites enthousiasma Dimitri, l'émut. Mince et étroite de hanches, elle avait une opulente poitrine et un ventre un peu rond, sur la plupart des clichés on la voyait retenir la chute suave de ses seins lourds avec ses avant-bras, sans doute pour qu'ils ne s'affaissent pas devant l'objectif, ou pour dissimuler ses aréoles, qu'on devinait étendues. Sa peau était pâle, abondamment tatouée. Ses doigts longs plaisaient à Dimitri. On distinguait à peine ses pieds. Il zooma sur des captures d'écran pour tenter de se faire une meilleure idée de ses orteils mais cela ne donna rien. Les tatouages aussi avaient été pixellisés.

Mais surtout, ce qui chez Anaïs subjugua Dimitri, c'étaient ses aisselles buissonneuses, son sexe abondamment fourni et le discret sentier pileux qui reliait à son nombril la luxuriance de son intimité – sentier que les Américains, qui ont des noms pour tout et pour toute chose même inattendue susceptible de fournir un quelconque plaisir érotique à ne serait-ce qu'une poignée d'individus maniaques, nomment *treasure trail*.

Dimitri se rendit sur le site personnel de la jeune femme, où il put lire :

Je m'appelle Anaïs, j'ai 23 ans et je suis – entre autres choses – étudiante aux Beaux-Arts. Lorsque je ne suis pas prise par mes études, je propose, à Bordeaux, des rencontres discrètes à des hommes, des femmes ou des couples souhaitant partager avec moi un moment complice, dans la simplicité et le respect.

J'aime la conversation, le sexe, le théâtre, les écrivains américains et les séries anglaises. Je suis une personne souriante et spontanée.

Pulpeuse, de taille moyenne, je porte les cheveux courts et colorés. Mes yeux sont noisette.

Notez que je suis entièrement naturelle et non épilée. Cela signifie que je préfère garder la pilosité de mes aisselles, jambes et entrejambe, intacte. Je souhaite donc rencontrer uniquement des personnes qui apprécient et respectent ce choix !

Cela tombait on ne peut mieux, Dimitri n'aimant rien tant que les filles aux toisons naturelles : il trouvait ça magnifique. Mais notre époque les avait à ce point raréfiées qu'il n'avait jamais eu le bonheur d'en fréquenter dans la vraie vie, c'était seulement sur Internet qu'on pouvait encore en rencontrer, par l'entremise de sites pour la plupart situés aux États-Unis, où les filles à la pilosité envahissante constituent un marché florissant. Devenues des denrées rares, elles sont des denrées prisées, des denrées que l'on s'arrache, de sorte que de nombreuses Américaines commercialisent leur hirsutisme sur le réseau.

L'uniformisation des corps entraînée par la globalisation horripilait Dimitri au plus haut point, l'ironie suprême étant que le refus de cette uniformisation (son antidote pour ainsi dire) était apparu dans le pays même qui orchestrait ladite globalisation, mais c'est logique dans le fond, les Américains (décidément très forts) tiennent le système par les deux bouts, par la doctrine et par sa virulente dénonciation, quand nous tenons, nous les Européens, le bâton par le milieu, mollement.

Au nom de quel principe devait être imposée à toutes les femmes de la planète, sans fantaisie ni variété possibles, l'obligation de s'épiler la chatte ? Cette dictature contraignait lesbiennes et mâles hétéros de tous pays, depuis la fin des années 1990, à ne plus croiser dans leur vie amoureuse que des pubis soumis et boutonneux, ou des toisons aussi sectairement délimitées (comme terrifiées) que de mesquines plates-bandes de rases pelouses.

Alors même qu'une décision aussi intime devrait être légitimement soumise à la seule appréciation subjective des intéressées (de sorte que l'on pût tomber, au hasard des rencontres, soit sur des femmes au pubis lisse, soit sur des femmes au pubis naturel, soit sur des femmes au pubis très entretenu), il fallait convenir qu'en la matière il ne leur était laissé aucune latitude personnelle. C'est ce que Dimitri déduisait du nombre élevé de filles qui ces dernières années lui avaient avoué ne pas savoir pourquoi elles s'épilaient la chatte, considérant cette pratique comme une prescription devenue aussi automatique que celle d'aller chez le dentiste, par peur, aussi, lui avaient dit certaines, de dégoûter leurs partenaires occasionnels.

Ainsi autorise-t-on l'époque à nous acclimater doucement, en arborant sans conviction l'esthétique de la doxa dominante, quand bien même cette esthétique ne correspond pas à nos goûts personnels. La plupart des femmes n'ayant pas les moyens de s'offrir les services d'une esthéticienne, la lame approximative du rasoir jetable leur enflamme entrejambe et bas-ventre, où coupures, rougeurs et irritations donnaient toujours envie à Dimitri d'être ailleurs que les yeux là, et de s'enfuir séance tenante du matelas où il avait échoué.

Quand il se laissait démoraliser par le monde tel qu'il allait, vendu aux grandes puissances simplifiantes du marketing globalisé, cette tyrannie de l'épilation féminine n'était pas celle de ses nuisances qui l'attristait le moins – à égalité avec les délocalisations. Ce fléau découlait fort logiquement de la laideur sans poésie de notre époque, tel un symptôme et un motif supplémentaire d'ennui et de désolation – il n'aura pas échappé aux plus vigilants de nos contemporains que délocalisations et épilation féminine procédaient d'une même source. Et la diversité des corps, des goûts, des expériences, des esthétiques ? Et la liberté ? Tout était lisse, chiffré, abstrait, factice, statistique, littéral, froid, climatisé, obéissant. Poésie et pilosité disparaissaient au même moment et cela n'était pas un hasard. Ce qui lui semblait le plus en danger, à Dimitri, dans nos sociétés soi-disant évoluées, c'était le différent, c'était le discordant, c'était le résistant, c'était ce qui entravait la conquête névrotique des parts de marché donc l'accroissement exponentiel des dividendes : L'Oréal n'est pas tellement favorable au principe des aisselles laissées folles. On a remplacé le poétique par l'émotion en essayant de nous faire croire que c'était la même chose. À cet égard, Anaïs constituait, à elle seule, dans son coin, un ardent foyer de résistance. Une étudiante authentiquement subversive, dissidente, exerçant son libre arbitre sans se sentir amoindrie d'être une unité déficiente, un truc qui cloche. Que c'est bien ! Pas moutonnière du tout, pas tondue, ni entièrement conditionnée par les diktats de notre époque.

Dimitri se fit jouir en dévorant des yeux le *treasure trail* d'Anaïs.

À la suite de quoi il alla tout essoufflé dans sa cuisine boire un verre d'eau. Il regarda par la vitre une merlette qui sautillait sur le zinc d'un faîtage. Coucou, l'oiseau ! Après avoir repris ses esprits sous une longue douche, il poursuivit l'exploration du site Internet de l'herbeuse étudiante bordelaise :

Après avoir lu ce site et pris connaissance de mes conditions, si je vous plais, n'hésitez pas à me proposer un rendez-vous !

Pour cela, envoyez-moi un mail en vous présentant brièvement et joignez, s'il vous plaît, une photographie de vous. Je réponds à tous les mails complets et respectueux, détaillés, et vous préciserai mes prochaines disponibilités.

Il fallait absolument qu'il fasse la connaissance de cette fille, c'était impératif, quoique recourir à une escort lui semblât évidemment incongru, et heurtât sa morale. Évidemment. Mais s'il est une circonstance qui met les principes les mieux établis, ainsi que la conscience la plus pointilleuse, à contre-jour de l'aveuglante réalité, c'est bien la situation d'urgence sexuelle irrépressible, et le corps rare d'Anaïs avait à ce point fécondé l'imaginaire de Dimitri qu'il n'était déjà plus concevable pour lui de ne pas entrer en contact avec elle, d'une manière ou d'une autre, virtuellement ou lors de son prochain séjour à Bordeaux.

Il alla s'ouvrir une bière, qu'il ramena sur sa table.

Il était loin, en plus, ce rendez-vous (dans une quinzaine de jours) : entre-temps, l'avoir pris reviendrait à s'abandonner aux fantaisies de sa seule imagination, et rien ne l'empêcherait de repasser sous la férule hargneuse de ses principes en annulant cette transaction au tout dernier moment – mais il ne pensait pas qu'il le ferait, il savait que son désir pour Anaïs résisterait à tout assaut éventuel de sa mauvaise conscience, laquelle mauvaise conscience, du reste, avait fait ce soir-là dans ses pensées fiévreuses une incursion beaucoup plus brève que ne l'est à présent ce fastidieux paragraphe, lequel est donc grandement mensonger, de par ses proportions, son insistance.

Dimitri écrivit à Anaïs pour lui dire qu'il serait à Bordeaux le vendredi 22 avril. Il serait libre pour la rencontrer dans la soirée, à partir de vingt heures, dans sa chambre d'hôtel.

Il entreprit ensuite, comme Anaïs le réclamait à ses clients, de lui parler un peu de lui :

J'ai 27 ans, je m'appelle Dimitri. J'écris, j'enquête, je regarde le monde tel qu'il va, je me mets en colère, je travaille comme reporter pour une agence de presse. Mes ambitions profondes sont certainement plus politiques qu'artistiques, bien que les deux puissent peut-être un jour se recouper, se chevaucher et finalement converger, nous verrons bien où me mèneront toutes ces velléités, c'est un peu prématuré. Pour le moment je me contente de mériter le salaire que me versent chaque mois mes employeurs, en leur fournissant enquêtes, articles, portraits et interviews, avec un fort tropisme pour tout ce qui touche à l'avenir de notre monde, pour aller vite...

Dimitri reçut le lendemain le mail suivant :

Bonsoir Dimitri,

Comme vous avez dû le lire, je suis étudiante, j'ai 23 ans et je suis occasionnelle. Physiquement, je suis de taille moyenne, une poitrine généreuse ; je porte les cheveux courts et blond platine. Je vous joins quelques photographies, merci pour la vôtre !

Je demande 200 euros pour une rencontre d'une heure, 350 euros pour deux heures, et des rencontres plus longues sont aussi envisageables. Je vous rejoindrai avec plaisir à votre hôtel.

J'embrasse avec plaisir, j'aime les caresses, les massages et les cunnis ; je suis d'un naturel câlin et tendre, mais je peux aussi me prêter à quelques jeux de soumission soft, sur moi.

En bref, j'aime les moments placés sous le signe de l'échange, de l'humour et de la simplicité.

Je pense être libre le 22 avril en soirée, un rendez-vous à ce moment-là est donc possible si vous le souhaitez toujours après réception de ce mail ☺

Tendrement,

Anaïs.

Blond platine, il adorait cette couleur de cheveux... Dimitri avait cru que le point-virgule était tombé en désuétude depuis les années cinquante du siècle précédent (lui-même ne l'employait d'ailleurs jamais dans ses articles pour l'AFP), eh bien il fallait croire que non puisqu'une étudiante bordelaise y avait encore recours ! Il commençait à adorer cette addition d'anomalies : chatte et aisselles pileuses, *treasure trail*, cheveux platine, corps loué, points-virgules, bisexualité, quoi d'autre encore ?

Cette fille était décidément une pure entorse vivante.

Dimitri était arrivé à Bordeaux le jeudi dans la matinée. Il avait été convenu qu'il passerait avec la cousine du voisin de ses parents deux journées entières, il l'avait juste prévenue qu'ayant un engagement le vendredi à vingt heures ils devraient se séparer en fin d'après-midi, vers dix-huit heures.

Mais en définitive, cette femme n'avait eu besoin que de la seule après-midi du jeudi pour lui résumer ses mésaventures. Toute tragique et douloureuse qu'elle eût été, son histoire était tellement incroyable qu'elle paraissait avoir été inventée par un romancier équipé d'une imagination extravagante (une sorte de culturiste de la fiction), si bien que Dimitri n'était pas parvenu à décider – en l'écoutant parler – s'il convenait d'en faire un livre, ou un scénario de film, ou bien une simple enquête pour l'AFP, ou de ne rien faire du tout. Le paradoxe était que pour convaincre un lecteur que cette histoire était vraie, et avait été vécue, dans ses moindres détails, par une personne réelle, il eût fallu en atténuer les principaux climax, calmer le jeu. Alors, au terme de leur première journée d'échanges, la veille de son rendez-vous avec Anaïs donc, Dimitri lui avait dit qu'avant de poursuivre leur conversation il devait réfléchir à sa finalité, et qu'il la recontacterait quand il aurait pris une décision, à son retour à Paris.

Ce qui voulait dire que le lendemain, Dimitri serait entièrement libre et désœuvré jusqu'à vingt heures.

Après avoir quitté la cousine du voisin de ses parents, au terme de ce jeudi après-midi passé à l'écouter, Dimitri avait dîné avec une ex-girlfriend épisodique, Béatrice, qui faisait ses études à Bordeaux. Danseuse classique qu'une blessure grave à son pied droit avait contrainte d'abandonner une prometteuse carrière, Béatrice était grande, blonde et élancée, avec un visage froid et massif dont il était difficile de démêler s'il était beau ou bien brutal, comme ces profils de femmes conceptuelles sur les pièces de monnaie. Il s'était endormi tard car en sortant du restaurant ils avaient bu un dernier verre à la Comtesse, un bar fameux que Béatrice avait voulu lui faire découvrir, et après y avoir bu deux trois cocktails ils étaient allés faire l'amour dans la chambre de Dimitri. Ce n'était pas prévu bien sûr, et Dimitri se demanda si ce retour inopiné de son désir pour un corps de la vraie vie – et non plus pour un corps dématérialisé, fantasmatique ou monnayé – n'avait pas été précipité par l'excitation hors norme où l'avait plongé la perspective de sa rencontre du lendemain soir avec sa fantastique anomalie contemporaine, la velue Anaïs. Après l'amour, Béatrice avait fumé plusieurs cigarettes, avant de déclarer à Dimitri qu'elle devait rentrer chez elle, car elle était attendue. Il était trois heures du matin. À peine Béatrice avait-elle quitté la chambre que Dimitri avait reçu un appel d'un numéro inconnu, il avait décroché et une voix d'homme lui avait demandé avec animosité où était Béatrice, s'il l'avait vue, alors Dimitri lui avait répondu qu'elle et lui venaient juste de se séparer, qu'elle n'allait pas tarder à rentrer chez elle, et l'homme lui avait raccroché au nez.

À son réveil, à dix heures du matin, Dimitri avait trouvé un SMS de Béatrice le priant de lui pardonner l'appel intempestif de son colocataire, un homme très protecteur, d'une anxiété exagérée, qui en raison de la vie dissolue qu'elle menait s'inquiétait toujours pour elle quand elle sortait ☺… Il te présente ses excuses pour t'avoir appelé en pleine nuit mais il s'est mis à paniquer en voyant qu'à trois heures je n'étais toujours pas rentrée. Je lui donne toujours le numéro des personnes avec qui je sors, si je sais que je risque de rentrer tard. J'ai adoré faire l'amour avec toi ☺. On ne se voit pas assez souvent Dimitri, qu'est-ce qu'on fabrique à laisser passer autant de temps entre chacune de nos rencontres ??!! Tu m'appelles la prochaine fois que tu viens à Bordeaux ? Je t'embrasse tendrement.

Pensant à la nuit qu'il venait de vivre, mais surtout à son rendez-vous avec Anaïs le soir même, Dimitri, qui s'était remis à bander, se caressa doucement quelques minutes, mais sans aller jusqu'à l'orgasme : il désirait sanctuariser pour la soirée les insistantes ressources de son plaisir. Que ça allait être bon ! Il se leva, prit une douche, s'habilla puis descendit dans le hall, où la réceptionniste l'informa que la salle du petit déjeuner avait fermé à dix heures trente. Zut. Il remonta dans sa chambre pour se laver les dents et prendre son sac à dos, où il glissa son casque audio et *Le Jardin des Plantes* de Claude Simon, et il partit à la recherche d'un café où petit-déjeuner au soleil.

Dimitri prit à gauche en sortant de l'hôtel et remonta la rue.

Il avait été convenu la veille qu'Anaïs frapperait à la porte de sa chambre à vingt heures précises.

Avant que n'arrive ce moment tant désiré (mais

si lointain : neuf longues heures l'en séparaient), qu'allait-il faire de cette journée interminable, si ce n'est ressasser ce que ce rendez-vous lui laissait présumer de plaisirs, de trouble et de surprises possibles ?

Entendant frapper à la porte de sa chambre, toc-toc, ou peut-être quelque chose de moins bref, de plus affectueux, un toc-toc-toc comme chuchoté, Dimitri ouvrirait la porte et ferait entrer Anaïs. Il lui dirait bonsoir, Anaïs lui dirait bonsoir elle aussi, alors Dimitri lui donnerait sans attendre les 350 euros de sa prestation (il allait être à découvert à la fin du mois), avant de la faire asseoir sur son lit. Elle et lui échangeraient quelques mots. Il serait intimidé. Il lui sourirait. Anaïs lui prendrait la main. Dimitri la trouverait attirante. Il la trouverait attirante ? Vraiment ? C'est sûr ça ? Et si les photos étaient trompeuses ? Non, il la trouverait attirante : il en était certain, elle était trop craquante avec ses tatouages, son ventre rond, ses cheveux blond platine coupés ras. Anaïs entreprendrait de retirer ses bottines. Tu ne te déshabilles pas… demanderait-elle. Si si, bien sûr, bien sûr, répondrait Dimitri. J'ai envie de voir ton corps, lui dirait-elle. Il me…

Dimitri faillit se faire renverser par un taxi au moment où sa rêverie lui fit apercevoir cette image idéale, *Non mais ça va pas la tête ?! Pouvez pas faire attention non ?!* avait hurlé le chauffeur du taxi par sa vitre ouverte, alors Dimitri s'excusa pour sa coupable inattention et poursuivit sa douce rêverie.

Il lui dirait bonsoir, Anaïs lui dirait bonsoir elle aussi, alors il lui donnerait sans attendre les 350 euros de sa prestation, avant de la faire asseoir sur son lit. Il allait être à découvert à la fin du mois, mais peu importe : ce qui importe, c'est de se procurer des émotions. Il la trouverait plus attirante encore que sur ses photographies, il le lui dirait et Anaïs se mettrait à rougir. Dimitri s'engagea dans une rue fermée à la circulation, pour éviter d'être de nouveau mis en danger. Il aurait hâte d'enfouir son nez dans ses aisselles, mais il se retiendrait d'aller trop vite, pour savourer l'instant présent et sa parfaite lenteur. Anaïs l'embrasserait la première, avec la langue, en caressant avec ses doigts la nuque de Dimitri, comme dans les films d'Ingmar Bergman. Tu ne te déshabilles pas... lui demanderait Anaïs. J'ai envie de voir ton corps, lui dirait Anaïs. Il me plaît, lui dirait Anaïs. Anaïs lui prendrait la main, Dimitri pétrirait la poitrine d'Anaïs à travers le satin noir de son bustier, elle entreprendrait de retirer son bustier, il aurait hâte d'enfouir son nez dans ses aisselles, mais il se retiendrait d'aller trop vite, pour savourer l'instant présent et sa parfaite lenteur, une lenteur enclavée, en clair-obscur, rideaux tirés. Il allait être à découvert à la fin du mois, que ça allait être long d'attendre jusqu'à vingt heures, comment allait-il faire pour tenir jusque-là ?! Ils s'embrassent. Il bandait. Il bandait dans la scène, il bandait dans la chambre, il bandait dans la rue en marchant, comment allait-il faire pour tenir jusque-là ?! Tu ne te déshabilles pas ? demanderait Anaïs. J'ai envie de voir ton corps, lui dirait Dimitri. Anaïs entreprendrait de retirer ses bottines, Dimitri guetterait l'apparition de ses orteils. Ils s'embrassent assis sur la courtepointe l'un à côté de l'autre. Dimitri traversa la rue, changea de trottoir, avec prudence cette fois, pour marcher au soleil, ils s'embrassent assis sur la courtepointe l'un à côté de l'autre. Tu es belle, lui dirait Dimitri. Je n'ai jamais vu ça, lui dirait Dimitri. Leurs baisers, l'espérait-il, seraient de plus en plus ardents, et transcenderaient bientôt les circonstances peu reluisantes de leur présence enlacée sur ce lit, les leur faisant oublier progressivement. Peu reluisantes : tout était factice, ce n'était pas un authentique rendez-vous amoureux, Dimitri avait rémunéré cette fille pour qu'elle lui donne accès à sa pilosité, à ses massifs seins blancs, à ses jolis orteils aux ongles longs et naturels. Au bord de ce grand lit, une fille étreinte à peine apparue rend à un homme qui la caresse ses caresses d'abord timides puis téméraires et enfin dévorantes – et c'est cela qui l'excitait, la foudroyante instantanéité du rapprochement charnel, exactement comme aux pires moments des mois de dépravation qu'il venait de traverser, quand il se défenestrait de sa propre personne, la nuit, au-dessus de la jungle interlope d'Internet : aller direct aux nerfs, aux muqueuses, aux humeurs, par un raccourci saisissant.

Tandis qu'il marchait dans Bordeaux, la circulaire et affolante répétition de cette séquence filmique entêtante (ils s'embrassent assis sur le lit, etc.) emplissait Dimitri d'une impatience qu'il était assez lucide sur lui-même pour savoir anormale : il n'était pas ce matin-là dans l'état d'opulence intérieure où le précipitait d'ordinaire l'imminence d'un rendez-vous avec une femme qu'il n'avait encore jamais embrassée. Là c'était comme de la fièvre, c'était une forme d'agitation nerveuse désagréable, son imaginaire grésillait, les images qui l'assaillaient semblaient suinter des parois moites de ses pensées comme la sueur âcre et amère d'un corps malade. Dimitri anticipait que cette fébrilité irait en s'aggravant à mesure qu'approcherait l'heure du rendez-vous, altérant son discernement et les dispositions habituellement patientes de sa nature, et sans doute cet échauffement était-il à mettre en rapport avec le caractère ambivalent, à certains égards pathétique, il le savait pertinemment, de ce qui l'alimentait : il allait rémunérer une escort-girl pour qu'elle lui offre son corps, parce que son pouvoir d'achat lui permettait d'assouvir la gourmandise – il n'y avait pas d'autre mot – que ce corps-là avait fait naître en lui, par le biais d'une annonce.

Dimitri ne connaissait pas Bordeaux au point de savoir à quelle terrasse de café il allait pouvoir petit-déjeuner. Sans doute du côté de Saint-Michel, quartier dont il affectionnait le négligé des rues cérémonieuses, anciennement prospères, aux voies pavées peu entretenues, herbeuses – c'est le souvenir que son dernier séjour, trois ou quatre ans plus tôt, avait laissé dans sa mémoire. Il se rappelait aussi très bien la place Saint-Michel elle-même, d'une grande superficie, très vénitienne, au tracé aussi fantasque et capricieux que celui d'une flaque d'eau – une étendue comme déformée par une légère déclivité, et dont il était difficile de se faire une idée précise de l'étendue et du dessin d'ensemble, en raison de ses recoins, et de l'obstacle basilical. Car, presque en son centre, obstruant les perspectives, s'imposait le corps massif d'une basilique, édifice gris, trapu, tout en dentelles, accompagné d'une flèche vertigineuse déposée à son chevet, prête à y être hissée, *vissée*, telle une vision surréaliste : une sorte de belvédère en réalité, et non une cathédrale en pièces détachées, semblable à une licorne dont on aurait démonté la longue corne torsadée. Les rues alentour, en particulier celles qui serpentaient vers la place Sainte-Croix (ravissante elle aussi, presque italienne, où Dimitri se souvenait qu'étaient implantés un théâtre, l'école des Beaux-Arts, l'école de journalisme, ainsi que des platanes), étaient jolies et animées, bordées de cafés et de restaurants, avec une population relativement variée, bobo, estudiantine et populaire. Mais surtout cette partie orientale de la ville conservait un naturel, ou disons un léger laisser-aller (presque une pilosité) dont désormais très peu de villes en Europe offraient encore l'exemple, surtout s'agissant d'un quartier historique comme celui-ci. Car au rayon des calamités accompagnant partout la globalisation, outre l'épilation féminine et les délocalisations déjà évoquées, Dimitri ne déplorait rien tant que les quartiers piétons des centres-villes, et cet acharnement à détruire férocement, méthodiquement, presque haineusement, partout où elles subsistent, beauté et poésie, pour leur substituer chaque fois une atmosphère unifiée, carrelée, récurée, barriérée, conforme, neutralisée, inoffensive – c'est ce que se disait Dimitri toutes les fois qu'il séjournait dans des villes de taille moyenne, où la laideur conquise de haute lutte sur le charme, sur la désuétude et sur toute forme de vétusté délicieuse devenait une attristante constante, comme si chaque fois cette laideur et ce type particulier de laideur avaient été le but soigneusement poursuivi, et finalement atteint. Partout en France, l'éradication obsessionnelle et presque rancunière du poétique aboutit à la transformation des centres-villes en zones piétonnes dévolues à l'exclusive déambulation consumériste, au détriment des sensations purement urbaines, littéraires, et architecturales. Or, se disait Dimitri, qu'y a-t-il de plus poétique, dans une ville, que la rue, c'est-à-dire la distinction entre la voie et le trottoir ? entre ce qui est destiné à la circulation des calèches (aujourd'hui des automobiles) et ce qui est réservé au déplacement ou à la promenade des piétons, lesquels évoluent sur un ruban légèrement surélevé, exactement comme sur une scène étroite et serpentine offerte aux histoires, à la pensée, aux promenades, aux rencontres, aux confidences, à la conversation, avec, en léger contrebas, à peine, le caniveau et ses grilles, ses obscures bouches d'évacuation, puis les pavés de la rue ? La distinction entre la voie et le trottoir est à la fois conceptuelle et architectonique, existentielle et plastique, métaphysique et fonctionnelle, c'est un *dessin*, c'est une forme, c'est une tension, c'est un champ magnétique, cette dichotomie est tout simplement belle, elle lui était précieuse et il n'avait pas envie de la voir disparaître – c'était ça, la ville, pour lui, et il ne prenait jamais aucun plaisir à se promener dans l'indéfini et le factice intégral des rues piétonnes des centres-villes. Idem pour les parvis des gares : Dimitri avait toujours trouvé réjouissant que les voyageurs qui partent pussent croiser ceux qui arrivent, les uns surgissant de taxis, de voitures ou d'autobus arrêtés un instant devant la façade, les autres faisant leur apparition dans la ville, humant le parfum de leur destination et regardant longuement le ciel, savourant la joie ou l'incrédulité d'être arrivés, d'être *là*, avant de lever la main pour héler une voiture ou s'orienter vers une bouche de métro. Quelle beauté, quelle infinie délicatesse que ces instantanés... Mais c'est fini tout ça : il a fallu que ce précieux spectacle de la vie même et du désir de vivre – partir, fuir, accourir, quitter, rejoindre, s'éloigner, survenir, se retrouver – paraisse insoutenable à ceux-là mêmes qui sont chargés, méticuleux, si cartésiens, d'organiser l'espace public, pour que la décision fût prise, presque partout en France, du moins dans les grandes villes, d'installer devant les gares des no man's land hérissés de piquets, de chaises en fer vissées au sol, de jardinières mal entretenues où dépérissent de laids arbustes, pour le cas (on ne sait jamais) où des êtres humains auraient la malencontreuse idée d'éprouver d'agréables sensations devant ces fabuleux monuments, mais aussi devant les magnifiques remous de vie qu'ils occasionnent.

Si encore les maires se contentaient de fermer les rues à la voiture, en conservant leur ancienne physionomie de rue, comme à Rome, comme à Arles, créant ainsi l'impression – assez fascinante – d'une ville abandonnée, fantôme, désertée par l'automobile, pourquoi pas ? Mais partout où il allait Dimitri constatait qu'on effaçait les dessins des rues, qu'on effaçait les dessins des places et des parvis des gares ou des églises, pour y répandre comme de la pâte à crêpe l'écœurante uniformité du vil carrelage urbain écru ou beige, afin de destiner les rues à la seule circulation carcérale de ses contemporains entre deux longues parois vitrées d'enseignes mondialisées, comme dans les cours de promenade des prisons : l'exact équivalent des vulves glabres.

Dimitri s'orientait d'instinct vers Saint-Michel, empruntant des rues et des ruelles qui toutes allaient vers l'est. Il hésitait à céder à l'appel de certaines terrasses séduisantes, y renonçait pour s'astreindre à respecter son envie initiale, l'envie de Saint-Michel, car si bien sûr Dimitri adorait l'imprévu il n'appréciait pas moins de poursuivre sans dévier les objectifs qu'il se fixait, obstinément, sourd aux tentations intercalaires.

Sauf qu'à un moment, après avoir franchi une large avenue où circulait le tramway, il déboucha sur une place délicieuse, la place Fernand-Lafargue, où se trouvait un café comme il les adorait, d'angle, à l'ancienne, dont la décoration devait dater des années 1950, L'Apollo. Les brunes boiseries d'époque de la façade, certes repeintes depuis, s'étaient de nouveau écaillées, mises à l'épreuve par les intempéries, et la terrasse étroite, sur un seul rang, vertu qu'apprécient les initiés, bordait l'intégralité des vitrines, chose assez rare. Cet établissement, en lui-même mais aussi par la population que Dimitri voyait se déployer sur sa terrasse, jeune et radieuse, indolente, cigarettes à la main, en lentes et paresseuses conversations devant des amoncellements de tasses de café, cet établissement était à ce point conforme à ses goûts qu'il décida d'y faire halte pour prendre son petit déjeuner, il irait plus tard place Saint-Michel.

Il s'installa et commanda un double expresso, une orange pressée et une tartine beurrée. Et c'est alors que deux jeunes femmes firent leur apparition, dont l'une était de taille moyenne, mince, vêtue d'un jean taille basse et d'un pull rouge en laine, chaussée de boots vieillis et non cirés, portant à l'épaule un sac en toile et sous l'aisselle un carton à dessins, jeune femme à la peau pâle et aux cheveux coupés très court, partiellement rasés sur les tempes, dissymétriques, blond platine, presque blancs.

Blond platine, presque blancs.

Dimitri reçut un coup en plein cœur.

Anaïs ?

Le gros pull que portait l'étudiante, assez ample, ne permettait pas de juger du volume de sa poitrine, mais il sembla à Dimitri que si celle-ci était aussi épanouie qu'il avait pu le constater sur les photographies d'elle nue disponibles sur Internet, ce pull-là n'était pas si spacieux qu'il pût en atténuer à ce point la grosseur.

En même temps, il n'en savait rien...

Les deux jeunes femmes s'étaient installées à trois tables de distance. La copine tournait le dos à Dimitri, de sorte que Dimitri pouvait examiner le visage de la présumée Anaïs soit de profil soit de trois quarts face, certes pas tout près mais suffisamment pour pouvoir distinguer ses traits.

Quelle déconvenue que de rencontrer Anaïs dans sa vraie vie d'étudiante bordelaise, humaine, trop humaine...

Et si ce n'était pas elle ?

En dehors de ses cheveux platine coupés très court, aucune caractéristique ne la distinguait des autres jeunes femmes assises en même temps qu'elle à cette terrasse, elle était une étudiante à l'apparence assez quelconque, charmante et pétillante plus que vraiment jolie, habillée sans sophistication particulière (et pas telle qu'elle apparaissait sur ses photographies, ornée de dentelles, chaussée de hauts talons, glamour et femme fatale) – mais qui lui plut beaucoup… ah ça oui, vraiment beaucoup… et peut-être en raison de cette touchante banalité justement. D'autant que Dimitri n'était pas sans savoir que sous ses vêtements se dissimulait une abondante, une insoupçonnable, une paradisiaque pilosité de reine barbare, moyenâgeuse.

Dimitri se mit à bander.

L'étudiante parlait avec sa copine d'un sujet qui paraissait les passionner, parfois fusaient des rires et Anaïs se renversait en arrière en regardant le ciel, son rire était sonore, il était vif, profus, spacieux et magnifique, comme un envol imprévu d'hirondelles.

La jeune femme que Dimitri avait là sous ses yeux, authentique, strictement privée, non commercialisée, non commercialisable, il n'aurait jamais accès à elle, justement parce qu'il tiendrait ce soir dans ses bras un simulacre et une image truquée fabriquée par ses soins pour assouvir les hommes par lesquels elle consentait à se laisser savourer en échange d'une somme d'argent, un simulacre et seulement un simulacre, une image et seulement une image, un mensonge et seulement un mensonge – et c'est bien cela qui lui chiffonnait le cœur, à Dimitri, depuis quelques minutes.

Car la jeune femme qu'il mourait d'envie d'embrasser désormais ce n'était plus l'Anaïs qui se présenterait à vingt heures précises à la porte de sa chambre d'hôtel, travestie, théâtrale – c'était l'Anaïs naturelle, en boots usés et gros pull rouge, qui là sur cette terrasse ensoleillée était en train de le charmer, vivante et enjouée, concentrée sur sa conversation, et qui malheureusement lui resterait à jamais inaccessible.

Entre-temps, la serveuse avait apporté à Dimitri son petit déjeuner, il grignotait sa tartine beurrée en buvant son café, il n'avait plus tellement faim.

Ce n'était pas elle, ce n'était pas possible, la coïncidence était trop énorme !... C'était forcément son impatience de la rencontrer qui la lui faisait apparaître en transparence de cette consommatrice accidentelle, sous prétexte qu'elles étaient blond platine et étudiantes en art toutes les deux !...

Il y a beaucoup de blondes platine et d'étudiantes en art de nos jours ! – et la proportion de blondes platine chez les étudiantes en art est certainement bien plus élevée que chez les étudiantes en école de commerce !...

Ah la la, merde...

Dimitri sortit son iPhone et examina les portraits non pixellisés qu'Anaïs lui avait envoyés quand ils avaient pris rendez-vous. Multipliant les coups d'œil séquentiels sur son écran, sur l'étudiante, sur son écran, sur l'étudiante, il comparait entre eux les deux visages pour essayer de démêler s'il s'agissait bien des deux mêmes, tâche malaisée car les photographies dont il disposait étaient bien sûr suffisamment allusives pour ne pas être compromettantes si elles devaient tomber dans des mains malveillantes, et par exemple finir sur Internet. Plusieurs fois depuis qu'elle était arrivée leurs regards s'étaient déjà croisés – mais là l'attention de la jeune femme s'arrêta un instant fixement, soupçonneuse, sur les oiseaux des yeux inquisiteurs de Dimitri, qui alors rapatria dans leur cage leur intrusive curiosité. Il se sentit rougir. Peut-être la jeune femme l'avait-elle reconnu elle aussi, quoi que Dimitri eût pris grand soin de lui expédier un cliché qui ne permît pas qu'on l'identifiât si on le croisait dans la rue. La jeune femme se doutait de quelque chose en tout cas, car rien n'est plus identifiable que la manœuvre qui consiste à vérifier si une personne qu'on a en face de soi est bien la même que celle dont on possède un portrait, obligeant à un mouvement saccadé de la tête et des yeux, tout discret qu'il s'efforce d'être. Elle avait donc non seulement repéré Dimitri, mais certainement compris ce qu'il était en train de faire.

Dimitri termina en toute hâte son petit déjeuner, il n'avait aucune envie de s'attarder, il ne savait quoi faire de cette proximité malencontreuse avec sa fantastique anomalie contemporaine : lui sourire d'un air entendu, ou simuler de ne s'être aperçu de rien. La situation l'embarrassait terriblement. Il paya et partit, se dirigeant vers Saint-Michel, pour de bon cette fois-ci.

Il était midi.

Qu'allait-il faire ?

Il n'avait pris encore aucune décision.

En conservant son rendez-vous avec cette fille, il aurait l'impression de la voler, de profaner quelque chose qu'il n'avait pas été autorisé à approcher ni à voir, et qui eût dû demeurer en toute logique en dehors de leur négoce. Ce serait abuser d'elle. Sans le vouloir, il avait fait preuve d'indiscrétion. En réalité, avoir capturé à son insu ces délicats instantanés d'intimité matinale lui rendait inconcevable leur rencontre tarifée – désormais Dimitri ne pouvait plus se reconnaître en celui qui dans quelques heures allait asservir avec de l'argent la jeune femme qu'il venait de voir fumer des cigarettes au doux soleil d'avril, c'était devenu inimaginable, abject, honteux.

Quelle histoire !

Quand Dimitri, jusqu'à présent, avait rêvé l'arrivée d'Anaïs dans sa chambre, pour lui elle surgissait des limbes et c'est aussi dans les limbes qu'il la supposait retourner, deux heures plus tard, une fois sa prestation exécutée, se dissolvant dans la réalité telle une substance évanescente, un enchantement. Jamais Dimitri n'avait essayé d'imaginer Anaïs dans sa vraie vie – comme si cette fille n'avait pas eu d'existence propre en dehors de leur rendez-vous. Le paradoxe étant que ce qui rendait la perspective de son apparition si percutante était bien sûr qu'elle fût une authentique étudiante, et pas une prostituée professionnelle. Mais ce paradoxe-là, Dimitri n'en avait tout simplement pas eu conscience avant de le voir démonté sous ses yeux comme les rouages d'une horloge, à la terrasse de ce café, en boots usés et gros pull rouge, et de le sentir agir sur lui comme un violent miroir révélateur.

Occultée depuis des mois par la dépression et le nihilisme, sa conscience politique était en train de brusquement réapparaître, d'un bloc, il ne manquait plus qu'elle !

Fébrile et tiraillé, il téléphona à un vieux copain de Louis-le-Grand qui travaillait dans une agence d'architecture pour l'inviter à déjeuner. Ils ne s'étaient plus vus depuis des années. Son pote lui dit que le mercredi était son jour de congé, il n'était pas à l'agence aujourd'hui et du reste il avait prévu de déjeuner avec une amie. Mais s'il voulait ils pourraient se retrouver pour un café, plus tard, en début d'après-midi, qu'en pensait-il ?

— Dans quel quartier tu habites ? demanda Dimitri.

— Aux Capucins, lui répondit Arthur.

— C'est où ça les Capucins ?

— Tu seras où, toi ?

— Je ne sais pas encore, sans doute vers Saint-Michel, Sainte-Croix.

— Écoute, je circule à vélo, c'est tout près de chez moi Saint-Michel, je peux te rejoindre où tu veux, envoie-moi un SMS à quinze heures pour me dire où tu es et je te rejoins, d'accord ?

— OK, dit Dimitri, on fait comme ça, je t'appelle à quinze heures, salut.

Il se remit à marcher.

Son angoisse n'arrêtait pas de s'amplifier, consécutive à son indécision bien sûr, mais aussi au fait d'imaginer que des filles aussi idéales qu'Anaïs se promenaient indétectables dans les rues des grandes villes. Il se disait qu'il fallait une chance insensée pour tomber sur elles, mais aussi pour avoir l'opportunité de faire leur connaissance, sans se douter un seul instant de ce que leur intimité recelait de si approprié à nos goûts les plus spéciaux, les plus particuliers... La preuve : Anaïs en terrasse de L'Apollo, que Dimitri n'aurait jamais eu l'intuition, a priori, quelque agréable et attachante pût-elle paraître, de prendre en considération, alors même que tout ce qui en elle était caché lui plaisait terriblement, mais alors terriblement, modifiant en profondeur la perception qu'il pouvait avoir de sa personne. Et c'est bien cela qui tracassait Dimitri. Car il pensait que la longévité d'une relation amoureuse repose grandement, quoi qu'on en dise, sur des détails, et en particulier sur des détails physiques, et même pourrait-on dire sur de puissantes spécificités corporelles (dont il n'est pas utile de donner ici des exemples, on les devine aisément et chacun peut projeter ce qu'il souhaite), des détails ou des spécificités corporelles pas forcément visibles de l'extérieur et sur lesquels, par conséquent, on ne peut tomber que par le plus grand des hasards, sans y avoir été conduits par une quelconque intuition. Quel vertige… Mais, dans ce cas, cela veut dire que le détail intime vient couronner une attirance fondée initialement sur une perception substantielle de la personne, or qu'y a-t-il de plus parfait qu'une attirance substantielle initiale vérifiée ou transcendée par la découverte ultérieure de détails ou de spécificités corporelles qui vous subjuguent ? Le plus souvent ce sont les détails physiques très attirants qui font tenir verticale, tels des rivets, la belle, la haute, la très instable abstraction de l'être aimé (de cela Dimitri était convaincu), car on se lasse bien sûr des abstractions, on peut finir par ne plus les voir… on peut se lasser des qualités humaines d'une personne, de son intelligence, de sa grandeur d'âme, de sa sensibilité, de sa culture, de son esprit, et s'y habituer… Ce qui fait qu'on continue, pendant des années, pensait Dimitri, à savourer l'abstraction que constitue à nos yeux l'être aimé, ce sont les détails physiques qui nous plaisent – seuls les détails physiques ont de l'endurance et sont de nature à alimenter l'amour indéfiniment, si celui-ci repose bien sûr sur autre chose que sur ces détails, voire sur des choses qui sont antérieures à leur découverte, etc. Personne ne parle jamais de ça, comme si c'était indigne et dégradant – honteux – de se pencher sur les corps d'aussi près, presque à la loupe, alors même que la vie conjugale de la plupart des gens ne repose le plus souvent que sur des transactions de détails, pour le meilleur et pour le pire. OK, se disait Dimitri en marchant dans Bordeaux. Ce qui veut dire qu'on peut passer sa vie à se priver de délices qui par malchance ne vous sont pas fournies par l'intimité de la personne aimée, mais le seraient, je ne sais pas, par l'intimité de votre voisine, sans que vous le sachiez… et sans que cette voisine vous plaise de toute façon... ah que c'est compliqué, mais que la vie est compliquée... est-ce que les gens se posent autant de questions que moi, ou bien je suis le seul ? se demanda Dimitri en dévisageant les piétons qu'il croisait. Il faudrait peut-être que je consulte. Je demanderai à Alexandra si elle est aussi maniaque avec les bites des garçons (leur forme, leur physionomie, l'allure du gland) que je le suis avec la figure des vulves, figure au sens de visage, comme l'entendent les enfants quand ils emploient le mot figure, car il était déjà arrivé à Dimitri, par le passé, de ne pas aimer du tout le sexe d'une fille avec qui il avait une aventure, rendant dès lors très difficile d'envisager avec elle une relation dans la durée, de même qu'il existait une forme de bite qu'il haïssait, longue, maigre, pointue, sans gland, comme il avait pu s'en rendre compte lors de deux soirées chaudes où Jules l'avait entraîné. Il avait rencontré un jour une fille qui lui avait avoué faire une fixette envahissante sur les avant-bras des garçons : non seulement c'était ce qui l'excitait le plus, mais elle n'arrivait pas à mouiller, tout simplement, sans avant-bras apte à nourrir ses fantasmes.

Dimitri retrouva avec plaisir le quartier Saint-Michel, il déambula dans les rues orthogonales qu'il avait gardées en mémoire, toujours aussi herbeuses, se rapprochant sensiblement de la place Sainte-Croix, mais il se dit qu'il serait imprudent de s'aventurer du côté de l'école des Beaux-Arts, où il savait qu'étudiait Anaïs, alors il imagina qu'il pourrait se diriger plutôt vers le quartier d'Arthur, les Capucins, et même y déjeuner, ainsi Arthur n'aurait-il pas à se déplacer pour le café qu'ils devaient prendre aux alentours de quinze heures.

Il s'orienta vers les Capucins.

Sa promenade fut délicieuse, Bordeaux était

décidément une ville d'une grande beauté, et pleine de charme.

Il croisait de nombreux regards, on lui souriait fréquemment, il y avait quelque chose de floral dans l'éclosion de ces échanges discrets et silencieux, les gens étaient ouverts et disponibles, engageants, contrairement à Paris. Il eut une pensée pour son père.

Dimitri arriva aux Capucins vers treize heures trente.

Où allait-il déjeuner ?

Il regretta de ne pas avoir interrogé Arthur sur les lieux où il pourrait aller.

Il repéra un restaurant qui l'inspirait, Au Bistrot, à l'angle de la place des Capucins et de la rue du Hamel, mais étant d'une nature suprêmement indécise, il ne put se résoudre à céder sans attendre à l'attraction qu'exerçait sur lui cet établissement, se disant qu'il y avait peut-être encore mieux dans cette rue qui s'amorçait, la rue du Hamel, alors il s'y engagea. Toutes ces précisions ont leur importance. Un peu plus loin sur sa droite, un autre restaurant, assez petit, dont la vitrine carrée donnait sur une table ronde parfaitement centrée et autour de laquelle déjeunaient quatre femmes d'une cinquantaine d'années, hissées sur une estrade. Le tableau qu'elles formaient paraissait accroché à la façade comme une grande toile de maître au mur d'un musée. D'être ainsi exposées les amusait, c'est ce qu'il sembla à Dimitri quand l'une d'elles attira l'attention des trois autres sur ce passant qui avec le plus de discrétion possible examinait le contenu des assiettes. Elles lui sourirent en échangeant des phrases qu'il devina salaces, celle qui tournait le dos à Dimitri pivota vers lui et leva un pouce d'assentiment accompagné d'un clin d'œil qui voulait dire : excellente cuisine, n'hésitez pas, entrez, rejoignez-nous ! Dimitri leur rendit leurs sourires et s'approchant de la porte vitrée il disposa sa main en visière pour apercevoir à travers les reflets l'intérieur du restaurant, où toutes les tables paraissaient occupées. Par ailleurs, la décoration lui plaisait nettement moins que celle de l'autre établissement. Aussi Dimitri fit-il comprendre aux quatre femmes – tête inclinée, lèvres navrées, haussement d'épaules embarrassé – qu'il serait volontiers venu les rejoindre en ce lieu si celui-ci n'avait pas été complet, après quoi il revint sur ses pas pour ne pas avoir à repasser devant la meute moqueuse des quatre nanas joviales emprisonnées dans leur tableau carré et qui rosé aidant ne manqueraient pas de réagir avec éclat à son éventuelle réapparition hésitante – or Dimitri était un garçon timide. Alors il décida qu'il irait au Bistrot, décision dont le bien-fondé se trouva vérifié par le fait qu'un garçon longiligne, efféminé, habillé tout en noir, assis à l'intérieur en compagnie de deux hommes de la même famille gay mais dans la catégorie déménageurs dandys, lui adressa un grand sourire à travers la vitre. Décidément, il y a des jours comme ça... Dimitri entra et demanda s'il n'était pas trop tard pour déjeuner, on lui répondit non, il demanda s'il pouvait déjeuner au comptoir, on lui répondit oui, alors Dimitri grimpa sur un lourd tabouret. Le joli garçon qui lui avait souri à travers la vitre était assis juste derrière lui. On lui donna la carte. Après avoir choisi ce qu'il voulait manger, une andouillette purée maison, Dimitri se tourna vers le jeune homme : levant la tête vers Dimitri, il lui dit qu'il l'avait immédiatement reconnu, pas lui ? Euh, non, pardon, il ne voyait pas, mais il n'était pas du tout physionomiste, il ne fallait pas lui en vouloir, cette défaillance lui jouait souvent des tours, lui fit savoir Dimitri, confus.

— Je suis un copain de Seb ? Seb à Paris ? Le musicien ? Tu vois ? lui dit le jeune homme, à l'américaine, en prononçant des phrases affirmatives sur un ton absurdement interrogatif, ce qui avait le don d'horripiler Dimitri.

— Oui, bien sûr, vous êtes un ami de Seb ! On s'est vus où, déjà ?

— On a bu un verre un soir chez Jeannette ? lui répondit-il.

— C'est vrai, voilà, pardon. Chez Jeannette. Avec Seb. Bien sûr. Pardon. Comment vous vous appelez, déjà, j'ai oublié...

— Théo ? Je suis pianiste ? lui répondit le joli garçon (il continuait de s'exprimer comme s'il jouait dans une série américaine, mais en français).

— Ça y est, pardon, j'y suis, je vois tout à fait qui vous êtes maintenant : *Théo l'ami pianiste de Seb*, dit Dimitri. Vous êtes Théo bien sûr. Je suis vraiment désolé.

— On se tutoyait, avant, dit Théo.

— C'est vrai, pardon, je ne sais pas ce que j'ai aujourd'hui, j'ai un peu la tête ailleurs, tutoyons-nous. Tu habites Bordeaux maintenant ?

Il éclata de rire.

— Non. Seulement en vacances. Je suis venu passer quelques jours chez des amis bordelais ? On a loué un truc sur le bassin d'Arcachon ? et on est venus passer la journée à Bordeaux, comme ça, pour se balader ?

— C'est un très bon endroit pour déjeuner, ici, dit l'un des garçons à Dimitri en levant son pouce en signe d'assentiment (exactement comme la nana joviale dans son tableau carré, quelques minutes plus tôt) : excellent choix.

Malgré ses exaspérantes inflexions interrogatives, Théo était charmant, très sympathique.

C'était décidément une journée surprenante, pleine d'imprévus.

Il y a comme ça étrangement des journées qui se déroulent de bout en bout dans l'impromptue principauté d'une fantastique limpidité relationnelle. Vous êtes ensoleillé, on vous sourit, on vous remarque, on a l'air de vous apprécier et c'est inexplicable parce que c'est unanime, ce n'est pas le fait d'une personne isolée mais de la collectivité, à l'unisson. C'est climatique. Comme si la ville était dotée d'une âme unique qui percevait la réalité par un seul et même œil, et de la sorte réagissait à votre présence d'une façon unifiée, presque chorale. Ainsi existez-vous dans une sorte de suprématie délicieuse, comme un cortège fendant la foule. C'est tout bonnement magique, le monde sensible vous récompense de la ferveur avec laquelle vous n'avez jamais cessé de croire en lui, il est à votre écoute, il comprend vos attentes, il illumine votre personne et ce faisant la rend visible aux yeux des autres, qu'il contraint, d'une certaine façon, à poser leur regard sur vous. Et le lendemain, avec la même inexplicable unanimité, la lumière qui la veille encore semblait vous désigner à l'attention admirative de tous s'est éteinte, vous ne croisez plus aucun regard, plus personne ne vous sourit, vous avez pour ainsi dire disparu. Vous êtes comme mort. L'âme de la ville s'est détournée de vous et cette indifférence qui parfois confine au mépris (au dégoût dans les cas les plus extrêmes) émane de toutes les personnes près desquelles vous passez, ou à qui vous parlez, sans la moindre exception.

Dimitri n'était jamais parvenu à élucider ce curieux phénomène. Ni à déterminer si c'était en raison de son humeur, de sa contenance, d'une expression particulière de son visage (liée peut-être à une orientation spéciale de son esprit) qu'on le regardait avec cette agréable insistance, ou si c'étaient les autres qui ces jours-là étaient spécialement réceptifs et joyeux, tournés vers l'extérieur et vers autrui, aventureux quoi – mais alors *pourquoi tous le même jour* ? Et après ça des gens prétendument sérieux affirment que la réalité n'est pas habitée, qu'aucune force ni présence surnaturelles n'y circule, tout ça parce que l'existence de ces forces ou de cette énergie n'est attestable par aucun autre instrument de mesure que nos vies mêmes, nos perceptions sensorielles, le pollen des regards doux récoltés par nos cervelles émerveillées quand l'on butine le long des rues le cœur léger.

Dimitri comprenait la tristesse de son père : un jour la lumière s'était éteinte, il avait attendu qu'elle se rallume mais elle n'était jamais réapparue, son temps était passé, comme ces fresques éclairées dans les églises grâce à des minuteurs, à cette différence près qu'il n'avait pas la possibilité, lui, de glisser une autre pièce dans la machine afin que sa personne fût de nouveau illuminée (voilà une métaphore que son père aurait pu inventer, elle lui plairait sans doute, il faudrait qu'il la lui offre).

Quand on lui eut servi son andouillette purée maison accompagnée d'un verre de bordeaux, Dimitri envoya un SMS à Arthur pour lui dire qu'il pouvait le rejoindre dans un restaurant dénommé Au Bistrot, à l'angle de la place des Capucins et de la rue du Hamel, où il était en train de déjeuner.

Arthur arriva à quatorze heures quarante-cinq. Ils furent contents de se revoir. Ils se racontèrent leur vie, quoique Dimitri n'osât pas évoquer son inconnue de Madrid, du théâtre de la Ville et du Café Français, ni le ravin où elle l'avait précipité par son silence obstiné, injurieux. Ils rigolèrent. Arthur lui parla de son métier d'architecte, de la crèche sur laquelle il était en train de plancher, c'était un concours, ils avaient été retenus pour y participer, ce projet l'enthousiasmait, il lui montra des croquis sur son iPad. Dimitri admira l'esthétique de la crèche, la façade, la pureté des volumes – Arthur espérait gagner ! Ce moment lui fit presque oublier Anaïs. Il était un peu plus de dix-sept heures quand ils se séparèrent. Au préalable, Dimitri demanda à Arthur s'il n'aurait pas une pizzeria à lui conseiller, il avait envie de manger une bonne pizza. Arthur lui recommanda un endroit qu'il adorait, L'Artigiano della Pasta, tenu par deux Italiennes, rue du Cerf-Volant, pas loin de L'Apollo où tu étais ce matin, c'est un lieu décoré comme si c'était chez elles, éclairé à la bougie, avec de grandes tablées très conviviales. L'ambiance est géniale, tout le monde parle avec tout le monde, tu vas te retrouver à la même table que les autres clients, on peut y faire de belles rencontres, conclut-il.

Dimitri décida qu'il passerait la soirée à L'Artigiano della Pasta, l'idée de dîner à une grande table endiablée lui plaisait. Peut-être la prophétie d'Arthur se réaliserait-elle, y ferait-il une belle rencontre ? En attendant il irait lire et travailler à la terrasse de L'Apollo, puisque les deux établissements étaient proches l'un de l'autre. Tout ceci se goupillait à merveille, comme aurait dit sa grand-mère.

Sur le chemin, il s'arrêta sur un banc pour envoyer un SMS à Anaïs.

Il relut le message qu'il lui avait envoyé le matin à dix heures vingt, avant de descendre dans la salle du petit déjeuner : « Je vous attendrai à 20 h 00 précises chambre 309, troisième étage. Prenez directement l'ascenseur, au fond à gauche, sans vous arrêter à la réception. Je peux aussi vous attendre dans le hall si vous préférez ☺ Dites-moi », message auquel Anaïs avait répondu par ces mots : « Je prendrai l'ascenseur ☺ À ce soir… Anaïs. »

Dimitri se rappela, avec le même pincement au cœur que si cet échange avait eu lieu plusieurs semaines auparavant (nostalgie d'une époque insouciante), à quel point la douce simplicité de ce texto l'avait troublé, comme si tous deux s'apprêtaient à vivre un moment amoureux authentique, réellement choisi, réellement désiré, réellement impérieux. Mais Dimitri ne se laissa pas attendrir par cette réminiscence et écrivit : « Chère Anaïs, un imprévu professionnel m'oblige à annuler notre rendez-vous, je ne peux pas faire autrement, je suis vraiment désolé, pardonnez-moi de vous faire ainsi faux bond. Dimitri. »

Il ne reçut de réponse que trente minutes avant l'heure de leur rendez-vous, de sorte qu'il commençait à se demander s'il ne devrait pas aller l'attendre quand même dans sa chambre – pour le cas où Anaïs n'aurait pas, ou feindrait de n'avoir pas reçu son message. Cette situation serait idéale puisqu'elle permettrait à Dimitri de faire l'amour avec Anaïs tout en s'étant procuré la bonne conscience d'avoir annulé. Si bien qu'installé à la terrasse de L'Apollo il recommença à bander tandis qu'il s'efforçait de s'accrocher à la lecture du *Jardin des Plantes*, dont les longues phrases emboîtées les unes à l'intérieur des autres désorientaient son esprit rendu distrait par l'impatience, il devait relire la plupart d'entre elles deux ou trois fois pour en comprendre l'articulation. L'excitation qu'alimentait la pilosité d'Anaïs fut d'ailleurs soudain réifiée par ce détail d'une phrase de Claude Simon qu'un hasard ironique glissa en cet instant sous son regard tout imbibé du corps spécial de son escort : « Peut-être aurait-il parlé encore mais à ce moment les deux jeunes femmes, la Grecque et l'Espagnole, sont sorties des vagues et sont revenues vers nous en tordant leurs cheveux. Des gouttelettes glissaient de leurs coudes levés et se perdaient dans les touffes de leurs aisselles. »

Que faisait Anaïs ? Pourquoi ne répondait-elle pas à son SMS ?

Dimitri essayait de lire mais n'y parvenait pas, contrôlant sans cesse son iPhone.

Instruite par l'expérience, peut-être ne prenait-elle jamais en considération les messages par lesquels les plus lâches ou les plus indécis de ses clients tâchaient d'annuler leur rendez-vous au tout dernier moment ? Ainsi s'y rendait-elle quand même, inflexible et cinglante, en les fouettant par sa simple venue, et les acculait-elle à leur envie la plus brûlante, malgré eux, redoublant leur plaisir, l'envie coupable de s'enfermer dans une chambre en sa compagnie, et d'y jouir de son corps sans limite ?

Il s'était remis à bander.

Et c'est alors que tomba sur Dimitri le couperet net de ce texto dépité : « Oh, je suis déçue. Cela arrive, merci d'avoir prévenu, bonne soirée », qui le décapita. À tel point qu'il faillit lui téléphoner sur-le-champ pour lui dire non, attendez, je n'annule pas ! je suis libre ! j'ai trop envie de vous connaître, je veux vous voir Anaïs !

Oh, je suis déçue.

Jamais le *e* du féminin à la sensible extrémité d'une épithète ne lui avait paru plus érotique que ce *e*-là répercuté à la vivante extrémité de *déçu*, ce jour-là, en cette circonstance-là. L'altérité d'Anaïs – à laquelle il était en train de renoncer – lui semblait résumée par la luisance de cet accord grammatical éruptif, au bout de l'adjectif touchant choisi par elle pour formuler son regret de ne pas le rencontrer. Pourquoi le mot *déçue* ? N'était-ce pas parce qu'il était inattendu qu'il était peut-être sincère ? Ce *e* fendit le cœur de Dimitri, il aggrava encore son désir d'elle. Néanmoins, il rempocha son iPhone, laissant le mot *déçue* sans réponse.

11

Durant les presque trois heures qu'il passa ensuite sur la terrasse de L'Apollo, Dimitri consigna dans son carnet Clairefontaine, le rose, les réflexions que lui avaient inspirées ses entretiens avec Louis Pouzin, rencontré à deux reprises ces huit dernières semaines.

Si, au milieu des années 1970, au lieu de les torpiller, le gouvernement français avait soutenu les recherches menées par Louis Pouzin dans son laboratoire de l'IRIA à Rocquencourt, c'est en France qu'aurait pu être inventé Internet, c'est depuis la France qu'auraient pu se propager la culture et l'économie d'Internet, c'est la France, et non les États-Unis, qui aurait pu en fixer les normes et les usages, puisqu'en l'espèce, quand Valéry Giscard d'Estaing, à peine élu, avait pris la décision de mettre un terme au Plan Calcul, et par voie de conséquence de liquider le laboratoire de Louis Pouzin que le Plan Calcul finançait, l'avance que ce dernier avait prise était considérable, unique au monde, écrivait Dimitri, à toute allure, au soleil, dans son carnet à spirales, en terrasse de L'Apollo.

Les notables français. La grande bourgeoisie française sûre de ses certitudes, de sa supériorité sociale et intellectuelle, accrochée à ses prérogatives de caste comme à un dû imprescriptible, arrogante et dédaigneuse, dans une continuelle et fastidieuse reproduction d'elle-même. Ne se remettant jamais en question, ne songeant qu'à servir ses intérêts personnels et non pas, en dépit des apparences, l'intérêt général. Jouissant d'une éternelle impunité, ne subissant jamais aucune sanction pour ses erreurs ou son incompétence, lorsqu'elles sont avérées. Passant toujours à travers les gouttes et poursuivant son fructueux chemin sans jamais être inquiétée, ni sanctionnée, ni accusée de déficience toutes les fois qu'il le faudrait. S'élevant toujours plus haut dans la hiérarchie sociale et les honneurs qui lui sont rendus, allant d'un poste où elle a échoué à un autre poste plus élevé encore où elle ne manquera pas d'échouer de nouveau et dans des proportions toujours plus effarantes – avant de redescendre de ces sommets culminants au moyen de parachutes dorés de plusieurs dizaines de millions d'euros, en remerciement du désastre : voilà le sujet auquel je vais m'atteler, écrivait Dimitri, à toute vitesse, dans son carnet à spirales, au soleil, en terrasse de L'Apollo.

Qui avait pris la décision de clore le Plan Calcul créé en 1966 par le général de Gaulle pour assurer l'indépendance de la France dans le domaine des gros ordinateurs ?

Valéry Giscard d'Estaing en 1974.

Et après ça les éditorialistes conservateurs, avec la morgue qui leur est coutumière, donnent des leçons de pragmatisme économique aux dirigeants de gauche, martelant à longueur de tribunes que s'ils étaient modernes et non pas arriérés ils saisiraient comme savent si bien le faire les dirigeants de droite les opportunités qui dans ce monde en constante évolution (en constante évolution !) sortent de terre à tout instant comme des chanterelles, permettant à la France de se transfigurer, et de foncer vers son futur à la manière d'un astronef. Malheureusement les hommes de gauche ont pour idéal de locomotion la charrette à bœufs, et pour idéal de civilisation l'assistanat et l'immobilisme, ce qui, tant qu'ils seront aux manettes, nous assènent à longueur d'éditoriaux les désuets marquis qui les écrivent, maintiendra notre pays dans le marasme et l'humiliation, l'humiliation d'être à la traîne, constamment à la traîne, honteusement à la traîne, au grand dam de ces entrepreneurs de droite qui trépignent qu'on les écoute car si enfin on consentait à les écouter et à les suivre dans leur élan vital et libéral, on verrait, le pays deviendrait grand, prospère !

Un exemple, messieurs les éditorialistes des beaux quartiers ?

Eh bien Valéry Giscard d'Estaing qui clôt le Plan Calcul en 1974, privant la France de la possible invention d'Internet sur son sol, nous subordonnant de facto au dynamisme et à l'esprit de conquête des Américains (pour le coup, on peut vraiment parler de génial opportunisme), quand c'est nous qui tractions toute l'affaire et que le monde entier s'épuisait à essayer de rattraper Louis Pouzin qui aussi sautillant que je le verrais moi-même au Café Français dans sa quatre-vingt-quatrième année courait déjà beaucoup plus vite que quiconque sur cette planète.

Merci Valéry Giscard d'Estaing, merci la droite française, merci les élites conservatrices.

Il est où l'éditorial hargneux de nos amis de droite déplorant qu'un président de la République ait fait rater à notre pays la révolution d'Internet, pour lui préférer le Minitel ? POUR LUI PRÉFÉRER LE MINITEL ! Ah ah ah ! Giscard, bravo ! On t'applaudit bien fort ! Toi qu'on se plaît toujours à dépeindre comme moderne et affûté ! C'est bien, la droite ! Félicitations ! On vous l'entend jamais raconter cette anecdote, c'est bizarre ! Comment ça se fait ? Elle est pourtant super instructive ! Vous qui adorez l'Histoire de France, qui ne cessez de vous référer à l'Histoire de France (où se sont illustrés tant de vos fameux ancêtres), qui ne cessez de déplorer le déclin de la France au regard de sa glorieuse Histoire, pourquoi vous ne le portez pas à la connaissance de vos lecteurs cet épisode majeur de notre Histoire récente ? La droite française soi-disant créatrice d'énergie et d'emplois, de richesses, de prospérité ! La droite française soi-disant entravée par les syndicalistes, entravée par l'onéreux modèle social français, entravée dans son désir de réussite, d'envol économique par les prolos !

Bien.

Mais derrière Valéry Giscard d'Estaing, à qui on ne peut décemment pas reprocher de ne pas s'y connaître à mort en matière de télécommunications, quel est l'homme qui en réalité porte la responsabilité d'avoir réduit à néant l'avance que notre pays avait prise dans le domaine de ce qui ne s'appelait pas encore Internet, pour lui préférer la technologie plus réaliste, plus immédiate, plus pépère et finalement plus franchouillarde du *Minitel* ? C'est Valéry Giscard d'Estaing, à peine élu, qui avait pris la décision de réorienter la politique de la France en matière de télécommunications, mais conseillé par qui ? manipulé par qui ? dans quel but ? motivé par quel objectif ? L'intérêt de la France ? *L'intérêt de la France ou d'obscurs intérêts personnels ?* Ce n'est pas une question intéressante, ça, franchement ? écrivait Dimitri, à toute vitesse, dans son carnet à spirales, en terrasse de L'Apollo, le visage exposé au doux soleil d'avril. On le lui avait dit, à Dimitri, quel homme avait tiré les ficelles et conduit Valéry Giscard d'Estaing à clore le Plan Calcul, à limoger Louis Pouzin, à le pulvériser dans son essor. L'identité de cet homme lui avait été confirmée par Louis Pouzin lui-même qui du reste n'en conservait aucune rancœur – ça s'appelle le génie, si peu de ressentiment. On avait expliqué à Dimitri les motivations profondes, assez simples, de cet homme. Assez simples ? On le sait, l'intérêt général, quand il est contrarié, pour ne pas dire combattu, l'est toujours pour une seule et unique raison : défendre un intérêt particulier. Et les soubassements de l'intérêt particulier, n'en déplaisent aux éditorialistes à boutons de manchette, et c'est même ce qui fonde l'idéologie de la droite dans ses principes fondamentaux, ce n'est que très rarement la poésie, la beauté, le plaisir de l'œil, la recherche de la grâce. Ni bien sûr l'amour. Bien sûr. Les soubassements de l'intérêt particulier n'ont jamais été d'une autre nature que l'enrichissement d'une minorité, pour ne pas dire l'enrichissement d'un seul, dût-il priver son pays d'une avancée révolutionnaire. Car de quel poids peut peser le destin d'un pays face à la perspective tangible de sa prospérité personnelle, quand on est un homme libéral ? Quand on a le pouvoir, on ne voit généralement pas plus loin que son propre profit à court terme, tout l'a prouvé, dans la marche du monde, ces dernières années, prenez la crise des subprimes, on ne va pas revenir sur cette évidence, même les seigneurs de la finance l'admettent quand on se donne la peine de les interroger un peu soigneusement et qu'on a la chance d'obtenir d'eux des réponses qui ne soient pas idéologiques mais sincères, fondées sur des réalités observables, considérons cette évidence comme un acquis si vous le voulez bien, on gagnera du temps. Cet homme, disais-je, écrivait Dimitri en dévorant des olives vertes, au soleil, en terrasse de L'Apollo, sa plume féroce courant frénétiquement sur les lignes de son carnet à spirales, après avoir obtenu de Valéry Giscard d'Estaing qu'il sacrifiât à ses intérêts personnels les acquis faramineux des travaux de Louis Pouzin, cet homme avait continué à placidement s'épanouir, en toute impunité, dans la société française, à étendre et à renforcer ses pouvoirs, à intensifier son prestige, à faire fructifier son capital, à être perçu par tous comme un immense industriel utile à la nation, alors même qu'il eût mérité d'être représenté pendu par un pied sur des affiches « *ad infamiam* » placardées sur les murs des grandes villes, comme à l'époque où pour stigmatiser les coupables, les mettre à mort symboliquement dans leur honneur, afin qu'ils se repentissent, et d'édifier les masses sur les fautes graves commises par leurs élites, on avait recours à ce type de sévices infamants, par exemple du XIIIe au XVIe siècle en Italie où il était fréquent qu'à l'occasion de certains délits (trahison, malversation, banqueroute), en plus des peines d'amende ou de prison décidées par la justice, celle-ci demandât à de grands peintres (Botticelli lui-même, Andrea del Castagno, Andrea del Sarto) de figurer, dans des lieux très fréquentés, le coupable dans une pose grotesque et humiliante, environné de symboles indiquant la nature du délit, sacs d'argent, démons, etc., pour porter à leur point d'incandescence le plus intolérable les effets du processus punitif, de la sanction. Vous autres qui adorez l'Histoire, le passé et les antiquaires (donc aussi les pendules, c'est tout à fait logique quand on y réfléchit, pendules dorées, hideuses, dont les tic-tac monarchiques cadencent doucement vos siestes, le dimanche après-midi, dans vos logis seigneuriaux), vous devriez apprécier à sa juste valeur ce genre de vieux sévices ! Et c'est précisément ce que je vais faire, écrivait Dimitri, à toute allure, dans son carnet à spirales, en terrasse de L'Apollo, le visage délicieusement doré par le doux soleil d'avril, je vais écrire un livre infamant qui exhibera, pendu par un pied, l'homme qui aura incité Valéry Giscard d'Indon de la Farce à scier la branche sur laquelle Louis Pouzin était en train de concevoir ce qui allait devenir l'invention majeure de la fin du XXe siècle et que les Américains, eux, pas cons, allaient savoir saisir au vol et développer comme il se doit pour amplifier dans des proportions délirantes – jusqu'alors inédites – leur écrasante suprématie planétaire – quand, de notre côté, en France, dans notre vieille monarchie travestie en République, nous nous serons finalement comportés comme des provinciaux, des notaires, des mangeurs de gigot, des salonnards, des paresseux. Mais comment pourrait-il en aller autrement quand dans notre charmante contrée les acteurs du libéralisme économique ne sont dans le fond que des bourgeois replets qui se promènent le week-end en pantalon de velours rouille, de vieux aristocrates dominicaux épris d'eux-mêmes et de leur supposée supériorité ancestrale, en perpétuelle digestion de leur copieux déjeuner ? Sans cesse soit au sortir d'une sieste, soit s'apprêtant à aller en faire une ? (Tic, tac, tic, tac, tic, tac...) Accrochés à leurs privilèges, à leurs particules anachroniques, à leur titre de vicomte, de marquis ? Dans une profonde et très ancienne détestation chronique du peuple ? Il serait utile, il me semble, il serait utile et instructif de faire à la droite et aux libéraux français le procès de la création d'Internet aux États-Unis plutôt qu'en France où il aurait pu naître, au lieu de faire semblant qu'aucune erreur de jugement n'a été commise par ceux-là mêmes qui passent leur temps à donner des leçons aux autres, ces gens-là étant perpétuellement convaincus qu'ils ont toujours raison contre le peuple et qu'il faut les laisser faire car ils savent mieux que quiconque ce qui est bon pour la France et bon pour le peuple, considérant que le peuple, de toute manière, par principe, est toujours opposé à toute évolution de la société française, à toute réforme, à tout progrès, freinant tout.

Il faut que cette histoire ait valeur d'exemple. Il faut qu'elle serve à éclairer ce qu'est aujourd'hui encore notre bonne vieille mentalité française, en particulier chez la plupart de ceux qui se prétendent libéraux et qui, en réalité, quoi qu'ils en disent, restent des rentiers incapables de créer de nouvelles réalités. Ces gens-là, dans le fond, ne sont bons qu'à monter des plans sociaux, à marier leurs filles, à sulfater leurs rosiers, à cirer leurs bottes d'équitation, à aller déjeuner chez madame leur vieille mère le dimanche à Meudon en attendant d'en hériter, à organiser de l'évasion fiscale, à passer de reposants week-ends en Normandie ou en Sologne, à faire des notes de frais, à piloter de puissantes berlines allemandes avant de faire sauter chaque mois par le préfet leurs contredances pour excès de vitesse. Vous ne vous êtes jamais demandé, d'ailleurs, les gars, puisqu'on parle de ça, pourquoi ce sont les Allemands qui fabriquent vos voitures préférées, et pas vous ? Non ? Vous ne comprenez pas ma question ? Dois-je vous rappeler que le déficit du commerce extérieur de la France (*votre* déficit) est de 46 milliards d'euros, quand l'Allemagne dégage un excédent commercial de quelque 248 milliards d'euros ? Alors ? Vous ne comprenez toujours pas ma question ? Non ? Ce n'est pas *votre* déficit ? C'est le nôtre peut-être ! Passons, vous saisirez une autre fois, écrivait Dimitri, en terrasse de L'Apollo, à toute allure, déchaîné, ses joues au bain-marie du doux soleil d'avril, appuyant bien sur son stylo qui courait sur son carnet à spirales jusqu'à en transpercer parfois la page, de rage. Oui, ces gens-là dans le fond ne sont bons qu'à mettre leur progéniture chérie dans des écoles religieuses où en chaussures de bureau dès l'âge de quatre ans elle deviendra mécaniquement ce qu'on attend qu'elle soit, finissant par intégrer, comme la majorité de ses aïeux avant elle, Polytechnique, Mines, Ponts, Centrale ou l'ENA, à la rigueur HEC (pour les plus dégénérés), perpétuant une très ancienne tradition familiale – exclusivement masculine bien entendu. Bien entendu voyons. Ladite progéniture n'a pas le choix, elle le sait à cause des chaussures de bureau qu'on lui fait porter depuis la maternelle. Alors elle obéit, elle ne cessera jamais d'obéir, mais sans le savoir ni même en avoir seulement un tout petit peu conscience. Cette grande école de la République, ladite progéniture la fréquentera quelques années dans un état second, ne sachant pas qui elle est, évidée de toute pensée, de toute culture, de toute substance et de tout libre arbitre (c'est pour ça qu'ils font de barbares bizutages, ou se livrent à toutes sortes de vexations misogynes sur leurs campus), jusqu'au jour où enfin diplômée elle se verra propulsée par le réseau paternel à un poste à la mesure du prestige du clan – comme cela s'était déjà passé à la génération précédente, et à celle d'avant, et encore à celle d'avant. Jusqu'à cette date, ladite progéniture ne s'est posé aucune question sur rien. Elle s'abrutit tous les midis de copieux plats en sauce (elle réitère souvent l'opération le soir, on peut appeler ça un long et fastidieux suicide), pour oublier jour après jour cette pesante servitude. Elle ne s'est pas non plus interrogée ni ne s'interrogera jamais du reste sur aucune des solides certitudes philosophiques qui lui auront été léguées d'autorité par son éducation. Ne manquant pas d'aplomb, ladite philosophie consiste à considérer que nos cieux voient se réveiller chaque matin d'un côté les inférieurs (en très grand nombre, d'assez mauvaise humeur) et de l'autre les supérieurs (peu nombreux, assez joyeux dans l'ensemble), que cette robuste répartition de l'humanité en deux groupes bien séparés n'a pas plus vocation à évoluer que le ciel n'en a de nous tomber sur la tête, que ladite progéniture appartient au second groupe et que de ce fait il lui appartient de faire fructifier sous ces mêmes cieux (qu'ils polluent d'ailleurs copieusement, y balançant sans vergogne des doses de CO_2 de plus en plus massives, de toutes les façons possibles) le rayonnement, le patrimoine et les ressources de la famille, et ce par tous les moyens qui seront mis à sa disposition par le système en place, à l'exclusion de toute autre considération. *À l'exception de toute autre considération*. Le concept d'intérêt général n'a pas lieu d'être ici, on le comprend aisément, sauf à préciser que dans ce biotope, où il est fréquent que des groins de sanglier soient fixés aux murailles des salles à manger, il fait figure d'affreux repoussoir. Des phrases grivoises et sarcastiques au sujet de l'intérêt général se croisent depuis suffisamment d'années entre les chandeliers de bronze des soupers familiaux, sous lesdits groins de sanglier, et en rase-mottes des chignons silencieux, pour que ladite progéniture ne soit pas prise d'un rire nerveux irrépressible toutes les fois qu'est évoquée devant elle cette curieuse idée si étrangère à ses mœurs, à sa culture clanique et armoriée – l'idée qu'on puisse parfois songer à d'autres intérêts que les siens, a fortiori s'il s'agit des intérêts de la plèbe, ou de l'entité peu séduisante qui englobe cette vaste plèbe sous ses différentes formes. (Cette entité peu reluisante, ne serait-ce pas l'humanité, par hasard ?) Et c'est donc sans jamais réfléchir, dénuée de la plus petite intuition sur notre monde et son avenir à court et moyen terme, que ladite progéniture – restée dans le fond un enfant, un enfant roi et colérique affublé des mêmes chaussures de bureau qu'à quatre ans – occupera toute sa vie les postes les plus élevés, des postes de plus en plus élevés au fil des années et des échecs, et qu'elle sera amenée à prendre des décisions dont les répercussions ne manqueront pas de concerner non seulement notre pays et son économie, cela va sans dire, mais aussi nos destinées individuelles, intimes, sans qu'il nous soit jamais permis de bien comprendre, de loin, d'en bas, nous les petits, comment il est possible que ces milliers de blanches progénitures disséminées comme des neiges éternelles sur ces très hauts sommets décisionnaires soient si incompétentes, soient si inefficaces, soient si peu inspirées, soient si peu inventives, soient si peu réjouissantes – ne serait-ce que du point de vue de l'économie et de la prospérité nationales, leur terrain d'élection, à les en croire.

J'exagère, je caricature ? Moi j'exagère, moi je caricature ??!! écrivait Dimitri à toute vitesse dans son carnet à spirales, au soleil, en terrasse de L'Apollo, éclatant d'un rire énorme, faisant se retourner trois garçons à la table d'à côté. *C'est moi qui exagère, c'est moi qui caricature ?! C'est la meilleure de l'année celle-là ! MOI ??!!* Et 1974 ? Et Louis Pouzin ? Et le datagramme ? Et Internet ? Hein ? Et c'est moi qui caricature ? hurlait Dimitri, en furie, penché sur son carnet à spirales, la pointe de son stylo galopant voracement sur le quadrillage du papier, Dimitri adjoignant au silence religieux de l'écriture la force propagatoire de la parole (en l'occurrence de la vocifération), comme si sa plume était un porte-voix accidentellement relié à ses cordes vocales.

C'EST MOI QUI CARICATURE ???!!!

Dimitri le pirate but une longue gorgée de Perrier tranche, s'essuya la bouche avec la manche de sa vieille veste achetée dans une friperie du Xe arrondissement et sourit aux trois garçons pour s'excuser du fracas oratoire. Ils se détournèrent de lui en haussant les épaules, vaguement réprobateurs.

Une histoire exemplaire.

La droite française, quoi qu'elle en dise, est incapable d'inventer le monde de demain. Si je sentais chez les libéraux français ne serait-ce qu'un soupçon de cette rarissime faculté à entrevoir, fût-ce un instant, un minuscule fragment du monde de demain, je vous jure, je voterais à droite sans une seconde d'hésitation : car j'ai une vraie passion pour le monde de demain, je suis pour, écrivait Dimitri dans son carnet à spirales, à toute allure, se dépêchant de terminer sa diatribe avant que le soleil ne disparaisse de la terrasse de L'Apollo. Mais la seule raison qu'ont les gens de droite d'être à droite, en France, ce n'est pas d'inventer le monde de demain, ils s'en foutent, ni de créer de la richesse, ni de prendre des risques, ni de monter des entreprises, ni d'offrir des emplois à la population, ni de partir à l'assaut des citadelles américaines, ni de conquérir le marché mondial en misant son propre argent sur ses propres intuitions. Non. Bien sûr que non. Ça aurait fini par se savoir. C'est de voir baisser leurs impôts. C'est de garder leurs privilèges. C'est de pouvoir conserver leurs châteaux familiaux. C'est que l'ordre immuable de notre réalité française si cloisonnée reste intact. C'est de maintenir à un taux raisonnable – le plus proche possible du zéro – les frais de succession. C'est d'empêcher la plèbe d'accéder aux mêmes richesses qu'eux, pour se les réserver. C'est l'entre-soi. C'est faire en sorte que cet entre-soi dispose toujours des meilleures places. Je suis désolé de le dire si frontalement mais c'est la stricte vérité, écrivait Dimitri, à toute allure, à la terrasse de L'Apollo, un peu moins au soleil que deux heures plus tôt. Non ? Alors il est où les gars le Cloud français ? Allez-y, créez-le, on vous regarde. Non mais allez-y les gars, on arrête de vous critiquer, montrez-nous de quoi vous êtes capables au lieu d'attribuer vos échecs à l'onéreux modèle social français qui vous entrave, en tant qu'entrepreneurs. Vous avez raison, c'est de notre faute, on vous coûte trop cher à être toujours au chômage. On vous empêche de créer des entreprises, nous qui vous imposons ce modèle social si coûteux, si contraignant et protecteur à l'égard du travailleur, c'est pour ça que vous n'y arrivez pas, pauvres choux. C'est pour ça que vous êtes impuissants. Je me suis laissé dire qu'il y avait trop de papiers à remplir, en France, quand on veut créer une entreprise, et que c'est pour ça que vous n'en créez pas, et aussi parce que vous avez peur, avant même d'avoir pris le risque de créer votre entreprise, de ne pas pouvoir licencier du jour au lendemain (sans frais) les gens que vous seriez amenés à embaucher, alors vous préférez y renoncer et aller jouer au golf. Mais ça y est, on dit plus rien, on vous critique plus, on arrête de faire du mauvais esprit, c'est vrai que c'est pénible à la fin, à partir d'aujourd'hui on cherche activement du travail – jusqu'ici c'est vrai on n'en cherchait pas vraiment, on faisait un peu semblant, on préfère dormir le matin – et aussi si vous voulez on vous aidera à remplir les papiers, moi je vous les remplis vos papiers administratifs, j'ai un peu de temps en ce moment je vous remplirai les papiers administratifs. Moi j'aime bien remplir les papiers administratifs, ça me dérange pas. Si c'est seulement ça le problème, si c'est juste parce qu'il y a trop de papiers administratifs à remplir que vous n'y arrivez pas, et que votre déficit extérieur est de 46 milliards d'euros, si c'est ça le problème on se relaie, pas de soucis, on vous remplit les papiers administratifs. Ma mère aussi elle vous aidera, elle est fortiche en papiers administratifs. Allez-y les gars, on vous regarde, étonnez-nous merde, créez-nous l'Apple français, l'Amazon français, le Facebook français, on a été méchants avec vous mais ça y est on arrête de vous dénigrer, on y croit ! On croit en vous ! Sincèrement ! Feu ! Allez ! Non mais qu'est-ce que vous faites, là, oh ?! Non mais où est-ce que vous allez comme ça ?! Quoi ?! Mais non ! Mais non, vous n'allez pas jouer au golf ! Non mais ça va pas la tête ? Vous restez là, vous n'allez pas jouer au golf ! Alors lui c'est la meilleure ! Il partait comme ça tranquille jouer au golf ! On lui demande gentiment de nous créer le Cloud français, et lui le gars il part jouer au golf !

Dimitri porta le verre de Perrier tranche à ses lèvres.

Qu'arrive-t-il à un homme de pouvoir quand il se rend coupable, à l'égard de son pays, d'une faute irréparable ? On le sait, il n'est pas dans la nature des patrons français d'être particulièrement indulgents à l'égard de ceux de leurs salariés qui ont le malheur de commettre une erreur, de perdre un client, de voir baisser leurs chiffres, d'avoir une tache sur leur cravate. Ou d'arriver en retard à une réunion (de dix petites minutes). Ou de ne pas répondre à un mail le dimanche. Ou d'avoir même seulement mauvaise mine un matin, alors la remarque rabaissante ne tarde jamais à terrasser la tête du salarié ensommeillé qui manifestement n'a pas pris la sage résolution de consacrer à l'entreprise davantage encore que l'intégralité de son temps, de sa personne, de ses pensées et de son énergie. Aucun être humain n'est plus prompt à humilier un autre être humain qu'un patron français agacé par un subalterne. À telle enseigne que les relations entre patrons et salariés, en France, m'ont toujours donné le sentiment d'être fondées sur l'unique postulat que le patron a toujours raison et le salarié toujours tort, que les vues du patron sont forcément courageuses, justes, pénétrantes, visionnaires, inspirées, célestes, magiques, majeures, grandioses, symphoniques, transcendantales, quand celles du salarié, à l'inverse, sont inverties, sournoises, mesquines, petites, floues, fourbes, frileuses, dodues, narquoises, duveteuses et réticentes, forcément réticentes, constamment réticentes, *par principe réticentes* – c'est tout du moins ce que se plaît à répercuter à longueur de tribunes la rhétorique des éditorialistes à particule qui les écrivent. Mais qu'en est-il lorsque le patron fait trébucher non pas une négociation, un dossier, un rendez-vous, un déjeuner d'affaires, mais un pays tout entier ? Qu'advient-il de sa situation, de son prestige, de son avenir personnel, quand le patron en question fait rater à son pays une marche décisive, lui fait prendre la mauvaise direction ? Que se passe-t-il quand un homme, un homme puissant, un lobbyiste hors pair, convainc un président de la République à peine élu de passer à la broyeuse une invention aussi faramineuse que l'embryon expérimental d'Internet ?

Rien.

Il ne lui arrive rien.

Son prestige reste intact.

Ses héritiers se distribuent chaque année les dividendes des fructueux placements dont s'occupent de virtuoses gestionnaires de fortune à partir de ses gains inouïs de jadis, votent à droite dans l'espoir que le dispositif soit encore optimisé, enfin je suppose.

Mais il faut payer, à un moment. Il faut passer à la caisse, comme on dit, écrivait Dimitri, à toute vitesse, au soleil, dans son carnet à spirales, en terrasse de L'Apollo.

Titre possible du livre : *La splendide famille X*. Un brûlot *ad infamiam*. Une féroce dévoration du corps du délit. La famille en question ne s'en remettrait jamais. Littéralement éviscérée. Suspendue par les pieds la tête en bas, comme un vulgaire quartier de bœuf. Il n'en resterait que des lambeaux, des entrailles sanguinolentes, une fois le livre écrit et publié.

Le soleil s'apprêtait à disparaître derrière le toit de l'immeuble dressé plein ouest place Fernand-Lafargue.

Il faut faire savoir les choses. Il faut donner des noms, révéler des visages. Je vais faire semblant d'admirer l'illustre industriel et aller voir ses descendants pour les interroger sur lui et sa carrière. Qu'ils me racontent les flageolets dominicaux, les siestes d'après-repas sous les tic-tac ancestraux, les parties de tennis au fond du parc, façon Finzi-Contini. Je vais les confronter un par un à la faute inexpiable que leur aïeul a commise, les observer attentivement et voir comment ils réagissent. Ont-ils des tics nerveux quand on leur parle d'Internet ? Étaient-ils au courant, en ont-ils jamais entendu parler ? Qu'eux aussi rendent des comptes. Qu'ils m'ouvrent les portes des propriétés et des appartements que son joli coup de 1974 – un coup vraiment diabolique – aura permis à leur machiavélique aïeul d'acquérir, de décorer et d'embellir à grands frais j'imagine au fil des décennies suivantes, après avoir consolidé son hégémonie, avec l'aide d'un Giscard d'Indon de la Farce roulé dans la farine, sur le marché public captif et désormais parfaitement cadenassé où prospérait l'homme d'affaires, engrangeant des fortunes.

Et ça, qu'est-ce que c'est ? c'est vraiment magnifique ! demanderait Dimitri à l'un des descendants, un soir, un verre de cognac à la main, en désignant un objet dans une vitrine. Ah, ça ? vous avez l'œil, vous avez l'œil ! lui répondrait le descendant. Ça, mon cher, c'est un vase Ming du XVe siècle, c'est mon parent qui l'a acheté, c'est l'un des plus beaux au monde. Il s'en est vendu un du même acabit, peut-être même un peu moins beau, l'année dernière, chez Sotheby's à Londres, pour la modique somme de 12 millions d'euros, excusez du peu, excusez du peu. Ouh la la, la femme de ménage a pas intérêt à déraper avec son plumeau ! plaisanterait Dimitri. Et cette pendule ! s'écrirait tout à coup Dimitri en désignant du doigt une hideuse pendule dorée posée sur une cheminée. Mais qu'elle est belle cette pendule, mon Dieu comme elle est belle ! Vous je sais pas mais moi j'ai une passion pour les pendules… où est-ce que vous l'avez trouvée ?! murmurerait Dimitri devant l'affreuse pendule. Le descendant prendrait Dimitri par le bras, à l'ancienne, pour le conduire tout près du vil objet, afin d'en admirer les risibles détails. Figurez-vous que cette pendule a appartenu à l'une des favorites de Marie-Antoinette, sans doute la nuit en fixait-elle des yeux les aiguilles, durant ses insomnies, ceci n'est-il pas épatant ? ah ah ah ! dirait avec onctuosité le descendant du grand homme, dans un rire molletonné. Les insomnies de Mme de Polignac étaient notoires. Vous n'avez jamais entendu parler des insomnies de Mme de Polignac, ah, comme c'est curieux, comme c'est curieux, c'est un fait de notre histoire de France qui est pourtant relativement connu. Non, je ne savais pas, mais je vous promets de me documenter, dès demain, sur la qualité du sommeil de Mme de Polignac. Vous devriez, c'est passionnant. Ah mais qu'est-ce que c'est beau, chez vous ! s'écrirait Dimitri en soupirant. Je ne me lasse pas de tous ces merveilleux objets, de ces rideaux. Ils sont tous plus beaux les uns que les autres. Quel effet ça doit faire de vivre comme ça au milieu de ces tableaux, on se croirait dans un musée ! En effet, en effet, mais on s'y habitue vous savez, on s'y habitue. Mon parent, comme vous le savez, était un très grand industriel, un très grand industriel, l'un des plus grands industriels que la France ait jamais comptés, mais aussi un homme constamment curieux des choses de l'art et de l'esprit, constamment curieux des choses de l'art et de l'esprit. (Mais pourquoi ce coquelet répète-t-il des tronçons entiers de chacune de ses phrases, quelle est donc cette étrange coutume ?) Oui, je vois ça, répondrait Dimitri. Quelle chance vous avez de pouvoir poser vos yeux, le matin, au réveil, avant d'aller petit-déjeuner, sur ces tableaux magnifiques ! Celui-ci, attendez voir, mais c'est, mais oui, c'est un Rembrandt ! s'exclamerait stupéfait Dimitri. Tout à fait, tout à fait, répondrait onctueusement le descendant en baissant la voix. Il n'a pas de prix. Acquis par mon parent en octobre 1975, il avait dû réussir un assez joli coup... Encore un peu de cet excellent cognac ? Avec joie, répondrait Dimitri, il est vraiment très bon. C'est un cognac Albert de Montaubert 1948, une grande année, ce breuvage est une merveille, lui répondrait le descendant. La cave ici est pleine de trésors de ce genre, c'est une véritable caverne d'Ali Baba, une véritable caverne d'Ali Baba, mon parent avait une prédilection pour les grands vins de Bordeaux, si vous voulez demain nous descendrons à la cave, nous descendrons à la cave, je vous ferai visiter, je vous ferai visiter, je vous ferai visiter, je vous ferai visiter… Quelque chose ne va pas ? s'inquiéterait Dimitri en tapotant le dos du descendant, comme pour lui faire recracher un bonbon qu'il aurait avalé de travers. Vous avez un problème, vous voulez que j'appelle les pompiers ? Grâce aux petites tapes de Dimitri sur les omoplates du coquelet enrayé, celui-ci se serait arrêté d'expectorer la même et unique phrase, et se serait assis sur un imposant fauteuil Louis XII d'une laideur invraisemblable, qui paraissait dessiné par un enfant très en colère. Parfois, comme ça, mon cerveau s'enraye, je ne sais pas pourquoi, je ne sais pas pourquoi, c'est une sorte de hoquet cérébral, je me mets à répéter le même morceau de phrase en boucle, le même morceau de phrase en boucle, le même morceau de phrase en boucle. Exactement comme le hoquet, vous dis-je, exactement comme le hoquet, aurait précisé le descendant défectueux, tout pâle. Où en étais-je ? Mon parent était féru de jolis coups, mais aussi de commodes ! plaisanterait aimablement l'onctueux descendant du grand homme. Et de pendules dorées ! renchérirait Dimitri, n'allez pas oublier les pendules dorées surtout ! ajouterait-il en essayant d'imiter l'inimitable petit rire élégant du descendant dégénéré. Plaît-il ? demanderait le descendant. Je disais, il était féru, aussi, me semble-t-il, de pendules dorées ! répéterait Dimitri en haussant la voix. C'est l'un des points communs que je me reconnais avec votre parent, cette incorrigible prédilection pour les pendules, et les pendules dorées de surcroît, les pendules compliquées ! hurlerait Dimitri. Je vous comprends, j'avoue moi-même une faiblesse pour les pendules dorées et compliquées, je vous en montrerai une, dans ma chambre, qui est tout à fait, tout à fait, tout à fait prodigieuse, du XVIIe siècle, elle a appartenu à une maîtresse de Louis XV. Avec quelle impatience la pupille enfiévrée de la maîtresse de Louis XV devait-elle consulter les aiguilles de cette précieuse pendule, le soir venu, dans l'attente de leurs rendez-vous clandestins dans le célèbre boudoir du monarque ! Vous connaissez naturellement l'existence de ce boudoir secret, n'est-ce pas Dimitri. Euh, non, je ne savais pas que... Il y avait un petit bouton pressoir habilement dissimulé dans les boiseries de son cabinet de travail, et cet appréciable petit bouton pressoir actionnait l'ouverture d'un panneau ouvragé permettant d'accéder à un escalier dérobé, et cet escalier dérobé conduisait au boudoir secret de Louis XV, où il recevait sa maîtresse. Je m'étonne que ce détail crucial de notre histoire de France vous ait échappé, il est pourtant très connu des historiens, dirait à Dimitri, avec une pointe de déception, le descendant de l'illustre industriel. Il faut tout vous apprendre jeune homme ! Vous êtes pourtant journaliste si je ne m'abuse ! Mais spécialisé dans le contemporain, plutôt, voyez, répondrait Dimitri en levant un index menaçant devant les yeux de l'héritier. D'où mon intime connaissance des prouesses politico-industrielles de votre parent en 1973, en 1974, en 1975, en 1976, en 1977. Et aussi en 1978 ! poursuivrait dans un adorable petit ricanement de hautbois le descendant du grand homme. Et en 1979 ! et aussi en 1980 ! et même, figurez-vous cher Dimitri, en 1981 ! Mon parent était à ce point malin qu'il est parvenu à faire des affaires considérables après le 10 mai 1981, rendez-vous compte, Mitt'rand n'y a vu que du feu ! Mais discrètement, attention... très discrètement, car selon un vieil adage de la famille : pour vivre heureux, vivons cachés. Tout à fait entre nous, cher Dimitri, le plus appréciable, avec tout ce que nous a laissé de précieux mon illustre et généreux parent, c'est qu'il nous suffit de vendre une fois de temps en temps un petit tableau, une petite pendule, une petite table de nuit, une petite pantoufle, un petit coussin brodé, un mouchoir ayant appartenu à Mme de Montespan, pour subvenir très largement à nos besoins. Les réserves sont illimitées pour les trente prochaines générations au bas mot, tout ceci nous conduit facilement à l'orée du XXIIe siècle ! Tout ce qu'a accumulé mon parent, de son vivant, grâce à son génie des affaires, à ses talents de lobbyiste, nous permettra de vivre heureux jusqu'en 2099, vous vous rendez compte ? Ce n'est pas magnifique ? Ce que peut le génie d'un seul homme, quand on y songe, c'est fou n'est-ce pas ? Ceci me laisse parfois songeur, me laisse parfois songeur, me laisse vraiment songeur…

À environ vingt heures, la nuque endolorie par ces deux heures de virulentes diatribes, Dimitri décida de remballer ses affaires et de quitter la terrasse de L'Apollo, car le soleil s'étant glissé derrière les toits une fraîcheur grise et un peu triste était tombée sur la place. Il ne fallait pas qu'il tarde à se mettre en route pour la bien nommée rue du Cerf-Volant, en plus, s'il voulait trouver une place à L'Artigiano della Pasta.

Il paya et s'apprêtait à s'en aller quand le visage d'une inconnue attablée un peu plus loin s'illumina d'un grand sourire en le regardant rempocher sa monnaie, comme s'ils se connaissaient. Dimitri s'approcha d'elle et lui fit savoir, un peu embarrassé, qu'il ne voyait pas qui elle était, sur quoi la femme joviale tendit vers Dimitri un pouce dressé en signe d'assentiment, accompagné d'un bref clin d'œil.

— Ah, je vois, pardon, oui, bien sûr ! dit Dimitri en lui souriant à son tour. Excusez-moi mais je ne suis pas du tout physionomiste, j'ai du mal à mémoriser les visages, il ne faut pas m'en vouloir, cette défaillance me joue tout le temps des tours. Rien qu'aujourd'hui…

— Vous êtes prosopagnosique ? Un de mes patients est atteint de ce trouble.

— Proso-quoi ?

— Prosopagnosique. La prosopagnosie est une agnosie visuelle qui empêche celui qui en est atteint de reconnaître les visages.

— N'exagérons rien ! Je n'en suis pas à ce stade ! Mais il est vrai que…

— Je ne vous en veux pas, l'interrompit la femme en lui tendant la main (à l'américaine) : Christelle, dit-elle, et Dimitri serra sa main en lui disant : Dimitri. Vous avez eu tort, enchaîna-t-elle.

— De quoi ? demanda Dimitri.

— De ne pas entrer, tout à l'heure : c'est un excellent restaurant.

— C'était complet. Plus aucune table n'était libre, j'ai bien regardé.

— Mais vous auriez pu attendre deux minutes, on vous aurait tenu compagnie ! Une table s'est libérée tout de suite après ! lui dit Christelle en riant.

— Je suis allé au Bistrot. Vous savez, au coin de la rue…

— Vous vous asseyez ? J'attends des amis, ils ne vont pas tarder.

— Merci, non, il faut que j'y aille.

— Vous allez où ? Si ce n'est pas indiscret bien sûr…

— Dîner, répondit Dimitri.

— Où ça ? Chez des gens ?

— Non, dans une pizzeria, pas loin d'ici. Une pizzeria qu'un ami bordelais m'a recommandée. L'Artigiano della Pasta.

— Ah ! très bien ! Excellent choix ! Bravo ! Super ! Ça va vous plaire ! Vous avez réservé ? Il y a toujours beaucoup de monde là-bas. J'espère que vous aurez de la place, c'est pas certain un vendredi.

— Ah, zut… dit Dimitri. Et si jamais c'est plein ? Qu'est-ce que vous me conseillez, comme autre endroit, si jamais c'est plein à L'Artigiano ?

— Où vous pourriez aller ce soir si c'est plein à L'Artigiano ? répéta Christelle en regardant Dimitri droit dans les yeux.

— Oui.

— À part le restaurant de ce midi bien entendu… ajouta Christelle en lui faisant un clin d'œil.

— À part le restaurant de ce midi, confirma Dimitri dans un sourire.

— Vous voulez une olive ?

— Non, merci bien. J'en ai déjà beaucoup mangé, tout une coupelle. Deux même, j'en ai redemandé à la serveuse.

— Alors moi je vous recommande, pour ce soir, si c'est plein à L'Artigiano, un endroit où j'adore aller, l'ambiance est vraiment géniale, très chaleureuse, on y fait plein de rencontres. Si bien sûr faire des rencontres vous intéresse, ajouta Christelle malicieusement.

— Ça m'intéresse, s'empressa de lui répondre Dimitri.

— On y mange les meilleures empanadas de Bordeaux. C'est un bar, un restaurant mais aussi une salle de concert, il y aura sans doute de la musique ce soir, ça s'appelle El Chicho et c'est tout près de là où on s'est vus à midi, place des Capucins.

— Eh bien merci, bonne soirée ! dit Dimitri.

— Et surtout n'oubliez pas hein ? El Chicho ! Place des Capucins ! Vous ne serez pas déçu ! dit Christelle en levant vers Dimitri un pouce levé en signe d'assentiment (et d'autodérision), accompagné d'un clin d'œil appuyé (elle se moquait d'elle-même).

Mais quelle ville !... Mon Dieu quelle ville extraordinaire ! Comme on y est bien ! C'est toujours comme ça Bordeaux, ou bien c'est juste ce soir ?

À L'Artigiano della Pasta, il ne restait qu'une table isolée, au fond, près des cuisines, par-delà la zone de la salle qui allait être la plus peuplée une fois que les clients seraient tous arrivés. Mais l'endroit était tellement joli, et Dimitri timide et indécis, qu'il se laissa entraîner sans réagir vers la petite table insulaire désignée depuis l'entrée par l'énergique patronne du restaurant. Tant et si bien qu'à peine assis, il regretta de s'être laissé imposer cette décision, il se dit qu'il aurait dû dire non, refuser la table esseulée, ne pas entrer, partir. De par son isolement dans la salle, il ne pourrait parler à personne, il ne serait pas même diverti par les conversations qu'il aurait pu capter s'il avait dîné à l'immense table de ferme qui se tenait au milieu du restaurant, comme le lui avait décrit Arthur. Il n'aurait donc, pour se distraire entre les plats, que *Le Jardin des Plantes* de Claude Simon et son carnet où prendre des notes, mais il avait déjà beaucoup écrit ces dernières heures et par ailleurs le faible éclairage de la salle, presque uniquement à la bougie, s'il diffusait une atmosphère admirable, propice aux confidences, et aussi aux baisers, rendait problématique en revanche la lecture d'un ouvrage de la nature du *Jardin des Plantes*, escarpé, labyrinthique, imprimé en petits caractères, si bien qu'au bout de quelques minutes, et après que la patronne fut venue lui demander s'il désirait boire quelque chose (euh, je ne sais pas encore, lui répondit hypocritement Dimitri), et lui eût désigné la liste des pizzas rédigée en élégantes cursives romaines, à la craie blanche, sur une ardoise encadrée fixée au mur, Dimitri, sous le coup d'une puissante impulsion, rassemblant tout son courage, profitant que la patronne se fût absentée du côté des cuisines, se leva pour s'éclipser subrepticement. Projeté dehors par son instinct de survie, il se retrouva à remonter en courant la plus que jamais bien nommée rue du Cerf-Volant – l'humeur dansante de Dimitri reliée à la pizzeria qu'il fuyait par le fil de nylon d'un léger sentiment de honte – pour se rendre place des Capucins, à El Chicho, et y goûter les meilleures empanadas de Bordeaux.

Voyez un peu le jeu de dames que c'est, jouer aux dames avec le réel et aller comme ça de case en case, en diagonale, tout en se protégeant – manger des pions ennemis pour ne pas se faire manger soi-même, évoluer sur le damier de la journée du vendredi 22 avril 2016 en se laissant guider par les seules configurations circonstancielles de la partie telle qu'elle s'oriente de minute en minute, dans un alliage aventureux de hasards, d'intuitions, de peurs, de scrupules, d'indécision, de vigilance et de calculs délibérés.

Mais Dimitri ignorait qu'il était en train de jouer aux dames, et qu'il y jouait depuis qu'il s'était réveillé (et depuis la veille au soir, même, à bien y réfléchir) : il ne le comprendrait qu'à la seconde précise où un pion qu'il venait d'avancer rejoindrait la rive adverse, et donc deviendrait Dame, se transcendant lui-même.

Ayant abordé un vieil homme pour lui demander sa route, il descendit la rue Leyteire, longue et belle, non piétonne, et arriva enfin place des Capucins, où il demanda à un passant s'il savait où se trouvait El Chicho, oui, c'est par là, un peu plus loin sur la droite, vous verrez, vous ne pourrez pas le manquer, lui répondit-on.

Quelques minutes plus tard, Dimitri parvint devant El Chicho.

Il entra.

Il y avait beaucoup de monde.

Toutes les tables étaient occupées.

Il croisa le regard d'une jeune femme installée au comptoir, seule, l'âge de Dimitri à peu près, blonde aux cheveux mi-longs, lumineuse et banalement attrayante (comme souvent les blondes ; c'est même pour ça qu'elles se font teindre, pour être immédiatement attrayantes, en oubliant le banalement), auprès de qui un tabouret était libre, certainement réservé à une personne qu'elle attendait. Dimitri s'approcha et lui demanda s'il pouvait s'asseoir. La jeune femme lui répondit oui, c'était libre, alors Dimitri prit place au comptoir à sa droite, elle était en train de boire une bière, il y avait beaucoup de bruit.

Comme ensuite ils se sourirent plusieurs fois, Dimitri surmonta sa timidité et demanda à la jeune femme quelle bière elle buvait, et si elle était bonne. La jeune femme lui en donna le nom et lui dit qu'elle était délicieuse, assez forte, un peu amère, c'était une bière artisanale, il voulait goûter ? Il lui répondit oui et but une gorgée de sa bière dans le verre de la jeune femme, et il n'échappa pas à Dimitri que le regard de cette dernière s'attarda un instant sur ses lèvres ourlées d'un peu de mousse après que le verre s'en fut détaché et qu'il le lui rendait, elle le saisit en lui souriant. Eh bien ? lui dit la jeune femme, comment vous la trouvez ? et Dimitri lui répondit qu'il adorait ce genre de bière, et qu'il allait commander la même. Puis la conversation s'engagea, Dimitri lui demanda si elle était bordelaise, la jeune femme lui répondit qu'elle ne l'était pas, elle venait de Paris. Dimitri ajouta que lui aussi. Alors la jeune femme lui demanda ce qu'il était venu faire à Bordeaux et

Dimitri lui expliqua qu'il était reporter à l'AFP, il avait pris deux jours de congé pour rencontrer une femme avec qui il envisageait d'écrire un livre, ou bien un scénario, ou encore une enquête, il ne savait pas encore, il devait réfléchir.

— Et vous ? demanda Dimitri, qu'est-ce que vous êtes venue faire à Bordeaux ?

— Je m'occupe de Rosemary Roselle. Disons que je la conseille.

— Qui ?

— Rosemary Roselle.

— Rosemary Roselle ? Pardon, mais… qui est Rosemary Roselle ?

— Ah, vous n'êtes pas là pour le concert ? Pardon, j'avais cru… C'est une chanteuse. Elle n'est pas encore très connue. Il y a un concert, en bas, à vingt et une heures, un concert de Rosemary Roselle.

— Non, je ne savais pas, je suis venu juste pour dîner. Un peu par hasard en fait. Mais en effet on m'avait dit qu'il y avait parfois des concerts, ici.

— Il reste des places, dit la jeune femme. Si ça vous intéresse vous pouvez encore acheter un billet, je vous le conseille, c'est vraiment très bien ce qu'elle fait.

— Écoutez, si vous le dites. Je vais faire ça, d'accord, excellente idée, je vais acheter une place et écouter chanter… Pardon, comment déjà ?… dit Dimitri en posant sa main sur l'avant-bras dénudé de la jeune femme, qui avait retroussé ses manches.

— Rosemary Roselle. Ils seront quatre : un batteur, un bassiste, un guitariste, et Rosemary.

— Je m'appelle Dimitri : on ne s'est pas présentés. Dimitri Marguerite.

— Pauline, dit la jeune femme en lui tendant la main. Pauline Bourgeois.

— Comme Louise ?

— Louise ?

— Louise Bourgeois. Vous savez, l'artiste américaine née en France. C'est mon artiste préférée.

— Oui, bien sûr. Mais je ne descends pas d'elle malheureusement.

— Il n'y a pas d'artiste qui me touche plus que Louise Bourgeois. Elle recevait chez elle chaque dimanche, à Chelsea. Je m'en voudrai toute ma vie de ne pas avoir essayé de lui rendre visite.

— Pourquoi, elle est morte ?

— Oui. En 2010.

— Ah… Dommage…

Dimitri et Pauline se regardèrent assez longuement dans les yeux. Avec même une forme de gravité. Après quoi ils reprirent leur conversation, effaçant ce silence d'un sourire.

— Vous êtes dans la musique, si je comprends bien.

— Et si on se tutoyait ?

— Oui, tu as raison, tutoyons-nous. Tu es dans la musique…

— En effet, dit Pauline.

— Et tu t'occupes d'artistes…

— Oui et non. Enfin oui, mais c'est un peu particulier en ce moment. La maison de disques où je travaillais a fait faillite en novembre. J'y dirigeais l'activité spectacles.

— Ah, désolé. Et qu'est-ce que tu vas faire ?

— J'ai un gros poste en vue, mais je ne peux pas en parler, je suis en pleine négo… Je touche du bois, d'ailleurs, dit Pauline en cherchant du bois où poser ses doigts, finalement ils touchèrent le tabouret de Dimitri, ils étaient fins, assez jolis.

— Et cette chanteuse, dit Dimitri. Qu'est-ce qui vous lie, toutes les deux ?

Alors Pauline expliqua à Dimitri que dans la

maison de disques où elle avait travaillé jusqu'en novembre son patron les avait toujours incités à repérer sur Internet, ou en concerts, des personnalités nouvelles. Rosemary Roselle, Pauline l'avait découverte dans une playlist des *Inrocks*. Les *Inrocks* à l'époque sortaient chaque mois sur leur site des playlists de morceaux qu'ils avaient reçus et aimés, et un jour sur l'une de ces playlists Pauline avait eu le coup de cœur pour une chanson d'une fille dont elle n'avait jamais entendu parler. Le son, la voix, la mélodie et les paroles lui avaient plu à la toute première écoute. C'était Rosemary Roselle. Elle l'avait contactée pour lui donner rendez-vous, elle voulait faire sa connaissance et voir ce qu'elle avait dans le ventre. Résultat, elle était littéralement tombée sous le charme de cette fille dès qu'elle avait passé la porte de son bureau. Sa présence, son intensité, son charisme, son intelligence. Dans la maison de disques, quand elle leur a présenté Rosemary, ils sont tous tombés raides dingues à leur tour, son boss, les éditeurs, le directeur artistique, le marketing, la presse. À tel point qu'ils ont pris la décision de développer un album avec elle, de la signer. C'était génial, Pauline était tellement contente ! Mais ils n'ont pas eu le temps d'aller beaucoup plus loin, les difficultés financières se sont aggravées à ce moment-là et la boîte a fait faillite un an plus tard. Alors, la pauvre, elle s'est retrouvée au point zéro après avoir pensé qu'elle allait sortir un disque dans un label réputé. Ça aurait dû être cet automne, c'est vraiment con. Mais Pauline continuait de la soutenir, par amitié, mais aussi parce qu'elle croyait en elle, c'était quand même sa découverte ! En attendant de commencer son nouveau job elle l'aidait à progresser en live. Elle essayait aussi de lui trouver une maison de disques mais ça c'était une autre paire de manches.

— C'est compliqué en ce moment, les maisons de disques sont hyper frileuses, elles ne prennent plus aucun risque, c'est déprimant. Excuse-moi, il est quelle heure Dimitri ? Il ne faudrait pas qu'on rate le concert, dit-elle en réveillant Dimitri du songe où regarder Pauline parler l'avait plongé…

— Euh, pardon, neuf heures quinze…

— Alors allons-y, dit Pauline que le trouble de Dimitri semblait réjouir, sur quoi ils terminèrent leur verre et descendirent dans la cave.

La cave était déjà archi pleine (il est vrai qu'elle ne pouvait contenir qu'une soixantaine de personnes), ils s'avancèrent parmi les spectateurs pour se placer à peu près au milieu, l'un contre l'autre. Dimitri sentait l'épaule de Pauline contre son bras et son épaule à lui – et là il n'eut plus aucun doute : ils allaient passer la nuit ensemble. Quel hasard incroyable ! De quelle façon contournée Dimitri était parvenu jusqu'à Pauline, cette sucrerie, ce fruit juteux ! Que la vie peut être belle quand elle y met du sien ! C'est pas trop tôt merde ! La salle applaudit pour faire arriver plus vite Rosemary Roselle, alors ils applaudirent eux aussi en se regardant dans les yeux, Dimitri approcha ses lèvres de l'oreille gauche de Pauline et il lui dit qu'il était très heureux de passer cette soirée en sa compagnie, c'était inattendu, le hasard faisait bien les choses… Alors Pauline, qui approcha ses lèvres de l'oreille droite de Dimitri, tandis qu'ils continuaient d'applaudir pour tenter d'accélérer l'arrivée sur scène de Rosemary Roselle, lui dit qu'elle aussi était heureuse de cette rencontre imprévue, et d'avoir fait la connaissance de Dimitri, alors Dimitri ajouta (et leurs lèvres se frôlèrent quand Dimitri pivota sa tête pour parler à l'oreille de Pauline tandis que Pauline pivotait la sienne pour présenter son oreille gauche aux mots qu'elle allait se voir confier par Dimitri), Dimitri ajouta que sa journée avait été ponctuée par des événements impromptus qui n'avaient pas cessé de lui faire emprunter des directions inattendues, jusqu'à le conduire en ce lieu, où ils avaient fait connaissance, et il commençait à comprendre pourquoi, il commençait à comprendre ce qui s'était passé toute la journée et le but occulte de tout ce cheminement complexe et contourné par les rues bordelaises, c'était pour arriver ici, ici même, dans cette cave, aux côtés de Pauline, ajouta Dimitri avec une audacieuse témérité, alors Pauline, n'y tenant plus, posa un brusque baiser de joie sur les lèvres de Dimitri, un très rapide et bref baiser de joie. C'est alors que les lumières s'éteignirent pour ne laisser illuminée que la toute petite scène. Les applaudissements redoublèrent. Des cris et des sifflets ondoyants retentirent sous les voûtes et enfin apparut la jeune chanteuse que la salle attendait, dont la salle avait voulu précipiter, par ses applaudissements, ses cris de joie et d'impatience, le surgissement, Rosemary Roselle, sa passante madrilène, sa sprinteuse du théâtre de la Ville, Rosemary Roselle suivie et entourée de ses trois musiciens, la salope du Café Français.

Déflagration.

Sur cette étouffante petite scène, emprisonnée dans la lumière des projecteurs, impérieuse et plus effarante de beauté qu'elle ne l'avait encore jamais été aux yeux de Dimitri, son inconnue du théâtre de la Ville et du Café Français attrapa une guitare blanche posée verticale sur son socle et la passa en bandoulière. La guitare électrique semblait démesurée sur son long corps étroit et androgyne, le batteur frappa trois fois l'une contre l'autre ses deux baguettes pour donner le tempo et la musique s'engouffra dans la cave, un peu comme un train surgit la nuit dans une gare et la traverse à toute vitesse sans s'arrêter, longuement, interminablement, couvrant de son fracas tous les bruits alentour, furie, vision, vacarme, éblouissement.

12

Maurice Allègre se souviendrait de cet appel toute sa vie, avait dit Maurice Allègre à Dimitri. C'était en octobre 1973, il ne savait plus quel jour, un matin probablement. Il se trouvait dans son bureau de la Délégation générale à l'informatique, rue du Cherche-Midi, et il avait reçu un coup de téléphone de Jacques Dondoux, le directeur du CNET (Centre national d'études des télécommunications), le centre de recherches de la DGT (Direction générale des télécommunications) du ministère des PTT, chargé d'orchestrer l'ensemble du réseau téléphonique français.

Écoute Maurice, lui dit Jacques Dondoux. J'ai une mauvaise nouvelle. Finalement, on ne va pas prendre Cyclades. On laisse tomber, c'est la décision qu'on a prise. Il n'y a rien à faire, j'ai tout essayé. Je suis désolé.

Foudroiement.

Cyclades, c'était le projet pilote de réseau de transmission de données qu'avait conçu Louis Pouzin dans un laboratoire de l'Institut de recherche en informatique et automatique (l'IRIA) à Rocquencourt, sous l'égide de la Délégation générale à l'informatique que dirigeait Maurice Allègre. Cyclades était le premier réseau expérimental au monde à appliquer intégralement le principe du datagramme mis au point par Louis Pouzin, principe que Vinton Cerf et Robert Kahn, après l'abandon du réseau Cyclades par le gouvernement français, allaient bientôt reprendre à leur compte pour concevoir le futur protocole de communication d'Internet TCP / IP, comme on le verra plus tard plus en détail.

Ce coup de téléphone lui était resté en travers du gosier, et c'est un euphémisme, avait dit Maurice Allègre à Dimitri. Il marquait le rejet par l'establishment bien installé des télécoms françaises de toute idée originale concernant la conception des réseaux de transmission qui proviendrait du monde encore balbutiant de l'informatique. Il renvoyait aux calendes grecques l'indispensable convergence conceptuelle entre informatique et télécoms, qui est depuis devenue une évidence par la grâce du développement foudroyant d'Internet.

À l'automne 1973, et cette orientation se verrait confirmée un an plus tard quand par décision de Valéry Giscard d'Estaing la Délégation générale à l'informatique serait dissoute, la France allait écarter le projet Cyclades développé par Louis Pouzin et mettre en œuvre à l'exclusion de toute autre réflexion le projet Transpac du CNET et la norme X25. Transpac allait donner naissance, en France, quelques années plus tard, au Minitel, quand les États-Unis, récupérant le datagramme, l'invention de Louis Pouzin écartée en premier lieu par les élites des télécoms puis dans un second temps par le gouvernement français, allaient créer Internet avec le succès planétaire que l'on sait.

Bravo les gars, on vous félicite.

Maurice Allègre, quand il avait reçu cet appel lui annonçant les funérailles de Cyclades, était alors tout à fait convaincu du caractère révolutionnaire des travaux de Louis Pouzin, et de la place éminente que ce dernier avait conquise, au plan mondial, sur cette question cruciale et émergente des transmissions de données, même si personne, à l'époque, en France comme aux États-Unis, soyons honnêtes, n'était encore en mesure de se représenter précisément ce sur quoi ni quand ces recherches allaient finir par déboucher, à savoir Internet tel que nous le connaissons aujourd'hui, ni l'importance qu'Internet ainsi conçu allait prendre dans notre réalité, bien entendu, avait tenu à préciser Maurice Allègre. Mais tout de même, Louis Pouzin et Maurice Allègre avaient à ce moment-là la certitude que cette invention était capitale, et qu'y renoncer serait non seulement une lourde erreur de stratégie, mais une totale aberration, à rebours de l'évolution logique des techniques de communication.

Ce matin-là, en octobre 1973, Jacques Dondoux explique à Maurice Allègre qu'il ne peut pas s'élever contre les convictions techniques de ses propres troupes. Les ingénieurs du CNET avaient entrepris des recherches, comme Louis Pouzin, sur cette question fondamentale des transmissions de données, et ils avaient sur le sujet des vues bien arrêtées. Hautains et méprisants (Dimitri extrapolait), ils se considéraient comme les experts incontestables de la commutation électronique (c'est ce que lui avait dit Maurice Allègre) et personne n'était autorisé à venir les contredire sur ce terrain. On sentait bien que cette question des datas, comme on dit maintenant, allait prendre de plus en plus d'importance, et qu'il était urgent de se doter d'un réseau susceptible de transférer des données qui allaient être inexorablement de plus en plus nombreuses, donc le CNET élaborait lui aussi un réseau spécifique de transmission de données, Transpac, qu'il avait la ferme intention de conduire à son terme.

En raison même des principes sur lesquels reposaient respectivement ces deux systèmes, il ne faisait aucun doute pour Maurice Allègre qu'une solution de type Cyclades – si on parvenait à la mettre au point – serait en mesure d'acheminer dans des conditions optimales un nombre bien plus élevé de données que ne pourrait jamais le faire Transpac. Transpac se heurterait fatalement, à un moment ou à un autre, c'était une évidence, à ses propres limites – ce que l'avenir confirmera, le Minitel (grande réussite éphémère de la DGT, un mini-écran dans chaque foyer) n'ayant rien été d'autre, en définitive, qu'une somptueuse voie sans issue.

Que le réseau Transpac, avant même d'être lancé, fût, si on rapportait ses possibilités à celles que paraissait offrir la technologie Cyclades (Internet l'a prouvé après quinze années d'efforts intensifs de développement), une impasse inévitable, Maurice Allègre en avait eu la quasi-certitude depuis le tout début, et c'est ce qu'il essaya, en cette année 1973, de faire comprendre à ses interlocuteurs du CNET, pour les convaincre de s'intéresser aux recherches menées par Louis Pouzin dans son laboratoire de l'IRIA à Rocquencourt, et même d'en faire leur chose personnelle, afin que ce qui n'était alors qu'un brillant projet de recherche pût aboutir un jour éventuellement à un réseau opérationnel. Car, bien entendu, Transpac et Cyclades n'en étaient pas au même stade de développement, vous aviez d'un côté un projet industriel qui était proche d'être lancé, Transpac, et de l'autre un projet de recherche qui n'en était qu'à ses balbutiements, Cyclades, même si c'était une réussite incontestable et un projet d'avenir très excitant. (D'ailleurs les États-Unis ont récupéré le datagramme abandonné par la France en 1975 et les premières connexions Internet grand public ont eu lieu là-bas en 1990 : c'est un délai relativement long.) Cela fait des années que les entreprises nous réclament un réseau pour acheminer leurs données, on a travaillé d'arrache-pied pendant des années à construire ce projet de réseau, Transpac est prêt à sortir, nous allons sortir Transpac, rien ni personne ne pourra nous y faire renoncer, leur disaient, en substance, les ingénieurs des télécoms. Elle est peut-être pleine d'avenir votre technologie (ça c'est vous qui le dites, nous on n'y croit pas) mais en tout état de cause elle n'est pas encore fiable pour un réseau à sortir l'année prochaine, or on a un besoin immédiat à combler et nous allons le combler – et face à ces propos catégoriques des ingénieurs des télécoms, Maurice Allègre ne pouvait pas protester en leur disant mais si, allez-y, prenez Cyclades, ça va marcher, laissez tomber Transpac ! – non, il ne le pouvait pas. Ce qu'il cherchait à obtenir de Jacques Dondoux, ce n'était pas, par conséquent, que ses ingénieurs substituent dès à présent au pragmatique réseau Transpac les utopies expérimentales du révolutionnaire réseau Cyclades – c'était que les ingénieurs du CNET s'approprient les recherches de Louis Pouzin, afin que Cyclades soit en mesure de se substituer à Transpac quand celui-ci commencerait à souffrir de ses limites et que celui-là aurait démontré, et d'une façon irréfutable, grâce aux recherches qu'ils auraient poursuivies entre-temps, ses prodigieuses capacités.

En réalité, comme le directeur du CNET n'était pas parvenu à convaincre ses troupes – les techniciens du CNET chargés du réseau Transpac – du bien-fondé de Cyclades, alors que lui-même personnellement semblait y croire, et avait échoué à les faire s'intéresser de près aux recherches initiées par Louis Pouzin dans son laboratoire de l'IRIA à Rocquencourt, il avait été contraint de se prononcer contre, c'était aussi simple que cela. Jacques Dondoux avait alors proposé, en dérisoire contrepartie, que l'on débaptisât Transpac pour le couronner du joli nom de Cyclades, ce que naturellement Maurice Allègre et Louis Pouzin avaient refusé d'une seule voix. Maurice Allègre avait été jusqu'à répondre à Jacques Dondoux, cinglant, au téléphone, dans son bureau de la rue du Cherche-Midi, en ce matin d'octobre 1973 : Non mais tu te fous de ma gueule ou quoi ? Tu penses réellement qu'il ne s'agit pour nous que d'une question de nom, d'orgueil ?! Mais tu n'y es pas du tout ! On parle là de technologie, on parle là de l'avenir qui réside dans l'intime convergence des télécoms et de l'informatique ! avait dit Maurice Allègre à son interlocuteur (par ailleurs un ami, un homme très estimable).

La France était alors, grâce à Cyclades, mondialement très bien placée dans cette course vers la technologie du futur. Encore fallait-il que le principal intéressé – les télécoms – en devînt le champion incontesté, afin d'en retirer plus tard les fruits, avait dit Maurice Allègre à Dimitri. Ce ne fut hélas pas le cas et la coopération – pourtant appelée de leurs vœux par Maurice Allègre et Jacques Dondoux – entre les équipes de l'IRIA à Rocquencourt et celles du CNET à Lannion n'a jamais réellement fonctionné. Car non seulement le projet Cyclades n'était pas pris au sérieux par le CNET, mais il était considéré comme un concurrent, faible certes car la Délégation générale à l'informatique était loin d'être aussi puissante que la Direction générale des télécommunications, mais néanmoins gênant et remuant. Le téléphone était alors la grande-grande chose, l'informatique n'avait pas droit de cité dans le domaine des télécoms, elle en était encore très distincte, parce que très jeune et regardée par eux pour cette raison comme une intruse indésirable. En ignorant Cyclades et en concentrant tous ses efforts sur Transpac et sur la norme X25 qu'il pensait largement internationaliser, le CNET croyait ne plus avoir à se soucier des délirantes fantasmagories des informaticiens dans les commutations de données par paquets, c'était là leur stratégie, ce fut un funeste aveuglement.

Quand Maurice Allègre avait essayé d'alerter les cabinets ministériels – solennellement – sur l'erreur que commettrait la France s'il se confirmait que Cyclades et le datagramme étaient écartés à jamais au profit de Transpac et de la norme X25, quand Maurice Allègre leur avait dit, aux conseillers des cabinets ministériels (y compris le conseiller du Premier ministre, à l'hôtel Matignon) : Les télécoms ne voient pas l'intérêt de Cyclades pour la seule et unique raison que c'est une invention d'informaticiens qui prétendraient apprendre leur métier aux ingénieurs des télécoms, c'est pourquoi ces derniers tirent sur l'informatique à boulets rouges, parce que c'est la concurrence : laissez-moi vous dire que c'est une lourde erreur (Maurice Allègre pouvait d'ores et déjà leur annoncer que notre pays s'en mordrait les doigts un jour, leur avait-il dit à différentes reprises), on n'avait pas perçu cette démarche alarmiste du délégué général à l'informatique avec la gravité qu'il eût été judicieux pourtant de lui réserver, comme l'avenir le démontrera. Les conseillers des cabinets ministériels que Maurice Allègre était allé voir n'y avaient vu pour l'essentiel que l'une de ces opaques et insolubles rivalités de techniciens qui n'arrivent pas à se mettre d'accord entre eux sur des détails de dentellières auxquels personne ne comprend rien, et dont il ne faisait aucun doute que les deux parties adverses s'exagéraient les enjeux, de vrais gamins. Si les télécoms, grandes spécialistes des réseaux commutés, récusaient avec autant de virulence le projet développé par la Délégation générale à l'informatique, c'est que ce projet, conçu par des savants extravagants déconnectés des réalités du terrain (pensez donc, des informaticiens), était selon eux bien trop risqué et hasardeux, flou, irréaliste – en particulier sur le plan industriel, opérationnel et commercial – et n'aboutirait jamais à rien d'autre qu'à des élucubrations de doux rêveurs. Quand il rencontrait les conseillers des cabinets ministériels (jusqu'au cabinet du Premier ministre à Matignon), non seulement Maurice Allègre se heurtait à ces coriaces préjugés, mais il ne parvenait pas à leur faire saisir l'importance des enjeux à venir, ni combien il serait préjudiciable à nos intérêts de renoncer à l'avance que le réseau Cyclades avait procurée à la France, au plan mondial, sur cette question stratégique des réseaux, question à laquelle ces conseillers ministériels n'étaient pas sans savoir que les Américains consacraient beaucoup d'argent et d'énergie, n'est-ce pas ? leur disait Maurice Allègre pour tenter de les alerter sur les enjeux majeurs de cette innovation, des enjeux planétaires. Mais rien à faire, les conseillers ministériels – jusqu'au conseiller du Premier ministre, dans son bureau de l'hôtel Matignon – n'avaient pas vacillé, ils lui avaient chacun confié que quand bien même ils se laisseraient convaincre, eux personnellement, par les arguments de Maurice Allègre en faveur de Cyclades et du datagramme, ils n'étaient pas en mesure d'infléchir l'avancée de Transpac et de la norme X25 conduite par les ingénieurs du CNET avec l'appui du ministère des PTT, ni de les forcer à s'intéresser à une innovation qui ne suscitait chez eux que sarcasmes, concluaient-ils. De surcroît, en 1973, le Plan Calcul venait de connaître son plus beau succès avec la création d'Unidata, axe franco-allemand CII-Siemens auquel était venu se raccrocher le Néerlandais Philips, nous y reviendrons, avait dit Maurice Allègre à Dimitri. Certes, la route était encore très longue et le succès très loin d'être garanti, mais l'Europe de l'informatique était née avec le soutien proclamé des deux gouvernements français et allemand (l'exemple d'Airbus montrera ultérieurement que de tels montages n'étaient pas une pure utopie), mais paradoxalement, c'était aussi le moment où le ciel se couvrait de nuages et l'orage menaçait de gronder au-dessus de la Délégation générale à l'informatique : la grave maladie du président Pompidou (notoirement en faveur de l'informatique) rendait moins assurée la volonté politique du gouvernement dans ce domaine, de sorte que Maurice Allègre, qui devait se défendre sur plusieurs fronts, n'était pas en position de contredire frontalement ses interlocuteurs des cabinets ministériels quand ces derniers, se levant de derrière leur bureau et s'avançant vers lui pour le raccompagner jusqu'à la porte, une main sur son épaule, lui disaient : Qu'est-ce que tu veux qu'on y fasse, Maurice ? Il y a d'autres urgences en ce moment, tu vois de quoi je veux parler. En plus, les gens du téléphone, ils n'en veulent pas de ton machin ! Il est impossible de le leur imposer, tu le sais aussi bien que moi ! C'est peine perdue, allez, sois raisonnable, oublie tout ça. On ne fait pas boire un âne qui n'a pas soif !

On ne fait pas boire un âne qui n'a pas soif, avaient dit à Maurice Allègre ses correspondants des cabinets ministériels quand à l'automne 1973 il était venu leur réclamer de l'aide pour obtenir du monde des télécoms qu'ils s'intéressent au réseau Cyclades, c'est-à-dire, soyons clairs, quand Maurice Allègre était venu leur apporter, sur un plateau d'argent, dans leurs bureaux des ministères, la technologie qui allait être la base de la mise en œuvre d'Internet, technologie sur laquelle notre pays disposait à ce moment précis d'une position très en pointe, unique au monde.

Voilà.

Il y a comme ça des moments inconnus – quoique historiques – qui devraient être exhumés et marqués d'une pierre noire, pensait Dimitri en écoutant parler Maurice Allègre.

Le moment où la France a écarté la possibilité de continuer à jouer un rôle de leader dans l'invention d'Internet et renoncé de ce fait aux retombées considérables qui auraient pu en résulter.

Le moment à marquer d'une pierre noire où un homme en avance sur son temps échoue à convaincre les pouvoirs publics de ne pas passer à la broyeuse une invention qu'il leur présente comme capitale pour l'avenir de leur pays.

Il espérait quand même, Maurice Allègre, qu'à plus ou moins brève échéance les ingénieurs du CNET finiraient par comprendre l'intérêt du datagramme. Il fallait être patient et ne pas les braquer, il y aurait sans doute d'autres occasions de leur faire entendre raison. Après tout, ils n'avaient perdu qu'une bataille, ils n'avaient pas perdu la guerre, d'autant plus que Cyclades existait toujours, financé via la Délégation générale à l'informatique, de sorte qu'il était permis d'espérer que le moment viendrait, avec le temps et la reconnaissance internationale (qui ne manquerait pas de se produire), où les résistances nationales s'effriteraient. C'était là leur seul espoir. Hélas, un an plus tard, sous la pression de l'intense lobbying de la CGE d'Ambroise Roux (nous y reviendrons), Valéry Giscard d'Estaing, à peine élu, allait dissoudre le Plan Calcul et la Délégation générale à l'informatique, ce qui aurait pour conséquence l'asphyxie budgétaire des recherches menées par Louis Pouzin dans son laboratoire de l'IRIA à Rocquencourt. Devenu orphelin, Cyclades allait se déliter, faute de ressources, et ne serait évidemment pas regretté par les ingénieurs du CNET. Du beau travail. Place nette pour le point à point, et pour leur réseau Transpac qui ne tiendrait pas la distance devant un Internet en devenir.

Alors, maintenant, le datagramme, concrètement, qu'est-ce que c'était ? Il faut aller un peu au fond des choses à présent, pour comprendre précisément de quoi il retournait !

Les centraux téléphoniques parisiens, jusqu'à l'arrivée de l'électronique, il avait fallu des bâtiments considérables pour les accueillir : sous le jardin des Tuileries, de spacieux souterrains avaient été creusés qui abritaient des commutateurs électromécaniques phénoménaux, appelés crossbars, qui dans d'innombrables armoires métalliques connectaient mécaniquement les lignes les unes aux autres en produisant un vacarme assourdissant de mâchoires qui s'entrechoquent. En écoutant Maurice Allègre, Dimitri s'était représenté – enfouies sous les allées de sable blond, sous l'eau du grand bassin, sous les voiliers distraits qui y voguaient, sous les cuisses des statues, sous les roues des landaus, sous les parterres de fleurs, sous les racines des marronniers, sous les roulottes colorées des glaciers – des salles lugubres et grillagées, éclairées aux néons, surveillées par des meutes de chiens-loups, où de nombreuses armoires reliaient entre eux au même moment des milliers de confidences, des milliers d'intimités, des milliers de sourires, des milliers de secrets, des milliers de querelles, de sanglots, d'idioties, insoupçonnablement, dans un fracas continuel. Les barres de connexion avaient beau avoir été miniaturisées, avait dit Maurice Allègre à Dimitri, le nombre de communications qu'il fallait établir était devenu tellement élevé qu'on avait atteint les limites du système, de la même façon que le système d'origine était apparu comme saturé entre les deux guerres. Anciennement, des opératrices, les fameuses *demoiselles du téléphone,* établissaient les communications en branchant manuellement des fiches sur un tableau dressé devant leurs yeux, comme on peut le voir dans les vieux films, tant et si bien que pour assurer le développement de la demande téléphonique, la Bell Telephone Company avait calculé que toutes les femmes américaines devraient devenir des demoiselles du téléphone vers 1950 ! Il avait donc fallu inventer les centraux automatiques mécaniques (rotarys puis crossbars), qui devaient à présent céder la place à l'électronique : pour pouvoir acheminer plus facilement les informations d'un endroit à un autre, et les manipuler plus aisément, on s'est mis à les transformer en informatique, d'où les premiers prototypes de centraux téléphoniques électroniques élaborés par le CNET, d'où aussi la notion de *paquets*. C'est-à-dire qu'au lieu d'envoyer les données *bit* après *bit*, on avait compris qu'il valait mieux les regrouper en *paquets* – qui pouvaient être assez longs – et les traiter exactement comme une lettre. C'est-à-dire avec un nom et une adresse d'expéditeur, un nom et une adresse de destinataire – et on envoie les *paquets* sur la ligne, un message pouvant être constitué de plusieurs *paquets* cheminant sagement les uns derrière les autres. C'était beaucoup plus commode à manipuler, sur ce point tout le monde était d'accord.

Le CNET était tout à fait en pointe sur cette question de la commutation électronique, on n'en remontrait pas aux experts du CNET (attention, ouh la la !), à cette seule nuance près que la culture des télécoms avait toujours été : *j'établis une communication*. Autrement dit : j'ai un téléphone, vous avez un téléphone, du mien part un fil, du vôtre part un fil et la problématique c'est de raccorder ces deux fils – invariablement – afin que nous puissions communiquer sur une ligne qui nous est dédiée. Les centraux téléphoniques filaires avec lesquels le téléphone fonctionnait jusque dans les années 1970, c'était ça : c'était bourré de petits contacts qui établissaient un chemin *physique* entre les deux interlocuteurs, quelle que soit la distance, et on arrivait à se connecter de cette façon. Il y avait une liaison point à point. La règle de base c'était le point à point. A veut parler à B, il faut établir un lien filaire entre A et B, sans discontinuité.

Donc certes les ingénieurs des télécoms manipulaient des paquets, et ils faisaient eux aussi de la commutation de paquets, avait dit Maurice Allègre à Dimitri, mais pour eux il devait forcément y avoir une communication *point à point* – même si, à l'âge de l'informatique, il ne s'agit plus d'une liaison physique mais d'une ligne virtuelle. Mais si l'on établit une communication point à point et que nous parlons, vous et moi, cher ami, le potentiel de la ligne n'est pas entièrement utilisé. Parce qu'il y a des blancs dans notre conversation. Parce que le nombre d'informations que nous faisons passer par la voix est faible. Est-ce que Dimitri comprenait ? Certes, la conversion en paquets permettait d'éliminer beaucoup de ces défauts criants, mais conserver le principe du point à point soutenu par les ingénieurs du CNET ne permettait pas, en cas de trafic important, donc d'encombrements, d'optimiser le passage des flux de données aussi bien que la solution proposée par Cyclades. Or, l'on savait déjà que les besoins en débit allaient croître inexorablement.

Finalement, à la suite de la décision dont Maurice Allègre avait été informé par téléphone un matin d'octobre 1973 dans son bureau de la rue du Cherche-Midi, décision confirmée un an plus tard par la dissolution surprise de la Délégation générale à l'informatique, c'est le réseau Transpac du CNET qui a vu le jour en France plutôt qu'à moyen terme le réseau Cyclades de Louis Pouzin. Notre pays, qui alors faisait la course dans le peloton de tête et en aurait certainement retiré des bénéfices considérables, a dû s'asseoir sur le bord du chemin et devenir spectateur d'une grande aventure technico-scientifique qui allait aboutir à la création d'Internet, sur la base d'une technologie que la France était alors la seule, en 1973, au moment où elle l'avait abandonnée, à posséder sous une forme aussi avancée, ou peu s'en faut, grâce au datagramme de Louis Pouzin, avait dit Maurice Allègre à Dimitri. Transpac, qui a donné naissance au Minitel, a été un succès technique et commercial. Les données y circulaient organisées en paquets, mais du fait de son orientation initiale surannée du *point à point*, le réseau Transpac et le Minitel n'ont pas eu de successeur.

Or, l'idée de Louis Pouzin, et le principe de Cyclades, et donc celui d'Internet, c'était tout à fait à l'opposé du point à point.

Est-ce que Dimitri voulait encore un peu de thé ? – et Dimitri avait fait non de la tête. Tout allait bien, alors ? Oui, tout allait bien, Maurice Allègre pouvait continuer, c'était vraiment palpitant ce qu'il lui racontait, avait dit Dimitri à Maurice Allègre – et celui-ci avait souri. Décidément, quel gentil monsieur. Il allait continuer, alors, si ce qu'il racontait à Dimitri l'intéressait, et si surtout il n'était pas largué par ses explications ! – et il avait repris le fil de son histoire.

La fenêtre était ouverte sur une grande cour arborée, on était en juin, il y pépiait de nombreux oiseaux, des oiseaux parisiens. L'appartement de Maurice Allègre était situé dans le VIIe arrondissement, on apercevait par les fenêtres du salon la coupole et les gracieux ornements de la chapelle de l'ancien hôpital Laennec, chaque ouverture cadrait un détail du monument comme une ancienne gravure d'architecture, c'était très beau. Dimitri s'était rendu chez Maurice Allègre en métro, mais comme, c'était chez lui une habitude, voire une névrose, il était arrivé très en avance, et qu'il n'avait osé sonner à l'interphone vingt minutes avant l'heure de leur rendez-vous, au risque de surprendre l'ancien délégué général à l'informatique encore en robe de chambre, ou bien vêtu d'un soyeux costume de nuit bleu roi à larges rayures dorées (comme Dimitri s'imaginait que dormaient les messieurs qui avaient connu leur apogée dans les années 1970, ainsi qu'on peut le voir dans les films de Luis Buñuel, *Le fantôme de la liberté* par exemple), il avait entrepris de faire à pas lents le tour du pâté de maisons. Après avoir parcouru une trentaine de mètres, il avait poussé la porte d'une boutique opportunément spécialisée dans l'éradication des animaux nuisibles et répugnants (certains seulement nuisibles, d'autres seulement répugnants, quelques-uns tout à la fois nuisibles et répugnants, les pires, les pauvres), quelle heureuse coïncidence.

Une sonnette avait retenti quand il avait franchi le seuil. Là, sur les conseils d'une vendeuse blonde sophistiquée, un brin espiègle, dont les nombreux et turbulents papillons de la robe d'été à couleurs vives accusaient un éclatant décalage avec la raison d'être de la boutique (c'en était presque drôle : un décalage humoristique, une *blague*), Dimitri avait fait l'acquisition d'un gel insecticide destiné à mettre un terme aux fêtes données chaque nuit dans le studio où il venait tout juste de s'installer par les cafards qui y proliféraient. Ils étaient silencieux, ignoblement silencieux. Hypocrites, ignoblement hypocrites. Sournois, ignoblement sournois. Pas tellement nuisibles, mais terriblement répugnants – on ne découvrait leur existence tumultueuse que durant la nuit, en allumant brusquement la lumière, c'était alors un effrayant spectacle d'exode hâtif et désorganisé, il y en avait partout, sur les murs, sur la paillasse de la cuisine, sur le grille-pain, sur l'émail du lavabo, cavalant le long des tuyaux du chauffage, et même une nuit à la surface de sa couette blanche, tout à proximité de son menton. Sa vieille amie Cécile, partie en mission humanitaire en Afrique, venait tout juste de lui sous-louer ce studio sur la colline de Belleville, Dimitri avait pris l'habitude, on l'a déjà mentionné, depuis qu'il était parti de chez ses parents, de n'avoir pas de domicile fixe, mais d'aller comme ça de lieu en lieu, de chambre en chambre et parfois même de canapé en canapé, en fonction des opportunités, des rencontres, des liaisons amoureuses, pour le moment il préférait, il n'avait pas envie d'un chez-soi établi, il voulait rester libre, en mouvement.

L'idée c'est que vous avez des paquets, ces paquets vous leur avez donné une adresse d'expéditeur et une adresse de destinataire, et vous les envoyez dans le tuyau, avait dit Maurice Allègre à Dimitri

– lequel s'était donc absenté un moment (comme on vient de le constater) dans des pensées banalement domestiques, tout heureux qu'il était d'avoir acquis un anti-cafards qu'il supposait redoutable, de fabrication allemande, auprès d'une droguiste affriolante, laquelle avait chassé de son esprit, l'espace de dix minutes, son épineuse inconnue du Café Français, dont il était toujours sans nouvelle à l'époque. Pourquoi vouloir absolument qu'ils soient collés les uns aux autres, les uns derrière les autres, et qu'ils restent à la queue leu leu, dans l'ordre, en attendant que la voie soit libre ? (De quoi parlait Maurice Allègre ?! s'était demandé stupéfait Dimitri. Des cafards ? Les cafards à la queue leu leu ??!! attendant que la voie soit libre ??!!) Vous envoyez les paquets dans le flot (Ah, non, il parle des paquets, oui ! bien sûr, suis-je bête !) et au premier nœud qu'ils rencontrent, si le chemin le plus court est encombré, les paquets vont chercher une autre voie, même si elle est plus longue et qu'il faut faire un détour – à la vitesse de la lumière, ça ne prend pas beaucoup plus de temps. Toutes les fois qu'ils détectent des possibilités dans le réseau les paquets les utilisent et ils se retrouvent tous à l'autre extrémité, quand ils parviennent à destination : il suffit, en reprenant les adresses, de les coller dans le bon sens, même s'ils sont arrivés dans le désordre, et de recomposer le message. Vous avez découpé votre message en micro-bouts, vous envoyez ces micro-bouts dans le réseau, ils se débrouillent et vont chacun leur chemin en fonction des disponibilités (il n'est pas nécessaire que ces micro-bouts sortent du réseau dans l'ordre où ils y sont entrés) et à l'arrivée vous les remettez dans le bon sens – ce qui n'est d'ailleurs pas une opération facile – afin de pouvoir lire votre message.

Ça, c'est le datagramme. C'est Internet. C'est la mentalité d'Internet. C'est l'invention de Louis Pouzin. L'idée était peut-être dans l'air du temps, mais comme il a été le premier à oser la mettre en application, on peut dire que c'est bien lui l'inventeur du datagramme et c'était tout simplement révolutionnaire. Le datagramme permet lui aussi d'effectuer de la commutation de paquets, mais de façon beaucoup plus astucieuse, grâce à un réseau maillé d'ordinateurs – et non plus en se fondant sur le sacro-saint principe du point à point. Avec ce système, quand le trafic est intense, on optimise le réseau en envoyant des micro-bouts par tous les chemins encore disponibles, tandis qu'avec le point à point, dès lors qu'une ligne est empruntée par un convoi structuré de paquets indissociables qui circulent les uns derrière les autres comme les wagons d'un train, quand un blocage survient à un nœud, tous les paquets sont bloqués et plus aucun ne circule. Vous êtes coincé sur une autoroute et dans l'impossibilité d'utiliser les voies secondaires pour vous dégager.

Les ingénieurs des télécoms, lorsqu'ils ont entendu parler du datagramme, non seulement ils n'ont pas réalisé le potentiel extraordinaire de cette idée bien peu orthodoxe, qu'ils ont eu tendance à trouver farfelue, mais ils se sont récriés, ils ont ironisé et protesté : Quoi ?! Mais qu'est-ce que c'est que cette idée ?! *On a des paquets bien en ordre et on va se fatiguer à les envoyer n'importe comment pour finalement les recomposer à l'arrivée, mais ça ne va pas la tête ?!* Une lettre, elle part d'un point pour arriver à un autre point ! C'est la base de la base ! On ne va pas se mettre à la découper en rondelles pour la recoller à l'arrivée !

En réalité, brillants, très compétents, les ingénieurs des télécoms admettaient qu'ils allaient devoir passer rapidement au tout-informatique, ils se sentaient d'ailleurs parfaitement capables de maîtriser ce virage majeur sur lequel le CNET avait déjà beaucoup travaillé, mais que les informaticiens, cette engeance subalterne, s'invitant sur leur propre terrain, prétendent leur imposer, pour un réseau téléphonique patiemment bâti pendant un siècle, une architecture et un mode de fonctionnement entièrement nouveaux, au fond, pour eux, c'était abominable, il y avait dans cette situation quelque chose qui les remettait trop en question dans leur culture pour qu'ils pussent l'accepter sans réticences. D'autant plus que si…

Maurice ! qu'est-ce que c'est que ce sac plastique dans l'entrée avec ces anti-cafards, c'est à toi ? venait de demander, au loin, une voix retentissante (féminine), à laquelle Maurice Allègre avait répondu, pardessus la tête de Dimitri : Hein, qu'est-ce que tu dis ? De l'anti-cafards ? Moi j'ai mis de l'anti-cafards dans l'entrée ? Mais de quoi tu parles ma chérie ?! sur quoi Dimitri avait hésité à répondre à la lointaine épouse de Maurice Allègre : C'EST À MOI MADAME L'ANTI-CAFARDS, PARDON, J'AI LAISSÉ ÇA DANS L'ENTRÉE, J'AI CRU BIEN FAIRE, JE NE VOULAIS PAS ENLAIDIR VOTRE SALON AVEC CET HORRIBLE SAC PLASTIQUE, mais il ne s'était pas autorisé cette intrusion fracassante dans l'intimité domestique du couple, et tandis qu'il levait timidement l'index de sa main droite vers l'œil agacé de Maurice Allègre pour lui signifier qu'il souhaitait prendre la parole sur cette question qui paraissait ne pas le concerner, mais en fait si, cette question le concernait en premier chef, Dimitri avait entendu Mme Allègre répondre à son époux : Un plein sac je te dis, il y en a pour des mois ! alors Dimitri s'était penché vers Maurice Allègre pour l'informer en chuchotant que ce sac empli d'anti-cafards lui appartenait, comme il était arrivé en avance à leur rendez-vous il en avait profité pour se rendre à la droguerie du coin, vous comprenez, mon appartement en ce moment pullule de... sur quoi Maurice Allègre l'avait interrompu pour hurler à sa femme que ce sac empli d'anti-cafards appartenait au jeune journaliste de l'AFP qui était en train de l'interviewer, sur quoi Mme Allègre avait fait son apparition dans le salon, confuse, en leur disant qu'elle ignorait que son mari était en entretien, pardon, je suis désolée, si j'avais su je n'aurais pas, je vous laisse, alors Dimitri s'était levé pour lui serrer la main, Maurice Allègre disant alors à son épouse : Mais tu sais bien enfin, mon interview sur le datagramme, avec le journaliste de l'AFP... on en a encore parlé hier soir au dîner... sur quoi Mme Allègre lui avait répondu : Oui, maintenant ça me revient, pardon, j'avais oublié, je vous laisse, vous avez besoin de quelque chose ? et Dimitri lui avait répondu : Non, tout va bien, je vous remercie, ce que me raconte votre mari est vraiment passionnant... alors Mme Allègre avait considéré Dimitri d'un air très étonné, un peu outré, presque offusqué : Ah bon ? Vraiment ? Vous trouvez ? Ça vous intéresse vous tous ces machins d'informatique ?... et Dimitri lui avait répondu que s'entretenir avec l'un des pionniers d'Internet était tout à fait fascinant, vous réalisez que si la France avait écouté votre mari, en 1973, et suivi ses insistantes recommandations, le destin de notre pays en aurait été modifié à jamais ? Moi ça m'émerveille qu'il ait eu entre les mains avant tout le monde l'invention d'Internet, à la suite de quoi Mme Allègre était sortie de la pièce en disant que s'ils avaient besoin de quoi que ce soit ils n'avaient qu'à le lui demander, elle serait dans sa cuisine, oui oui, oui oui, à tout à l'heure, à tout à l'heure, s'impatientait Maurice Allègre pendant que son épouse était en train de dire à Dimitri, presque en aparté, que son mari était parfois un peu fatigant, il fallait arriver à le suivre, un vrai jeune homme ! Je vous assure qu'il est inépuisable ! Donc surtout il ne fallait pas qu'il hésite à l'appeler pour lui réclamer de l'aide si Maurice Allègre se montrait par trop digressif, elle savait comment le débrancher ! Sinon demain matin à l'aube il se pourrait que Dimitri soit toujours là dans ce fauteuil à endurer les monologues de son mari sur l'histoire informatique de la France ! et adressant un clin d'œil complice à Dimitri, elle était sortie du salon et la porte s'était doucement refermée.

Ouf, enfin seuls, avait semblé confier à Dimitri le regard de Maurice Allègre. Où en étaient-ils ? Il ne savait plus où ils en étaient restés, après ce tourbillon ! avait dit Maurice Allègre à Dimitri, lequel avait répondu que Maurice Allègre était en train de lui parler, si sa mémoire ne le trahissait pas, *d'un réseau maillé d'ordinateurs fondé sur le principe de la commutation de paquets*. Oui, voilà ! Dimitri était très attentif, c'était bien ! (grand sourire de Maurice Allègre). Pour résumer, les points de vue de Louis Pouzin et des ingénieurs du CNET étaient inconciliables : le monde fermé et orgueilleux des télécoms françaises n'était pas prêt à abandonner la sacro-sainte liaison point à point au profit de paquets suivant librement leurs parcours propres puis recomposés à l'arrivée.

Les États-Unis avaient eu la splendide idée de créer une agence militaire, l'Arpa, dotée de moyens financiers importants, qui avait toujours fait preuve d'une grande audace dans le domaine de la recherche, soutenant volontiers des projets expérimentaux (et parfois même complètement farfelus), avec l'idée qu'il pourrait peut-être un jour en sortir quelque chose d'intéressant pour la défense et plus généralement pour renforcer la capacité technique et scientifique de l'industrie américaine. C'est ça qu'ont les Américains et que nous n'avons pas, ou pas assez, en France, où nous souffrons depuis toujours d'un certain déficit d'esprit d'initiative et de conquête, avait dit Maurice Allègre à Dimitri. L'Arpa avait commencé à financer un réseau, l'Arpanet, pour l'échange d'informations scientifiques entre les ordinateurs des laboratoires de recherche. Il commençait tout juste à fonctionner, mais il était encore peu performant. C'est alors que les chercheurs américains ont compris le colossal potentiel du datagramme si on parvenait à le faire fonctionner à plein rendement. Ainsi, au moment où, après avoir été parmi les pionniers, les Français abandonnaient le datagramme mis au point par Louis Pouzin, l'importante communauté des informaticiens américains (qui, de par leur nombre et leur qualité, avaient la « masse critique » suffisante pour pouvoir se passer de l'opinion des compagnies de télécoms, contrairement à ce qui se passait à Paris) se lançait au contraire dans l'exploitation de toutes ses possibilités. Après quinze années d'efforts ininterrompus, Arpanet prenait le nom plus commercial et international d'Internet et partait conquérir le monde.

13

À l'époque, la France manifestait, dans le domaine de l'informatique, une volonté d'indépendance affirmée, avait dit Louis Pouzin à Dimitri lors de leur deuxième rencontre (celle-ci s'était tenue dans une brasserie place Victor-Hugo, à proximité du logement de Louis Pouzin, lequel, par bonheur, semblait avoir pardonné à Dimitri leur calamiteux rendez-vous au Café Français). Le général de Gaulle avait lancé en 1966 le fameux Plan Calcul, pour réagir au refus des Américains de vendre à la France une machine Control Data destinée à calculer la bombe atomique, mais surtout pour se donner les moyens d'affronter l'écrasante hégémonie d'IBM sur le marché informatique, domination qui avait à ce point asphyxié la société française Bull que celle-ci, exsangue, avait dû passer en 1964 sous le contrôle de General Electric. L'ambition du général de Gaulle était de remédier à la faiblesse de l'industrie électronique française dans son ensemble, très affaiblie par rapport à la concurrence américaine, en développant une capacité technologique spécifiquement nationale. Il avait résulté de l'instauration du Plan Calcul la création de l'IRIA, où Louis Pouzin allait être hébergé, mais aussi de la Délégation générale à l'informatique, sous l'égide de laquelle ses travaux allaient être conduits, le datagramme inventé et le réseau Cyclades élaboré puis expérimenté. L'idée du Plan Calcul était aussi de poser les bases d'un programme industriel informatique européen. Celui-ci serait développé plus tard, à partir de 1972, avec la création du consortium Unidata, consortium qu'à peine élu Valéry Giscard d'Estaing allait faire exploser en plein vol, de la même façon qu'il ferait exploser en plein vol l'ensemble du Plan Calcul, la Délégation générale à l'informatique et le réseau Cyclades, excusez du peu pour un homme qui se prétendait en avance sur son temps ! avait dit Louis Pouzin à Dimitri en riant (ce type n'était moderne qu'en photo, avait-il ajouté avec un clin d'œil irrésistible). Mais nous n'en sommes pas là et entre-temps il était resté dans la politique française, d'inspiration gaullienne pendant encore de nombreuses années, en particulier sous la présidence de Georges Pompidou, le principe qu'il était crucial de se doter d'une industrie informatique digne de ce nom.

Quelle perfection dans l'expression ! Louis Pouzin parlait extrêmement vite (les mots se succédaient dans un flux continu), mais néanmoins sa phrase conservait en toute circonstance son admirable rigueur grammaticale, ainsi qu'une grande souplesse – exactement comme si Dimitri était assis à côté de lui dans une vieille voiture de sport et que Louis Pouzin conduisait vite et d'une façon très assurée, précise, et que sa conduite était ses phrases, et cette promenade son discours, et le paysage le contexte de l'époque, les années 1970. C'était impressionnant, il semblait ne se donner aucun mal pour créer ces longues périodes lumineuses, où se laissait percevoir un accent ou plutôt une rythmique indéfinissable, probablement du passé. Avec sa belle mèche grise, sa brève moustache et les guillemets de son sourire horizontal de séducteur, il avait un petit quelque chose de Clark Gable, un Clark Gable qu'une longue exposition aux équations mathématiques, et aux écrans d'ordinateur (plutôt qu'à l'œil des caméras, ou à celui conquis des femmes), aurait rendu plus ingénu, moins conscient de sa beauté et donc moins beau en définitive, plus ordinaire. Il portait d'austères lunettes métalliques qui obligeaient son sourire à leur faire constamment contrepoids, découvrant une éclatante façade de belles dents blanches. Ses rides témoignaient de la fréquence de ses sourires, les plus marquées chez lui n'étant pas celles de l'inquiétude, du doute ou de l'angoisse, mais de la joie, de la vitesse : ces rides-là étaient de celles qui soulignant ce qui est vif chez une personne en exacerbent la beauté plutôt qu'elles ne la flétrissent, compensant par cet apport ornemental – par cette gravure sur peau – ce que l'âge peut retirer à un visage de sa fraîcheur.

C'est dans ce contexte, au printemps 1970, alors qu'il travaillait chez Simca, que Louis Pouzin a reçu un coup de téléphone l'informant que la Délégation générale à l'informatique avait décidé de créer en France un réseau comparable à l'Arpanet américain. Leur ambition était que la France rattrape son retard sur les États-Unis dans le domaine stratégique des réseaux, ils cherchaient à recruter un chef de projet, est-ce que ça l'intéressait ? Arpanet était en cours de développement, mais il ne marchait pas encore tout à fait – *il n'y avait pas encore le datagramme*... avait dit Louis Pouzin à Dimitri avec malice (hop, sourire horizontal, guillemets aux commissures : charme à la Clark Gable). Louis Pouzin leur a dit oui, bien sûr que ça l'intéressait, à la suite de quoi il a démissionné de Simca et il est passé à la

Délégation générale à l'informatique. On l'a installé, physiquement, à l'IRIA, à Rocquencourt. On lui a attribué un budget qui devait représenter un peu plus d'une vingtaine de millions de francs, ce qui n'était pas mal du tout pour l'époque. Il a recruté une dizaine de personnes de haut niveau pour monter une équipe et il a conçu le réseau Cyclades fondé sur le principe du datagramme, principe dont Louis Pouzin n'irait pas jusqu'à dire, quand il a commencé à en parler, qu'il ne plaisait à personne, non, il n'irait pas jusque-là (un grand sourire), mais plutôt qu'il laissait assez perplexes la plupart des spécialistes, perplexes, sceptiques, dubitatifs, un peu moqueurs, avait dit Louis Pouzin à Dimitri en riant. Parce que ça ne s'était encore jamais fait, tout simplement. Le datagramme était une idée révolutionnaire, perçue par tous comme sulfureuse.

Ce qui s'était fait, c'était, sur le papier, Paul Baran, un ingénieur polonais naturalisé américain, qui avait mené une étude, une dizaine d'années plus tôt, à la demande du département de la Défense, pour un réseau susceptible de résister à des attaques dévastatrices, autrement dit un réseau suffisamment redondant pour que l'information passe toujours, et arrive finalement à bon port, quoi qu'il arrive (y compris une attaque à la bombe atomique), avait dit Louis Pouzin à Dimitri. Paul Baran a alors imaginé un protocole de routage qui consistait à faire en sorte que les nœuds de commutation, c'est-à-dire les ordinateurs qui font passer les paquets, s'interrogent les uns les autres pour s'informer du temps que mettrait chacun à transmettre les paquets à ses destinataires les plus proches, afin de déterminer, pour chaque paquet qui se présente, le meilleur chemin à suivre, le plus rapide, de nœud en nœud. Donc les nœuds se transmettent les informations, ces dernières se propagent de proche en proche dans le réseau, ce qui veut dire que chaque commutateur de paquets, autrement dit chaque nœud, quand il reçoit un paquet avec une adresse, dispose d'une liste de distances (si l'on peut dire), ou de temps de parcours, bref d'une liste de critères de choix lui permettant de se dire que c'est par là que c'est le mieux, et si c'est coupé ici, si ça ne répond plus (à cause de la bombe atomique), eh bien on va emprunter un autre chemin, on va passer par là. Et chaque paquet d'un même message vit sa vie propre sans se préoccuper le moins du monde des autres paquets du même message. Donc, ça, ce protocole de routage spécifique imaginé par Paul Baran, il marchait sur le papier mais il n'avait jamais été implémenté, c'est Louis Pouzin qui le premier, dans le scepticisme général, y compris le scepticisme des Américains d'Arpanet, avait décidé de le mettre en application dans un réseau opérationnel.

Autre préfiguration du datagramme, mais restée elle aussi au stade d'hypothèse pure, c'est ce qu'avait proposé, au National Physical Laboratory, au nord de Londres, Donald Davies (un Anglais, mort lui aussi), lequel avait fait des simulations de transmissions de paquets sur un réseau (un réseau quelconque), dans le cadre d'une étude qui finalement n'aura jamais débouché sur aucune application concrète alors qu'il l'eût fallu, ses conclusions le justifiaient pleinement, avait dit Louis Pouzin à Dimitri. Ce n'était pas dans l'optique de concevoir des réseaux dédiés, c'était plutôt dans celle d'améliorer le comportement des systèmes téléphoniques, parce qu'à l'époque, et c'est peut-être toujours le cas dans certains vieux appareils, vous décrochez, vous avez la tonalité, et vous faites un numéro. Cela veut dire que le système va établir un circuit vers votre destinataire, chez qui une sonnerie va retentir. Il répond, ou il ne répond pas. Il est en mesure de répondre, ou il n'est pas en mesure de répondre. Il a envie, ou pas, de converser avec la personne qui le sonne. Il va peut-être hésiter de longues secondes, le destinataire de l'appel, pour se décider à le prendre, ou pas, cet appel. (Dimitri s'était mis à visualiser Michel Piccoli dans un film des années 1970. Il voyait Michel Piccoli, anxieux, attendre, le combiné à l'oreille, debout, grattant d'un ongle le bois d'une console, que la personne appelée décroche, puis reposer le combiné sur son socle en plastique gris, soucieux, vêtu d'un costume croisé parfaitement coupé, noir, très ajusté, à large col, à fines rayures – il est indiqué au générique qu'il s'agit d'un costume Francesco Smalto.) En tout cas, le circuit est mis en place et il peut, pendant dix secondes, trente secondes, voire une minute, être ouvert inutilement, en pure perte, sans servir à rien. Si l'abonné appelé répond, alors le circuit sert à quelque chose (Michel Piccoli, le combiné contre l'oreille, se met alors à parler, soudain souriant, rassuré : Bonjour Jean, comment allez-vous ?), dans le cas contraire le circuit est occupé pour rien. Alors l'idée de Donald Davies a été de se dire, plutôt que d'ouvrir un circuit qui ne sert à rien, on va envoyer un signal, un paquet, pour signifier qu'il y a un abonné qui demande à communiquer avec vous. Faire passer un paquet, ce n'est rien. Et on n'ouvre la ligne que si l'abonné consent à décrocher. C'était considérable comme amélioration, mais naturellement les compagnies de téléphone n'ont pas pris cette innovation au sérieux. En premier lieu ils n'en avaient pas eu l'idée eux-mêmes (c'est un inconvénient majeur, pour une idée révolutionnaire, de n'être pas née dans la cervelle jalouse de ceux qui auraient dû en être les logiques et heureux géniteurs, inconvénient que Maurice Allègre avait résumé par cet acronyme : NIH, *not invented here*, label qui valait à l'invention qui en était frappée d'être immédiatement dénigrée, donc disqualifiée, quelque géniale fût-elle, par les spécialistes qui la voyaient débouler sur leur terrain de l'extérieur, avait dit Maurice Allègre à Dimitri quelques jours plus tôt) et en second lieu il aurait fallu que les gens du téléphone changent pas mal de choses dans leur système pour pouvoir y incorporer cette innovation. En fait, l'idée de Donald Davies a été implémentée beaucoup plus tard, dans les années 1980, c'est ce qu'on appelle aujourd'hui le Système 7, qui a été beaucoup enrichi par la suite pour pas mal d'autres trucs – les SMS, ils passent par le Système 7. Donc il n'y a pas qu'en France que les idées novatrices se heurtent parfois au scepticisme des soi-disant spécialistes, avait dit Louis Pouzin à Dimitri dans un sourire : en Angleterre et aux États-Unis également, mais dans une bien moindre mesure qu'en France, les Américains ayant sur nous cet avantage considérable d'être dotés d'un esprit d'adaptation qui reste hors norme, ils sont avides d'espaces nouveaux et inconnus à conquérir et à faire fructifier. Par ailleurs, ils ont une culture du marketing qui est plus développée que chez nous, les Américains sont quand même des gens qui pensent à l'argent, en tout chercheur américain (contrairement à ce qui se passe en France) il y a un entrepreneur qui sommeille, parce que certains de ses collègues ont créé des sociétés à partir de leurs recherches et se sont enrichis…

Quoi qu'il en soit, ces apports respectifs de Paul Baran et de Donald Davies n'avaient jamais été exploités dans des systèmes concrets, ils étaient restés à l'état de simples hypothèses théoriques, et par ailleurs personne ne s'était jamais préoccupé, comment dire… avait dit Louis Pouzin à Dimitri.

Personne ne s'était jamais demandé comment l'on pouvait réussir à transmettre des données qu'au départ on envoyait dans tous les sens, comment faire pour toutes les récupérer à la sortie, à l'autre extrémité du réseau, dans le bon ordre, toutes les données, sans qu'il en manque une seule, est-ce que Dimitri comprenait ? Qu'est-ce qu'on fait si les données n'arrivent pas dans le bon ordre ? Qu'est-ce qu'on fait s'il manque des données et que le message est incomplet ? Personne, avant lui, n'avait étudié la question, avait dit Louis Pouzin à Dimitri. Donc, ce qu'il s'est dit, à Rocquencourt, dans son laboratoire de l'IRIA, quand il a commencé à travailler, à la demande de la Délégation générale à l'informatique, sur la création d'un réseau français, c'est la chose suivante : à quoi ça sert de faire des contrôles répétés dans le réseau ? D'abord, tous les réseaux font des erreurs, ensuite, dans le monde, il n'y aura pas qu'un seul réseau, la plupart du temps on passera par plusieurs réseaux, aussi faut-il se préparer à avoir affaire à un système de transmission éventuellement hétérogène, de qualité variable, avec des zones défectueuses, dans lesquelles se produiront fatalement des erreurs : il faut l'anticiper, intégrer cette hypothèse au protocole de routage des paquets. Il en résulte qu'il est inutile de procéder à l'intérieur du système à des contrôles trop fréquents, ou trop sophistiqués, donc onéreux, puisqu'il faudra en faire à l'arrivée, à l'extérieur, au débouché du réseau, pour vérifier que toutes les données sont bien parvenues. Alors l'idée est d'établir, entre émetteur et récepteur, un protocole applicatif (Louis Pouzin avait bien précisé, en répétant lentement le mot, avec insistance, comme s'il était l'écrin d'une très précieuse nuance : *applicatif*), qui permette de vérifier que toutes les données arrivent, et s'il en manque, on demande une retransmission. Voilà : c'est ça le datagramme. Enfantin non ? Il y a beaucoup moins de contrôles à effectuer dans le réseau, et par ailleurs on est sûrs que toutes les données ont bien été transmises, on obtient donc un réseau non seulement beaucoup plus simple et bien moins cher à mettre en place et à faire fonctionner, mais aussi beaucoup plus fiable. *C'est tout bénef !* s'était écrié Louis Pouzin, faisant sursauter Dimitri. Alors tout ça c'était théorique, puisque personne ne l'avait encore jamais tenté en vrai. Mais il y avait de grandes chances pour que cela fonctionne et Louis Pouzin était donc le premier à avoir eu l'idée d'expérimenter ces idées théoriques. Personne n'avait encore eu le culot de les mettre en application dans un système opérationnel. Louis Pouzin avait été le premier à se lancer dans la réalisation de ce protocole qui allait à l'encontre de tous les usages dominants.

Aux débuts du projet, à l'automne 1971, les PTT avaient tout de même consenti à la signature d'un compromis entre la Délégation générale à l'informatique et le CNET, afin que l'IRIA puisse utiliser gracieusement les lignes des PTT, faute de quoi la moitié du budget de Cyclades serait passée dans les factures de téléphone. Mais, dès 1972, Louis Pouzin avait découvert, via ses contacts là-bas, que les PTT – les coquins – préparaient un réseau en parallèle, dans leur coin, au CNET. Ils avaient commencé à programmer un ordinateur PDP-11 pour en faire un nœud de réseau servant à connecter des terminaux, le futur X25. Mais comme le PDP-11 était fabriqué par la firme américaine DEC, et non par la CII (prononcez c2i), et que la Délégation générale à l'informatique imposait aux administrations l'utilisation de matériel de fabrication française, les PTT ne s'en vantaient pas, et ne pouvaient en parler à personne.

La France avait à l'époque pas mal de retard pour ce qui concerne les évolutions technologiques, excepté dans le domaine de l'aviation et du matériel militaire, avait dit Louis Pouzin à Dimitri. Nous n'étions pas mauvais non plus dans le domaine des télécommunications, mais dans ce secteur les évolutions technologiques devaient complaire aux exigences d'un nombre restreint de sociétés françaises appartenant au patrimoine politique et financier du pays, au premier rang desquelles figurait la Compagnie générale d'électricité, la CGE, présidée par un homme très introduit dans les milieux politiques, Ambroise Roux, une personnalité très influente, très écoutée, et par ailleurs machiavélique. Ce sont un peu les mêmes personnes qui en France naviguent dans le monde politique et dans le monde des grandes sociétés, ce sont les gens des grandes écoles, à l'époque l'École polytechnique et maintenant surtout l'ENA. C'est le même peuple de gouvernants, ils se comprennent, ils ont tout à la fois les mêmes défauts et les mêmes qualités, ce qui veut dire que quand il n'y a pas de consensus dans leur milieu, une idée nouvelle ne peut pas s'imposer, cela ne marche pas, c'est rigoureusement impossible, avait dit Louis Pouzin à Dimitri. Ils sont, dans l'ensemble, plutôt frileux. Ils répugnent à prendre le moindre risque. Ils apprécient que d'autres aient essuyé les plâtres avant eux. Et finalement ils ne s'engagent que lorsqu'ils ont la certitude que leur initiative va plaire soit aux actionnaires, soit au gouvernement. C'est l'un ou l'autre. C'est ça l'esprit français. Or, ce que Louis Pouzin avait commencé à élaborer, c'était tout à fait en dehors des normes, et notamment c'était contraire à l'opinion des PTT. Les PTT commençaient tout juste à comprendre qu'on puisse transmettre des données autrement qu'en établissant d'abord un tu-yoh. Dimitri avait souri en entendant Louis Pouzin prononcer le mot *tuyau* « tu-yoh » : comme si la meilleure façon de discréditer le concept arriéré de tuyau était encore d'en dégrader le nom, de l'avilir par une prononciation grotesque et enfantine. Parce que en réalité, ces gens, on pourrait dire qu'ils ont une mentalité relativement *fermée* : ils ne s'intéressent qu'à leur *réseau,* ils sont contents de faire fonctionner leur *réseau* et de le faire fonctionner tel qu'ils l'ont conçu au départ. *Ça a l'air assez compliqué les réseaux* (intonation irrésistiblement ironique de Louis Pouzin quand il prononce cette phrase), et plus c'est *compliqué,* mieux c'est, parce que plus c'est *compliqué,* plus il faut des *budgets* élevés pour les créer et les faire *fonctionner* – et ça leur donne davantage de *pouvoir*. Dimitri s'était mis à sourire en entendant Louis Pouzin prononcer cette phrase – et il réentendit son propre sourire sur l'enregistrement de leur conversation, quand il la décrypta, quelques semaines plus tard, dans son bureau à l'AFP. Quel régal que cette intelligence de Louis Pouzin, si peu vindicative, sans un soupçon d'acrimonie ! Donc, les réseaux compliqués : *ils aiment bien*, avait dit Louis Pouzin à Dimitri avec une ironie dévastatrice. Mais ce qui se passe avant et après le réseau, avant l'entrée et après la sortie, ça ne les intéresse absolument pas.

Concrètement, donc, ce que Louis Pouzin avait fait, avait dit Dimitri à Louis Pouzin, l'interrompant pour être certain de bien comprendre, c'était de mettre en place en France un réseau qui était un peu l'équivalent d'Arpanet aux États-Unis ? Ah mais non ! non ! avait répondu Louis Pouzin à Dimitri :

Non non non ! Pas du tout ! Le réseau Arpanet n'en était pas à ce stade ! Ouh la la ! avait renchéri Louis Pouzin. Pardon, ce n'était pas ce qu'il avait voulu dire, avait essayé de rectifier Dimitri, confus, mais Louis Pouzin l'avait coupé : Arpanet était un réseau dans lequel il y avait, certes, un petit morceau de transmission de données qui était de la commutation de paquets, mais ce n'était pas du datagramme, les paquets sortaient du réseau dans le même ordre que celui où ils y étaient entrés, *en définitive c'était la même chose que si ce n'était qu'un fil*. Pour le dire autrement, et sans vouloir offenser personne, les Américains d'Arpanet faisaient exactement ce que les ingénieurs surannés des PTT françaises allaient faire avec Transpac et la norme X25, ils livraient des paquets en séquences. *Mais pourquoi diable vouloir absolument les transmettre en séquences, alors qu'il est tout à fait possible de les envoyer dans le désordre et de les remettre en ordre plus tard ?* avait demandé Louis Pouzin à Dimitri, intensément, ses yeux plongés au fond des siens. En plus, en se dispensant d'opérer une ultime vérification à la sortie du réseau, les concepteurs d'Arpanet partaient de l'hypothèse que le réseau ne ferait pas d'erreur. Pas sérieux ! Pas sérieux du tout ! Pas sérieux du tout du tout !

À partir du moment où à l'IRIA, à Rocquencourt, ils ont eu les *specs* (les spécifications), ils ont réalisé les protocoles et programmé leurs Mitra 15 (production CII) pour faire du datagramme. Fin 1972, ils ont monté une réunion avec les principales universités françaises et ils leur ont dit : Est-ce que vous voulez coopérer ? Certaines ont commencé à mettre des chercheurs sur le sujet, pour assimiler les protocoles Cyclades et voir le genre d'usage qu'ils pourraient en faire. Puisque Louis Pouzin disposait d'un budget relativement conséquent, il leur passait des contrats de recherche pour adapter leurs systèmes aux protocoles Cyclades. Au début, c'étaient surtout les universités de Rennes, Grenoble et Toulouse qui coopéraient avec eux. À l'automne 1973, les équipes de Louis Pouzin ont fait une première démonstration d'interconnexion entre l'IRIA et Grenoble.

Le réseau Cyclades a commencé à fonctionner en novembre 1973, ils s'en sont beaucoup servis, ils avaient relié entre eux plusieurs ordinateurs. Des gens qui étaient à Rocquencourt, Grenoble et Toulouse pouvaient utiliser un Mitra 15, un IBM 360-65, un PDP-11 ou encore un Alto de Xerox, à distance, en temps partagé. Ils étaient en réseau. Est-ce que Dimitri comprenait ? C'était un système qui marchait sans problème, et qu'il leur était devenu naturel d'utiliser quotidiennement, sans y penser, un peu comme on se sert du téléphone, avait dit Louis Pouzin en regardant Dimitri avec des crépitations dans les yeux. On ne le voit pas, le réseau : il marche, c'est tout. C'est fou la vitesse avec laquelle on s'habitue aux innovations technologiques. Quelques jours suffisent pour ne plus s'émerveiller de pouvoir transmettre un message en Californie depuis son clavier d'ordinateur toulousain, et qu'une réponse nous en revienne quelques secondes plus tard. Ou bien qu'un caractère qu'on a tapé à Grenoble puisse faire le tour du monde en un instant. On s'en amuse pendant deux ou trois jours et après on oublie, on se concentre sur son travail et on utilise le réseau sans y penser – c'est ce qu'ils faisaient tous les jours, à l'IRIA, dès octobre ou novembre 1973, grâce au réseau Cyclades qui fonctionnait avec le datagramme.

Ce qui s'est passé ensuite, c'est que Louis Pouzin a publié des articles sur le datagramme (notamment dans le cadre d'un congrès sur les réseaux, l'International Conference on Computers and

Communications, en 1974, à Stockholm) et un certain nombre de personnes, aux États-Unis, ont commencé à dire tout haut que le réseau Cyclades était bien mieux conçu qu'Arpanet. Il croisait beaucoup de chercheurs européens et américains dans le comité DataCommunications de l'International Federation for Information Processing (l'IFIP) auquel il participait, et la plupart des Américains avec qui il parlait lui confirmaient que le datagramme était bien meilleur que les réseaux virtuels et Arpanet ! Mais Arpanet avait déjà la réputation d'être hégémonique, c'est-à-dire d'asséner au monde entier : il faut faire ceci, il faut faire cela, voilà quelle est la norme, alignez-vous sur nous, nous sommes les leaders. Ils étaient tellement fiers de leur réseau les Américains qu'ils ne comprenaient pas qu'on puisse avoir envie d'avoir le nôtre, d'en faire un autre. Louis Pouzin était allé les voir pour leur parler de Cyclades et il s'était fait engueuler. On a fait, nous, aux États-Unis, un réseau formidable, *qui marche,* et vous voulez faire autre chose en parallèle, ce n'est pas possible, c'est absurde ! Laissez tomber votre fucking french réseau, alignez-vous sur le nôtre ! lui avaient balancé les responsables d'Arpanet, avait dit Louis Pouzin à Dimitri. Il rencontrait Vinton Cerf et Robert Kahn régulièrement lors des congrès auxquels ils participaient, une petite congrégation de chercheurs concevant des réseaux avait commencé de se constituer, ils coopéraient facilement, il n'y avait pas (apparemment) de concurrence, ils partageaient tout. Le principe n'était pas de garder une idée pour soi : en recherche, si on ne partage pas, on prend du retard. D'ailleurs Louis Pouzin disait toujours à ses gars : Faites-vous voler volontiers, car les gens qui vous volent ont au minimum six mois de retard ! Ainsi Louis Pouzin avait-il pris un ingénieur d'Arpanet comme conseil, ce dernier venait tous les deux ou trois mois à Rocquencourt discuter avec eux et le résultat c'est qu'il n'a pas tardé à être tout à fait convaincu, lui, que le réseau Cyclades était bien mieux que ce qui se faisait chez eux aux États-Unis.

Rire de Louis Pouzin. Merveilleux. Tellement attendrissant. À la cinquante-neuvième minute de l'enregistrement. Dimitri se promit de conserver ce rire, de le réécouter régulièrement. Le rire limpide et doux de l'homme qui vous raconte, en 2015, qu'en 1973 les voraces créateurs d'Arpanet lui avaient enjoint de renoncer à son propre réseau, qui pourtant marchait bien mieux que le leur, parce qu'ils voulaient assujettir le monde entier à leur technologie, pour le dominer, se disait Dimitri. Ils étaient déjà en guerre, les Américains, sur cette question émergente des réseaux, ils avaient bien compris, contrairement à nous, que c'était LE champ de bataille de l'avenir. Quelle n'a pas dû être leur stupeur, leur incrédulité, quand quelques mois plus tard ils ont vu les Français lâcher *spontanément* l'affaire, et décider de leur abandonner le datagramme ! De leur laisser le champ libre pour Internet ! Quel somptueux cadeau !

Bob Kahn, peu avant cette décision funeste, a alors travaillé sur un protocole qui n'a jamais été implémenté, et dans lequel il utilisait, lui aussi, mais partiellement, des datagrammes. Il en a parlé publiquement, cela devait être en 1974, et Louis Pouzin lui a dit, il s'en souvenait comme si c'était hier : Ben oui, c'est bien les datagrammes, je le sais bien ! Mais nous, tu sais Bob, je te le rappelle au cas où tu l'aurais déjà oublié, en France on a conçu un réseau qui fonctionne *entièrement* avec des datagrammes ! Et qui fonctionne bien mieux qu'Arpanet... Tu devrais y jeter un coup d'œil, c'est ça qu'il faut faire !

Ils ramaient un peu derrière Louis Pouzin, alors,

les Américains, s'il comprenait bien ce qu'il était en train de lui dire, avait dit Dimitri à Louis Pouzin en riant. Voilà, c'est ça, c'est exactement ça, on pouvait dire que Louis Pouzin et ses équipes étaient tout simplement très en avance sur la concurrence, et en particulier sur les Américains ! avait répondu Louis Pouzin à Dimitri.

À ce moment-là, coup de théâtre : Pompidou meurt. La politique gaullienne s'arrête, c'est Valéry Giscard d'Estaing qui prend les commandes du pays et Valéry Giscard d'Estaing, d'après ce que plusieurs personnes avaient raconté à Louis Pouzin, avait bénéficié, pour sa campagne électorale, des contributions financières de la Compagnie générale d'électricité, la CGE, dirigée par le puissant et diabolique Ambroise Roux, lequel, bien entendu, se préoccupait fort peu de ces basses querelles techniques concernant l'avenir des réseaux français. Il était même tout à fait hostile à l'idée d'un réseau conçu par des individus qui fussent des informaticiens. Tout ce qui l'intéressait, Ambroise Roux, c'était de vendre à l'État des commutateurs téléphoniques, et de les lui vendre au prix fort, avait dit Louis Pouzin à Dimitri.

Nous y voilà. Nous y voilà enfin.

Ce que la CGE d'Ambroise Roux obtient alors de Valéry Giscard d'Estaing, au lendemain de son élection, c'est, aussi incroyable que cela puisse paraître aujourd'hui, de liquider la Délégation générale à l'informatique (sous l'égide de laquelle avait continué de se développer le réseau Cyclades, malgré l'opposition du CNET, de la DGT, des PTT et de la CGE), de clore le Plan Calcul et enfin, *last but not least*, de mettre un terme au consortium informatique européen Unidata, lequel avait été créé quelques années plus tôt avec l'ambition de concurrencer les Américains, industriellement parlant, sur le terrain de l'informatique, et en particulier de se mettre en situation de combattre un jour à armes égales le géant IBM.

Un seul pays n'aurait jamais eu la puissance de frappe suffisante pour affronter l'hégémonie américaine sur un terrain où son avance était vraiment considérable, sur le plan commercial tout du moins. On n'imagine pas ce qu'était la puissance de frappe d'IBM à l'époque : une domination sans partage (reposant sur une idée géniale : un parc de machines propriété d'IBM qu'IBM proposait aux entreprises en leasing, ce qui fait qu'elles n'étaient pas obligées d'investir pour disposer de cette technologie, contrairement à ce qui se pratiquait avec les autres marques de matériel informatique). Un consortium avait donc été créé entre la CII en France, Siemens en Allemagne et Philips aux Pays-Bas. Une fois Pompidou mort, la CGE dit à Giscard : on arrête tout. Parce que Siemens c'était l'ennemi numéro 1 de la CGE en téléphonie, à l'étranger surtout mais également en France. Or il était prévu que chacun des partenaires du consortium ferme ses bureaux dans les autres pays du consortium, afin qu'il n'y ait plus, dans chaque pays, qu'un seul bureau, celui du consortium, pour commercialiser les produits qui allaient être conçus par le consortium, avait dit Louis Pouzin à Dimitri. Si bien que les Allemands, qui eux étaient sérieux, et qui croyaient au consortium, avaient déjà fermé leurs bureaux Siemens en France, quand à l'inverse Ambroise Roux n'était pas du tout disposé à fermer les bureaux CGE en Allemagne. Par ailleurs, peut-être Ambroise Roux craignait-il de devoir partager le marché des commutateurs téléphoniques avec Siemens, puisque Siemens se trouvait être au capital d'Unidata et qu'Ambroise Roux était lui-même associé à ce capital par sa participation dans la CII. À partir du moment où on a annoncé, unilatéralement, du jour au lendemain, l'arrêt du consortium, ils ont été furieux, bien sûr, les Allemands, ils n'ont rien compris à ce qui leur arrivait mais surtout ils en ont terriblement voulu à la France pendant de très nombreuses années (il se murmure qu'aujourd'hui encore ils ne l'ont toujours pas digéré, et qu'ils continuent de se méfier des industriels français). Cela se comprend facilement : ce retrait soudain et injustifié des Français d'une alliance que les Français eux-mêmes avaient pensée et réclamée à hauts cris avait été pour les Allemands un humiliant camouflet, de sorte qu'il n'y aura plus jamais de projets européens d'envergure dans le domaine de l'informatique, contrairement à ce qui s'est fait dans le domaine de l'aéronautique avec Airbus. Dans le même temps, on organisait l'absorption de la CII par Honeywell Bull, parce que la CGE soutenait Honeywell Bull. Ce qui intéressait la CGE, ce n'était pas l'informatique, ce n'était pas de vendre des ordinateurs. C'était de vendre des centraux téléphoniques à l'État. C'était de tondre l'État en lui vendant au prix fort les commutateurs téléphoniques qu'elle fabriquait.

On a complètement raté le coche, avait dit Louis Pouzin à Dimitri. Cet épisode méconnu a été un tournant décisif de notre histoire récente. La France aura sciemment détruit les bases d'un consortium informatique européen très ambitieux, et refusé conjointement la création d'Internet sur son territoire.

Si Valéry Giscard d'Estaing ne s'était pas laissé gouverner par Ambroise Roux, Unidata serait peut-être devenu aussi puissant, face aux firmes américaines, qu'Airbus l'est aujourd'hui face à Boeing ? Et le réseau Cyclades aurait peut-être donné naissance, en France, à Internet ? avait demandé Dimitri à Louis Pouzin et à Maurice Allègre.

Oui. La réponse est certainement oui. Pourquoi en serait-il allé autrement ? Les premiers utilisateurs d'Internet auraient dû être européens, voire français, ça c'est certain, et ils l'auraient été si la France ne s'était pas éviscérée comme elle l'a fait, avait dit Louis Pouzin à Dimitri.

Il ne faut pas oublier que le Web est une invention de l'Organisation européenne pour la recherche nucléaire (le CERN), basée à Genève, et que sans le Web, qui est la faculté de programmer des écrans à partir d'une application (c'est ce qu'on appelle html, c'est-à-dire un langage qui a été défini pour permettre aux écrans d'afficher ce que l'on veut sans descendre dans des protocoles trop compliqués, avait dit Louis Pouzin à Dimitri), Internet tel que nous le connaissons aujourd'hui n'existerait pas. C'est Tim Berners-Lee, chercheur au CERN, qui a inventé le Web, appuyé par un ingénieur belge, Robert Cailliau. Or, les Américains, avec cet esprit de conquête qui leur est constitutif et qui consiste à invariablement se demander, face à une innovation quelconque, qu'est-ce qu'on pourrait en faire d'utile et de fructueux ? comment gagner de l'argent avec ça ? les Américains d'Arpanet, après s'être emparés de l'invention du datagramme, se sont emparés de l'invention du Web et c'est ce qui leur a permis de créer Internet, une fois changé le nom de leur réseau pour que ça n'ait pas l'air trop militaire, avait dit Louis Pouzin à Dimitri. Car, grand seigneur, le CERN avait décidé de mettre gracieusement à disposition du monde entier les brevets couvrant cette innovation. Les Américains ont immédiatement compris l'intérêt qu'ils pouvaient en tirer, ça s'est passé en moins de deux, la plupart des Américains ne le savent d'ailleurs même pas que c'est européen. Arpanet est devenu Internet à partir du moment où ils ont intégré dans leur protocole les deux inventions européennes que sont le datagramme et le Web. Louis Pouzin et son équipe ont conçu le datagramme à Rocquencourt, les ingénieurs européens du CERN ont conçu le Web à Genève, sur le plan scientifique Internet est donc très largement une invention européenne.

Le jour précis où le consortium Unidata a été disloqué, Louis Pouzin se trouvait justement sur le stand Siemens à la foire de Hanovre. Il avait installé le réseau Cyclades, pour une démonstration, sur un ordinateur Siemens exposé sur leur stand, avec en tête l'idée très ambitieuse que fussent conçus des logiciels permettant de faire fonctionner le réseau Cyclades sur des ordinateurs Unidata, et que ces derniers ainsi équipés pussent être achetés par les universités d'Europe, qui en étaient demandeuses, afin de pouvoir dialoguer entre elles et mettre leurs bases de données en partage. Des discussions avaient déjà été engagées avec un certain nombre d'universités européennes, c'est ce dont ils parlaient, à Hanovre, sur le stand Siemens du salon de l'informatique, le jour précis où Louis Pouzin avait appris que Valéry Giscard d'Estaing venait de prendre la décision de démanteler Unidata, à la stupeur générale. Et si ensuite les universités américaines, par pur pragmatisme, et parce qu'on les aurait prises de vitesse, s'étaient alignées sur leurs homologues européennes en adoptant à leur tour les protocoles Cyclades, c'était gagné – car on sait aujourd'hui le rôle qu'aura joué l'Université américaine dans la propagation d'Internet, ses premiers utilisateurs ayant certes été des Américains, mais surtout des étudiants. Ils étaient en discussion ! Ils travaillaient, ils avançaient ! Sur le stand de la foire de Hanovre, en 1974, le réseau Cyclades fonctionnait sur une machine Siemens ! Que Dimitri s'imagine ce que cela aurait pu donner si une norme issue de Cyclades avait été adoptée par la France plutôt que Transpac et la norme X25 soutenus par Ambroise Roux et par les télécoms ! Tout avait été mis en place pour qu'il y ait une synergie qui permette à l'Europe de révolutionner la planète : l'invention du datagramme à Rocquencourt, le lancement du réseau Cyclades en France, l'invention du Web à Genève, la création de la firme informatique européenne Unidata fabriquant le matériel susceptible d'utiliser le réseau Cyclades donc Internet : il y avait eu à ce moment-là une sorte de grâce européenne – comme un alignement providentiel de planètes – et cette grâce-là avait été réduite à néant par un colporteur de commutateurs téléphoniques.

Vous avez bien travaillé, Louis, avait-on dit à Louis Pouzin début 1975. Il n'y a plus aucune raison de poursuivre Cyclades maintenant qu'Unidata a été démantelé. Vous avez fait votre job, on vous félicite, mais maintenant c'est aux industriels de prendre la suite, ils savent ce qu'ils font, cela ne vous concerne plus. Faites votre métier, et laissez-nous faire le nôtre.

Une fois dissoute la Délégation générale à l'informatique, c'est le ministère de l'Industrie qui avait repris la direction des opérations, avec un ancien de chez Dassault, un certain Hugues de l'Estoile, comme directeur général de l'industrie. Hugues de l'Estoile leur avait signifié que ce n'était plus leur rôle de faire des réseaux, mais celui de l'industrie. Interdiction formelle de s'y intéresser désormais. Louis Pouzin avait même reçu une lettre d'André Danzin, à l'époque directeur de l'IRIA, qui lui intimait l'ordre de ne plus s'occuper de réseau. Comme André Danzin était intelligent, il savait qu'il était inutile d'envoyer cette lettre à Louis Pouzin, mais il avait reçu cet ordre du ministère de l'Industrie, en haut lieu donc, avait dit Louis Pouzin à Dimitri. Ce qui ne l'avait pas empêché de tout de même continuer à faire fonctionner Cyclades, clandestinement, sans budget, grâce à des bénévoles, jusque vers 1978, on ne se refait pas…

Ils avaient osé lui dire, à Louis Pouzin, les industriels français : *On vous a laissé faire votre métier, mais maintenant soyez gentil laissez-nous faire le nôtre* (sur le même ton condescendant que s'ils avaient dans le leur une compétence bien supérieure à celle de Louis Pouzin dans le sien, on rêve…). On les a donc laissés faire leur métier, aux industriels français, et on peut voir le résultat : bravo les gars, avait pensé Dimitri en écoutant Louis Pouzin.

En plus, avait dit Louis Pouzin à Dimitri, et il l'avait dit négligemment, dans un léger frôlement syntaxique, sans la moindre animosité, ils ont mal copié le datagramme les ingénieurs d'Arpanet, ils l'ont copié en faisant des erreurs, ce qui fait qu'Internet n'est pas aussi efficace et surtout aussi bien protégé qu'il l'aurait été si Cyclades avait été adapté intégralement, sans en oublier la moitié chez nous. (J'adore ! continue Louis ! c'est trop bon ! s'était dit Dimitri en écoutant parler Louis Pouzin.) Il avait pourtant réussi à se mettre d'accord avec un certain nombre de chercheurs américains, Beranek et Newman par exemple, pour n'avoir qu'un seul protocole en Europe et aux États-Unis, dans le cadre d'un projet européen. Dans cet esprit, Vinton Cerf et Robert Kahn avaient fait le tour de l'Europe à la recherche d'une solution pour remplacer le NCP d'Arpanet (Netware Core Protocol, qui était très limité), ils ont visité les PTT puis le laboratoire de Louis Pouzin à Rocquencourt et finalement ils ont choisi le datagramme. L'IRIA devait apporter d'ultimes modifications à Cyclades. Les Américains – l'ensemble des chercheurs américains travaillant sur ces questions – avaient dit à Louis Pouzin qu'ils s'aligneraient sur ces nouvelles spécifications pour en faire un protocole international. Mais Bob Kahn voulait créer un réseau à son nom, alors il a rusé – il a prétendu qu'il ne pouvait pas attendre ces nouvelles spécifications ni revenir en arrière car il était déjà trop avancé dans son projet de protocole TCP / IP (on était en 1974 ou début 1975 et TCP / IP a marché en 1983 : c'est dire qu'il n'était pas si avancé que ça, avait dit Louis Pouzin à Dimitri)... et comme ils avaient les moyens de continuer, eux, contrairement à Louis Pouzin et à l'IRIA coupés dans leur élan par la dissolution de la Délégation générale à l'informatique, ils en ont profité pour pousser une chose à leur nom. Ce faisant, ils ont introduit des complexités inutiles, entraînant une perte de fonctionnalités. Ce qu'ils n'ont pas compris les Américains d'Arpanet, c'est qu'il fallait avoir des destinations virtuelles, et non pas physiques, IP, dans le réseau. Quand on met une adresse dans le réseau, aujourd'hui elle est physique, c'est-à-dire qu'elle doit aller à un certain point du réseau : c'était une erreur de conception, avait dit Louis Pouzin à Dimitri. Parce qu'il n'y a aucune raison que le réseau ait une valeur logique dans l'adressage, le réseau c'est un outil pour passer d'un point à un autre, c'est tout. Ce qui compte, c'est l'endroit où se trouve l'utilisateur des données, qui n'est pas forcément en bordure du réseau, il peut être à l'intérieur d'un autre réseau privé par exemple, si bien qu'avec Cyclades il était possible d'adresser une destination non pas à la frontière du réseau, mais : *plus loin*... dans n'importe quel système, indépendamment de la topologie des différents réseaux physiques... (Cette douceur, mais cette douceur... Essayez d'imaginer l'onctuosité des intonations de Louis Pouzin.) Ça, ils ne l'ont pas compris, avait dit tendrement Louis Pouzin à Dimitri, ou alors leur intention, en s'écartant à peine du principe de Cyclades, était de pouvoir donner leur nom, à savoir TCP / IP, à un truc censé être bien à eux, différent de ce qu'avait fait Louis Pouzin, mais en définitive ce n'est pas si différent qu'on puisse dire qu'il s'agit d'autre chose : en réalité c'est exactement la même chose mais en moins bien.

14

On ne va pas faire de l'histoire conjecturale, avait dit Maurice Allègre à Dimitri. On ne sait pas ce que seraient devenus Unidata et le réseau Cyclades, ni s'ils auraient prospéré, ni quels auraient été leurs répercussions sur notre économie, si Ambroise Roux n'avait pas obtenu de Valéry Giscard d'Estaing, à peine élu, qu'il saborde Unidata et la Délégation générale à l'informatique, et ce pour des raisons strictement personnelles, touchant à la prospérité de sa personne et de son groupe, la CGE, et non dans l'intérêt de son pays.

S'il avait fait du latin durant ses études, Dimitri connaissait certainement cette fameuse phrase de Caton : « *Delenda est Carthago* », « Il faut détruire Carthage », qui illustrait à merveille ce qui s'était passé à ce moment-là : Caton avait eu pour idée fixe la destruction de Carthage, en raison de sa rivalité avec Rome, et avait prononcé incessamment cette phrase obsessionnelle, « *Delenda est Carthago* », en conclusion de tous ses discours au Sénat, quel qu'en pût être le sujet. « *Delenda est delegatio* », n'avait cessé de dire Caton-Ambroise, de sorte que la destruction de la Délégation générale à l'informatique orchestrée par Ambroise Roux avait été aussi furieuse, obstinée, systématique et dévastatrice que l'avait été celle de Carthage : dans les flammes la Délégation générale à l'informatique (son délégué Maurice Allègre en tête), dans les flammes l'outil industriel du Plan Calcul, à savoir la CII, qu'on faisait absorber par le groupe à capitaux américains Honeywell Bull (lequel entamait une longue descente aux enfers très coûteuse pour le contribuable français), dans les flammes le consortium informatique européen Unidata (au grand ahurissement indigné des Allemands) et enfin, dommage collatéral aussi funeste qu'irréversible : dans les flammes le réseau Cyclades de Louis Pouzin, dont les ingénieurs du CNET avaient déjà grandement hypothéqué l'existence en refusant de s'y intéresser – mais là c'était le coup de couteau définitif, dans le dos.

Mais tout de même, c'est insensé, comment une telle chose a-t-elle été possible ? avait demandé Dimitri à Maurice Allègre. Comment est-il possible qu'un seul homme détienne autant de pouvoir ? Et puisse, en toute impunité, imposer sa vision ? Au détriment de l'intérêt national !

Pour être précis, car il convient de l'être, avait répondu Maurice Allègre à Dimitri, c'est Jacques Darmon, directeur de cabinet du ministre de l'Industrie Michel d'Ornano, qui conduisit, télécommandé par Ambroise Roux (mais la chose avait été fomentée à l'instigation de la CGE dans les derniers mois de la présidence de Georges Pompidou, très affaibli par la maladie), une négociation ultra secrète avec Honeywell Bull et ce *totalement à l'insu* de Maurice Allègre, du ministre allemand chargé du dossier et des industriels français et allemands partie prenante d'Unidata. Valéry Giscard d'Estaing, qui n'avait au demeurant aucun penchant pour la coopération avec les Allemands, n'a pas été bien difficile à convaincre, une fois élu et mis devant le fait accompli, du bien-fondé de cette stratégie, lorsqu'il a fallu obtenir de lui qu'il conduisît celle-ci jusqu'à son terme.

En fait, tout le monde supputait qu'Ambroise Roux avait contribué au financement de la campagne électorale de Valéry Giscard d'Estaing pour la présidentielle de 1974, et que celui-ci avait pris vis-à-vis de celui-là des engagements formels sur un certain nombre de sujets précis touchant aux intérêts de la CGE dans le domaine de la téléphonie, avait dit Pierre Péan à Dimitri, qui avait pu l'interviewer longuement.

La CGE d'Ambroise Roux, c'était l'empire de la commutation téléphonique : la CGE fournissait à l'État la majorité des équipements téléphoniques dont les PTT avaient besoin, et en particulier la partie la plus juteuse, à savoir ces fameux commutateurs téléphoniques dans lesquels on reliait les lignes. La commutation téléphonique était un marché entièrement géré par l'État, les prix étaient élevés et les industriels qui se le partageaient n'avaient pas envie de le voir rétrécir, de quelque manière que ce fût. C'était sur ce fromage que vivait la CGE : une manne considérable. Ambroise Roux, l'informatique, il s'en fichait, comme il l'a d'ailleurs prouvé en refilant dès que possible sa participation dans Bull au naïf Saint-Gobain, lui-même sauvé par le gong de la nationalisation de Bull par le nouveau pouvoir socialiste. Il n'y avait qu'un truc qui l'intéressait, avait dit Maurice Allègre à Dimitri, confirmant ce que lui avait confié Louis Pouzin quelques jours plus tôt, c'était de traire l'État sur le marché des commutateurs téléphoniques, point barre.

Un petit nombre de concurrents soigneusement choisis et artificiellement maintenus par le ministère des PTT servaient d'alibi et se contentaient de faire de la figuration, mais en définitive la CGE d'Ambroise Roux se voyait attribuer la plus grosse part du marché à des prix très rémunérateurs.

Ce qui s'est passé, c'est que Thomson a voulu lui aussi bénéficier de ce fromage, d'où la guerre entre les deux groupes. Et comme Thomson était très impliqué dans le domaine de l'informatique, et que la CGE et Thomson étaient associés au capital de la CII (mais la CGE comme simple *sleeping partner*, pour complaire à l'État qui le lui avait demandé ; elle était actionnaire mais elle s'en moquait de la CII et des projets de développement de la CII), dès lors que la CGE et Thomson ont été en guerre la CGE n'a plus cessé de torpiller la CII, et par voie de conséquence Unidata, pour fragiliser le président de Thomson sur son propre terrain, l'informatique, et qu'il ne soit plus en situation de lui disputer son monopole sur les commutateurs téléphoniques.

Est-ce que Maurice Allègre plaisantait, ou bien c'était ce qui s'était réellement passé et auquel cas ce serait effarant ?! avait demandé Dimitri à Maurice Allègre – et Maurice Allègre lui avait répondu qu'il ne plaisantait pas, c'était ce qui s'était réellement passé, on ne pouvait pas être plus véridique qu'en résumant les choses de cette façon. Voilà comment on démolit méthodiquement des ambitions industrielles, le tout assaisonné de politique, d'intrigues, d'accords occultes, d'arrangements confidentiels et probablement d'autres choses encore qu'il n'était pas difficile de subodorer, mais il pensait qu'il en avait assez dit pour aujourd'hui… Résultat : aujourd'hui que l'informatique existe depuis quelque cinquante ans, on peut constater qu'il n'y a pas en Europe de grands industriels de l'informatique tels qu'IBM ou Apple. Le groupe CGE a éclaté et des pans entiers en ont été laminés : que reste-t-il d'Alsthom et d'Alcatel ?

Heureusement, l'action de la Délégation générale à l'informatique a été prépondérante lors du développement initial du secteur du logiciel et quelques grands groupes de service informatique ont pu prospérer tels que Capgemini, œuvre du regretté Serge Kampf, entrepreneur de génie. De même, sans une action très énergique de Maurice Allègre, le secteur français de ce qui allait devenir les puces électroniques aurait été phagocyté par les Américains, et le groupe franco-italien SMT-Micro n'aurait pu voir le jour...

Pardon... pardon... il le coupait, mais Maurice Allègre aurait-il la gentillesse de revenir plus en détail sur cette tentative de Thomson de s'inviter sur le marché des centraux téléphoniques capté par la CGE ? avait demandé Dimitri à Maurice Allègre. Il était désolé de l'interrompre comme ça... mais c'était allé trop vite, il aurait aimé en savoir davantage, avoir plus de détails... Bon, d'accord, il allait reprendre toute l'histoire dans le détail, si c'était ce que souhaitait Dimitri. Mais il fallait au préalable se replacer dans le contexte de l'époque.

Ambroise Roux était un homme remarquablement habile, remarquablement intelligent, qui savait entortiller les gens d'une façon fabuleuse. Il était enveloppant, il avait le goût du secret, il procédait par allusions et par sous-entendus, en laissant constamment entendre à ses interlocuteurs qu'il ne disait jamais que la moitié de ce qu'il savait – c'était du grand art florentin. Il excellait à persuader qu'il était écouté en haut lieu, et qu'il avait une influence considérable jusqu'au sommet de l'État, ce qui naturellement contribuait à lui conférer encore plus de pouvoir et d'influence – c'est ainsi que cela fonctionne, comme Dimitri le savait probablement. Il était le plus bel exemple qu'il eût jamais croisé des théories et des préceptes de Machiavel : si Dimitri lisait *Le Prince* de Machiavel, il y découvrirait le portrait d'Ambroise Roux.

Un homme d'affaires qui l'avait bien connu, mais qui souhaitait garder l'anonymat, avait confié à Dimitri quelque temps plus tôt qu'Ambroise Roux était un gastronome averti, et un grand amateur de cigares. Il avait des yeux bleus très frappants. Il portait un costume croisé trois pièces de couleur sombre, une chemise blanche à boutons de manchette ainsi qu'une cravate noire, et souvent une pochette blanche dépassait de la poche de son veston. Il parlait peu, il écoutait. Il savait écouter. C'était une bête de pouvoir, il était affamé de pouvoir. Son travail, c'était principalement d'amadouer l'État et de bien s'entendre avec lui, au profit de ses intérêts. Il amalgamait volontiers ses intérêts personnels et les intérêts de la CGE. Il était à la tête d'un puissant réseau d'influence, et il siégeait dans une dizaine de conseils d'administration. On pourrait dire qu'il était sans foi ni loi, il méprisait les politiques, il les dominait intellectuellement, il les manipulait en les persuadant qu'il leur rendait service, ainsi qu'à son pays, lorsqu'il les conseillait sur tel ou tel dossier, alors même que ce faisant il servait avant tout ses intérêts personnels, toujours, avait dit à Dimitri cet homme d'affaires qui l'avait bien connu. Il était autoritaire. Quand il devait s'asseoir dans une pièce, personne ne devait pouvoir passer derrière lui, il devait être contre un mur, c'est l'instruction formelle qu'il donnait à ses collaborateurs, il ne devait y avoir ni table, ni meuble, seulement du vide, un mur. Ambroise Roux disait beaucoup de mal des gens, il était mordant, il était cruel et impitoyable. Il avait le sens de la repartie, il était cinglant. Il savait juger les gens au premier coup d'œil, et les évaluer. Il ne se départait jamais de son sens de l'humour, quelles que soient les circonstances. Il avait l'œil qui frise. Il adorait la compagnie des femmes et les séduire, il ne sortait pas son épouse dans les dîners parisiens, elle restait à la maison, avait dit à Dimitri cet homme d'affaires qui l'avait bien connu. C'était un homme de tradition. Monarchiste, il souhaitait le rétablissement de la royauté en France, et assistait chaque année le 21 janvier à la messe commémorative célébrée à la Chapelle expiatoire en mémoire de Louis XVI. Un règlement intérieur proposé par ses soins interdisait aux femmes, à la CGE, mais aussi dans toutes les entreprises et les filiales du groupe (au nombre de mille deux cents), le port du pantalon, et ce règlement intérieur était scrupuleusement respecté. Il prenait chaque année douze semaines de congé. Il s'arrêtait de travailler complètement, l'été, durant deux mois, juillet et août, s'isolant dans l'une de ses propriétés en Suisse ou en Bretagne, devenant strictement injoignable. Il ne ratait jamais les grandes marées. Un président ne doit pas gérer le quotidien, ni s'engluer dans les détails, mais réfléchir, prendre des décisions, se concentrer sur l'aspect stratégique des affaires, et pour cela il doit savoir prendre ses distances, avait-il coutume de dire. Il savait déléguer. Il avait une très haute estime de lui-même, il savait diriger les réunions, il savait y faire avec les hommes, il disposait d'une véritable cour. Il se serait bien vu président de la République. Au-dessus de la mêlée et tirant les ficelles : c'est ainsi qu'il se percevait, et c'est ainsi que la plupart du temps il agissait. Il gagnait des sommes astronomiques, c'était le patron le mieux payé de France. Il s'était débrouillé pour qu'il n'y eût, au conseil d'administration de la CGE, que des marionnettes, et ces marionnettes entièrement dévouées à sa cause et à sa personnalité hors norme lui allouaient des traitements pharaoniques, ce que Maurice Allègre avait confirmé à Dimitri. Chez lui, place des États-Unis, une pièce entière avait été réservée à son train électrique. Il adorait le cinéma américain. Il s'était fait construire une salle de cinéma au siège social de la CGE, au 54, rue La Boétie, où il organisait des projections suivies de somptueux dîners où se pressait le Tout-Paris. Il s'était fait aménager, au sommet du siège social de la CGE, une salle à manger très moderne, circulaire, au revêtement mural confectionné d'une multitude de protubérances sphériques ressemblant à des billes (d'après le souvenir qu'en conservait cet homme d'affaires), ainsi qu'un salon rond aux fauteuils profonds et confortables où Ambroise Roux charmait ses invités par ses manières enveloppantes, l'intimité et la douceur de l'atmosphère. C'était toute une époque. Ambroise Roux incarnait cette époque et un type particulier de grand patron comme il n'en existait plus aujourd'hui. Ces temps-là étaient définitivement révolus, tout comme ce type de grand patron. Il n'existe plus de grand patron de cette sorte aujourd'hui, avec cette envergure, cette puissance intellectuelle, cet entregent, ce mystère, ce goût du secret et de l'intrigue, cette culture littéraire et artistique, et l'homme d'affaires que Dimitri avait interrogé en concevait une puissante nostalgie. C'était un homme hors du commun et un personnage, un authentique personnage, et les hommes hors du commun ainsi que les personnages ont disparu du monde de l'entreprise ou de la politique, à de rares exceptions près, avait dit cet homme d'affaires à Dimitri. Ils sont, les grands patrons d'aujourd'hui, pour la plupart d'entre eux, d'une affligeante médiocrité, ce qui n'était pas le cas à l'époque, et certainement pas le cas d'Ambroise Roux, qui était un être absolument fascinant. Ambroise Roux était un homme de pouvoir qui se prenait pour le Roi-Soleil, il désirait que ses prérogatives puissent s'affranchir du strict cadre de ses affaires et connaître des répercussions sur la marche de l'Histoire. C'était son grand fantasme. Ce n'était pas, selon cet homme d'affaires que Dimitri avait interrogé, un pur homme d'argent, il avait besoin de pouvoir sublimer le fait qu'il gagnait énormément d'argent par des actions qui lui permettaient de se dire qu'il détenait les leviers économiques du pays. Il savait qu'il ne devait pas faire d'ombre aux politiques, ni les éclipser médiatiquement, puisqu'il avait besoin des politiques pour ses affaires, d'où la légendaire discrétion d'Ambroise Roux. Il aimait entretenir le mystère autour de son personnage, il ne voulait surtout pas se mettre en avant ni devenir un people (comme on dirait aujourd'hui), ni avoir la vie d'un people, ni être valorisé par les médias en tant que people, il était au-dessus de ça. Il préférait rester en retrait, se tenir dans l'ombre et tirer les ficelles, sans se vanter de ses succès ni des sommes colossales qu'il engrangeait. C'est quelque chose que nous aurions le plus grand mal à comprendre aujourd'hui où rien n'a plus de prix, pour quiconque s'engage dans la vie économique, politique, sportive ou culturelle, que la médiatisation, l'image, la popularité, les bons chiffres dans les sondages, la publicité autour de ses succès, le nombre de ses followers sur Twitter et de like à ses posts Instagram, mais Ambroise Roux n'avait pas la faiblesse de vouloir être connu du grand public. Au contraire, il demandait à la direction de la communication de la CGE de créer des écrans de fumée autour de sa personne, afin que les journalistes parlent le moins possible de lui.

Ambroise Roux organisait chez lui des séances de spiritisme durant lesquelles ses amis et lui faisaient tourner les tables, il ne s'en cachait pas, il lui était indifférent que cela s'ébruitât, et même, il était tellement puissant que c'était le genre d'extravagance qui rajoutait encore à la complexité du personnage, et donc à son aura, avait dit à Dimitri Pierre Péan, qui avait croisé Ambroise Roux à plusieurs reprises au début de sa carrière de journaliste, à l'époque où il était lui-même à l'AFP. Il devait avoir un QI à 170. Il avait l'air malin, il arborait en permanence un fin sourire entendu qui signifiait ne vous inquiétez pas, j'ai tout compris, je sais où je vais, j'ai les choses bien en main, mais je ne vous dirai rien. Les rares fois où Pierre Péan l'avait rencontré en tête à tête, Ambroise Roux avait été assez astucieux pour ne pas lui parler de la CGE (seuls les patrons vulgaires parlent de leurs affaires aux journalistes qu'ils invitent à déjeuner, semblait vouloir signifier, en creux, ce comportement ostensible d'Ambroise Roux), il l'avait joué grande connivence, une connivence que Pierre Péan qualifierait de très haut de gamme (on pouvait se demander, quand il en usait ainsi avec vous, s'il traitait tous ses interlocuteurs de la sorte, ou s'il avait un penchant particulier pour vous, et dès lors que ses visiteurs se posaient cette question c'était gagné, il les avait séduits), comme si Ambroise Roux mettait un orgueil particulier à ne pas se comporter comme l'eût fait un patron ordinaire, il se plaçait d'emblée à un autre niveau, un niveau supérieur. Il avait été l'un des pionniers dans le domaine de la communication d'entreprise, il avait recruté un directeur des relations extérieures, Pierre Braillard, à la disposition duquel avait été mis un vaste appartement sur la colline de Saint-Cloud avec vue sur tout Paris, pour que s'y tiennent des réceptions où le champagne coulait à flots et qui permettaient à des personnalités de tous horizons de se rencontrer, on pouvait y croiser des journalistes, des politiques, des comédiennes, des sportifs, des industriels, des hommes d'affaires ou de télévision, c'était une simple opération d'image et de lobbying au sens large, on était redevable à la CGE de ces soirées prestigieuses qui ne semblaient poursuivre aucun autre objectif que celui de procurer joie et plaisir à ceux qu'appréciait ce groupe industriel. Ambroise Roux soignait les relations de la CGE avec le monde des médias et le monde des médias le lui rendait bien, avait dit Pierre Péan à Dimitri.

C'était quelqu'un de tout à fait extraordinaire, avec une aura que tous ceux qui l'approchaient décrivaient comme inouïe, avait dit Maurice Allègre à Dimitri. Il prenait l'ascendant sur quiconque se mettait à négocier avec lui, on finissait toujours par se laisser étourdir par la justesse apparemment indiscutable de ses arguments, quand bien même les recommandations d'Ambroise Roux étaient contraires à vos convictions les mieux ancrées. Ambroise Roux parvenait à vous convaincre qu'il était objectif et impartial, et qu'il agissait dans le sens de l'intérêt général, alors qu'en réalité cet homme n'a jamais agi que dans son propre intérêt, ou dans celui de sa caste. Ceci lui avait été confirmé par Louis Schweitzer (patron de Renault de 1992 à 2005), qui avait eu l'occasion de s'entretenir avec Ambroise Roux à l'époque où lui-même était directeur de cabinet de Laurent Fabius, alors ministre du Budget, de 1981 à 1982. Ambroise Roux, en tant que fondateur et président de l'Association française des entreprises privées (l'AFEP, groupe de pression du patronat regroupant les soixante entreprises françaises les plus importantes), était venu lui parler d'un projet d'aménagement de la fiscalité des entreprises, et Louis Schweitzer avait confié à Dimitri avoir été émerveillé par l'habileté, l'intelligence, la séduction et la puissance persuasive d'Ambroise Roux : celui-ci avait été assez adroit pour lui présenter les mesures qu'il préconisait d'adopter comme relevant du seul bon sens et de la plus indiscutable efficience technique et administrative, à mille lieues de tout intérêt particulier donc, ou de toute vision dogmatique. Rien n'est plus fastidieux à assimiler que la fiscalité des entreprises et Ambroise Roux avait excellé ce jour-là à lui dépeindre sa réforme de la fiscalité des entreprises sous un jour à la fois limpide et rassurant, autrement dit comme étant strictement équitable et avantageuse pour toutes les parties, quand en réalité cette réforme (que Louis Schweitzer avait été à deux doigts de gober, tant sa fascination avait été grande devant la clarté magique de cet exposé) était seulement favorable à la cause du patronat. D'ailleurs, s'il n'était pas parvenu ce jour-là à circonvenir Louis Schweitzer, Ambroise Roux ne s'était pas découragé pour autant et avait obtenu plus tard de Pierre Bérégovoy qu'il exauçât les prescriptions qu'il avait de nouveau présentées à l'État (il était opiniâtre !) au nom des très riches membres de l'AFEP : la taxation des plus-values à 33,33 % au lieu de 50 %, ainsi que la première loi sur les stock-options (autorisant l'octroi de stock-options aux dirigeants), puis plus tard le très avantageux dispositif du *carry-back* permettant aux entreprises de reporter leur déficit sur le bénéfice des trois exercices précédents (ce qui se révélerait être une manne inouïe pour les actionnaires des grandes entreprises). Et ce sous la présidence de François Mitterrand, c'est dire s'il avait du pouvoir, même après 1981… Il aura bien essayé de faire passer une loi, présentée par Pierre Mazeaud, protégeant les patrons de toute accusation de délit d'abus de bien social (tu m'étonnes…), mais en vain cette fois, il ne faut pas exagérer non plus… Il se murmurait qu'Ambroise Roux était reçu une fois de temps en temps par François Mitterrand, qui sans doute appréciait sa culture et son esprit, et il ne fait aucun doute aujourd'hui que l'AFEP a largement contribué à la réorientation de la politique économique de la gauche vers davantage de réalisme, pour ne pas dire tout simplement vers le libéralisme, dès 1983. Dimitri avait lu quelque part que François Mitterrand aurait déclaré : « Je considère Roux comme l'un de mes adversaires les plus résolus mais je n'éprouve aucune difficulté à dialoguer avec lui. Au surplus, je sais que, lorsqu'il s'agira de l'intérêt de la France, nous n'aurons jamais de désaccord véritable », ce en quoi il se trompait cruellement – à cet égard, on peut considérer qu'Ambroise Roux aura perfidement trompé la confiance de François Mitterrand, lequel avait trouvé là en définitive, mais sans l'avoir seulement entrevu, un reptile encore plus retors que lui. Ambroise Roux avait compris (pas con) qu'il ne servait à rien de demeurer dans une opposition farouche au gouvernement socialiste, et qu'il valait mieux tenter de l'influencer en dialoguant avec ses représentants. Il avait fixé à son club une règle stricte : 1 / Proposer des réformes aux ministres. 2 / En cas de refus, ne pas porter le débat sur la place publique. 3 / En cas de victoire, ne jamais en revendiquer la paternité. On disait qu'Ambroise Roux pénétrait mieux que quiconque les situations complexes du temps présent et qu'il savait en outre anticiper l'avenir – et en effet on consultait Ambroise Roux comme un oracle. C'est sans doute ce qui explique qu'il ait été en position de conduire Valéry Giscard d'Estaing à prendre des décisions aussi abruptes et radicales que disloquer le consortium informatique européen Unidata, clore le Plan Calcul, dissoudre la Délégation générale à l'informatique et condamner à une mort lente le réseau Cyclades élaboré par Louis Pouzin dans son laboratoire de l'IRIA à Rocquencourt, s'était dit Dimitri en écoutant Louis Schweitzer lui parler de l'insidieuse séduction intellectuelle d'Ambroise Roux.

Mais peut-être Ambroise Roux avait-il magnétisé VGE ?

Car persuadé du caractère fondamental des phénomènes relevant de la parapsychologie, un peu lassé aussi par l'attitude de la science officielle française, frappé enfin (ce sont ses propres termes) par l'insuffisance dramatique des laboratoires français dans ce secteur par rapport à l'étranger, il avait fini par créer, à l'intérieur de la CGE, un laboratoire d'électronique destiné à faire progresser la connaissance de ces phénomènes parapsychologiques, comme il l'écrit dans le livre *La science et les pouvoirs psychiques de l'homme*, publié sous son nom (avec ceux de deux coauteurs) chez Sand en 1986. « J'ai pensé que la télépathie était largement démontrée et que la psychokinèse [*action de l'esprit sur la matière*] méritait qu'on s'y attarde, écrit Ambroise Roux dans ce livre. Or, de nouveaux travaux dans ce domaine étaient rendus possibles par l'apparition d'un appareil tout à fait révolutionnaire qui est le tychoscope, dont la conception de base est due à un brillant ingénieur français, Pierre Janin. » Il semblerait que la CGE ait financé la mise au point de cet instrument, ce qui tendrait à corroborer l'hypothèse selon laquelle le conseil d'administration de la CGE n'était constitué que de marionnettes à la solde de leur président. Ambroise Roux décrit ensuite (et d'une façon très précise, presque scientifique) les expériences conduites dans ce laboratoire de la CGE, en sa présence et sous sa direction, afin de mettre en évidence l'existence de forces mentales susceptibles de modifier la trajectoire aléatoire du tychoscope, voire de l'asservir à la volonté du sujet. C'en est presque convaincant, on le sent profondément convaincu en tout cas. Ambroise Roux précise que le tychoscope (merveille technologique reliée à un ordinateur effectuant des mesures d'une finesse extrême) étant construit dans ce laboratoire de la CGE, il ne voyait pas très bien quelle possibilité de trucage on pourrait imaginer à cette occasion. « J'ai vu personnellement, écrit Ambroise Roux, le cas d'une jeune femme qui n'avait jamais participé à des expériences de parapsychologie, et qui a été capable de faire traverser en ligne droite une table de trois mètres cinquante au tychoscope et de le faire tomber sur ses genoux. Lorsqu'on assiste à une expérience de cet ordre, il est difficile de ne pas être convaincu de l'existence de la parapsychologie. » Imagine-t-on aujourd'hui une entreprise multinationale finançant en son sein des expérimentations liées à une passion privée, extravagante, de son président, sans rapport aucun avec son activité première (ou alors sur un mode métaphorique, en l'occurrence la *communication* avec les esprits) ? Dimitri ne pouvait s'empêcher de trouver ça sympathique dans le fond. Ce laboratoire a travaillé pendant trois ans, et ils avaient l'intention, c'est ce qu'écrit Ambroise Roux dans ce livre, de continuer pendant encore au minimum deux ans, afin de réaliser des travaux complémentaires en vue d'une communication à l'Académie des sciences : telle avait donc été son ambition, en marge de ses affaires : faire progresser la science (sur le terrain peu orthodoxe des sciences occultes...). « Mais la CGE, une fois nationalisée, a pris la décision d'arrêter les travaux de ce laboratoire », écrit-il. Tu m'étonnes, Ambroise... « Fort heureusement, cet arrêt s'est produit à la fin d'une première série d'expériences importantes et significatives [...] qui a permis de mettre en lumière, dans des conditions infiniment supérieures aux expériences antérieures, l'existence de la psychokinèse », autrement dit la possibilité pour un esprit d'agir sur les objets, conclut Ambroise Roux.

Il avait beau faire tourner les tables, pratiquer la transmission de pensées et la psychokinèse, se prétendre visionnaire et expert en fonctionnement du cerveau (il confiait à qui voulait l'entendre qu'il était passé maître dans l'art d'anticiper les comportements), il a été l'un de ceux qui ont conseillé à Jacques Chirac, en 1997, de dissoudre l'Assemblée nationale (on ne rit pas). En outre, dans une biographie hagiographique consacrée à Ambroise Roux par une certaine Anne de Caumont et parue chez Fayard en 1996, Dimitri avait lu : « Lorsque éclatent les événements de Mai 68, on note que ni Georges Pompidou, ni le CNPF, ni Ambroise Roux ne les avaient prévus. » Cela commence à faire beaucoup d'erreurs de jugement pour un homme constamment présenté comme disposant d'une intuition hors du commun, avait pensé Dimitri en tombant sur ces deux irrésistibles informations.

Ambroise Roux présidait donc aux destinées d'un groupe qui s'appelait la CGE, laquelle englobait à l'époque des entreprises dont les noms nous sont encore familiers aujourd'hui, comme CIT-Alcatel et Alsthom, mais aussi la Société générale d'entreprises (qui aujourd'hui s'appelle Vinci) et les Chantiers de l'Atlantique, avait dit Maurice Allègre à Dimitri. La CGE, à travers ses nombreuses filiales, fabriquait des commutateurs téléphoniques, des composants électroniques, des câbles sous-marins (aujourd'hui Nexans), des locomotives électriques, le TGV lui-même, des navires. Un gigantesque empire, un conglomérat titanesque et complètement disparate. Ambroise Roux avait bâti une grosse partie de cet empire en se servant de l'État d'une façon très astucieuse : il était parvenu à se constituer des quasi-monopoles en vendant aux entreprises publiques une grosse partie du matériel et des équipements dont elles avaient besoin. Le cœur de son empire, c'étaient les centraux et les commutateurs téléphoniques, qui devaient être à l'époque fabriqués par CIT-Alcatel, si sa mémoire ne le trahissait pas, avait dit Maurice Allègre à Dimitri. C'était là une organisation très particulière qui avait été montée par Ambroise Roux lui-même, il entretenait des relations privilégiées avec le ministère des PTT et la direction générale des télécommunications. La direction générale des télécommunications était un très gros investisseur et à ce titre elle passait commande chaque année à la CGE d'un nombre considérable de centraux et de commutateurs téléphoniques, pactole qui correspondrait sans doute aujourd'hui à plusieurs milliards d'euros par an. On se partageait le marché autour d'une table, avec la bénédiction de l'administration. Il n'y avait pas d'organisme de surveillance de la concurrence à l'époque. La CGE se réservait la plus grosse part de ce marché. Pour obtenir, pérenniser et consolider ces situations de quasi-monopole, Ambroise Roux menait une politique active de lobbying (le cœur de Dimitri s'emballa, comme toutes les fois qu'était prononcé devant lui le mot *lobbying*) auprès de la haute administration française. Le système, il le maîtrisait, il connaissait sur le bout des doigts la mécanique et les rouages de l'administration, il savait infiltrer les sphères du pouvoir pour faire fructifier ses affaires et à ce titre Ambroise Roux aura été l'un des grands souffleurs de la politique économico-industrielle de la France dans ces années-là, avait dit Pierre Péan à Dimitri, confirmant les propos de Maurice Allègre. Et ça marchait à merveille, la CGE roulait sur l'or, exploitait à fond ces quasi-monopoles. C'était ça la grande industrie française à l'époque, ce n'était pas la concurrence ouverte et internationale comme aujourd'hui, avait dit Maurice Allègre à Dimitri : on en était extrêmement loin. Et dans ce contexte, Ambroise Roux était le Roi. C'était le patron français le plus important. Il était l'Empereur de l'industrie française.

Loin de s'en défendre, Ambroise Roux était même allé jusqu'à théoriser cette relation particulière à l'État en forgeant le concept étonnamment cynique (et dans le fond si peu libéral) de « capitalisme d'influence ». Au lieu de prôner le développement industriel par l'innovation technologique, la recherche de débouchés inédits ou la conquête de parts de marché sur un territoire mondialisé ouvert à la libre concurrence, Ambroise Roux préconisait d'aller chercher directement l'argent là où il se trouvait, à savoir dans les caisses de l'État, et pour ce faire de consacrer l'essentiel de ses efforts à en choyer les grands commis – afin d'obtenir d'eux des commandes – sans oublier de nuire, par tous les moyens possibles, à ceux de ses rivaux qui seraient tentés de lui disputer ces ressources (les imprudents), quand bien même ces offensives, souvent de déloyaux coups bas, pourraient avoir des effets désastreux sur notre économie. Un bon patron, selon l'idée que s'en faisait Ambroise Roux, et que résume exemplairement son concept de « capitalisme d'influence » (dont il était très fier), c'est celui qui est assez habile pour nager en eaux profondes entre les mondes de la politique et de l'industrie, et qui sait intriguer pour faire converger, en apparence tout du moins, les intérêts de l'industriel d'un côté et l'intérêt général censément défendu par l'État de l'autre, Ambroise Roux ne parvenant pas à dissimuler sa malice à l'idée que ce faisant, laissant croire à l'État qu'il le servait au mieux de ses intérêts, alors même qu'en réalité il ne faisait que poursuivre les seuls objectifs de prospérité de son groupe et en conséquence de la sienne propre, il retirait de ce système, auprès d'un certain nombre d'observateurs, la réputation d'être un homme suprêmement intelligent et machiavélique (Ambroise Roux compte aujourd'hui encore, pour cette raison, un certain nombre d'admirateurs émerveillés), quand il n'était dans le fond qu'un petit malin extrêmement doué, se disait Dimitri.

À cette époque, une bonne partie de l'industrie française (les ancêtres de notre CAC 40) avait déjà compris la nécessité de la dimension mondiale de son activité, de sorte que quelques « grands programmes » lancés avec l'appui de l'État étaient en train de devenir de vraies *success stories* (aéronautique, atome, pétrole, TGV...), avait dit Maurice Allègre à Dimitri. Mais dans de nombreux autres domaines de l'industrie, on en restait encore à ce genre de vieilles pratiques de cour – pas si anciennes – dont l'existence nous fait comprendre combien la France n'est décidément pas, dans le fond, une contrée d'entrepreneurs, mais au contraire de beaux parleurs, d'aristocrates, de salonnards, le but du jeu ayant été, jusque dans ces années-là, comme au bon vieux temps de la monarchie, de s'imposer comme le courtisan le plus apprécié et recherché – avant que la mondialisation ne mette enfin un terme définitif à ce petit manège, reléguant de facto ce genre de « grands patrons » français aux rôles de figurants amers (et d'éternels mangeurs de gigot), avait pensé Dimitri en écoutant parler Maurice Allègre.

Or, en 1972, entre Noël et le jour de l'An (c'est toujours entre Noël et le jour de l'An que se signent les courriers les plus explosifs, avec l'espoir que personne ne s'en aperçoive, avait dit Maurice Allègre à Dimitri), Paul Richard, le président de Thomson, avait vu ses manœuvres récompensées en obtenant du ministre des PTT (Maurice Allègre ne se rappelait plus son nom, un grand type aux yeux bleus) qu'il lui envoie une lettre l'invitant à entrer dans ce qu'il était convenu d'appeler, dans leur jargon d'initiés, le Club Socotel. Le Club Socotel, c'était la table autour de laquelle, dans un salon que Dimitri s'était imaginé cossu, obscurci par des tentures de velours rouge, au parquet qui craquait avec une distinction tout historique sous les souliers cirés des industriels qui s'y présentaient, replets et onctueux, ponctuels, au crépuscule, à l'abri des regards indiscrets, en complets gris et pardessus foncés, une fine serviette en cuir sous le bras – c'était la table autour de laquelle, donc, disions-nous, les entreprises réunies par le ministre des PTT se partageaient le marché des commutateurs téléphoniques, table où régnaient en maître la CGE et Ambroise Roux, avec de loin la plus grosse part, mais autour de laquelle venaient aussi siéger deux ou trois prétendants plus modestes, des figurants pour ainsi dire, comme ITT, la SAGEM ou la Compagnie des Signaux, bien heureux de pouvoir récupérer quelques miettes – mais ils n'étaient que des alibis justifiant le quasi-monopole de la CGE, c'était très bien ficelé. Et à partir du moment où Paul Richard, le président de Thomson, avait été admis à la table des négociations du très fermé Club Socotel, cela signifiait qu'il y aurait une authentique concurrence entre les deux sociétés (ce qui était dans l'intérêt de l'État) et Ambroise Roux n'en voulait pas, évidemment, de cette concurrence : il voulait pouvoir continuer à imposer sa loi et ses tarifs au ministère des PTT. Du point de vue d'Ambroise Roux, que Paul Richard osât lui disputer ce marché quasi captif des commutateurs téléphoniques, c'était un crime de lèse-majesté. À partir de ce jour-là, il n'a plus eu qu'une idée en tête : nuire à Paul Richard et à Thomson par tous les moyens possibles, quel qu'en puisse être le prix (en particulier pour la France, et pour l'intérêt général), avait dit Maurice Allègre à Dimitri.

Ambroise Roux est parti en guerre contre Paul Richard.

Il y avait deux moyens de nuire à Thomson et à son président Paul Richard.

Le premier moyen, c'était de prendre le contrôle de Thomson. Il en rêvait depuis des années, en l'occurrence depuis que Paul Richard était parvenu, en 1968, à adjoindre à Thomson le joyau CSF (électronique civile et militaire de pointe) qu'Ambroise Roux convoitait lui aussi, devenant Thomson-CSF (aujourd'hui Thales). Ambroise Roux a fomenté sa révolution, il a tenté de prendre le pouvoir chez Thomson en s'assurant du soutien de cadres dirigeants et de membres du conseil d'administration. Le conseil d'administration devait se réunir pour voter la destitution de Paul Richard et appeler à la fusion entre Thomson et la CGE. Paul Richard s'en est aperçu, il a téléphoné à Maurice Allègre pour lui demander de l'aide – on sentait bien depuis quelque temps qu'il se tramait quelque chose de louche. En écoutant Maurice Allègre lui raconter cet épisode, Dimitri s'était imaginé Charles Denner dans le rôle de Paul Richard, Claude Piéplu dans celui de Michel Debré, Jean-Claude Brialy dans celui de Maurice Allègre, avec bien sûr Michel Piccoli dans le rôle d'Ambroise Roux, à l'âge où l'on peut voir ces comédiens, à l'exception de Charles Denner, dans le film de Luis Buñuel *Le fantôme de la liberté*, l'un des films préférés de Dimitri, sorti sur les écrans en 1974. « Ça y est, je suis foutu, c'est très grave, Ambroise Roux va prendre le pouvoir chez moi, ils vont m'évincer, c'est cuit, je ne vois pas comment il va être possible de le contrer », déclara Charles Denner à Jean-Claude Brialy, au téléphone, complètement paniqué. Il ne leur restait que trois jours, le conseil d'administration devant se réunir la semaine suivante. Alors Jean-Claude Brialy raccrocha, passa une tête dans le bureau de sa secrétaire, Marie-France Pisier : « Je file au ministère de la Défense, une urgence, je ne sais pas si je repasserai au bureau », prit son imperméable et sortit en toute hâte de son bureau de la rue du Cherche-Midi. Une fois sur le trottoir, il leva la main à l'approche d'un taxi : « Au ministère de la Défense, hôtel de Brienne, 14 rue Saint-Dominique, vite ! » dit Jean-Claude Brialy au chauffeur en s'installant dans la Peugeot 504 blanche, qui démarra en trombe et disparut dans le trafic. Le plan suivant montrait Jean-Claude Brialy assis devant Claude Piéplu dans son vaste et somptueux bureau du ministère de la Défense. Un plateau garni de maroquin bordeaux s'étend entre les deux hommes, encombré de dossiers, de parafeurs, de plusieurs téléphones. Il y a aussi une grande lampe de bureau avec un triple abat-jour vert et doré, un cadre avec des photographies, un porte-plume. Après avoir écouté attentivement, d'un air préoccupé, Jean-Claude Brialy lui exposer la situation de félonie à laquelle ils se voyaient confrontés, Claude Piéplu déclara de sa voix mémorable n'avoir aucune envie de voir Ambroise Roux mettre la main sur Thomson militaire, de sorte que sous les yeux de Jean-Claude Brialy, alias Maurice Allègre, le ministre de la Défense rédigea une lettre de soutien à Paul

Richard, qu'il lui fit parvenir par coursier le soir même. « Tout cela est très préoccupant, mon cher Allègre, très très préoccupant, vous avez bien fait de m'alerter, dit Claude Piéplu à Jean-Claude Brialy en le raccompagnant à la porte de son bureau. Il ne faudrait pas que Roux devienne le maître de tous les organes vitaux du pays, industriellement parlant. Imaginez tout ce pouvoir entre les mains d'un seul homme ! Et pourquoi ne pas lui donner les codes de la bombe atomique tant qu'on y est. Un homme aussi machiavélique que Roux. Non, mon cher Allègre, ceci ne sent pas bon, je m'en occupe personnellement. J'appelle de ce pas le président de la République. Allez voir de votre côté tous les conseillers que vous pourrez. » L'image du film, brune et violette, dans des teintes d'hortensias qui se fanent, portait la marque si attachante des films de cette époque : Dimitri adorait cette patine. Puis Maurice Allègre est allé s'entretenir avec les conseillers du Premier ministre et du président de la République (on voyait de nouveau Jean-Claude Brialy monter dans un taxi, « À l'hôtel Matignon, vite ! »), et ça a fonctionné, les démarches de Maurice Allègre ont abouti, ils sont parvenus à bloquer Ambroise Roux tout à fait in extremis : l'Élysée, Matignon et le ministère de la Défense sont allés dire à Ambroise Roux de retourner dans ses foyers, et Ambroise Roux avait trop besoin de l'État pour ne pas obtempérer immédiatement, avait dit Maurice Allègre à Dimitri. Dimitri imaginait Michel Piccoli, dans un costume croisé Francesco Smalto très ajusté, noir à fines rayures blanches, s'entretenir au téléphone avec le président Georges Pompidou (enfin, s'entretenir, c'est un bien grand mot, disons recevoir docilement, enfantinement, les admonestations présidentielles), dans son bureau de la CGE, rue La Boétie. « Mais bien sûr monsieur le président... mais tout à fait monsieur le président... loin de moi l'idée de... oui mais... je... bien... je comprends tout à fait monsieur le président... je vais... oui, très bien, vous pouvez compter sur ma loyauté, je ferai en sorte dès ce soir que rien de ce... oui, bien sûr, j'allais moi-même vous le... tout à fait, je ferai en sorte que rien de tout ceci ne puisse se produire », disait Michel Piccoli, tendu et agacé mais s'efforçant de ne rien laisser paraître, « Je vous souhaite moi aussi une excellente soirée monsieur le président, mes hommages à madame votre épouse », avant de reposer sur son socle en plastique gris le combiné du téléphone, un Socotel 63 à cadran rotatif fabriqué par la CGE. C'était de cette façon que cela se réglait à l'époque, les circonstances d'alors étaient fondamentalement différentes de celles d'aujourd'hui, c'est ce qu'il faut avoir présent à l'esprit pour bien comprendre cet épisode, avait dit Maurice Allègre à Dimitri. Ambroise Roux lui en a terriblement voulu, il ne lui a jamais pardonné, il l'a poursuivi de sa vindicte toute sa vie.

Un autre moyen de nuire à Paul Richard, c'était de discréditer Thomson sur son terrain prioritaire, l'informatique, où la CGE n'était quasiment pas investie. En entrant au capital de la CII, Ambroise Roux avait bien précisé que l'informatique ne l'intéressait pas et qu'il ne le faisait que pour arranger l'État, et qu'il resterait donc, pour cette raison, *sleeping partner*, seulement *sleeping partner*, comme Maurice Allègre l'avait déjà expliqué à Dimitri. Et aux yeux d'Ambroise Roux, quand on torpillait l'informatique, on torpillait Paul Richard : il ne faut pas aller chercher plus loin. Ainsi employait-il toute son énergie, tous ses réseaux, tous ses moyens de persuasion, qui étaient grands, pour torpiller Thomson, pour torpiller l'informatique, pour torpiller le Plan Calcul, pour torpiller Cyclades, pour torpiller Unidata, afin, tout simplement, de torpiller Paul Richard, point barre.

Ambroise Roux a commencé par orchestrer une campagne de dénigrement de la CII dans la presse, parce qu'il avait tous les journalistes à sa botte, c'était de notoriété publique. Quand vous lisez dans la presse tous les matins, ou entendez à la radio, que les actionnaires de la CII ne s'entendent pas… quand les journalistes vous répètent tous les matins que selon des sources bien informées les hautes sphères du pouvoir envisageraient de s'en débarrasser… vous n'allez pas acheter un ordinateur à cette compagnie, dont le moins que l'on puisse dire est que vous n'êtes pas assuré de sa survie ! Cette campagne fielleuse entretenue par Ambroise Roux a duré environ un an et elle a fait énormément de mal. Et après ça c'était facile d'asséner : Vous voyez bien, la CII n'a pas d'avenir ! Je vous l'avais bien dit ! Non, vraiment, le dénigrement a été extrêmement bien orchestré, extrêmement bien orchestré. Mais il n'appelait pas ça de l'industrie, Maurice Allègre, Dimitri voyait-il ? Il n'appelait pas ça de l'industrie, il appelait ça de la magouille politique. Mais à l'époque, tout du moins dans l'environnement de la CGE, on avait tendance à confondre industrie et politique.

Du vivant de Georges Pompidou, l'hostilité d'Ambroise Roux à l'égard de l'informatique avait été entravée, parce qu'il y avait eu une politique affirmée et ambitieuse, initiée par le général de Gaulle et poursuivie par son avisé successeur, en faveur de l'informatique. Il y avait eu des budgets, il y avait eu du désir et des visions : il y avait eu la continuité, Maurice Allègre pouvait en témoigner. Mais à partir du moment où Georges Pompidou a été très malade puis est décédé, Ambroise Roux a pu laisser libre cours à ses manœuvres personnelles. Une fois Valéry

Giscard d'Estaing porté à la présidence de la République, il a obtenu que soit faite la peau de toute cette politique, pour que Thomson ne vienne plus lui disputer cette chasse gardée des commutateurs téléphoniques à laquelle il tenait tant. Et pour ça il a monté en épingle une solution qui était une mauvaise solution, et qui consistait à opérer un revirement radical de la politique de la France dans le domaine de ce qui ne s'appelait pas encore la haute technologie, en pivotant vers les Américains au lieu de tout miser sur l'Europe. Se mettre entièrement dans les mains des Américains et ne pas vouloir conduire de politique française, ni de politique européenne autonome, telle avait été étrangement la philosophie d'Ambroise Roux. Le chef-d'œuvre d'Ambroise Roux a été de « convaincre » (convaincre entre guillemets n'est-ce pas) le ministre de l'Industrie de l'époque, Jean Charbonnel, que l'accord avec les Allemands ne menait à rien et qu'il fallait en sortir. Et comme il fallait bien proposer une alternative à Unidata, Ambroise Roux a préconisé la fusion de la CII avec Honeywell Bull (contre l'avis formel du président de la CII), proposition qui a été pour les Américains une aubaine inespérée puisque l'État français a contraint ses administrations à réserver ses marchés publics à CII-Honeywell Bull : les Américains avaient exigé cet avantage considérable qui était censé durer trois ans et a duré bien davantage. Alors Unidata a volé en éclat, mais aussi, donc, comme Maurice Allègre l'avait déjà dit à Dimitri plusieurs fois, le Plan calcul, la Délégation générale à l'informatique, l'IRIA et le projet Cyclades conçu par Louis Pouzin dans son laboratoire de Rocquencourt.

C'est cool, la vie, avait pensé Dimitri en écoutant Maurice Allègre.

Ambroise, je t'attribue solennellement la paternité

de la mise à mort des débuts d'Internet sur le territoire français, ainsi que la dissolution surprise, à des fins purement personnelles, du consortium européen Unidata, qui aurait pu devenir l'Airbus de l'informatique. C'est ce que l'on peut appeler en effet, pour une fois l'appellation ne me semble pas usurpée, l'œuvre d'un puissant lobbyiste.

Ambroise, toi qui faisais tourner les tables, tu m'entends ?

La capitalisation boursière cumulée d'Apple et de la maison mère de Google, Alphabet, s'approche de 1 000 milliards d'euros.

1 000 000 000 000 d'euros, ça fait combien de commutateurs téléphoniques vendus, Ambroise ?

Ambroise, es-tu là ?

Dimitri avait appris de Louis Schweitzer qu'Ambroise Roux avait commis une erreur fatale en déclarant, le 3 mars 1998, lors d'une réunion des membres de l'AFEP, que le salut de la droite passerait forcément par des accords avec le Front national rendu plus fréquentable selon lui par la présence dans ses rangs du polytechnicien Bruno Mégret. Ça commence à faire beaucoup d'erreurs de jugement, pour un génie, s'était dit Dimitri en écoutant l'ancien président de Renault... Devant la vive réprobation de quelques-uns de ses membres, Ambroise Roux avait été prié, sinon de démissionner de son siège de président de l'AFEP, du moins de se contraindre au silence, afin de ne plus flétrir cette prestigieuse organisation patronale par sa parole désormais frelatée – il était devenu une sorte de pestiféré. Sa mort, en avril 1999, l'avait aidé à se faire oublier définitivement, ses obsèques avaient d'ailleurs été, selon ce qu'avaient dit plusieurs témoins à Dimitri, d'une frappante fadeur et discrétion s'agissant d'un homme qui avait régné sur le monde de l'industrie, de la politique et de l'économie durant des décennies, c'était assez misérable, il y avait très peu de monde au cimetière, les personnes présentes s'en étaient d'ailleurs attristées – bien que certaines s'en fussent peut-être secrètement réjouies, illustrant aux dépens du défunt cette sentence que le cynique Ambroise Roux, de son vivant, sourire narquois aux lèvres, aimait à susurrer : « Le malheur des uns ne fait pas toujours le bonheur des autres. Quoique... » (*No comment.*) Quand, quelque six ans plus tôt, la mémoire de Francis Bouygues avait été honorée par des funérailles fastueuses, grandioses, d'envergure nationale, Ambroise Roux n'avait eu droit qu'aux funérailles d'un homme déshonoré, déchu, presque oublié, et d'ailleurs le nom d'Ambroise Roux n'évoquait presque plus rien à personne aujourd'hui. Heureusement Dimitri allait remédier sans tarder à cette choquante anomalie ! Mais peut-être dans le fond Ambroise Roux n'aura-t-il aspiré à rien d'autre qu'à l'oubli ? Et n'aura-t-il œuvré toute sa vie qu'à l'exclusive prospérité de sa famille ?

Dans les pages d'*Un prince des affaires*, biographie écrite à la gloire du grand homme par une élégante journaliste à particule à partir d'entretiens mondains de la plus haute tenue (un entre-soi fascinant), Dimitri était tombé sur ce passage savoureux, involontairement hilarant, qu'il ne se lassait pas de relire tant il lui semblait refléter ce qu'était à ses yeux Ambroise Roux, dans toute sa morgue, sa gourmandise de lui-même, son aplomb, la perfection de sa syntaxe :

« Le choix du commutateur temporel est une décision que j'ai prise seul », dit Ambroise Roux à l'auteure de ce livre (on la sent fondre littéralement sur sa bergère). « De sorte qu'en 1976, lorsque tous continuaient à jouer la commutation spatiale, nous avons gagné des parts de marché, pris une avance importante, et la transformation de CIT-Alcatel a été spectaculaire. Bien entendu, ajoute Ambroise Roux en examinant l'extrémité de ses doigts boudinés parfaitement manucurés, les jambes croisées, assis dans une bergère Louis XII de la plus belle facture, sous le regard émerveillé de son intervieweuse à particule, bien entendu j'ai dû déployer une énergie considérable pour convaincre l'administration française du bien-fondé de mon raisonnement. La CGE était en pleine expansion et cette décision qui n'avait l'air de rien s'est révélée être une grande étape dans le développement du téléphone. »

Admirable… Un chef-d'œuvre de contentement de soi et de déni de la réalité… de falsification placide des faits…

Une grande étape dans le développement du téléphone, mon Dieu…

Mesdames messieurs, vous qui souvent avez des scrupules, dans votre vie professionnelle, à vous mettre en avant, à revendiquer la paternité d'une idée ou d'une intuition, vous avez là un homme qui se vante avec emphase d'un succès qui ne lui doit pratiquement rien, et qui était inéluctable (l'introduction de l'électronique dans le téléphone), contemporain d'une décision désastreuse dont il est en revanche le premier responsable, mais qu'il passe sous silence. Mais qu'il passe sous silence ! On se demande quels accents emphatiques Ambroise Roux aurait trouvés pour s'attribuer le lancement d'Internet en France s'il avait eu la bonne idée de soutenir le datagramme de Louis Pouzin en 1974 ! Mais naturellement notre aristocrate ne s'était pas aventurée sur ce terrain glissant (Dimitri l'appelait l'aristocrate parce qu'il avait lu sur Internet qu'elle vouait une véritable passion à l'histoire de l'aristocratie française, dont elle se considérait sans doute comme la fine fleur, une lointaine aïeule à elle ayant été la maîtresse présumée de Monsieur, futur Louis XVIII, excusez du peu). Si elle n'avait pas été avec Ambroise Roux dans une étroite connivence de caste, connivence qu'elle n'avait certainement pas envie de mettre en péril par des observations qu'il risquait de trouver déplacées, elle eût pu le contredire très courtoisement, avec le naturel que lui eût permis d'adopter son impeccable éducation :

« Enfin, Ambroise, mon cher, je vous prie de m'excuser, je vous interromps une minute si vous me le permettez. Mais, tout de même, n'est-ce pas, sauf le respect que je vous dois, vous évoquiez à l'instant les efforts considérables que vous avez déployés, si je vous ai bien suivi, entre 1974 et 1976, pour que fût adopté en France un interrupteur, non, pas un interrupteur, comment dites-vous déjà mon cher, un commutateur, voilà, un commutateur tout à fait astucieux dont vous aviez eu la céleste vision. Loin de moi la pensée de vouloir minimiser votre rôle dans l'adoption de cet adorable interrupteur temporel, mais n'eût-il pas été plus judicieux, eu égard à votre génie légendaire, que vous vous bâtissiez sur un sujet de plus grande envergure ? Car, mon cher, exactement à la même époque, si je ne me trompe, et interrompez-moi surtout si je commets une erreur historique (vous et moi aimons tellement l'Histoire, nous n'allons pas commettre d'entorse à la vérité historique des faits, n'est-ce pas, pas nous), ce pauvre Louis Pouzin tentait d'imposer à cette même administration française une invention elle aussi tout à fait astucieuse dont le nom, attendez, je l'ai là quelque part dans mes notes, où l'ai-je mis, zut, quelle idiote, attendez, voilà, c'est ça, dont le nom est : Internet. Dont le nom est Internet. Cela vous dit quelque chose, n'est-ce pas, Internet, Ambroise, mon ami ? Bon. Dans votre volonté obstinée de détruire toute l'œuvre de la Délégation générale à l'informatique après 1974, y compris celle de ce pauvre Louis Pouzin, c'est vous-même, Ambroise, qui l'avez emporté. Je ne voudrais pas vous laisser croire un seul instant, très cher, que je vous soupçonne de créer un habile écran de fumée avec cette histoire de commutateur temporel, ou que je vous attribue d'une façon ou d'une autre la responsabilité de cette affreuse décision qu'aura prise la France sur la question stratégique des réseaux, mais dites-moi, tout de même, à la lumière de ce qui s'est passé durant les deux décennies suivantes et qui relève désormais, lâchons le mot, de l'Histoire de France (notre passion commune), n'eût-il pas été préférable, en définitive, que vous perdissiez ce bras de fer qui vous opposait à ce pauvre Louis Pouzin, et que celui-ci et ses acolytes informaticiens (mon Dieu quel triste vocable) triomphassent de vos assauts incessants, et imposassent (ouh la la que la grammaire française est périlleuse !), et imposassent leur réseau Cyclades à votre clique, et permissent de la sorte à la France de devenir leader mondial dans l'Internet ? Qu'en pensez-vous, avec le recul, mon cher Ambroise ? », mais naturellement notre élégante intervieweuse à particule ne s'était pas autorisé cette pertinente question, qui eût compromis dans l'instant ses excellentes relations mondaines avec le parrain des affaires, comme elle ne cesse de le dénommer admirativement dans son livre.

À chaque page de cette biographie on peut lire qu'Ambroise Roux était un génie, était perçu comme un génie, avait toujours, depuis la maternelle, été considéré comme un génie, que chacun discutant avec lui trois minutes se heurtait à l'évidence qu'il avait affaire à un génie, qu'on avait rarement croisé sur cette planète un homme qui méritât à ce point l'appellation de génie, ils défilent tous, une tasse de thé à la main, au fil des pages et des éloges, pour vanter le génie d'Ambroise Roux.

À ceci près qu'Ambroise Roux n'était pas un génie, mais une intelligence extrême, ce qui n'est pas tout à fait la même chose.

Et qu'est-ce que c'est que cette fascination qu'on a, en France, pour les intelligences extrêmes ?

La France est un pays de fins gourmets, on aime le *style* et le *grand style*, le Français n'aime rien tant que se délecter de la pure intelligence extrême de tel ou tel, déconnectée de tout résultat vérifiable, comme si l'éblouissement suffisait.

Mais à quoi ça sert, une intelligence extrême, si ce n'est à faire avancer son pays, les sciences, le bien-être de ses contemporains, l'art, la beauté, la pensée, la douceur, la civilisation ? Qu'est-ce qu'on en a à foutre, sinon, de l'intelligence extrême ? Que peut nous faire à nous l'intelligence extrême de tel ou tel si cette intelligence extrême n'a d'autre finalité que de servir la seule prospérité personnelle de son chanceux possesseur ? À peine un soi-disant génie est-il identifié qu'on se met à le suivre aveuglément, et le soi-disant génie nous entraîne dans l'abîme, à seule fin d'exercer son pouvoir et de se faire aménager un terrain de tennis dans le parc de sa propriété.

À quoi sert-elle, en plus, cette intelligence extrême, dans le cadre des affaires ? Ce ne sont le plus souvent que des prouesses de chien savant, ainsi le prétendu génie se met-il à éplucher un gros dossier à haute teneur technocratique (un rapport absolument incompréhensible) et il est capable d'en recracher synthétiquement toute l'indigeste substance vingt minutes plus tard (quand il faudrait deux jours à n'importe quel individu ordinairement armé pour déchiffrer la seule introduction), en en ayant mémorisé à jamais toutes les données chiffrées en plus. Et sur cette capacité hors du commun mais dans le fond parfaitement anecdotique (comparable à la capacité qu'a Joey Chestnut, le champion du monde, à ingurgiter 74 hot-dogs en seulement dix minutes – d'ailleurs Joey Chestnut n'est pas sans présenter une certaine parenté corporelle avec Ambroise Roux), ils s'assurent une emprise abusive sur leurs contemporains, on les laisse décider pour nous de notre avenir et on ne cesse de les louer partout pour leurs visions.

L'intervieweuse boit les paroles de son génie sans manifester le moindre esprit critique, au seul motif que son cerveau (un douze cylindres en ligne) tourne plus vite que celui du commun des mortels (un deux-temps de VéloSolex généralement). Mais s'il lui plaît, à ce frimeur basique d'Ambroise Roux, de faire vrombir son V12 sous les fenêtres des prolétaires cérébraux que nous sommes, exactement comme peut le faire sous le balcon de sa bien-aimée un séducteur à la petite semaine au volant d'une Lamborghini, ou comme Rocco Siffredi exhibant devant sa visiteuse son engin de vingt-cinq centimètres (mon Dieu, Ambroise, mon cher, quelle belle et grande chose vous avez là !), moi je ne m'abstiendrai pas de souligner toute l'inutilité de ce cirque infantile, sa profonde vanité, se disait Dimitri.

Le seul génie qui importe, et le seul qui mérite ce nom, c'est celui qui se vérifie par des innovations décisives, par des idées ou par des intuitions révolutionnaires, par des chefs-d'œuvre définitifs.

Et pas par la fascination qu'un individu peut produire, en souliers cirés, par sa conversation et son esprit, par son cerveau surdoué, sur les tapis des palais de la République, une coupe de champagne à la main.

Le vrai génie, dans cette histoire, c'est Louis Pouzin, pas Ambroise Roux.

15

Pendant la petite heure qu'avait duré le concert de Rosemary Roselle, Dimitri avait rêvé, beaucoup rêvé, rêvé d'eux deux, intensément.

En la dévorant des yeux, il se voyait déjà en couple avec celle qui sur la scène de cette petite cave bordelaise, entourée de ses trois musiciens, chantait, sautait, pinçait les cordes de sa guitare, et semblait même ne chanter que pour lui, n'être là que pour conclure magistralement cet enchaînement miraculeux de quatre rencontres fortuites.

Il avait même semblé à Dimitri que le regard de Rosemary Roselle s'était posé sur son visage à différentes reprises et qu'elle chantait brûlée par l'incrédulité de l'avoir identifié parmi les spectateurs, sans pouvoir s'expliquer ce qu'il faisait là.

Elle paraissait possédée par ses chansons, les vivre de l'intérieur comme des moments de vérité avec elle-même. Souvent, à la fin d'un vers, ou déclenchée par un accord de guitare, une convulsion violente la secouait, c'était comme une morsure, elle s'écartait du micro vers l'arrière, brusquement, comme arrachée du sol.

C'était irrésistible.

Ce qu'avait senti Dimitri en l'écoutant chanter

avait été si intense, sa conviction qu'il avait été conduit jusque dans cette cave par le destin lui-même avait été si impérieuse que Dimitri l'avait vécue, en définitive, cette histoire d'amour, par la pensée, de tout son être, comme en accéléré, ou comme en concentré, pendant le temps de ce concert, et ç'avait même peut-être été la plus puissante histoire d'amour de toute sa vie celle qu'il avait *vécue* ce soir-là durant une heure dans cette cave bordelaise : une vie entière ramassée en une heure, une vie entière avec cette femme dont il se croyait sur le point d'être aimé et qui projetait vers Dimitri son intimité, ses mots, ses pensées, son âme, son désir, son amour, avec rage, comme un cri.

Il suffoquait d'un bonheur surnaturel, tel qu'il n'en avait jamais éprouvé jusqu'alors.

À différentes reprises, enhardie par le baiser qu'elle avait osé déposer sur sa bouche, et par l'accueil ému qu'avait semblé lui réserver cet inconnu, Pauline avait tenté d'inciter Dimitri à la réciprocité en se collant à lui dans la foule qui dansait, en posant ses lèvres sur son oreille pour lui parler, en caressant ses doigts du bout des siens. Mais Dimitri, devenu froid, n'avait réagi à aucune de ces sollicitations. Il se disait qu'il s'était mis dans une situation bien ennuyeuse en ayant séduit en moins d'une heure l'une des meilleures amies de Rosemary Roselle, alors même qu'il s'apprêtait à révéler à cette dernière ne plus avoir pensé qu'à elle durant les dix derniers mois – de sorte qu'il aurait bien voulu faire machine arrière, et que rien de ce qui s'était passé avec Pauline n'eût eu lieu...

Après le concert, Pauline avait entraîné Dimitri dans la pièce qui tenait lieu de loge aux artistes, et à l'entrée de laquelle on se bousculait pour les féliciter. Rosemary s'était précipitée dans les bras de sa complice en lui demandant si le concert lui avait plu. Pauline avait répondu à Rosemary que ce concert avait été le plus réussi qu'elle eût jamais donné et elles s'étaient de nouveau étreintes. Rosemary avait dit à Pauline qu'il y avait eu sur scène entre eux quatre une merveilleuse énergie, tu as vu ça ? Tu l'as sentie ? avait-elle demandé à son amie, rayonnante, sous les yeux fascinés de Dimitri, ajoutant : Et les sessions qu'on a faites la semaine dernière à Montreuil m'ont été hyper utiles, on a bien fait de s'accorder du temps pour travailler, merci Pauline, merci merci merci... Alors Pauline, pivotant vers Dimitri, et le faisant entrer dans leur étroit conciliabule cerné de spectateurs qui discutaient, le présenta à Rosemary : Rosemary, laisse-moi te présenter Dimitri, qui a beaucoup aimé le concert et tes chansons – alors celui-ci lui dit : Bonsoir Rosemary, en la regardant intensément dans les yeux, à la suite de quoi, sans réagir le moins du monde à la réapparition du visage de Dimitri en ces lieux si éloignés de ceux où ils s'étaient déjà croisés et rencontrés, Rosemary approcha son visage de celui de Dimitri afin qu'ils pussent se faire la bise. Après quoi elle fut accaparée par le programmateur du lieu, qui voulait lui présenter un journaliste écrivant dans un fanzine local.

Plus tard, une fois qu'ils furent tous installés en petit comité dans la salle de restaurant pour déguster les meilleurs empanadas de Bordeaux et boire des verres de chianti rouge, Dimitri, assis en face de Rosemary avec Pauline à sa droite et les musiciens du groupe occupant les autres chaises, lui demanda si elle ne le reconnaissait pas. Rosemary le regarda avec attention et lui répondit que non, alors Dimitri insista et Rosemary lui confirma qu'ils ne s'étaient, non, à sa connaissance, jamais rencontrés avant ce soir.

La voix de Dimitri était devenue blanche.

— Mais si, enfin ! Enfin ! Bien sûr qu'on s'est déjà rencontrés, tu ne t'en souviens vraiment pas ?

— Mais non, je t'assure, tu confonds avec quelqu'un d'autre !

— Mais enfin, à Madrid, puis au théâtre de la Ville, puis au Café Français. On s'est parlé, je t'ai même remis un papier, avec dessus...

— Au Café Français ? Ah mais non, je t'assure ! C'est où ça le Café Français ?

— Mais tu sais bien, à Bastille... lui dit Pauline.

— Non mais c'est fou ! Ce n'était... tu n'es jamais allée au Café Français, place de la Bastille ?

Dimitri, terriblement déçu, terriblement impressionné, avait du mal à parler, ses mains étaient trempées, plus aucune pensée ne circulait dans son cerveau – seulement de la panique, et l'impatience que s'élucide cet angoissant mystère.

— C'était pas moi. Tu as donné ton papier à quelqu'un d'autre.

— Et au théâtre de la Ville... L'année dernière, en juin...

— Non plus. Je ne suis jamais allée au théâtre de la Ville.

— Non plus ? Non mais c'est pas possible, tu me fais marcher.

— Mais non, je t'assure !

Un long silence.

— Mais qu'est-ce que c'est que cette histoire ? dit Rosemary. Vous vous connaissez de quand ? demanda-t-elle à Pauline.

— De tout à l'heure. On a fait connaissance au comptoir, juste avant le concert...

Rosemary éclata de rire.

— Je te reconnais bien là... ! dit Rosemary, sur quoi Pauline lui balança un coup de pied sous la table avec complicité.

Nouveau silence.

Elles regardaient Dimitri.

— Non mais c'est quoi cette histoire. T'es sérieux là, ou tu déconnes ? lui dit Rosemary.

— On s'est vus au Café Français. Je t'ai suivie jusque dehors, dans la rue, et je t'ai...

— Je te dis que non.

— Mais si, forcément... C'est parce que tu ne veux pas... C'est à cause du morceau de papier ?... C'est ça qui te ?...

Un temps. Regards échangés.

— Mais pas du tout ! Je t'assure, c'était pas moi, tu te trompes !

Elle parlait sans agressivité, malgré l'insistance de Dimitri à vouloir lui faire admettre qu'elle se trompait – elle s'adressait à lui, en raison de sa douleur, qui devait crever les yeux, avec même une certaine tendresse précautionneuse.

— Et à Madrid ? Ce n'était pas toi non plus à Madrid ? J'y crois pas, c'est pas possible... Tu me fais marcher, c'est pas drôle.

— À Madrid ? Quand ça ?

— L'année dernière, en juin. Tout début juin.

Dimitri haletait presque, ses mots accouraient – à peine articulés – pour faire surgir plus vite, dans cette énigmatique conversation, l'instant où tout s'éclaircirait.

— Si, ça c'est possible. J'y suis allée l'année dernière, à la fin du printemps.

— Ah, quand même ! Je ne suis pas fou tout de même !

Rosemary changea un peu d'expression, et regarda Dimitri attentivement, commençant à le prendre au sérieux.

— Mais je ne sais plus la date exacte.

— Je t'ai vue un soir, avec une fille et un garçon.

— Une fille et un garçon ?

— Oui, oui, une fille, et un garçon…

— Comment ils étaient ?

— Comment ils étaient, comment ils étaient… Eh bien… La fille, petite, brune, les cheveux rasés, tatouée… Un visage, comment dire… Un peu… Et le garçon, grand, assez beau, les cheveux longs, un peu dandy. Tu… tu ne vois pas ? Mais si enfin…

— Miguel. Miguel et Carlotta.

— Ah, tu vois ! Quand même…

Dimitri retrouva un peu d'oxygène, il recommença à respirer, il esquissa un sourire. Il porta le verre à ses lèvres, qu'il n'avait pas touché jusqu'alors.

— Mais alors, où est-ce qu'on s'est rencontrés, à Madrid, si c'était bien moi ? Dans une fête ? Dans un bar ?

Dimitri hésita à répondre. Il ne savait comment formuler la chose.

— Dans… dans la rue.

— *Dans la rue ?*

— Oui… Je vous ai abordés pour vous demander… j'étais perdu. Enfin…

Dimitri s'arrêta. Il regarda Rosemary.

— Oui ?

— Enfin, pas exactement…

— Pas exactement ?

— Comment dire… Eh bien, pour être… En fait je t'ai vue, tu marchais… Et… Et j'ai été frappé par ton allure, par ta silhouette… par ta personne quoi… et j'ai eu, je ne sais pas. C'était irrépressible. Je m'en serais voulu pendant des mois si je t'avais… Rassure-toi, ça ne m'arrive que très rarement. Ça ne m'arrive jamais. Ça ne m'était jamais arrivé.

— Un coup de foudre quoi… dit Pauline sarcastiquement (mais Dimitri ne releva pas).

— Arrête… lui dit Rosemary en lui envoyant un coup d'œil ironique.

— Et comme bien sûr je ne pouvais pas t'aborder pour te dire ça, évidemment… j'ai, j'ai pris mon courage à deux mains et je vous ai dit… C'est ta copine qui m'a répondu, toi tu t'étais éloignée avec le garçon, vous parliez… Ta copine m'a donné la direction de la Puerta del Sol et puis voilà, c'est tout. Vous êtes repartis. J'ai essayé de… mais tu ne t'étais même pas rendu compte que ta copine avait… Après, on a suivi le même itinéraire. Par hasard. On s'est retrouvés au même endroit, au bord d'une grande avenue. Mais sans se parler. Tu ne t'en souviens pas ?

— Pas du tout.

— Moi vous demandant où se trouvait la Puerta del Sol, aucun souvenir, vraiment ?

— Non, sorry, aucun souvenir.

Silence.

— Mais, il y a quelque chose que je comprends pas, demanda Pauline.

Dimitri regardait Rosemary dans les yeux. Il ne fit pas attention à la phrase de Pauline.

— À un moment, vous vous êtes arrêtés Puerta del Sol pour regarder des acrobates, tu te souviens ?… ajouta Dimitri en continuant de s'abîmer dans les yeux bleus de Rosemary (l'effet que ce visage aigu et blanc produisait sur lui était une pure dévastation).

— Oui, peut-être.

— Mais il y a quelque chose que je comprends pas, dit de nouveau Pauline.

Dimitri tourna la tête vers Pauline.

— Oui, quoi ? Qu'est-ce que tu ne comprends pas ?

— Pourquoi tu parlais du théâtre de la Ville et du Café Français tout à l'heure ?

— Ah… Eh bien parce que j'ai vu au théâtre de la Ville, puis au Café Français, la jeune femme que j'avais croisée dans les rues de Madrid, et qui m'avait, comment dire (Dimitri hésita, s'enhardit, sauta dans le vide)… terrassé.

Silence autour de la table.

Dimitri regarda de nouveau Rosemary. Elle détourna les yeux, portant le verre de chianti à ses lèvres.

— Terrassé… murmura Pauline.

Elle but une gorgée de vin elle aussi.

— *Te-rra-ssé*, répéta Pauline sur un mode affirmatif, insistant, presque moqueur, à la lisière soit de l'incrédulité, soit de l'admiration, soit de l'hommage, soit du sarcasme.

— Jalouse… murmura Rosemary à l'attention de Pauline. C'était quand la dernière fois que tu as provoqué un coup de foudre ?

— Attends, dit Pauline à Dimitri. Tu es en train… Résumons, c'est intéressant. Tu as pensé que tu avais croisé la même personne, d'abord à Madrid… puis ensuite au théâtre de la Ville… puis dans un café place de la Bastille… et enfin ce soir à Bordeaux ?! La même personne ? C'est bien ça que tu… ?

Un temps.

— Oui.

— Ah d'accord ! (Elle éclata de rire, un rire presque mauvais, rancunier, dévastateur, comme si Dimitri était en train de se foutre de leur gueule, ou qu'il était un demeuré.) Parce que toi tu penses sérieusement qu'on peut croiser par hasard une même personne, en moins d'un an, d'abord à Madrid, puis deux fois à Paris dans deux lieux complètement différents et enfin à Bordeaux ! C'est rigoureusement impossible. C'est évident que ça peut pas être la même personne. Sinon alors c'est carrément surnaturel, là oui je suis d'accord avec toi ! et… pardonne-moi Rosemary, mais je vous fiançaille dans l'instant si c'est le cas ! Dans l'instant !

— Et c'est quoi, cette histoire de papier… qu'est-ce qu'il y avait sur cette feuille ? demanda Rosemary à Dimitri.

— Mon adresse mail.

— Ton adresse mail ? Juste ça, ton adresse mail ?

— Oui. Je n'avais pas eu… Au théâtre de la Ville, je t'avais vue de loin, j'avais pas pu te parler, tu t'étais…

— C'était pas moi je te dis ! l'interrompit Rosemary en riant.

— Elle, alors. Elle. J'avais pas pu lui parler. Elle était partie pendant les applaudissements. Par contre, au Café Français, je l'ai abordée, et je lui ai donné mon adresse mail. J'étais en rendez-vous, c'était un peu, je n'ai pas… Mais elle a été hyper froide, hyper désagréable. Franchement je suis rassuré que tu sois pas elle.

— Pourquoi ton adresse mail ? Qu'est-ce que tu lui as dit ?

— C'est un peu gênant… Je ne sais pas comment raconter ça…

— Si, vas-y, dit Pauline. Au point où t'en es là…

— Disons que j'avais toujours autant envie qu'à Madrid de faire ta connaissance.

— Sauf que c'était pas moi je te dis.

— T'étais tombé amoureux d'elle quoi, dis-le ! dit Pauline.

— Mais si, c'était toi. Si je t'avais pas rencontrée à Madrid, jamais j'aurais remarqué cette fille au Café Français, ça j'en suis sûr. C'est toi que je cherchais à revoir, c'est toi que j'ai abordée quand j'ai abordé la fille du Café Français. Tu comprends ? C'est pour ça aussi que j'avais cru t'apercevoir au théâtre de la Ville. Tu m'obsédais. Tu m'obsèdes encore.

Silence.

— Sauf que c'était pas Rosemary, dit Pauline. C'est bizarre quand même de confondre comme ça plusieurs femmes, alors que tu prétends avoir été « terrassé » (elle figura des guillemets avec ses doigts, à l'américaine) par la première.

— Mais je ne suis pas du tout physionomiste, c'est ça le truc en fait, *mais pas du tout physionomiste*. C'est une sorte de maladie. Ça empire avec les années. Cette incapacité à reconnaître les visages me joue tout le temps des tours. Rien qu'aujourd'hui... d'ailleurs une femme m'a donné le nom de cette maladie tout à l'heure, mais je l'ai déjà oublié.

— Et elle t'a pas écrit, la fille ? l'interrompit Pauline.

— Non. J'ai attendu des mois. Ça m'a rendu complètement fou. J'ai fait n'importe quoi pendant huit mois à cause de ça.

— À cause de cette fille qui t'a pas écrit ? demanda Rosemary.

— À cause de toi, dit Dimitri en la regardant au fond des yeux.

— Mais c'était pas moi je te dis !

— Si, c'était toi : à Madrid, c'était toi. C'est à toi que je pensais quand j'attendais que la fille du Café Français utilise mon adresse mail. Maintenant que je te vois assise en face de moi, je réalise combien c'était absurde. Vous n'avez rien à voir l'une avec l'autre. Il y avait même quelque chose d'assez détestable chez cette fille. Et en même temps, vous aviez un peu les mêmes mains, la même coupe de cheveux, le même style vestimentaire. Tu es vraiment certaine que... Elle était avec une jeune femme d'environ vingt-deux ans et une grande rousse plus âgée... Au Café Français, place de la Bastille... Non ? Tu es certaine que tu n'es pas, que c'était pas toi...

Dimitri semblait angoissé, complètement perdu.

— Une rousse ? Une rousse comment ? demanda Pauline.

— Grande, corpulente, assez chic, la cinquantaine, s'empressa de répondre Dimitri.

— Catherine ? dit Pauline à Rosemary.

— Je ne suis jamais allée au Café Français je te dis, lui répondit froidement Rosemary.

— N'empêche que c'est quand même dingue, dit Pauline.

— De quoi ? demanda Rosemary. Tu vas pas t'y mettre…

— Que vous vous retrouviez ici ce soir, après vous être croisés à Madrid l'année dernière ! C'est un truc de ouf !

— Sauf qu'il a trouvé fascinante la fille place de la Bastille, alors que c'était pas moi. C'est donc que mon pouvoir de fascination est assez commun ! dit Rosemary en partant d'un grand rire. Tu vas pouvoir me remplacer assez facilement !

— J'avais envie que tu réapparaisses. J'aurais donné n'importe quoi. Je te voyais partout. Ma vie s'est arrêtée pendant huit mois.

— Non mais je plaisantais, j'ai aucun problème avec ça ! Je sais qui je suis, t'inquiète ! rectifia Rosemary.

— Je sais que tu sais, c'est pas ça, c'est juste que c'est jamais très agréable d'être pris pour quelqu'un d'autre, et inversement.

— Je ne suis pas narcissique au point que ça puisse me froisser.

— Je confirme, dit Pauline.

— …

— …

— Mais vos mains, c'est dingue, je suis assez physionomiste des mains en revanche… et vos mains, vous aviez vraiment les mêmes mains… Enfin, le principal, c'est qu'on se soit retrouvés.

— Le *principal* ? demanda Rosemary.

— J'attends ce moment depuis des mois. J'étais sûr qu'il finirait par survenir.

Un long silence embarrassé.

— Maud n'a pas appelé ? demanda Pauline à Rosemary.

— Si, j'ai eu un appel en absence quand j'étais dans la loge.

— Rappelle-la. Elle va s'inquiéter sinon.

Rosemary adressa un bref regard à Dimitri, pour contrôler son expression.

— Oui, tu as raison, je vais la rappeler.

Rosemary prit son téléphone et appela un numéro, elle tomba sur une boîte vocale (c'est ce qu'elle signifia à Pauline d'une grimace de la bouche), et déclara d'une voix douce :

— Bonsoir mon amour, je suis avec Pauline et le groupe, on dîne, tu peux me rappeler si tu veux, je garde mon tél près de moi. Ça c'est super, super, super bien passé, le concert a été magnifique, Pauline était ravie, je te raconterai, je suis trop contente... Bon ben rappelle-moi, Pauline t'embrasse, tu m'as manqué ce soir, j'aurais trop aimé que tu sois là, voilà, à tout de suite, je t'aime, bisous.

Rosemary reposa le téléphone sur la table, près de son assiette, et dit à Pauline :

— Elle va rappeler.

— Elle est amoureuse. Et c'est un euphémisme, dit Pauline à Dimitri. D'une femme en plus. C'est ce qui s'appelle avoir tout faux, ajouta-t-elle doucement.

— Je vois ça, c'est super, dit Dimitri, complètement dévasté, mais essayant de le dissimuler.

Ensuite des phrases furent dites par les uns et les autres que Dimitri n'entendit pas, puis il finit par reprendre la parole (il ne sut pas exactement au bout de combien de temps, peut-être cinq, ou dix, ou vingt minutes plus tard, ou bien une heure) :

— Pardon Rosemary, j'ai honte, je me suis complètement ridiculisé tout à l'heure. Jamais j'aurais dû te dire ce que je... Tu dois vraiment me prendre pour...

— Mais pas du tout, pourquoi tu dis ça ? Je comprends très bien.

— Je te connaissais pas. On peut pas tomber amoureux d'une personne qu'on ne connaît pas, c'est absurde, la preuve.

— La preuve ?

— Tu es prise, tu as ta vie, tu aimes les filles en plus... J'ai la fâcheuse habitude de m'attacher à des chimères.

— Je vais te ramener à la réalité moi ! dit Pauline. Laisse-moi faire et il sera plus question de chimère dans ta vie !

— Ça, pour ça, tu peux lui faire confiance, crois-moi ! dit Rosemary (et tout le monde autour de la table éclata de rire). Mais tu sais Dimitri, je trouve ça très beau tout ce que tu m'as dit. Venant d'un garçon comme toi, si raffiné, c'est vraiment, enfin tu vois quoi, j'en suis très flattée...

— Il fallait qu'on se revoie pour que...

Le téléphone de Rosemary sonna, on l'appelait en Facetime, elle appuya sur le rond vert en laissant l'iPhone posé sur la table et apparut le visage gai d'une jeune femme blonde, vingt-deux ou vingt-trois ans, et un instant Dimitri se demanda s'il ne s'agissait pas de l'assistante de la grande rousse. Rosemary ramassa le téléphone sur la table afin que son amoureuse, Maud donc, pût elle aussi regarder son visage, et elles se mirent à parler, on entendait ce que disait Maud, la conversation fut générale, seul Dimitri s'abstint d'intervenir, sauf à la fin, quand Rosemary, adressant un clin d'œil à Dimitri, dit à Maud que Dimitri l'embrassait, sur quoi Maud demanda qui était ce Dimitri qui l'embrassait et Rosemary lui répondit : Un admirateur transi d'amour, c'est ma petite fierté de ce soir, un esthète très raffiné qui a adoré mes chansons, regarde comme il est beau ! dit Rosemary en tendant l'iPhone vers Dimitri, qui vit apparaître devant lui, cadré par l'écran, un visage dont il renonça, par charité pour lui-même, à essayer de démêler s'il s'agissait bien de celui de l'assistante du Café Français, mais de toute façon il dut se rendre à l'évidence qu'il disposait de peu d'indices pour trancher cette question dans un sens ou dans l'autre, alors il se contenta de dire à la jeune femme, dont le visage était riant et lumineux (aussi riant et lumineux que l'avait été celui de l'authentique assistante) : Salut Maud, tu as raté un concert fantastique ce soir, ton amoureuse a été magique, je confirme, tchao, je t'embrasse, et Rosemary détourna l'écran du visage de Dimitri pour le présenter de nouveau à la lumière du sien, elle fit alors avec la bouche un baiser emphatique et sonore, avant de raccrocher.

Il restait à déterminer, dans l'hypothèse où en effet l'inconnue du théâtre de la Ville et du Café Français n'avait pas été Rosemary, mais une autre femme, si cette autre femme était une seule et même personne, ou si Dimitri avait pris pour Rosemary deux femmes différentes, auquel cas il serait peut-être amené à les croiser de nouveau, et à tomber amoureux d'elles.

Mais n'étant pas capable, souvent, de reconnaître ou d'identifier les visages, il serait bien en peine de décider, si l'une de ces deux femmes devait réapparaître, s'il s'agissait de l'une des deux, et dans ce cas, de laquelle, ou encore d'une troisième. Mais en réalité rien de tout cela. Car Dimitri ayant maintenant mémorisé le visage de Rosemary, il ne pourrait plus prendre pour cette dernière aucune autre femme croisée par hasard, par conséquent aucune femme ne pourrait plus surgir devant lui en le laissant imaginer qu'il s'agissait peut-être de Rosemary, par conséquent il ne verrait plus réapparaître devant lui les deux femmes du théâtre de la Ville et du Café Français, et si par la plus troublante des coïncidences elles devaient croiser encore sa route, il ne les reconnaîtrait tout simplement plus…

— Et si on allait danser ? s'exclama Pauline. Je meurs d'envie d'aller danser !

Le fracas de cette joyeuse suggestion avait réveillé Dimitri de sa rêverie. Pauline avait posé sa main, à l'abri des regards, sur la cuisse de Dimitri, et elle tourna son visage vers le sien : il se mit à bander, à bander dur, et à vouloir danser avec elle toute la nuit.

16

Dans la biographie que lui avait consacrée sa sémillante aristocrate, on apprenait qu'Ambroise Roux avait été, dès la maternelle, ce qu'on pourrait appeler un génie, puisqu'à l'âge de cinq ans (pas huit, pas douze, non, cinq ! *à l'âge de cinq ans !*), selon ce qu'il confie à son amie des beaux quartiers, il avait déjà dévoré, stimulé par sa mère, l'intégralité de l'œuvre de Jules Verne, à savoir *Cinq semaines en ballon*, *Les aventures du capitaine Hatteras*, *Voyage au centre de la Terre*, *De la Terre à la Lune*, *Les enfants du capitaine Grant*, *Vingt mille lieues sous les mers*, *Autour de la Lune*, *Une ville flottante*, *Le tour du monde en quatre-vingts jours*, *L'île mystérieuse*, *Michel Strogoff*, *Les Indes noires*, *Un capitaine de quinze ans*, *Les cinq cents millions de la Bégum*, *Les tribulations d'un Chinois en Chine*, *Les révoltés de la Bounty*, *La maison à vapeur*, *L'école des Robinsons*, *Le Rayon vert*, *L'étoile du sud*, *L'archipel en feu*, *Un billet de loterie*, *Nord contre Sud*, *Gil Braltar*, *Deux ans de vacances*, *Famille-Sans-Nom*, *Sans dessus dessous*, *Mistress Branican*, *Aventures de la famille Raton*, *L'île à hélice*, *Le sphynx des glaces*, *Le testament d'un excentrique*, *Le château des Carpathes*.

Ça vous pose un homme ça ! On se sent minuscule,

soudain, et peu de taille à lutter ! Déjà, on a envie de dire au petit Ambroise : Euh, si tu crois vraiment qu'il serait mieux de disloquer Unidata, parfait, on fait ça, disloquons Unidata, tu dois avoir raison, je téléphone de ce pas à Helmut Schmidt pour l'informer…

Ambroise Roux affirme ensuite qu'il a été marqué par le surréalisme d'une façon tout à fait exceptionnelle (ce qui nous rend tout de suite plus sympathique le parrain des affaires, avouons-le sans façon) et qu'il doit cette singulière prédilection au fait qu'enfant il passait plusieurs fois par jour, en compagnie de sa mère, rue de Grenelle, où ils habitaient, devant une boutique d'objets et de revues surréalistes, dans la vitrine de laquelle il contemplait, à l'âge de six ans, ébahi, au milieu d'un savant désordre, le fameux urinoir de Marcel Duchamp, le non moins fameux *Grand Verre* du même Marcel Duchamp (autrement appelé *La Mariée mise à nu par ses célibataires, même*), ainsi que des œuvres et des objets de Salvador Dalí. Il ne doit plus en rester beaucoup de cet acabit dans le monde de l'entreprise : imagine-t-on un patron de l'actuel CAC 40 affirmant que l'une de ses influences majeures avait été, dès l'âge de six ans, Marcel Duchamp et les surréalistes ? Ambroise Roux précise que l'on trouvait, affichée dans la vitrine, cette phrase de Marcel Duchamp qui à six ans l'émerveillait déjà : « Il faut plonger la moelle de l'épée dans le poil de l'aimée », l'une des plus belles contrepèteries du surréalisme, estime-t-il. À six ans, Ambroise Roux saisissait les contrepèteries les plus sophistiquées, et les contrepèteries grivoises de surcroît, ce qui requérait une sacrée précocité ! Dès la dix-neuvième ligne de cette biographie, c'est tellement surnaturel, Ambroise Roux semble être une telle anomalie du genre humain qu'il pourrait nous affirmer, sur le même ton blasé et négligent, qu'il a plongé « la moelle de son épée dans le poil de son aimée » de cousine germaine, à l'âge de huit ans, un été, en cachette, à l'insu de leurs parents respectifs, qu'on ne s'en étonnerait pas outre mesure : on avalerait ensorcelé cette assertion extravagante en assimilant combien Ambroise Roux transcende l'ordre ordinaire des choses.

Les amis, voilà de quelle façon vous forger une légende : racontez votre vie en divisant systématiquement par deux (ou même par trois si vous êtes réellement très ambitieux, et aspirez à diriger un jour le groupe industriel le plus puissant du CAC 40) l'âge auquel vous avez fait les choses pour la première fois. Ou encore multipliez par trois ou quatre le nombre de tâches que votre cerveau a la capacité d'effectuer en un temps donné (prétendez, tel Ambroise Roux, lire un livre par jour, soit près de quatre cents livres par an) et vous laisserez dans l'imagination impressionnée voire effrayée de vos contemporains une très profonde empreinte, dont vous pourrez tirer profit toute votre vie.

On vous supposera davantage de puissance intellectuelle que vous n'en avez en réalité, ce qui jouera en votre faveur lors des négociations que vous aurez à mener tout au long de votre carrière.

Vous intimiderez l'adversaire avant même d'avoir commencé.

Vous aurez l'avantage psychologique.

Vous tiendrez le président de la République en votre pouvoir.

Vous fascinerez les journalistes, les femmes, la matière, les enfants, les arbres, la lune et les animaux.

Justement, au fil des pages, la journaliste ne cesse de distiller d'habiles sous-entendus sur le fait que dans son commerce mondain avec les femmes, un commerce apparemment addictif, Ambroise Roux s'était octroyé des délices qui étaient peut-être allés au-delà des seuls plaisirs de la conversation. À la trente-troisième ligne de son ouvrage (c'est ce qui s'appelle ne pas y aller par quatre chemins), elle se met en effet en scène dans la chambre de « célibataire » d'Ambroise Roux (les guillemets sont d'elle, pas de nous), autrement dit sa garçonnière, nous révélant qu'Ambroise Roux avait aménagé, dans cet appartement de la rue Margueritte où se trouvaient ses bureaux personnels, une chambre à coucher, chambre à coucher meublée comme il se doit d'un lit, un lit dont l'hagiographe nous dit qu'il est flanqué d'une « table de chevet » (elle le précise, et on est heureux de l'apprendre), avec à proximité une bibliothèque « en acajou » (pas en pin) accueillant une « collection de livres érotiques ». On ne peut pas être plus clair, j'adore, c'est irrésistible. Un peu plus loin dans l'ouvrage, mais une pressante intuition nous incite à remonter ici, dans cette chambre à coucher, ce détail qui nous semble y avoir toute sa place (cette biographie est une sorte de délicieux puzzle), notre sémillante intervieweuse évoque une conversation qu'elle a eue un jour avec Ambroise Roux : « Ce que j'ai vu de plus ravissant, c'est cette guêpière de chez Dior couleur ivoire avec ce ruban rose », lui dit-il, et dans notre imagination enfiévrée on entend une voix féminine lui répondre : « C'est pour vous que je l'ai mise, mon cher, et je suis heureuse qu'elle vous plaise », avant qu'Ambroise Roux empaqueté dans un austère costume croisé en flanelle anthracite ne renverse l'émettrice de cette voix anonyme sur son lit de « célibataire », entraînant dans sa très lourde chute la table de chevet précédemment évoquée, mais notre imagination s'emballe, notre imagination s'emballe… et tout ceci ne nous regarde pas après tout, et serait même de nature à nous rendre plutôt sympathiques, disons-le sans ambages, ces ardents défenseurs de la monarchie…

Dans cette même chambre à coucher, où l'on s'attarde encore quelques minutes, se trouve une vitrine qualifiée par notre intervieweuse de « surréaliste » et abritant des médailles, des animaux en porcelaine, des écus et des pièces d'or, ainsi que des reproductions de tableaux de Klimt, « dont les femmes l'ont toujours fasciné », écrit-elle. Dans cette vitrine était aussi rangée la célèbre boîte de Marcel Duchamp *Boîte alerte – missives lascives* qu'Ambroise Roux possédait, excusez du peu – ce peu parachevant l'atmosphère explicitement érotique de cette chambre de « célibataire », cela n'aura échappé à personne. Dimitri se demandait si beaucoup d'industriels possédaient dans leur chambre de « célibataire » des œuvres de Marcel Duchamp, et des œuvres de Marcel Duchamp venant assouvir une passion ancienne et sincère pour la production artistique de l'inventeur du ready-made, mais il était fort vraisemblable que non car certes si aujourd'hui le moindre entrepreneur fortuné se pique de collectionner de l'art moderne ou contemporain, la plupart du temps ce n'est ni sa culture, ni son érudition, ni une passion avérée pour l'histoire de l'art qui le conduit à acquérir une œuvre onéreuse, mais la spéculation ou le désir de se doter de signes extérieurs de richesse, ce qui n'était évidemment pas le cas du très discret président de la CGE – qui de surcroît avait caché ladite œuvre dans sa chambre de « célibataire », réservée, on le suppose, aux seules dames distinguées, élégantes, non accompagnées de leur époux, c'est du moins ce que nous laissent entendre les guillemets finement placés autour du mot célibataire par notre experte en maniement du sous-entendu, et peut-être aussi en lacets de guêpière…

Voilà que je prends la défense d'Ambroise Roux à présent, c'est un comble ! Mais peut-on décemment s'acharner, quoi qu'il ait pu commettre de préjudiciable à l'intérêt général, contre un homme qui prétendait adorer Marcel Duchamp, André Breton et les surréalistes, allant jusqu'à se faire conduire un jour chez la veuve d'André Breton, au 42, rue Fontaine, pour admirer le bureau du maître et sa somptueuse accumulation d'objets et d'œuvres d'art tels qu'il est possible de les contempler aujourd'hui, de l'autre côté d'une vitre blindée, au centre Georges-Pompidou ?

Dans les pages qui suivent, l'auteure de cette plaisante biographie éprouve le besoin de signaler l'ascendance aristocratique d'Ambroise Roux, et elle le fait à la faveur d'une phrase à la tournure inimitable : « Respectant la pudeur de l'homme, nous retiendrons de son enfance que sa grand-mère était une Carpentier de la Motte. » Elle ajoute que les Carpentier, les ancêtres d'Ambroise Roux, étaient, prétendait-on dans la famille de celui-ci, des Anglais voleurs de chevaux installés en France au XVe siècle.

Dimitri avait souvent ri, en définitive, en travaillant sur le personnage d'Ambroise Roux.

Ambroise Roux descendait d'une famille de voleurs de chevaux !

Après quoi elle fait dire à Ambroise Roux qu'il porte une « admiration sans borne à Louis XVIII, le roi qui a essayé de faire disparaître l'image de l'abominable usurpateur Napoléon », Louis XVIII ayant été, je le rappelle pour les plus distraits d'entre vous, l'amant présumé de la lointaine et prestigieuse aïeule de la journaliste à particule qui interviewe Ambroise

Roux, ce qui revient à signifier que remontant au XVIIIe siècle, leur connivence s'inscrit dans le droit fil de l'histoire de France – mesdames messieurs, nous avons là l'exemple d'un entre-soi d'un niveau de raffinement exceptionnel, auquel l'individu ordinaire ne peut avoir accès.

Que notre histoire de France est riche en rebondissements !

L'ouvrage aborde ensuite la question de la femme en général, qu'Ambroise Roux plaçait aimablement au firmament de la Création, et ces pages, il faut le dire, sont un réel régal pour les esprits sardoniques tant l'image que renvoie d'elle cette soi-disant apologie de ses prétendues qualités spécifiques est surannée. D'autant plus que cette conception est ici obséquieusement répercutée par la langue incorrigiblement cuivrée, flatteuse, complice et affectée de notre invraisemblable intervieweuse (elle était de toute évidence d'excellente humeur le jour où elle a écrit ces lignes), et que croyant mettre en lumière la profonde et estimable fascination d'Ambroise Roux pour les femmes, ces lignes ne font qu'exacerber notre impression (assez embarrassante en vérité) que l'idée que s'en fait Ambroise Roux est au contraire parfaitement arriérée. N'avait-il pas interdit aux salariées de la CGE et de ses mille deux cents filiales, preuve de son amour, le port du pantalon ? Pour résumer : la femme, dont le célèbre instinct est très utile à l'homme, est un incomparable objet de délices, de contemplation distrayante. En somme ce livre est édifiant, on apprend beaucoup de choses sur une certaine France en le lisant – on croyait creuser la seule question du datagramme et voici qu'on se retrouve à faire de l'ethnologie dans les salons de la haute bourgeoisie parisienne ! Toute une société française se dessine dans ces pages, ses hiérarchies, ses conceptions. Ne nous en privons pas, les gisements imprévus sont toujours des aubaines pour les chercheurs de vérité comme moi – se disait Dimitri. En voulant nous persuader de l'estime absolue d'Ambroise Roux pour ces « êtres » irremplaçables que sont les femmes (on appelle les femmes « ces êtres » dans cet ouvrage, je vous jure), la journaliste commet des phrases délicieusement malencontreuses telles qu'il ne serait plus concevable d'en écrire aujourd'hui sans tomber sous la lame immédiate et fatale, à juste titre, des féministes les plus affectueuses. Ces phrases, on ne se lasse pas de les déguster, de les faire rouler lentement dans son esprit comme des bonbons sous la langue : rarement phrases auront procuré à Dimitri autant de délectation sarcastique que celles par lesquelles notre hagiographe se fait l'ambassadrice du regard sirupeux d'Ambroise Roux sur la femme.

Elle nous raconte, avec une désarmante désinvolture, et sans rien y trouver à redire, la rencontre d'Ambroise Roux avec une fameuse graphologue, la « voluptueuse » Denise de Castilla, qu'il invite à déjeuner afin de s'entretenir avec elle « de graphologie et d'étude des comportements sexuels » (je vous jure que c'est vrai) : « Denise de Castilla apprit aussi à cette occasion qu'Ambroise Roux aimait passionnément les femmes », écrit comme si de rien n'était la journaliste des beaux quartiers, comme si on pouvait encore écrire de telles phrases au milieu des années 1990. Le patron de la CGE lui avait téléphoné en personne le matin même de leur déjeuner pour savoir si elle préférait le caviar ou le saumon. « La dame trouva l'hôte extrêmement brillant, aussi à l'aise dans l'évocation des structures du monde que lorsqu'il examinait des écritures », écrit la journaliste. « La dame » ! Elle écrit, elle ose écrire à tout instant « la dame » ! et elle nous parle de la fascination qu'exerce Ambroise Roux sur la « dame » dès qu'il se met à évoquer les structures du monde, ce qui nous fait doucement rigoler, nous, quand on sait le nombre d'erreurs de jugement qu'Ambroise Roux aura commises au cours de sa carrière en matière d'analyse des structures du monde, et surtout combien était orientée par son idéologie ultra libérale sa soi-disant lecture objective des structures du monde, afin que cette lecture, en vérité, à travers les réformes qui en étaient les corollaires, puisse profiter toujours plus à la caste de ceux qui le matin de leur déjeuner ont le loisir si délicat de téléphoner eux-mêmes à leur « voluptueuse » invitée pour savoir si elles préfèrent le caviar, les huîtres, le saumon, les œufs de lump, la volaille ou les escargots… La dame… Et là cette phrase fabuleuse, que je recopie pour m'en imprégner, et pour savoir un jour en écrire de telles, car mon rêve est réellement de savoir écrire un jour de telles phrases, et que circulent en moi cette grâce native, cette lumière et cette contenance ineffable qui proviennent des hautes naissances, et qui se transmettent tout naturellement à l'air qu'on a, aux expressions lointaines et dégagées, un peu lasses, que peut prendre le visage, et au maintien céleste du corps et des attitudes, et donc aussi à la phrase : « On ne saura jamais ce qu'il en fut de la suite de la conversation »… (Autrement dit, cette conversation avec la « dame » « voluptueuse » se serait-elle terminée, en « guêpière Dior », dans la chambre de « célibataire » d'Ambroise Roux rue Margueritte ? Quel art consommé du sous-entendu…) « Mais on apprit, toujours par la dame, qu'Ambroise Roux était d'une ponctualité parfaite et qu'il savait envoyer une ou deux douzaines de roses avant le déjeuner. » Admirable… On apprend un peu plus loin que cette même

« dame » avait été invitée à l'une des projections organisées par Ambroise Roux au siège social de la CGE, et qu'elle avait été de nouveau stupéfiée par le grand homme : « Il fit une petite présentation du film si brillante qu'on n'oublia pas de l'applaudir », écrit l'aristocrate intervieweuse sur ce même ton infalsifiable dont elle a le secret. Après la projection, « la dame » avait été placée, comme il se doit, à la table d'Ambroise Roux, où n'étaient admises que des femmes fascinées par le maître, tandis que les autres tables de la salle à manger étaient mixtes en revanche et que les couples y étaient obligatoirement séparés (entendre par là que les épouses des hommes invités par la CGE étaient dispersées dans l'assemblée telles des cerises ornementales sur un gâteau). Comme il doit être confortable de vivre dans un monde où les certitudes sont aussi bien établies, où rien ne bouge, où tout est solidement et immuablement arrimé à l'ancestrale mentalité… où l'on se pose aussi peu de questions… Et là on tombe sur cette phrase extraordinaire, attention, accrochez-vous : « La dame avait également remarqué que la salle à manger du sixième étage de la CGE présentait un plafond tout en courbes qui rappelait les rondeurs les plus intimes de cet adorable être qu'est pour Ambroise Roux la femme dans toute sa volupté. » Je vais de ce pas recopier cette phrase anthologique, et la recopier en majuscules romaines, pour vous mes amis, afin que vous puissiez la déguster de nouveau (on ne doit se refuser aucun plaisir dans l'existence) : « LA DAME AVAIT ÉGALEMENT REMARQUÉ QUE LA SALLE À MANGER DU SIXIÈME ÉTAGE DE LA cge PRÉSENTAIT UN PLAFOND TOUT EN COURBES QUI RAPPELAIT LES RONDEURS LES PLUS INTIMES DE CET ADORABLE ÊTRE QU'EST POUR AMBROISE ROUX LA FEMME DANS TOUTE SA VOLUPTÉ. » Étonnons-nous un bref instant qu'un tel être (je parle là d'Ambroise Roux), doté d'un esprit si progressiste, ait pu passer à côté d'une innovation aussi révolutionnaire qu'Internet, lui préférant la petite boîte marron du Minitel (assorti au guéridon Charles IV sur lequel il entendait le poser, dans le vestibule de sa propriété bretonne) ! Et notre inénarrable intervieweuse conclut inénarrablement : « Plus tard, on saura que s'il avait pu nommer une femme à la présidence de la CGE, il l'aurait fait, tant il reconnaît à ces êtres des qualités d'exception sur tous les plans. »

« À ces êtres »... Mon Dieu...

Là, mesdames messieurs, je vous demande une minute d'attention pour méditer cette sentence admirable, qui vaut le coup d'œil : « tant il reconnaît à ces êtres des qualités d'exception sur tous les plans ». Vous avez là avec cette phrase (écrite en 1996, pas en 1812) une vue panoramique sur tout un monde, prenez-le bien en photo ce paysage car il vous aidera à mieux comprendre, à l'avenir, pourquoi notre société est si pétrifiée et évolue encore aussi lentement (sauf pour ce qui concerne la déréglementation des transactions financières, dans ce domaine en revanche les progrès sont rapides, incessants, résolus, implacables) : c'est parce que notre monde est dirigé par des individus qui portent en eux, profondément enracinées, de telles visions, dont ils n'ont peut-être même pas conscience tant elles s'inscrivent dans leurs fibres, dans leur histoire. C'est héraldique, c'est dans leur patrimoine génétique, quoiqu'ils s'en défendraient farouchement je suppose si on le leur opposait comme quelque chose qu'en eux ils devraient faire évoluer, combattre. Mais comment la journaliste pourrait-elle se défendre d'être constituée de telles conceptions rétrogrades quand c'est sa phrase elle-même qui l'exhale, l'exsude, le réverbère, par sa respiration, ses pulsations intimes, sa sudation, ses airs, son maintien, son ton et son allure, davantage encore que par ce que disent les mots, déjà si clairs pourtant ? La phrase est une manière de respirer et de marcher dans le monde, elle dit par son maintien la place que son auteur y occupe. La phrase exprime malgré l'auteur – ça lui échappe, comme échappent au corps ses odeurs, son haleine – ce que l'auteur a de plus consubstantiel, de plus véridique. « Plus tard, on saura que s'il avait pu nommer une femme à la présidence de la CGE, il l'aurait fait, tant il reconnaît à ces êtres des qualités d'exception sur tous les plans », écrit notre indescriptible journaliste des beaux quartiers comme si elle marchait dans la rue – et on voit là distinctement l'intérieur de son cerveau.

Et que ne l'a-t-il fait, Ambroise Roux, de nommer une femme à la tête de la CGE ? L'occasion s'en est-elle présentée ? Ambroise Roux aurait-il manœuvré, dans l'ombre, comme il savait si bien le faire, pour qu'à la tête de son groupe une femme fût bel et bien nommée ? Quel est le nom de cette femme, alors ? Nous ne l'apprendrons pas dans ce livre (on se demande bien pour quelle raison son auteure se contente de ce commode sous-entendu), et une recherche sur Internet avec les mots clés « Ambroise Roux » « songer » « nommer » « femme » « à la tête » « CGE » ne nous éclairera pas davantage.

Ambroise Roux n'a jamais abordé une négociation difficile, affirme-t-il ensuite, « sans déjeuner au préalable avec une très jolie femme », relaie sans commentaire notre journaliste de haute lignée, comme si c'était super. « Passer deux heures avec une femme charmante me mettait sur la longueur d'onde du sexe féminin qui donne la "primauté" de l'intuition sur l'intelligence. Ce n'est pas négatif, précise-t-il. Car pour moi le monde n'est qu'intuition : je suis un partisan systématique de l'application de l'intuition à l'intelligence. » S'il admirait tellement les femmes, c'est parce qu'il avait horreur de l'intelligence sèche, dure, mathématique, qui met tout en équation, conclut-il (nous le citons mot pour mot).

Pour résumer la pensée d'Ambroise Roux, n'hésitez pas à prendre des notes surtout, nous avons, du côté des hommes : *l'intelligence*, et du côté des femmes : *l'intuition*, comme ça c'est clair, tout est bien ordonné : chaque chose dans son tiroir.

« Dont acte », écrit notre irrésistible aristocrate après ce généreux plaidoyer d'Ambroise Roux en faveur d'une certaine supériorité sectorielle de la femme sur l'homme !!! (que veut-elle dire par là ?) quand plus cinglants nous serions tentés de répliquer, nous : « Ben voyons », car, n'est-ce pas, si Ambroise Roux réservait aux « très jolies femmes » la noble tâche de préparer les hommes, par la grâce de leur esprit intuitif, mais aussi probablement par leurs radieux sourires, voire leurs vertigineux décolletés, à âprement négocier avec d'autres hommes, et s'il concédait à ces derniers, à « l'intelligence sèche, dure, mathématique », même s'il les avait en horreur, la noble vocation à être aux affaires (entre hommes donc), il ne faisait certainement aucun doute pour lui que lui, Ambroise Roux, accomplissant l'exceptionnelle prouesse de réunir en une seule entité les magiques qualités animales des premières et les qualités de sèche puissance intellectuelle des seconds, se voyait attribuer de facto la plus haute place, celle de Roi des affaires, de l'industrie et de la politique (et peut-être aussi des cœurs, des lacets de guêpière et des corps féminins) : « mythe vivant » lit-on plus loin dans cet ouvrage, mythe qui durant des décennies a dominé le monde des affaires et de la politique en tant que plus gros patron de France, le plus habile, le plus retors et le plus vipérin, donc peut-être aussi effectivement le plus féminin selon les conceptions surannées de notre aimable intervieweuse vieille France. Précisons toutefois que la femme, « cet être » si adorable, si intuitif et si précieux pour l'homme ne l'est réellement que si elle est « très jolie », « charmante », « voluptueuse », naturellement. Naturellement enfin ! Il va de soi qu'une femme laide, ou peut-être même seulement jolie, tout intuitive fût-elle, et fût-elle la plus intuitive de toutes, n'est pas habilitée à préparer un homme à une négociation difficile, autour d'une table de déjeuner, avec du caviar russe au menu, chacun le comprend aisément. Car franchement qui aurait envie de faire précéder un bras de fer d'hommes d'affaires à l'intelligence sèche et mathématique par un repas avec une disgracieuse intello à lunettes ? Vous ? Non, bien sûr que non. « Dont acte », comme dirait notre irremplaçable intervieweuse... (Qu'est-ce qu'on rigole avec elle...)

Dans les parages de ces très sympathiques considérations sur les atouts respectifs des hommes et de ces « êtres admirables » que sont nos amies les femmes (j'envisage d'ailleurs sérieusement d'en prendre une moi-même à la maison, ça peut servir) prennent place des assertions sans nuance sur les compétences d'Ambroise Roux dans le domaine de la parapsychologie, du fonctionnement du cerveau et de la transmission de pensée. (Il est si exotique cet homme que je vais finir par m'attacher à lui, attention !) Ambroise Roux prétendait exceller dans l'art de deviner ce que contenait le subconscient de ses interlocuteurs. Autrement dit il estimait avoir développé la faculté de pénétrer les motivations inconscientes des hommes avec qui il négociait, afin de pouvoir s'ajuster non pas seulement à l'objet avoué de ces négociations, mais aussi à ce qui se jouait secrètement dans les tréfonds refoulés de l'inconscient de ces adversaires, à qui il accordait, érotiquement en quelque sorte, par ses habiles concessions calculées, ce que dans le fond ils étaient venus chercher, mais sans le savoir eux-mêmes. Car chacun, selon Ambroise Roux, quand il entreprend quelque chose, ou qu'il poursuit un but, entreprend en vérité tout autre chose, et poursuit en vérité un tout autre but, mais sans savoir en quoi consistent au juste cet autre but ni ces désirs dissimulés à la conscience, de sorte que l'objectif de toute négociation finement conduite est de le révéler à l'adversaire en assouvissant ces désirs – afin que sur les points majeurs, visibles, de la négociation, celui-ci devînt plus manœuvrable. C'est quelque chose qui se vérifie constamment, affirme Ambroise Roux. Cela suppose bien entendu une puissance de pénétration psychologique hors du commun, et une capacité à l'analyse et à la déduction intuitive à laquelle peu d'individus ont accès, mais pour lesquelles Ambroise Roux, très modestement, s'attribuait de grandes aptitudes.

C'est à croire qu'Ambroise Roux, quand il avait arraché à Valéry Giscard d'Estaing, à peine élu, la décision de disloquer le consortium européen Unidata, clore le Plan Calcul, liquider la Délégation générale à l'informatique et par voie de conséquence passer par pertes et profits le datagramme élaboré par Louis Pouzin dans son laboratoire de l'IRIA à Rocquencourt, avait identifié au plus profond du subconscient du nouveau président de la République un putain de gros désir refoulé (ah que ça avait dû être bon... le Giscard il avait dû monter au septième ciel), mais il restait maintenant à savoir quel désir, oui, quel désir mystérieux dissimulé dans les sous-bois obscurs et giboyeux de la psyché giscardienne cette réorientation de la politique de la France dans le domaine des télécoms orchestrée par le diabolique Ambroise Roux avait flatté... À moins de le demander franco à l'ancien président de la République (ce que Dimitri ferait peut-être, qu'est-ce qu'il risquait à lui poser la question après tout ?), on ne le saura jamais.

Il faut dire qu'il est prodigieusement intelligent notre ami, mais Dimitri soupçonnait Ambroise Roux d'avoir été bien plus intelligent dans sa phrase, autrement dit dans l'exercice purement formel de description panoptique des configurations observées, qu'il ne l'avait été dans son rapport dialectique et prédictif aux faits. Car Ambroise Roux maîtrisait le langage et les structures logiques du langage à un degré de plénitude que l'on n'atteint généralement que dans la littérature. Ambroise Roux était une sorte de Claude Simon, de Thomas Bernhard, de Laurence Sterne de la négociation. D'ailleurs, dans la biographie hagiographique de notre inénarrable aristocrate, chaque verbatim des interventions d'Ambroise Roux en situation de négociation avec des adversaires de haut vol est un prodige d'intelligence grammaticale : ses vues sont vastes, solides, synthétiques, organisées, et la structure de sa phrase rend compte avec limpidité de la structure du problème évoqué, comme si elle déroulait les plans d'un bâtiment sur une grande table. Mais ce n'est pas parce qu'une phrase résume brillamment une structure que l'entendement qui a conçu cette phrase a la capacité de la faire évoluer dès à présent dans son propre futur de phrase. Il ne fait aucun doute qu'Ambroise Roux était le meilleur, dans le champ politique (avec François Mitterrand), pour fabriquer des phrases parfaites, mais la plupart de ces phrases, au moment où Ambroise Roux les prononçait, mentaient à leur avenir, c'est ce que l'on découvre aujourd'hui à la lumière de ce qui s'est passé entre-temps.

Exemple, ce que pouvait dire Ambroise Roux, en 1973, sur France Inter, au sujet de l'énergie nucléaire, à la joyeuse généralisation de laquelle il ne prévoyait aucun obstacle, ou encore lorsqu'il recommandait la réouverture des mines de charbon, ainsi que le recours aux considérables réserves américaines...

No comment.

Le principal mérite de notre intervieweuse est d'avoir reconstitué dans son livre, avec un grand talent, des conversations d'Ambroise Roux avec tel ou tel interlocuteur plus ou moins coriace ou opposé à ses visions – elle a indéniablement le sens des dialogues. Je ne vais pas les recopier ici, mais faites-moi confiance quand je vous dis que c'est impressionnant – il avait bien fallu qu'Ambroise Roux eût manifesté quelques qualités éclatantes, si ce n'est dans le domaine de la prédiction, du moins dans celui de la syntaxe, pour s'attirer une telle écoute.

Dimitri avait tout de même trouvé ça, sur le site Internet de l'INA, qui donnait une bonne idée de la virtuosité d'Ambroise Roux. Il est interviewé, en octobre 1973, sur France Inter, au sujet de mesures qui viennent d'être annoncées par le ministre de l'Économie et des Finances :

Quinze jours après la présentation de ce projet par le ministre des Finances, dit le journaliste qui présente le journal de la mi-journée, *le CNPF réagit. Principal grief, le gouvernement avait annoncé un projet de soutien à l'activité économique. Selon le CNPF, ce n'est pas le cas. Les investissements productifs ne sont pas encouragés, et certaines mesures vont empêcher les entreprises françaises d'évoluer.* [On rêve !!!!!! Ils n'ont vraiment pas changé les patrons, ils étaient déjà comme ça en 1973, c'est toujours la même antienne, d'où les cadeaux fiscaux que ne cessent de leur faire nos gouvernants, soi-disant pour favoriser l'investissement dans les entreprises françaises...] *Et puis les patrons redoutent l'effet de certaines mesures fiscales,* poursuit le journaliste. *C'est le cas du remboursement de la rente Pinay. Ambroise Roux, le vice-président du CNPF, l'a précisé tout à l'heure à Hervé Claude :*

C'est un problème purement politique, entend-on Ambroise Roux prononcer avec lenteur, avec douceur, avec délicatesse, parlant à Hervé Claude. *Nous nous sommes simplement attachés à un point qui est essentiel. Pour l'affaire de la rente Pinay d'une part, pour l'affaire de la suppression des exonérations pour les sociétés immobilières de l'autre, nous souhaitons que les dispositions pratiques qui vont être adoptées respectent tout ce qui a été promis par l'État, non seulement dans la lettre, mais également dans l'esprit, afin que le crédit de l'État ne soit affecté d'aucune façon par des mesures qui sont tout de même très douloureuses.* [Vous avez vu comme cette phrase est parfaite ?] *(Est-ce à dire que cela ne respecte pas une promesse dans l'esprit ?* demande alors le journaliste.*) Rien, pour le moment, ne permet de le dire,* poursuit Ambroise Roux. *Mais nous devons tout de même reconnaître que certaines informations qui ont paru dans la presse montraient que certains projets avaient été mis en avant qui eux n'auraient pas respecté l'esprit. Nous sommes absolument persuadés que le ministre de l'Économie et des Finances est trop soucieux du crédit de l'État pour permettre que ces dispositions voient le jour.*

Voilà.
Vous l'entendez ?
C'est Ambroise Roux.

*

Cher Monsieur,

Je suis journaliste à l'AFP et travaille actuellement sur un projet de roman. Une partie de ce roman tentera de se souvenir (et de convoquer une mythologie) des années 1970, notamment à travers quelques grandes figures des mondes de la politique, de l'industrie et des affaires.

Votre père, Ambroise Roux, qui exerce sur moi la plus grande fascination, fait partie de ceux dont je pense qu'ils ont marqué leur époque, c'est-à-dire la vie politique et le destin économique et industriel de la France. Je viens de lire la réjouissante biographie qui lui a été consacrée, *Un prince des affaires*, et étant moi-même un grand admirateur des surréalistes, et d'André Breton en particulier, je regrette de n'avoir pas rencontré votre père pour en parler avec lui, ainsi que de son rapport au réel, à la vie, au monde sensible et à la parapsychologie, toutes choses auxquelles j'accorde moi-même le plus grand prix. Il est assez fascinant qu'Ambroise Roux ait pu être à la fois le grand patron que nous connaissons, le lobbyiste hors pair qu'il a montré qu'il savait être, et l'homme sensible, instinctif, cultivé (à l'intuition parfois si féminine) qui transpire dans ces pages, à travers ses propos.

Ce que j'aurais beaucoup aimé, et le mot est faible, ç'aurait été de pouvoir vous rencontrer, et que vous me parliez un peu de votre père.

J'espère de tout cœur que vous réserverez un accueil favorable à ma demande. Je précise aussi, à toutes fins utiles, que je ne ferai pas d'Ambroise Roux un personnage de roman, loin de moi cette idée sacrilège. Il s'agira juste de nourrir une sorte de rêverie sur les années 1970 et 1980, c'est-à-dire les décennies de l'enfance et de l'adolescence de mes parents (je suis né en 1989), peuplées d'un certain nombre de figures historiques (de Pompidou à VGE en passant par votre père bien sûr et dans une moindre mesure François Mitterrand).

Je me tiens à votre entière disposition pour toute précision.

Bien à vous,

Dimitri Marguerite

*

Cher Valéry Giscard d'Estaing,

Je suis journaliste à l'AFP, mais c'est à titre personnel que j'aimerais vous rencontrer, pour les besoins d'un roman que je m'apprête à écrire, où je voudrais évoquer la très marquante modernité que vous incarniez quand vous êtes devenu, en 1974, Président de la République, autrement dit vos visions, votre désir insatiable d'entraîner la France vers son futur, en particulier en encourageant l'essor de ce qui ne s'appelait pas encore les hautes technologies. (Sans même parler, n'est-ce pas, de la loi autorisant l'IVG, conquête majeure de votre septennat.)

On sait aujourd'hui que vous étiez féru d'informatique, à une époque où l'informatique n'en était encore qu'à ses balbutiements, et où personne, en France, vous vous en souvenez peut-être, n'y croyait. Vous avez été un pionnier, on ne le dira jamais assez. J'en veux pour preuve, naturellement, monsieur le Président, le fameux rapport Nora-Minc sur l'informatisation de la société, paru en décembre 1977 et que vous aviez personnellement commandité, rapport où l'Histoire retiendra qu'auront été inventés le mot et le concept de télématique, et où le lancement du prodigieux Minitel aura été préfiguré, le Minitel ayant été, comme vous n'êtes pas sans le savoir, une éblouissante démonstration de l'avance que possédait alors la France dans le domaine stratégique des transmissions de données. Ce rapport non seulement prenait acte de la révolution informatique en cours (l'explosion de la micro-informatique) mais prophétisait qu'un jour pas si lointain les ordinateurs « dialogueraient entre eux » grâce à « un seul réseau » mondial – prophétie qui s'est rigoureusement réalisée.

Que n'a-t-on poursuivi dans cette voie, voie que vous aviez pourtant Ô combien ouverte !

Peut-être vos successeurs, en 1981, n'y croyaient-ils pas, eux, en revanche ? Ce qui ne nous étonne qu'à moitié, la gauche ne s'étant jamais distinguée par son extrême modernité (ce n'est pas vous qui me direz le contraire, qui avez asséné à François Mitterrand, lors du débat d'entre les deux tours, « Vous êtes un homme du passé »), la gauche des socialo-communistes serait plutôt du genre placide, pesante et passéiste, avec tout ce que cela peut comporter de doux et de réconfortant, ne le nions pas – la nervosité des visionnaires, l'instabilité des précurseurs, l'impatience grésillante des modernes, les brusques accélérations civilisationnelles provoquées par les trépidations des génies ne sont pas non plus toujours de tout repos, surtout pour les plus fragiles de nos concitoyens, ceux qui craignent d'être secoués.

Mais je m'égare, pardonnez-moi, monsieur le Président.

Ma question est de savoir si vous auriez un point de vue sur ce qui s'est passé, dans le domaine de la haute technologie, après votre mémorable et déchirant « au revoir » (que je visionne une fois de temps en temps sur Internet avec chaque fois une grande émotion), pour qu'à l'arrivée, en dépit du lumineux rapport Nora-Minc, la France n'ait joué aucun rôle dans la révolution numérique. Aurait-on pu concurrencer les Américains dans la mise en place d'Internet, et dans l'essor de l'économie afférente, si la bonne politique avait été menée, autrement dit si les socialo-communistes du programme commun (quel archaïsme ! que vouliez-vous que puisse sortir de bon d'un tel attelage ?!) qui vous ont succédé au pouvoir avaient pris la mesure de l'enjeu, considérable, et avaient été aussi déterminés que vous l'aviez été vous-même ?

Je peux évidemment me déplacer jusque chez vous, en Auvergne, afin que nous puissions avoir cet entretien dans votre château. Il se trouve que je suis aussi un passionné de pendules, et de pendules dorées de surcroît, d'où l'attrait qu'exerce sur moi votre demeure, qui doit en regorger. J'ai lu sur Internet que vous possédiez une rare pendule de Lepaute d'époque Empire, acquise chez Sothebys en 2004. Ce serait une joie pour moi de pouvoir l'admirer à vos côtés. Je suppose que l'idée d'être interrogé sur votre septennat par un jeune écrivain – fût-il primoromancier – dans le cadre d'un travail non pas journalistique mais littéraire ne devrait pas vous être désagréable, tout comme l'idée de voir établi par un livre ce que vous doit la France dans le domaine d'Internet.

J'espère que vous réserverez un bon accueil à ma requête.

Dans cette attente, je vous prie de bien vouloir agréer, monsieur le Président, mes sentiments respectueux,

Dimitri Marguerite

*

Cher Monsieur,

Je ne sais si vous avez reçu les courriers par lesquels je vous faisais connaître mon souhait de vous rencontrer afin de vous entendre me parler de votre père, Ambroise Roux, pour qui j'éprouve la plus grande admiration.

Ces courriers se sont peut-être égarés, comme cela se produit malheureusement de plus en plus souvent, c'est pourquoi je me permets de vous en renvoyer une copie. (Au moins, s'il est une chose dont l'on ne puisse faire porter la responsabilité à votre lobbyiste de père, c'est d'avoir voulu réformer la Poste en lui imposant de drastiques restrictions budgétaires (qui expliqueraient que les courriers s'égarent), la Poste et les enveloppes timbrées ne l'intéressaient pas que je sache, lui c'était plutôt le téléphone et les messages électroniques...) En attendant que vous preniez connaissance de ce nouveau courrier, et jugiez s'il convient de m'accorder cet entretien, je voulais vous poser une première question, si vous me le permettez.

Votre père n'était pas seulement un immense industriel, il était aussi un homme sensible, un visionnaire et un esthète, dont on connaît la prédilection pour le surréalisme, André Breton, Marcel Duchamp, la parapsychologie, les sciences occultes, la transmission de pensée, le spiritisme.

Ma première question est la suivante, votre père, depuis son décès, est-il parvenu (il avait le bras long, on le sait) à entrer en contact avec vous, par des signes sans équivoque, quoique discrets, voire très discrets, comme il est d'usage en pareil cas ? À moins qu'il ne faille lui attribuer l'irruption de telle ou telle spectaculaire inondation ardéchoise – comment savoir ? Il était tellement puissant et influent que son désir, une fois là-bas, de nous rendre manifeste la possibilité de communiquer avec l'au-delà, a pu prendre des formes qu'il voulait indubitables mais qu'il ne maîtrisait pas encore tout à fait (c'est l'éternelle histoire des apprentis sorciers), provoquant des avalanches, des tsunamis, des tremblements de terre, sans bien comprendre qu'il nous faudrait une signature plus personnelle pour authentifier sa responsabilité dans ces intempestives convulsions de la nature ? Et avez-vous tenté vous-même d'établir une relation post mortem avec lui, au moyen d'un guéridon (c'est encore la façon la plus sûre de le joindre, je crois), une nuit de pleine lune, ou de grande marée, dans sa propriété bretonne ? Des coups sourds ont-ils retenti sur le bois, quand vous l'avez appelé ? Il serait du plus grand intérêt pour la Science que vous nous fassiez part des éventuelles constatations que vous auriez été amené à faire, ces dernières années, au sujet de possibles tentatives d'Ambroise Roux de se faire remarquer. Il était tellement féru de spiritisme et de parapsychologie qu'il serait surprenant qu'il n'eût tenté, de mille façons, comptons sur lui, de revenir se promener parmi nous, voire d'exercer une influence sur le cours de l'Histoire, comme il avait coutume de le faire de son vivant.

Pour ma part, j'ai essayé à différentes reprises d'attirer son attention, mais sans résultat.

J'essaierai de nouveau ce soir.

J'espère que vous serez touché de l'intérêt sincère et passionné que je porte à votre père.

Bien à vous,

Dimitri Marguerite

*

Monsieur,

J'ai fait part au Président Giscard d'Estaing de votre demande. Malheureusement, il m'a chargée de vous exprimer ses regrets de ne pouvoir lui réserver une suite favorable.

Je suis désolée de devoir vous faire cette réponse mais vous adresse des vœux de succès pour ce projet.

Cordialement,

Florence de Bollardière
Conseiller de V. Giscard d'Estaing

*

Cher Monsieur,

Vous avez cru que je me moquais de votre père, vous êtes vexé, détrompez-vous, nulle moquerie dans mon quatrième courrier, juste un hommage respectueux à une passion à laquelle votre père s'est consacré toute sa vie, faire tourner les tables, convoquer les esprits. Je ne vois pas au nom de quoi je ne serais pas autorisé, moi, m'inspirant de son illustre exemple, à tenter d'établir une liaison post mortem avec lui, puisque la chance ne m'a pas été donnée de le rencontrer de son vivant, ni pourquoi je ne pourrais vous interroger, sans vous froisser, ou provoquer chez vous méfiance ou suspicion, sur le fait de savoir si oui ou non vous avez pu entrer en contact avec votre père, depuis son décès. Restons-en là sur cette question, si elle vous importune (et selon toute apparence elle vous importune), et je vous prie d'accepter mes excuses les plus plates si mes investigations vous ont paru déplacées, quand elles n'étaient que déférentes, contrites, dévotionneuses (si je puis dire, mais le génie de votre père valait bien un néologisme forgé à même son historique stature, je vous en fais cadeau), c'est au contraire ne pas vous interroger sur le sujet qui eût été inconvenant.

Je vais passer à la deuxième question que je voulais vous poser l'autre jour (la longueur des considérations que la première avait entraînées, vous vous en souvenez, m'en avait momentanément détourné), la voici.

Votre père a dû collectionner les œuvres d'art, forcément. Dans la très réjouissante biographie qui lui a été consacrée, on apprend que dans sa chambre de « célibataire » (j'espère qu'il n'est pas indélicat d'évoquer devant vous, son fils, l'existence de cet endroit, où il ne vous aura pas échappé, si vous avez lu ce livre, que figuraient un certain nombre d'objets à connotation explicitement érotique – mais bien évidemment, si d'aventure ce sujet des frasques éventuelles de votre père ne vous indisposait pas, je serais heureux de m'en entretenir avec vous, afin de percer les nombreuses allusions malicieuses dont l'auteure apparemment coquine de cet ouvrage le parsème, je referme ce deuxième aparté), dans la très réjouissante biographie qui lui a été consacrée, donc, disais-je, on apprend que dans sa chambre de « célibataire » avait pris place une œuvre de Marcel Duchamp, en l'occurrence sa *Boîte alerte – missives lascives*. C'est la seule œuvre citée par l'auteure de cette biographie comme ayant été en la possession de votre père, mais je serais fort étonné qu'il n'eût témoigné par aucune autre acquisition de ce niveau son intérêt non seulement pour le surréalisme, mais pour les arts en général. Je sais aussi que votre père était soucieux de discrétion, qu'il répugnait à la publicité sur sa personne, de sorte que si ses moyens financiers personnels, considérables, lui ont peut-être permis de faire l'acquisition d'un certain nombre d'objets précieux ou d'œuvres d'art de premier plan, le goût qu'il montrait pour le secret l'aura certainement incité à ne pas en faire étalage (contrairement à ce qui se pratique couramment aujourd'hui), et c'est sans doute pourquoi aucune mention n'est faite, dans cette biographie, d'œuvres ou d'objets de valeur qu'aurait pu s'offrir votre père. C'est tout à son honneur d'avoir voulu préserver sa vie familiale de tout regard extérieur. Les gens sont si curieux, méchants, avides de ragots, médisants ! Mais votre père étant devenu entre-temps, employons les mots adéquats, un *personnage historique*, il m'apparaît du plus grand intérêt de pénétrer davantage qu'il n'a été possible de le faire jusqu'alors son univers personnel, en fournissant à ceux qui le souhaiteraient (étudiants, chercheurs, historiens) l'inventaire – si ce n'est exhaustif, du moins indicatif – des tableaux, sculptures, meubles, livres, manuscrits autographes, objets, bibelots, pendules, etc., que ses émoluments somptuaires auront permis à Ambroise Roux d'acquérir au cours de sa carrière de lobbyiste.

Je brûle du désir de savoir si votre père a eu envie d'assouvir sa passion pour le surréalisme en allant jusqu'à entrer en possession de tableaux de Francis Picabia, de Max Ernst, de Giorgio de Chirico, de Salvador Dalí, de Marcel Duchamp, pour pouvoir les contempler chez lui après le travail.

J'ai rêvé il y a peu que vous possédiez un Rembrandt.

Mon rêve est-il prémonitoire ?

Dans mon rêve, il y avait aussi des coquetiers d'une grande valeur.

Nous dînions, nous deux, une nuit de grande marée, dans la maison que votre famille possède en Bretagne, et où votre père aimait à se retirer, l'été, six semaines durant, abandonnant les affaires courantes de la CGE à une poignée de directeurs serviles. Dans mon rêve, vous aviez eu la gentillesse de nous préparer des œufs à la coque, que nous dégustions avec des cuillères à moka en argent, mais aussi à l'aide de mouillettes, et ces œufs à la coque trônaient dans d'admirables coquetiers en vermeil de la plus belle facture, d'une valeur inestimable, ayant appartenu à Louis XIV (m'avez-vous alors révélé) et c'est à ce moment-là de mon rêve que je me suis réveillé, à cause du fracas de cette révélation.

Si je vous raconte ce rêve, cher Monsieur, c'est pour vous montrer à quel degré d'intimité s'est élevé l'intérêt que je porte à la personne de votre père, qui s'est véritablement insinué dans ma vie. C'est pourquoi j'espère de tout cœur que vous me répondrez cette fois, et que vous serez disposé à me parler de son univers, en acceptant de me divulguer l'existence des objets d'art qui lui appartenaient.

Bien à vous,

Dimitri Marguerite

*

Cher Monsieur,

En prévision du séjour que je ne désespère pas de faire, en votre aimable compagnie, dans votre propriété en Bretagne, je me suis acheté une raquette de tennis.

Bien à vous,

Dimitri Marguerite

*

La mère de Dimitri l'appela :

— Il faut que tu ailles voir ton père d'urgence.

— Bonjour ?

— Bonjour. Il a fait une énorme connerie.

— Qu'est-ce qu'il a fait ?

— Je préfère ne pas te le dire. Tu verras par toi-même, je viens de l'apprendre par ta grand-mère, c'est effarant, je ne veux même pas y penser.

— Mais qu'est-ce qu'il a fait ?...

— Pfff.

— Tu as bien vu qu'il équilibrait dépenses et recettes non ? Il a même fait des bénéfices ! Il va finir par nous enrichir ce con !

— Tu parles.

— En tout cas il n'aura jamais gagné autant d'argent de toute son existence, ni pris autant de plaisir à travailler. Il était temps qu'il se découvre cette passion non ?!

— Écoute, si c'est pour me tenir ce genre de sermons, c'est pas la peine. Quel dommage que ton frère soit à Stanford, lui il m'aurait aidée, c'est pas comme toi.

— Maman, pas de ça entre nous s'il te plaît.

— Excuse-moi. Mais je t'appelle pour t'annoncer une catastrophe, et toi, au lieu de te précipiter pour savoir ce que c'est, tu minimises la chose, tu excuses d'avance ton père... Il n'y en a pas un pour rattraper l'autre.

— C'est parce que ça ne peut pas être bien grave ! J'ai confiance en lui, ça devrait te réjouir non ?

— ...

— Bon, alors, qu'est-ce qu'il a *encore* fait.

— Il a acheté un avion. Livré ce matin à Maison-Maugis sur un semi-remorque. En pièces détachées paraît-il.

— Un avion ? Comment ça un avion ?

— Un avion. Un avion *avion*.

— Mais quoi comme avion ?

— Qu'est-ce que j'en sais moi ? Comme si je m'intéressais aux avions !

— Mais un avion...

— Je te raconte pas la tête que faisait ta grand-mère quand elle a vu débarquer les types. Elle a failli tourner de l'œil il paraît.

— Mais un avion comment ? Un gros avion ?

— Attends, j'ai noté son nom sur un bout de papier.

— Mais c'est merveilleux qu'il ait acheté un avion !

— Dimitri, ne commence pas.

— Mais si enfin ! Sois un peu poétique pour une fois ! Un avion ! Il a acheté un vieil avion !

— Si tu continues, je raccroche. Attends, je l'ai là. Cessna 404 Titan de 1974.

— Attends, quel chiffre tu as dit ? Cessna 74 ?

— Non. Cessna 404 Titan. De 1974. Tu sais le prix que ça coûte un machin pareil ?

— Aucune idée, combien ?

— Ben moi non plus, c'est bien pour ça que je te pose la question. Il a pas voulu me le dire. Je crois qu'il a ouvert un compte bancaire en douce, c'est sur ce compte qu'il doit reverser ses bénéfices, il a dû se constituer une petite cagnotte. La transaction est complètement opaque, il n'a rien voulu me confier. Ce ne sont pas tes affaires, c'est tout ce que j'ai obtenu comme réponse.

— Je suis sur mon ordi, je le vois, il est magnifique cet avion ! Il est énorme ! Le monstre !

— Mais il n'y connaît rien Dimitri en avion ! IL N'Y CONNAÎT STRICTEMENT RIEN !

— Un bimoteur à hélices. Je me demande où il a trouvé ça. Je le soupçonne depuis un bon moment d'aller sur le darkweb. Il n'y a que sur le darkweb qu'on peut trouver des trucs pareils à des prix abordables.

— Le darkweb. Arrête. Je ne veux pas en entendre davantage.

— Tu sais, j'ai rencontré le type qui a inventé Internet. Il m'a dit que si on avait scrupuleusement suivi ses recommandations, au lieu de partir bille en tête avec les Américains, le darkweb n'aurait pas pu exister, ni les hackers.

— Comment veux-tu qu'il puisse le retaper, et qu'il revole un jour !

— Ça t'intéresse ce que je te raconte, ça fait plaisir…

— J'ai d'autres soucis en ce moment Dimitri. Comment tu veux qu'il arrive à remonter cet énorme avion tout seul, au prix où il a dû le payer ça risque de nous couler.

— Il doit bien y avoir des trucs sur Internet, des plans, des tutos, des forums de bricoleurs non ?

— Des tutos pour remonter des avions !

— Pourquoi pas ? Des forums en tout cas.

— C'est ce qu'il m'a dit aussi. Qu'il avait toute la doc pour le réparer. Il m'a dit qu'une fois remis en état, puis revendu, car d'après lui ce genre d'avions se revend une fortune, le pilote pourrait le faire décoller dans le champ à côté, il a tout prévu.

— Il a une forme de génie papa, c'est ce que j'ai toujours senti. C'est un poète en plus, acheter un avion ! C'est pas merveilleux ça ? C'est ce qu'ils n'ont pas compris à l'hôpital, ils l'ont sous-exploité, ils l'ont toujours cantonné à des tâches avilissantes, alors qu'ils auraient pu tirer profit de son talent. Moi ça me révolte. Ils ont trouvé le moyen de foutre en burn-out un mec capable de retaper dans une grange un vieux Cessna des années 1970 ! Il va le faire ! Il va le faire et il va réussir tu verras !

— C'est ce que tu crois.

*

— Dis, Pauline, lui avait dit Dimitri un matin, tu ne voudrais pas qu'on aille rendre visite à Giscard ?

— À Giscard ? Tu me parles bien du Giscard des seventies, le président de la République ?

— Lui-même. L'authentique. Il est toujours vivant, tu le crois ça ?

— Mais où ?

— Il habite dans un château à Authon, dans le Loir-et-Cher. Entre le Mans et Tours.

— C'est pas très drôle par là-bas si ? Betteraves et compagnie non ?

— On peut aussi aller en Bretagne, c'est une autre possibilité. Voir la maison de vacances d'Ambroise Roux.

— C'est plus marrant ça. Mais c'est comme tu veux. Franchement mon amour, ton enquête prime sur mon plaisir.

— Tu es gentille ma Pauline. Je ne sais pas. Faire le pied de grue devant chez Giscard, puis escalader le mur du parc, finir par se faire embarquer par les gendarmes et passer une nuit en garde à vue à Vendôme, c'est pas mal pour mon livre, j'aurais des choses à raconter, ça peut être drôle.

— Bof.

— En revanche, la Côte de Granit rose, c'est moins prometteur pour le livre, mais plus cool en effet.

— Écoute, si tu n'as pas d'idée plus précise de ce que tu veux, tirons à pile ou face. Pile, Ambroise, face, Giscard. D'accord ?

— OK.

— Je lance. Hop !

— Et ?…

— C'est…

— … ?

— Pile : la Bretagne.

— Parfait. OK pour la Bretagne et la maison d'Ambroise Roux ma Pauline. Ça tombe bien en même temps. On passera voir mon père au retour, dans le Perche. Il a acheté un énorme avion en pièces détachées, dans des caisses.

— Hein ??!! Un avion dans des caisses ? Mais qu'est-ce qu'il va en faire ?

— Le remonter. Rivet après rivet. Et refaire les moteurs. Ma mère en est malade. Il faut juste que je vérifie qu'il n'a pas pété un câble : que ce n'est bien qu'une simple idée sublime.

17

Dimitri et Alexandra mangent une salade au Relais Paris Opéra, un vieux troquet qu'ils aiment bien situé face au flanc ouest de l'Opéra Garnier, où ils viennent d'assister à un spectacle du chorégraphe américain William Forsythe (avec entre autres les merveilleuses danseuses étoiles Alice Renavand, Eleonora Abbagnato et Marie-Agnès Gillot), nous sommes le mercredi 13 juillet 2016, il est environ vingt-deux heures trente.

Après avoir longuement parlé des trois pièces courtes qu'ils venaient de voir et d'adorer (en particulier la dernière, *Blake Works I*, sur des chansons de James Blake), Alexandra lui dit :

— T'avais pas un truc à m'annoncer au fait ?

— Si, en effet. Je me suis fait virer.

— *Comment ça virer ?*

— Virer. Virer virer.

— Hein, quoi ? De l'AFP ?

— Non, de chez ma mère.

— ...

— ...

— Mais qu'est-ce qui s'est... Je croyais que ça se passait bien au contraire !

— J'ai un peu merdé.

— Qu'est-ce que t'as fait ?

— J'ai mélangé les genres. Tu sais, mon projet de livre sur la création d'Internet, Louis Pouzin, Ambroise Roux... J'ai enquêté pour mon propre compte, mais en m'annonçant, pour que les portes s'ouvrent plus facilement, comme reporter à l'AFP. Et la semaine dernière, j'ai été convoqué par mon boss, qui lui-même avait été convoqué par le patron de l'AFP, qui lui-même, si j'ai bien compris, avait été convoqué par je ne sais quel conseiller spécial de la présidence de la République, au motif que je devais cesser de harceler Giscard.

— T'as harcelé Giscard ?!

— J'ai un peu harcelé Giscard.

— Mais comment ça t'as harcelé Giscard ?

— Je me suis laissé emporter par ma verve. Il m'inspire le Giscard. Je lui ai envoyé, via sa conseillère, une douzaine de mails. J'ai même fini par lui écrire directement dans son château. Je lui ai envoyé des marrons glacés.

— Pour quoi faire ?

— C'est tellement seventies les marrons glacés.

— ...

— Je voulais le rencontrer. Pour lui raconter toute l'histoire. Vous savez mon vieux que vous vous êtes fait complètement berner par Ambroise Roux ? *Hein, qui ? Qui vous dites, jeune homme ?* AMBROISE ROUX MONSIEUR LE PRÉSIDENT ! VOUS VOUS SOUVENEZ ? LA CGE ! LES CIGARES ! *Ah oui, Roux, ce cher Roux, comment va-t-il ?* Il est mort monsieur le Président ! *Ah bon, mort ? Ça alors, le pauvre homme ! Comment ça se fait ?* C'est la vie monsieur le Président ! Mais avant ça il vous a roulé dans la farine ! *Quoi ? Du lait et de la farine ?* Non, roulé dans la farine ! Par sa faute vous vous êtes rendu coupable d'une décision qui aura valu à la France de ne pas être le pays où Internet aura été créé ! Ça vous intéresse ? Vous voulez que je vous explique ?

— T'es sadique comme type. Le pauvre... T'as vu dans quel état il est ? Pourquoi tu voulais aller lui dire ça...

— Comme ça. Je voulais pouvoir reconstituer dans mon livre la réaction de Giscard quand je lui aurais révélé qu'Ambroise Roux l'avait manipulé.

— Mais il t'aurait pas cru...

— N'empêche que je lui aurais instillé le doute. J'aurais bien aimé ça lui instiller le doute au Giscard. Quelque chose, forcément, se serait allumé en lui, de vieux souvenirs, l'espace d'un bref instant, une fulgurante prise de conscience, *Ah tiens, ah oui, ah putain ce salopard d'Ambroise*, avant qu'il ne retombe dans sa torpeur de vieux lézard.

— Il est lyrique ce soir mon Dimitri !

— T'as vu, la fille, là-bas, à droite, sois discrète, avec la très vieille dame ? Derrière toi, à ta droite, discrètement surtout, elle peut te voir.

— La moustachue ?

— La moustachue ? Mais qu'est-ce que tu racontes ?

— Elle a pas une moustache là la meuf ? Honnêtement. Si ça c'est pas une meuf à moustache.

— Elle a pas du tout de moustache ! Une légère ombre, à peine...

— Eh ben je sais pas ce qu'y t'faut !

— C'est juste qu'elle est très brune, avec une peau très blanche. Elle me fait penser à Leonora Carrington. C'est tout ce que j'aime. T'es trop conne quand tu t'y mets.

— Les traces d'acné, les boutons, les lunettes de myope, la moustache, les longs cheveux bruns, la peau cadavérique, les veines violettes, les grains de beauté, me dis pas que t'adores ça. Et t'as vu comment elle est sapée ?

— Elles sont très bien habillées au contraire. Au moins elles sortent de l'ordinaire, elles me réjouissent ces deux femmes. C'est hyper émouvant cette énorme différence d'âge. Tu ne trouves pas ?

— Je sais pas.

— Elles ont au moins soixante-dix ans d'écart. Je n'arrête pas de les regarder depuis tout à l'heure, elles sont très attachées l'une à l'autre.

— Elles étaient à l'opéra. Je les ai vues à l'entracte, une petite coupette de champagne à la main.

— Moi aussi.

— Me dis pas que cette fille te plaît Dimitri…

— Je donnerais dix ans de ma vie pour une nuit avec elle.

— Dix ans de ta vie, n'importe quoi… Tu sais comment on les appelle, ces meufs, dans les pays anglo-saxons ? Il n'y a pas de terme équivalent en France. Des *nerdy girls*.

— C'est drôle que tu dises ça. Adolescent, quand je me branlais sur xHamster, souvent je tapais *nerdy girls* comme critère de recherche. C'étaient les *nerdy girls* qui m'excitaient le plus. Mais elle franchement je ne crois pas qu'on puisse la considérer comme…

— Hein ??!!

— …

— …

— Enfin si, t'as pas tort…

— …

— Les filles qui m'attirent, c'est bizarre, je ne les rencontre jamais dans ma vie. Ce serait trop simple. Il faut toujours que je les aperçoive de loin, dans celle des autres. Le réel est mal fait, comme dit toujours ma grand-mère (celle de gauche).

— Comment ça se passe avec Pauline ?

— Ça va. C'est pas mal. Elle est rigolote, on s'entend bien. Elle me fait rire, elle est intelligente, elle est pas compliquée, c'est agréable. Sexuellement c'est parfait, elle est très inventive, elle m'apprend plein de trucs. Je l'aime bien cette fille.

— Elle t'apprend plein de trucs ? J'adore que tu dises ça... Quoi comme trucs par exemple ?

— Mais il me manque quelque chose. Je ne suis pas amoureux d'elle.

— Me dis pas que tu préfères la moustachue à ta jolie Pauline quand même !

— Physiquement si. Et métaphysiquement, poétiquement. Vraiment j'adore ce genre de filles. Elle manque de mystère ma Pauline, elle est trop cool et lisible. Même si je l'aime bien, beaucoup même. Et toi avec Gaspard ?

— Tu vas te foutre de ma gueule.

— Elle rend ma vie bien plus agréable qu'elle ne l'a jamais été.

— Quoi ?

— Pauline, elle rend ma vie plus agréable qu'elle ne l'a jamais été. C'est énorme déjà. Tu disais que j'allais me foutre de ta gueule. Ah ah ah ! Qu'est-ce que tu vas m'annoncer ?

— Rien. C'est juste que je suis hyper accro. Y a que lui que j'ai envie de voir en ce moment. Si je m'écoutais, je le verrais tous les soirs. Et si je m'écoutais encore plus, je dormirais toutes les nuits avec lui. Et si je m'écoutais encore encore un tout petit peu plus (mais là je suis obligée de me boucher les oreilles), je m'installerais chez lui. Il a un super appart en plus. Avec vue sur la Seine. Mais c'est lui qui veut pas.

— Tu lui as demandé ?

— Ben non, t'es con. Il arrête pas de me dire que jamais plus il vivra avec une meuf, qu'il tient à son indépendance, que ça va il a déjà donné et que maintenant il veut prendre du plaisir dans la vie. On croirait moi il y a douze mois.

— Tu serais pas un peu amoureuse toi ma chérie ?…

— Quand je pense que je l'ai rencontré avec toi, le fameux soir au théâtre de la Ville.

— Il y a un peu plus d'un an. Le 18 juin. Je suis pas près d'oublier cette soirée.

— La meuf du théâtre de la Ville, t'étais dans un état mon pauvre… C'est quand même dingue que tu l'aies retrouvée.

— Elle me dit que c'est pas elle.

— Vous vous êtes revus ?

— Non. Elles se voient peu finalement avec Pauline. Et là elles ont carrément coupé les ponts.

— Ça je comprends. Je ferais la même chose à la place de Pauline.

— Elle est pas du tout jalouse. C'est l'autre plutôt. Je crois que c'était elle au théâtre de la Ville. Je ne comprends pas qu'elle ne veuille pas l'admettre. Mystère.

— Et tu pars quand de l'AFP ?

— Je suis parti vendredi.

— Sans préavis ?

— Rupture à l'amiable. J'en avais marre. Je me suis pas battu pour rester.

— Il n'y a pas eu de procédure ?

— En fait, je t'ai pas tout dit.

— Comment ça ?

— Il y avait eu un précédent, il y a deux mois. Mon boss m'avait dit un matin qu'un ministre avait fait appeler son cabinet pour me faire dire qu'il fallait arrêter de harceler le fils d'Ambroise Roux.

— Tu harcelais aussi le fils d'Ambroise Roux ?!

— J'ai un peu harcelé le fils d'Ambroise Roux. Encore plus que le Giscard même.

— Pourquoi ?

— Il me répondait pas. Je supporte pas qu'on me réponde pas. J'arrêtais pas de lui envoyer des mails. De plus en plus sarcastiques, de plus en plus ironiques, juste pour le faire chier. Ça me faisait marrer. Et on m'a ordonné, au bureau, d'arrêter ça immédiatement. J'ai même failli me prendre un avertissement. Le ministre il avait transmis à mon boss quelques-uns des mails que j'avais envoyés au fils Roux. Ce qui m'a sauvé c'est que mon boss, les mails, ils l'ont fait rire.

— T'as pas su d'où ça venait ?

— Mais il m'a dit que j'étais fou.

— Qui ?

— Mon boss. Il m'a dit t'es complètement fou en fait Dimitri.

— T'as pas su d'où ça venait ?

— J'ai demandé, on m'a rien dit. En haut lieu, c'est tout ce que je sais. T'arrêtes immédiatement avec le fils Roux, c'est ce que m'a dit mon patron. Que je t'y reprenne plus à envoyer à quiconque, depuis ton adresse mail de l'AFP, des mails de cette nature, compris ? (Et en même temps je voyais bien qu'intérieurement il était mort de rire.) Et d'abord qu'est-ce que tu farfouilles avec le fils Roux ? (Il se retenait de ne pas éclater de rire.) Alors je lui ai dit que j'étais en train d'enquêter sur un gros truc, que je pouvais rien lui dire pour le moment. Ben tu te démerdes pour enquêter sans harceler le fils Roux, j'ai pas envie d'avoir encore au téléphone le type qui m'a appelé tout à l'heure à cause de tes conneries, et il s'est cassé.

— Tu m'avais rien dit.

— Ben non, c'était rien. Mais là quand c'est la présidence de la République qui a appelé le grand patron de l'AFP, pour le même dossier, inutile de te dire que mon boss... Il m'a dit que j'allais recevoir un avertissement pour faute grave et qu'il y aurait une mise à pied d'un mois. Alors là j'ai pété un câble, on s'est engueulés, je lui ai dit que j'allais sortir un très gros truc et que tout ce qu'il trouvait à faire c'était de se laisser intimider par un énarque à la con à la présidence de la République ! Il m'a dit mais c'est quoi ce gros truc, tu m'en as jamais parlé. Je lui ai dit je le garde pour moi, c'est une enquête perso, je vais en faire un livre. Un livre ? il m'a dit. Il s'est marré, ça m'a rendu fou. Ben oui, un livre, qui aura un énorme retentissement. Pourquoi tu crois qu'on essaie de m'empêcher de l'écrire ? Tu délires Dimitri, t'es devenu complètement fou. C'est ce qu'il m'a dit. Alors moi j'ai dit OK, séparons-nous, je me casse, négocions une rupture à l'amiable et la semaine prochaine tu seras débarrassé de moi.

— Mais t'es sûr que tu fais pas une grosse connerie ?

— Certain.

— Mais pourquoi tu m'as rien dit ?

— Ça date de mercredi la convocation. C'est allé hyper vite. Et je savais qu'on se voyait ce soir.

— Tu vas vivre de quoi ? Il était bien ce job ! C'était cool !

— J'en avais marre. Je voudrais pouvoir me concentrer sur l'écriture de mon livre. Et j'ai aussi mon projet de roman sur Max Ernst et Jackson Pollock tu sais.

— …

— Je pars demain en Bretagne avec Pauline. Je voudrais voir la maison d'Ambroise Roux à Trégastel.

— Pour quoi faire ?

— J'en sais rien. Une intuition.

— Une *intuition*…

— Je voudrais voir comment elle est. Je vais aller sonner à la porte. Je veux poser mes fesses sur le lit d'Ambroise Roux. Voir la baignoire où il trempait son énorme corps. Regarder par les mêmes fenêtres que lui. S'il y a des gens, je vais aller leur parler.

— Tu sais où elle est ?

— Pas la moindre idée. Tout ce que je sais, c'est qu'elle est à Trégastel. Elle était très importante dans la vie d'Ambroise Roux cette maison. Il y passait pas mal de temps. C'est là qu'il a médité ses grandes décisions ! Il ne ratait jamais les grandes marées. Comme j'écris un livre sur lui, je veux la voir. Pauline est d'accord, ça l'amuse.

— Hey, regarde qui voilà !!!

— Où ?

— Là, le gars qui vient d'entrer !

— Le chevelu ? C'est qui ?

— Mais tu sais bien, c'est Ludovic !

— Ludovic ?

— Oui, l'ex de Charlotte, le magnétiseur. Hey, Ludo ! Salut !

— Ça y est, il vient, il nous a vus. Aucun souvenir de ce type…

— Mais si enfin, t'es con ou quoi ? Salut Ludo, comment ça va ? Tu te souviens de Dimitri…

— Salut Alex. Oui bien sûr, on s'est vus au Nouvel An chez Charlotte l'année dernière. Salut Dimitri, ça va ?

— Pas mal, pas mal…

— Tu t'assois ?

— Juste cinq minutes. J'ai rendez-vous.

— Tiens, tu sais que je pensais à toi justement l'autre soir ? lui dit Alexandra.

— Ah mais quel honneur ! Je prends, je prends !

— Figure-toi qu'il m'est arrivé un truc insensé.

— Ah, une bonne histoire !

— Elle va te plaire. Et je voudrais ton opinion. Il se trouve que je suis passée, début juin, dans l'émission C à Vous, sur la Cinq. Pour parler, comme avocate, des violences faites aux femmes, du harcèlement conjugal.

— Oui, je sais, je t'ai vue. T'étais super d'ailleurs.

— Je suis d'accord. Tu crèves l'écran, dit Dimitri.

— Ça c'est marrant. Aujourd'hui, personne n'est censé regarder la télé. Et en fait tous les gens à qui j'en parle m'ont vue par hasard en zappant, j'adore l'hypocrisie ambiante...

— ...

— Bon, t'as pas tort... Et ?

— La semaine dernière, je vais à Aix pour un dossier. Je m'installe dans le TGV, et quand je m'assois, la femme à côté de moi me regarde avec de grands yeux écarquillés, comme si j'étais, je sais pas, Isabelle Adjani. Elle devient rouge comme une tomate, puis elle se réfugie sur son smartphone. Je sens qu'elle écrit un SMS me concernant. Bon... Quinze minutes plus tard, une fois le train lancé, elle se tourne timidement vers moi et elle me dit, toute confuse : Pardon, excusez-moi, vous êtes bien Alexandra Agatstein ? Je lui dis oui, c'est bien moi – elle était hyper gênée, une femme d'une cinquantaine d'années, corpulente, adorable, pas très à l'aise. Elle me dit : Ça alors mais c'est stupéfiant comme coïncidence ! Ah bon, mais pourquoi ? Mais parce que je vous ai vue, l'autre jour, à la télé, à l'émission C à Vous, et que j'ai adoré tout ce que vous avez dit, et la manière dont vous l'avez dit, et votre délicatesse, et la sensibilité avec laquelle vous parlez des violences faites aux femmes, et tout ce que vous racontez sur la nécessité qu'il y a à intenter des poursuites toutes les fois qu'il semble justifié et possible de le faire, etc. Elle me dit ça. Et surtout elle me dit qu'elle avait l'intention de m'écrire, le brouillon de la lettre qu'elle voulait m'envoyer est là dans son sac et elle me sort un brouillon de lettre qu'elle commence à me lire, Chère maître, ce n'est pas sans émotion que je vous ai vue l'autre jour sur le plateau de C à Vous, et si je vous écris aujourd'hui, etc., etc. Elle me dit que ça fait quinze jours qu'elle se trimballe avec ce brouillon de lettre dans son sac et qu'elle se demande si elle va oser me l'envoyer.

— …

— C'est ouf comme coïncidence.

— Mais attends la suite mon Dimi. Je lui demande de quoi il s'agit, et elle se met à me raconter l'histoire de sa sœur jumelle, morte, selon elle, à cause de son mari qui la harcelait depuis des années, en toute discrétion bien sûr, secrètement, sans que personne le sache. Même elle, la femme du train, elle l'a découvert sur le tard, à l'occasion du cancer de sa sœur. Une histoire absolument terrible, où le type vient harceler sa femme jusque dans sa chambre d'hôpital, où elle agonise d'un cancer généralisé. Elle avait déclaré deux cancers primaires coup sur coup, pour échapper à l'emprise de son mari. C'est ce que pensait la femme du train. La mort était la seule échappatoire possible, selon elle, parce que sa sœur ne concevait pas, à cause des enfants, tout acquis à la cause du père, et par crainte des représailles, de déserter le domicile conjugal. Échec et mat donc. Et suicide par le cancer.

— C'est ouf. Putain, tu m'avais pas dit…

— Et cette femme souhaitait m'écrire pour attaquer le mari de sa sœur jumelle en justice. Et qu'il rende compte de ses actes.

— C'est la sœur morte qui a organisé votre rencontre.

— Tu crois ?

— C'est évident. Elle est intervenue pour que vous puissiez vous parler.

— C'est pour ça que je voulais te raconter cette histoire, Ludo. C'est ce que tu crois ?

— Évidemment. *Évidemment Alex ! Parce que pas toi ?*

— Tu sais, je suis hyper rationnelle comme fille, tu me connais. Je crois pas trop à ce genre de choses. Mais je me disais que tu aurais forcément un avis là-dessus.

— Écoute-moi. Tu te retrouves assise, dans le TGV, à côté d'une inconnue qui tient dans son sac le brouillon d'une lettre qui t'est destinée, au sujet du cas tragique de sa sœur jumelle, lettre qu'elle n'ose pas t'envoyer et où il est question que vous puissiez rendre justice, vous deux, à cette femme disparue, et toi tu penses que c'est seulement le hasard... C'est ça ?

— Je ne sais pas. Ça me perturbe.

— Votre rencontre a été provoquée par la sœur morte, qui désire que tu lui rendes justice, cela ne fait aucun doute. Elle vous a mises en relation l'une avec l'autre, parce qu'elle voyait bien que vous *deviez* vous rencontrer.

— ...

— Je trouve ça stupéfiant que dans un cas comme celui-ci, auquel tu es toi-même directement confrontée, tu ne te rendes pas à l'évidence qu'il a fallu l'intervention d'une puissance extérieure pour que cette rencontre nécessaire, *nécessaire mais très hautement improbable*, comme tu le signales toi-même, se produise.

— Là Alex excuse-moi mais je suis d'accord avec Ludo. Je ne sais pas si c'est la sœur morte qui...

— Tu n'es pas sans savoir, Alex, j'espère, que les morts peuvent agir sur la vie des vivants ? Les morts ne le sont que pour nous, c'est une faiblesse de conception de notre part de les considérer comme morts, les personnes mortes sont toujours là, avec leur énergie, et elles peuvent mettre du sel ou du poivre dans nos existences. C'est là-dessus que je travaille. Comme médium, je mets en relation les vivants et les morts. Les morts sont parmi nous, ils sont là autour de nous, dans l'air... On peut leur demander des choses, ils nous orientent.

— C'est avec ça que j'ai du mal. J'y crois pas une seconde à tout ça...

— Alors comment tu t'expliques cette coïncidence ?

— ...

— Hein ?

— C'est pour ça que je t'en parle. Parce que je sais pas quoi en penser. Si ce n'est que je remercie le destin de nous avoir permis de nous rencontrer, car je suis très heureuse de travailler sur ce dossier. On va attaquer le mari en justice.

— ...

— ...

— Le destin... Tu me fais rire Alex. Le mois dernier, un homme est venu chez moi, il avait des douleurs dans le dos, je lui avais été recommandé par un ami d'ami, il voulait que j'apaise ses douleurs, par imposition des mains. Avant ça on a parlé, on a parlé assez longtemps, j'ai senti qu'il fallait qu'on parle, il a fini par me dire qu'il souffrait d'avoir été délaissé par son père, son père ne lui avait plus donné signe de vie depuis des années, il se sentait malheureux pour diverses raisons mais en particulier pour celle-ci. Et en sortant de chez moi, pas une heure plus tard, non Alex : *en sortant de chez moi*, son téléphone sonne, il regarde l'écran, numéro inconnu. Il était encore sur le seuil de ma maison. Il décroche, c'était son père. Ils ne s'étaient plus parlé depuis quinze ans. Tu me connais Alex, je ne vais pas, je n'ai rien à te vendre, je n'ai pas besoin de te raconter des salades. Ça s'est passé il y a trois jours. Le père, soudain, a été pris d'une impulsion inexplicable. Sans doute y pensait-il depuis déjà quelque temps à appeler son fils, mais il ne savait pas comment s'y prendre, ni s'il allait oser réapparaître au bout de tant d'années, je ne sais pas. J'ai immédiatement compris, moi, que c'était sur ça que je devais agir, plutôt que sur le dos. Et j'ai poussé le père, par transmission de pensée, à vaincre ses résistances, il a pris son téléphone et il a appelé son fils. C'est juste un exemple. Je fais ça toute la journée.

— La transmission de pensée. Agir à distance sur les gens, ça existe d'après toi ? Tu y crois ?...

— Évidemment Dimitri. J'agis sur la volonté de personnes que je ne vois pas, en me concentrant sur ce que je souhaite obtenir d'elles. Toi, je sens que tu es ultra sensible, il y a un magnétisme extraordinaire chez toi. Tu dois être canal. On te l'avait jamais dit ?

— Non.

— Je le sens d'ici. Tu es d'une sensibilité hors du commun. C'est incontestable. Je n'avais pas vu ça depuis longtemps.

— C'est quoi être canal ?

— Être canal c'est ne plus avoir de filtres entre soi et les énergies subtiles. Subtiles parce que certains les sentent, d'autres moins ou pas du tout. Quand tu es canal, si tu es sur la bonne fréquence et la bonne vibration qui correspondent à ton toi, tu peux provoquer des rencontres, des événements, des synchronicités. Alex, la femme du train que tu as rencontrée, elle devait être canal.

— Dimitri magnétique ?

— Cela ne fait aucun doute. La clé elle est en toi Dimitri, tout part de ton intention. Si par exemple, pendant une semaine, tu te dis : Je crois en tout ce que je pouvais croire quand j'étais enfant, je remets tout en question, je me concentre sur un objectif précis et j'y crois, tu vas halluciner en voyant ce qui se passe. Tu vas comprendre qu'il y a une règle du jeu.

— C'est-à-dire ?

— Fais l'expérience pendant quatre jours. Tu vas voir, il va t'arriver des choses qui vont t'impressionner. Il y a tout en nous. Il faut juste démentaliser. Tu fais des rencontres parce que tu attires les gens à toi, tu vas avoir une énergie électromagnétique au-dessus de toi qui va attirer les autres, comme des ondes radio. Plus ta fréquence est bonne, plus tu élèves ton taux vibratoire. L'idée c'est d'élever son taux électromagnétique.

— …

— Ludo, il se trouve qu'en ce moment, pour un livre que je voudrais écrire, je travaille sur l'œuvre et le parcours d'un homme, qui est mort maintenant, mais qui, de son vivant, prétendait dialoguer avec les esprits, pratiquer la transmission de pensée, faire tourner les tables, diriger les objets par la seule action de sa volonté.

— Eh bien vous êtes probablement connectés.

— Connectés ?

— Il te dirige. Tu ne le sais pas mais tu fais des choses provoquées par lui. Cela ne fait pas le moindre doute.

— Et… il… Comment dire ça ?… Il m'est hostile ?

— Pourquoi le serait-il ?

— …

— Il aurait des raisons de l'être ?

— Peut-être. Je ne sais pas.

— Son énergie est là avec toi, je le sens, c'est certain. Ce que tu fais, il le souhaite, il te dirige, c'est irrécusable.

— …

— Eh bien dis donc mon Dimi… Sois prudent tout de même !

— Je n'arrête pas de recevoir des ondes venant de toi, c'est très troublant. Donne-moi ton bras, ton poignet. Voilà. Je vais presser ton poignet entre mon pouce et mon majeur quelques secondes… Tu sens ?…

— C'est ouf.

— Tu sens comme ça brûle ?

— Oui. C'est impressionnant.

— Tu es ultra sensible. Tu n'as aucun filtre. Si tu es aussi magnétique que je le crois, tu vas sentir ce point de brûlure pendant plusieurs heures.

— …

— Ah, mon rendez-vous est arrivé, je vous laisse. À bientôt Alexandra, on s'appelle. Continue sur cette voie Dimitri, laisse-toi guider, il va se produire des choses, tu es entre de bonnes mains.

— …

— …

— Eh ben dis donc.

— Je sens un point de chaleur très fort sur mon poignet, comme un concentré d'énergie. Ça me brûle…

— Je l'aime bien ce garçon. Tu te souvenais pas de l'avoir vu alors ?

— Non. Aucun souvenir. Je le trouve fascinant. Tu as vu la puissance de son regard ? J'ai cru qu'il me déshabillait, comme s'il avait les clés de ma personne, qu'il avait ouvert la serrure et qu'il se baladait tranquille à l'intérieur de moi… Pas toi ?

— Si. Un peu. Il est déstabilisant en effet.

— Il m'a complètement bouleversé.

— Tu te savais magnétique ? Ultra sensible d'accord, mais magnétique ?…

— Pas du tout.

— …

— Ouaaah ! Il faut que je reprenne mes esprits. Son regard m'a complètement remué. Et ce point sur mon poignet qui n'arrête pas de s'intensifier… C'est comme s'il avait fait entrer quelque chose en moi…

— …

— Excuse-moi, je suis un peu…

— J'ai soif. Tu veux encore du vin ?

— *Why not*. Wouahhh, le mec…

— Bon, remets-toi Dimi ! Ça va là, faut pas exagérer non plus, c'est quand même rien d'autre qu'un semi-charlatan ce gars !

— Et alors, tu vas la défendre, la sœur jumelle ? Vous allez attaquer le mari ?

— Oui. Ce sera une grande première qu'on attaque un homme pour homicide involontaire, suite à des violences psychologiques ayant entraîné la mort par le biais d'un cancer. On gagnera jamais, mais ce sera médiatisé.

— Alex. Tu m'en voudrais si je te laissais ?

— Quoi, maintenant ? Mais tu n'as même pas fini ta salade !

— Oui, mais la fille…

— Quoi la fille ?

— Elle s'apprête à partir.

— Qui, la moustachue ? Dimi, arrête !

— Elle me plaît. Et arrête de l'appeler la moustachue, ou tu vas finir par me blesser. Je ne veux pas la laisser disparaître sans au moins essayer de savoir qui elle est. Je ne sais pas comment je vais faire, elle est genre avec son arrière-arrière-grand-mère de quatre-vingt-dix-huit ans, mais elle m'a regardé plusieurs fois. Je te laisse, elles sortent.

— Non Dimitri. Tu restes ici. Tu ne vas pas te mettre à suivre les filles dans la rue maintenant, tu as perdu la tête ou quoi ? Si tu me plantes pour filer la meuf à moustache, je te préviens, tu me revois plus.

— T'es chiante putain. Là je te dis que j'ai envie d'engager la conversation avec cette meuf, qu'elle me plaît à mort, et tu me dis de rester assis, c'est ça ?

— C'est exactement ça. Commande-nous plutôt une autre bouteille de blanc. Non mais ça va pas Dimi... Suivre une fille comme ça dans la rue, en 2016...

Une fois sur le seuil du café, Dimitri laissa les deux femmes prendre un peu d'avance : elles cheminaient lentement au bras l'une de l'autre, n'ayant de toute évidence aucunement l'intention de prendre le métro, ni de sauter dans un taxi. Le mieux serait sans doute de les suivre à distance, et peut-être une idée lui viendrait-elle, en chemin, pour lier conversation ? Il se disait pour se rassurer qu'il est bien plus aisé d'aborder une inconnue au bras d'une très vieille dame qu'une jeune femme seule. Mais en même temps, si l'amorce ne produit pas l'effet escompté, si la conversation ne s'enclenche pas immédiatement de façon naturelle et joyeuse, en particulier avec la très vieille dame, que faire ensuite, que tenter d'autre pour informer la plus jeune qu'elle lui plaît, et qu'il aimerait la revoir ?

Elles s'éloignaient du Relais Paris Opéra en remontant la rue Auber vers le nord, elles étaient habillées dans le même style vestimentaire somptueux des années 1950 ou 1960, comme si elles s'étaient amusées, puisqu'elles allaient à l'opéra, à se vêtir de pièces vintage très habillées, qui sans doute éveillaient des souvenirs dans la mémoire de l'aînée.

Des deux, la très vieille dame était celle qui avait

choisi la tenue la plus discrète, à savoir un ensemble veste et jupe droite en soie blanche imprimée de motifs géométriques turquoise : veste descendant jusqu'aux hanches, ample, à manches raglan, avec un col arrondi fermé jusqu'en haut par des boutons garnis du même tissu, et jupe droite froncée à la taille, assez longue, surplombant des souliers plats contemporains assez quelconques, à lacets et petits talons carrés. La jeune femme pâle, elle, était vêtue d'une robe d'été très ajustée en taffetas blanc imprimé de pétales en deux tons de rouge, seyante, sans manche, échancrée en pointe croisée dans le dos. Comme il faisait un peu frais, la jeune femme avait passé par-dessus sa robe un manteau d'été blanc cassé datant de la même époque, ample, à encolure ronde et fermé par deux boutons garnis. Elle portait cette tenue parfaite, ce qui ne manquait pas de sel, avec des Converse blanches. Les deux femmes avaient rigoureusement la même taille et la même corpulence, la première arborait une coiffe en satin noir ornée de jaillissantes plumes blanches, la seconde une calotte tapissée de plumes rouges assorties aux pétales de sa robe. Un sac assez petit pendait à leur épaule, la jeune femme marchait à gauche et la très vieille dame à droite, celle-ci s'aidait d'un parapluie dont elle se servait comme d'une canne, le manche, en ivoire sculpté, reproduisait la tête d'un canard.

Elles ne passaient pas inaperçues, des touristes se retournaient sur leur passage, certains les photographiaient, elles semblaient s'en amuser et trouver savoureux d'exaucer par leur apparition le cliché de la Parisienne suprêmement élégante, d'autant que leurs tenues provenaient d'une époque où il n'était pas usurpé de considérer la femme française comme la plus belle et la mieux habillée du monde.

Parvenue à l'angle de la rue Scribe (à une cinquantaine de mètres du café), tandis qu'elles s'arrêtaient à un feu pour laisser passer des voitures, la jeune femme pâle, après avoir dit une phrase à l'oreille de sa très vieille compagne, se retourna et vint à la rencontre de Dimitri, qui arrivait vers elles à petits pas. Il s'arrêta, tout étonné, un peu craintif de ce qui allait se passer. Elle s'immobilisa devant lui et lui dit, ses yeux au fond des siens :

— J'espérais que vous sortiriez vous aussi. Nous marchons très lentement, comme vous pouvez vous en rendre compte. (Elle lui fit un grand sourire. Petite pause. Ils se regardaient. Un poinçon effilé s'enfonçait dans le ventre de Dimitri.) Nous allons mettre à peu près une heure pour rentrer. Attendez-moi à minuit à l'entrée de la Cité Monthiers, dans le IXe arrondissement, vous voyez où c'est ?

— Non. Mais je trouverai. Monthiers vous dites ?

— C'est le passage où se trouve le théâtre de l'Œuvre. Au niveau du 55 de la rue de Clichy. À tout à l'heure.

Sans lui laisser le temps de répondre, la jeune femme se détourna de Dimitri et alla rejoindre la très vieille dame, qui appuyée sur son parapluie ne s'était pas retournée, pour se remettre en chemin avec elle.

À minuit moins dix, Dimitri arriva devant l'entrée de la Cité Monthiers. Il était venu à pied après avoir laissé Alexandra monter dans un Uber, rue Auber, devant le Paris Relais Opéra.

Par chance, il avait dit à Pauline qu'il ne dormirait pas chez elle cette nuit-là, mais à Saint-Maurice, chez ses parents, où il voulait récupérer un bermuda et un maillot de bain car d'après la météo il allait faire beau en Bretagne durant ce long week-end du 14 Juillet. Ils étaient convenus de se retrouver à dix heures du matin à la gare RER de Bourg-la-Reine pour aller chercher chez les parents de Pauline, à Sceaux, la voiture qu'ils leur prêtaient, une belle Audi rapide et confortable.

À minuit et demi, la jeune femme n'était toujours pas apparue.

Savait-elle, quand elle lui avait donné rendez-vous, qu'elle ne s'y rendrait pas ? Le lui avait-elle fixé pour s'épargner l'embarras d'être abordée devant la très vieille dame ? Ou pour qu'il ne sache pas son adresse, s'il avait la mauvaise idée de les suivre jusqu'à leur immeuble ? Ou encore hésitait-elle à franchir le pas, l'observait-elle par la fenêtre de son appartement en se demandant ce qu'il convenait de faire à présent que ce jeune homme empressé à qui elle avait eu la téméraire idée de proposer un rendez-vous nocturne patientait au pied de son immeuble depuis maintenant près d'une heure (car il était désormais une heure moins cinq, comme put le vérifier Dimitri en consultant son iPhone, où il découvrit que Pauline lui avait laissé un message, qu'il préférait ne pas lire, ainsi qu'Alexandra) ?

L'entrée de la Cité Monthiers était une voûte longue d'une vingtaine de mètres qui passait à travers l'immeuble du 55, rue de Clichy pour déboucher sur une impasse à ciel ouvert. L'accès était fermé par une grille en fer forgé surmontée d'un cartouche semblable à une oriflamme où était écrit, en capitales romaines dorées : CITE MONTHIERS.

Il se mit à tomber quelques gouttes. Dimitri interpréta cette déplaisante intempérie comme le signal que la soirée était finie, et ses rêveries bel et bien révolues. Il se décida à abandonner sa faction devant la grille de la Cité Monthiers et se mit à descendre la rue de Clichy vers l'église de la Trinité. Il avait toujours adoré cette place et cette église, trouvant à ce quartier un mystère qui n'existait nulle part ailleurs aussi profus et envoûtant, comme si cette partie-là du IXe arrondissement possédait la faculté de communiquer avec le passé, de conserver au cœur de ses îlots profonds des poches de temps anciens que le présent n'avait jamais atteintes ni découvertes et où sans doute vivaient encore aujourd'hui – et vieillissaient sans fin – des personnes d'un très lointain passé, oubliées par notre époque. C'est ce que lui avait toujours évoqué le quadrilatère délimité par les rues de Clichy, Douai, Condorcet, Rodier et Saint-Lazare, qu'il percevait comme une sorte de grande forêt historique inextricable, où l'on pouvait s'enfoncer sans jamais en atteindre le cœur, pénétrant toujours plus loin dans ses méandres temporels (ou dans la sensation qu'on pouvait en avoir lorsqu'on arpentait ses trottoirs comme on marche dans une église, pénétré par quelque chose d'impalpable qui flottait dans l'air, filtré par d'invisibles vitraux). Aucun autre quartier de Paris ne lui procurait cette sensation, il l'éprouvait depuis longtemps et elle ne s'était jamais amoindrie : ce quartier avait ce qu'on pourrait appeler (même si ce mot est à présent complètement vidé de sa puissance originelle) une *âme*, une *profondeur*. Il ne s'agissait pas d'un quartier du reste, l'impression qu'éprouvait Dimitri n'épousait pas les contours d'un banal découpage administratif, au contraire : il s'agissait d'une zone indiscernable et fluctuante, dans l'atmosphère de laquelle circulaient des *souvenirs*, une *mémoire*, des *secrets*, des *confidences* – des confidences certes inaudibles, mais qu'on avait sans cesse l'impression d'être sur le point d'entendre, murmurées par les pierres de taille et les hautes croisées des immeubles ou des hôtels particuliers, les cours intérieures et les jardins inaccessibles. Ce qui était curieux, c'était d'avoir, justement dans ce quartier, un rendez-vous avec une fille qu'il avait vue s'y diriger au bras d'une très vieille dame…

Dimitri avait déjà parcouru une trentaine de mètres vers l'église de la Trinité lorsqu'il se ravisa, s'avouant que faire la connaissance d'une fille qui lui plaisait d'une façon si absolue justifiait de perdre une nuit entière à l'attendre. Qu'en avait-il à faire de rester trois heures à patienter sous la pluie, puisqu'il restait une maigre chance qu'elle puisse encore lui apparaître ? Qu'en savait-il si la jeune femme n'avait pas eu un contretemps fâcheux, et si elle ne risquait pas, confuse et essoufflée, de surgir enfin sous les yeux de Dimitri, heureuse qu'il eût été suffisamment désireux de la connaître pour penser qu'une heure et demie de retard ne signifiait pas qu'elle ne viendrait jamais ? Il n'y a que quand le désir est superficiel – aussi furtif et éphémère qu'une story Instagram – qu'un retard d'un quart d'heure peut suffire à vous persuader que la personne ne viendra pas. Alors Dimitri se dépêcha de remonter la rue de Clichy vers l'entrée voûtée de la Cité Monthiers, à la grille de laquelle la jeune femme arriva au même moment que lui, surgissant des profondeurs du passé.

— J'avais peur que vous ne m'ayez pas attendue. Pardonnez-moi, j'ai dû faire la lecture à mon amie. *Le Comte de Monte-Cristo*. Elle a fini par tout de même s'endormir.

— Je ne me suis pas inquiété. J'étais sûr que vous viendriez.

— Je m'appelle Meret.

— Dimitri.

— Suivez-moi, vous devez avoir froid, il fait frais cette nuit, je vais vous préparer une tisane si vous voulez.

Meret entraîna Dimitri sous le passage voûté, ils débouchèrent dehors sous une pluie fine et scintillante, passèrent devant le théâtre de l'Œuvre avant d'entrer dans l'immeuble mitoyen, où un vieil ascenseur grillagé à porte en bois ciré les hissa jusqu'au deuxième étage, sur le palier duquel Meret tourna sa clé dans une serrure, ils entrèrent.

L'appartement était immense, empli d'obscurité, abondamment meublé. Un long couloir qui changeait deux fois d'orientation faisait se succéder des pièces aux portes souvent fermées, mais lorsqu'elles ne l'étaient pas on y voyait scintiller des meubles et des objets – notamment un piano à queue dont le luisant pelage resplendissait dans la pénombre – grâce à de hautes et de lointaines fenêtres partiellement obstruées par de massives tentures. Le parquet craquait, il flottait une odeur de cire, de cierges, de bois, comme dans une sacristie. Meret et Dimitri finirent par accéder, au fond de l'appartement, après avoir marché assez longtemps, comme s'ils faisaient le tour du quartier, à l'office puis à la cuisine, une pièce carrelée de blanc où s'alignaient de vieux placards jaune clair surplombant un évier de faïence.

Meret mit de l'eau à bouillir, jeta des feuilles de verveine dans une théière ventrue et sortit d'un des placards des tasses posées sur des soucoupes.

Ils ne parlaient pas, Dimitri était intimidé, il ne savait quoi dire, il dévorait Meret des yeux, celle-ci ne s'était pas changée en rentrant de l'opéra, elle avait gardé sa somptueuse robe blanche aux pétales en deux tons de rouge et ses Converse. Par la grande échancrure arrière, Dimitri apercevait les grains de beauté qui parsemaient sa peau bleutée et transparente.

La bouilloire siffla.

Meret, toujours de dos, versa l'eau dans la théière,

se retourna et posa celle-ci sur la table, Dimitri était toujours debout, elle le pria de s'asseoir.

Elle avait des yeux magnifiques, profonds, d'une densité extraordinaire, aussi riches que la matière d'une symphonie.

— J'adore votre robe.

— Elle est belle n'est-ce pas ?

— Elle date de quand ?

— Des années 1960. Ou fin 1950 je ne sais pas. C'est une robe de Cristóbal Balenciaga. Mon amie en possède des armoires pleines, il y a une chambre dans cet appartement qui est entièrement dévolue à sa garde-robe. Je vous y conduirai si vous voulez, la plupart proviennent de chez Balenciaga, elle était l'une de ses fidèles clientes, elle l'a très bien connu. Quand nous sortons le soir, nous nous habillons, c'est très amusant, ça lui rappelle des souvenirs. Ça nous prend deux heures chaque fois. Elle est très émouvante Paula quand on se met à ouvrir les armoires de cette chambre. Je ranime en elle quelque chose d'ancien. On compose nos tenues en fonction du restaurant où l'on va, du spectacle que l'on va voir, de la promenade que l'on a décidé de faire. Quand je sors seule, elle m'encourage à aller piocher dans ses penderies. Comme je n'ai pas d'argent, elle me prête ses vêtements, quelques-uns m'appartiennent désormais, comme cette robe par exemple.

— Elle vous va à merveille.

— Le paradoxe de la pauvresse sortant à l'opéra vêtue de pièces Balenciaga haute couture.

— Ça n'irait pas à toutes les femmes. Il faut, je ne sais pas, pour que ça ne soit pas ridicule, quelque chose en soi d'assez… J'adore.

— Je crois que ça a suffisamment infusé.

Meret versa la tisane dans leurs deux tasses.

— …

— Elle possède des choses extrêmement rares. On se sent différente, transfigurée, quand on entre dans ces vêtements, et que l'on marche avec dans la rue. J'adore ça. Elle m'a offert l'année dernière un manteau en gorille de chez Jeanne Lanvin. Il date des années 1920. C'est une merveille. Je le porte tous les hivers. Il est tellement inouï que dans le métro, personne ne peut soupçonner un seul instant que c'est de la vraie fourrure... Heureusement. Un manteau en gorille, vous imaginez...

— Vous vivez ici ?

— Depuis cinq ans. Buvez, ça va être froid.

— Cette femme, Paula, est une parente à vous ? Elle est excellente cette tisane.

— C'est du tilleul. Les feuilles viennent du jardin en bas. Non. J'ai répondu à une petite annonce sur le Bon Coin il y a cinq ans. Elle cherchait une personne pour sortir avec elle le soir, l'accompagner au spectacle, lui faire la lecture et la conversation, en échange d'une chambre. J'étais au Conservatoire national de musique de Paris à l'époque. J'ai répondu à l'annonce et j'ai été choisie. On est devenues très proches. On peut dire que nous sommes amies aujourd'hui.

— Vous avez fait le Conservatoire ?

— En chant.

— Vous êtes chanteuse lyrique ?

— J'étais.

— Vous ne l'êtes plus ?

— Non.

— Pourquoi ? Si ce n'est pas...

Un temps.

— Les circonstances de la vie. Le désir de chanter en public a disparu. Il ne reviendra pas. Enfin je ne crois pas.

Le regard de Meret s'obscurcit.

— Pardon.

— Je ne chante plus que pour moi, et pour Paula surtout. Je m'accompagne au piano. Il y a un magnifique piano à queue ici. On est passés devant tout à l'heure. En ce moment elle me réclame chaque soir le *Pierrot lunaire* de Schönberg.

— Je ne connais pas.

— Je vous le chanterai, si vous voulez.

Dimitri lui sourit.

— J'aimerais beaucoup.

— ...

— Vous avez un métier ? Pardon, je vous pose trop de questions, mais c'est que...

— Cela ne me dérange pas. Aucun métier. Je ne vois personne. Je passe le plus clair de mon temps dans cette maison à lire de la philo. Schopenhauer depuis l'année dernière.

— *Le monde comme volonté et comme représentation*.

— Sinon je me promène. J'ai une seule amie, j'ai rompu avec les autres, ma famille a disparu. Cette amie s'appelle Irène. Une fois de temps en temps, j'attrape un garçon. Quand je ne sors pas avec Paula, et si ce qui est donné me plaît, je vais à l'opéra. Seule. En ce moment je vais à toutes les représentations d'*Aida* à Bastille, j'achète des places à cinq euros mais comme, à force, je connais tous les ouvreurs, ils me replacent à l'orchestre ou au premier balcon. Je retrouve là-bas des personnes qui tous les soirs font la même chose que moi. Une fille notamment, une brune absolument sublime, folle d'opéra, qui se présente comme une clocharde.

Dimitri ne savait quoi répondre. Meret relevait d'une autre réalité. C'est ce qui la lui rendait si désirable. Il fallait une forme de puissance métaphysique affolante, ainsi qu'une fabuleuse vie intérieure, pour rester à ce point en retrait de la société.

— Vous vivez toutes les deux dans cet immense appartement ?

— Non. Nous sommes quatre. Trois femmes vivent ici, Paula, née en 1919, que vous avez vue avec moi à l'opéra, ensuite Hélène, sa fille, née en 1942, je ne l'aime pas tellement, c'est une emmerdeuse, et enfin une vieille tante de Paula, Angela, qui vit tout au fond de l'appartement, dans une grande chambre obscure et reculée. Je ne la vois pratiquement jamais. Sauf parfois la nuit, car il arrive qu'elle se promène, muette et silencieuse, en chemise de nuit blanche, on la verra peut-être passer tout à l'heure. Elle est née, d'après ce que prétend Paula, à la fin du XIXe siècle, j'ai du mal à le croire mais elle m'affirme que c'est la vérité, elle aurait donc quelque chose comme cent vingt ans, peut-être plus... Elle était comédienne. Sa propre mère a été la première en France à jouer le rôle d'Ellida Wangel, l'héroïne de la pièce d'Ibsen *La Dame de la mer*, du vivant d'Ibsen, sous la direction de Lugné-Poe, le fondateur du théâtre de l'Œuvre.

— J'adore cette pièce.

— Moi aussi.

— Je crois que c'est ma pièce préférée d'Ibsen.

— Angela, la tante de Paula, prétend se souvenir que petite fille, elle voyait sa mère répéter le rôle d'Ellida Wangel dirigée par Lugné-Poe. Une fois, Ibsen lui-même a fait son apparition dans la salle pendant les répétitions. Il lui a passé une main dans les cheveux. C'est ce qu'Angela m'a dit un jour. Si c'est vrai, c'est vertigineux. Imaginez qu'au bout de ce couloir respire doucement une femme qui a vu Ibsen de ses propres yeux, enfant, dans la pénombre d'une salle de spectacle un jour de répétition. Mais honnêtement je pense qu'avec l'âge elle pense avoir réellement vécu des moments que sa mère s'est contentée de lui raconter. Elle perd un peu la tête.

— Quel était le nom de sa mère ?

— Je ne sais pas. Après, Angela est devenue comédienne à son tour, elle a aussi joué sous la direction de Lugné-Poe, dans l'actuel théâtre de l'Œuvre, à côté, que Lugné-Poe n'a investi qu'après la Première Guerre mondiale, avant ça ils jouaient dans des salles qu'ils louaient. Je me suis renseignée, j'ai lu des choses sur lui... Angela m'a confié qu'il y avait, dans sa chambre, mais c'est un secret, un passage qui conduit aux coulisses du théâtre. L'accès serait dans la cheminée. Aujourd'hui, ce passage est condamné, mais il lui permettait, lorsqu'elle jouait, d'aller directement du théâtre à son appartement, je ne sais pas si c'est vrai ou si c'est un délire supplémentaire de sa vieille imagination. J'aimerais bien, la nuit, pouvoir m'introduire dans le théâtre, clandestinement, et m'y promener à la lumière d'une lampe torche.

— Moi aussi ! Si vous y allez, je vous accompagne !

— On étudiera la question. Si ça se trouve on pourra persuader Angela de rouvrir le passage...

Meret et Dimitri parlèrent toute la nuit. Elle le conduisit dans la chambre aux vêtements, il y en avait des centaines répartis dans des penderies, sur des portants de cuivre. Des cartons à chapeau estampillés Balenciaga étaient amoncelés sur le sol et sur le dessus des armoires. Il y avait des housses en tissu dans lesquelles étaient enfermés des manteaux, des tailleurs, des capes et des fourrures.

Elle se changea devant Dimitri, il aima son corps limpide constellé de grains de beauté, sa peau était d'un blanc lactescent, hanté de teintes violettes. Comme il faisait un peu frais, elle revêtit une robe noire assez épaisse, en gros de Naples, marquant nettement la taille, abondamment boutonnée depuis le col jusqu'en bas.

Ils se promenèrent dans l'appartement.

Meret se mit au piano et lui chanta, dans un murmure, en appuyant à peine sur les touches, deux airs du *Pierrot lunaire*, elle lui souriait.

Sur les miroirs avaient été jetés de grands voiles de tulle blanc, on pouvait toujours s'y mirer mais l'image reflétée était spectrale et vaporeuse. C'était Paula qui ne supportait plus d'apercevoir son visage dans les impitoyables glaces fixées au-dessus des cheminées.

Il avait dû survenir un événement tragique dans la vie de Meret, il n'avait pas osé lui poser la question mais il le sentait. La vie sociale et son époque, faire carrière, être de son temps, se construire une position sociale ne l'intéressaient plus. Elle n'avait pas besoin de beaucoup d'argent pour vivre, elle préférait se nourrir de musique, de poésie et de philosophie, se promener et s'enivrer d'œuvres d'art, faire du piano, aller le soir à l'opéra ou au théâtre.

Elle se rendait une fois par semaine au musée Gustave-Moreau, tout à côté. Cet endroit lui plaisait. Elle adorait les peintures symbolistes de Gustave Moreau, proche de Huysmans, de Mallarmé, de Debussy. Le musée était l'atelier du peintre, ainsi que son appartement, conservé à l'identique avec ses meubles et ses objets personnels.

Paula lui donnait un peu d'argent. Elle était très généreuse.

Quand elle avait envie de faire l'amour, elle attrapait un garçon dans la rue, ou bien à la brasserie Wepler, qu'elle ne revoyait jamais. Elle avait passé une nuit, une seule, dans cette chambre, un été, avec la belle clocharde folle d'opéra.

À un moment, ils virent passer, lente et frêle, presque poudreuse, par l'ouverture d'une double porte, vêtue d'une longue chemise de nuit éclatante de blancheur, Angela, la vieille tante de Paula. Elle traversait la pièce voisine. Puis elle réapparut dans celle où ils se tenaient, longeant le canapé derrière eux, sans dire un mot ni même leur jeter un regard, comme absente, le visage lavé par l'âge, avant de glisser vers le grand couloir et de s'évanouir vers le fond de l'appartement.

Ils la suivirent des yeux, Meret souriait d'un air attendri, la très vieille dame paraissait l'émouvoir.

Ils ne firent pas l'amour, ils ne s'embrassèrent pas, comme pour se dire l'importance qu'ils accordaient l'un et l'autre à cette relation rare qui s'amorçait. Leurs lèvres se frôlaient sans cesse, parfois ils se regardaient longuement dans les yeux en silence et leur baiser restait virtuel. Quoi de plus beau ? Dimitri prit la main de Meret dans la sienne et admira ses doigts fuselés aux phalanges presque imperceptibles, l'ovale de l'ongle dessinait un menhir miniature, nacré, étroit, qu'il glissa entre ses lèvres. Elle baissa les yeux. Un sourire de pudeur. Ne pas faire l'amour jetait un pont vers leur futur, un pont monumental et suspendu, quand céder au désir les eût plongés dans l'incertitude du lendemain.

Ils s'allongèrent sur le lit de Meret, là-haut, dans sa chambre. Ils se tenaient par la main. Sa chambre était simple, grande, décorée avec goût.

Dimitri lui parla de ses projets d'écriture, il évoqua son livre sur le datagramme, pour les besoins duquel il partirait en Bretagne dans quelques heures, mais aussi celui qu'il comptait consacrer à la rencontre entre Max Ernst et Jackson Pollock, dont il lui confia le titre : *New York, 23 juin 1942*.

Meret lui dit qu'il pouvait venir s'installer chez elle lorsqu'il rentrerait de Bretagne. Elle en serait heureuse. Paula serait d'accord. Il y avait à cet étage une chambre de bonne qui n'était pas occupée, où il pourrait s'installer pour écrire, faire son bureau. Un lieu à lui.

— Si la solitude ne t'effraie pas. Je suis très solitaire. Vivre avec moi, je te préviens, c'est un peu s'abstraire du monde !

— La solitude à deux ne m'effraie pas. Elle m'attire au contraire. Sortons du monde, je suis d'accord.

Lorsqu'ils se séparèrent, ils s'embrassèrent sur les lèvres.

Meret avait raccompagné Dimitri rue de Clichy, au débouché de la Cité Monthiers.

Il faisait déjà jour, le soleil était en train de se lever.

— À lundi, Dimitri.

— À lundi, Meret.

18

Contrairement à ce que Pauline avait cru et déclaré à Dimitri, ce n'était pas une Audi la voiture que ses parents leur prêtaient mais une BMW, Pauline n'y connaissait rien en marques d'automobiles mais elle aimait conduire, le GPS et la climatisation seraient appréciables, il allait faire chaud ce week-end sur les routes et ils n'étaient jamais allés du côté de Perros-Guirec.

Dimitri s'assoupit pendant deux heures (entre Le Mans et Rennes), il était fatigué, il n'avait pas fermé l'œil de la nuit à cause de ce qui s'était passé la veille au Relais Paris Opéra : il regrettait d'avoir obtempéré à l'injonction d'Alexandra, l'étrange attelage que les deux femmes formaient, leur colossale différence d'âge et les vêtements anciens qu'elles arboraient l'attiraient, il n'aurait jamais dû se laisser dominer par l'autoritarisme de sa meilleure amie au moment même où il s'apprêtait à se lever pour faire savoir à ces deux femmes anachroniques qu'il les trouvait fascinantes, c'est ce qu'il avait passé la nuit à se dire, chez ses parents, à Saint-Maurice, cherchant vainement le sommeil.

Quand il se réveilla, Pauline lui demanda s'il voulait qu'ils fassent une pause pour déjeuner. Dimitri se frotta longuement les yeux puis regarda la route par le pare-brise, elle roulait vite, le soleil était haut dans le ciel, il lui répondit qu'il n'avait pas tellement faim.

— Et toi ?

— Moi non plus. On se garde de la place dans notre bidou pour ce soir alors ! J'ai envie d'un bon poisson.

Dimitri bâilla. Il se demanda s'il n'allait pas se rendormir.

— Tu as mal dormi cette nuit ?

— Oui. J'ai fait une insomnie. J'en ai profité pour prendre des notes dans mon carnet. J'ai vu le jour se lever, c'était beau.

— Des notes sur quoi, sur ton livre ?

— Non. Sur une nouvelle dont j'ai eu l'idée cette nuit.

— Ah, super ! Quoi comme idée, tu me racontes ?

— T'es obligée de doubler ? J'aime pas trop quand tu doubles.

— Hein ? Mais on va pas rester derrière ce camion trois plombes, il fait du soixante !

— Pourquoi pas. Je m'en fous moi de rouler à soixante. En face ils arrivent comme des fous. Tout à l'heure tu as eu à peine le temps de te rabattre.

— N'importe quoi ! Je passais super à l'aise ! Et tu as vu la reprise qu'on a avec cette caisse ! On risque absolument rien.

— Bon ben sois prudente, c'est tout ce que je te demande. Il manquerait plus que…

— Cette nouvelle, alors ?

— Je te raconte si tu me promets de pas dépasser le quatre-vingts.

— Tu veux que je conduise comme une vieille dame c'est ça ?

— Tu ne crois pas si bien dire. C'est justement une histoire de très vieilles dames mon idée de nouvelle.

J'ai une passion pour les très vieilles dames, tu savais pas ?

— C'est quand je serai vieille que tu m'aimeras alors ?

— Pauline, pourquoi tu dis ça ?

— Pour rien. Allez, raconte.

— Non mais attends, pourquoi tu dis ça enfin... ? C'est ce que tu... ?

— Vas-y, fais pas attention je te dis. Je t'écoute.

— Pauline...

— ...

— OK. Donc, hier soir, au resto, pas très loin de notre table, il y avait une fille de notre âge, assez laide, c'est en tout cas ce qu'Alexandra n'a pas arrêté de me dire toute la soirée. Mais cette fille était assez mystérieuse. Très mystérieuse même. Elle avait un truc à part. Vraiment. Quelque chose de spécial. De très anachronique, je ne sais pas comment dire. Et elle était accompagnée, figure-toi, d'une très vieille dame, mais alors très très vieille, genre cent ans, et elles étaient habillées toutes les deux dans des vêtements des années 1950 ou 1960, du type de ceux qu'on a vus chez Laure. La grande classe quoi.

— Laure ? C'est qui Laure.

— Mais si enfin, tu sais bien, la copine de Gérard, la brocanteuse... Rappelle-toi, à Sens, celle qui nous a montré le sublime manteau en gorille de chez Jeanne Lanvin, les robes Balenciaga, tout ça...

— Ah oui, ça y est, je m'en souviens. OK, je vois. Laure.

— Voilà, c'est tout, c'est ça ma nouvelle.

— Mais qu'est-ce qu'il fout ce con ? Il roule à trente. Là tu es d'accord Dimitri, je suis obligée de doubler non ? On va pas rester à poireauter derrière une fourgonnette de betteraves, sinon ce soir c'est pas poissons, mais room service !

— Room service ? Tu as réservé dans un hôtel où il y a un room service ?

— Ben tiens. Et ta nouvelle alors ? C'est tout ?! Allez, je double, ferme les yeux, tout va bien se passer.

— …

— Ça y est, c'est fait. Bon, ta nouvelle, c'est quoi Dimitri.

— Je me suis mis à imaginer trois générations de vieilles femmes vivant dans un même appartement du IXe arrondissement, retirées du monde. Comme un forage vers le passé. Il y a la fille (déjà grand-mère), la mère de la fille et une vieille tante de la mère. Tu imagines… La plus vieille prend racine dans le XIXe siècle. Ses propres souvenirs, mais aussi ceux que lui racontait sa mère quand elle était enfant, nous plongent dans un passé qui est à la fois historique, lointain, mythique, mais aussi à portée de main. On en sent encore le souffle aujourd'hui. Il y a, dans Paris, silencieuses, cachées derrière leurs persiennes, des très vieilles dames qui pourraient nous parler du temps où Breton a croisé Nadja rue Lafayette, où les pièces d'Ibsen étaient créées par le fondateur du théâtre de l'Œuvre. On s'enfonce dans les méandres d'un grand appartement et tout au fond, dans l'obscurité, une très vieille dame oubliée se souvient faiblement, comme une lueur sur le point de s'éteindre, d'une époque où Kafka était encore vivant, où Debussy composait. Ce sera un texte sur le désir du retrait. Je me sens de plus en plus attiré par le hors-champ. Sortir du réel. Creuser. M'enfouir.

— T'enfuir ?

— Non, m'enfouir ! Je ne suis pas belge ! *M'enfouir !*

— Ben ce sera sans moi ! Ou alors je te rejoindrai

dans ta cachette quand je serai vieille, et tu m'aimeras enfin ?

— Pauline, arrête de me dire que je ne t'aime pas, ce n'est pas vrai.

— Alors tu m'aimes ? Mais tu ne veux jamais me le dire...

— Je le dis difficilement. Je ne l'ai quasiment jamais dit. Je t'adore ma Pauline. La preuve, je suis là avec toi, on part en Bretagne enquêter sur cette crapule d'Ambroise Roux. Je ne l'aurais fait avec personne d'autre. Je t'adore.

— Moi je ne veux pas que tu m'adores : je voudrais que tu m'aimes.

Le lendemain matin, après leur petit déjeuner, Dimitri déclara à Pauline qu'ils allaient pouvoir démarrer leur enquête. L'idée était d'aller à Trégastel, où ils tenteraient d'obtenir des commerçants des informations leur permettant de localiser la maison d'Ambroise Roux. Une fois celle-ci identifiée, ils aviseraient en fonction des circonstances.

Pauline rentra Trégastel sur le GPS de la BMW et ils se mirent en route.

Ils parvinrent à destination un quart d'heure plus tard. Pauline gara la voiture sur un parking derrière l'église, dans une rue où se trouvaient un café et une épicerie malheureusement fermés. C'était ravissant, minuscule, en hauteur, pas près de la mer, ce qui surprit Dimitri.

Il y avait quelques touristes qui montaient dans leurs voitures ou en descendaient, ils visitaient le village.

— C'est bizarre, je pensais que c'était au bord de l'eau Trégastel.

— J'ai vu la pancarte Trégastel en entrant. On est bien à Trégastel.

— C'est super coquet en tout cas. Allons-y.

Ils contournèrent l'église, adorable, coquette, en granit rose, et accédèrent derrière à une sorte de parvis en herbe où étaient réunies une cinquantaine de personnes vêtues pour la plupart comme on l'est en province quand on appartient à la bourgeoisie catholique conservatrice voire réactionnaire : les hommes portaient des pantalons de couleurs vives (rose, rouge, rouille) et les femmes des tenues discrètes de ménagères sobres et classiques (pas mal de pantalons blancs assez courts, de foulards, de ballerines, de gros bijoux dorés, de lunettes de soleil).

— Ouh la la, voilà une sacrée congrégation de nobliaux, murmura Dimitri à l'oreille de Pauline en souriant. À mon avis ils doivent être de la même engeance que notre ami Ambroise, il faudrait les interroger…

— Tu veux que je le fasse ?

— Non. Je m'en occupe.

— Je vais voir ce qui se passe dans l'église alors.

— OK, à toute.

Pauline se dirigea vers la porte de l'église, par laquelle n'arrêtaient pas d'entrer et de sortir des estivants endimanchés qui tour à tour quittaient ou rejoignaient l'assemblée réunie sur le parvis en herbe, assemblée au milieu de laquelle Dimitri se mit à évoluer, simulant de prendre du recul pour admirer l'architecture. Croisant le regard d'un homme d'une cinquantaine d'années, pantalon rouge, pull lavande jeté sur les épaules et grosses lunettes imitation écaille sur le nez, il lui demanda ce qui se passait, s'il s'agissait d'une fête de village.

L'homme lui répondit qu'il s'agissait d'une fête de famille.

Une fête de famille ?

Oui, une sorte de cousinade. Leur famille se réunissait chaque été à Trégastel, elle était l'une des plus anciennes et surtout l'une des plus populeuses de Bretagne, elle comptait mille deux cents membres qui tous bien sûr ne se rendaient pas à leur réunion annuelle, mais tout de même, ils devaient être cinq à six cents à y participer.

Cette famille était originaire de Trégastel ?

L'homme lui répondit que oui, d'une manière ou d'une autre la moitié des maisons de Trégastel appartenaient à leur tentaculaire famille, c'était leurs aïeux qui avaient été les architectes de la plupart d'entre elles et plus récemment des installations du bord de mer, en bas.

— Ce n'est pas ce qu'on a fait de mieux dans la famille.

— Pourquoi ça ?

— C'est affreux. Absolument hideux. Ça défigure le bord de mer.

— Ah parce que Trégastel va jusqu'en bas, au bord de l'eau ?

— Bien sûr ! Il y a Trégastel, ici même, et le Coz-Pors, en bas.

— Le Go Sport ?!

— Non, pas le Go Sport jeune homme ! Le Coz-Pors !

— Ah, pardon. Vous connaissez bien Trégastel alors ?

— Tout à fait.

— Alors vous pouvez peut-être me renseigner. Savez-vous où se trouve la maison qui appartenait à Ambroise Roux ? Vous vous souvenez d'Ambroise Roux n'est-ce pas ?

L'homme dévisagea Dimitri avec méfiance, et lui demanda pourquoi il voulait savoir ça. Dimitri lui répondit qu'il écrivait un livre sur Ambroise Roux et qu'il voulait pouvoir décrire cette maison dans les pages qu'il consacrerait aux fameuses villégiatures de l'industriel sur la Côte de Granit rose. L'homme lui dit que sa maison se trouvait au bord de l'eau. Quand vous êtes au Coz-Pors, vous avez le casino, le Dé, et c'est à gauche. Le D ? demanda Dimitri, mais l'homme ne lui répondit pas, il figurait avec ses mains un paysage dont Dimitri comprit qu'il était considéré depuis le large, alors il lui demanda si gauche voulait dire quand on arrive à pied au bord de l'eau, ou quand on examine... mais l'homme fut abordé par une centenaire, Dimitri le remercia et rejoignit Pauline à l'intérieur de l'église, où elle était en train de parler avec le prêtre.

— Allez en paix, mon enfant. Et que Dieu vous protège.

Le prêtre bénit Pauline avec sa main, elle fit une légère et gracieuse révérence avant de s'éloigner au bras de Dimitri.

— J'ai bien fait de t'emmener ma Pauline. Tu es une couverture parfaite. Sortons d'ici.

— Charmant ce jeune prêtre. J'étais à deux doigts de me faire confesser.

De nouveau dehors, ils s'orientèrent vers le cimetière, où Dimitri avait appris par Wikipédia que se trouvait la sépulture du lobbyiste : il voulait la voir de ses propres yeux et la photographier. Pauline lui raconta que le prêtre avec qui elle avait parlé venait tout juste de donner une messe en l'honneur d'une fameuse famille du coin. Dimitri lui répondit qu'il avait recueilli la même information, assortie d'une indication équivoque sur l'implantation de la demeure d'Ambroise Roux. Pauline lui demanda pourquoi équivoque et Dimitri lui répondit qu'il ne savait pas si elle était à droite, ou bien à gauche, quand on arrivait sur le rivage. On demandera une fois sur place, lui répondit Pauline.

Près des grilles du cimetière, et constatant combien il était étendu, Dimitri se retourna pour voir si personne n'était susceptible de le renseigner sur l'emplacement de la pierre tombale d'Ambroise Roux, sinon ils allaient devoir sillonner chaque allée, ils y passeraient des plombes. Le soleil tapait déjà fort, le ciel était bleu, il faisait assez chaud. Deux femmes d'une soixantaine d'années, en provenance de l'assemblée réunie devant l'église, cheminaient justement vers le cimetière (en vérité, elles rejoignaient leur voiture garée sur le parking) et lorsqu'elles furent à proximité Dimitri les aborda pour leur demander si elles savaient dans quelle allée se trouvait la sépulture d'Ambroise Roux.

Elles le considérèrent avec étonnement, avant de lui demander pour quelle raison surprenante il voulait connaître l'emplacement de cette pierre tombale, alors Dimitri leur déclara qu'il vouait une admiration inconditionnelle à Ambroise Roux : tel qu'elles le voyaient là, il n'était ni plus ni moins qu'en pèlerinage.

Leurs visages s'illuminèrent.

— Vous admirez Ambroise Roux ?! Mais allez voir sa fille, alors ! Elle est là, je l'ai vue hier ! Elle est très sympathique Véronique, un peu fofolle, très rigolote, elle va adorer vous parler de son père ! s'enthousiasma la plus expansive des deux femmes.

— Ah, parce que sa fille est en ce moment même dans la maison ?

— Oui ! Oui oui ! Je l'ai vue hier ! Vous savez où elle est, cette maison ?

— En bas non ? Au bord de l'eau, à gauche quand on arrive ?

— Non, à droite !

— À droite ?

— Quand vous arrivez au bord de l'eau, c'est la plus belle de toutes, sur la droite, près du Dé.

— Le D ?

— Oui, en arrière du Dé.

— Merci, je trouverai.

— Donnez-moi votre numéro de téléphone. Elle sera ravie de vous parler de son père.

— Mon, vous voulez... mon téléphone ?

— Oui, vite, donnez-le-moi, elle va vous appeler !

Dimitri paniqua.

Pris de court, il regarda Pauline d'un air égaré : ce serait se jeter dans la gueule du loup que de faire passer son numéro à la fille d'Ambroise Roux, alors même que son patronyme était probablement blacklisté par la famille. Le fils Roux avait quand même fait pression sur un ministre pour que Dimitri fût semoncé par son chef de service !

— Bon ben si vous préférez je vous donne son téléphone plutôt, dit alors la joyeuse dame, qui avait senti les réticences de Dimitri. Appelez-la de ma part, dites-lui qu'on s'est parlé et que c'est moi qui vous ai donné son numéro. Je m'appelle Cécile. Cécile Rousseau.

Innocemment, la joyeuse dame chercha dans son portable le numéro de la fille d'Ambroise Roux, Dimitri le nota dans son carnet (il hallucinait), après quoi il se fit indiquer, à l'allée près, l'emplacement de la sépulture.

— Merci, au revoir !

— Je vais la prévenir de votre appel. Comment vous vous appelez, déjà ?

— Dimitri. Dimitri Marguerite.

— Parfait ! Vous verrez, elle est très rigolote ! Elle adorait son père ! Elle a plein d'anecdotes !

Pauline et Dimitri entrèrent dans le cimetière.

Ils n'en revenaient pas : non seulement ils étaient

parvenus à localiser la maison d'Ambroise Roux, mais dix minutes à peine après s'être garés devant l'église de Trégastel ils étaient en possession du 06 de sa fille, qui allait être prévenue de leur appel.

— Voilà une enquête rondement menée ! dit Pauline à Dimitri. C'est pas du travail de pro ça ?

— Ça se précipite en tout cas…

— Tu vas l'appeler alors ?

— Je ne sais pas. Ça va trop vite. Il faut que je réfléchisse.

Ils trouvèrent la sépulture d'Ambroise Roux.

Dimitri s'était attendu à trouver une tombe glorieuse, abondamment fleurie, amoureusement entretenue, croulant sous la reconnaissance, et à leur grande stupeur ils découvrirent une pierre tombale aride et désertique, aux jardinières nanties d'arbustes morts et desséchés, sépulture où personne, de toute évidence, n'était venu se recueillir depuis des années.

— Ah ben tu vois, j'en ai presque de la peine pour lui. Tu as vu à quelle vitesse on t'oublie en ce bas monde ?

Pauline, compatissante, ramassa des débris végétaux épars sur le granit.

— Le gars il enrichit sa famille pour des siècles, si ça se trouve il pensait à sa descendance quand il a forcé Giscard à saborder le réseau Cyclades, et voilà le résultat.

Pauline et Dimitri regardaient le désolant tombeau de l'industriel le plus influent de la seconde moitié du XXe siècle, patron le mieux payé de France pendant des décennies, écouté avec intérêt, et parfois avec servilité, par trois présidents de la République successifs, et voilà à quoi tout cela avait abouti, à ce sinistre spectacle.

— C'est à se demander s'il n'était pas un monstre. Il faut qu'il ait été atroce avec son entourage pour qu'on décide de l'oublier aussi ostensiblement, non ? dit Pauline.

On n'avait rien planté depuis des années, les arbustes étaient morts depuis longtemps, la terre des jardinières et des pots d'angle était sèche comme du ciment, même les mauvaises herbes peinaient à y pousser.

— Peut-être. Mais les gens sont ingrats, je crois, d'une manière générale. C'est plutôt ça. Et c'est une leçon à méditer sur l'absence totale de postérité de ce genre de personnages publics. À l'inverse des grands artistes, à peine ils sont morts, ils sont déjà oubliés, y compris par leur propre famille. Le lobbyiste, il n'est utile que dans l'instant présent, c'est le caractère momentané des besoins immédiats qu'il défend qui justifie son existence. Le lobbyiste, on l'oublie dès qu'on n'a plus besoin de lui. Même sa famille se souvient à peine qu'il a existé.

— C'est dommage qu'il n'y ait pas un fleuriste en face du cimetière, on serait allés lui acheter un géranium à ta vieille crapule. Depuis le temps qu'il te préoccupe, vous êtes intimes maintenant !

Ils reprirent la voiture et descendirent au Coz-Pors. Comme le lui avait annoncé le monsieur à pantalon rouge, une disgracieuse installation des années 1970 était implantée près du rivage, elle abritait l'aquarium et tenait lieu de pont-promenade pour admirer la mer, ce que firent Pauline et Dimitri en s'avançant jusqu'à la balustrade. C'était magnifique. La marée était haute, le ciel bleu pâle, distant, assez snob avec ses vaporeuses écharpes blanches, le regard vague et lointain. En contrebas, une plage, et dans l'eau, des bateaux au mouillage. Un peu plus loin sur leur droite, à l'écart des commerces, une maison somptueuse avec vue sur la mer, à l'extrémité d'un promontoire rocheux. Il y avait, au large de cette propriété, Dimitri l'élucida quand ses yeux se posèrent dessus, ce qui ici avait pour nom le Dé : un gros bloc de granit de forme cubique en équilibre sur un récif.

— C'est celle-ci, dit Dimitri. On y va ?

— Allons-y.

Pauline et Dimitri marchèrent le long du rivage pour rejoindre la maison. Il y eut une première plage, intime et arrondie, où des gens étaient allongés et se baignaient jusqu'aux rotules (l'eau devait être glaciale), et d'où l'on avait une vue imprenable sur le promontoire bordé de murs et de rochers où s'étendait le parc planté de pins et d'hortensias au bout duquel se dressait la maison. La maison, majestueuse, en granit rose et toits d'ardoises, formait un L. Les murs de la petite barre du L étaient intégralement recouverts d'ardoises, ce qui accentuait son caractère prospère et défensif. Les volets étaient blancs, les hautes croisées étaient à petits carreaux, il y avait une véranda et une galerie vitrée, un cloître, des chiens-assis classieux dans la toiture : rien ne manquait à cette bâtisse pour éblouir les promeneurs, il était difficile de passer à proximité sans être immédiatement happé par sa volonté manifeste d'en imposer, elle avait même quelque chose d'un peu altier, déclamatoire et prétentieux, il n'était pas étonnant, tout bien considéré, qu'elle eût appartenu à un lobbyiste, c'est-à-dire à un homme qui tenait l'essentiel de son pouvoir de la croyance qu'il inspirait aux autres qu'il en avait.

Il fallut délaisser le bord de l'eau pour franchir la largeur du promontoire. De l'autre côté, celui-ci se prolongeait par une autre plage, plus grande que la précédente. À la jonction du rivage et de la propriété, un portail blanc ajouré permettait d'y accéder en voiture, une large allée sableuse conduisait à la maison, au pied de laquelle étaient stationnées plusieurs automobiles. De ce côté-là également, d'énormes rochers ronds bordaient les murs du jardin.

Dimitri et Pauline se mirent en maillot, l'eau était glaciale en effet, mais son désir de voir la demeure d'Ambroise Roux côté mer lui fit dédaigner cette sensation de froid et Dimitri, contournant à la nage les gros et beaux rochers roses, découvrit de l'autre côté la façade orientée vers le large. C'était absolument grandiose. Sous cet angle, la bâtisse ressemblait à une forteresse offerte aux embruns, à la métaphysique de l'océan et des naufrages, à l'effroi des tempêtes. Au rez-de-chaussée, une haute salle à trois pans vitrés devait fournir une vue panoramique à couper le souffle. Cet observatoire était encadré par deux tours à toits plats percées de fenêtres à petits carreaux blancs. Devant, un jardin descendait vers un muret de granit rose bordé de buis taillés, muret où un portillon peint en blanc permettait d'accéder à une petite plage privée à la pointe du promontoire.

Triomphant de quelques roches qui lui firent mal aux pieds, Dimitri grimpa sur la petite plage privée. Il se tenait debout et regardait la maison. Il vit passer à différentes reprises, derrière la baie vitrée, mélangée aux reflets, une silhouette coupée à la taille, féminine et lente, à cheveux blonds. Ce torse devait occuper un cinquième de la hauteur sous plafond, il en était comme écrasé.

Dimitri redoutait de se faire repérer. Sans doute la fille d'Ambroise Roux avait-elle déjà été prévenue qu'il allait lui téléphoner. Il ne faudrait pas qu'elle en déduisît – ça l'affolerait, et l'inciterait à refuser l'entretien qu'il allait lui réclamer – que ce nageur égaré qui examinait fixement la façade de sa maison fût celui qui avait été assez habile pour extorquer son 06 à une retraitée enjouée au portail d'un cimetière : elle pourrait craindre qu'il ne devînt envahissant, allant jusqu'à pousser le portillon et s'acheminer vers la baie vitrée, en maillot, trempé et grelottant, avant que de taper aux vitres d'un index intrépide.

Alors il retourna dans l'eau et rejoignit Pauline sur la plage municipale, où il se sécha au soleil en sa compagnie, allongé sur une serviette, lui racontant ce qu'il avait vu de l'autre côté. Il lui parla de la silhouette à chevelure blonde qui n'arrêtait pas de passer et de repasser dans la grande salle panoramique.

— Qu'est-ce que tu vas faire ? Tu vas l'appeler ?

— Oui. Je me sèche et je l'appelle.

— ...

— Ce qui me fait peur, c'est si le frère est là en vacances avec elle. Il y a plusieurs voitures.

— Quand tu te baignais, j'ai vu sortir trois ados. Par le portail blanc. Trois filles de quatorze-quinze ans. Elles avaient un ballon. Elles sont parties par là, vers les commerces.

— Merde. Tu vois, ils sont en famille, ça craint. Le frère, je lui ai envoyé quinze mails auxquels il n'a jamais répondu, tout ce qu'il a trouvé à faire c'est alerter un ministre pour que je me gaule un avertissement. Et moi je débarque la gueule enfarinée dans leur maison de famille. Si ça se trouve elle en a parlé au frère qui a déjà prévenu les gendarmes. Je ne sais pas.

— Ça se tente.

— Tu crois ?

— Oui. Je crois.

— Tu as raison.

— Vas-y alors. Appelle. Je me bouche les oreilles si tu veux.

Pauline plaqua ses paumes sur ses très rondes oreilles, ce qui fit surgir sur ses lèvres un grand sourire espiègle, que Dimitri honora d'un baiser affectueux.

— Tu es irrésistible ma Pauline.

Dimitri avait son iPhone à la main, le numéro avait été composé, il n'y avait plus qu'à appuyer le pouce sur le rond vert où se profilait un antique combiné téléphonique des années 1970, type Socotel 63, ironique hommage de la Silicon Valley à ce vieil Ambroise Roux.

— J'ose pas. J'y arrive pas je crois.

— Je comprends. C'est pas évident remarque d'appeler comme ça.

— On pourrait laisser tomber, on a eu ce qu'on voulait, on a trouvé la maison. Mais je sens que je vais le regretter si on repart d'ici sans s'être servis de ce numéro. Il est providentiel. Ne pas l'utiliser serait absurde. Sacrilège même, car on peut considérer qu'on a eu de la chance, et ne pas la saisir serait comme insulter le destin non ?

— Et qu'est-ce qu'on risque, au pire ?

— Peut-être par SMS alors. C'est mieux non ? Je ne la mets pas au pied du mur comme ça.

— Oui. Tu as raison. C'est mieux par SMS.

Alors Dimitri commença à rédiger le texto.

Pauline remuait ses orteils dans le sable, elle envoyait des pelletées sur le côté avec ses ongles naturels, assez longs, d'une découpe ravissante.

C'était ce qu'il préférait, chez elle, à égalité avec les rondes oreilles, ses pieds petits. Elle chaussait du 37 et demi, il adorait qu'elle lui caresse la queue avec ses pieds, c'était joli quand sa semence coulait lentement, onctueuse, le long de ses orteils et sur ses ongles.

« Chère madame. Je suis Dimitri Marguerite, je vous écris de la part de Cécile Rousseau. »

Il bandait.

Pauline s'en aperçut.

— C'est d'écrire à la fille Roux qui t'excite comme ça mon canard ?

— T'es bête…

« Comme elle vous l'a peut-être déjà signalé, je suis un admirateur d'Ambroise Roux, auquel je m'intéresse beaucoup. C'était un grand homme, comme il n'en existe plus aujourd'hui. J'aurais adoré que vous m'en parliez. Auriez-vous la gentillesse de nous recevoir pour bavarder un peu (je suis avec mon amie) ? Je vous en serais extrêmement reconnaissant. À vite j'espère, bien à vous, Dimitri Marguerite. »

Dimitri lut le texto à Pauline, qui lui fit remarquer qu'il poussait peut-être le bouchon un peu loin en prétendant admirer Ambroise Roux. Il fut tout près de mal le prendre. Il lui répondit que : *un*, son amie Cécile l'avait sans doute déjà annoncé comme un admirateur d'Ambroise Roux (car c'est ce qu'il avait affirmé, spontanément, au cimetière, pour couper court à tout soupçon et obtenir qu'elle lui indiquât sans faire chier l'emplacement de la sépulture), *deux*, il voyait mal comment justifier qu'elle lui ouvrît les portes de sa demeure si ce n'était en se faisant passer pour un admirateur de son père, et, *trois*, il était, en quelque sorte, bel et bien un admirateur. Certes un admirateur critique et tracassier, bien décidé à lui faire la peau, mais il pensait en effet qu'il n'existait plus de personnage de cet acabit dans le monde de l'entreprise et peut-être même à la surface de la terre et que, d'un certain point de vue, c'était regrettable. À travers Ambroise Roux, Dimitri dresserait le portrait d'une engeance en voie d'extinction. Ce qui serait lui rendre hommage.

— Parfait. Tu m'as convaincue. Admettons que je n'aie rien dit.

Dimitri se relut. Il ajouta la phrase « Cécile m'a dit que vous étiez follement sympathique ! » après « Je vous en serais extrêmement reconnaissant ». Pauline trouva cet ajout judicieux. Elle lui suggéra que son prénom, Pauline, humaniserait le SMS, serait une touche intime qui mettrait la fille Roux en confiance. Alors Dimitri ajouta « Pauline » après « mon amie ». Dimitri lui relut le SMS et Pauline déclara :

— Mais mets une virgule, par contre, entre « amie » et « Pauline ». Sinon ça fait « mon-amie-Pauline », et comme elle me connaît pas, c'est bizarre. Là tu lui dis : je suis avec mon amie, et mon amie, je vous le dis parce que je vous aime bien, elle s'appelle Pauline. Tu vois ?

— Tu as raison ma Pauline.

Alors Dimitri ajouta une virgule entre « amie » et « Pauline », ce qui donnait :

« Chère madame. Je suis Dimitri Marguerite, je vous écris de la part de Cécile Rousseau. Comme elle vous l'a peut-être déjà signalé, je suis un admirateur d'Ambroise Roux, auquel je m'intéresse beaucoup. C'était un grand homme, comme il n'en existe plus aujourd'hui. J'aurais adoré que vous m'en parliez. Auriez-vous la gentillesse de nous recevoir pour bavarder un peu (je suis avec mon amie, Pauline) ? Je vous en serais extrêmement reconnaissant. Cécile m'a dit que vous étiez follement sympathique ! À vite j'espère, bien à vous, Dimitri Marguerite. »

— Du coup, rajoute « à Trégastel » après « je suis », ce serait mieux.

— Oui. Tu as raison. Je suis… à Trégastel… avec mon amie, Pauline. Comme ça ?

— Parfait.

— Si je mettais « fiancée » plutôt ? Fiancée c'est mieux qu'amie non ?

— C'est une demande officielle ?

— Pauline… C'est juste que ça fait plus sérieux !

— Écoute, fais ce que tu veux. Moi ça me va « fiancée », tu penses bien…

— À Trégastel, avec… ma… fiancée, Pauline. Voilà ! Envoi ! C'est parti ! Il n'y a plus qu'à attendre !

— J'ai le cœur qui bat.

— Moi aussi. Qu'est-ce qu'on fait ?

— Je te propose qu'on aille se balader le long du rivage. Vers Ploumanac'h. Tu es sec ?

— Oui.

— Peut-être qu'on pourra manger quelque chose là-bas. Je commence à avoir faim.

— Et moi donc ! L'eau froide et la nage, ça creuse !

Deux heures plus tard, sans qu'il y eût d'appel en absence, mais sans doute était-ce dû à une rupture de couverture du réseau Orange (un comble), Dimitri reçut une notification de message vocal, qu'il écouta en mettant son téléphone sur haut-parleur :

« Bonjour monsieur. J'espère que vous aurez ce message, parce que nous avons de gros problèmes de réseau. [*MDR Ah ah ah !*] Vous avez cherché à me joindre. Écoutez, vous pouvez me rappeler sur mon portable. Cécile m'a dit que vous vouliez écrire quelque chose sur mon père. Bon, ça m'a un petit peu surprise… Et… et… aiguisé ma curiosité. Rappelez-moi si vous le souhaitez, je vous dis à très bientôt. »

À Ploumanac'h, sur la plage devant l'hôtel Castel Beau Site, face au décor de théâtre de cette crique paradisiaque, très romantique, presque italienne, bordée d'une accumulation de doux rochers et isolée du large par une île luxuriante abritant un château de conte de fées, Dimitri, tout tremblant d'émotion, téléphona à la fille d'Ambroise Roux. Elle lui proposa que Pauline et lui (elle l'avait appelée Pauline, comme quoi Pauline n'avait pas eu tort en suggérant d'ajouter son prénom dans le SMS) viennent prendre le café le lendemain vers quinze heures, qu'en disait-il ? Dimitri accepta, la remerciant chaleureusement, avant de raccrocher (car la liaison était mauvaise). Elle lui avait tout de même demandé s'il voulait qu'elle lui indiquât où se trouvait sa maison, et comme Dimitri lui avait répondu que ce n'était pas nécessaire, elle en parut surprise (le même type de surprise suspicieuse que quand elle s'était étonnée, dans le message vocal, qu'on pût avoir l'idée d'écrire un livre sur son père).

— Son frère n'a pas dû lui parler de moi, mon nom n'avait l'air de rien lui évoquer.

— Tant mieux ! On réserve ici pour fêter ça ce soir ?

Pauline lui montrait le restaurant, extrêmement chic, de l'hôtel Castel Beau Site, avec vue sur le décor de *La Dame de la mer* d'Ibsen mise en scène par Lugné-Poe.

— Mais c'est super cher non ?

— C'est moi qui t'invite ! Mon père m'a fait un virement pour mon anniv ! On a bien bossé non ? T'as rendez-vous demain dans la maison d'Ambroise Roux ! Allez, ça mérite bien qu'on se fasse un petit cadeau !

— C'est vrai.

— Je réserve ici pour ce soir et après on file à l'hôtel. J'ai très envie de faire l'amour.

— Ma Pauline, je t'adore…

— Moi je t'aime.

Au retour, tandis qu'ils passaient à proximité de la maison du lobbyiste pour aller récupérer leur voiture, ils s'aperçurent qu'à présent on pouvait en faire le tour à pied, et que la plage privée d'Ambroise Roux ne l'était qu'à marée haute, ce qui permit à Pauline d'admirer la baie vitrée tripartite de l'immense salle du rez-de-chaussée, ainsi que les deux tours tronquées.

— On aurait dû s'en douter ! Ça t'aurait évité de te geler les couillonnettes ce matin en nageant jusqu'ici ! Tu parles d'un détective ! T'es trop con ! lui dit Pauline en éclatant de rire, elle courait sur le sable et gesticulait, réalisant des sauts de coryphée devant la maison d'Ambroise Roux, ses sandales à la main.

Le soir même, lors du dîner au restaurant de l'hôtel Castel Beau Site, Pauline avait repéré dans le *Routard* que se trouvait, à Pleumeur-Bodou, à une demi-douzaine de kilomètres de Trégastel, un musée racontant l'histoire des télécommunications depuis l'époque du morse jusqu'à l'ère d'Internet : la Cité des télécoms. Il y avait aussi le Radôme, une gigantesque et presque abstraite sphère blanche de cinquante mètres de haut que le lendemain, de l'extérieur, la voyant surgir sur fond d'azur, Pauline et Dimitri trouveraient sublime et irréelle – cette bulle tombée des cieux abritait l'antenne de communication PB1 qui avait permis la première mondovision entre les États-Unis et l'Europe le 11 juillet 1962.

La concomitance de ces deux faits était surprenante : leur venue à Trégastel pour découvrir la maison de vacances d'Ambroise Roux, et l'existence, à une demi-douzaine de kilomètres de cette dernière, d'un musée dévolu à la fructueuse spécialité de celui-ci : les télécoms. Ce ne pouvait être une coïncidence. Ce qui signifiait que ce musée avait peut-être été voulu et financé par Ambroise Roux lui-même (à proximité de sa résidence secondaire : pratique) pour édifier un récit qui justifiait – ou encore maquillait – ses choix erronés. Il est possible de conclure que c'est un peu la finalité occulte de ce musée, mais pour ce qui est de son emplacement, c'était plutôt l'inverse qui s'était produit : c'est parce que Ambroise Roux était amené à se rendre régulièrement à Lannion, ville où le siège du CNET avait été installé en 1959, qu'il avait eu envie d'acquérir une maison dans les Côtes-d'Armor. Propriété d'Orange et implantée près de Lannion en raison des affinités de cette ville avec la technologie des télécommunications, la Cité des télécoms, si elle ne faisait pas ouvertement la part belle à Ambroise Roux, n'en falsifiait pas moins l'histoire d'Internet pour autant, et d'une façon outrageante non seulement pour la vérité des faits mais aussi pour la personne et les apports scientifiques de Louis Pouzin, purement et simplement passés sous silence dans ce musée. Et on comprend très bien pourquoi : c'était l'aïeul et les vieux cousins d'Orange (à savoir les PTT, le CNET et la CGE) qui en 1974 avaient décrété la mise à mort du datagramme et du réseau Cyclades de Louis Pouzin, plaçant *de facto* les Français sous la domination américaine, quand nous étions en mesure de provoquer la configuration rigoureusement inverse (il eût fallu pour ce faire en avoir la volonté politique, doublée de la vision perçante des spécialistes). Ainsi le récit selon lequel c'étaient les Américains d'Arpanet qui seuls avaient inventé Internet arrangeait-il Orange et le monde des télécoms, qui préféraient encore alimenter la propagande américaine – glorieuse – plutôt que de courir le risque de passer pour des abrutis en admettant publiquement qu'ils s'étaient trompés, c'est ce dont Dimitri se rendrait compte le lendemain avec effarement en allant visiter ce musée avec Pauline, avant d'aller boire le café chez la fille d'Ambroise Roux.

— Pauline, viens voir, regarde cette vidéo. On a bien fait de venir, c'est incroyable ! Le récit que les télécoms françaises font de la création d'Internet est une pure falsification historique !

Pauline s'approcha de Dimitri et regarda la vidéo. Le texte apparaissait en sous-titres sur des images d'archives montées avec l'allant et la gaieté d'un film de propagande.

Le titre : « *La numérisation avant Internet : la voie française* »

En voici des extraits :

La Seconde Guerre mondiale engage la France plus tardivement dans cette voie de la numérisation. Pour rattraper ce retard, elle se dote du CNET, le Centre national d'études des télécommunications.

En 1957, Pierre Marzin, son directeur, crée le RME, laboratoire de recherches sur les machines électroniques. Son objectif : concevoir un système de numérisation du réseau téléphonique français. Il confie à Louis-Joseph Libois, spécialiste de la numérisation des lignes à longue distance, la mission de numériser la commutation téléphonique.

Deux pistes sont envisagées :

L'une prudente, ajouter des calculateurs aux centraux électromécaniques. C'est la commutation spatiale.

L'autre plus audacieuse, créer un central entièrement électronique. C'est la commutation temporelle.

Cette dernière est un succès.

[La commutation temporelle, souvenez-vous, c'est ce qu'Ambroise Roux avait présenté à sa sémillante aristocrate comme étant ce qu'il avait lui-même imposé, seul, en 1975, à force de conviction et d'opiniâtreté, au gouvernement français de l'époque, faisant gagner d'appréciables parts de marché à CIT-Alcatel.]

Pour la première fois dans le monde, un central téléphonique entièrement numérique fonctionne à Perros-Guirec en 1970. Ce prototype s'appelle PLATON. Rebaptisé E10, il est industrialisé en 1975 par ALCATEL [salut Ambroise, ça gaze ?] *en collaboration avec le CNET. Il est commercialisé à la fin des années 1970 et c'est un succès mondial.*

[Bravo Ambroise ! $$$$$$$!!!]

1975, IRIA, Institut de recherche en informatique et en automatique.

Au même moment, d'autres recherches sont menées pour doter les entreprises de réseaux spécifiques plus performants pour les transmissions de données. C'est dans ce but que l'IRIA met au point CYCLADES, un réseau d'ordinateurs proche du projet ARPANET mené aux États-Unis.

Ce réseau, accessible sans opérateur, a pour but de relier entre elles les bases de données de l'administration française. Il place la France en tête des pays européens dans ce type de recherches. À la fin des années 1970, les recherches menées par le CNET débouchent sur la mise en place du réseau TRANSPAC, conçu et commercialisé pour les entreprises.

Malgré son potentiel, CYCLADES est alors abandonné.

— Malgré son potentiel, Cyclades est abandonné, c'est tout ce qu'ils trouvent à dire… C'est ouf ! Et maintenant ma Pauline, viens voir ici cette autre vidéo, c'en est la suite logique.

— Moi ce que j'adore dans ce musée, c'est les vieux appareils. Regarde cette cabine téléphonique, ça me rappelle quand j'étais petite et que le portable n'existait pas encore. Avec ma nounou Ibtissame, on appelait ma mère d'une cabine comme celle-là, en fer, toute grise, avec des pièces... Regarde, c'est encore en francs. Tu as vu, sous les fentes, la forme des chiffres sur fond orange, 5 F, 2 F, le graphisme seventies ?...

— Et ce téléphone orange, le Socotel 63, regarde comme il est beau.

— Comme dans les films. On a l'impression que Patrick Dewaere va décrocher.

— Ou Michel Piccoli. Viens, mets tes pieds sur les marques, écoute les commentaires de cette vidéo, c'est édifiant.

Pauline se disposa de façon à entendre la voix féminine – la voix de l'Histoire – qui sortait d'un intime haut-parleur zénithal.

— Tu vas entendre le récit officiel, planétaire, de la création d'Internet. Il est écrit par les Américains et il ne met en scène quasiment que des Américains. C'est comme ça qu'il est gravé dans le marbre et qu'il doit être propagé. Ici par Orange. Sauf que ce récit est faux. Faux par omission. Et qu'il est parcellaire. On ne dit pas que la technologie d'Arpanet était poussive, surannée, dans un cul-de-sac, et que c'est du jour où ils ont pu récupérer le datagramme de Louis Pouzin abandonné par les Français que le réseau américain a pu prendre son essor, et qu'Internet a été créé. Le nom de Louis Pouzin n'apparaît même pas. Et ce récit officiel écrit par les Américains est ici servilement relayé par Orange. Franchement, ils pourraient raconter la vraie histoire, dire combien ils ont merdé, faire leur mea culpa.

— Ils le feront peut-être quand ils auront lu ton livre.

— Shut, écoute, la vidéo commence.

À quinze heures, le cœur battant, Pauline et Dimitri sonnèrent au portail blanc de la propriété d'Ambroise Roux. Pauline, le bras en équerre, tenait entre le pouce et l'index par un ruban satiné un parallélépipède de carton blanc renfermant des gâteaux supposés délicieux achetés dans une pâtisserie chic de Perros-Guirec. Elle avait noué autour de son cou un foulard en soie du meilleur goût.

— Tu es décidément une parfaite couverture ma Pauline.

— Je connais ce milieu. J'en viens.

Tout rustique qu'il pût paraître à première vue, attaqué par l'iode et par les pluies fréquentes, le portail blanc s'ouvrit électriquement. Ils s'engagèrent sur la longue allée sableuse, au bout de laquelle les attendait Véronique Sanson en personne, affublée d'un vieux vicomte.

— Putain, merde, c'est Véronique Sanson la fille d'Ambroise Roux ?! Personne m'avait rien dit, on a l'air de quoi ? murmura Dimitri en tournant la tête vers l'arrière, simulant d'admirer la cime d'un pin.

— T'es con, arrête. Putain me fais pas rire Dimitri ou ça va pas le faire.

— Non mais je suis sérieux là. Tu sais très bien que je reconnais pas les visages. Dis-moi vite si c'est la vraie Véronique Sanson ou pas, que je ne fasse pas d'impair, dépêche-toi.

— Ce n'est PAS la vraie Véronique Sanson. Seulement une copie. Maintenant tu arrêtes.

— Oh, mais vous avez apporté des mignardises ! Il ne fallait pas !

— Bonjour madame. Pauline.

— Véronique. Enchantée Pauline.

— Dimitri, très heureux. Merci de nous recevoir, madame.

— Je vous en prie. Et voici mon mari.

— Bonjour.

— Bonjour.

Le mari, pas aussi défectueux qu'il avait pu le paraître de loin, depuis l'entrée de la propriété, était en revanche terriblement vieille France, aussi désuet qu'une soupière rare dans une vitrine (on avait l'impression qu'il était né en 1814, qu'on l'avait congelé dans de la glace le jour de ses huit ans et ranimé en 1940, de sorte qu'il devait avoir soixante-seize ans tout en étant originaire de l'époque de la Restauration, qu'il embaumait littéralement). À telle enseigne qu'il lui parut comme la surnaturelle répercussion du descendant imaginé dans le texte sarcastique qu'il avait écrit à Bordeaux, en avril, à la terrasse de L'Apollo. C'en était même troublant.

— Entrez, leur dit la fille d'Ambroise Roux.

Ils pénétrèrent dans l'immense salle vitrée du rez-de-chaussée, très haute sous plafond, intégralement recouverte de brunes boiseries. C'était somptueux. Ils prirent place dans un canapé face à la mer, la fille d'Ambroise Roux assise devant eux dans un fauteuil et le mari à leur gauche, sur un sofa. La vue sur la mer était prodigieuse, à couper le souffle.

— C'est papa qui a fait remplacer les vitres. C'est la première chose qu'il a faite quand il a acheté la maison. Avant il y avait des petits carreaux. Maintenant c'est trois fois d'un seul tenant. Le verre a été fabriqué sur mesure par Saint-Gobain, pour résister aux vents violents, ainsi qu'aux vagues qui viennent parfois frapper la façade, les nuits d'hiver.

— Vous avez les factures ?

— Il a bien fait. C'est vraiment très beau, dit

Dimitri plutôt que de lancer la réplique qui avait jailli dans son cerveau avec la brusquerie d'une déferlante hivernale.

— Vous voulez du café ? J'ai préparé du café. Et je vais chercher des assiettes à dessert pour les mignardises. Pauline, il ne fallait pas !

En regardant le ciel et l'océan à travers la verrière, laquelle devait vibrer et crépiter, l'hiver, sous l'effet des tempêtes, Dimitri pensa à *The Ghost and Mrs Muir*, l'un de ses films préférés.

— Je vous en prie madame, c'est tout naturel, lui répondit Pauline. Je n'ai pas pu résister. Tout avait l'air exquis dans cette pâtisserie.

Quand la fille d'Ambroise Roux revint avec la cafetière et les assiettes, la conversation s'engagea. Dimitri avait mis discrètement son iPhone sur enregistreur, afin de garder trace de leurs échanges et des mots exacts qu'elle utiliserait, comme une prise de notes quoi.

— D'abord, je dois vous dire que je suis furieuse, mais alors absolument furieuse que Cécile se soit permis de vous donner mon numéro de téléphone. C'est insensé. Elle vous rencontre au cimetière, déjà c'est bizarre…

— Qui ? Cécile Rousseau ? demande le mari. Vous l'avez connue là ? Au cimetière ?

— Mais oui ! C'est hallucinant quand même !

— En effet. On était les premiers surpris, dit Pauline.

— Il ne faut pas lui en vouloir, dit Dimitri. Elle a bien fait finalement.

— Enfin tout de même…

— Il faut croire que nous lui avons inspiré confiance, Pauline et moi…

— En même temps, je me suis dit que c'était un signe du destin. Je vous sers ?

— Avec plaisir.
— Pauline ?
— Merci madame.
— Alors comme ça il paraît, vous vouez une admiration éperdue à mon père ?
— Oui. Cela me vient de mon grand-père paternel. Lui et sa femme, ma grand-mère, étaient de fervents giscardiens. Ils ne s'en sont jamais remis. Ma grand-mère continue de me parler des robes d'Anne-Aymone Giscard d'Estaing. De JJSS, de Françoise Giroud, de Jacques Chaban-Delmas. Et mon grand-père d'Ambroise Roux. C'était son héros, son modèle. Il vouait une admiration insondable pour le génie de votre père.
— Et vous voulez écrire un livre sur lui.
— J'aimerais bien. Pour le moment, c'est juste une rêverie.
— Ce qui m'a déconcertée, je me suis dit, quand même, quelqu'un qui vient au cimetière se recueillir sur la tombe de mon père. Bon. En plus. Dès que j'en parle, je. C'est pour ça. Pardon.
— Ce n'est rien, je comprends.
— …
— …
— …
— Pardon. C'est pour ça, c'est très difficile de parler de mon père, parce qu'à chaque fois que j'en parle, bon, je me mets.
— …
— Il se trouve qu'il est décédé il y aura bientôt vingt ans. Et alors je vais, bon, enfin, de toute façon, il est partout, mais. Et là j'étais en train, on aurait pu se croiser, au cimetière. J'y étais hier matin. Il ne vous aura pas échappé que sa tombe. Mais voilà. Parce que j'adore lui faire la tombe le plus, je ne dirais pas le plus fun, n'allons pas jusque-là, mais disons jolie, joyeuse. Et là j'étais en train de repérer

les cupressus, le sédum, une véronique d'ailleurs, des dipladénias, le jour où vous étiez au cimetière. Nous aurions pu tout aussi bien nous y croiser.

— Ça alors, c'est drôle…

— Oui. Je me suis dit, il y a des trucs vraiment étonnants, qu'est-ce que ça signifie tous ces hasards, ces enchaînements de circonstances ?

— Je me suis moi-même posé la question.

— Ce cimetière n'est pas triste du tout. Je ne dirais pas qu'il est gai, n'exagérons rien, mais il est très agréable. Je ne sais pas comment vous l'avez ressenti.

— Il est simple. Très fleuri je trouve, dit Dimitri (assez peau de vache).

— Sauf la tombe du papa, qui est un tout petit peu abandonnée, dit le mari.

— Ah ben forcément, puisqu'il n'y a que moi qui l'entretiens. On a la chance d'avoir des gardiens ici, mais ils ne sont pas du tout croyants, et ils n'aiment pas du tout les cimetières, je ne vais pas leur demander d'aller fleurir la tombe de mon père.

— Ça y est, la commande est faite, n'en parlons plus, dit le mari.

— Mais c'était fort cette sobriété. J'aime bien moi la sobriété dans les cimetières. L'ascétisme des sépultures, dit Dimitri.

— Vous avez le sens de la formule. L'ascétisme des sépultures, c'est pas mal ça. Oui mais là tout de même, c'était vraiment très très ascétique. Nous serons livrés bientôt. Douze variétés différentes de fleurs, d'arbustes. Je vais aller, avec mon gravier, mon terreau, ma terre de bruyère, ma pelle, planter tout ça, embellir cette pierre tombale. Pauline, choisissez la mignardise que vous voulez.

— La religieuse, cela va de soi.

— Dimitri ?

— L'éclair.

— Chéri, tu ne nous en voudras pas si on te laisse la tête-de-nègre ?

— Plaît-il ?

— Rien, tiens. Et moi la charlotte par conséquent. Vous savez, l'histoire raconte que la maison a été habitée par Alexandre Dumas, et qu'il a fait construire, pour sa maîtresse, la maison qui est derrière, dans le prolongement de la propriété.

— Pratique, dit le mari.

— C'est étrange, vous tombez à un moment où nous ne sommes que tous les deux, ce qui ne nous arrive STRICTEMENT jamais. L'été, la maison est constamment emplie d'enfants et de petits-enfants, de nièces et de neveux, de frères et de sœurs en tout genre. D'ailleurs on ne devait pas être là ce week-end, on est rarement là en juillet, je me suis dit c'est un drôle de hasard que vous téléphoniez à ce moment-là. Il y a encore une semaine, on devait laisser la maison à ma filleule, elle devait être occupée par toute une ribambelle d'enfants et de copains. Mais ma filleule adorée, malheureusement, a eu un accident de moto la semaine dernière. Rien de grave, elle est seulement râpée de partout. Du coup, le sel, le sable, le soleil : formellement déconseillés. Elle a eu la frayeur de sa vie, elle était sur la moto d'un ami. Refus de priorité : percutés à un croisement. Et on est là, seulement nous deux, et vous êtes là en face de nous, vous deux, c'est étonnant. C'en est presque irréel.

— ...

— Et Cécile qui vous croise à l'entrée du cimetière, et qui vous donne mon numéro de téléphone, je ne crois pas vraiment au hasard, il se passe quelque chose d'étrange, tout ceci me laisse songeuse. Encore un peu de café ?

— Volontiers.

— Non merci.

— Et les trois jeunes filles que j'ai vues sortir tout à l'heure de la maison ? demanda Pauline, fine enquêteuse.

— Ah, elles ? Ce n'est rien, les copines de la fille des gardiens... Chéri ?

— Avec plaisir.

— Et quelqu'un qui vient voir la tombe de mon père ne peut pas être tout à fait mauvais.

La fille d'Ambroise Roux éclata de rire, ce qui dissipa le malaise qu'avait créé chez Dimitri cette dernière phrase (ainsi que chez Pauline, comme il s'en aperçut en voyant passer une expression confuse sur son visage, l'espace d'un bref instant).

— C'était un grand bonhomme, dit le mari.

— Il s'intéressait à mille autres sujets que le cœur de ses affaires, et notamment, comme vous le savez, à la parapsychologie. Alors que la plupart du temps les hommes d'affaires sont dans leur truc et ne s'intéressent à rien d'autre. Ce qui fait qu'ils sombrent généralement dans la mélancolie le jour où ils prennent leur retraite. Mon père s'est toujours passionné pour tout ce qui n'était pas ses affaires, enfin, il se passionnait pour ses affaires évidemment, mais il se passionnait pour tout, pour absolument tout.

— Je le revois encore assis là, sur ce canapé, devant la télé, en train de regarder des émissions débiles, dit le mari.

— Il avait besoin de détente totale.

— Il avait sa pile de journaux et de magazines, à gauche, parce qu'il était abonné à tout, à vraiment tout, cela allait de la *Tribune de Genève* à *Voici*, de *Paris Match* au *New York Herald Tribune*, de *Point de vue* au *Canard enchaîné*. Il prenait un journal, il tournait les pages...

— Il avait la faculté de faire dix trucs à la fois, à toute vitesse.

— Il tournait les pages et une fois de temps en temps…

— Il avait une capacité de travail absolument phénoménale.

— Et une fois de temps en temps il s'arrêtait, il lisait un article, et quand il avait fini il déchirait la couverture ou la première page du magazine ou du journal, pour indiquer qu'il l'avait lu, il le posait sur la pile de droite et au suivant. Sur absolument tous les sujets.

— Il lisait un bouquin par jour. Ce qui est quand même pas mal. Et il était passionné de parapsychologie. Il avait un pouvoir magnétique insensé.

— Vous croyez ?

— Ah oui. Mon père, il faisait tourner les tables.

— Moi j'y crois pas beaucoup à ça, dit le mari.

— Mais tu ne l'as jamais vu !

— Non, c'est vrai.

— Vous oui ? dit Dimitri.

— Oui. Un jour, nous étions à la campagne chez mon frère, on était une bande d'incroyants, on était tout jeunes à l'époque, mon père était là et on l'a mis au défi. Il y avait une table qui était une table ronde, en bois, avec un pied central, qui venait de chez ma grand-mère. Cette table était d'un poids, il fallait trois personnes pour la soulever. On voyait très bien que pousser la table du genou n'était pas possible. On a fait la pénombre. On s'est disposés, debout, tout autour. Simplement, on s'est touché les mains. Et on a commencé à ricaner, à donner des coups de pied contre le pied central. Et puis tout à coup, on a senti que la table se mettait à vibrer. On s'est dit c'est pas possible, c'est pas vrai, et la table a commencé à bouger. Alors on s'est demandé qui arrivait à faire bouger le meuble, tout le monde se regardait. Elle a tourné, d'abord lentement, puis de plus en plus vite, on tournait avec elle et à un moment, elle tournait si vite que ça a rompu le fluide. Et là la table s'est arrêtée net.

— Ça alors, dit Dimitri.

— La table était tellement lourde qu'elle a strié le parquet. On en voit encore les traces aujourd'hui. Des cercles.

— Il faut y croire... dit le mari, sceptique.

— Enfin là excuse-moi, on a bien été obligés. Quelque temps plus tard, d'ailleurs, mon père a arrêté de faire tourner les tables, parce que cela lui demandait une énergie considérable. Ce jour-là, après l'expérience, il était vidé. Vidé, vidé, vidé. Nous aussi. Dans une fatigue très intense. Psychique mais aussi physique. Comme si notre énergie était partie dans le mouvement circulaire de la table.

— Donc pour vous il avait un...

— Oui. Il avait un pouvoir magnétique sur les gens, c'est incontestable. Il sentait très très très bien les gens. J'ai hérité ça de lui d'ailleurs et c'est très utile. De savoir à qui on a affaire et qui sont les gens. De ne pas se tromper sur les personnes.

— ...

— C'est important dans les affaires, je suppose, dit Pauline pour dissiper son embarras.

— Et comment ! Et comment !

— Il faut sentir très vite les gens, quand on est un grand bonhomme, dit le mari.

— Il ne s'est trompé qu'une seule fois. Pour des raisons affectives. Parce que c'était un grand affectif.

— C'était quoi cette erreur ? dit Dimitri (il s'était imaginé naïvement, l'espace d'un court instant, que la fille Roux allait lui déballer, en dégustant sa charlotte, qu'Ambroise s'était toujours mordu les doigts d'avoir coulé Pouzin).

— Ah non, non non, non non, je ne vous dirai rien. C'est un secret !

— Pardon, excusez-moi.

— Non parce que si. Si vous voulez des. Mon père avait un sens de l'humour extraordinaire. Il était très très très drôle. Ce qui fait que nous à la maison on n'a jamais vraiment pu le prendre au sérieux. Quand il rentrait chez nous le soir, il changeait de costume à tous points de vue. Il retirait son lourd pardessus, son chapeau, parce qu'à l'époque n'est-ce pas les hommes de ce milieu portaient des chapeaux, c'était très chic d'ailleurs, et il commençait à chanter, à pousser des cris de joie, à hurler des chansons paillardes. Il avait besoin de se défouler. Et nous, enfants, on trouvait ça très sympa, c'était absolument éclatant, mais on avait du mal à faire le parallèle avec le monsieur sérieux et influent qu'il était à l'extérieur. Non, c'était quelqu'un de très joyeux.

— Vous étiez combien d'enfants ? dit Pauline.

— On était deux.

— Il s'occupait beaucoup de vous ? Quel genre de père était-il ? dit Dimitri.

— Il travaillait énormément. Mais le temps qu'il passait avec nous était fabuleux. J'ai trouvé qu'il s'était énormément occupé de nous. Plus peut-être de moi que de mon frère, peut-être, peut-être... parce que bon, on avait, papa et moi, une relation particulièrement forte, unique. Il s'occupait de ses enfants, pas en quantité de temps, mais en qualité de temps, d'une façon exceptionnelle. On pouvait toujours lui poser toutes les questions que l'on voulait. On n'allait pas le déranger dans son bureau toutes les trois minutes et pour n'importe quoi, évidemment, mais il se rendait toujours disponible, il était très paternel, ce n'était pas quelqu'un de froid ni de distant, comme on peut parfois se représenter les grands capitaines d'industrie. Il n'éloignait pas ses enfants de lui, contrairement à ce que pouvaient faire d'autres grands patrons de sa génération. Lui n'était pas comme ça. C'était. Mais bon. Bon, bref. Pardon. Excusez-moi…

— …

— Je comprends, c'est moi, je suis désolé, c'est émouvant ce que vous dites de votre père, dit Dimitri.

— On va se baigner ? Je suis certaine que Pauline meurt d'envie de se baigner !

— Je voulais vous poser une question.

— Je vous écoute.

— J'ai eu une conversation, il y a deux jours, par hasard, à Paris, avec un médium, qui m'a dit que certaines personnes, une fois mortes, continuaient de communiquer avec les vivants. Qu'en pensez-vous ?

— C'est évident !

Un temps.

Se tournant vers son mari :

— Il va me prendre pour une dingue…

À Dimitri :

— C'est pour moi totalement évident.

— Non, rassurez-vous, je ne vous prendrai pas pour une dingue.

— Oui, les morts communiquent avec les vivants, j'en suis sûre. Alors peut-être pas d'une façon aussi directe que le verbe *communiquer* pourrait le laisser supposer, surtout s'agissant d'un industriel spécialisé dans les réseaux de transmission comme l'était mon père, mais oui, bien sûr, bien sûr. Moi je sais qu'à chaque fois que j'ai eu une décision à prendre, parce que c'est moi qui m'occupe de tout, de tout, de tout concernant les affaires de la famille, eh bien mon père… (elle se frappait les poignets l'un contre l'autre, pour juguler les pleurs, pour juguler les pleurs), c'est mon père qui m'a, enfin, qui m'a…

— Conseillée ?

Elle éclata en sanglots.

Pauline se leva et vint s'asseoir à côté de la fille d'Ambroise Roux, dont elle prit l'une des mains dans les siennes, affectueusement, pour l'apaiser, et que ses lourds sanglots s'interrompent.

Au bout de trente secondes, elle s'arrêta net.

Elle sécha ses larmes et reprit :

— Évidemment, ce n'est pas comme avec quelqu'un qui viendrait s'asseoir ici et discuter le coup. Mais je suis persuadée que mon père m'a fait passer des messages, des feelings, des sensations, et qu'il m'a guidée.

— Il influence tes décisions, disons, dit le mari décidément très cartésien.

— Complètement. Tu en as été le témoin de nombreuses fois. Et il ne s'est jamais trompé.

— Je me dis qu'Ambroise a souhaité que l'on se rencontre, dit Dimitri.

Un temps.

Pauline le fixait du regard.

Elle tourna la tête vers la fille d'Ambroise Roux, pour voir quelle réponse elle allait faire.

— Oui. Enfin, je n'irai peut-être pas jusque-là… Mais c'est vrai que… il y a une accumulation de signes que je trouve étonnante.

— C'est ce que je pense aussi. Et c'est aussi ce que m'a affirmé cette personne avec qui j'ai parlé il y a deux jours, quand je lui ai dit que je partais à la recherche de la maison d'un homme qui avait été, de son vivant, un grand adepte de parapsychologie, et doté lui-même de pouvoirs magnétiques. Il m'a dit que cet homme m'accompagnerait. Que peut-être il me guiderait. Vu ce qui s'est passé, c'est troublant comme prédiction non ?

— Je vais vous faire visiter la maison. Pas de

photo, n'est-ce pas ? dit-elle à Dimitri en désignant l'iPhone posé sur la table basse, enregistreur allumé, l'écran contre le bois.

— Bien entendu. Vous pouvez me faire confiance.

— Je vous montrerai aussi le jardin. Et après j'irai me baigner.

Au premier étage, elle leur ouvrit la chambre d'Ambroise Roux, vaste, tapissée de brunes boiseries, avec au sol un magnifique parquet ciré. Il y avait une grande salle de bains attenante, à laquelle on accédait en descendant trois marches, elle aussi lambrissée, à l'ancienne, comme la cabine d'un vieux navire à voile. Dans le prolongement de la chambre, un espace assez étroit, intégralement vitré, dont Dimitri comprit qu'il était l'intérieur d'une des deux tours carrées qu'il avait vues la veille sur la façade côté mer. Y était placé un bureau ancien. Face au bureau et à main droite, deux grandes croisées à petits carreaux offraient une vue saisissante sur la mer, le ciel, les rochers, l'horizon.

— Le bureau de mon père.

— Maintenant, c'est le mien, dit le mari.

— Wouah, la vue, dit Pauline, admirative. Comme dans un phare.

Dimitri s'approcha de la table.

Voilà donc les fenêtres par lesquelles Ambroise Roux, assis à son bureau, le regard perdu, n'avait pas vu l'avenir, ni accédé à une quelconque connaissance supérieure du futur et du monde, mais contemplé le ciel et les nuages, les phénomènes immédiats, les estivants joyeux, les lents navires sur la plaque maritime, simplement, comme tout un chacun.

— Je peux ?

— Mais bien évidemment, faites.

Dimitri s'assit dans le fauteuil d'Ambroise Roux. Quel privilège. C'était précisément pour ça qu'il était parti en quête de cette maison : pour découvrir par ses propres yeux ce qu'Ambroise Roux regardait quand il était assis à sa table de travail, et qu'il méditait ses grandes décisions. Alors Dimitri examina longuement le paysage. Ce qui s'offrait à la vue était, il faut bien le reconnaître, fascinant, immémorial. Mais ce spectacle tout aussi bien se suffisait à lui-même, on n'avait besoin de rien d'autre, ni d'aller plus loin, ni de le dépasser. C'était peut-être ça la grande découverte de ce pèlerinage à Trégastel : Ambroise Roux, *at the end of the day*, contrairement à ce que ses continuelles manigances parisiennes avaient pu laisser penser à tous ceux qu'il avait adroitement circonscrits, s'était humblement soumis à l'autorité de ce paysage, à l'empire éternel des marées. Il avait compris quelle place modeste il occupait dans le grand dessein. Et qu'on ne pouvait se faire plus grand qu'on ne l'était en réalité, quel que fût son désir de se transcender. C'est ce que racontait cet inépuisable panorama maritime à ceux qui étaient capables de le lire, de l'accueillir en soi et de le comprendre.

Dans le fond, il avait été un contemplatif.

Jeff Bezos contemple-t-il la mer ? Ce n'est pas sûr.

— C'est vraiment sublime. Il devait être bien, ici, à ce bureau, Ambroise.

— Mon père a toujours pris beaucoup de vacances, mais il passait la moitié de ses journées à travailler.

— Bien. Merci beaucoup.

Dimitri se leva.

Ils poursuivirent la visite.

Ils se retrouvèrent sur une terrasse.

— Vous voyez, le banc, là-bas, tout au bout, à la pointe ?

— Oui.

— Mon père adorait s'asseoir là. Pour bouquiner. On allait discuter avec lui sur ce banc. Chaque soir, après le dîner, il venait là. Il méditait. Il est vrai que la vue est époustouflante.

— C'était un homme très simple, dit le mari. Pas du tout un homme de luxe ou je ne sais quoi. À peine arrivé ici, il enfilait un vieux pantalon que je n'aurais jamais osé porter tellement il était élimé, il mettait son antique casquette et il allait déjeuner avec la pharmacienne. Ou avec la poissonnière. Elles lui racontaient ce qui se passait dans le village. Il adorait les ragots.

— Mon père parlait à sa concierge comme il parlait au président de la République. Avec le même respect et la même considération. Il ne faisait aucune distinction.

— Il s'adaptait, disons, dit le mari.

— Non, pas seulement ça. Il était d'une simplicité de contact assez rare, et il se mettait toujours à la portée des autres. Ce qui fait que les gens extrêmement simples l'adoraient.

— Il était d'une culture et d'une érudition hors de portée pour moi, dit le mari. Quand je parlais avec lui, il me disait toujours, oui oui, bien sûr, vous avez entièrement raison, *mais*. Après quoi il démontait tout ce que je venais d'affirmer. Au lieu de me dire d'emblée : vous n'êtes qu'un con, vous n'avez rien compris, je vais vous expliquer ! Il était très délicat.

Le mari riait, beau joueur.

— Oui.

— Le week-end, dit le mari, il allait dans sa maison de Montfort-l'Amaury, qu'on a toujours…

— Enfin, qui était à maman.

— Oui. Naturellement. Il y allait tous les weekends. Le voisin de cette maison, c'était le poissonnier de Montfort-l'Amaury. Et le dimanche matin, ils partaient tous les deux, bras dessus, bras dessous, en forêt.

— Ils étaient très copains, c'est vrai.

— Ça le détendait de ses conseils d'administration.

— Un jour, dit la fille d'Ambroise Roux, il avait oublié au bureau un dossier très important, on était sur le point de partir à la campagne. J'étais adolescente. Quand il partait en week-end, il était habillé, il fallait voir comment, maman en était toujours effondrée. Il passe donc à la CGE pour récupérer son dossier. Naturellement, à l'accueil, personne ne le reconnaît. Il passe devant les hôtesses en leur disant bonsoir et on l'arrête par le collet au moment où il s'apprête à monter dans l'ascenseur. Mais mon brave enfin, où allez-vous comme ça ?!

La fille d'Ambroise Roux éclata de rire.

— Sur les photos, il est toujours extrêmement bien habillé. Costume croisé, chemise blanche, pochette, boutons de manchette, dit Dimitri.

— Oui, très. Il se faisait faire ses costumes sur mesure. Bon, je vais me baigner ! Dans trente minutes, il n'y a plus d'eau.

— Merci beaucoup de nous avoir reçus.

— Mais je vous en prie. J'espère que j'aurai un exemplaire dédicacé de votre livre !

— Ouh la, il est loin d'être écrit !

— Pauline, j'ai été ravie de faire votre connaissance ! Alors, c'est pour quand ce mariage ?

— Euh. Eh bien. Nous. Ne. Au. Au printemps sans doute, n'est-ce pas Dimitri ? Ou peut-être cet automne, je ne sais pas, on n'est pas encore fixés. Mon fiancé adore l'automne.

Comme la fille d'Ambroise Roux cherchait des yeux, à l'index de Pauline, discrètement, sa bague de fiançailles :

— Je l'ai laissée à l'hôtel. Pour ne pas risquer de la perdre en nageant dans les grandes vagues bretonnes. Elle est tellement belle, un saphir magnifique. Dimi ne s'est pas payé ma tête, n'est-ce pas chéri ?

— Mon mari est le neveu de monseigneur Lefèvre, ce qui avait beaucoup impressionné mon père du reste. Si vous voulez un coup de piston pour le mariage, n'hésitez pas !

— Ah et bien merci, j'en suis touchée, c'est pas de refus.

— Allez, Pauline, je vous embrasse !

— Au revoir monsieur, dit Dimitri. Merci pour cette belle visite.

— Dimitri aussi je l'embrasse, soyons folle !

— Et moi j'embrasse Pauline dans ce cas, ma femme ne va pas pouvoir me le reprocher, c'est elle qui a lancé les festivités !

Pauline et Dimitri réempruntèrent la blonde allée sablée vers le portail, qui, à leur approche, s'ouvrit tout seul en grinçant, avant de se refermer derrière eux une fois ceux-ci sortis de la propriété, sonnés.

Ils marchèrent, silencieux, mal à l'aise, vers leur voiture garée sur le parking du Coz-Pors.

— Ils sont vraiment très sympathiques, ces gens, dit Pauline. On n'aurait pas dû faire ça.

— Faire quoi ?

— Abuser de leur confiance. J'ai honte.

— Moi aussi.

Ils continuèrent de marcher en silence. Ils longeaient la petite plage.

— C'est ignoble ce qu'on a fait non ? dit Dimitri.

— Je suis d'accord avec toi. Ignoble.

— Et si je retournais les voir ? Pour tout leur avouer ?

— Je ne pense pas que cela soit une bonne idée. Le mal est fait. Tu leur écriras.

— J'ai envie de me baigner. Pas toi ?

— Si. Pourquoi pas.

— Ça nous fera du bien. Je ne me sens pas très bien là.

— Moi pareil.

— C'est peut-être la dernière fois de l'été qu'on peut se baigner en plus, je ne suis pas sûr qu'on retournera à la mer, profitons-en.

— Tu connais la chanson de Bertrand Belin, *Peggy* ?

— Non. C'est qui déjà Bertrand Belin ? Ce nom me dit quelque chose...

— Un ami de Rosemary. Il est chanteur et écrivain.

— Ah oui, voilà. Je vois.

— C'est hyper bien ce qu'il fait. J'adore. Il a une chanson où il dit : La dernière fois qu'on nage, une chose est sûre, me dit toujours Peggy, on ne le sait pas. Du coup, maintenant, quand je me baigne, je me dis toujours que c'est peut-être la dernière fois, mais que je ne le sais pas.

— C'est gai.

— On doit être chez ton père à quelle heure ?

— Je ne lui ai pas donné d'heure. J'ai dit ce soir. On a le temps. Je ne sais pas ce que j'ai, j'ai chaud, je me sens tout engourdi. J'ai une drôle de sensation physique là. J'ai jamais ressenti ça.

— Moi aussi. Ça me brûle à l'intérieur.

— Ça ne m'était jamais arrivé. C'est les mignardises de Perros-Guirec tu crois ? Elles ont tourné dans la voiture au soleil, quand on était au musée ?

— Je ne pense pas.

Pauline et Dimitri récupérèrent leurs maillots et deux serviettes dans le coffre de la BMW. Pauline préconisait la première plage, Dimitri la seconde, celle où il s'était baigné la veille, se disant qu'il y avait moins de chances de croiser les époux de ce côté-ci.

Ils entrèrent dans la mer, la marée était déjà assez basse, il fallait aller relativement loin pour s'immerger au-dessus du genou et plus loin encore pour avoir les hanches saisies par le froid. L'eau était glaciale en dépit du beau temps.

— Ça y est, merde, j'ai la chanson de Bertrand dans la tête, dit Pauline.

— J'y vais. J'ai envie de nager.

— Moi je reste là, elle est trop froide.

Dimitri s'éloigna de Pauline, il avançait les mains enfouies dans le liquide limpide et les y agitait, l'eau atteignait maintenant le bas de ses côtes. Il respira à fond et s'élança. La sensation d'étau qui s'était répercutée dans son corps au moment du courageux plongeon n'avait duré qu'un bref instant, à présent qu'il s'était acclimaté à la masse froide qui l'étreignait il se sentait bien, il nageait paisiblement vers la pointe du promontoire, comme il l'avait fait la veille.

Là, il vit la fille du lobbyiste et son mari s'éloigner de leur petite plage privée et marcher lentement dans la mer, de l'eau jusqu'au niveau de l'aine, séparés de lui par une série de gros rochers ronds comme des dos de phoques désormais émergés par la marée descendante, on voyait l'eau se retirer presque à vue d'œil.

Bizarrement le mari était torse nu et en maillot de bain mais il portait un pull saumon sur les épaules, la fille du lobbyiste le distança, elle avait de l'eau jusqu'aux hanches à présent.

Dimitri nageait. Elle et lui étaient maintenant assez proches. Elle regardait dans sa direction. Elle le dévisageait. Le mari, lui, le pull noué sur les épaules, était parfaitement immobile, comme une statue de cire.

Malgré le froid de l'eau, la sensation de brûlure et d'engourdissement qui avait gagné ses membres s'était encore accentuée. À présent un son strident se faisait entendre dans son cerveau, comme des ultrasons, des aigus continus.

Il existait un accord parfait entre son corps brûlant et endormi, cette sirène intérieure, l'immobilité du ciel, la platitude de la mer, la lumière aveuglante.

Dimitri fit un sourire à la fille du lobbyiste, qui ne manifesta aucune réaction. Elle ne l'avait pas vu sans doute. Il se sentait mal. Il avait mauvaise conscience. Elle continuait d'avancer, mais plus lentement maintenant, comme si elle commençait à remettre en question son envie de se baigner.

Dimitri, qui avait pied, se mit debout, il avait de l'eau jusqu'à la poitrine, il lui fit un signe de la main. Elle le regarda sans bouger. Alors il réitéra son salut, lui adressant un nouveau signe, plus enthousiaste encore que le précédent, mais c'était comme si Dimitri ne lui apparaissait pas, qu'il évoluait dans un autre ordre de la réalité. Avait-elle enfin compris qu'il l'avait perfidement trompée ? Les brûlures de ses muscles redoublèrent d'intensité. Il se rapprocha d'elle et la contourna, il n'en était qu'à une vingtaine de mètres, elle regardait le large d'un air triste et songeur, comme si elle regrettait d'avoir fait quelque chose qu'elle n'aurait pas dû faire, ou qu'elle était gagnée par un funeste pressentiment, ou qu'elle était rongée par le remords. Ou qu'elle était partie dans le passé. Elle était totalement absorbée par ses pensées, et son mari, derrière elle, torse nu, le pull saumon noué sur les épaules, regardait fixement l'horizon les mains plaquées sur les cuisses, toujours aussi statique. Enfin la fille du lobbyiste tourna le visage dans la direction de Dimitri, sembla le regarder, sembla le regarder longuement, il se rapprocha de quelques mètres, mais c'était comme si elle ne le voyait pas, qu'elle se souvenait de son visage par la pensée. Ou le haïssait-elle déjà ? Puis elle se détourna de nouveau vers le large et continua d'avancer, l'eau ne montait plus qu'à ses chevilles désormais et Dimitri était debout sur une vaste étendue recouverte d'une fine pellicule scintillante. L'eau avait disparu. Des coquillages et les lanières de cuir de quelques algues d'un noir luisant parsemaient le miroir du sol. Dimitri regagna à pied le rivage, il n'y avait plus en lieu et place de la mer où il avait nagé à l'aller que des rochers ronds posés sur du sable miroitant qui renvoyait les rayons du soleil. Des flaques éblouissantes ponctuaient le territoire humide qui le séparait de la plage. Là, au fond, vers le muret, Pauline était allongée sur sa serviette, les yeux clos, les bras le long du corps, une jambe fléchie, statufiée elle aussi.

Ils allaient pouvoir prendre la route à présent.

DU MÊME AUTEUR

Aux Éditions Gallimard

L'AMOUR ET LES FORÊTS, 2014 (Folio n° 6059). Prix du Roman des étudiants France Culture-*Télérama* 2015, prix Renaudot des lycéens 2014 et prix Roman France Télévisions 2014.

LA CHAMBRE DES ÉPOUX, 2017 (Folio n° 6689).

COMÉDIES FRANÇAISES, 2020 (Folio n° 7069). Prix *Les Inrockuptibles* 2020.

Dans la collection Écoutez lire :

L'AMOUR ET LES FORÊTS (2CD)

Aux Éditions Actes Sud

DEMI-SOMMEIL, 1998 (Points Seuil P2444).

Aux Éditions Stock

LE MORAL DES MÉNAGES, 2002 (Le Livre de Poche n° 15544).

EXISTENCE, 2004 (Folio n° 5553).

CENDRILLON, 2007, édition augmentée, 2019 (Folio n° 6690)

LE SYSTÈME VICTORIA, 2011 (Folio n° 5554).

ÉLISABETH OU L'ÉQUITÉ, 2013.

Aux Éditions Xavier Barral

PAVILLON NOIR (avec Angelin Preljocaj, Rudy Ricciotti, Michel Cassé et Jehanne Dautrey, photographies de Pierre Coulibeuf), 2006.

TOUR GRANITE, photographies de Jean Gaumy et Harry Gruyaert, 2009.

PAINTED LADIES, photographies de Valérie Belin, 2019.

Aux Éditions Rizzoli New York

CHRISTIAN LOUBOUTIN, entretiens avec Christian Louboutin (photographies de Philippe Garcia et David Lynch), 2011.

CHRISTIAN LOUBOUTIN EXHIBITION[NISTE], entretiens avec Christian Louboutin, (photographies de Jean-Vincent Simonet), 2020.

COLLECTION FOLIO

Dernières parutions

6814. Georges Rodenbach	*Bruges-la-Morte*
6815. Margaret Mitchell	*Autant en emporte le vent I*
6816. Margaret Mitchell	*Autant en emporte le vent II*
6817. George Eliot	*Felix Holt, le radical.* À paraître
6818. Goethe	*Les Années de voyage de Wilhelm Meister*
6819. Meryem Alaoui	*La vérité sort de la bouche du cheval*
6820. Unamuno	*Contes*
6821. Leïla Bouherrafa	*La dédicace.*
6822. Philippe Djian	*Les inéquitables*
6823. Carlos Fuentes	*La frontière de verre.* Roman en neuf récits
6824. Carlos Fuentes	*Les années avec Laura Díaz.* Nouvelle édition augmentée
6825. Paula Jacques	*Plutôt la fin du monde qu'une écorchure à mon doigt.*
6826. Pascal Quignard	*L'enfant d'Ingolstadt. Dernier royaume X*
6827. Raphaël Rupert	*Anatomie de l'amant de ma femme*
6828. Bernhard Schlink	*Olga*
6829. Marie Sizun	*Les sœurs aux yeux bleus*
6830. Graham Swift	*De l'Angleterre et des Anglais*
6831. Alexandre Dumas	*Le Comte de Monte-Cristo*
6832. Villon	*Œuvres complètes*
6833. Vénus Khoury-Ghata	*Marina Tsvétaïeva, mourir à Elabouga*
6834. Élisa Shua Dusapin	*Les billes du Pachinko*

6835. Yannick Haenel	*La solitude Caravage*
6836. Alexis Jenni	*Féroces infirmes*
6837. Isabelle Mayault	*Une longue nuit mexicaine*
6838. Scholastique Mukasonga	*Un si beau diplôme !*
6839. Jean d'Ormesson	*Et moi, je vis toujours*
6840. Orhan Pamuk	*La femme aux cheveux roux*
6841. Joseph Ponthus	*À la ligne. Feuillets d'usine*
6842. Ron Rash	*Un silence brutal*
6843. Ron Rash	*Serena*
6844. Bénédicte Belpois	*Suiza*
6845. Erri De Luca	*Le tour de l'oie*
6846. Arthur H	*Fugues*
6847. Francesca Melandri	*Tous, sauf moi*
6848. Eshkol Nevo	*Trois étages*
6849. Daniel Pennac	*Mon frère*
6850. Maria Pourchet	*Les impatients*
6851. Atiq Rahimi	*Les porteurs d'eau*
6852. Jean Rolin	*Crac*
6853. Dai Sijie	*L'Évangile selon Yong Sheng*
6854. Sawako Ariyoshi	*Le crépuscule de Shigezo*
6855. Alexandre Dumas	*Les Compagnons de Jéhu*
6856. Bertrand Belin	*Grands carnivores*
6857. Christian Bobin	*La nuit du cœur*
6858. Dave Eggers	*Les héros de la Frontière*
6859. Dave Eggers	*Le Capitaine et la Gloire*
6860. Emmanuelle Lambert	*Giono, furioso*
6861. Danièle Sallenave	*L'églantine et le muguet*
6862. Martin Winckler	*L'École des soignantes*
6863. Zéno Bianu	*Petit éloge du bleu*
6864. Collectif	*Anthologie de la littérature grecque. De Troie à Byzance*
6865. Italo Calvino	*Monsieur Palomar*
6866. Auguste de Villiers de l'Isle-Adam	*Histoires insolites*
6867. Tahar Ben Jelloun	*L'insomniaque*
6868. Dominique Bona	*Mes vies secrètes*
6869. Arnaud Cathrine	*J'entends des regards que vous croyez muets*

6870.	Élisabeth Filhol	*Doggerland*
6871.	Lisa Halliday	*Asymétrie*
6872.	Bruno Le Maire	*Paul. Une amitié*
6873.	Nathalie Léger	*La robe blanche*
6874.	Gilles Leroy	*Le diable emporte le fils rebelle*
6875.	Jacques Ferrandez / Jean Giono	*Le chant du monde*
6876.	Kazuo Ishiguro	*2 nouvelles musicales*
6877.	Collectif	*Fioretti. Légendes de saint François d'Assise*
6878.	Herta Müller	*La convocation*
6879.	Giosuè Calaciura	*Borgo Vecchio*
6880.	Marc Dugain	*Intérieur jour*
6881.	Marc Dugain	*Transparence*
6882.	Elena Ferrante	*Frantumaglia. L'écriture et ma vie*
6883.	Lilia Hassaine	*L'œil du paon*
6884.	Jon McGregor	*Réservoir 13*
6885.	Caroline Lamarche	*Nous sommes à la lisière*
6886.	Isabelle Sorente	*Le complexe de la sorcière*
6887.	Karine Tuil	*Les choses humaines*
6888.	Ovide	*Pénélope à Ulysse* et autres lettres d'amour de grandes héroïnes antiques
6889.	Louis Pergaud	*La tragique aventure de Goupil* et autres contes animaliers
6890.	Rainer Maria Rilke	*Notes sur la mélodie des choses* et autres textes
6891.	George Orwell	*Mil neuf cent quatre-vingt-quatre*
6892.	Jacques Casanova	*Histoire de ma vie*
6893.	Santiago H. Amigorena	*Le ghetto intérieur*
6894.	Dominique Barbéris	*Un dimanche à Ville-d'Avray*
6895.	Alessandro Baricco	*The Game*
6896.	Joffrine Donnadieu	*Une histoire de France*
6897.	Marie Nimier	*Les confidences*
6898.	Sylvain Ouillon	*Les jours*
6899.	Ludmila Oulitskaïa	*Médée et ses enfants*

6900.	Antoine Wauters	*Pense aux pierres sous tes pas*
6901.	Franz-Olivier Giesbert	*Le schmock*
6902.	Élisée Reclus	*La source* et autres histoires d'un ruisseau
6903.	Simone Weil	*Étude pour une déclaration des obligations envers l'être humain* et autres textes
6904.	Aurélien Bellanger	*Le continent de la douceur*
6905.	Jean-Philippe Blondel	*La grande escapade*
6906.	Astrid Éliard	*La dernière fois que j'ai vu Adèle*
6907.	Lian Hearn	*Shikanoko, livres I et II*
6908.	Lian Hearn	*Shikanoko, livres III et IV*
6909.	Roy Jacobsen	*Mer blanche*
6910.	Luc Lang	*La tentation*
6911.	Jean-Baptiste Naudet	*La blessure*
6912.	Erik Orsenna	*Briser en nous la mer gelée*
6913.	Sylvain Prudhomme	*Par les routes*
6914.	Vincent Raynaud	*Au tournant de la nuit*
6915.	Kazuki Sakuraba	*La légende des filles rouges*
6916.	Philippe Sollers	*Désir*
6917.	Charles Baudelaire	*De l'essence du rire* et autres textes
6918.	Marguerite Duras	*Madame Dodin*
6919.	Madame de Genlis	*Mademoiselle de Clermont*
6920.	Collectif	*La Commune des écrivains. Paris, 1871 : vivre et écrire l'insurrection*
6921.	Jonathan Coe	*Le cœur de l'Angleterre*
6922.	Yoann Barbereau	*Dans les geôles de Sibérie*
6923.	Raphaël Confiant	*Grand café Martinique*
6924.	Jérôme Garcin	*Le dernier hiver du Cid*
6925.	Arnaud de La Grange	*Le huitième soir*
6926.	Javier Marías	*Berta Isla*
6927.	Fiona Mozley	*Elmet*
6928.	Philip Pullman	*La Belle Sauvage. La trilogie de la Poussière, I*

6929. Jean-Christophe Rufin	*Les trois femmes du Consul. Les énigmes d'Aurel le Consul*
6930. Collectif	*Haikus de printemps et d'été*
6931. Épicure	*Lettre à Ménécée* et autres textes
6932. Marcel Proust	*Le Mystérieux Correspondant* et autres nouvelles retrouvées
6933. Nelly Alard	*La vie que tu t'étais imaginée*
6934. Sophie Chauveau	*La fabrique des pervers*
6935. Cecil Scott Forester	*L'heureux retour*
6936. Cecil Scott Forester	*Un vaisseau de ligne*
6937. Cecil Scott Forester	*Pavillon haut*
6938. Pam Jenoff	*La parade des enfants perdus*
6939. Maylis de Kerangal	*Ni fleurs ni couronnes* suivi de *Sous la cendre*
6940. Michèle Lesbre	*Rendez-vous à Parme*
6941. Akira Mizubayashi	*Âme brisée*
6942. Arto Paasilinna	*Adam & Eve*
6943. Leïla Slimani	*Le pays des autres*
6944. Zadie Smith	*Indices*
6945. Cesare Pavese	*La plage*
6946. Rabindranath Tagore	*À quatre voix*
6947. Jean de La Fontaine	*Les Amours de Psyché et de Cupidon* précédé d'*Adonis* et du *Songe de Vaux*
6948. Bartabas	*D'un cheval l'autre*
6949. Tonino Benacquista	*Toutes les histoires d'amour ont été racontées, sauf une*
6950. François Cavanna	*Crève, Ducon !*
6951. René Frégni	*Dernier arrêt avant l'automne*
6952. Violaine Huisman	*Rose désert*
6953. Alexandre Labruffe	*Chroniques d'une station-service*
6954. Franck Maubert	*Avec Bacon*
6955. Claire Messud	*Avant le bouleversement du monde*
6956. Olivier Rolin	*Extérieur monde*
6957. Karina Sainz Borgo	*La fille de l'Espagnole*
6958. Julie Wolkenstein	*Et toujours en été*
6959. James Fenimore Cooper	*Le Corsaire Rouge*

Tous les papiers utilisés pour les ouvrages
des collections Folio sont certifiés
et proviennent de forêts gérées durablement.

Composition Nord Compo
Impression Grafica Veneta
à Trebaseleghe, le 25 mars 2022
Dépôt legal : mars 2022

ISBN 978-2-07-296387-2 / Imprimé en Italie

401488